张笑天 著

作家
剧作家

抗美援朝

北京大学出版社
PEKING UNIVERSITY PRESS

图书在版编目(CIP)数据

抗美援朝/张笑天著. —北京:北京大学出版社,2015.8
ISBN 978-7-301-25367-0

Ⅰ.①抗… Ⅱ.①张… Ⅲ.①长篇历史小说—中国—当代 Ⅳ.①I247.5

中国版本图书馆 CIP 数据核字(2015)第 009539 号

书　　　名	抗美援朝
著作责任者	张笑天　著
策划组稿	王炜烨
责任编辑	王炜烨
标准书号	ISBN 978-7-301-25367-0
出版发行	北京大学出版社
地　　　址	北京市海淀区成府路 205 号　100871
网　　　址	http://www.pup.cn
电子信箱	zpup@pup.cn
新浪微博	@北京大学出版社
电　　　话	邮购部 62752015　发行部 62750672　编辑部 62750673
印刷者	北京汇林印务有限公司
经销者	新华书店
	965 毫米×1300 毫米　16 开本　40.25 印张　518 千字
	2015 年 8 月第 1 版　2023 年 11 月第 6 次印刷
定　　价	89.00 元

未经许可,不得以任何方式复制或抄袭本书之部分或全部内容。
版权所有,侵权必究
举报电话:010-62752024　电子信箱:fd@pup.pku.edu.cn
图书如有印装质量问题,请与出版部联系,电话:010-62756370

第一章

I

东京的夏夜潮湿而闷热,但比起麦克阿瑟梦绕情牵的菲律宾来说,仍然称得上凉爽。

这是1950年6月24日晚饭后的悠闲时光。道格拉斯·麦克阿瑟叼着他那特制的玉米棒心烟斗,在美国驻东京大使馆官邸的长廊散步。这条长廊有一百多米长,足够他机械地迈开他那军人的大步。院子里四只古老的带绿漆铁斗的玻璃角灯幽幽地照射在"田"字形花圃的花丛中,那些白天在马蹄莲、百合和郁金香花间嘤嘤飞舞的蜜蜂都不见了,只有那沁人心脾的一缕缕幽香四处飘散。

麦克阿瑟已经七十岁了,他依然坐在美国驻远东部队总司令的位置上。这位五星上将看上去完全不像他的实际年龄那般衰老,他腰板直挺,高高的个子,清瘦而漂亮,他的助手和密友惠特尼少将说他的脊柱仿佛是一根旗杆。他头发乌黑,只在鬓角染了些许白霜,他的眼睛甚至也是黑的,颇像东方人,可从他的脸形和气质来看,那确是典型的西方血统了。他十二岁的儿子阿瑟从餐厅里走出来,问:"爸爸,我们今天看什么片子?"

麦克阿瑟一见儿子,眼睛立刻放出温和慈爱的光来。这是他唯一的儿子,从出生后就没有回过美国,而是随着父亲在太平洋沿岸和岛屿上漂泊。

麦克阿瑟从1945年把日本使馆这栋房子选做他的官邸以后,就养成了一种习惯,除了周日,每天晚上要在大餐厅里放一部好莱坞电影。不但自家人,还有中国保姆阿珠、事实上成为大管家的哈佛上校,也一起观看,连警卫人员、厨师他也请来一起看,这成了他的一个"保留节目"了。麦克阿瑟停下脚步,笑眯眯地对小阿瑟说:"你妈妈挑了一部《哈姆雷特》。"

"不看,不看。"小阿瑟叫道,"我喜欢看打仗的片子!"

麦克阿瑟说:"你才十二岁,就跟我打了十二年仗,从菲律宾的巴丹半岛到澳大利亚,再打回菲律宾,在塔克洛班的雷德海滩登陆,你还没有听够枪声吗?"

小阿瑟说:"你不是说,麦克阿瑟的儿子必须成为将军吗?"

麦克阿瑟欣慰地说:"是的。你的祖父是将军,你的伯父是将军,我们是将军世家嘛。"

小阿瑟说:"妈妈说,自从不打仗了,你就觉得什么都没有意思了。"

"是吗?"麦克阿瑟哈哈大笑起来,"那我不是'战争狂人'了吗?"

这时麦克阿瑟的妻子珍妮·玛丽·费尔克洛斯笑盈盈地接话说:"大家都叫你'军中恺撒',这和'战争狂人'也没有多大区别吧?"

麦克阿瑟也笑了。

珍妮今年五十二岁,可看上去只像三十多岁,她是当年麦克阿瑟第三次去菲律宾任职时在船上认识的。那时他俩搭乘同一条船,想到中国上海去旅游,费尔克洛斯小姐时年三十七岁,尚待字闺中。这个娇弱而端庄秀丽的女子先是得到了麦克阿瑟妈妈的喜欢,随后与麦克阿瑟共坠爱河。这个田纳西州面粉厂主的女儿,天生有着叛逆的性格,矜持而勇敢。结果是她到底没有去成上海,倒是在神父的祝福声中成了麦克阿瑟的妻子。

珍妮问:"你们在说什么?"

麦克阿瑟说:"我们的儿子不想看言情片、复仇片,要看战争片。"

珍妮说:"那就再看一遍《乱世佳人》吧!"

麦克阿瑟说:"那不还是言情片吗?"

珍妮说:"是南北战争时代呀!"

麦克阿瑟笑了:"我明白了,你和影片里大庄园主的女儿郝思嘉是同样出身,因此同病相怜!"

这倒让他说对了。珍妮的祖父就当过南部联邦陆军上尉,她从小就是听着南北战争的故事长大的。也许因为《乱世佳人》的作者就是带着同情南方的观点和韵味写这部书的,这令珍妮感到亲切。而此前麦克阿瑟却告诉过他的夫人,不幸的是麦克阿瑟的父亲作为北方勇士,代表着正义一方,曾在传教士山和石河同珍妮的祖父真刀真枪地对垒过。

麦克阿瑟这时妥协地说:"那好吧,让我们的郝思嘉小姐借机重温一回庄园主子的好梦吧,就重看《乱世佳人》!"

几个人都笑了起来。小阿瑟却说:"《乱世佳人》也没意思,我要看《西线无战事》。"

麦克阿瑟耸耸肩,说:"那就要叫哈佛叔叔去调片子了,今晚怕来不及。"

小阿瑟说:"别的不看。"

麦克阿瑟只好大声呼唤哈佛去借片子,同时在心底叹息了一声:五年,已经五年没有战事了!没有战争,将军是无可建树的,想起太平洋战争那炮火连天、一夕数惊的生活来,那才有味。按照美国的法规,他六十四岁就该卸下戎装去过养老生活了,可日本离不开他。日本人从上到下,无论裕仁天皇、吉田茂总理大臣,还是平民百姓,都把麦克阿瑟当成了崇拜的偶像和救世主。也许正因为此,他拖到了七十岁尚未退役。而这五年,恰恰是他感到手心发痒的五年。军人和安宁是格格不入的,这话是哪个统帅说过的,麦克阿瑟忘记了,可他却把这话记得牢牢的。

2

就在麦克阿瑟在他东京官邸的小放映厅里看《西线无战事》的时候,位于日本海西面的朝鲜"三八线"上,却爆发了意想不到的战事。

此时远在汉城的军官俱乐部是听不到炮声的,达官贵人和军官们照例在这灯红酒绿的销金窟跳舞、玩乐,度他们的周末。美国驻大韩民国大使约翰·穆乔正在舞池里搂着韩国少女跳得起劲。穆乔是个五十岁的快乐单身汉,平时总是穿着整洁的礼服,白胖的圆脸上永远挂着绅士派头的笑容。他是个有学问的人,出生于意大利,在拉丁美洲做过事,精通英、意、法和西班牙文,是个干练的外交官。他不结婚不等于精神生活空虚,他是舞厅的常客,而且舞伴常常变为情侣。他喜欢哼西班牙情歌,每天都无忧无虑的样子,反正在这里可干的事并不很多。李承晚1948年才建国,不过两年的历史。穆乔觉得,杜鲁门政府对待李承晚政府比对待日本差远了,不可同日而语,似乎李承晚政府在美国的政治链轨上是一个可有可无的环节。

汗流浃背的穆乔被美国顾问团的豪斯曼上尉拉出舞厅时,他晃晃大脑袋,不耐烦地问:"怎么了?"

"'三八线'上炮声隆隆,战争爆发了。"豪斯曼上尉郑重地说。

穆乔并不怎么惊讶。他认为,朝鲜半岛的战火是不可避免的,只是哪一天点燃而已。李承晚决不把北纬三十八度线当成"国界",金日成又何尝不想用武力统一朝鲜呢?

"可笑的'三八线'。"穆乔在灯光昏暗的门厅里轻声笑笑,说,"'三八线'本来是个地理学的名词嘛。"

当然是这样。

1945年,因为日本突然宣布无条件投降而造成朝鲜的真空,为划分在朝鲜对日寇受降范围,美国五角大楼陆军上校查尔斯·博尼斯蒂尔武断地在《朝鲜地图》上拦腰画了一条线,它就是地理学概念的北纬三十八度线。人们也许从未曾想过,围绕这条纬度线,五年后竟然展开了一场正义与邪恶的生死搏斗。

穆乔已经不可能回到舞厅翩翩起舞了,他对豪斯曼说:"走吧,我们去看看究竟,是大打还是边境的小摩擦。"

3

"三八线"上榴弹炮、自行火炮的轰鸣同样惊扰了李承晚总统的梦。他倒没有周末狂欢的嗜好,处理了一些公务后,10 点钟就休息了,他毕竟是七十五岁的人了。

凌晨 3 点,陆军参谋长蔡秉德少将再也不能等到天亮了,他叫醒了梦中的李承晚。李承晚知道出了大事,他打开床头灯,不理会妻子的埋怨,摸索着穿衣服。在年轻时代领导反抗日本占领者斗争的年月里,他坐过牢受过非刑,左手的手指头落下了残疾,不能弯曲,所以穿衣服的动作很慢。

蔡秉德体重超过 150 公斤,特制的军服被他那身肥肉撑得圆圆滚滚的,大脑袋架在肩上,看不到脖子。他向总统报告,他的第七师遭到了朝鲜人民军的突然袭击,防线已被突破,他们正长驱直入,形势很危急。

"为什么不反击?"李承晚那清癯干瘦的脸上现出怒色。

蔡胖子说:"我已下令全线抗击。可是,可是……总统知道的……"他下边要说什么,李承晚当然意会。无论从军队的数量、装备还是素质来说,韩国军队都远远比不上对方。

现在怎么办?他只有一条路:向美国求援。美国当初撤兵时有过承诺。

李承晚听到了雷声,外面正下着瓢泼大雨。他打发走了蔡胖子,叫他命令部队全线反击,拖住敌人,他亲自给驻美大使约翰·张打电话,他也必须直接找麦克阿瑟。同麦克阿瑟打了几年交道,他强烈地感到,麦克阿瑟是个仗义的军人,一切事情在他那里都十分简单,而求得华盛顿的援助却要走好多程序。他最先打通了麦克阿瑟的东京官邸,他看看表,凌晨3点半。电话铃响了好一阵,才有人接。

李承晚是用英语呼叫的。

对方答:"远东美军司令部值班室。"连通常礼貌的"你好"也省略了。

李承晚说:"我是李承晚!李承晚啊!十万火急,请麦克阿瑟司令官讲话!"

值班上校哈佛打着哈欠,喝了一口凉咖啡,说:"总统先生,我提醒您,现在是凌晨3点半,您该知道什么时候打来电话才合适。"

李承晚脑门沁汗,气愤地捶桌子大叫:"你听着,混蛋!美国公民在韩国将一个个地死去,而你却让你的将军睡大觉!"

不知什么时候,李承晚夫人穿着睡袍走出来,惊慌地用手去捂话筒。

李承晚甩开她。

哈佛妥协了:"好,我试试看……"他知道麦克阿瑟与李承晚的私交不错,没有紧急大事,李承晚这个在美国拿了博士学位的人,不会不懂起码的礼貌。他小心翼翼地把电话开关扳到了麦克阿瑟的卧室里去。

铃声使麦克阿瑟惊醒地坐了起来,他打开了床头地灯,看看表。

麦克阿瑟抓起听筒说:"李总统,我想你不会是失眠,想找个人聊天吧?"

李承晚的叫嚷声震耳欲聋:"战争爆发了!我们顶不住了!"

"战争?"麦克阿瑟一下子坐直了。

一直懒洋洋躺在被子里不动的夫人珍妮也警觉地坐了起来。

麦克阿瑟咕噜了一句:"昨天晚上还在看《西线无战事》,西线现在开火了?"

李承晚大声问:"你说'西线无战事'?打得很凶啊!你的国家稍稍关心一下,我们也不会落到这地步,我多次警告过你们,现在你必须救我们!"

李承晚所以发牢骚,麦克阿瑟认为事出有因。1945年12月,美国和苏联正式同意对朝鲜实行五年托管,但不久,美国就把驻朝鲜美军霍奇部队撤走了。杜鲁门说:"美国不能这样不能自拔地卷入朝鲜局势。"参谋长联席会议主席布莱德雷公开说"朝鲜的战略价值不大",因而认为对朝鲜承担义务是"不明智、不切实际的"。只有麦克阿瑟对朝鲜战略地位的估价与众不同。1948年8月15日,当李承晚举行总统就职典礼时,麦克阿瑟飞到汉城光临盛典,这是他在日本五年中的两次出访之一,也正因为有这层缘分,李承晚第一个向他告急。

麦克阿瑟决不想敷衍李承晚,他意识到美国在朝鲜半岛的战略利益受到了挑战。

麦克阿瑟说了一句:"好像大韩民国总统是我的雇员!"他从床头拿起特制的玉米棒心烟斗,摁了烟丝,点燃,说:"别慌,我的博士朋友,还没到世界末日。"他看看表,"天亮后,我先派出十架野马式战斗机飞过去,再给你拨去几十门大口径的榴弹炮。"

李承晚焦急地说:"将军是在敷衍我吗?我要的不仅仅是飞机、大炮。我的军队正在向后溃退,你们美国人不出兵,我看是扭转不了局面的。"

麦克阿瑟说:"出兵,事关重大呀……"

李承晚打断他:"你们有过诺言,要帮助我们统一,你们究竟做了什么?"

麦克阿瑟说:"朋友,如果我是总统,我现在就发令,让第八集团军在朝鲜登陆。可现在,我得请示,请你耐心地等待。"他放下电话,弹跳一般从床上挺起身迅速地穿衣服。

珍妮说:"难怪人家叫你'军中恺撒',一听见打仗,就变成了顽童,你已经七十岁了!"

麦克阿瑟正在打领带,他说:"没听说有'百岁顽童'吗?何况七十岁?"他挂上手枪,在穿衣镜里欣赏自己依旧不减当年的英姿。他自我欣赏地说:"是的,我已经七十岁了,没想到我有可能第四次被卷入战争。你忘了吗?九年前我在马尼拉,也是在睡梦中被叫醒,投入了战争漩涡。"

珍妮拥衾而坐:"亲爱的,一定要打,让别人去吧。我可不愿在大炮的催眠曲里做噩梦,我可不想再闷在潜艇里逃生了。"

她说的是1942年2月20日的可怕撤退,她同麦克阿瑟、小阿瑟、保姆阿珠,还有菲律宾总统奎松一家人,挤在"旗鱼号"潜水艇里,从科雷吉乌多尔岛沉入海底,在幽深得怕人的棺材一样的铁盒子里逃往澳大利亚。她事后多少年都像在噩梦中,她总是觉得日本人的水下鱼雷正像大鲨鱼一样向他们的潜艇射来……

麦克阿瑟吐了一口浓烟,说:"我呢,听不见炮声倒是睡不好觉。"他怪笑了几声,就大步走到外面的军官值班室,副官哈佛上校正在听电话,一见麦克阿瑟出来,就送过话筒:"阿尔蒙德参谋长电话。"

麦克阿瑟接过听筒:"是我,当然是炮声把我吵醒的。什么?你已经接到了朝鲜事件的六个报告?你问我吗?我们美国在太平洋地区的软弱招致了共产党人采取行动。"

阿尔蒙德说:"李承晚这个新生的共和国,是我们操持建立的,我们似有道义上的责任。"

麦克阿瑟嗤之以鼻:"可参谋长联席会议把我皮抽筋剥,远东只剩了四个师,我怎么帮助人家?"他不等阿尔蒙德再说什么,简短地说,"马上过来吧,当面谈。"

放下电话,麦克阿瑟对哈佛上校说:"去叫人,惠特尼将军、斯特拉特迈耶将军、沃克将军,还有威洛比将军。"

哈佛看了看墙上的挂钟,似有难色。

麦克阿瑟拉开厚重的窗帷,看着护城河和河对岸的日本皇宫仍沉浸在夜色中。他说:"难道他们有权利比我多睡懒觉吗?"

哈佛"是"了一声,悄然退出。

4

世界上每一根政治神经都是敏感的。毛泽东最早感应到了"三八线"上那根神经的律动。田家英秘书已经奉命找来了一幅《朝鲜半岛全图》,挂在了颐年堂里。毛泽东走近地图,神情专注地看着。

周恩来进来,毛泽东并未听见脚步声。他也过来看地图。

毛泽东转过身来。两人四目相对,都没有说什么。

毛泽东坐在沙发上,点烟,慢慢摇了摇火柴,火柴扔到了烟缸外,这种"失误"在毛泽东来说并不多见。周恩来拾起火柴杆,吹灭,放进烟缸。过了许久,毛泽东像自言自语地说:"我们不想看到的事情到底发生了。"

周恩来目视着他未表态。

"是祸是福呢?"毛泽东像在自问自答。

周恩来说:"如果美国干涉,就会出现很棘手的事情。南北朝鲜的统一,是人家自己的事嘛。"

毛泽东仍按他的思路说下去:"'祸兮福所倚,福兮祸所伏',既来了,就正视它吧。"

周恩来说:"让外交部同金日成联系一下吧,情况尚不明了。"他给毛泽东带来了一份美国出的《美国新闻与世界报道》,上面有一幅远东地图,图上有几个红色箭头,分别由朝鲜、日本两国和中国台湾指向中国大陆。他认为这是他们蓄谋已久的,不然不会连飞行距离都标识得清清楚楚。

毛泽东看了看,说:"艾奇逊之流,对于中国的认识水平,不如我们的一个普通战士。"

周恩来懂得,毛泽东认为艾奇逊、杜鲁门低估了新中国。

毛泽东用自嘲的口气说:"我们倒是想铸剑为犁呀,其奈烽火又起何?"

周恩来理解他为什么这样说。就在两天前,毛泽东在全国政治协商会议闭幕会上还说,中国人民将经受两种艰巨考验:战争和土地改革。他说,战争这一关,已经过去了,话音没落,战争的阴云又刮到头上来了。周恩来说:"这就叫树欲静而风不止呀。"

毛泽东说:"'使乌获疾引牛尾,尾绝力尽而牛不可行,逆也。'这是《吕氏春秋》上的话。这个叫乌获的人是大力士,扯着牛尾巴想使牛倒着走,结果牛尾巴拽断了也没用。我看杜鲁门就是这个异想天开的乌获。"

周恩来说:"我们也得看到,国内外好多人都被这个拽牛尾巴的大力士吓住了,迷信他呢。"

毛泽东说:"'兵不可玩,玩则无威;兵不可废,废则召寇。'"他引用的是汉代刘向的话。

周恩来说:"兵无常势,水无常形,我们还是要以不变应万变。"

毛泽东在屋子里沉思着踱了几步,像是自言自语地说:"为谋于未然,方能免灾。也许,我们不得不修正全力以赴恢复经济的计划了。"此前,毛泽东已着手精简、复员部队。以攻打万心群岛和木船解放海南岛的战例来看,尽管我们的海军尚在襁褓中,但最终把蒋介石赶下大海,当不是什么大事。如果朝鲜半岛局势恶化,那就另当别论了。他并没有把朝鲜战事当成一般的外事对待,他急于想知道苏联的态度。

5

斯大林也不平静。"三八线"交火后两小时,苏联驻韩国大使史蒂科夫就发来了急电。他也是从梦中惊醒的,他来到克里姆林宫的办公室,天还没亮透。他沉静地在宽大得如同教堂的办公室里走来走去,烟斗一丝烟也不冒。

莫洛托夫走了进来。

斯大林看也不看他:"证实了吗?"

莫洛托夫说:"是的,斯大林同志。金日成打得很顺利,已经越过了'三八线',北南双方都指责是对方先开的第一枪。"

斯大林轻轻摇着烟斗:"这并不重要。也许,战后刚刚获得的和平,会因为局部战争而被破坏,你想过后果吗?"

莫洛托夫说:"高兴的是美国,他们在欧洲占不到便宜,就想在亚洲放把火。"

斯大林说:"密切注意事态发展,指示使馆要每天报告。"

莫洛托夫说:"我会安排。"

斯大林问:"马立克那边怎么样?"

"尚无消息!"莫洛托夫说,"美国方面还没有做出反应。我们九个月前爆炸了第一个核装置,我想,无论如何对他们都是一个要皱眉头的事,山姆大叔不是独家经营了。"

斯大林持重地淡淡一笑。过了一会儿,他说:"美国的战略重点在欧洲啊。"

莫洛托夫没有回答,这是不言而喻的。但他明白,这并不等于说杜鲁门不会在远东冒险。

斯大林并不担心金日成的实力,相信他会不费吹灰之力就把李承晚打个落花流水,但前提是美国袖手旁观。倘若杜鲁门发了疯呢?那问题可就复杂、严重了。他知道那后果是什么,不过他现在还不想过早地说什么,只想静观其变。

6

李承晚费了好大力气才接通了驻美大使约翰·张的电话,叫他立刻去见杜鲁门总统。约翰·张感到很为难,时值周末,杜鲁门正在密苏里州独立城老家度假,美国人视假日如私有财产,那是不可侵犯的。迫于总统的再三催迫,他打通了国务卿迪安·艾奇逊的电话。艾奇逊是个学者型的外交家,即使不高兴有人打扰他休假,也不会像杜鲁门那样动辄发火。

艾奇逊的电话打到杜鲁门乡间别墅时,正是美国东部时间25日的傍晚，矮胖敦实戴一副没边眼镜的杜鲁门正坐在露台上看报。女儿玛格丽特听见电话铃响，跑过去接："早安，噢，是你呀！"她冲露台叫道，"爸爸，是迪安·艾奇逊，他说有重要事情。"

杜鲁门走过来接电话："假日快乐，迪安！"他的嗓子低沉而沙哑，他的政敌常常骂他为"一只公鸭"。

艾奇逊通报了朝鲜战争爆发的消息，他有几分幽默地对休假的总统说："恐怕谈不上假日快乐了，总统先生！朝鲜半岛打起来了，李承晚支撑不住了。"

杜鲁门火了，大叫："迪安，不管怎样，必须挡住！我连夜飞回去。"

艾奇逊说："冒险夜航大可不必。"

杜鲁门说："你看该怎么办？"

艾奇逊说："我已授权助理国务卿希克森安排一次联合国安理会紧急会议，总统同意吗？"

"这是个好主意。"杜鲁门说，"我一回去，马上召集顾问们和参谋长联席会议开会。现在强大的苏联军队威胁着伊朗和土耳其，他们庞大的部队驻扎在东德，我怀疑也是苏联人在背后支持着朝鲜。"

艾奇逊说："我不大相信斯大林就这样无所顾忌地发动第三次世界大战。"

杜鲁门说："但愿我们是神经过敏，可我们要做大打的准备。"

艾奇逊问："在哪儿开会？"

"布莱尔大厦。"杜鲁门一放下电话马上用他那有些沙哑的嗓门大吼，"快，叫专机，马上去机场！"

夫人与女儿无奈地耸耸肩，看着怒狮般的他。杜鲁门马上告诉夫人收拾行李，又通知机场，让总统专机"独立号"做好飞行准备。

"会爆发第三次世界大战吗？"夫人惴惴不安地问。

"我们不希望。"杜鲁门用他那排长喊操的嗓子大声说，"来了也没办法！"他并没有什么惊慌表示，这位六十六岁的总统下令在日本投放原子弹，其胆大的程度便不言而喻了。

7

麦克阿瑟和考特尼·惠特尼乘坐的吉普车在繁忙的横滨码头前停住。这里是五年前美国占领军登陆的地方，他的军机也正是在横滨厚木机场降落的，现在横滨是美军的军港之一。

麦克阿瑟穿着卡其布夏军装，头戴镶有金边的软帽，戴飞行墨镜。他走下车来，看着美国兵在码头和军舰上忙碌。

惠特尼是跟随麦克阿瑟多年的助手，他的名义是行政处处长，其实什么都管。每天早上，麦克阿瑟上班前，惠特尼要准时从远东司令部所在地的第一大厦打来电话，报告国内外要闻，包括球赛消息，麦克阿瑟是正宗的"足球迷"，这在迷恋橄榄球的美国来说是不多见的。惠特尼是远东美军司令部里唯一可以不预约、不通报就可以进入麦克阿瑟办公室的人，其受信任的程度可见一斑。此时，这位戴少将领章的惠特尼完全知道麦克阿瑟在想什么，没有人比他更了解麦克阿瑟了："将军，这也许是一次在亚洲抵制共产党势力的良机。"

麦克阿瑟会意地冲他一笑，说："考特尼，你没有白白跟我。"

一箱箱炮弹、一门门大炮在吊装，准备支援李承晚。惠特尼说："光有这些，怕无济于事。李承晚未必是金日成的对手。"

麦克阿瑟说："难道我们能袖手旁观吗？"

惠特尼说："不知道华盛顿是什么意思。"

麦克阿瑟掏出了玉米棒心烟斗说："我是远东司令。"

惠特尼只好缄口。他明白，麦克阿瑟要用他的威望和影响力来我行我素了。杜鲁门身为总统，唯一奈何不得的就是麦克阿瑟。1945年麦克阿瑟被任命为盟军占领日本的最高统帅时，正是他名气和声望如日中天的时候，连杜鲁门也想借他的声威风光一番，两次请他回国，想为他开盛大欢迎会，可麦克阿瑟并不买总统的账，居然两次不给杜鲁门面子，两次以"日本公务繁忙脱不开身"为由，拒绝返美，而且自作主张，将驻日美军由四十万人减为二十万。杜鲁门居然奈何不了他。他私下里称麦克阿瑟为"黩武主义者",那可能是因为麦克阿瑟为军备问题攻击过现政府。在一次演讲中,麦克阿瑟激动得大声叫喊:"由于忽视国防而湮没的显赫一时的文明古国有多少?罗马、迦太基何在?拜占庭帝国何在?垂死呼号不为世人所闻的朝鲜何在?"现在,朝鲜不是出事了吗?这再次证实了他的远见。难道介入朝鲜战争的大事,麦克阿瑟也敢独断专行吗?惠特尼知道他不会出格,但先期为南韩运送武器已经有点"将在外,君命有所不受"的味道。

8

白宫内部正在修葺,许多重大的国事活动都在豪华的布莱尔大厦举行。布莱尔大厦古朴典雅、装潢考究,水晶大吊灯华彩四射。

今天的布莱尔大厦聚会,名义上是一次聚餐会,可与会者都掂得出它的分量,只看与会者的官职就知道了。杜鲁门端坐条形餐桌一端,分坐两侧的政府要员是:国防部长路易斯·约翰逊、副国务卿詹姆斯·韦伯、陆军部长弗克兰·佩斯、海军部长弗朗西斯·马修斯、空军部长托马斯·芬勒特、参谋长联席会议主席奥马尔·布莱德雷、陆军参谋长劳顿·柯林斯、空军参谋长霍伊特·范登堡、海军作战部部长福雷斯特·谢尔曼、无任所大使菲利普·杰塞普、助理国务卿迪安·腊斯克、助理国务卿约翰·希克森。

侍应生们穿梭上菜、上酒。

杜鲁门不慌不忙地切着烤火鸡。他心里有底。四个小时前,联合国安理会在成功湖召开了讨论朝鲜内战爆发后的紧急会议,表决结果,南斯拉夫投了反对票,埃及、印度投了弃权票。就是说,以七票赞成通过了美国提出的动议:谴责朝鲜对韩国的侵略。

关键是苏联代表马立克没有出席。为了恢复中国在联合国的合法席位一事,苏联抗议安理会的不公正做法,已经好长时间拒绝到会。也许这次对马立克而言是个极大的疏忽。

有了联合国的"裁决",杜鲁门觉得轻松多了,他有滋有味地吃着奶汁鲱鱼,好像坐在这里有说有笑地吃饭,真是为了填饱肚子似的。

人们轻松地大块朵颐,没有人谈一句公务,仿佛这是纯粹的晚餐。当人们终于放下刀叉时,侍应生撤走台布,艾奇逊挥手示意,驱赶了最后一名端咖啡壶的侍应生,关严了厚重的门。与会者立刻神情肃穆,挺直了身子。

杜鲁门面无表情地坐着。

艾奇逊说:"诸位,穆乔大使从朝鲜来电,那里爆发了战事,金浦机场、汉城均遭到轰炸。朝鲜的事,到了我们决断时刻!"

国防部长约翰逊说:"我们应当发表一项措词强硬的声明。"

陆军部长佩斯说:"安理会不是谴责朝鲜了吗?"

参谋长联席会议主席布莱德雷说:"这恐怕还不够,一个声明,一个文告,不能代替真刀真枪。"

陆军参谋长柯林斯说:"我们有义务首先考虑美国侨民的安全。"

杜鲁门说:"先发布总统命令,命令麦克阿瑟动用所有能动用的武器弹药供应李承晚。远东空军、海军掩护美顾问团家属撤离。命令第七舰队开进台湾海峡,封锁海面。"

范登堡问:"就这些吗?"

海军部长马修斯说:"我们应当出动海、空军。"

杜鲁门说:"那当然,不过不是现在。我们当然要管,李承晚不能输给金日成,如同我不能输给斯大林一样。"

艾奇逊说:"1948年斯大林与铁托关系恶化以后,由于我们给予铁托援助,惹恼了克里姆林宫。现在,任何敏感地区小规模的武装冲突,都可能一触即发,这次打起来,比'二战'要严重,苏联九个月前也拥有了原子弹。"

杜鲁门说:"他的核弹头没我们多。"

在座的人互相看看,没人出声。

杜鲁门说："我们不能消极等待。"

艾奇逊说："当然。我们不能放下百叶窗，坐在门槛上抱着猎枪等待。对中国、苏联姑息，会引起'多米诺骨牌式'的后果。我们没有别的选择，必须直接保卫亚洲新防线。"

杜鲁门说："我想，艾奇逊已经说得够明白的了，我们要干预，要出兵！"

这时，艾奇逊拿起一份电文稿说："金日成发表了广播讲话，正在对全国做总动员。"

人们传看着金日成的讲话："朝鲜人民如不愿重新沦为帝国主义的奴隶，就必须奋起投入打倒和粉碎李承晚卖国政权及其军队的救国斗争，我们将不惜任何牺牲，一定要争取最后胜利。"

杜鲁门把文稿轻轻扔下，说："这是贼喊捉贼呀。"

9

第二天一大早，杜鲁门就赶回了他在白宫的椭圆形办公厅。他办公桌后是一面垂着的国旗，桌上放置着一个硕大的地球仪，桌子的铜牌上刻着他的座右铭："决断在我。"

此时杜鲁门正在接见得克萨斯州议员汤姆·康纳利。站在华盛顿的肖像下，杜鲁门说："我不会在俄国佬面前像个精神病人一样发抖，也不会拱手让出我们的权利和韩国人的权利。"

康纳利问："这么说，总统想对朝鲜诉诸武力？"

杜鲁门没有否认："我正准备把我的想法通报给国会领袖们。"

康纳利说："方才我来的时候，白宫门外聚集了很多记者，都想采访政府关于朝鲜的方针。"

"我不会去见他们的。"杜鲁门说。

此时，记者在白宫外面越聚越多，以至于出动了许多警察来维持秩序。

大韩民国大使约翰·张的车子开到了白宫门外。他走下车来，立刻被记者们包围。记者们纷纷拍照，举起话筒。金发碧眼、长得很漂亮的《芝加哥论坛报》女记者金丝吉分外惹人注目，她向大使提出了一个问题："大使先生，你认为我们美国会参战吗？"

约翰·张回答说："这该去问你们的总统。"

金丝吉说："听说你求见杜鲁门时都急哭了。"众人笑起来。

约翰·张有些尴尬："你处在我的位置，也会着急。"

金丝吉说："我明天就启程去你的国家，我希望看到说真话的朝鲜人。"

几个美国军官不等大使回答，已将记者们隔开。约翰·张好歹挤出重围进了白宫大门。当他走进椭圆形办公厅时，杜鲁门和约翰逊正在低声说着什么。

杜鲁门走过来同约翰·张握手。

顿时，张大使泪如雨下："完了，大韩民国就快烟消云散了。"

约翰逊说："我们正在想办法。"

杜鲁门拍了拍约翰·张的手背："挺住，上帝在我们手里呢。"他走回办公桌，不经意地转动了一下地球仪，指着爱琴海左岸说，"你们成了远东的希腊。当年希腊共产党几乎把希腊改变了颜色，是我们美国人挽救了希腊。我们也一定有能力挽救朝鲜，大使可以告诉李总统放心。"

约翰·张松了口气，还是眼巴巴地望着杜鲁门："可是……"

杜鲁门在屋子里踱了很久，终于站下，吩咐约翰逊说："请你用保密电话通知麦克阿瑟将军，下达准备动用海军力量支援大韩民国的命令。"

约翰逊说："我马上办，不过，国会那边……"

杜鲁门说："这是一刻千金的时候，顾不得那么多程序上的事了。"

约翰·张在胸前画着十字，他是个虔诚的基督徒。

杜鲁门说："我当了五年多总统，花了五年多时间避免做出今天的这种决定，终于还是不幸地做出了。是为了朝鲜，也为了我们自身。"他目视约翰·张，约翰·张紧紧握住他的手。

约翰·张似乎彻底放心了，转身就走，连声道谢。他总算可以对他们的总统有个圆满交代了。

10

然而远水解不了近渴。李承晚认为美国的好话说得虽多，不过只是口惠而实远不至。此时的汉城已处在风雨飘摇之中。前线传回来的都是败仗消息，朝鲜人民军正在迅速南进，已经逼近汉城。

外面爆炸声响成一片。

李承晚夫人忧心忡忡地看着窗外的熊熊大火，她对李承晚说："我们再不离开……就来不及了。"

"不！"李承晚的拳头擂在桌上，"我手里还有兵，我决不离开。"

夫人说："美国大使馆都要撤了。"

"我们不是美国人。"李承晚固执地说，"亡国的是我们。"

确实，美国大使馆里已是一片狼藉。工作人员正在焚烧文件，士兵在砸毁译码器和电话交换机。约翰·穆乔大使这位五十岁的单身汉，已不像平时那样没事就哼西班牙情歌了，不过，即使在这兵临城下的时刻，他依然打着漂亮的蝴蝶领结，给人一种冷静的印象。

一等秘书诺布尔说："韩国的官员们，从个人到民族自豪感都是这么皮包骨头，尽管你受多数韩国人尊敬，可李承晚并不喜欢你，背后叫你'穆乔那家伙'。"

穆乔说："可能我的过分亲昵和西班牙情歌倒了他的胃口，我真心地喜欢韩国人，我们必须尽力帮助他们。"

这时，几个韩国官员走了进来。韩国外交部长卞荣泰走进大使馆，一见这里的狼狈相，就问穆乔："大使马上要撤吗？"

穆乔说："我不会走，别人可以走。如果我的手下做了俘虏，对我来说，比我本人被俘更是灾难。"

卞荣泰说："我们已经下令炸了汉江大桥，李总统向大邱转移了，希望大使与我们一同走。"

穆乔问:"李总统方才来电话,还说要与汉城共存亡呢。"

卞荣泰说:"我们编造了一份假情报,说敌军的坦克已到了汉城近郊,李总统这才慌忙穿衣服要走。"

穆乔说:"我向东京要一百架运输机,撤退使馆人员,飞机还没有到,我要等等。"

朝鲜人民军已经冲入汉城市郊了,李承晚在部下簇拥下奔向火车站。百姓与官员都在争相逃难,混乱不堪,厮打、喊叫,争先恐后地爬车⋯⋯

李承晚及随员慌慌张张地上车。

广播电台正在播放如下内容:"政府在,总统坚守汉城,希望国民安静、恢复秩序⋯⋯"这已成了讥讽。

李承晚面露一丝苦笑,回眸一眼那些拥挤啼号的子民。他抬起头来望望黑云密布的天空,长叹了一声,他知道自己的命运和韩国的命运都已不在他手中了,如果美国不出兵,他连一个星期也支持不了。

II

克里姆林宫空旷的大厅里亮着所有的灯,却没有一点声音。

斯大林手托着烟斗,一动不动像座雕像。莫洛托夫、布尔加宁等人站在大厅中央。斯大林沉缓、面无表情地说:"杜鲁门,一个来自密苏里小镇的服装零售商,曾经每天晚上在水槽子里洗自己的臭袜子,天晓得,他也会想要支配地球。"

莫洛托夫说:"艾奇逊倒是有学问的人,毕业于哈佛大学。"

布尔加宁说:"艾奇逊堪称一流外交官。"

斯大林说:"一个粗鲁,一个文雅,他们是怎样搭配的?真是古怪的一对,这话是谁说的?"

莫洛托夫说:"是麦克阿瑟讥讽杜鲁门的话。"

斯大林嘴角露出不轻易有的一笑,他抽着烟斗走到《朝鲜地图》前,说:"古怪的'三八线',还有越南的北纬十七度线,德国的柏林墙……"

莫洛托夫说:"'三八线'是个自然符号、地理名词,没什么军事意义。这条线,截断了七十五条小溪、十二条河流,穿过一百一十八条乡村小路,切断了十五条全天候公路……"

布尔加宁说:"我们总要有个态度。"

斯大林在大厅里踱了几圈,又回到地图前,背对他二人说:"不必发表声明,由莫洛托夫同志发表一个谈话就可以了。啊,不,不要你出面,叫副外长艾伦·寇克发表谈话就可以了。"

莫洛托夫忙拿起文件夹,站着记录。

斯大林口授提要:"众所周知,苏联政府从朝鲜撤军比美国政府要早,从而证实对其他国家的内部事务奉行传统的不干涉原则。现在对朝鲜的内部事务,苏联政府同样坚持外力不得干涉的原则。"

12

白宫台球室设在一楼左侧,是杜鲁门经常光顾的场所。他正与女儿玛格丽特打台球。艾奇逊走进来。杜鲁门停杆,看着他。艾奇逊说:"苏联副外长的谈话出来了。"

杜鲁门有些紧张:"措词强硬?"

艾奇逊递上一份文稿:"不。"

杜鲁门匆匆一瞥,扔下球杆,说:"看来,我们可以放手大干了。斯大林这样温和,我没想到。这只能证明,克里姆林宫无意插手朝鲜事务。"

艾奇逊说:"怕不那么简单。"

杜鲁门说:"最复杂的是我的原子弹。"

玛格丽特说:"你又要投原子弹吗?爸爸,同学们都说你是刽子手。"

杜鲁门对女儿说:"扔原子弹正是为了和平。"他自己认为,他一生最辉煌和最不人道的壮举就是下令使用原子弹。1945年7月16日,美国的原子弹刚刚在新墨西哥州爆炸成功,当即用密电报告了正在波茨坦开会的杜鲁门,他下令,8月3日就将两颗原子弹用"印第安纳波利斯号"巡洋舰运往日本附近基地,一旦天气晴好,即投放日本本土。他忘不了那激动人心的一刻,他是在乘坐"奥古斯塔号"巡洋舰回国途中,在茫茫的大西洋上,用电波密令太平洋空军向日本投掷原子弹的。他一向以为,这两颗原子弹最后粉碎了日本军国主义分子的残梦,是迫使日本无条件投降的决定性打击,尽管苏联不这么看。如今,原子弹还有五年前那样的威力吗?

艾奇逊说:"苏联也有原子弹了,我们的核威慑力量已经不是1945年了。"

杜鲁门披上外衣,对玛格丽特说:"去吧,明天我们再来争冠军。"

玛格丽特吻了杜鲁门的脸颊,走了。杜鲁门和艾奇逊两人接着打台球。杜鲁门打了一杆,说:"我已决心动用第八集团军占领釜山。"

艾奇逊问:"包括使用地面部队吗?"

杜鲁门说:"当然。另外,让联合国安理会通过一个决议。我有个想法,即使我们在朝鲜诉诸武力,也应以联合国的名义出现,我们少担风险。"

艾奇逊说:"妙就妙在苏联从今年1月份开始,为着中国取代蒋介石在安理会席位问题一直拒绝到会,否则比较麻烦。"

杜鲁门说:"去掉苏联,与我们作对的安理会成员国,只有一个南斯拉夫,我们仍然有九票。"

13

麦克阿瑟匆匆来到东京羽田机场,天气恶劣,大雨如注,而且间夹着阵阵沉雷声。他打算飞到朝鲜去看看实际情况。惠特尼和远东空军司令斯特拉特迈耶再三劝阻,他还是来到机场,等候他的专机"巴丹号"加满油起飞。

麦克阿瑟在候机室里抽烟斗,不时看表。

惠特尼和阿尔蒙德等人在商议什么。阿尔蒙德有着一头灰白色头发,面孔红润,一对灰绿色的眼睛,一副倔强的相貌。现在朝鲜战局迅速国际化了,他不能蹉跎下去。麦克阿瑟最担心中国和苏联介入,不是吗?6月28日,毛泽东庄严宣称:全世界各国的事务应由各国人民自己来管,亚洲的事务应由亚洲人民自己来管,而不应由美国来管。美国对亚洲的侵略,只能引起亚洲人民广泛的和坚决的反抗……帝国主义是外强中干的,因为它没有人民的支持。全国和全世界的人民团结起来,进行充分的准备,打败美帝国主义的任何挑衅。

中国也许是未来美国人最不好对付的对手,他把这种担心告诉了阿尔蒙德。

这时外面雷声大作,闪电把候机室照得雪亮,惠特尼不断地与塔台联系,都回答说不能起飞。

女记者金丝吉和三个男记者在一旁大声议论着什么。这引起了麦克阿瑟的注意,他叫过惠特尼:"考特,你允许记者来的吗?"

惠特尼说:"他们有本事拿到国家绝密,你摆脱不了他们的。"

麦克阿瑟说:"讨厌。"

显然这话叫金丝吉听到了,她走过来,说:"我希望将军讨厌的只是天气,而不是记者。"

麦克阿瑟只得与她握握手,很勉强:"欢迎小姐。"

"假的!"金丝吉说,"连我的名字都不肯问,不会是真心欢迎。"

"你好厉害。"麦克阿瑟说,"那么现在补问也不算晚吧?"

"金丝吉。"她自报家门,"《芝加哥论坛报》首席记者。"

麦克阿瑟眼睛一亮:"你是去年让共和党领袖大大出丑的那个记者?"

金丝吉洋洋得意:"怎么,不像吗?"

"了不起!"麦克阿瑟说,"你的文章像刀子,好厉害,文风有点像'二战'时期的随军记者麦耶尼。"

金丝吉说:"那是家父。"

麦克阿瑟一下子对金丝吉格外好感起来。1944年麦克阿瑟曾经抱着试试看的念头,在一些崇拜者的鼓动下,半推半就地在共和党内参加了一次竞选,尽管最后一败涂地,可在伊利诺伊州,他获得了《芝加哥论坛报》的鼎力支持,居然获得五十五张选票,而金丝吉的父亲正是《芝加哥论坛报》的主编,他们有着很深厚的友谊。麦克阿瑟"噢"地叫了一声,上去紧紧地拥抱了金丝吉:"你父亲可是我的好搭档,在菲律宾苦难的岁月,他始终以正直和无畏支持着我。他好吗?"

金丝吉说:"他去年去世了。"

"可惜。"麦克阿瑟扼腕叹息一番,"你知道吗,方才我本来打定主意,要把你们赶下飞机的,现在我改变主意了。"

金丝吉说:"为了我父亲吗?"

麦克阿瑟说:"也许还有你这个漂亮的小妞儿。"

周围的人都笑了起来。

机场上空浓云密布,豪雨如注。麦克阿瑟的B-34型座机"巴丹号"在停机坪上任凭风雨吹打。发动机一直未熄火,螺旋桨搅着雨丝。

惠特尼与远东空军参谋长斯特拉特迈耶小声商量说:"有雷雨,是不是延迟起飞?"

斯特拉特迈耶看了麦克阿瑟一眼,稍显犹豫。

麦克阿瑟走过来,决然地一挥手:"我们走!"他第一个冲出候机楼,钻入雨帘。别人只好跟随出去。

金丝吉高兴得大叫:"在霹雳天气坐霹雳将军的飞机,够刺激!"

麦克阿瑟就是这种脾气,周围的人没人能违拗他。他们陆续登机后,四架野马式战斗机起飞护航。

"巴丹号"飞速滑行,冒雨升上天空。周围一片漆黑,什么也看不见,金丝吉还在大叫:"太好玩了!"

"巴丹号"在浓重的云层中穿行,终于穿越到晴空了,现在可以看见上下左右四架护航机的影子。金丝吉凑过来:"将军,你不想说点什么吗?"

麦克阿瑟说:"我不会因为你是我老朋友的女儿就会格外照顾你,你安静一会儿吧。"他顺手给了她一块口香糖。

金丝吉一笑,走开。麦克阿瑟起身,到下面,对斯特拉特迈耶说:"现在飞到哪儿了?"

参谋长说:"已经进入朝鲜领空了。"

麦克阿瑟点燃玉米棒心烟斗,在膝上摊开地图看了看,突然问:"你有轰炸'三八线'以北目标的计划吗?"

参谋长愕然:"这要有授权。"

麦克阿瑟问:"你有授权吗?"

惠特尼在一旁笑了起来。斯特拉特迈耶摊开手:"将军比我清楚。"

惠特尼说:"当然没有这个授权。"

麦克阿瑟挥动烟斗:"可是,不轰炸他们的目标,他们就占明显优势。"

斯特拉特迈耶说:"将军拉我来视察,不会是来选轰炸目标的吧?"

"怎么不会!"麦克阿瑟说,"你就在飞机上,开始制定轰炸计划。"

斯特拉特迈耶说:"你想把我送上军事法庭吗?"

"相反,"麦克阿瑟说,"准备上军事法庭受审的是我。不过,你必须在军事条令中钻空子,找出些为我辩护的条文。"

斯特拉特迈耶看着惠特尼笑:"这要找他,惠特尼是条令专家。"

飞机忽然出现颠簸。

惠特尼忽然想起了太平洋战争岁月里许多冒险的往事,他笑着对斯特拉特迈耶说:"我们的冒险刚刚拉开序幕。"

一架苏制雅克式飞机忽然出现,斜穿护航队列,向"巴丹号"冲来。"巴丹号"飞行员吃了一惊,猛推操纵杆,并对着话筒大叫:"敌机!"飞机猛然上爬,机身大幅度摇摆、倾斜。从飞机舷窗已经可以清楚地看到雅克攻击机的影子。副官大叫:"护航队,快救援!"

雅克机又一次俯冲过来。

所有的人全都本能地俯下身子,只有麦克阿瑟正襟危坐,像一尊泥塑。金丝吉无比崇敬地望着他。少顷,他冲向机舱口,说:"我们的战斗机正在攻击它。"

女记者金丝吉把笔记本垫在腿上在写着什么。麦克阿瑟见她居然没躲避,问道:"你不怕吗?"

金丝吉说:"看到你不怕,我就有了胆量。"

麦克阿瑟得意地抽起了烟斗。

一位男记者却从座位底下爬出来:"将军不怕死,可我们却不想当垫背的。"

这时斯特拉特迈耶说:"好了,敌机被护航机驱逐了。"

金丝吉用崇拜的目光望着麦克阿瑟,她为他的男人气概而倾倒。

第二章

I

麦克阿瑟的"巴丹号"降落在汉江南岸,韩国的一个空军机场,这里暂时还没有失守。麦克阿瑟一行在韩国军官陪同下,乘车去前沿视察。川流不息的溃兵几乎拥塞了道路,他们在一高阜处下车,记者们围着麦克阿瑟拍照,麦克阿瑟用烟斗指点远处燃烧的城市:"那是汉城吗?"

韩军参谋长蔡胖子说:"是汉城。"

麦克阿瑟讥讽地说:"你们丢汉城丢得好快呀。"

蔡胖子说:"敌人攻势太猛。"

麦克阿瑟不无讥讽地说:"你们的十万精锐,不是号称'亚洲之雄'吗?怎么一夜之间就落花流水了?"

蔡胖子说:"我将召集一百万军队打仗。"

麦克阿瑟揶揄地冲阿尔蒙德道:"有这个印象吗?"阿尔蒙德不屑地笑笑。他继而说:"我不要百万之师。给我两个师,我就能保住这里。"

蔡胖子恭维地说:"将军是当今世界第一号名将,当然了……"

这时,炮弹从头上呼啸而过,有几颗在附近爆炸。大多数人扑地卧倒。麦克阿瑟把身边的金丝吉推倒在地,自己却举起望远镜在看。

蔡胖子抖抖尘土爬起来,对惠特尼说:"将军是个临危不惧的人。"

惠特尼说:"这是部下敬畏他的原因。"

麦克阿瑟的望远镜中出现了汉江大桥,他回头对斯特拉特迈耶少将说:"炸掉它!留着它给敌方用吗?"

斯特拉特迈耶说:"好的。"

蔡胖子说:"我们也想炸掉,没来得及。"

麦克阿瑟像是自语地说:"这将是背水一战,却也是我唯一的机会。"

惠特尼对阿尔蒙德小声说:"他下决心时,通常都是这样。"

阿尔蒙德说:"他又要把我们投入战场经历枪林弹雨了。"

惠特尼说:"谁让我们是他的'终生跟从'了呢?这称号可是杜鲁门总统加给咱们的呀。"

其实,麦克阿瑟的"巴丹"帮里还包括情报处长查尔斯·威洛比少将、哈佛上校,还有因情妇丑闻失了宠的参谋长瑟兰少将。阿尔蒙德倒是后从欧洲战场调到麦克阿瑟身旁的,但却很快也成了他的心腹。

视察前线过后,麦克阿瑟一行被李承晚派车接到水原,那里有一所农学院,它成了李承晚的临时行营。李承晚恭恭敬敬地站在门口,身后是一大批随员。麦克阿瑟的车队到达,他刚一下车,就与李承晚热烈拥抱起来。

在金丝吉抢拍了照片后,麦克阿瑟指着李承晚对金丝吉说:"我们是老相识了,友谊可以追溯到第一次世界大战前。那时我可不是将军。"

李承晚说:"我也不是总统。"

麦克阿瑟说:"他不过是哈佛大学的学生。"

李承晚说:"他也不过是个小小的陆军上尉。"

麦克阿瑟说:"我们是在市政厅前的咖啡馆里认识的,我没带钱,尴尬得走不出门时,他为我付了账。从那以后,我就欠下了人情债。"

人们都笑起来。

金丝吉不失时机地说:"那么将军决心用武力来支持你的朋友,这算不算报答那杯咖啡的一种方式呢?"

麦克阿瑟耸耸肩:"这么说,那杯咖啡的代价太大了。我不上你当,私事与公事怎么能混为一谈?"

人们又都乐了。每人喝了一杯咖啡后,麦克阿瑟急着要同李承晚飞大田去看防线。他与李承晚、穆乔几个人登上一架"山毛榉"飞机,刚刚扣好安全带,一架雅克式攻击机俯冲下来扫射。有人大喊:"快隐蔽!"

麦克阿瑟与穆乔跳下飞机,就地扑倒。飞行员则拉着李承晚跑到一块稻田中躲避。飞机扫射一圈就飞走了,麦克阿瑟忍不住望着李承晚大笑。李承晚和飞行员满脸满身是污泥,却还在咧着嘴笑。

金丝吉又跑过来偷拍,麦克阿瑟拦阻:"这个镜头可不能登出去,我都会跟着丢脸。"

李承晚却说:"没关系,我今天高兴。将军的承诺,比什么都重要。"

麦克阿瑟承诺了什么,别人都没有听见,但在场的人都无需问。他在没有本国政府命令前,就来到南朝鲜战场视察,他的承诺只能是美国的参战。也许此时李承晚要为自己庆幸,五十年前替麦克阿瑟付的那杯咖啡账,不过二十五美分,今天它才真正得到了回报,这回报岂止是二十五个亿、二百五十个亿呢!

2

天气闷热,像有一场暴雨要下,却又闷在半空,使闷热又加重了一层。毛泽东走到有着一株百年古柏和葱茏花木的小院中去散步。聂荣臻轻轻走了过来,他向卫士摆摆手,没有打断毛泽东的沉思。一只蚊子叮在聂荣臻脸上,他一拍,有了响动。

毛泽东听见响动,从花树下走出来:"你来了,怎么也不出声?"

聂荣臻说:"这不是拍蚊子拍出声了吗?"

毛泽东说:"天热,就在院子里坐坐,如何?"

聂荣臻说:"好啊。"

两人在石凳上落座,毛泽东问:"你熟读过《孙子兵法》吗?"

聂荣臻说:"一知半解。"

毛泽东说:"自然。迄今为止,出土的《孙子兵法》竹简不过是一小部分。"他吸了口烟,说,"孙子说,知胜者有五,其中有两条,耐人寻味。一是'知可以战与不可以战者胜';还有一条,叫做'上下同欲者胜'。"

聂荣臻说:"我们战胜了国民党,就是上下同欲。"

毛泽东说:"但不是所有的战争都能做到上下同欲的呀。"

聂荣臻说:"主席找我来是夜论兵书的吗?"

毛泽东说:"你这个聂老总啊!你以为我为什么找你?"

聂荣臻用手指头蘸着茶水,在石桌上写了个"朝"字。两人抚掌大笑,笑过,毛泽东像是漫不经心地问:"你手上还有多少机动部队?"

聂荣臻说:"中原地区有三个军,三十八军驻信阳,三十九军驻漯河,四十军驻洛阳。宋时轮的九兵团在宁沪杭地区,他们是准备打台湾的。"

毛泽东问:"东北有几个军?"

"只有一个四十二军在齐齐哈尔,已经做了全军复员的动员。其余的,都是地方部队。"

毛泽东感叹地说:"真有点马放南山、刀枪入库的味道了呢。"

"就是机动部队的干部也都抽光了,都到地方上去了。"

毛泽东说:"我们可能面临新的战争,但愿它不发生,你心里要有底才行。"

"我明白了。"

这时,毛岸英走来。聂荣臻说:"是岸英啊,你在机器厂干得怎么样?"

毛岸英叫了声"聂叔叔",然后说:"挺有意思的。"

聂荣臻说:"你这个苏联红军的中尉,在陕北务过农,到北京学工,你可是个工农兵全才了。"

毛泽东说:"你不要夸他,他对我有意见了,若有了后台,可要造反了。"

聂荣臻问:"有这种事吗?"

毛岸英只是笑。

毛泽东说:"他呀,跟我要官当,想指挥一营,他说,他在苏联就指挥过一个连了,现在当个营长、团长,那是顺理成章的了!"

几个人都大笑起来。

3

6月30日凌晨3时,根据美参谋长联席会议的决议,要与麦克阿瑟进行一次对话,用"沉默的会议"形式。双方听不到对方声音,却可以讲话,声音由声波转为数字,变成文字打在电讯屏幕上。这种装置,还只有五角大楼的电讯会议室里有。柯林斯、布莱德雷看着技术军官在调试电讯屏幕。屋子里灯光幽暗,墙上印着人的黑影。柯林斯说:"战后,我们还是第一次开这样的'沉默的会议'。"

布莱德雷说:"但愿麦克阿瑟能够听指挥。他这人,是连总统的权力也敢行使的家伙。"

柯林斯说:"他资格太老了,我们几乎无法调动这个元老级的将军。"

这时,技术军官报告:"可以了。麦克阿瑟将军已经坐到了东京屏幕前。"

布莱德雷首先说话:"我是布莱德雷,麦克阿瑟将军晚上好!"

几乎没用几秒钟,在东京第一大厦麦克阿瑟的电讯屏幕上,便显示出了方才布莱德雷的话。麦克阿瑟说:"见鬼!我不要问候,我要命令。我马上要派团一级战斗队伍迅速投入朝鲜战区,我要求授权。"

麦克阿瑟的话出现在屏幕上,布莱德雷和柯林斯面面相觑,柯林斯只得说:"我将立刻转告总统。"

不一会儿,屏幕出现麦克阿瑟的追问:"等多久?"

柯林斯说:"最多半小时,我这里是凌晨3点。"

少顷,屏幕上又出现一行字:"总统就是在床上,也得拖他下来,我们可没工夫睡大觉。"

布莱德雷笑了起来,柯林斯说:"真拿他没办法。"直接派兵入朝,这与支援武器、弹药又不同了,他们二人可不敢自作主张。明知现在杜鲁门没起床,也顾不得礼貌了。布莱德雷生怕麦克阿瑟先斩后奏,他在"二战"时与太平洋司令海军上将尼米兹不和,就经常为闹意气而自行其是,奇怪的是,他每次都走运,便一次又一次地逃脱了谴责。

杜鲁门真的起床了,才3点半。他正在洗漱间刮胡子,柯林斯与佩斯闯了进来。

杜鲁门说:"你们几乎成了野蛮世界的人——一点规矩也不懂了。"

柯林斯说:"有比我们更不文明的人。"杜鲁门知道他指的是麦克阿瑟。

佩斯说:"他要我们把你从床上拖下来,好在总统阁下没要我们动手。"

杜鲁门悻悻地说了一句"又是麦克阿瑟",顺手接过电讯文稿,看了看,铺在洗漱台上签了字。

佩斯吃了一惊:"您批准了?"

柯林斯也叫了起来:"就这样不宣而战?"

杜鲁门又去修理他的胡子,他签字之容易,好像批准白宫买一个马桶。两人觉得没趣,退出。柯林斯说:"他早已下决心了,只是没有正式发布命令而已!"

来到白宫花园前,二人不约而同站住。柯林斯手拿那一纸命令,对佩斯说:"杜鲁门可真是胆大包天。"

佩斯说:"能做出向日本投放原子弹决定的人,自然有非凡的胆识。"

柯林斯不断摇头,他自知手上这张纸的分量,说它有多重都不过分。就是这一张纸、一个签名,将宣判千千万万青年的生命终结,这就是权威,这就是战争。

杜鲁门上班后召集了重要会议,参加会议的依然是布莱尔大厦晚餐会成员。他说:"麦克阿瑟是名将,我们在日本有十几万军队,对付朝鲜,应当是游刃有余的。"

约翰逊说:"只要中国、苏联不参战,会速战速决的。"

杜鲁门说:"昨天,我收到蒋介石的信,他愿意出三万三千人的部队。"

众人颇感意外,悄声议论。

蒋介石当然不会坐失良机,他昨天召集他的政要开了紧急会。他对部下说:"天时地利人和,天时是第一的。古人说,谋事在人,成事在天,就是这个道理。"行政院长陈诚也认为朝鲜战事是千载难逢的天赐良机,只是他不明白,友邦美国的总统杜鲁门是怎么想的,第七舰队既封锁了共产党,也封锁了台湾,不准台湾反攻大陆。

蒋介石说:"他自有他的道理,毕其功于一役是不现实的。我们提出派遣三万三千人一个军的部队参加联合国军,这可能是一种行得通的曲线。"

蒋介石委托陈立夫专门与美国交涉此事。

这是今天杜鲁门召集会议的重要议题之一,他是守着一块烫嘴的山芋,一时拿不定主意。杜鲁门说:"三万三千人,是个挺有魅力的数字。诸位知道,所谓联合国军,答应参加的除了英国、加拿大和土耳其各出一个步兵旅之外,其余的都是一个步兵营,一共只有两万八千人。"

艾奇逊说:"总统是想接受蒋介石的建议吗?"

"是的。"杜鲁门说,"我想征求一下各位的意见。"

柯林斯说:"蒋介石更醉心的恐怕是反攻大陆。"

范登堡说:"这个先不去管它,看看利大还是弊大。"

艾奇逊老谋深算地说:"台湾军队一旦在朝鲜出现,会很敏感,会立刻激怒毛泽东,诸位想,这不是迫使毛泽东倾其全力出兵吗?"

约翰逊认同地说:"这是自惹麻烦。"

布莱德雷说:"如果毛泽东想出兵,即使蒋介石不出兵,他也会干。"

艾奇逊说:"苏联也会在巴尔干,在伊朗、德国惹是生非。"

柯林斯说:"况且,蒋介石的部队几乎没有现代化装备,绝对不比李承晚的部队优越。"

杜鲁门说:"好吧,那我们就婉言谢绝这位'流亡总统'的美意吧。"

柯林斯说:"关于授权麦克阿瑟全权使用所辖部队的命令,是否意味着我们未经宣战就全面介入了战争?"

杜鲁门说:"也可以这样理解,我当然还要向国会说明一下情况。"

佩斯说:"不宣而战,总会有后遗症。"

杜鲁门说:"当年'珍珠港事件',日本人也是不宣而战啊。何况我们是举着联合国旗进入朝鲜。"

与会者不再吱声。

4

麦克阿瑟的先遣部队派出去了,不是一个团,而是二十四步兵师一个整师,一万六千人的部队,四千七百辆军车,几乎全是 C-54 巨型运输机空运到釜山前线的。有着硬板刷一样头发的威廉·迪安少将坐在吉普车中,正统率着二十四师的先遣队向战场开拔。

副官说:"这不像麦克阿瑟的战术。"

迪安问:"你想说什么?"

副官说:"我们二十四师是分批空运来的,后续部队未到,我们就贸然行动,这样孤军深入,是相当危险的。"

迪安说:"你相信朝鲜人民军是对手吗?"

坐在后面的金丝吉说:"麦克阿瑟是常胜将军。"

迪安对副官说:"你都不如一个女人。"

副官说:"咱们在没有宣战的情况下出兵,这是朝鲜要大吃一惊的。"

金丝吉暗暗发笑,她发回去的专电稿此时早已赫然登在《芝加哥论坛报》上,二十四师的出兵不再是什么秘闻。

前面突然走不动了,枪声一阵紧似一阵。迪安跳下车来,问:"怎么回事?"

一尉官报告:"前面接火了。"

迪安立即下令:"投入战斗,传令大炮掩护。"大炮随即轰鸣起来。

迪安扯着金丝吉来到大炮后面:"你老实待在这儿。"他马上来到电台车上,直接与麦克阿瑟通话:"将军阁下,我们都太轻敌了。我们的对手训练有素,我快顶不住了。"

麦克阿瑟的声音:"我正在考虑派出援军,也许整个第八集团军都得投上去。"

迪安这才心里有了底。

登陆后的第一仗就很狼狈,迪安没有想到朝鲜人民军这样骁勇善战,他没敢把伤亡的实际数字报告东京总部,他想在扭转败局后再说。

金丝吉是个不安分的傻大胆,她竟然溜到前沿去了。伤员叫着,一个个被往下抬。暂时蜷缩在临时壕堑中的士兵在吃饭。金丝吉用刺刀打开一听肉末黄豆罐头,用勺子舀着吃。副官走来,不客气地说:"小姐,你马上走!"

金丝吉问:"我到哪里去?"

副官说:"我怎么知道!大概是从哪里来回到哪里去吧。"

金丝吉说:"我是麦克阿瑟将军特许的,是迪安将军带我来的,你不是不知道。"

副官说:"小姐,你别忘了,麦克阿瑟也是有人管着的人。"

金丝吉问:"什么理由让我走?"

副官说:"命令只说不准女记者上前线。"

金丝吉踢了罐头跳起来:"美国还从来没这样关心过女人呢。我不走!任何人也别想践踏记者的神圣权利!"

这时迪安走来了,对副官摆摆手说:"算了。金丝吉小姐,你可以留下来。他们若一定把你弄回去,我就让你加入我的野战排!"

金丝吉欢呼起来。

迪安叹口气:"你知道为什么赶你回去吗?"

金丝吉说:"我是个小记者……"

"小记者的大文章惹了祸呀!"迪安说,"也许白宫和五角大楼的混蛋们不想让全世界的人知道,有一个二十四师在朝鲜干上了。"

金丝吉恍然大悟:"原来如此,可我本来是要帮他们忙的。这回完了,我还指望他们为我颁发勋章呢。"

迪安笑道:"我给你发勋章。"

金丝吉顽皮地说:"你若战死呢?你若当了俘虏呢?"

迪安说:"让我选择,我宁愿战死。若你答应与我一起当战俘,还可以考虑。"

金丝吉笑了起来。

5

"反对美帝国侵略朝鲜"的标语贴遍了北京的大街小巷。

北京机器总厂的门外,巨幅横额上醒目地写着"反对美国第七舰队霸占台湾"。这正是毛岸英当党总支副书记的那家工厂。巨大的空气锤敲击着烧红的铁坯,工人们大汗淋漓地操作。毛岸英也和工人一样,穿着工作服,在炉前烘烤着。不过,他没有干炉前工的活,而是站在车间一角,那儿有一张条桌,几个女工在裁红绿彩纸。毛岸英正在写标语。

两个女工抬来一桶水,工人们围过去用茶缸舀水喝。

人们围过来看毛岸英写的标语:"反对美国侵略朝鲜!""反对美国第七舰队占领台湾海峡!"

一女工说:"咱毛书记的字写得真棒,楞是楞角是角的。"

另一女工说:"瞧你说的,那叫横平竖直,什么'楞是楞角是角'呀,你以为是砸钢锭呀?"

人们都乐了。

一个梳双丫角辫的长得挺秀气的女工拿了一份稿子过来,说:"毛书记,你给我改改呗,黑板报用的。"

毛岸英说:"好,回头我带到家里去改,明天早晨交卷。"

女工赶忙说:"那我先谢了。"

"别忙谢。"毛岸英说,"你得告诉我,你叫什么名字呀,我上哪儿找你去呀!"

一个快嘴姑娘说:"她和白脸曹操是一家子,叫曹桂兰。"

曹桂兰嘟起嘴,说:"我的姓不好……我真恨不得改改,我爹不让。像你多好,姓毛,和毛主席一个姓。"

人们哄笑起来。

毛岸英也笑着说:"曹操也不像戏台上那个样子,大白脸是后人给抹的,曹操能文能武,带八十三万大军去讨东吴时,经过百姓的田地,他就下令不准踩坏一棵庄稼。"

快嘴姑娘忙说:"那,你这回不用改了。"

人们又笑。

这时有人来喊:"毛书记,传达室门口有人来找你,等半天了。"毛岸英放下笔,嘱咐大家回头把标语贴上,就走了出去。快嘴姑娘说:"咱这个姓毛的总支副书记可不简单,那天来了个大鼻子,他叽里咕噜跟人家说上洋话了。"

曹桂兰说:"八成你瞧上人家了吧!"

"我撕烂你嘴!"快嘴姑娘上去抓她,两个人叽叽喳喳地闹着。

一个车间领导说:"人家去年就结婚了,你俩都别做梦了!"

众人又哄笑开了,这回两个女工一齐去抓打车间领导。

6

中南海菊香书屋浸在夜色中。

落地窗帘使房间显得昏暗,台灯发出柔和的光,靠近木雕隔板的地方,摆放着书架,上面有一套《大英百科全书》和英文初级课本,一只大茶杯,还有放大镜、香烟。大木床有三分之一被书籍占了,床边的凳子上摆着一套古书。由这里可以望见卫生间一角,抽水马桶前面有一张方凳,上面也堆着书。

毛泽东正与周恩来谈话。周恩来说:"刚刚得到消息,安理会授权美国统一指挥联合国军。"

毛泽东说:"古代征伐角逐,常常是'挟天子以令诸侯',现在杜鲁门也玩起老花样了,他是借联合国之手,排除异己呀!"

周恩来说:"我已派人到朝鲜去了,军委的会今天要开。"

毛泽东说:"你去主持。别人磨刀霍霍,我们不能高枕无忧啊。"

这时,一个人影一闪,又退了出去。

"谁?"毛泽东有几分不悦。

"像是岸英。"周恩来说。

毛岸英只好进来:"你们谈公事,我没敢进。"

毛泽东问:"朝鲜的事,你们厂的工人有没有议论啊?"

毛岸英给周恩来添了茶,说:"都拥护政府声明,也有人怕美国,怕他们的飞机大炮,还有原子弹。"

毛泽东说:"'恐美病',是个流行病呢。"

周恩来说:"美国侵略朝鲜,师出无名。"

"多行不义必自毙,谁也逃不脱这个规律。"毛泽东站起身,拿起烟来,对毛岸英说,"这还是思齐给我买的烟。你告诉她,以后不要买了,一定要孝敬,在我闲下来的时候多来看看我就是了。"

毛岸英说:"可是我们不知道你什么时候是闲下来的时候。"

毛泽东笑起来:"也说得是。岸英,听说你们在外面租了间房子?"

毛岸英说:"在什刹海后头,过几天粉刷。"

周恩来说:"大可不必,我叫人给你们找间房。"

毛泽东说:"他们都是普通干部,理应如此,住这里不合适;你不走,我也会轰你走的。"

毛岸英说:"我是会看眼色的。"

周恩来笑起来。

根据毛泽东、周恩来的意思,1950年7月7日,周恩来主持召开了军委各军种负责人会议,会议决定组建东北边防军,以应对可能发生的突变。与会者都明白,如果美国打过来,东北首当其冲;将来打出去,东北也是门户。军委决议,限四个军三个炮兵师7月底前调往东北安东、辑安、本溪等地集结待命。

7

迪安的二十四师在朝鲜战场连吃败仗以后,麦克阿瑟决心把驻扎在日本的第八集团军投上去。第八集团军的司令是沃尔顿·沃克中将,在"二战"中号称"虎狗头"战术家,很能打硬仗,曾是巴顿将军的部下,也最受巴顿赏识。他的相貌、气质也与巴顿酷似:浓眉大眼,方下巴阔嘴,军人气质很浓。沃克的第八集团军组建于太平洋战争的后期,在艾尔伯格将军指挥下,进行过几十次水陆两栖攻坚战,在光复菲律宾的战役中表现不俗,日本无条件投降后,成为占领日本本土的占领军。沃克中将原来并不是第八集团军的统帅,他是从欧洲调过来的。风尘仆仆的沃克见了麦克阿瑟的第一句话就是:"我可能要准备打一场身败名裂的战争。"他把勃郎宁手枪解下来扔到桌上。他刚从朝鲜前线视察归来,先冒了这么一句,这就是他的态度。

麦克阿瑟倒了一杯威士忌给他:"我知道你最爱喝苏格兰威士忌,这是艾德礼首相托人送给我的。"

沃克加了冰，一饮而尽。

麦克阿瑟又给他倒了一杯，说："去了一趟朝鲜，如此悲观？在美国军界，你可是与巴顿一样受人尊崇的将军。"

沃克又饮了一口酒，说："我喜欢往坏处想，荣誉和勋章应该在胜利后。"

"迪安那里怎么样？"麦克阿瑟问。

"一败涂地。"沃克说，"我必须把我的第八集团军全部投上去，否则我们会声名狼藉。"

麦克阿瑟说："你没有告诫迪安什么？"

沃克说："我告诉他，以时间换空间。他总是贪功，急躁冒进。"

麦克阿瑟说："好在一切都明朗化了。今天总统通知我，有十六个国家的军队都要来，十六个国家，已经够令人振奋了。"

"菲律宾呀，澳大利亚呀，不过是一个营，六百人而已。"沃克说，"象征性的投入，连象征性的胜利也换不来。"

麦克阿瑟说："英军二十七旅可是蒙哥马利麾下的王牌呀。"

"但愿他们不要丢蒙哥马利的脸。"沃克站了起来，"我得去看看我的二儿子，我走的时候他发烧，得了肺炎，正在医院里。"

麦克阿瑟从花瓶里抽出一支花，是火红的玫瑰，他把花递给沃克："替我问候你的萨姆。"

沃克走出麦克阿瑟的房间，顺手把那支花插在了靴子上。他有两个儿子，大儿子在美国本土服役，二儿子萨姆·沃克驻扎在日本，是第二步兵师的上尉，三年前毕业于西点军校，很有个性。沃克曾着力对他培养，希望他是下一代中的将军继承人，而长子显得懦弱，更像一个文官。

在第八集团军医院，沃克被挡驾在病房外面。护士对他说："无论是谁，萨姆上尉都不见。"

沃克笑着问："连他老子也不见吗？"

护士打量他一眼，推开房门喊了声："上尉先生，你老子来了，见不见？"

这时萨姆·沃克赤脚跳下病床,跑过去拥抱了父亲。他说:"你浑身上下一股火药味。"

"夸张。"沃克说,"我还没打仗呢,哪有什么火药味。怎么样,什么时候出院?"

萨姆说:"是着急让我去当炮灰吗?"

"这话说得不像沃克的儿子。"沃克坐下说,"你考军校,可是你自己的主意。"

"可当军官不是为了死。"萨姆分辩说。

"当军官得准备死。"沃克一本正经。

萨姆见父亲认真,就说:"别生气。将门出虎子,我不会玷污沃克家族的荣誉的。"

沃克摸出一根雪茄,悄声问:"这个可以吗?"

萨姆向收拾房间的护士努了努嘴。小护士过来,冷着脸从沃克口中拔下雪茄烟来:"这个,你儿子说了不算。不能抽烟——虽然你是中将。"

"这里是军医院。"沃克故意说,"我可以把违反命令的任何人送回他妈妈那里去。"

小护士嘻嘻地笑了:"那我会对你说声谢谢,我太想我妈妈了。"

沃克说:"既然这样,就罚你在这里待下去吧。"

几个人都笑了起来。

萨姆问:"你的第八集团军全要拉上去吗?"

"恐怕是。"沃克说。

萨姆问:"我们进行的战争是必要的和神圣的吗?"

沃克说:"恐怕是。啊,是的。"

萨姆笑了起来,他忽然发现父亲的靴子上别着一支揉皱了的花,就问:"这是怎么回事?哦,一朵红玫瑰?深红的?它代表什么,爸爸不会不知道吧?"

沃克从靴掖里取下花,说:"这是麦克阿瑟送给你的。"

041

萨姆接在手中,凑到鼻子底下闻闻,说:"可惜凋零了,也不香,一定是从过夜的花瓶里拔了一支!"

沃克笑了起来:"那也是心意呀。"他对萨姆的精明打心眼高兴。

沃克跟儿子一起吃了一餐饭后,回公寓取来在飞机上起草的那份行动计划。当他又去第一大厦见麦克阿瑟时,哈佛上校挡了驾,把他领到了隔壁惠特尼的房中。麦克阿瑟似乎听到了走廊里的动静,叫惠特尼出来看,是不是沃克来了,如果是,让他进来。原来参谋长联席会议派了柯林斯和范登堡两位参谋长来同麦克阿瑟讨论朝鲜战局了。沃克向两位四星上将敬了军礼,坐在一边。其实柯林斯是他在西点军校的同期生,沃克比他少了两颗星。

办公室的空调开着,灯也开着。第一大厦看上去很壮观辉煌,而设在六楼的麦克阿瑟办公室却显得狭小。一张半新不旧的桌子,一溜软塌塌的老式皮沙发,靠墙壁一个玻璃门书橱,里面放了些军令条例之类的书。令人惊奇的是房中有一个别具一格的陈设,是专门放玉米棒心烟斗的方桌,居然有五六十个玉米棒心烟斗放在铁盒子里备用,还有装烟丝的漆盒,彩绘的,是日本脱胎漆。最引人注目的是正面墙上悬着的两幅伟人画像:一个是华盛顿,另一个是林肯。麦克阿瑟不止一次地声称,除了这两个人,他谁都不崇拜。如果细心,你会发现,华盛顿的油画像浸过水,有明显的黄褐色污水印。那是 1945 年麦克阿瑟第一次迈进美国使馆时,发现劫后的使馆十分狼狈,污水遍地,华盛顿的画像就可怜地漂浮在一堆纸屑、垃圾中间。麦克阿瑟捡了起来,小心地晾干,拿到他的办公室来了。

看来他们已谈了好一会儿,麦克阿瑟脸色不太好,望着天棚在抽烟斗。

柯林斯问:"沃克将军刚从朝鲜飞回来?"

沃克说:"那里的情况很糟,迪安一个师顶不住。"

范登堡说:"总统委托我们来直接了解一下形势。"

麦克阿瑟说:"现在必须大量投入军队,按部就班那一套早该见鬼去了。"

柯林斯说:"当然,我们必须挡住朝鲜人民军的进攻。"

范登堡问:"阁下什么时候能反攻?"

"就凭一个二十四师吗?"麦克阿瑟又火了,"我的目标不只是打过'三八线',而是占领朝鲜全境,我要八个步兵师。"

范登堡说:"这样放手大干,中国人参战怎么办?"

麦克阿瑟一挥玉米棒心烟斗:"把他们消灭在北方。这是动用原子弹的大好机会。"

柯林斯说:"原子弹已不是我们所独有。"

麦克阿瑟说:"苏联不会出兵参战。我们要么在这个地方赢,要么在所有的地方输。"

柯林斯说:"阁下的意思我们都明白了,我还想到朝鲜去看看。"

沃克说:"我陪你飞一次,我的司令部在大邱。"

第三章

I

第八集团军动用空、海力量昼夜运兵前往朝鲜前线。在第二步兵师离开佐世保港的时候,沃克正好在那里指挥。一架又一架载满士兵和物资的运输机呼啸着起飞。萨姆·沃克的连队登船了,他向父亲敬了个军礼,沃克拥抱了儿子,他从脖子上解下一串用鲨鱼牙齿串成的项链,替儿子挂在颈上。

"这是什么?护身符吗?"萨姆问。

"也可以这么说。"沃克说,"这是巴顿送给我的,在南太平洋一带,鲨鱼牙齿代表勇猛无敌。祝儿子好运!"

萨姆说:"我就是鲨鱼牙齿,我期待着父亲亲手为我佩戴勋章。"

"会的!"沃克望着跑上军舰的儿子,"会有这一天的。"

萨姆又回过头来喊:"我现在就该得到一枚紫心勋章!"

沃克笑了。原来"二战"时美国军中有个规矩,凡是在服役期间受过伤的人,都可以得到紫心勋章,却没听说因病住院的人也可以得此殊荣,萨姆不过是同父亲开玩笑。

沃克是乘飞机飞到朝鲜大田的,他在那里会见了迪安少将。在一辆吉普车车盖子上,沃克临时铺着军用地图。沃克和迪安一起看地图,迪安指点着说:"我的部队散布在釜山至大田沿线,步兵十九团在浦项至大邱间保护通讯线路。"

沃克说:"应当把全师的兵力集中起来。"

迪安说:"你来了,我就踏实了。将军,听巴顿说你会打仗!"

沃克哈哈地笑了:"巴顿的原话是,沃克这狗娘养的会打仗。"

"巴顿很粗暴,爱骂人,是吗?"其实,"狗娘养的"一词是迪安故意省略的,怕沃克难堪。

沃克说:"骂逃兵不应该吗?骂那些怕死鬼不对吗?"多少年来,不管什么人,在沃克面前不能提巴顿半点缺点,他与巴顿的友谊是用鲜血当黏合剂的。沃克说:"高级指挥官必须着眼于是在何处,而不是如何打败敌人,这是要诀!"

迪安说:"我已布置,不惜一切代价守住锦江防线。"

美军并没有因为沃克的到来而改变战局,大田机场在7月21号落入朝鲜人民军手中。人民军随即迂回穿插,把二十四师切割得七零八落,首尾不能相顾,次日,又攻占了大田城。

沃克气得到处呼叫迪安,可谁也不知道他在哪里,二十四师像是乱了套的羊群,四散奔逃,严重影响了沃克刚刚建立起来的新防线。

此时迪安裹在后退的乱军中,他的吉普车好不容易钻到前面去。路遇几个轻伤员拦在路上呻吟。一个伤员喊:"喂,当官的,别丢下我。"另一个伤员喊:"我手里有枪。"迪安叫司机停车,示意伤员爬上来。一个伤员拿起迪安的水壶,却一滴水也没有了,原来水壶穿了两个弹洞,水全漏光了。

这时一队人民军斜刺冲下来,向吉普车扫射。迪安的吉普车被打翻。几个人从车底下爬出来,急忙滚进路旁一片灌木丛。

枪声渐渐沉寂下来。不知过了多久,天渐渐黑下来,野草丛中一团团的蚊子叮咬得迪安浑身上下奇痒难耐,他想站起来判断一下有无危险,躺在他身旁的伤员叫着:"水,水……"

迪安从伤员头上摘下钢盔,说:"等着,我去弄水。"他支撑着起身,向前走,走了几步,发现陡峭的山岩上有一道山泉,在月色下闪着亮晶晶的光斑。他兴奋地向山岩爬,突然一脚踩空,重重地摔下沟底。待迪安苏醒过来时,他发现山泉在他头上,离他近极了,他爬过去,仰面接水,猛喝下去。喝饱了,他挣扎着起来,在清虚的月光下找到了摔瘪的钢盔,接了一钢盔水,开始往回走。

吉普车翻车的地方已经阒无人影了,只有那辆摔得残破不堪的车子冒着烟火。他扔了钢盔,四下望望,他不知该向哪里走。狼狈不堪的二十四师美军残部向后跑着。兵找不着将,将丢了兵。

金丝吉和一群记者一边拍照,一边问:"你们是哪个师的?"

一个黑人士兵说:"倒霉的二十四师。"

"你们迪安师长呢?"金丝吉问。

一个上士说:"大概和朝鲜姑娘上床了吧?"士兵们哈哈大笑。

一个士兵说:"你们快跑吧,朝鲜佬就在后面猛追呢!"

金丝吉蹲在地上,在膝盖上写专电稿。这时,一群军官败退过来,其中就有迪安的副官克拉克上尉。

沃克的直升机从天上降落,他铁青着脸走下飞机。克拉克和军官们向沃克敬礼。沃克问:"你们的迪安师长在哪里?"

克拉克报告:"打散了,吉普车翻车后,我们跑散了。迪安将军要么已经死去,要么已经当了俘虏。"

沃克没再说什么,扭头看见了金丝吉,他说:"你跟我上飞机,离开这里。"

金丝吉问:"为什么?"

沃克说:"如果一个女记者在前线出了事,我可能要面对全国的指责,比丢失一个少将要可怕。"

金丝吉说:"谢谢,谢谢你把我和少将画等号。"

迪安不知走了多久,他辨不清方向,一听见响动,就连忙钻进树林

047

中。他已经记不清他与队伍失散几天了。有一天,饿得东倒西歪的迪安见有一个朝鲜老人从林子外边走过,就走了过去,他已经顾不得危险。言语不通,他比画要吃的,并且把手表摘下来递给老头。

老头没有接表,却示意他等着。过了一会儿,老头拿了一个大米饭团子给他。迪安狼吞虎咽地吃大米饭团子,当他舔净手上最后一颗饭粒想要站起来时,他发现面前站着三个荷枪的人民军战士。

那老头仍然是笑眯眯的样子。

迪安下意识地拔枪,他的手却被按住了。他知道上当了,他只上任十八天,就当了战俘,他觉得太晦气了。

2

斯大林从酒柜里拿出一瓶白葡萄酒,细心地亲自启开瓶盖,又启开一瓶红酒,兑在一起,给莫洛托夫倒了一杯,又给自己倒了一杯。他啜了一口酒,问:"尼赫鲁也给艾奇逊拍了同样内容的电报,是吗?"

莫洛托夫说:"是的,但杜鲁门政府尚未答复。"

"给尼赫鲁回电。"斯大林在地毯上轻缓地走动着,他口授,莫洛托夫记录,"我欢迎你的和平建议。你认为宜经由中国人民政府在内的五大国的代表必须参加的安全理事会来使朝鲜问题得到和平处理,这一观点,我完全赞同。我相信,为了朝鲜问题的迅速解决,在安理会上听取朝鲜人民代表陈述意见,是适宜的。"

尼赫鲁是很希望充当和平使者的,他有这样的条件,有中立的国策,与双方都有良好的外交关系。斯大林对他的倡议给予积极响应,尼赫鲁很振奋,可这种振奋很快又被失望所代替。尼赫鲁正在办公,他的外长走进来,把一份电报递上来,说:"杜鲁门政府回电了。"

尼赫鲁说:"接受调停建议了吗?"

"没有。艾奇逊仍然是老调重弹,必须击败朝鲜来恢复这个地区的和平。"

尼赫鲁沉思有顷,说:"既然他这样不给我们中立国面子,我只好公布我和斯大林、艾奇逊之间的电文了,让全世界都明白真相。"

"既然是中立,我们似乎没有必要冒险去得罪哪一方。"

"中立并不等于没有原则。"尼赫鲁对杜鲁门的傲慢是耿耿于怀的。

3

埃德加·斯诺在延安时期就与毛泽东结下了友谊。他的一本《西行漫记》让西方人认识了毛泽东,也让中国人认识了埃德加·斯诺。在国际风云变幻的1950年夏天,斯诺又漂洋过海来拜访毛泽东,主宾双方都十分有兴致,为接待他,毛泽东推掉了一个政治局会议。他亲自迎出丰泽园门外,真正地降阶相迎,笑容满面地与外国客人握手:"久违了,老朋友!"

主宾双方跨进丰泽园正门进入颐年堂。

斯诺落座,环顾房间说:"外面传说,阁下胜利了,入住皇帝住的紫禁城。"

毛泽东哈哈大笑:"这里是中南海,不是皇宫,金銮殿是坐不得的,山呼万岁的人有几个是从心里往外喊的?"

斯诺说:"我没想到你们胜利得这么快,西方世界都把你传成了神秘人物。"

"都是你害的我。"毛泽东道,"你一本《西行漫记》,让黄头发蓝眼睛的洋人也知道了中国土八路的事。"

斯诺说:"我到处看到恢复建设的标语,现在毛先生正致力于使你的国家富强,是这样吗?"

毛泽东说:"是的,我们必须在战争的废墟上创建一个富强的国家。"

斯诺话锋一转,说:"可是阁下能安下心来吗?你的邻居又燃起了战火。"

"你是指朝鲜,是吧?"毛泽东说,"邻居的事,本应由自家人去处理,清官难断家务事嘛。可是外人插手,就是另一回事了。中国有句古话,城门失火,殃及池鱼。先生明白吗?"

斯诺说:"我不明白,城门起火和水里的鱼有什么关系?"

毛泽东说:"城门起火,人们为救火都到水池中取水,结果水干了,鱼不是也死了吗?"

斯诺拍手笑道:"真是绝妙的比喻和联想,什么话从阁下口中说出,总是妙趣横生。"斯诺喝了一口水,又说,"我研究了你们的声明,你们主张亚洲人管亚洲人的事情,朝鲜人管朝鲜人的事情,这是合情合理的。"

毛泽东说:"你们的山姆大叔总想当世界警察,当年出钱、出枪,支持蒋介石在中国打内战,结果怎么样? 这次直接出兵干涉朝鲜内政,更是十足的侵略行径。"

斯诺问:"阁下有意介入朝鲜危机吗?"

毛泽东说:"我们从不许诺什么。不是我们介入与否,是美国先介入了我们的台湾海峡。杜鲁门今年1月曾经发表声明,美国承认中国对台湾行使主权,可是过了几个月,他却又说台湾未来的地位未定。"

斯诺说:"外面有一种传闻,说金日成在朝鲜内战爆发前曾秘密访问过苏联和中国。"

毛泽东机警地说:"下面的,由我来帮他们编,斯大林和毛泽东纵容和默许金日成发动战争,从中渔利。"

斯诺大笑后说:"不久前,美国《时代》周刊刊登了一篇文章,说毛泽东听命于斯大林。我反驳了这种观点。"

毛泽东问:"你是怎样反驳的呢?"

斯诺说:"我说,从长征以后,毛就没有再接受过莫斯科的指令,所以不会出现中国受控于苏联的格局。"

毛泽东说:"过去、未来,都不存在控制的事。至于影响,那会有的。

我们把马克思主义从它欧洲的家族中抽取出来,移植到中国,并挂上中国的出生证,就是这么回事。"

斯诺说:"有趣,那就是说,无论苏联还是美国,都不可能控制中国。"

毛泽东说:"如果发生这种事的话,也就可以往火星上修一条铁路了。"

斯诺又爽朗地笑起来,喝了一口茶,他又言归正传:"麦克阿瑟是个敢冒险的人,这就引起了很多人的担心,有人把他比做拿破仑。"

毛泽东笑道:"拿破仑是皇帝,麦克阿瑟不是。拿破仑不是更富有冒险精神吗?"

斯诺说:"据说麦克阿瑟是很崇拜拿破仑的。"

毛泽东说:"是不是包括滑铁卢兵败也崇拜呢?如果你能见到麦克阿瑟,请替我捎一句话给他,这不是我的话,是他崇拜的拿破仑说的:'我在一生中经历了很多大的失败,因而也就没有什么羞耻感了。'"

斯诺笑道:"阁下如果能当面对麦克阿瑟说这番话,说不定你们能成为朋友。"

毛泽东哈哈大笑:"在这个世界上常常出现以小人之心度君子之腹的事情。"

斯诺说:"那么,先生一席话,是否可以理解为中国无意卷入朝鲜冲突?"

毛泽东说:"先生又逼我承诺了。中国人常说,唇亡则齿寒,户破则堂危。如果说我们不关注朝鲜的局势,那是假话。"

斯诺仰起头来似乎咀嚼着毛泽东这席话中的含义。他觉得毛泽东一如他在延安时期那样机敏、健谈、风趣,可这其中有没有差别呢?显然他变得更加自信了。斯诺知道,中国时下流行着"恐美病",可这种病浸蚀不了毛泽东的机体,他蔑视一切强者。

毛泽东当然是真正的强者,尽管他的国家眼下还很穷。

4

沃克在视察过前线后,对他的统帅说,这可能是一场"身败名裂"的战争,那时他多少有点耸人听闻的意思,未必真的这样以为。一踏上朝鲜的土地,他发觉那预言是可怕的魔术附身才可能说出来的。仅仅几天时间,他的第八集团军就顶不住了,一退再退,很快就退到了洛东江以东。他不得不让自己的傲气暂时为现实所代替,他向东京求援了,这是8月2日。沃克与麦克阿瑟通电话时报告:"我们已被压缩到洛东江以东狭小地区。"

麦克阿瑟的声音传来:"顶住,拿出你第八集团军的威风来。"

沃克说:"我希望将军拯救第八集团军,你有能力向总统施加压力。我们的兵力不足!"

麦克阿瑟没有责难沃克,甚至连一句重话都没说。他深知,沃克不是轻浮之辈,他是知耻而后勇者,响鼓不用重锤。麦克阿瑟没有想到他一个集团军会陷进泥潭,怎么办?只能大打,甚至倾举国之兵。他用安慰的口气在电话里说:"别急,那我就再向华盛顿咆哮一回!"麦克阿瑟没有夸大其词的成分,他放下电话就把他的"咆哮"倾洒在电报密码中,发向了大洋彼岸的茫茫太空。

艾奇逊接到麦克阿瑟的特急电报,决定照转总统。他拿了那份电报,放在总统的桌上。

杜鲁门没看电报,却看了一眼艾奇逊:"看来这是一封不祥的电报。"

艾奇逊反问:"何以见得?"

杜鲁门说:"从你脸上的表情中看出来的。"

艾奇逊说:"我只是个本色演员。看看吧,我们那位五星上将又狮子大开口了。"

杜鲁门摇摇头:"你去处理吧。"

"这可越权了。"艾奇逊说着拿起电报,"我来念给总统听。"他念道,"总统先生,我们碰上了不愿碰上的事,我们的对手,可以和上次大战中任何时期的优秀军队相媲美。"

杜鲁门说:"夸大其词,为了逃避他的指挥失误。二十四师不行,第八集团军也不行吗?"当过炮兵上尉的杜鲁门历来不相信将军,这是他的名言。

艾奇逊接着念下去:"……按部就班——让这一概念见鬼去吧,抓住太平洋中的每一条船,把大量兵力、物资运到远东来。"

杜鲁门对戛然而止的艾奇逊问:"怎么不念了?唔,下面是难听的话了,我没说错吧?"

艾奇逊说:"总统还是很了解他的。"

杜鲁门说:"如果麦克阿瑟当总统,他会把美国所有的男人都编练起来,投到前线去。"

艾奇逊说:"他要增兵,怎么答复?"

杜鲁门说:"先不正面答复他。我很犹豫。"

艾奇逊问:"你仍然怀疑斯大林在玩魔术吗?"

杜鲁门说:"不然,你无法解释苏联的冷静。金日成在朝鲜发难,很可能是斯大林声东击西的一招,意图在于把我们的军队全吸引到远东,他借机攫取欧洲。那我们就上当了。"

艾奇逊说:"如果同俄国全面开战,欧洲将首当其冲,其次才是太平洋地区。尽管如此,总不能对麦克阿瑟置之不理吧?"

杜鲁门说:"好像对第七舰队封锁台湾,他麦克阿瑟也发表了不同见解?"

艾奇逊说:"他认为我们的国策失误。封锁只该是针对中国大陆的,我们加了一条阻止蒋介石反攻大陆,麦克阿瑟认为这丢掉和束缚了我们的朋友。不能小看这种舆论,国会中就有好多议员持这种观点。"

杜鲁门说:"你叫军方警告麦克阿瑟,他不是总统,叫他少放屁!"他终于也"咆哮"了,此时他肯定想起了麦克阿瑟对他的种种不恭。当年杜鲁门任命麦克阿瑟而没有任命尼米兹为远东总司令时,麦克阿瑟拍来了感谢电,但仅这一次。杜鲁门万万没有想到,在这风云变幻无常的时候,麦克阿瑟却要去访问台湾。这也同样令蒋介石深感意外。杜鲁门事实上在1949年就抛弃了他,否则他不会这样惨。此事宋美龄归咎于蒋介石支持过杜鲁门的竞选对手,而蒋介石认为杜鲁门是个不讲信义的伪君子,他像讨厌当年中国战区参谋长史迪威将军一样讨厌杜鲁门。但现在手握重兵威震东亚的麦克阿瑟突然要访问台湾,不能不让蒋介石感激涕零,他在猜测:是不是杜鲁门政府的外交政策发生了变化呢?如果是,必然是以朝鲜战争为转折点。

蒋介石在与蒋经国、陈立夫、陈诚等人紧急磋商后,又把夫人宋美龄请进了总统府。宋美龄走进来说:"达令,你在办公室里召见我,可是第一次呀。"

蒋介石笑笑:"这是公事,公私分明才能公正廉明嘛,你坐!"

宋美龄坐下。

蒋介石说:"明天,麦克阿瑟将要来我们这儿访问。"

宋美龄大喜过望:"这可是意外的事!"

蒋介石说:"美国不会抛弃我们,我早说过。麦克阿瑟不是称台湾为不沉的航空母舰吗?"

宋美龄说:"杜鲁门这人很讨厌,如果不是他釜底抽薪,我们怎么会到这小岛上来吹清风?"

蒋介石说:"闲话休要去说了。你是'美国通',麦克阿瑟来访,你去唱主角。"

宋美龄说:"这自然,只是这位脾气大得很的麦克,我连一面之交也没有。"

蒋介石说:"当年你去游说美国国会,争取美援,你又认识几个人?道不同,不相与谋,以同道而求同谋,就是了。"蒋介石喜气洋洋,他的部下们也都沉浸在喜气洋洋的气氛中。

7月30日，天气不好，风大云厚，像要刮台风的样子。蒋介石和他的要员们提前两个多小时就赶到了中正机场等候麦克阿瑟的光临。蒋介石、宋美龄及国民党元老政要们或坐或立，脸上都现出焦灼的神色。麦克阿瑟的飞机延误了。窗外风声嘶吼，大团乌云在天际奔突。

宋美龄叫过侍从官："去问问塔台，已经延迟一个多小时了，怎么还不到？"

陈诚走过来说："天气不好，能见度低，麦克阿瑟上将的两架飞机还在琉球群岛上空兜圈子。"

蒋介石面无表情地直视着窗外。

忽然，候机室大门洞开，有人高喊："来了，来了！"话音未落，一阵飞机声由远渐近。蒋介石站起来，宋美龄忙上去搀扶。蒋介石一走出候机室，就见麦克阿瑟的专机"巴丹号"从厚厚的云堆中钻了出来，吼声震耳。飞机降落带来的强风把蒋介石的长袍下摆吹起来。飞机停稳，机舱门打开，麦克阿瑟第一个出现在舷梯上。记者们拥上去拍照。军乐队奏起美国国歌。女青年手持鲜花跟在蒋介石身后向前走去。

健步走下舷梯的麦克阿瑟与蒋介石握着手，说："你好，大元帅，感谢你到这里来迎接我。"他称蒋介石为元帅，是因为"二战"时蒋介石当过中国战区总司令。这当然令蒋介石很受用。

蒋介石说："天气不好，将军辛苦了。"

麦克阿瑟说："但愿我走时天晴气朗。"

蒋介石说："作为主人，倒希望天气一直不好，那就可以多留客人住几天，所谓人不留客天留客嘛。"

这些话经宋美龄译给麦克阿瑟以后，他拍了拍蒋介石的手背："你是个很风趣的人。"

蒋介石这才介绍宋美龄："宋美龄女士，她的身份，大概无需我介绍了。"

"你真漂亮。"麦克阿瑟与宋美龄显得很自然地拥抱了一下，女记者金丝吉抢拍镜头。

这时,太阳从云隙中钻出来,投下一束光来,宋美龄不失时机地说:"你看,太阳出来了,将军为我们带来了光明。"

她这句双关语令麦克阿瑟十分高兴:"这里本来不缺阳光的。"

蒋介石向麦克阿瑟一一介绍了他的下属后,说:"谢谢麦克阿瑟将军,谢谢你还记得我们。"言语之中,有几分凄凉之感。

待宋美龄带感情色彩地译给麦克阿瑟听时,麦克阿瑟动容地说:"假如当初杜鲁门、艾奇逊给予你更多的支持,事情也许会是另一种结局。你不得已退守台湾,事实上是美国力量在亚洲大陆崩溃的开始,也是那个遭人奚落的'纸老虎'的诞生之日。"他指的当然是毛泽东对安娜·路易斯特朗称美国为"纸老虎"的论断。蒋介石听了这话,大有五内熨帖之感,麦克阿瑟果然是很有人情味的军人,他不是政客,难怪菲律宾人、日本人那么崇敬他。

麦克阿瑟一行稍事休息后,参加了蒋介石为他举办的盛大宴会。宴会厅里彩灯高悬,一派节日气氛。光彩照人的宋美龄陪同蒋介石步入宴会厅。

乐队奏起优美的迎宾曲。

麦克阿瑟带着他的十六名盟军最高司令官们从另一侧门入场。

宴会桌上依次写着来宾的名字。

宋美龄亲自出马,把一位位军官领到他应坐的名签位置上去:"惠特尼将军,您好。""阿尔蒙德将军,请入座。""威洛比将军,您应当坐在这里……"

麦克阿瑟看得目瞪口呆。待到宋美龄把客人一一安排完毕,他站起来,说:"如果我没说错的话,我们这些军人,宋女士都是第一次见面,你怎么有这样的本事,一个不错地认出他们呢?"

宋美龄矜持地微笑着:"这也许就是心有灵犀一点通吧!"

麦克阿瑟俯下身,吻了宋美龄的手背,金丝吉不失时机地又抓拍到这一镜头。

个中奥妙,只有蒋介石知道。为了查找、默记麦克阿瑟一行人的资料、相貌,宋美龄一整个晚上都没有睡觉。皇天不负苦心人,她果然讨得了麦克阿瑟的欢心。

5

麦克阿瑟的台北之行出人意料,也令自己人如堕五里云雾中。听到这消息,杜鲁门根本不相信,这样重大的行动,他怎么敢独来独往?又何况是在东亚最敏感的时候、最敏感的地区!

8月1日上午,国务卿艾奇逊到底得到了确切消息,他走进杜鲁门的椭圆形办公厅,说:"消息证实了,麦克阿瑟确实在台北。"

杜鲁门气得抓起了一只水晶笔筒,刚要掷地,却又放回原处。

艾奇逊忍不住想乐。

杜鲁门有几分解嘲地说:"若摔东西,应到该死的麦克阿瑟家去摔。这个笔筒,是罗斯福总统留给我的。"

艾奇逊说:"这下子又有好戏看了。"

"等着瞧吧!"杜鲁门说,"我迟早要收拾这个无法无天的家伙。"

话音刚落,新闻秘书送来了一沓当天的报纸,杜鲁门和艾奇逊同时瞪大了眼睛,几乎所有的报纸——《纽约时报》《纽约先驱论坛报》《华盛顿邮报》《芝加哥论坛报》……全都在头版用大字标题报道了麦克阿瑟访台的新闻。麦克阿瑟神气活现地吻着宋美龄手背的大照片像针一样刺痛了杜鲁门的眼睛。

艾奇逊笑眯眯地等着杜鲁门的反应。杜鲁门戴上眼镜左看右看,说:"我从小害过眼病,视力不佳,所以看不出宋美龄有多漂亮。不过,让麦克阿瑟这家伙出尽了风头。"

艾奇逊说:"照片,只不过是花絮。"

杜鲁门说:"麦克有过承诺吗?"

艾奇逊说:"现在还不得而知,不过报上透露了一点。蒋介石说这次会见,是老战友的再次合作,胜利就有了保证。"

杜鲁门说:"让人头疼的不是蒋介石说了些什么。麦克阿瑟大张旗鼓地去台湾,会使国际上认为我们改变了'台湾中立化'的政策,人们会怀疑我们把台湾当成反共基地,这会激怒中共、苏共。如果为此中、苏介入朝鲜战争,那麦克捅的娄子可就大了。"

艾奇逊说:"也许,到了该解除麦克阿瑟职务的时候了。只有这样,才能洗清我们的一切。"

杜鲁门思索有顷,说:"朝鲜战争目前很被动,中途换将不见得是好事。我们毕竟得承认,麦克阿瑟是能打仗的。"

艾奇逊说:"那也必须约束他。"

杜鲁门说:"我想派巡回大使哈里曼到东京去一次,向他解释一下美国政策,希望他今后不要胡来,安分守己一些。"

艾奇逊说:"那就按总统的意思办吧。"其实他明白杜鲁门的心思,他不是不恨麦克阿瑟,只是他碍于舆论。麦克阿瑟从1942年"巴丹岛之战",以及后来收复菲律宾,直到把日本神奇地改造成西方模式的民主国家,这家伙声望日隆、名气日大,一些人甚至把他神化了。动他,必须考虑投鼠忌器,不到万不得已,是走不得这着险棋的。

6

8月初,美国第八集团军渐渐在釜山一线站稳了脚跟。由于朝鲜人民军长驱直入,后方补给线又拉得过长,一时未能速胜,故战争双方呈胶着状态。

毛泽东在注意到了这微妙的变化后,于8月4日召开了中央政治局会议。他说:"如美帝得胜,就会得意,就会威胁我们。对朝鲜不能不帮,当然时机还要选择,我们不能不有所准备。"周恩来补充说:"如果美国将朝鲜压下去,则对和平不利,其气焰就会高涨起来。要争取胜利,一定要加上中国的因素,中国的压力压上去,才能引起国际上的变化。我们不能没有此远大设想。"

毛泽东说:"马上给高岗发电,告诉他们8月内可能没有作战任务,但应准备9月上旬能投入作战。"这时,进驻东北的四个军的任务已经由边防演变为可能出国作战了。周恩来说:"值得强调的是,出国作战的可能性很大,如果出去,主要作战对象是美帝国主义,同志们务必有这样的思想准备。"

这时,十三兵团已奉军委之命陆续在东北的安东、辑安、本溪一线集结完毕,但是十三兵团的领导层尚未配齐。司令员邓华是一员虎将,在东北第四野战军时他是七纵队司令员,惯打硬仗,不然军委是不会点将点到他头上的。邓华提出非要洪学智来当他的副司令员不可。洪学智此人有勇有谋,原是四野六纵队司令员,是邓华的老搭档了。问题是洪学智此时是广东第十五兵团的副司令员,是叶剑英的爱将,谁敢去挖这个墙脚?

邓华去找时为军委副主席的林彪,林彪似乎根本没考虑叶剑英那里的麻烦,一口允诺了。正巧邓华从军委得知洪学智北上请示广州军区与十五兵团合并的事,就跑到前门火车站去劫人。邓华知道自己很难说服洪学智,干脆把他拉到林彪家去了。

一下车,洪学智奇怪道:"这不是军委招待所呀?"

邓华嘿嘿一乐,卫兵早替他们拉开了门。一走进客厅,洪学智就看到林彪正从书房走出来,他愣住了,忙叫了声:"林总,怎么跑你这儿来了?"

林彪看了他们一眼,只淡淡地说了一句:"你们来了?"

邓华说:"哈,赶上了饭时。"

"那就先吃饭,坐吧!"林彪看着炊事员给大家盛了饭,才坐下去。

洪学智知道邓华带他到林彪这儿来,一定有名堂。虽说他是林彪的老部下,但由于林彪是不喜交往的人,部下都很少登门拜访。

刚吃了一口饭,林彪对洪学智说:"调你到东北去。"

洪学智愣了。

林彪说:"吃过饭就走,火车票都买好了。"

邓华说:"我在北京泡蘑菇,就是等你。"

"原来是你鼓捣的。"洪学智说,"干吗非我去呀!"

林彪说:"十三兵团都是四野的老部队,你熟悉。"

洪学智有点着急:"是叶参座派我来请示十五兵团和广州军区合并之事的,这中间插一杠子,我怎么向叶参座交代?我也得回去交代一下工作吧?"

林彪说:"不行,来不及了。现在朝鲜战局很紧张,叶司令交办的任务,你打电话回去,叫别人接管。"

洪学智无奈,说:"总得回去拿几件换洗衣服吧?"

林彪笑了:"对不起,你到东北去找几件穿吧。"

邓华插嘴说:"不能让他回去,他跑了,不回来怎么办?"

洪学智说:"怎么会呢!"

邓华笑道:"万一叶参座扣下你不放呢?你别耍小心眼儿,乖乖跟我到东北去吧!"

事已至此,说也无益了,洪学智只好跟邓华到东北去。由此判断,出兵朝鲜的事已是迫在眉睫了。

7

阿尔蒙德被第一大厦的工作人员恩准,动用了麦克阿瑟那部专用电梯到了六楼,那两部一般电梯都在运货。

叼着烟斗的麦克阿瑟正在看书,是他爱不释手的那本紫色封皮的书《剑桥世界现代史》。麦克阿瑟酷爱读书,他住在马尼拉饭店六楼,当美军驻菲律宾大元帅时,他那温馨的家里,有一间挺像样子的书房,藏书竟有万余册。后来在马尼拉陷落时,忙于逃命的麦克阿瑟一家人,除了带走麦克阿瑟装勋章和奖章的大匣子外,只给儿子阿瑟带走了一辆三轮小童车,那些书都散失了。几年后他回到马尼拉故居,书橱上只剩下可怜的几本没价值的杂书。倒是妻子珍妮有心计,来到日本后,她居然在一个关押候审的日本战犯家中找到了麦克阿瑟的几百本好书，全都有麦克阿瑟那不易模仿的签名，其中就包括这本《剑桥世界现代史》。

为此，麦克阿瑟高兴了好一阵子。

阿尔蒙德没有打扰麦克阿瑟，他睁大他那双灰绿色的眼睛，注意地看起写在华盛顿、林肯画像下的格言，过去阿尔蒙德从来没仔细看过。那格言显然是麦克阿瑟自己杜撰的：

假如我要去自己解释——不要说去回答——所有对我的攻击，这个铺子还不如关了去干别的生意。我尽全力去干我知道怎样干和我能干的事情。

阿尔蒙德似有所悟地念出声来。麦克阿瑟这才放下书本，看了他一眼，又站到了沙盘前。他在巨大的朝鲜沙盘地形图前久久地思索着。

阿尔蒙德在麦克阿瑟点起玉米棒心烟斗时，轻声说："沃克将军又来电告急。"

麦克阿瑟不耐烦地说："他还要什么？所能给的我都给他了！除非把我的勤务兵也给他。"

阿尔蒙德说："航空母舰和陆基航空兵倒是替沃克赢得了制空权。可是这并不能改变沃克的处境，事实上他被包围着，想要反攻和打破包围，几乎是不可能的。"

麦克阿瑟又走到地形图前，俯身看了一会儿，突然把烟斗一掼，说："在敌后方实施两栖登陆！"

阿尔蒙德释然一笑道："我估计到你会走这一步棋。"

麦克阿瑟抑制不住兴奋："此举可切断朝鲜的供给线，并把朝鲜军队围困在登陆线与第八集团军之间。"

阿尔蒙德说："如果成功，朝鲜人民军就首尾难顾了，沃克也就自然解了围，又可以向北夹击，这使我想起了在莱特岛实施的奥莫克登陆。"

麦克阿瑟说:"就这么办。"

阿尔蒙德说:"登陆部队在哪里?美国本土已没有多少部队,虽然开始了战争动员,可新兵训练需要时间。"

麦克阿瑟说:"国内还有第一陆战师,还有伞兵部队嘛。要编练一个第十军。"

阿尔蒙德说:"那你得好好挑选一名军长。"

麦克阿瑟久久地凝视着阿尔蒙德那双灰绿色的眼睛,说:"军长就是你啰!"

"我?"阿尔蒙德吃了一惊,"我是你的参谋长,一时也离不开呀!"

麦克阿瑟说:"参谋长你照干。"

阿尔蒙德说:"要我隶属沃克的第八集团军吗?"他与沃克一向貌合神离。

"当然不。"麦克阿瑟说,"第十军归我直辖。"

阿尔蒙德不好再说什么了。

麦克阿瑟说:"在敌后两栖登陆,就这么办。早该这么办了。"他像是为自己打气。

阿尔蒙德说:"这要说服参谋长联席会议。"

麦克阿瑟说:"马上起草电报。战胜敌人,首先要战胜内部的敌人。"

阿尔蒙德当然明白麦克阿瑟所指的"内部敌人"是哪些人。

第四章

I

8月21日,美国陆军参谋长柯林斯和海军作战部部长谢尔曼奉命飞往东京,研究麦克阿瑟的两栖登陆计划。这两位参谋长是深知麦克阿瑟个性的,说服他改变一个观点要远比劝异教徒皈依新教还难。坐在巨型运输专机上,两人考虑了几种方案,最后还是决定用大量的数据来制伏他。元山也好,群山也罢,都是两栖登陆的理想港口,他却要选择潜伏着重重危险的仁川。天晓得麦克阿瑟的神经何以如此与众不同。

至于从本土往朝鲜再调兵,柯林斯也觉得捉襟见肘,很难应付。他说:"我们把第一陆战师从加利福尼亚调给麦克阿瑟,已经尽了全力。"

谢尔曼说:"听说他要阿尔蒙德出面组建第十军,专门用于登陆。"

柯林斯说:"我不喜欢不诚实的做法。凭着我们的海空军优势,两栖登陆是必然成功的,也符合军事逻辑。问题是选在哪里登陆。"

谢尔曼说:"麦克阿瑟一定要选在仁川登陆,反对仁川登陆,他就说反对两栖登陆。这有点像英国人罗素的诡辩论。"

柯林斯说:"这样一来,这个方案就成了麦克阿瑟个人天才的闪光了。他就等于罗素证明了二加二等于五。"

两个人都不由地笑了起来。

到了东京,麦克阿瑟并不急于表白自己为什么要选在仁川登陆,却催着要人力、物力,要调舰队,仿佛他自己说了就算数似的。没办法,柯林斯和谢尔曼只得召集联合会议,麦克阿瑟不屑地一笑,说:"听便。"

会议在六楼的会议室召开,坐了满满一屋子人,除麦克阿瑟、柯林斯、谢尔曼外,还有远东海军司令、海军中将特纳·乔埃,第七舰队司令、海军上将阿瑟·斯特拉伯,以及将要指挥两栖登陆的海军少将詹姆斯·多伊尔、第一陆战师师长奥利佛·史密斯少将。阿尔蒙德、斯特拉特迈耶和惠特尼也在座。

屋子里香烟的烟雾飘来飘去,几乎把五万分之一的作战地图都覆盖住了。麦克阿瑟的大手在《朝鲜地图》的蜂腰处比划了几下,啪地一拍,回过身来说:"如果仅从釜山防御圈实施反攻,要死十万人,所以实施两栖登陆,我称之为拯救十万生命之举。"

柯林斯说:"两栖登陆已没有分歧。"

麦克阿瑟说:"两栖登陆既已成定论,那么就剩下登陆地点了。元山、群山,还是仁川?我知道,几乎所有的人都反对在仁川登陆。我偏偏定了仁川,因为我预感到了胜利。"他大手一挥,坐了下去,去抽他的烟斗。

柯林斯说:"既然是论证,我想先听听海军专家们的见解。"

乔埃中将说:"仁川是最不理想的港口。"

多伊尔说:"在接到麦克阿瑟将军方案副本后,我们组织了八名两栖登陆专家讨论了技术问题,我们的结论是,仁川登陆弊多利少。作为登陆作战群司令官,我也首先反对'仁川方案'。"

阿尔蒙德在椅子上动了动身子,把窒息般的脸掉向麦克阿瑟。他突然冒了一句:"我父亲说过,所谓战争会议一犹豫不决就会产生败北主义。"此言一出,举座皆惊。会场便陷入沉默,只有烟雾越来越浓。

多伊尔看看望着天花板的麦克阿瑟说:"对于仁川来说,每年秋天只有几天时间有高潮位,9月15日满潮时间为6点59分和傍晚7点19分,而这一天的日落时间为6点44分。由于潮差太大,能够组织器材登陆的时间仅限于满潮的两小时,我无法保证登陆艇在两小时内登陆完毕。那样的话就势必使部队暴露在敌人海岸火力下,队伍要陷在泥沼中前进不能,后退也不能。"

斯特拉伯问:"仁川港外的水深、潮水高度,有历年数据吗?"

多伊尔说:"朝鲜西海岸外水域平均水深三十九米三,而东海岸水深达三千多米。仁川潮水差特别大,最高可达三十六英尺,最低潮只有六英尺,而一旦潮退,仁川港外会露出二十四公里宽的淤泥浅滩,这对登陆是极为不利的。"

谢尔曼又问:"这里有没有强台风?"

多伊尔说:"这正是我下面要说的。9月份,正是强台风多发季节,而且通往港口的水底,布满了磁性水雷和定位水雷。"

乔埃说:"这样的航道,敌人用一条沉船就可以阻断我们的进攻之路。"

人们都把目光转向麦克阿瑟,看是否说服了他。但却见他在用一根小钢丝细心地通他的烟斗。柯林斯与谢尔曼交换了一下目光,用中指叩了叩桌面。麦克阿瑟吹吹烟斗,抬起头来。

柯林斯说:"麦克阿瑟总司令,我想,我被他们说服了。"

麦克阿瑟不动声色地说:"若想让我思想通,这比通烟斗要难。我已经是第十四次听这些陈词滥调了!"

人们面面相觑。

麦克阿瑟站了起来,环顾四周,开始了他雄辩的演说:"如果是个军人,只要不是白痴,他都能说出仁川不宜登陆的种种弊端。我既然没被认为是白痴,我还需要诸位花这么多工夫来开导吗?"

多伊尔、乔埃等人都有几分不自在。

麦克阿瑟不慌不忙地点上他的烟斗,却不吸,却是用来挥舞,他面前飞舞起一缕缕蓝烟。他说:"你们提出的仁川的坏处,恰恰是最大的优点。敌人同样有脑袋。他们也能看出仁川这些不可克服的弱点,因此才不可能设防,这不正是我们突然袭击的机会吗?出其不意,攻其不备,难点在这里成了优势。"

众人听着,表情各异。

麦克阿瑟说:"1759年,沃尔夫将军在加拿大魁北克打了大胜仗,打败了蒙特卡姆,他就是干了一件表面上十分冒险的两栖登陆。"

谢尔曼打断他说:"可海军方面提出的困难,毕竟是一种存在。"

"是的。"麦克阿瑟说,"我对海军充满了信心,事实上,我对海军的信心比海军自己的信心要大。"

许多人笑了,海军将军们笑得有些尴尬。

麦克阿瑟接着侃侃而谈:"仁川登陆,汉城唾手可得。除此之外的选择,就是看着釜山的士兵们像割牛肉那样任人宰割。谁敢对这样的悲剧负责?毫无疑问,我不敢!"

有人扭过头去,不再与麦克阿瑟的目光交流,他的眼神与语气同样咄咄逼人。麦克阿瑟打着剧烈的手势:"西方的威望系于千钧一发,数百万人在等待结果,我意识到,仁川是五千比一的一场赌博,但我喜欢下个大赌注!这是我麦克阿瑟经验与灵感的一次大赌博,是百年不遇的赌博!问题在于,仁川一旦成功,它可以拯救十万条生命,挽救败局,把北朝鲜人碾碎!"他重重地把手臂停在了半空。

人们几乎听呆了,直到麦克阿瑟坐下来,人们才清醒过来,许多人禁不住鼓起掌来。谢尔曼起立,握住麦克阿瑟的手,说:"谢谢,这是伟大事业的召唤,是伟大目的的伟大声音。"

柯林斯说:"可能是将军的风采、人格魅力征服了我们这些反对者。祝你走运,别让你的赌注白下了。"

到此为止,只能以大多数人的理屈词穷为结局。柯林斯站起身来时,对谢尔曼摊开手说:"这就是我们的宝贝麦克阿瑟,上帝给了他魔鬼般的辩才。"

谢尔曼说:"细想想,也不光是诡辩,他的战略战术充满了出其不意的成分。"

柯林斯没有多说,他暗自想,回去向参谋长联席会议报告时,请他们定,柯林斯并没有在东京拍板。

2

毛泽东连夜找秘书田家英,让他去找些朝鲜海港水文气象资料,他觉得麦克阿瑟那样威望卓著,决不是吹出来的,他的战术可能会有出其不意的一手,不能不防。

英雄所见略同,十三兵团的人也在日夜研究朝鲜战局。

周恩来正伏案批阅文件,朱德推门进来。

周恩来起身相迎:"朱老总,有什么急事,亲自跑来。"

朱德把一封电报拍在周恩来面前:"十三兵团的邓华、洪学智、解方三个人联名给我发来一份电报。"

周恩来看电报。

朱德说:"他们推断,麦克阿瑟有可能兜北朝鲜的后路,在北部沿海登陆,实行前后夹击。"

周恩来说:"英雄所见略同。我们有必要通知金日成同志,早做防备。"

朱德说:"他们几个人提出的参战时机,我也觉得有理,美国人打过'三八线',我们无论从政治上、军事上,都要主动。"

周恩来说:"好。主席考虑,再调动八个军集结起来。现在是山雨欲来风满楼啊。"

朱德说:"华东的第九兵团不是已经向津浦线靠拢了吗?"

周恩来说:"军委已草拟好了命令,令准备复员的十九兵团杨得志部,取消复员命令,火速集结陇海线,已令第五十军开赴东北。"

朱德说:"特种兵也要搞,现代战争光是小米加步枪不行啰。"

"是啊。"周恩来说,"已着手编练四个飞行团、三个战车旅、十八个高炮团以及十个军的队属炮兵。将已有的三个航空兵师、十五个高炮团、一个探照灯团,分别部署于沈阳、鞍山、本溪以及京、津、沪等地。"

二人接着分析了美国人的战略意图。最近美国飞机轰炸扫射了安东和鸭绿江上捕鱼的中国渔民,全国掀起了抗议美国暴行的示威游行,8月27日、30日,周恩来总理两度致电联合国安理会主席马立克及联合国秘书长赖伊,要求制裁美国飞机入侵中国领空炸死我和平居民的罪恶行径。

周恩来说:"看来,我们想观望都不可能了,美国欺人太甚!"

朱德说:"我们多需要休养生息啊,可是,看来一场恶战不可避免啦。"

3

8月30日,麦克阿瑟接到了参谋长联席会议的命令,终于同意他的两栖登陆方案。不过,登陆地点写上了仁川,这并非唯一的地点,而是留了个尾巴。这正是将军们的高明处,一旦出现万一,他们不会与麦克阿瑟绑到一起去倒霉。

阿尔蒙德说:"柯林斯和谢尔曼功不可没,至少他们回去没有说坏话。"

惠特尼说:"我提醒各位,华盛顿的官僚政客们在玩弄模棱两可的把戏。你们看,批准了登陆计划,却在地点上故意模糊。"

麦克阿瑟说:"念。"

惠特尼念道:"部队将'或者在仁川,如果仁川附近敌军防御力量薄弱的话,或者在仁川以南一个有利的海滩上'实施登陆……"

麦克阿瑟说了句:"滑头。"

阿尔蒙德问:"回电吗?"

麦克阿瑟说:"不理睬。"

惠特尼敲打着一沓文件说:"这是回避不了的,将军的最后命令副本,可是要送回华盛顿的。"

麦克阿瑟想了一下,对惠特尼说:"找一个听话的信使。"

惠特尼说:"信使是林恩·史密斯上校,绝对可靠。"

麦克阿瑟说:"为防止他们中途变卦,必须让副本晚些时候送达,最好是我们的先头部队已经抢滩登陆了再送。"

阿尔蒙德笑了:"这不是太藐视他们了吗?"

麦克阿瑟说:"是他们先藐视了上帝。"

这时,惠特尼领着史密斯上校来了,他向麦克阿瑟做了介绍。麦克阿瑟的手拍在上校肩上,说:"命令副本别送得太快。你懂吗?假如他们说这是一场太大的赌博,就告诉他们说,我认为这是往储钱罐里扔进一个硬币,而打开罐时,已经是吓人的一大笔钱了。你告诉他们,华盛顿最大的赌注不是仁川登陆,而是朝鲜战争。"

史密斯上校说:"我这么说,会被解职的。"

麦克阿瑟说:"没关系,到我这里来。不过前提是我没有被解职之前!"

人们都乐了。史密斯相信麦克阿瑟不是开玩笑,他什么事都做得出,什么事都办得到。

4

几经周折,周恩来把敌人可能在仁川实施两栖登陆的推断通知了金日成,这是在9月1日。当时朝鲜人民军正在全力以赴地对洛东江以东连连发起攻势,如果此时抽出兵力去防备万一,势必分散兵力,金日成不能不犹豫。一名情报军官在向金日成报告时分析:"根据种种预测,中国方面的推断是可靠的。"

金日成问:"敌人将从我们的背后登陆?"

情报官说:"是的,最大的可能是在仁川登陆,正如中国同志分析的那样,仁川靠近汉城,只要一登陆,便可直取汉城。"

金日成点点头,在狭小的房间里踱了几步,说:"传达我的命令,捍卫坚守一切解放地区,用你们的生命和鲜血去捍卫每一寸土地、每一座山、每一条河!"

金日成当天紧急召见了中国驻朝使馆临时代办柴成文。柴成文把朝鲜战局情况和金日成希望中国支援的要求写了一个汇报提纲送达中南海。

林彪看完汇报提纲后,赶到西花厅去见周恩来。他进屋就声明,他是顺路来看看周恩来,他要去傅连暲那里看病。周恩来望着他蜡黄、消瘦的面孔说:"你是该好好治治病,我看你反倒不如战争年月了。"

林彪说:"是啊。看来我是享不了清福的人。"

周恩来问:"朝鲜使馆的汇报提纲你看了吗?"

林彪说他看过了。他不但看过了,而且还找使馆的人进行了了解,这一层,他没有告诉周恩来。他问:"主席的意思是要打,对吗?"

周恩来叹口气说:"现在是进亦难,退亦难啊。"

林彪似乎很悠闲地站起来去看地图,那是新挂起来的《朝鲜全图》。林彪似漫不经心地说:"朝鲜北方山高林密,还是很适合打游击的呀。"

周恩来一愣,旋即明白了林彪的用意,他单刀直入地问:"你认为朝鲜支持不住吗?"

林彪轻轻一笑,并不就此正面回答,他仍按自己的思路说下去:"金日成是打过游击的,他在东北抗过日,在长白山里打过好多年,应该说有经验。"

周恩来说:"有话直说嘛!你总是含而不露的。"

林彪笑了:"非也,我是没想好。我觉得,我们应提醒金日成,欲速则不达,别看现在势如破竹,一旦美国人来个侧后登陆,战局会不可收拾。"

周恩来试探地问:"那么,中国若是助一臂之力呢?"

林彪说:"你不怕惹火烧身吗?中国还经得起大战吗?我不便与主席讲,希望总理从四万万同胞的切身利益考虑,切莫玩火。"

周恩来心里不大痛快。他对林彪所说的"玩火"不舒服,不过他也不会把这话原原本本地端给毛泽东。不管怎样,林彪还是出于好心。想到这里,周恩来又想起了昨天苏联大使罗申的话。罗申也说过,可以让金日成上山打游击,必要的时候,让中国在东北长白山为金日成提供后方训练基地。

这是无独有偶吗?周恩来感到困惑。

林彪点到为止,起身告辞,走了。

5

这是一个没有月亮的黑夜,潮水哗哗响着,只有远处八尾岛、月尾岛上朝鲜人民军海岸炮兵阵地有星星点点的灯光。为了搜集、测量仁川附近的海水资料,摸清朝鲜人民军在海口及海岸兵力火力部署情况,情报处长威洛比派出了他最得力的部下尤金·克拉克上尉带助手潜入仁川外海。尤金是个一米八的大个子,鬈发,灰褐色眼睛,永远穿着海军陆战队退了色的军服。此时他和两个助手肩上扛着衣服卷,正跋涉在泥泞的成海沼泽中,他们用皮尺量着防波堤高度。他们已经昼伏夜出地干了三天,所要的资料已经够令尤金·克拉克满意的了。

几天以后威洛比得意扬扬地带尤金·克拉克到东京第一大厦去见麦克阿瑟时,尤金掩饰不住其自得的神态。麦克阿瑟亲自给尤金·克拉克倒了一杯马提尼酒,他注视着这个穿退了色的陆战队绿军服、戴有檐海军帽的人。他拍了拍他宽厚的肩:"你真能干!我从前怎么没发现你?"

克拉克说:"从前我在关岛战犯所当日文翻译,去年才调到远东参谋部情报处。能给支雪茄吗?"

"当然。"麦克阿瑟说,"现在来谈谈吧。"

他给了他一支吕宋雪茄。克拉克点着雪茄,用力抽了几口说:"仁川外的防波堤十英尺高,我在那儿一直待到海潮涨上来,等到退潮时再量,这种测量技术一靠猜测二靠上帝。我以为,还是他妈日本的数据准确,几乎不能在泥沼中走,会把我们的士兵陷进去。"他喝了一大口酒。

麦克阿瑟问:"航道水深呢?"

克拉克说:"航道水深二十五英尺……长官,有薄饼和鱼子酱吗?"

麦克阿瑟说:"我忽略了你的肚子。"他打开冰箱,拿出一大堆吃的:三文治、火腿、馅饼。

克拉克大吃大嚼,却不影响口若悬河地报告:"登陆舰却至少要二十九英尺水深才通得过。"

麦克阿瑟紧张了:"没有办法补救吗?"

"你别急!"克拉克说,"9月份、10月份有极少数几天海潮最大,可以形成大潮位,我查阅了日本人的水文资料,三十二年来的。"

"最大潮是哪天?"麦克阿瑟问。

克拉克说:"9月15日。"

麦克阿瑟高兴地把烟斗往手上一叩,抑制不住内心的高兴,真是上帝赐给的良机。上帝与科学在这里配合得很默契。

尤金·克拉克接着介绍了仁川港附近的防卫情况:仁川码头有一个连守卫,月尾岛上有两门高射炮,西侧有五挺重机枪,西南侧有两挺,小月尾岛上有二十五挺重机枪,五门一百二十毫米榴弹炮。总共月尾岛上有大约一千人防守,为独立二二六团一个连,还有九一八野战炮团一个连。阿尔蒙德一一做了笔录,他问:"八尾岛上不是有灯塔的吗?"

"坏了。"克拉克说,"那是一座法国老式燃油灯塔,我查过了,旋转反射镜用的电池切断了,灯具没坏,如果灯塔对我们有用,我可以修好它。"

"当然有用。"麦克阿瑟指示说,"你要在9月15日3点整,把灯塔点燃,行吗?"

"听从您的命令!"克拉克说,"将军下命令的时候,通常要问'行吗'?"

"当然不。"麦克阿瑟笑了,"因为你不是我的直接下属,或者换句话说,我与你之间的距离太大了。"他又一次拍了拍克拉克宽厚的肩膀说了声,"谢谢你。"

克拉克说:"长官别光口头上谢呀,给我颁发海军十字勋章,怎么样?得勋章从来没有我们的份儿!"

麦克阿瑟说:"仁川登陆成功,我第一个给你戴勋章。讲定了,海军十字勋章。"

就在美国登陆部队紧锣密鼓地准备仁川奇袭的时候,苏联驻朝鲜的大使兼军事顾问史蒂科夫将军却根本不相信麦克阿瑟会有此"愚蠢之举"。朝鲜人民军的金少校再三对史蒂科夫说:"我们情报部门再次预测,敌人可能从仁川登陆,有南北夹击之虞。"

史蒂科夫说:"仁川?那是一个无法登陆的地方。几十公里的泥沼,他们过得来吗?况且,那里的水深不够,大的舰艇无法靠近。"

金少校说:"我以为,还是早做准备为好。我们把全部主力都压到洛东江一线去了,刚刚从北面开过来的十八师,又去了南面。仁川—汉城防线只有一万五千人,又都是新兵,我怕万一……"

史蒂科夫打断他说:"我们在月尾岛和仁川海岸部署两个营,就足以挡住美国十万大兵的攻击,这是易守难攻之地。"

金少校又说:"中国同志再三劝我们要注意敌人的两栖登陆。万一发生这种事,洛东江的部队就要陷入重围,后果太可怕了。"

史蒂科夫说:"你打过几次仗?当年德国人围攻莫斯科又怎么样?"

一抬出他的资历来,金少校还有什么话可说呢?

直到9月13日,即仁川登陆的前两天,金日成同史蒂科夫商量,想抽调一些部队回援仁川,加强那里的防卫以防不测,史蒂科夫仍然固执己见。这个亚麻色头发、一脸粉刺的红脸膛将军说麦克阿瑟是志大才疏之人,他说麦克阿瑟在"二战"时丢了巴丹岛,半夜三更乘潜水艇逃难,把手下的温赖特将军扔下不管,造成温赖特和金少将率陷入绝境的七万五千名士兵举手向日本人投降……一句话,麦克阿瑟算什么玩意儿!

金日成当然不好驳史蒂科夫,他只能婉转地阐述自己的观点。他对史蒂科夫说:"虽然仁川确实易守难攻,为防万一,我意还是派些部队回援。"

史蒂科夫说:"你想派什么部队回去,洛东江的压力才能减少,沃克来个反扑,我们会顶不住的。"

金日成思忖一下,对他的参谋长下令说:"命令第十五坦克师和第九师八十七步兵团马上离开洛东江,奔赴汉城。"

参谋长说:"十五坦克师的坦克只剩了五十辆,而且有不同程度损坏。"

金日成说:"克服一切困难,星夜出发。"

这是唯一可能的补救措施了。谁都知道,一旦美军真的在仁川登陆,这一点补充,不是纯粹的杯水车薪吗?

6

现在踌躇满志的麦克阿瑟要雷厉风行地创造他七十岁的战绩了。9月12日,麦克阿瑟带了六个参谋来到机场,准备登机。这次他没有乘坐他的"巴丹号",而是又临时调用了一架运输机。因为决定得突然,麦克阿瑟赶到停机坪时,机械师拿着油刷子正在往飞机上画星星,刚刚画了四颗,还少一颗。将军有几颗星,座机、座车、钢盔上就画几个,这是"二战"以来美军不成文的规矩。

一见麦克阿瑟匆匆走来,机械师显得极不好意思地说:"这怎么办?将军,您还少一颗星哪。"

麦克阿瑟宽容地一笑,说:"到此为止吧,少一颗没关系,反正那一颗是白捡来的。"原来1942年前,美国是没有五星上将的,在麦克阿瑟取得了莱特岛大捷后,正值国会创立新的军衔,有了五星上将,他和马歇尔、艾森豪威尔、阿诺德、尼米兹、金等人一同获得了这项殊荣。

麦克阿瑟等不得机械师为他补足五颗星就起飞了,很快就飞到了佐世保军港,他要在那里登上军舰去仁川指挥两栖登陆。风信球高高地飘在军港上空,风大得让人站不稳。麦克阿瑟的旗舰"麦金利山号"在狂涛巨浪中起伏着。舰长卡特·普因特鲁是个小个子、干瘦、爱唠叨的将军,却也是当年哈尔西海军上将手下最得力的干将。

看了看天空,麦克阿瑟担心海上的风浪会更大。

普因特鲁向麦克阿瑟建议说:"长官,'麦金利山号'必须马上起航,风暴越来越大,只有离开防波堤,才可能免遭海潮袭击。"

麦克阿瑟问:"台风要提前到来吗?"

普因特鲁说:"再有几小时,'基雅号'台风就刮过来了。"

麦克阿瑟问:"风速多少?"

普因特鲁答:"风速二十二米六。"

麦克阿瑟对阿尔蒙德、多伊尔、惠特尼等人说:"我们马上起航。"

麦克阿瑟第一个登上"麦金利山号"。上了军舰,他把阿尔蒙德、多伊尔叫到前甲板上,说:"马上给'密苏里号'战列舰舰长和'姆盖号'航空母舰发报,问他们到达指定位置没有。"

阿尔蒙德问:"叫他们马上佯攻吗?"

麦克阿瑟说:"是的。告诉'密苏里号'和他的驱逐舰队,在东海岸三陟海面上,用四百毫米巨炮轰击海岸炮台、敌军阵地、铁路调车场。让'姆盖号'航空母舰、'海伦娜号'巡洋舰炮击平壤和镇南浦一带,就从明天 0 时起佯攻。"

多伊尔说:"敌方可能更相信我们要从群山登陆。昨天陆战队抓了一个朝鲜人民军参谋,他说,他们认为我们打仁川是佯攻,是一个声东击西的计谋。"

"这太妙了。"麦克阿瑟注视"麦金利山号"在起锚,"敌人有这个错觉太好了。我已令第五航空队从明天起轮番轰炸群山公路、铁路桥梁,并且让美军陆战队在群山沿海登陆,迷惑敌人。"

阿尔蒙德说:"我马上去联系。"

"麦金利山号"鸣着粗犷的汽笛,驶入日本海狂浪中。在波涛起伏的大海上,麦克阿瑟此时的心潮也在激荡起伏,他不由得想起了当年太平洋战争中他亲自领导的"莱特岛战役",那可以说是太平洋战争中最为复杂的一次战役。他觉得,他现在正着手指挥的"仁川之役",就是"莱特岛之役"光辉的再现。

多壮观的"莱特岛之战"啊!麦克阿瑟指挥着克鲁格将军第六集团军二十万人,还有金海军上将集结的七百艘战舰组成的庞大舰队、十八艘小型航空母舰、六艘战列舰、十一艘轻重巡洋舰、八十六艘驱逐舰,还有哈尔西的第三舰队参战,他带来十八艘快速航空母舰。他那一次的旗舰是金凯德的"纳什维尔号",他是抱着誓死的决心告别妻子珍妮的,他说:"不打胜,我不回来了。"麦克阿瑟带上父亲留给他的科尔特四十五毫米的小手枪,是纯粹防身用的枪。可惜那时根本不出这种子弹了,哈佛费了很大力气才在科雷吉多尔岛上找到两粒四十五毫米口径的子弹。无疑他不想当俘虏,到了不可收拾的时候,他要用这两颗子弹结束自己的生命。

今天,这把父亲留下的小手枪又挂在了他腰间,惠特尼和哈佛都注意到了,但他们已经毫不再为麦克阿瑟担心,他没有太平洋战争时随时可能殒命的危险了。

就在麦克阿瑟开出几百艘军舰,装载着第十军和海军陆战队驶向仁川时,沃克中将及时得到了这个令人振奋的消息。恰在这时,第八集团军冲开了朝鲜人民军第十五师的防线。9月13日晚上,军官们集合在俱乐部里狂欢庆祝,沃克当时也在与军官们一起喝香槟酒。

记者金丝吉正在这里采访,她被狂热分子喷了一身酒沫。

沃克突然叫记者们退席,说有绝密消息要向校级以上军官们通报,记者们不情愿地退出。沃克说:"绝密消息,现在第十军、第一陆战师、第七陆战师已大兵压境,马上要在仁川登陆了。先生们,准备大反攻吧!"

又是一片欢呼。

沃克嘱咐:"不准泄露,特等机密。"

金丝吉也猜到了麦克阿瑟可能正在酝酿着两栖登陆,可究竟何时、何地,几乎一点消息都没有透露出来。她想出一个办法,又钻进军人酒吧。金丝吉向一个少校拼命灌酒,少校喝多了,去摸金丝吉的脸蛋。金丝吉没躲闪,套话道:"我猜得到,麦克将军要在群山登陆。"醉眼蒙眬的少校咕哝了一句:"不是群山,是仁川。"可他旋即意识到说走了嘴,马上纠正,"不是仁川,是群山,不,什么也不是。"他还想去摸金丝吉的脸,金丝吉啪地打了他的手一下,骂了声"蠢驴",便走开了。

得到了情报,金丝吉真是又吃惊又振奋,她的好友贝却笛就在这里,为防万一,她都没有透露半分。她借了一辆摩托车赶到了海军航空兵那里,想搭乘飞机迅速离开。

7

9月14日夜,夜灰沉沉的,海上风浪卷起来有三米高,震天动地的海涛声淹没了一切。

一条小艇渐渐靠上飞鱼峡。

尤金·克拉克从艇上下来。系好艇,向黑暗中的老式帕尔米油灯塔走去。他拉开塔门看了看,又去检查油灯,给油灯里注满了油。他把一块闹表上了弦,时间定在3时。他半躺半坐在塔里的草铺上,忽然又跳了起来,从怀里掏出一支彩笔,借着手电筒的光亮,在塔门上写了一行字:克拉克到此一游。他自我欣赏地看着这一行字,从怀里摸出一个扁酒瓶,喝了一口酒。他又在岩石上放置了一盏小油灯,这才安心地蜷缩在灯塔下小睡。其实他根本睡不着。他知道,此时风高浪急的外海上,正有几百艘战舰、几百架舰载机和十几万人马在枕戈待命,他必须及时点燃那古老的灯塔油灯。

此时麦克阿瑟也睡不着,他向所有攻击人员下达了睡觉的命令,为的是养足精神。他自己的神经却处在高度紧张中,为了松弛一下,他进了淋浴室去洗澡。刚打完肥皂,勤务兵隔着磨砂玻璃门叫道:"将军,有一位女记者要见你。"

"你发疯了吗?"麦克阿瑟抹了一把脸上的水,吼着,"我马上要睡觉,我告诉过你,什么人都不准来打搅我。"

勤务兵说:"可是她说,如果你不见她,她能让你身败名裂。"

麦克阿瑟骂了一句"混蛋",说:"叫她在客厅等我。"他简单地擦擦身子,穿上了那件胸前印有一个大 A 字的灰色浴衣,这是在西点军校时发的,多年来他一直用着,这也是对西点军校的怀念。

勤务兵把金丝吉让到厅中,她坐下。麦克阿瑟穿着浴衣出来,又好气又好笑地说:"是你呀。对不起,我不礼貌了,不过,是你先有不礼貌行为的。"

金丝吉说:"还是将军好啊,在军舰上也能洗澡,我可是好几天没洗过澡了。"

麦克阿瑟说:"你不介意的话,愿意为你提供浴室。"

"谢谢。"金丝吉说,"飞鱼峡外,兵舰林立,好像是要打仁川吧?"

麦克阿瑟问:"喝点什么?"

金丝吉说:"随便,来杯威士忌吧。"

二人喝着酒,麦克阿瑟淡然地说:"不过是演习。"

"不高明的骗术。"金丝吉诡秘地一笑,把一份电稿递到麦克阿瑟手中。

麦克阿瑟看罢大惊:"你……把电稿发出去了吗?"

金丝吉得意地笑着:"那又怎么样?这一条电讯稿,我可以卖十万美金,如果以另外一种价值出卖,一百万、一千万也不止,你信不信?"

麦克阿瑟一屁股坐下去,半晌才说:"我的一世英名,都毁在你手中啦。"

金丝吉咯咯地笑起来,笑得开心且放肆。她说:"看着七十岁的五星上将在我面前发抖,太开心啦。"

"我真想一枪打死你。"被激怒的麦克阿瑟咬着牙说。

金丝吉说:"那也挽救不了你的败局。"

麦克阿瑟问:"你真的发出去了吗?我现在取消明天早上的行动还来得及。"

金丝吉又一次纵声大笑。她说:"放心吧,我没有发电稿。我如果发了,又来见你,岂不是傻瓜吗?"

麦克阿瑟恍然大悟:"你这小妞儿,戏弄我。"

金丝吉说:"我想提醒你,我如此轻易地从你的部下得到这样绝密的情报,将军不感到后怕吗?"

麦克阿瑟说:"我真的无法安枕了。也许,还有许多我看不见的魔影在向我袭来。"他在屋子里走来走去。他站住,对金丝吉说:"去吧,洗洗澡吧! 如果你不介意的话。"

"在五星上将的浴室里享用一番,还谈什么介意不介意呢!"金丝吉笑着走进浴室。

麦克阿瑟心事重重地走了几步,叫:"来人!"

哈佛上校走了进来,麦克阿瑟对他说:"去,把惠特尼喊来。"

哈佛上校似有怀疑,可看了一眼麦克阿瑟不容置疑的表情,还是出去了。

惠特尼也刚刚躺在摇晃不已的吊床上,还没入睡,哈佛就来敲门。惠特尼拉开水密门,哈佛说:"总司令说让你马上去他那里。"

"不是他下令所有人都要睡觉的吗?"惠特尼咕噜着,匆匆披上浴袍,走了出去。

惠特尼走进来时,发现总司令也是这身打扮,一样穿着浴衣。麦克阿瑟叼着烟斗,不安地走来走去:"考特,你坐下!"

惠特尼突然听见背后水哗哗地响,扭头望去,见浴室里有人影在晃动。

"谁在你房中洗澡?"惠特尼问,"舰上总不会藏着女人吧?"他本来是开个小小的玩笑。

"还真是女人。"麦克阿瑟一点儿都不否认地说。

惠特尼吃惊地望着他,麦克阿瑟说:"不过,她是我的救星,你认识的,讨厌的记者金丝吉。"

惠特尼问:"她怎么会跑到这里来的?"

麦克阿瑟说:"她拿到了仁川作战的准确情报。如果她发了电稿,我们不是前功尽弃了吗?"说毕,他又在不安地踱步。

惠特尼说:"这太危险了,也太富有戏剧性了。"

麦克阿瑟问:"我们有把握成功吗?"

惠特尼说:"你怎么了?"他发现麦克阿瑟焦虑异常,好像失去了往日的信心。

麦克阿瑟说:"这可能是一次最冒险的两栖作战,我的灵魂面临考验。"

惠特尼蓦然间回忆起往事。在太平洋战争年月,每次大的战役前,他都是这样,下决心时,不顾一切人反对,他都能胜利。可是临战前他却又常常战战兢兢,仿佛灭顶之灾即将来临,他总是怀疑自己的决心下得不对。

惠特尼称这是伟人与孩童的混合心理。他需要安慰,需要人打气,需要人加固他的信心,这样他才能踏实。于是惠特尼说:"你难道有过重大决策上的失误吗?不相信自己智力的人,是白痴,这可是你说过的话。"

麦克阿瑟抽着烟斗笑笑:"你在拍马屁!"

惠特尼说:"我已经凑齐了十六个国家的硬币,把所有联合国军成员国的硬币都熔化在一起,为你铸上十颗星!"

麦克阿瑟不能不惊讶惠特尼办事的仔细和老道。记得1944年"莱特岛战役"胜利后,美军占领了奥莫克,即将攻陷吕宋岛,为表彰麦克阿瑟的战功,根据塔克班当地的习惯,工兵主任斯维德鲁用麦克阿瑟指挥下的六个国家(美国、澳大利亚、新西兰、荷属东印度、荷兰)的硬币熔成一炉,铸出新领章的十颗星,在圣诞节那天,专门举行仪式,给麦克阿瑟钉在了衣领上。对这件事,麦克阿瑟比打了胜仗本身还要高兴。

惠特尼又说:"潮水涨上来了,朝鲜人民军的炮兵阵地夷平了,没有什么可以担心的。"他只能尽量安慰上司。

麦克阿瑟走来走去:"七万人的生命,在此一举。如果朝鲜人民军在仁川严阵以待,那么从军舰上冲过浅滩的士兵,将成千上万地倒下。

那么,1950年9月15日将在历史上和珍珠港一样,成为黑色的日子,我麦克阿瑟也将被钉在历史的耻辱柱上。"

惠特尼说:"你从来不是这样的,你今天怎么了?你应当自信,我们的策略是正确的。"

麦克阿瑟终于停止了踱步,好像自言自语:"是的,这是正确的决定,万无一失的。谢谢你,考特,现在我们去睡一觉吧!"

这样折腾一番,麦克阿瑟又恢复了他那颐指气使的神态,仿佛是惠特尼给他施了什么魔法。

第五章

I

仁川外面月尾岛海面上天低浪高,海和天仿佛挤压到一起。那些军舰庞大的舰体也仿佛被压缩,看不清了。这是凌晨3时,撼人心弦的9月15日开始了它惊心动魄的黎明。

惠特尼站在舰桥上。

从这里望过去,马里恩要塞的月尾岛以及仁川大陆一片漆黑,没有星光,也没有灯光。灌耳的潮声响亮地击打着舰船,正是潮满时刻,闪着粼光的浪花剧烈涌伏。

尤金·克拉克在涛声中假寐,"唧唧"的报时声把他唤醒过来。他擦燃火柴看看表,3时整。克拉克跳起来,爬上灯塔,手有些抖,终于点燃了老式引航灯。他又跳到岩石上,把小油灯点燃。

海浪掀天,海风呼啸,闪烁的火苗忽而被吹斜、拉长,忽而被缩短。克拉克张开双臂喊了一声:"来吧,伙计们!"

惠特尼最先看到了灯塔亮起来,他忍不住怦然心动,几乎叫出声来。

麦克阿瑟不知何时来到了他身后,他披一件黑色斗篷,紧紧抓住惠特尼的手,低沉而有力地说:"上帝帮我们创造了奇迹。克拉克这鬼东西,真他妈有种!"这等于表彰克拉克的上司一样,站在他旁边的威洛比少将心里舒服极了。

按华盛顿时间计算,那里刚好是9月14日下午2时,陆军参谋长柯林斯上将一直没拿到麦克阿瑟仁川行动的副本,他刚想叫人去催,门铃响了。

麦克阿瑟派出的信使林恩·史密斯上校大步走了进来,敬了个军礼:"将军,下午好!"

柯林斯问:"你是来交仁川计划副本的吗?"

史密斯说"是的,将军",说罢恭敬递上。

柯林斯说:"我还以为麦克阿瑟改主意了呢。"他翻开命令书草草一看,立刻又惊又怒,拍案而起:"这不是开玩笑吧!"他看了看落地大钟,说:"现在正是朝鲜时间15日的凌晨3时,也就是说,麦克阿瑟现在已经向仁川发起总攻了。他让你这狗崽子一分钟也不提前地把命令副本送到我这儿,让我们无法取消或修正他的一切,是不是?"

史密斯上校面对咆哮的柯林斯,冷静地说:"与其说将军生这么大的气,不如打电话去问问,也许这会儿已经有了仁川登陆的捷报。"

柯林斯受不了史密斯的嘲弄,他吼了声"滚出去",回手去抓电话。抓电话有什么用?无论布莱德雷、艾奇逊还是杜鲁门,此时都奈何麦克阿瑟不得,他已是箭在弦上不得不发。只是柯林斯有一种被愚弄的感觉,这口气他咽不下去。

三个小时后,仁川海面逐渐亮起来,正是大潮满潮的时刻,海上白沫翻腾。

麦克阿瑟稳稳地站在摇晃的舰桥上。

惠特尼一直在看表:"还差半分钟了。"

狂涛掀起的巨浪接二连三地拍碎在甲板上。麦克阿瑟突然大声说:"命令阿尔蒙德军长、史密斯将军以及多伊尔海军少将、乔埃海军中将,即或在伤亡百分之八十七之前,也要坚持下去,坚决攻击前进。"

惠特尼怀疑地反问:"百分之八十七?这不等于自杀吗?"

麦克阿瑟脸色铁青,叼着熄火的烟斗说:"闭嘴!"

信号弹升起来了,惠特尼不再敢吭气。随即,万炮齐鸣,大海、大地为之震撼。各个舰船上呼啸而出的炮弹在灰黑的天幕上划出五光十色的弹道,天体都映红了,人们什么也听不到,只有盖住一切的轰鸣声。

大海震荡,军舰震荡,顷刻间,波涛成了汹涌的红海。

成群的飞机起飞了,密集得叫人心悸,它们把炸弹投到仁川大地。第一编队过去,第二编队又飞过来。

仁川成了一片火海。

像是欣赏自己的杰作,麦克阿瑟一直站在舰桥上不肯进舱里去,涌上甲板的大浪溅起的水花把麦克阿瑟的斗篷和军服都打湿了,他全然不顾。

炮声渐渐停息了。无数条登陆舰、登陆艇冲向仁川海面,此时正值大潮汹涌之时。

麦克阿瑟放下望远镜,问惠特尼:"冲在最前面的是哪个营?"

惠特尼说:"是塔普莱特中校的第三营。"

在仁川外海,美军第十军和海军陆战队正在抢滩登陆,尽管其势汹涌不可抵挡,但来自码头上的火力抵抗仍然使许多美国兵喋血海滩。

这时,在"罗彻斯特号"巡洋舰上指挥海军的斯特拉伯上将也很兴奋,他让副官向旗舰"麦金利山号"发报,向麦克阿瑟司令官报告战况,登陆部队已经上岸,并向内陆纵深前进,进展顺利。

突然,两架雅克式飞机超低空掠浪飞来,人们可以清晰看到机翼上的朝鲜国旗标志。

副官刚叫了声"敌人飞机",两架飞机已经向"罗彻斯特号"投弹了。目瞪口呆的官兵一时反应不过来,斯特拉伯马上大叫:"开炮!"

一些炮管在旋转、升高,但已为时过晚。一颗炮弹击中了舰左舷,烟火升腾,舰体剧烈震动起来。附近舰上的高炮同时向雅克式飞机开火。一架雅克式飞机飞走,另一架被击落在海上。

斯特拉伯说:"真有点像日本人的自杀飞机神风突击队。"

麦克阿瑟接到了斯特拉伯的电报,说了句:"干得好!"心里却不以为然,他想,我在第一线指挥,还用你打电报来报捷吗?

这时,瞭望哨向普因特鲁舰长报告:"有一个奇怪的小艇正向我们靠拢。"

麦克阿瑟和普因特鲁等同时举起了望远镜。小艇上飘着一件白衬衣,一个高个子在小艇上拼命挥舞着手臂。

普因特鲁下令:"打旗语,放舢板,把他拦住,不准他靠近!"

惠特尼也说:"说不定是敌人的敢死队,带一船炸药来撞军舰。"

普因特鲁也正是考虑到这点,才慌忙下令拦截小舢板的。

麦克阿瑟笑笑:"你叫日本人的神风敢死队吓怕了,我看不像。"

这时,小艇已划近。原来是尤金·克拉克。他已经看清了舰桥上的麦克阿瑟,就大声喊:"我是尤金·克拉克呀!将军不认识我了吗?"

麦克阿瑟大声地说:"快接他上船,他是仁川胜利的第一号英雄,我答应过,要为他颁发海军十字勋章。"幸亏他事先已和海军部协商了。他不只是说说的,在战场上,常有这种事情,将军们手里有一大把勋章,为鼓舞士气,可以随时发勋章,那时一切程序都不起作用。

尤金·克拉克水淋淋地上了"麦金利山号"甲板。麦克阿瑟把自己的斗篷披在浑身湿透的克拉克身上。然后,从惠特尼手上接过一枚海军十字勋章,替他挂在胸前。两人紧紧拥抱。之后,麦克阿瑟拍拍手,说:"好,现在我们下去喝杯咖啡吧!"

这时,斯特拉伯上将、阿尔蒙德少将、多伊尔少将都到旗舰上来了。斯特拉伯说:"我要登上月尾岛看看,然后登陆。将军想去吗?"

"当然。"麦克阿瑟说,"我还要到汉城去会见李承晚呢。"他得意扬扬地环顾四周,看到了金丝吉等几个记者,便说,"欢迎记者同行。"

金丝吉说:"这样把记者当回事而不当成累赘,在将军来说,是不多见的吧?"

众人都笑了。

第八集团军司令部里静悄悄的,人们在等待。沃克和参谋长艾伦、第一军军长佛兰克·米尔本、第九军军长库尔特等人正在作战地图前商议。

沃克说:"仁川该有消息了。"

一个参谋拿着电报进来:"仁川登陆成功,阿尔蒙德将军的第十军正在猛攻汉城!"

库尔特说:"我们解围了!"

绰号"矮人"的米尔本说:"应当说,我们该反击了。"

沃克提起一支卡宾枪就走,大叫:"贝尔顿中士,走,飞到前沿去,我要亲自看看怎么反击。"

米尔本劝道:"这没有必要吧?你不应总是飞来飞去的。"

沃克说:"我应当在华盛顿指挥吗?"他和贝尔顿走了出去。

临时简易机场停放着几架 L-5 型、L-17 型飞机。沃克问:"如果我们被击中,哪种飞机更容易着陆?"

贝尔顿说:"当然是 L-5,我可以在任何地方降落。"

"那就飞 L-5。"沃克打开舱门,放进地图、卡宾枪和四颗手榴弹,然后自己爬上去。当贝尔顿坐进去后,发现卡宾枪枪口就支在他背后,他对沃克说:"将军,能把枪口冲别的地方吗?我可不愿被我们自己打下来。"沃克笑着把枪管移向舷窗。沃克特别喜欢贝尔顿,这个一头羊毛卷红头发的中士聪明、机警,本来是给他开汽车的,却又学会了开各种型号的飞机,这对一个没有受过专门训练的人来说,实属奇迹。

飞机爬上八千英尺高空,沃克在飞机上边看地图边做记号。他兴奋地说:"反攻的计划就在八千英尺的高空制定了。贝尔顿,我们不久就会和阿尔蒙德的第十军在汉城会师。"

贝尔顿说:"这我并不感兴趣,我想和我的女朋友在马里兰的小镇会师。"他家住在风光秀丽的马里兰州。

沃克哈哈大笑,拍了他一下:"会的,会的。"

贝尔顿说:"将军,听说第十军不归第八集团军统辖?"

沃克被触动了心事,"唔"了一声:"你又不是参谋长联席会的长官,你操那么多心干嘛!"

贝尔顿说:"谁不知道,阿尔蒙德是麦克阿瑟的心腹!这样不公平,他在仁川出尽了风头,对您不利呀。"

沃克说:"我打了一辈子仗,还没学会你这么多心计呢。将来你当了将军,一定比我强。"

贝尔顿笑了起来,把一块口香糖扔到口中,问:"前面有敌人的高炮阵地,我们从他们炮口上头飞过去吗?"

沃克说:"你想让我死呀?他们击中了沃克的座机,足够斯大林两个晚上睡不着的。"

贝尔顿问:"将军,你上战场,想到过死吗?"

"没上战场先想到死,一定不是个勇敢的军人;下了战场也不对死产生畏惧的人,一定是个白痴。"

贝尔顿说:"我常想,我现在又给将军开飞机,又开吉普车,将军退役了,我为你开什么?我去给你家开剪草机,给你剪草坪吧。"

沃克笑了起来:"我买个康拜因,开农场,你开联合收割机。"

2

仁川登陆的消息成了全球性的爆炸性新闻。恰在这时候,斯诺请求再次会见毛泽东,毛泽东不但见他,而且在菊香书屋专用餐厅里请他吃饭。毛泽东用纯粹的家乡菜招待斯诺,有红烧鲫鱼、火焙半虾炒辣子、清炒马齿苋、苦瓜烧肉,还有一道汤,是鳙鱼头大葱汤。除了米饭、面条,桌上还有几穗烤玉米。毛泽东不厌其详地历数每一道菜的来历、吃法、做法。

斯诺说:"中国人的吃文化是惊人的,我无论怎样努力去记,也记不住。"

毛泽东说:"京、鲁、川、粤、闽、淮、扬,这是七大菜系,我们湘菜,还是个小菜系呢。"他把一个辣椒夹给斯诺,说,"湘菜是离不了辣子的。我记得在延安你吃过我的辣椒,你怕得要死,现在可以了吗?"

斯诺说:"可以了。不过,我不是你那个吃辣椒的猫。"

毛泽东笑起来:"是什么人向你泄露天机呀?"

斯诺说:"我只听人说,你出了一道难题,问怎样才能使猫吃辣椒。刘少奇说拿筷子往猫嘴里硬捅,周恩来说把辣椒裹在肉里让它吃。"

毛泽东说:"前者有强迫之嫌,后者有欺骗之名,我的最好的办法是把辣椒抹在猫屁股上,它辣得难受,就去舔,这是自愿吃辣。"

斯诺吃着饭,说:"我明天就要回你谴责侵略的美国去了,别人问起你对朝鲜战争的看法,我怎样回答?"

毛泽东说:"朝鲜的事,本来是自家的事,可现在便宜了别人。中国有个很有名的寓言,叫鹬蚌相争,说的是鹬想吃蚌肉,却被蚌壳死死夹住了嘴,互不相让,结果来了个渔翁,把鹬和蚌全捉走了,这就是渔翁得利的故事。"

"生动。"斯诺说,"那么,这渔翁是美国呢,还是苏联?"

毛泽东说:"当然是美国。"

斯诺问:"中国会出兵惩罚这个渔夫吗?"

毛泽东说:"我们的国力,是不允许我们再操干戈的。你翻阅过中国的历史吗?我们的祖先发明了指南针,却从来没派三桅帆去攻城略地。中国人讲君子之道。不过,中国人也讲义气,为朋友是肯两肋插刀的。"

斯诺说:"麦克阿瑟仁川得手,攻下汉城已经不是问题了,你认为朝鲜会垮台吗?"

毛泽东说:"我不相信美国人会永远骑在朝鲜人民头上。日本人占了朝鲜那么多年,最后又怎么样呢?"他发现斯诺停了筷子,就说,"吃呀,怎么不吃了?"

斯诺吃了一口红烧鲫鱼,又问:"你现在当了执政党的元首,比起从前的行军战斗生活,更喜欢哪个?"

毛泽东说:"也许那时更快乐。在台下当反对派,有充分的发言权,想怎么造反就怎么造反!"

斯诺说:"我是你的朋友,也是中国人的朋友,我想说几句心里话,可以吗?"

毛泽东说:"当然。"

斯诺说:"我猜测,你们在做战争准备。那将使中国惨遭毁坏,倒退半个世纪。"

毛泽东说:"我已经考虑过了这些问题,他们甚至会向中国扔原子弹,也许我们又要付出几百万人的代价,但一个国家不付出牺牲是不能捍卫独立的。何况,美国的原子弹并没有多么可怕,美国大概还不拥有把全中国炸平的那么多的原子弹吧。"斯诺对毛泽东这番话惊讶而又叹服。

也许是巧合,聂荣臻在同一天宴请了印度驻华大使潘尼迦,只不过吃的不是辣味的湖南菜,而是北京的烤鸭。在北京住久了,潘尼迦当然不会没品尝过烤鸭,可看着厨师拿一把雪亮的刀在面前变魔术一般切削,却是头一回大开眼界。厨师又端上熘鸭肠、鸭架汤,还有炒鸭舌,是全鸭席。

潘尼迦说:"这鸭子真肥,我以为是鹅。"

聂荣臻说:"这叫填鸭,每天喂它的时候,抓住它的脖子,掰开它的嘴,把食物拼命往它肚子里塞,不管它饿不饿。这一来,鸭子长得特别肥、特别快。请尝尝。"

潘尼迦接过聂荣臻替他卷好了的鸭肉和葱酱饼,咬了一口。"很好吃。"接着他说,"尼赫鲁总理十分关注朝鲜战事,一再呼吁双方停战,可收效甚微。"

聂荣臻说:"中国人民不会袖手旁观,让美国人一直打到中朝边界。"

潘尼迦似乎吃了一惊。他知道聂荣臻不会纯粹是请他品尝佳肴,也有主题,这不是亮出来了吗?他所以吃惊,是这位代总参谋长等于代表中国政府表态,不能袖手旁观是什么意思?当然是要军事介入。潘尼迦想了想,问:"这是贵国政府的态度,还是你个人的想法?"

聂荣臻笑笑:"大使先生太天真了。"

潘尼迦怎么会天真到这地步,他不过是故意这么问,以求得证实。

3

在汉城国会大厦前,也是人山人海。

戒备森严的队伍环立四周,麦克阿瑟下车,在军乐声中,麦克阿瑟为阿尔蒙德、沃克、塔普莱特等人戴上银星勋章。

李承晚夫妇的车队到了。

时钟敲响12时。麦克阿瑟与李承晚携手步入国民议会大厅。乐队奏韩国国歌。在乐声中,军人们和李承晚政府的达官政要们都聚集到遭受战火毁损的国民议会大厅中,人人百感交集。所有高级将领肃立在麦克阿瑟、李承晚身后。大厅里上上下下挤满了人。大厅里还有几处在冒烟,拱顶彩色玻璃已经炸裂。麦克阿瑟开始讲演:"蒙仁慈上帝的恩赐,我们的军队——在人类最大希望与鼓舞的旗帜下英勇奋战的军队——联合国军,已经解放了汉城这座古都,它的人民再次获得机会实现他们的生活信念,即坚持把个人自由和个人尊严放在首位不变的信念。"

这时,被炮火震裂的拱顶玻璃突然从天窗上雨点般落下,军官们纷纷戴上钢盔。光着脑袋的麦克阿瑟一动未动,骚动的会场才安静下来,许多军官又忙摘下钢盔。麦克阿瑟对李承晚说:"李总统,我很高兴能代表联合国军把你的政府首都还给你。"

二人握手,李承晚许久没有松开他的手。麦克阿瑟说:"请与我们一同背诵主祷词。"他领诵,念得热泪滚淌:"我们在天上的父,愿人都尊你的名为圣,愿你的国降临……"

李承晚热泪盈眶地握住麦克阿瑟的手:"我们崇敬您,我们像热爱民族救星一样热爱您!"

麦克阿瑟不失时机地把他们的手举在空中,他说:"看看李总统这双残废了的手!这是他同日本侵略者战斗留下的伤疤,这双伟大的手,一定能重建战争废墟上的汉城!"

会场欢声雷动。

在欢呼声中,麦克阿瑟仿佛又回到了与他有十九年缘分的菲律宾。不仅他的父亲做过菲律宾的军事总督,他本人也三次在那里任职,他亲手扶持过奎松总统和光复后的奥斯默纳总统,而且曾经轰动美国的是,1937年美国召他回国时,菲律宾总统奎松异想天开,授予他一个元帅军衔,他接受了,并且正式退出他服役三十八年的美国陆军。那时,不知有多少人攻击他,认为麦克阿瑟穿上他自己设计的元帅服多么滑稽可笑,奚落他为"香蕉国"的独裁者。

麦克阿瑟又再生了一个李承晚政权。当然李承晚不可能像奎松那样再让他过一次元帅瘾,可他仍然有飘飘然如在云端的感觉。

汉城的胜利,使李承晚气焰高涨,他比美国军队更急于打过"三八线"。

在美国参谋长联席会议上,过不过"三八线"的争论还是很激烈的。柯林斯说:"前天的会没有决断,今天麦克阿瑟已经逼近'三八线'了。"

布莱德雷说:"我仍然认为,必须避免同中国和远东苏军扩大成一场大战,如果我们不顾风险,将朝鲜战争扩大为对华战争,那么克里姆林宫再高兴不过了。"

范登堡说:"'三八线'在军事上是没有任何意义的,无险可守,没有防御价值。"

柯林斯说:"是的,我们只有支持麦克阿瑟继续北进。如果停在'三八线',当朝鲜重新得到中国、苏联武装后,仍会反攻过来。"

谢尔曼说:"那么我们打到什么地方呢?打到鸭绿江,还是打到中国去?"

柯林斯说:"告诉麦克阿瑟,至少打到一个可以建立牢固防线的地方。我想,我们得限制一下他,一是不能太靠近鸭绿江,二是非韩国部队不得向鸭绿江挺进。如果大家没有异议,马上起草命令。"

其实,即使参谋长联席会议发一道不准过"三八线"的命令,麦克阿瑟也会不予理睬的。当沃克提醒麦克阿瑟,还是等一等华盛顿的命令再向"三八线"进兵为好时,他不屑地用鼻子哼了一下,说:"长舌妇而已,不去管他。"他催促沃克的第八集团军在越过"三八线"后,向西线展开,直到平壤。阿尔蒙德的第十军为右翼,在东海岸的元山实施两栖登陆,然后穿过朝鲜半岛,从侧翼逼近平壤。

李承晚更急不可耐,他生怕美国人中途变卦,万一考虑起"国际影响"来,半途而废,那吃亏的还是自己。他决定造成一个既成事实,先打过去,牵着美国人的鼻子走。于是他连夜把新任参谋长钟日昆召到他的办公室。李承晚一边看地图,一边用残废的手指在地图上指点着问:"'三八线'有什么标记吗?"

钟日昆说:"从前有界碑,战争爆发前,就被朝鲜人民军搬掉了。"

李承晚说:"既然'三八线'只是一条地理学上的名词,我们为什么当回事!你为什么不马上率部越过它,还等什么?"

钟日昆辩解道:"这种权力在麦克阿瑟手上,我想总统是知道的。"

李承晚绷起面孔:"那么,你是联合国军的参谋长,还是我的参谋长?"

钟日昆说:"当然……"

李承晚说:"况且,麦克阿瑟指挥大韩民国军队的权力,本来也是我授予的,我只要高兴,今天就可以收回来。"

钟日昆说:"总统先生,如果您给我一纸命令,我连夜打过'三八线'去。"

李承晚大笔一挥,很快写了一张纸,签上名,往桌子上一拍。钟日昆拿了命令书,敬了礼,说:"我将在明天早晨越过'三八线'。"

4

毛泽东已经预料到由于仁川的失守,朝鲜将走入困境的局面,他再一次考虑中国应采取什么样的应变措施。这时周恩来来见他,他对毛泽东说:"印度总理尼赫鲁又一次向我们传过话来,说美国军队绝对不会越过'三八线'。"

毛泽东正在翻一本书,头也不抬地说:"尼赫鲁又不是麦克阿瑟的参谋长,他怎么保证得了?"

周恩来说:"柴成文他们得到的情报是,沃克的第八集团军正星夜北进,都已经逼近了'三八线'。"

"烟幕而已。"毛泽东说,"目的是麻痹我们,稳住我们。过了'三八线',再搞中国,我们那时才准备,为时已晚。"

周恩来问:"是不是发个声明?"

"对,"毛泽东说,"口气要硬。"

周恩来把早已拟好的声明递给毛泽东。毛泽东看了看,在"对美帝国主义的侵略不能等闲视之"这句话里,勾去了"等闲视之",改成了"置之不理",然后交给周恩来。

周恩来说:"据使馆的同志说,金日成同志说,仁川所以出了纰漏,是因为出了个李承烨间谍集团。"

毛泽东沉思有顷,说:"这李承烨莫不是李承晚的手足兄弟?这么巧,他一当了间谍,仁川就稀里哗啦了。"周恩来会意,知道毛泽东不想就这个讳莫如深的话题谈下去,便一笑了之。

在9月30日中南海的国庆招待会上,周恩来在讲话中重申中国人民热爱和平的原则,但是为了保卫和平,从不也永不害怕反抗侵略的战争。中国人民决不能容忍外国的侵略,也不能听任帝国主义者对自己的邻国肆意侵略而置之不理。同时,周恩来总理以外交部长的名义召见印度驻华大使潘尼迦,明确告诉他,如果联合国军越过"三八线",中国就要派遣军队援助朝鲜。这等于中国政府向全世界宣告中国出兵援朝的决心,并第一次将它如此明朗化。可惜,杜鲁门似乎没把中国当成一回事,或者是他相信这只不过是一种姿态。

艾奇逊说:"从斯德哥尔摩和新德里都来了同样的消息,潘尼迦说得更直白,周恩来告诉他,如果我们越过'三八线',中国就出兵。"

杜鲁门并不介意地说:"潘尼迦不是个好通信员。"

艾奇逊有点目瞪口呆,无以作答,半晌,他说:"我没法理解,总统先生,你把这件事看得太淡了吧?"

杜鲁门说:"中国人在吓唬人。"

5

麦克阿瑟连白宫的命令都不在乎,中国的一纸声明自然更不能让他放慢北进的脚步。

这一天,麦克阿瑟兴致特别高,他来到兵营中,不是例行公事的视察,而是在士兵中寻求一种乐趣。他知道,这正是他声誉日隆的时候。在堆满坦克、汽车的空场上,麦克阿瑟席地而坐,和第二步兵师士兵们一起进餐。

萨姆·沃克坐在麦克阿瑟身旁,麦克阿瑟问:"见到你爸爸了吗?"

"一个上尉见中将,不容易呀!"萨姆说。

麦克阿瑟说:"可是你小的时候经常把中将当马骑,让他在地板上爬来爬去,那时你的样子像是五星上将。"周围的士兵都笑了起来。

沃克来了,萨姆从吉普车上跳下来,士兵们都站起来。

"都坐下,别理他。在黄豆和牛肉面前,人人平等。"麦克阿瑟回手扔给沃克一个罐头,"坐下来,吃!"

沃克坐下,看见儿子,说:"你小子没受伤,很走运,昨天你妈妈拍来电报,她说做了个梦,梦见你浑身是血。"

萨姆说:"我记住你的话了,枪一响拼命往前冲,什么也不想。这样,子弹就拐弯了。"人们禁不住笑。

麦克阿瑟说:"这倒是个诀窍,可以在第八集团军推广。"

"可是,这个呢?"萨姆摸出一张投降书,是用四种文字写成的,他念了起来,"我是一个美国兵,我愿放下武器投降,希望你们别杀我。"士兵们狂笑。

沃克说:"这不矛盾。打败了,不投降,没有意义。生命是最重要的。"

麦克阿瑟说:"勇敢者与保全生命不矛盾。"

沃克对麦克阿瑟说:"李承晚单枪匹马地过了'三八线'!"

麦克阿瑟说:"是吗？现在他来了能耐!"

沃克大笑不止。

麦克阿瑟看见了吊在萨姆颈下的鲨鱼牙齿项链,用手拨弄一下,说:"你有这个？这是南太平洋土著人最勇敢者的标记,鲨鱼牙齿穿得越多,说明他越勇敢。"

萨姆说:"如果有了它,枪弹打来会自动拐弯,那才更有趣。"

周围的士兵都大笑。

6

中国的声明,在斯大林那里的反响可非同小可。从抗日战争时起,他就与毛泽东之间存在芥蒂,他认为毛泽东和铁托一样,是民主阵营中一个不和谐的音符,甚至比铁托更叫他捉摸不透。从前,从王明口中得到的印象,毛泽东不过是个目光短浅、小农意识浓厚的乡村教师型的领导人,他甚至怀疑毛泽东读没读过马克思、列宁的著作。后来他知道自己错了,毛泽东取得了斯大林没有料到的胜利,他不能不刮目相看。他认为,毛泽东是个极有个性的领袖,他既然敢于声明要出兵朝鲜,就一定不是说说而已。

这令斯大林又喜又忧。喜的是他希望有人好好教训一下自以为是的美国;忧的是怕毛泽东捅了马蜂窝,万一打不赢,把苏联牵进去,可就成了第三次世界大战。必然如此,有《中苏友好互助同盟条约》在,中国有难,苏联有义务援助,责无旁贷。他也意识到,两大阵营的对垒势必导致一场战争,也许早打比晚打要好,也许中国打先锋更好。

斯大林通知外长莫洛托夫马上来见他,那时莫洛托夫还在床上。

莫洛托夫走进来时,斯大林正在餐厅用餐。他说:"一起吃吧,索契刚刚捎来的鱼子酱。"

莫洛托夫坐在斯大林对面,夹了一块牛排在盘子里切着。

斯大林说:"今天是中国的第一个国庆日,你发过贺电了吗?"

莫洛托夫说:"昨天发过了,也通知了罗申大使,让他去参加庆祝活动。"

"毛泽东这人很有个性。"斯大林说,"去年他来祝寿,还弦外有音地指责我们当年支持了他的反对派。"

莫洛托夫说:"你那句话回答得很得体,胜利者是不受谴责的。现在,毛泽东胜利了。"

斯大林喝了一口白葡萄酒,问:"你看,毛泽东有几分真意出兵朝鲜?"

莫洛托夫说:"他已经调集了二十六万军队驻扎鸭绿江畔,迹象表明是要打。罗申几次去见他,他也对美国干涉朝鲜内政很愤慨。不过,中国立国之初,马上与美国交锋,也是一件很棘手的事。"

斯大林说:"也许,我们都未能真正琢磨透这个毛泽东。说他是个乡村教师型的革命者,说他代表小农经济,这都不对;我曾以为他是铁托一样的人,也不全对。"

莫洛托夫说:"但中国的'一边倒'政策是公开宣布了的。对了,斯大林同志,金日成的来电,我们还没有答复。"

斯大林沉思有顷,说:"我早就说过,不能贸然深入,现在他的主力全被挡在'三八线'以南了,后方空虚,我看平壤保不住。"

莫洛托夫说:"我们怎么答复他?据使馆的人说,麦克阿瑟已经通过电台广播,要金日成投降了。在平壤郊外,满地都是美国飞机撒下来的传单,现在我们的大使连金日成在哪里也找不到。"

斯大林说:"在金日成越过'三八线'的时候,我们及时撤出了顾问人员,今天看起来是对的。留在那里可能被俘,那就成了人质,就会被指控参加了这一事件。那是金日成自己的事。"

莫洛托夫说:"7月,史蒂科夫答应金日成派二十五名军事顾问,如果不是斯大林同志严厉批评,后果不堪设想。"

斯大林说:"史蒂科夫是苏联代表,并不是朝鲜代表。"

莫洛托夫说:"目前,金日成如果得不到外援,恐怕很难支持。"

斯大林沉思有顷,推开餐具,说:"先给毛泽东发一封电报。他们与朝鲜有共同边界线,这决定他们有特殊的关系和利益。"

莫洛托夫取下餐巾,取来纸笔静候。

斯大林点燃烟斗,抽着,一字一句地口授:"毛泽东同志,我以为,中国最终将被卷入战争,同时,由于与中国有互助同盟条约,苏联也将卷入战争。我们对此应该惧怕吗?我的观点是,我们不必惧怕,因为我们联起手来将比美国和英国更强大。这时,除德国以外的其他欧洲资本主义国家并不是什么重要的军事力量,而德国目前还不能给美国提供任何帮助。如果战争是不可避免的,那么让它现在就来吧,而不要等数年以后,那时日本军国主义就将恢复起来成为美国的一个盟国。如果中国打败了,苏联将直接参战。"

莫洛托夫刚要站起来,斯大林说:"等等,给我的私人代表马特维耶夫再发一封电报,叫他转告金日成:第一,阻敌越过'三八线';第二,收拢部队,苏联提供武器装备;第三,在南方建立游击队。关于金日成同志致斯大林信中提出给予直接出兵的事,我们认为更可以接受的援助形式是组织人民志愿部队。关于这个问题,我们必须首先同中国同志商量。"大概莫洛托夫没想到斯大林会这么说,一愣,望着他。

斯大林说:"中国人长相和朝鲜人差不多,这是不容忽略的优越条件。"

莫洛托夫不很有把握地说:"毛泽东会这样做吗?"斯大林哼了一声,未作答。

7

麦克阿瑟向"三八线"以北猛进。由于仁川登陆,使大部分人民军隔在了"三八线"以南,一时调不过头来,形势险峻,金日成在10月1日深夜紧急召见中国驻朝大使倪志亮。

倪志亮和柴成文匆匆赶到金日成的临时驻地。金日成迎上来同他们握手:"半夜12点,把你们请来,实在不好意思。"

倪志亮说:"现在是非常时期,不必拘礼了。"

金日成拿了几块打糕过来:"尝尝,朝鲜的打糕,我还没吃饭,你们肚子也饿了吧?"二人出于礼貌,各拿了一小块吃着。金日成风趣地说:"麦克阿瑟不是前几天垂头丧气的样子了,仁川得手,趾高气扬,天天喊话,叫金日成举手投降呢!从前跟日本人战斗的时候,日本人也叫我举手投降。我这人,还没学会怎么举手呢。"

这时,屋里仅有的一台收音机正在播音:"用鲜血保卫祖国每一寸土地,金首相同我们在一起。"金日成说:"听,这就是我们对麦克阿瑟的回答。"他早知道中国大兵团陈兵鸭绿江待命,他也相信中国不会袖手旁观。如果说"仁川事件"前他还不急的话,现在却是火烧眉毛的时刻。金日成停了一会儿,说:"但实情不能瞒着中国兄弟。人民军被南北夹击,处于被分割的不利地位。我召见二位,是希望贵国政府集结在鸭绿江边的四个军尽快过江,支援我们一下。"

倪志亮说:"我们马上把金首相的要求向我国政府转达。"

金日成紧紧握住他的手。

8

倪志亮大使的报告立即到了周恩来手中。他赶到菊香书屋时,毛泽东还没有睡,这时已是半夜时分了。

屋子里满是烟雾。

毛泽东对周恩来说:"几天之内,形势剧变,情况紧急呀。"

周恩来说:"金日成向斯大林求援,斯大林叫他同中国同志商量,把球踢给我们了。"

毛泽东的护士送来了水和药:"主席,该吃安眠药了。"

毛泽东说:"不吃。你这个时候还让我高枕无忧地睡大觉,居心不良啊!"他的话语是玩笑口吻,脸色却不像。

小护士莫名其妙,周恩来挥挥手,说:"先放这儿吧,主席正在考虑大事,难以成眠啊。"

小护士不满地说:"按时服药,可是总理交代这么办的呀!"

周恩来说:"好吧,破坏制度在我,行了吧?"

小护士这才笑着退出。毛泽东吸着烟,仰在沙发上,说:"斯大林踢过来这个球,咱们可以接。人家还有一句,万一中国打败了,苏联直接参战嘛。"

周恩来说:"我们不会打败的,不能做打败的打算。"

毛泽东说:"胜败乃兵家常事,不过,最终我们会胜利,我们是正义之师。"

周恩来说:"要不要给斯大林回电?"

毛泽东说:"岂有不回之理!我以为,叫志愿军好,人民志愿军,就不是政府行为,避免正面宣战。你告诉斯大林,我们就用志愿军的形式出国参战。"

周恩来问:"这样好。7月7日军委讨论保卫东北边防会议上,大家也认为,一旦参战,部队将均穿志愿军服装,使用志愿军旗帜。主席,你同意马上出兵吗?"

毛泽东说:"不,要开个政治局会议,我和几个人谈过,他们都持反对态度和谨慎立场,都是开国元勋啊,不能不重视他们的意见。"

周恩来说:"立国之初,百业待举,我们确实没有能力打一场国际战争。"

毛泽东说:"我又何尝不知道呢?不当家不知柴米贵,我同李富春、陈云、薄一波几个人商议了一次,没有三年时间,国民经济恢复不到正常。打仗又是同世界头号强国打仗,要钱、要钢铁、要实力哟。"

周恩来说:"昨天,朝鲜外务相朴宪永带来的金日成信函,已经明确请求我们出兵,看来他们处境很难了。倪志亮也转达了金日成的意思。"

毛泽东说:"家家都有难唱曲,岂不知中国也难啊。"

周恩来说:"一旦出兵,主席打算让谁挂帅出征呢?"

毛泽东反问:"你想过吗?"

周恩来点点头。

毛泽东说:"我们同时写下来,碰一碰。"

两人分别在便笺上写了个"林"字,看罢不禁相视一笑。

周恩来说:"林彪出征最合适,现在集中起来的部队都是林彪四野的老班底,他再熟悉不过,好指挥。"

毛泽东说:"这人能打仗,虽然打得保守,可毕竟打了不少胜仗,口碑也好。四野的军歌,第一句就是林总发号召嘛。"

两个人都笑了起来。

周恩来说:"谁同他谈?"

毛泽东说:"你谈。"

周恩来说:"主席威望高。"

毛泽东说:"你谈崩了,还有我回旋。我出马,一旦僵了,不好收拾了。"

周恩来说:"也可以我谈,我觉得林彪对支援朝鲜一事并不热心。"

毛泽东想了想,说:"还是我来谈吧,你们不都说我有权威吗?我就不相信权威什么时候都顶用,有时就要大打折扣。"

周恩来说:"你已经两天两夜没睡了,现在休息一会儿吧。"他站了起来。

毛泽东说:"马上给邓华、高岗发电报,叫他们赶回北京,同时命令部队做好随时出征的准备。政治局会议,下午就开,事不宜迟。"

第六章

I

中南海的夜晚静悄悄的,它在繁喧的内城里真是个闹中取静的地方。南海的水波平如镜,在朦胧月色下像一湖碧沉沉的染料,它倒映着亭榭楼台和虬曲盘卷的古树的影子,汉白玉的阶石和石兽发出清虚的光。

菊香书屋的小院和走廊也是静谧的,梨木雕刻的屏风、红木的曲栏和窗子在虚幻的光影中显得很协调。此时,菊香书屋小院的空气中流淌着一股幽幽的香气,那是卫士在长廊里点燃的几支藏香的气味。

毛泽东不会睡这么早,何况他已派人去叫毛岸英过来。值班的卫士都熬不过毛泽东,现在都趴在值班室的桌上打起了瞌睡。别人是睡不着觉时拿起一本书催眠,毛泽东是不想睡觉的时候就看书,通常是看过一本再看另一本,换得勤,却不一定卒读。已经深夜12点了,毛泽东仍拿着一本书在看,他边看书边吸烟,巨型烟灰缸里积满了烟蒂。他在等毛岸英。毛岸英刚从湖南老家韶山冲回来,是他打发儿子代他回去的,一是扫扫墓,二是代他向健在的岳母尽点孝道。

毛岸英轻手轻脚地走进了毛泽东的书房。毛泽东见了儿子很高兴,埋怨地说:"你从湘潭回来两天了,也不来打个招呼。"

毛岸英说:"你告诉我,不叫我,就不准我进中南海嘛。"

毛泽东说:"这一条,取消,不近人情嘛。这次回韶山冲,给你祖父扫墓了吗?"

毛岸英说:"咱毛家人把墓早修得好好的了,我也添了几锹土。"

毛泽东说:"他们都不该死得那么早。你祖父五十二岁就死了,死于伤寒;你祖母也是五十二岁死的,死于肺结核。在今天,都不是什么大病,青霉素就能治。"

毛岸英感动地望着父亲。

毛泽东说:"干吗这样看着我?"

毛岸英说:"你今天更像个平常人家的父亲。"

毛泽东动感情地说:"这是批评我不近人情了。其实,人心都是肉长的,鲁迅说得好,'无情未必真豪杰',爸爸只是顾不上而已。"他又伸手去拿烟。

毛岸英夺过烟,说:"抽太多了,我给你削个梨吃吧!"

毛泽东点点头。毛岸英削好一个大鸭梨,毛泽东说:"个太大,吃不完。"

毛岸英要用刀切:"一人一半。"

毛泽东伸手拦挡:"切不得,不能分梨,'分梨'就是分离、离别呀!"

毛岸英笑了:"爸爸迷信。"

"这是你奶奶常说的话。"毛泽东感喟地叹息了一声,又问,"我给你外婆捎去的皮袄,她穿着合身吗?"

毛岸英说:"外婆穿上可高兴了,她说你有孝心。"

毛泽东说:"一个女婿半个儿嘛。她老人家已经八十岁了,我替你妈妈尽尽孝道,这是应该的呀。"

毛泽东停了一下,忽然扭转了话题:"岸英,你关心时事吗?"

"我天天看报纸。"毛岸英答。

毛泽东说:"美国兵打过了'三八线',你若是毛泽东,你怎么办?"

毛岸英说:"我永远不可能是毛泽东。"

毛泽东风趣地说:"封你一回,当演戏也行。"

毛岸英说:"美国都欺侮到家门口了,还不打,那不是太软弱吗?"

"嗨,你倒简单!"毛泽东喝了一口浓茶,又抓了几片茶叶在口中嚼着,问,"有你这看法的多吗?"

毛岸英说:"我们机器总厂的人都争着要参军,上前线呢。"

毛泽东轻轻地吁了口气,紧皱的眉头松了开来:"爸爸为了这事,六十个小时没有合眼了,你们却看得如此轻松。岸英,假如你是毛泽东,我提几个问题你来回答。"

毛岸英少有这么高兴,说:"好吧,我且当一回毛泽东看看。"

毛泽东说:"我们能够在朝鲜境内消灭美帝国主义吗?万一挡不住,把战火烧过鸭绿江怎么办?万一美国向中国投原子弹怎么办?人民群众会不会因为打了十几年战争而厌战?我们的国力容不容许我们与兵强国富的美国抗衡?苏联会不会倾其全力支持我们到底?"

这一连串的问题把毛岸英问傻了,他没有想过,即使想过也自认为不会有什么好的答案。他一向以为毛泽东是无所不能的,作为常常与父亲见面的毛岸英来说,虽然在他的眼睛里,毛泽东的头上没有那么明显的光环,可是儿子也崇拜父亲,今天听毛泽东口中道出这么多困难、这么多疑虑、这么多担忧,他依然感到意外,也由此感到他与毛泽东之间的距离一下子拉近了不少。半晌他才说:"你说的这些,我一条也没有深想过。"

毛泽东宽厚地笑笑:"看来,毛泽东还得由我来当。岸英啊,现在你知道了吧?这个毛泽东不那么好当的哟。什么是战争?你是打过仗的人,战争就要死人,死千千万万的人。日本人侵略中国,我们牺牲了几千万人;打国民党,我们又死了几百万,毛泽东上嘴唇一碰下嘴唇,说声'打',这很容易,可我将负一切后果,我要对千千万万个生命负责啊!对我们民族负责,对历史负责呀!"

毛岸英深情地叫了一声："爸爸——"他忽然发现毛泽东的鬓角有了一丝白发，他说，"爸爸，你有白头发了！"

毛泽东说："我已经五十七岁了，再有三年六十岁，是耳顺之年。你知道耳顺的意思吗？"

毛岸英注意地听着。

毛泽东说："这是孔夫子的话，耳闻其言，而知其微旨，做到这一点，并不容易啊。"

毛岸英突然产生了一个从来没有产生过的想法：当毛泽东实在不容易。当毛泽东的儿子容易吗？你能为他分忧吗？他面对沉思踱步的父亲伟岸的背影，心里有说不出的惭愧。

10月2日下午，毛泽东在颐年堂主持召开中央书记处会议。满屋是烟，所有的烟灰缸里都堆满烟蒂，可见会议已开了很长时间。林彪坐在角落里，此时他清清嗓子，说："我说点个人意见。"

毛泽东满怀希冀地说："说，说嘛。"

林彪说："大多数同志的意见，归纳起来，就是一句话：不到万不得已的时候，最好不打这一仗。这有个前提，什么前提呢？那就是毛泽东同志已经给斯大林发了电报，是在我们承诺中国出兵援朝之后，召开这次书记处会议的。"与会者都把目光移向林彪，继而又去看毛泽东的反应。他心里当然不高兴，林彪的言外之意，岂不等于批评他先斩后奏，开政治局会议走形式吗？

毛泽东有几分不悦，吐了一口浓烟，说："没有不能更改的事情嘛！我请大家来，可没有硬性摊派的意思啊。"

林彪也不去看毛泽东，仿佛是在对着墙壁说话："我是说，在毛主席已经对斯大林做出承诺的情况下，仍然有这么多同志反对出兵，可见这件事确实值得斟酌。建国伊始，百废待兴，台湾、西藏尚待解放，人民温饱问题尚待解决，我们打了多少年仗了？八年抗战，算上东北的先期抗战，十四年，再加三年解放战争，打了整整十七年，没有一个老百姓不厌战的，没有一个战士不渴望和平的！当初，为了保卫革命胜利的果实，他们拿起了枪,跟我们走;可是现在,有那么充分的理由吗?"

周恩来说:"抗美援朝,即是保家卫国嘛!"

林彪突然打住:"我说完了。"

会场更加沉闷。

毛泽东说:"那好吧。既然书记处会议分歧很大,就再召开政治局扩大会议再议。"他站起来第一个走了出去。别人都一时未动,心情都很沉重。在座的人都明白林彪戳了毛泽东的肺管子,他倾向于打的意思不是这几天才形成的。可是你能说林彪说的不在理吗?有的人虽没表态,可是林彪已道出他们内心的衷曲。居高位谁想尸位素餐?哪个不是以民族、国家大义为考虑问题的出发点?

即使毛泽东不叫他,林彪也会上门来做一番解释的。他深知,今天那个不了了之的会议,等于是我林彪给搅了。他相信,毛泽东一定会晓以大义,劝他改变态度,或者还要委以重任也未可知。

毛泽东此时不怕水凉,正在南海里游泳。他一动不动地浮在水中,这是他游泳的独特本领。

天上的云红彤彤的,映得水也成了红的。

卫士领着林彪走过来。他见毛泽东在游泳,就对卫士摆摆手。他拣了水边一条长椅坐下,望着西天的晚霞。

毛泽东仰浮在水上,却感觉有人来了,就问:"是林彪同志来了吧?"

林彪叫了声:"你游,主席!"

毛泽东一个侧泳游过来,上了岸,水淋淋地穿上了浴衣。他笑容满面,说:"几天没睡觉,游了两小时,胜过三天觉啊。"

林彪意欲解释:"主席,下午的会上,我……"

毛泽东摆摆手:"连封建帝王都懂得忠言逆耳的话,何况我们共产党!你担心的几条,其实我心里都有,我不比你轻松啊!"

林彪松了口气:"我和大家一样,都是以民族、国家利益为出发点的。"

毛泽东问:"一旦中央决议出兵呢?"

林彪说:"我坚决执行,我这点组织纪律性还是有的。"

毛泽东说:"我正在物色一位带兵的人,你看谁最合适?"

林彪毫不迟疑地说:"我最合适。"

这显然大出毛泽东意料,他眼睛一亮:"说下去。"

林彪像背书一般说:"十三兵团是我的老部下,我带起来顺手,此其一;我长期在东北领兵打仗,北朝鲜山川地貌、气候与东北相似,此其二;主席对我格外器重,此其三。"

毛泽东舒了口气:"我第一个考虑的就是你。"

"不过,"林彪说,"我近来身体不好,怕风、怕光,实在不能胜任带兵打仗了。我已经与苏联那边联系过,准备去休养一段时间,我辜负了主席的信任。"

毛泽东的脸冷下来,僵持了好一会儿,才忍着不快说:"官不踩病人,这是勉强不得的,那你就去安心养病吧。"

林彪小心地看了毛泽东一眼,问:"要我帮忙再推荐一位帅才吗?"

"走马荐诸葛?"毛泽东说,"那就不必了。"

林彪拿出一张纸,放在长椅上说:"这是傅连暲部长给我写的诊断书……"

毛泽东说:"这又何必呢。"

林彪走了,脚步又快又轻,像个幽灵消失在树丛后。一阵风吹来,把那张诊断书吹落南海中,毛泽东视而不见。失望,深深的失望刺伤了他的心。最令毛泽东失望的还不是林彪推辞挂帅出征,而是他的城府!他多么工于心计呀!他已经料到毛泽东要把帅印给他掌,便顺着这个说了几条自己的长处,话锋一转又一推六二五。这等于是毛泽东被他林彪玩弄于股掌之中。毛泽东忽然想起遵义会议后不久的一件事,中央刚刚确立了以毛泽东为核心的军事指挥体系,林彪却来了个上书,要求罢免毛泽东,让彭德怀出任三军统帅。十五年过去了,林彪从来没为这件事对毛泽东有过一句半句的解释,仿佛根本没有发生过。你不能不说林彪此人是一绝。

坐在南海边的长椅上，想起这桩旧事，眼前自然而然地飘来彭德怀那有着一张厚嘴唇的憨厚的脸来。毛泽东是封过他"彭大将军"的，对出兵朝鲜的事，他会是个什么态度？毛泽东本能地在自己内心押了个必赢的注，彭德怀必是个挺身而出的人。

毛泽东派专人、专机去接他的"彭大将军"。那时这位大将坐镇大西北，任西北军政委员会主席、中央西北局书记。仗不打了，他正在全力以赴地抓经济呢。

10月4日中午，快要下班了，彭德怀正在埋头审阅西北地区三年经济恢复计划。秘书李望走进来说："彭总，中央派来两个同志，有急事见你。"

彭德怀抬起头来，两个同志已经进来。其中一个马上说："彭总，毛主席派专机来接您，请您立刻到中央去开会。"他一愣："是原来通知的经济恢复规划会吗？也用不着这么急呀。"

来人回答："不清楚。周总理交代说，飞机一到西安，就接彭老总过来，一刻也不能耽搁，还要严格保密。"

彭德怀的脸色不禁庄严起来，他迟疑了一下："那我总要给西北局的同志打个招呼，不能不辞而别呀。"他对秘书李望说："马上把秘书长常黎夫同志找来。"他一边收拾文件，一边对来人说："马上就走。"

李望说："我跟去吗？"

彭德怀说："废话，这还用问吗？"

李望帮他收拾文件，问："经济计划资料还带吗？"

彭德怀说："怎么不带？不管开什么会，带上，有备无患，你叫常秘书长把调查报告也找出来。"

李望说："我去打个电话告诉浦安修同志一声吧。"

彭德怀走到里间，那原来是一间小会议室，现在摆了一张双人木床，上面两床黄军被，几乎没有家具，这便是彭德怀与夫人浦安修的住所。他把牙缸、毛巾装到军用背包里，对李望说："三两天就回来了，不用告诉浦安修，我给她留个字条。"他站着，伏在茶几上写了个字条，用茶杯压住。忽然,他注意到了桌上的一卷地图,想了片刻,走过去,打开,是一张《朝鲜全图》。

李望见彭德怀要带地图,说:"带它干吗?"

彭德怀说:"你跑遍了西安市,才买到这张地图,宝贝呀。"

李望不以为然地笑笑。彭德怀这时也做了第二手打算,那就是再上战场。他以一个老将的嗅觉,早已闻到了从鸭绿江那面飘过来的越来越浓烈的硝烟味。什么事能派专机十万火急地来接我彭德怀呢?恐怕只有战争,廉颇未老啊!

2

毛岸英已经搬到什刹海后面十多天了,刘思齐一直没再踏过丰泽园的门。有一天毛泽东问毛岸英:"怎么,思齐从此不上门,划清界限了?她不想我,我还有点想她呢。"

刘思齐听了不大好意思,赶忙和毛岸英一起来中南海看他老人家。他俩来到门外,卫士坐在门口。毛岸英小声地问:"不在?"

卫士说:"在,在写字。"

刘思齐说:"那咱们等一会儿吧。"

卫士说:"你们进去吧。"他轻轻推开了门。

毛泽东正在窗下条几上写字。毛岸英悄悄走过去,一看,是用草书写的四句诗:

　　山高路险沟深,骑兵任你纵横。
　　谁敢横枪勒马,唯我彭大将军。

写完之后,毛泽东余意未尽,端详良久。

毛岸英叫了声:"爸爸。"

毛泽东这才放下笔,笑眯眯地说:"思齐也来了?你们在什刹海租的房子怎么样啊？我还想去看看呢。"

刘思齐说："我们来看主席就是了……"

"叫我什么？"毛泽东说，"结婚快一年了，还改不了口？在咱们家里，可没有什么主席哟！"

刘思齐腼腆地说："爸爸。我给您做了一罐豆豉辣酱，岸英从韶山冲带回来的辣椒。"

毛泽东接过来，打开盖，闻了闻，说："嗯，好香，今天晚上我打牙祭了。你们别走，在我这儿吃饭。我记得，思齐爱吃糖醋鱼块；岸英是烧猪排；我呢，红烧肉，要肥的，咱们各取所需。"

毛岸英和刘思齐都笑了起来。刘思齐指着条幅，问："这是给谁写的呀？"

毛岸英说："彭大将军，是彭德怀叔叔吧？"

毛泽东说："正是，这是1936年写的。彭德怀这人，说不敢当，把'唯我彭大将军'改成了'唯我英勇红军'，又给我送回来了。现在，我又恢复了原样。"

毛岸英思索有顷，突然说："爸爸，我明白你为什么题写这首诗了！"

毛泽东感兴趣地说："那猜一猜。"

毛岸英说："掌帅印！"

毛泽东不置可否地笑了，说："我要开会去了，你们先到别处走走，晚上回来吃饭。"他千叮咛万嘱咐地走了。

毛岸英对刘思齐说："彭德怀回来，一定是挂帅印的，硝烟起而思良将嘛。"

刘思齐对这话题不感兴趣，见沙发上的套子脏了，就扯下来："洗洗吧，我反正没事。"等卫士看见来制止时，她已经把沙发套泡在水盆里了。

3

彭德怀的专机降落西郊机场。他步下飞机,李望抱着一大捆文件。前来迎接的人与彭德怀握过手,说:"请彭总先到北京饭店休息一下。"

彭德怀说:"不是说不能耽搁吗?我又不是来住北京饭店的。走,去中南海。"他钻进停机坪的汽车。

车到丰泽园门外,周恩来迎出来,握着彭德怀的手说:"会议在下午3点就开始了,来不及等你。走吧。"

彭德怀随着周恩来步入颐年堂会议厅,大家都举手与他打招呼。毛泽东叫他:"来,这边坐。你来得正好,美军已经打过'三八线'了,现在正讨论出兵援朝的问题,准备请你谈谈看法。"

彭德怀落座,看看刘少奇,看看朱德,又看看陈云、邓小平、林彪,发现所有的人都很严肃,气氛不寻常。

高岗说:"我接着说。打仗是要国力的。支援朝鲜,保卫新生的共和国,反对霸权,都没有错。苏联比我们力量雄厚,武器也比我们好,我们几乎没有空军,海军也在刚刚组建,我们即或能最终打败美国,可是要付出多么高昂的代价呀,总不能不考虑吧?"

会场又沉寂下来。

毛泽东又在点将了:"林彪同志,你说说。"

林彪说:"前天的会上我都谈过了,没有新意见。"

毛泽东说:"有人没听过嘛。"

林彪说:"我同意多数同志的意见,说句不好听的话,为了帮助别人,把自己家砸个稀巴烂,不值得。"

沉默,会场上的空气仿佛凝固了。

毛泽东说:"你们说的都有理由,但是别人处于国家危急时刻,我们站在旁边看,不论怎么说,心里也难过。"他有意看了彭德怀一眼,彭德怀像在深深地思索着什么,并无马上发言之意。彭德怀此间凭眼睛的余光早已注意到毛泽东不时瞥来的目光,那是诚挚的、是鼓励的,甚至可以说是求助的。他在会上感受到了毛泽东的孤立。彭德怀是爱放炮的性子,而且从来不怕得罪人。用他自己的话来说,我是高山上倒马桶,臭气远扬,什么都不怕。他所以暂时沉默,是因为他实在要好好想一想,事关民族、国家存亡大计呀。

毛泽东说:"没人发言,先抽烟,板凳是不会坐穿的!"

已经是晚上10点了,他们的"马拉松会议"仍在继续开着。这可饿坏了毛岸英和刘思齐,他们又不敢走,只好干挺着。刘思齐坐在椅子上织着一件毛衣。毛岸英在看书,换了一本又一本,越看越饿。

卫士又来给他们倒茶水:"喝点茶。"

毛岸英站了起来说:"你光让我们喝茶,他可是留我们在这儿吃饭的!"

卫士笑了起来:"我看快散会了。"

刘思齐打了个哈欠。毛岸英看看挂钟,已经是晚上10点。他说:"思齐,咱们走吧,回家喝咱的小米粥去吧,他早把咱忘到脑子后头去了。"

卫士说:"不然,我去传饭,你们先吃?"

毛岸英说:"算了。"

他俩一边往外走,刘思齐一边说:"现在都不打仗了,还这么没黑天没白日的。"

毛岸英说:"也许又要打仗了。"这话依然没引起刘思齐的注意。

夜已深,彭德怀仍没有睡意。他吸着烟,在屋子里踱来踱去,他看到了堆在桌上的一堆经济建设的文件资料,苦笑了一下。他把从西安带来的地图打开看了看,又开始踱步。

毛泽东也不能入睡,他也在长久地踱步、抽烟。他走到门外,在花树间轻轻走动。

天上繁星缀空,远处响起一声声汽笛声。

毛泽东忽然想起什么,叫:"小李,开饭,怎么不开饭? 我不是留岸英和思齐在这儿吃饭的吗？他俩在哪儿？"

值班卫士苦笑："主席，你看，现在都几点了？"

毛泽东看看钟，怅然地说："食言了一次。"

4

毛岸英到底想出个为父分忧的办法，父亲不是在为民心、民众的休养生息犯难吗？何不去农村向农民来个实地调查？他找到了大兴县黄村，通过农会，把男女老幼几百口子人都集合到打谷场上。这正是谷子上场的季节，召集人不难，都在场院上。

毛岸英尽量深入浅出地讲了讲朝鲜战争的来龙去脉，然后说："就这么回事，美国人打到咱们家门口了，大家说该打不该打？"

人们七言八语地嚷，有人说"该打"，有人说"打不得"，也有人说"刚过几天好日子，又打仗"。村长说："打蒋介石，咱一个村参军二十六个，挂烈属牌的就有十一家。"有人说："美国大鼻子若打进来，死人更多。"

毛岸英摆摆手："这样吧，别争了，咱投票表决。"

村长说："睁眼瞎占一大半。再说，也没笔。"

毛岸英说："举手？"

"有招。"村长从粮食堆里抓了一大把玉米粒，吹了吹，说："我放两个水碗，一大一小，同意出兵的往大海碗里扔，不同意的往小碗里扔。"

一大一小两只水碗摆在了打谷场上。村民们争执着、议论着，开始认真地往两个碗里投玉米粒。有一个白胡子老头，已经把玉米粒扔到小碗里了，又拿出来投入大碗。投完了，村长把两个碗中的玉米粒倒出来数数，村长宣布："大碗六十三粒，小碗五十粒。"

毛岸英说："也就是说大多数人赞成打……哎，不对呀，还有不少人没投，怎么回事？"

一个小伙子说："我就没投。我琢磨着，不用咱操心，毛主席叫打咱就打，不叫打就不打，没二话。"

一帮人在帮腔:"对。"

毛岸英感动地望着淳朴的农民们。

5

彭德怀正准备去中南海,邓小平笑哈哈地走进了他住的套房。此时邓小平当着中央西南局的书记。

彭德怀问:"你怎么来了?"

邓小平说:"主席让我来接你。"

彭德怀说:"这不是过分了吗? 我哪有那么大的架子,快坐。"

邓小平坐下,两人吸烟。他问:"昨天你为什么没有说话?"

彭德怀说:"一时脑子还没转过弯来呢,昨天晚上一宿没睡。"

邓小平问:"想好了?"

彭德怀反问:"主席是啥个意思?"

邓小平说:"主席特地把你接来,对你意见的重视,可想而知。"

彭德怀说:"我想——"

邓小平打断他:"打住。你对毛主席去说,我只负责来接你,礼宾官。"

二人哈哈大笑。

这时候,毛岸英正向毛泽东报告他的农村调查,把两把玉米粒也放到了桌上,一堆大,一堆小。毛泽东满意地笑了:"你懂得了到群众中去搞调查,好啊。你看,我们的人民多么通情达理呀。"

毛岸英说:"上午有会,我走了。"

毛泽东点点头。毛岸英走后,他走过去,抚弄着两堆玉米粒。

这时彭德怀站到了门口,叫了声:"主席。"

"快坐。"毛泽东笑着让座,给他扔过一盒大中华烟,问,"你们西北穷啊,你们的规划搞出来了没有?"

彭德怀说:"带是全带来了。可你根本不想和我谈这个,言归正传吧。"

毛泽东指着彭德怀说:"你这个彭德怀呀,还没有人对我这么不客气呢。好吧,那就不要顾左右而言他了。昨天,你都听到了,出不出兵,意见相左。"

彭德怀说:"主席怪我没有发言吧?"

"哪里,"毛泽东说,"你一下飞机就哇里哇啦,别人还以为你来充当我的打手呢。"

二人又都笑了。

毛泽东说:"现在,关起门来,只你我二人,我想听听你的意见。"在这种时候,毛泽东把彭德怀看成可使天平倾向哪一边的砝码。

彭德怀说:"现在是箭在弦上,不得不发了。当然,大家不赞成出兵,也是从民族利益、国家大局出发的。如果美国人在朝鲜得手,不会善罢甘休,那对我们是个极大的威胁,与其说等着美国打进来再起而应战,不如现在打出去。"

毛泽东的兴奋溢于言表:"师出有名吗?"

"当然有名。"彭德怀说,"第七舰队侵占我台湾海峡,飞机轰炸我安东的和平村庄,这已构成对中国的入侵,这是完全可以宣战的。何况,还有另一层,支援朝鲜同志,也是道义上的责任,我们当然是正义之师。"

毛泽东两只大手用力一拍:"好你个彭老总,说得何其痛快淋漓呀!好,下午政治局还要接着开会,我毛泽东不能搞'一言堂'嘛。"停了一下,他又忽然说,"军国大事,你彭德怀一言定乾坤啊!"

初时彭德怀愣了一下,毛泽东何出此言? 毛泽东马上提醒他:"你老兄忘了当年东渡赣江之战了吗?"

彭德怀忍不住笑了。那是1930年9月下旬的事,彭德怀所部三军团的大部分干部都反对过赣江作战,其实是地方观念,彭德怀以大局为重,支持了毛泽东。他说:我彭德怀过赣江,三军团就过了。毛泽东当即说:彭德怀是一言定乾坤啊!

毛泽东脸上焦虑和疲惫的阴影此时一扫而光。他猛吸了一口烟,若有所思地说:"三军易得,一将难求。我一直在为寻找三军统帅而烦躁。"

彭德怀说:"你不是早就定了吗?说出来就是了。"

毛泽东眼一亮,急着问:"小平同你说了?"

彭德怀说:"小平什么都没说。"

毛泽东说:"可人家不干哪,林彪说他有病。他那种态度,即使没病,我也要改变成议。常胜将军的第一要素是有信心。有的人让美国的原子弹、飞机大炮吓出神经衰弱症了。"

彭德怀说:"我说的不是林彪。"

毛泽东问:"不是林彪?那是哪个?"

彭德怀说:"你不是早在打我的主意了吗?"

毛泽东虽然正中下怀,还是愣了一下,忽然双手拍在彭德怀厚实的肩膀上,说:"彭老总,你真是快人快语,真是知我者彭德怀也!"毛泽东眼里含着泪,彭德怀眼中也涨满了泪潮,两人久久地对望着。毛泽东一往情深地说:"与美国交锋,不同于国民党。林彪是打出威风来的,其实我明白,他是怕在朝鲜战场上把自己的荣誉输掉,威风扫地。你就不怕吗?"

"胜败乃兵家常事。"彭德怀说,"我不怕,老本全输光了,回湖南老家种地去,我本来就是个农民。"

毛泽东很动感情地说:"谢谢你。"他转过身去,从桌上取来小纸卷,打开,是写给彭德怀的那首诗。

彭德怀问:"你怎么又把第四句改回来了?"

毛泽东说:"你那么一改,韵味全无了嘛。彭老总,这是赋诗,不是论共产党人的修养。"

二人禁不住大笑起来。

10月5日下午,在中南海颐年堂再次召开了政治局会议。

林彪一副要抗争到底的样子,他好像经过了精心准备,第一个发言,毛泽东皱着眉头听。林彪细声细气地说着,依然谁也不看:"在现代战争中,制空权是十分重要的,这我们应有充分估计,而我们现在刚刚在组建空军,我们仅有的几十名飞行员,才飞过十几个、几十个小时,要和美国参加过两次世界大战、飞行了上千小时的飞行员来比,等于是娃娃与拳师较量。我最担心的是,一旦我们出兵,美国可能用原子弹大规模袭击中国。这个杜鲁门是个鲁莽汉子,他既然能向广岛、长崎投原子弹,也一定敢向北京、上海投原子弹,我们那时就得不偿失了。"

刘少奇问:"有没有什么折中的办法呢?"

林彪说:"我想到了一个可进可退的方案。我们把十三兵团开过鸭绿江去,屯兵于朝鲜,这叫出而不战,作为威慑力量。"

毛泽东说:"隔岸观火?不对了,你这是过河观火。"

周恩来说:"听听彭德怀同志怎么说。"

彭德怀说:"林彪说得对,同美国人打,要冒很大风险,谁都不愿意打仗。我们开了几次政治局会议定不下来,不正是因为事关重大吗?依我看,这仗是非打不可。"

所有的人都把目光集中在彭德怀身上。

彭德怀说:"美国现在已经对我们构成了侵略和威胁,如果让美国占领朝鲜,将来的问题会更复杂,所以迟打不如早打。是的,这会打烂我们的坛坛罐罐,打烂了,最多等于解放战争晚胜利几年嘛!不打出我们的国威来,帝国主义就会永远骑在你的脖子上屙屎!"

周恩来问:"大家还有什么意见?"

朱德说:"打吧。"

刘少奇说:"做好充分准备,及早入朝吧。"

6

这次政治局会议一散,高岗就坐到林彪的车子里面了。林彪上车时吃了一惊,说:"你不会是搭错车了吧?"

高岗一笑:"这几天我胃不好,食堂的菜油腻太大,想到你那儿喝点小米粥。"

林彪说:"小米粥还供得起,走吧。"

车子开动后,林彪有意无意地从后视镜看了看车后面,除了中南海的几个警卫人员,没有别人。醉翁之意不在酒,林彪当然不相信高岗是为了一碗小米稀饭而来。以高岗的中央人民政府副主席的地位,想喝小米粥,招待所会不给他做吗?这是一个很好的借口。彼此都不便过从甚密,何况林彪与高岗喜好热闹的性情本来就格格不入。

在小米粥正熬着的时候,高岗在林彪的书橱前翻着书。

林彪托着一杯茶,说:"没什么好书。"

高岗说:"是怕我借吗?"

林彪笑笑,坐在转椅上,说:"我的书还有北京图书馆多吗?看中了随便拿。"

高岗笑起来。这时勤务员给他端来一杯茶,还有一大盘子新鲜水果。勤务员退出去后,高岗关紧了房门,他问:"你能猜到谁领兵入朝吗?"

林彪说:"那还用问吗?彭大将军啊,唯他敢横枪跃马呀。"

高岗笑道:"你这就不对了,让你挂帅,你有病;派了别人,你又用这种口吻说话。"

林彪说:"绝无妒意。我知道我挡不住出兵这件事,我自己又因病不能领兵赴朝,他肯定生我气。"

高岗说:"那倒不会,反对出兵的又非你一人。况且,不管持哪种意见的人,都是从利国利民角度出发的,岂有他意!"

林彪说:"事已至此,我也不会再说了。"

高岗沉思了一刻,试探地问:"你说,主席仅仅是因为我们都涉及的原因才决意出兵吗?"

林彪有几分警惕地看着高岗。

高岗说:"我想,主席还有更深层次的考虑,只是不便说罢了。"

林彪颇感兴趣地说:"试道其详。"

高岗说:"当然这只是推断了,反正你我私下谈话,不算数的。"

林彪说:"这又不是非组织活动,不必顾虑重重。"

高岗说:"也许,与旅顺口、中长铁路有关。"

林彪反问:"怎么扯到旅顺口、中长铁路上去了?风马牛不相及呀。"

高岗说:"你还记得五年前日本人投降时的事吗?斯大林把蒋介石看成是合法政府的代表,并且同宋子文签署了《中苏友好同盟条约》,他也是支持蒋介石接收东北的。"

林彪说:"是呀。那时斯大林打定主意不交旅顺口,不交中长铁路,为这事,主席是不高兴的。"

高岗说:"现在倒是时过境迁了。苏联与我们有了友好互助同盟条约,也就是说,一旦有人入侵中国,苏联必须履行条约义务,出兵援助中国,是这样吧?"

林彪笑道:"你是说,主席怕请来神送不回去?"

高岗说:"正是。万一美国打进东北,苏联必出兵,出了兵,即使打走了美国人,苏联人也会像在东德一样,以维持安全为由不走,那时我们怎么办?岂不是前门拒虎,后门进狼了吗?"

两个人都沉默下来。高岗剥着一个橘子,说:"所以,主席想,干脆打出去,让战火远离我们的国土。"

林彪说:"真是这样,也不失为另一种意义上的明智之举,比我们要高明多了。"

高岗说:"到此为止,权当没说。"

林彪抽了抽鼻子说:"小米粥的香味都飘出来了,还有肉丝炒涪陵榨菜。走,喝粥去!"

二人笑着向小餐厅走去。

7

出兵的大计已定,并在党内高层取得了共识,彭德怀又毅然勇挑重担,毛泽东的心事去了大半,胃口一开,多吃了一碗红豆饭,饭后与彭德怀在一起喝茶。

毛泽东对彭德怀说:"给你十天的准备时间,你先回趟西安,总得对浦安修交代一下呀。"

彭德怀说:"算了。先前转战南北,半年都不知我死活,她都习惯了,让她担心倒不好。"

毛泽东指着地图说:"你的司令部可以设在鸭绿江我方一侧,便于隐蔽。"

彭德怀说:"麦克阿瑟把他的总司令部设在东京,我难道也设在北京?那就不用我彭德怀了,你毛泽东兼任就算了。"

毛泽东笑了。

彭德怀说:"我过江去。部队进到哪里,我跟到哪里,不然没有指挥权。我也想见识见识美国鬼子怎么打仗。"

毛泽东说:"在战斗打响之前,应绝对保密。我会告诉新华社,打响以后报道的分寸也要注意。"

彭德怀说:"主席的意思是,设法转移敌人的注意力?"

"对,让敌人产生判断上的错觉。你们要秘密过江,做到神不知鬼不觉,等到敌人发觉,已经大难临头了。"

彭德怀说:"你真想得出。二十六万大军,叫我神不知鬼不觉的,谈何容易。"

毛泽东说:"你有的是办法。"

彭德怀说:"你又给我戴高帽了,晚上再谈,恩来同志要我和他一起去参加军委会议,武器装备、后勤供应,一大摊子事。唉,本来我已经一门心思搞建设了,现在又扛起了枪。"

毛泽东说:"若依我的愿望,我也想把天下所有的兵器收起来熔化掉,像秦始皇一样,铸成十二个大铜人,从此天下太平,偃武修文。可是没有办法啊,树欲静而风不止嘛。"

彭德怀说:"那我走了。"

毛泽东说:"明晚上你过来,我请你吃饭。"

彭德怀说:"家乡菜?"

毛泽东说:"当然不会让你吃西餐大菜了。"

送走了彭德怀,毛泽东在外面散了一会儿步,再回到菊香书屋,已是万家灯火齐明时分了。毛泽东刚坐下来批阅文件,门开了。卫士走进来报告:"岸英来了。"

毛泽东放下笔,回过头来。

毛岸英问:"爸爸,你叫我?"

毛泽东点点头,用手指了指沙发,毛岸英坐下。毛泽东点起一支烟,久久地凝望着儿子。沉默了好一会儿,毛岸英似乎觉得父亲有难言之隐。还是儿子沉不住气了:"爸爸,你有什么话要说吗?"

毛泽东说:"你说,京郊的那个村子,参军的二十六个,牺牲了十一个?"

毛岸英说:"是啊,你怎么想起问这个?"

毛泽东说:"你去见过这些烈士父母吗?"

毛岸英点点头:"他们都投了玉米粒,同意出兵朝鲜。有一个有病的老太太,人们不忍心告诉她儿子牺牲了,至今她每年还给儿子做一双鞋⋯⋯"

"多好的人民啊。"毛泽东感慨地说,"可怜天下父母心。普天之下都一样,哪个孩子不是父母的心肝? 哪个热血男儿不是血肉之躯?"

毛岸英听得很动情。

毛泽东说:"中国人饱受战乱之苦,十几年来,有三千万同胞倒在血泊里,我们多么不愿再有战争啊! 你说,我们出兵朝鲜,人民能理解吗?"

"我想是能够理解的。"毛岸英说,"没有国,哪有家。这道理人人都明白。"

二人又陷入了沉默。

毛岸英着急了:"爸爸,你今天怎么了?到底有什么事啊?"

毛泽东说:"我只是想看看你……"

毛岸英缓缓地站起来说:"不,爸爸,你有话要说。"

毛泽东仍旧深情地看着毛岸英。

毛岸英说:"爸爸,我到朝鲜前线去!"他早已觉察到父亲有让他上前线的意思,只是不想由他当父亲的口中说出来。他知道,此时的毛泽东,既是父亲又是领袖,他把毛岸英自然也既当成儿子,又看做是一个热血青年——极普通的一个热血青年。他懂得自己出征意味着什么,这本身就是一种号召力,是毛泽东不用说一句话就存在的分量。

毛岸英出于为国、为父,出于忠、孝,他都该义无反顾地上前线。他话一说出来,就从父亲的眼睛里读出了欣慰和赞许。

毛泽东似乎不感到惊奇,他注视儿子有顷,说:"你不是一时冲动吧?"

毛岸英说:"也算是吧。"

毛泽东说:"娃娃,我的好娃娃,你不感到勉强吗?"

毛岸英摇摇头:"我本该去的。为了爸爸,我也该去。"

毛泽东慈祥地看着儿子。

毛岸英说:"毛岸英是父母的亲骨肉,别人的孩子也是。我上了前线,对爸爸来说是一个安慰。"

毛泽东抓住儿子的一只手,眼含泪花说:"谢谢你,我的好儿子!"停了一下,毛泽东说:"你妈妈若是活着,她会怎么说?你从小跟妈妈一起坐过牢,后来带着岸青在上海流浪。说真的,我没有给过你什么父爱,有的都是严厉……"

毛岸英说:"我理解。爸爸,你与别人的父亲是不同的,这就在于你不光属于你的孩子。"

毛泽东的泪水滚了下来,再次说了声:"谢谢你,你能理解爸爸。"

毛岸英说:"那我就做准备啦!"

毛泽东说:"我这也是送子上战场啦。"

毛岸英说:"爸爸,你别担心。我十年前就是苏联近卫军的中尉了,我参加过'莫斯科保卫战',后来越过波兰,一直打到柏林,我本来就是军人。"

毛泽东的大手重重地拍在儿子的肩头上,期待、赞许的目光在儿子脸上深情地注视着。

第七章

I

菊香书屋的小餐厅里弥漫着香气,毛泽东亲自在忙活,摆餐具、酒杯,身边的人很少看见他兴致这么高。

彭德怀走了进来,看见桌上丰盛的饭菜,就抽了抽鼻子:"好香,火焙鱼、乡里腊肉、豆豉辣椒,全是咱湘潭名菜呀!"他坐下就想吃。

毛泽东拿来一瓶茅台酒,说:"等等,你吃饭也是急脾气,我还有一个客人没到呢。"

彭德怀放下筷子:"扫兴,人一多,全是客套话,吃起来不香。"

毛泽东说:"此人不会耽误你大快朵颐的。"话音未落,毛岸英走进来:"彭叔叔。"

彭德怀乐了:"原来是你!你也算是毛泽东的客人了?"

毛岸英坐下说:"现在是公事,当然又当别论。"

"公事?"彭德怀一时未能明白。

毛泽东倒了三杯酒。

彭德怀说:"怎么了? 我是不喝酒的,你又不是不知道。"

毛泽东说:"我滴酒不沾,你也是知道的啊!今天特殊,算是薄酒一杯,以壮行色。"

彭德怀一下子庄重起来,托杯起立,毛岸英也站了起来。

毛泽东说:"等你打败了美国人,凯旋的时候,我们再破例地喝一回。"

毛泽东提议说:"为了我们的正义之师,为了胜利,干杯!"

三个人的杯子轻轻碰了一下,每人饮了一口。坐下后,毛泽东说:"军委已经草拟了命令,东北边防军正式改为中国人民志愿军。"

彭德怀说:"那我就是第一个志愿兵啰。"

毛泽东说:"第二个志愿兵也有了。"

彭德怀一愣,发觉毛岸英笑眯眯地望着自己,他似乎明白了什么,放下筷子望着毛泽东。毛岸英说:"彭叔叔后天走吧?我跟你一起上前线。"

彭德怀说:"军中无戏言,开不得玩笑的。"

毛泽东说:"是我批准的。"

彭德怀沉吟半晌,说:"主席,不要这样,我不能带岸英走。"

毛泽东问:"为什么?"

彭德怀说:"没有为什么,不带就是不带。"

"倔劲又上来了。"毛泽东给他夹了一筷子菜,说,"我知道,你怕担责任。万一毛泽东的儿子在战场上有什么闪失,你怕愧对毛泽东,是不是呀?"

彭德怀说:"你明明知道,为什么让我背这个包袱?"

毛岸英抗争道:"我可抗议了,我已二十八岁,怎么是包袱?"

毛泽东道:"我是经过深思熟虑才这样决定的,今天就算是向你彭老总临战托子吧。"

彭德怀站了起来:"饭我不吃了,我走。这事要办,你找别人吧。"

毛岸英拦住彭德怀说:"彭叔叔,你该体谅我父亲的心。人皆有子女,人皆有父母,天下人的亲情是一样的。我求你了,只要我和千千万万个热血儿女一样在朝鲜,我爸爸的心就稍安一点。为了这,你不能不答应!"

毛岸英自己流了泪,彭老总也动了情,毛泽东也眼含热泪。彭德怀拍了拍毛岸英的肩,重新坐下。彭德怀不由得对毛泽东肃然起敬,他即使不送儿子上前线,又能招来什么非议吗?这不仅仅是姿态、是决心、是象征,这是伟人人格力量的体现。但是彭德怀委实不愿意带毛岸英走。战场本来就是危险的所在,尤其是现代战争,根本没什么前后方之分,万一毛岸英有什么闪失,我彭德怀下半生会不得安生。他也明白,这父子俩已经是达成默契的了,劝阻也无用。这一来,彭德怀反倒失去了胃口。

为了挑起气氛,毛岸英说:"彭叔叔,你打算委任我当个什么官呢?"

毛泽东说:"不像话,要官当了。我们党的规矩是,伸手要官的一律不给。"

彭德怀说:"你想要多大的官?我这总司令总不能给你当吧?"

毛岸英说:"我十年前就是近卫军中尉了,中尉相当于副连长,十年后,要个师长,不算过分吧?"

毛泽东与彭德怀哈哈大笑。

彭德怀说:"好大的胃口!"

毛泽东说:"真要你领兵,恐怕就是历史上纸上谈兵的赵括而已。"

赵括的典故彭德怀当然熟知,毛岸英却不知赵括为何许人也。彭德怀告诉他,赵括是战国时赵国马服君赵奢之子,空论兵法,夸夸其谈,实际上不会领兵打仗。后来秦国利用"反间计",使老将廉颇的兵权落入赵括之手,赵括领兵出击,在长平被秦将白起打得一败涂地,四十万兵卒被活埋。

毛岸英吐吐舌头说:"看来,我连赵括也不一定赶得上了。"

毛泽东说:"将才、帅才,百年一遇,你以为什么人都可以当得的吗?"

毛岸英问:"那我能干什么?下连队吧,领战士冲锋有勇则行。"

彭德怀说:"你给我老老实实待在司令部里,当个俄文翻译,不算大材小用。主席,你同意吗?"

毛泽东说:"舍到庙上的孩子就得听由老和尚发落了,你让他当马夫,我也不管了!"

三人又都笑起来。

北京机器总厂的党总支副书记当到头了。除了厂里几个领导,没人知道毛岸英去干什么,当时出兵朝鲜的事还是绝密。这天早上,没到上工时间毛岸英就来到办公室,抓紧收拾东西,他打算在上工铃响前离开工厂,省得费口舌,又不得不说假话,他觉得怪别扭的。偏偏那个叫曹桂兰的女工来得早。她一下子拉开了毛岸英的房门,见他在收拾抽屉里的东西,很觉奇怪,不过她先问她关心的事:"黑板报稿给写完了吗?"

毛岸英一拍大腿:"哎呀,忘了!"

曹桂兰说:"你这人,还是党总支副书记呢,一点也不支持工会工作。"突然,她发现毛岸英把抽屉倒空了,就问:"你这是干嘛?要撤退似的。"

"是撤退。"毛岸英说,"我调动工作了,欠你的黑板报稿,将来再还。"

曹桂兰说:"你就这么蔫不拉唧地走啊?也不向大伙儿言语一声?明个儿给你开个欢送会啥的,我去告诉工会主席。"

"别!"毛岸英说,"来不及了,你谁都不要告诉。"

"嚄,机密呀?"曹桂兰问,"调哪个单位去了?一定是高升了,能告诉我吗?"

毛岸英笑笑:"到挺远的地方去,建设边疆。"

曹桂兰说:"你不是干得挺好吗?八成没犯啥错误吧?"

这话又把毛岸英逗乐了,他说:"没犯错误。边疆建设,需要人。"

曹桂兰想了想,掏出个小本子,说:"那,你给留个言吧。"

毛岸英接过小本子,在扉页上写了"当家做主人"五个字,签上了名。曹桂兰看了看,似不满意,咂咂嘴,却也没说什么。

毛岸英离开工厂把东西送回了家。他有一件心事,令他心焦。刘思齐有病住在医院里,她做梦也不会想到毛岸英会上前线。这事不能告诉她,可不告诉她就远走高飞,她事后知道了不是要更难受吗?他真是左右为难,他买了些水果去病房看刘思齐。刘思齐穿着病员休养服,半躺半坐在床上织那件毛衣,快织完了。毛岸英提着一篮子水果进来。刘思齐冲他嫣然一笑,往床里靠靠,让他坐在床头,说:"怎么上班时间跑出来了?"

毛岸英说:"到工业局办事,顺路。"

"又是顺水人情。"刘思齐说,"这几天我住院,你大概天天啃干面包吧?"

毛岸英说:"我在苏联住了那么多年,啃面包我内行。"他拿起一个苹果来削。

刘思齐在他额头上戳了一下:"保证没洗袜子,攒几双了?"

毛岸英说:"才两双……"

刘思齐咯咯乐了:"还说呢!"

毛岸英说:"这毛衣还得几天能织完?明天行不行?"

这可叫刘思齐感到诧异,怕她病中累着,毛岸英不准她织,前几天还把竹针藏起来了呢。刘思齐接过他递来的苹果,说:"你催命啊?前几天还埋怨我,怕我病中织啊织的累着呢,今天又催!"

毛岸英怅然若失地说:"那,就慢慢织吧。"毛岸英不再说话,长久地默默地望着她。刘思齐有点不好意思,说:"你怎么不说话了?你不是要给我读《卓娅和舒拉的故事》吗?书带来了没有?"

毛岸英这才慢慢吞吞地从挎包里拿出书,放到床头柜上,说:"你自己慢慢看吧。"

刘思齐开始审视毛岸英的脸:"你好像有心事。"

毛岸英掩饰地说:"没有。我可能要出趟差。"

刘思齐问:"去多久?"

毛岸英躲开她的视线:"可能……要很长一段时间。你得学会自己照顾自己。"

刘思齐又开始审视他的面孔了。毛岸英从来不这么吞吞吐吐的，他是怎么了？她不放心。毛岸英坐了一会儿就走了，刘思齐换上衣服溜出病房，跑回什刹海的家。

毛岸英的军用挎包已经打点好，还有一件军大衣压在挎包上。毛岸英不在，刘思齐轻轻推门进来，腋下夹着已经织完的毛衣。她敏感地掀开大衣，露出军用挎包。她打开挎包不禁愣了，里面有一把亮着烤蓝的小手枪、一本《俄汉辞典》、一张他们结婚时的照片。刘思齐的心一沉，泪水悄然流下，她什么都明白了。门外响起脚步声，她听得出，毛岸英回来了。刘思齐急忙拭干眼泪，盖上挎包。

毛岸英走进来，问："你怎么从医院跑出来了？"

刘思齐掩饰着心底的悲伤，故做轻松地说："回来送送你。"

毛岸英也强颜欢笑地说："又不是第一次出差。"

"你还骗我，你不是出差！"刘思齐突然呜咽起来，"你是去前线。"

毛岸英暗暗吃了一惊，立即否认："又瞎猜。"

刘思齐一下子掏出挎包里的小手枪和照片："出差用得着这个吗？"

毛岸英知道没法隐瞒了，就说："知道就知道吧，我是身经百战的。"他抓起手枪在手掌上掂着，说，"这是伏洛希洛夫奖给我的，我是'战神'，枪弹都躲着我。"他越说得轻松，刘思齐越是泪流不止。

"别哭！"毛岸英搂着刘思齐的肩膀，说，"我还有半天时间，别在眼泪里泡着啊！来，咱们做点好吃的，再喝上一杯红葡萄酒，为我壮壮行色。"刘思齐仍在哭，毛岸英有点束手无策了："唉呀，你快别哭了好不好？我从现在起到出发前，哪儿都不去了，就在家陪你，一分一秒都给你。"

"那一共才有多少分、多少秒！"刘思齐说，"我不是拉你后腿，我也知道，毛泽东的儿子上前线的分量……我只是……心里不好受，憋不住啊。"

毛岸英替她拭眼泪："好，那就哭吧，可千万别上爸爸跟前哭就行。等着我，多则一年，少则几个月，日子过得快着呢。我不在家的时候，晚上早点插上门，若是一个人不敢住，叫李敏给你来做伴。隔个十天半月，到中南海去看看爸爸。江青不管爸爸,爸爸也不喜欢她,别看他当着主席,可我发现他比谁都孤独……"

这样叮嘱着,毛岸英的泪水也流了出来,滴在刘思齐的肩上。刘思齐把那件毛衣拿起来:"来,试试,快到冬天了,战场上冷。"

毛岸英顺从地让妻子给自己套上毛衣。他趁势抱住刘思齐,深深地吻着……

2

一支支战场上胜利的兴奋剂,令七十岁的麦克阿瑟连日来像孩子一样快乐,整天飞来飞去,不肯在东京大本营待着,从儿子四岁起已坚持了八年的每天给儿子阿瑟发礼物的习惯也废除了。他对唯一的儿子溺爱到了无以复加的地步,每天像猜谜似的在7点半钟给儿子发礼物。这可不是一件简单的事,一天一件,过生日时要每隔十五分钟发一件。八年,几万件礼品,即使是小到书签、橡皮、铅笔,也没法不重样、不腻味呀。

为了平壤马上攻陷的快乐,他把儿子也淡忘了许多。他在平壤上空转了一圈,又向南飞。麦克阿瑟的座机降落在小山坡上。这里的美军正在向北挺进,公路旁到处是烧毁的汽车和来不及收的死尸。沃克驱车赶来,麦克阿瑟问他说:"怎么样?"

沃克说:"两天后,我就可以向平壤发起攻击。骑一师打头阵。"

麦克阿瑟:"除了敦促金日成投降外,少说话,多干事,努力往前冲,什么也别听,一直打到鸭绿江边再说。"

沃克问:"阿尔蒙德那边怎么样?"

麦克阿瑟说:"不坏。他要和你一起在平壤吃朝鲜狗肉呢。"

沃克笑了起来。

3

平壤陷落是早晚的事了,毛泽东意识到发兵宜速,可是苏联能给予多大的支援?斯大林既然说早打比晚打好,既然说不怕帝国主义,总得拿出老大哥的实际行动来才是啊。毛泽东又把周恩来找来,两个人就局势磋商着。周恩来说:"他们打过'三八线',又一次盗用了联合国名义。"

毛泽东问:"听说有四十多票赞同打过'三八线'?"

周恩来说:"四十七票赞成,五票反对,这五票是苏联和东欧民主国家。有八票弃权:印度、南斯拉夫、印尼、埃及、黎巴嫩、沙特阿拉伯、也门、叙利亚。"

毛泽东思索了一阵,说:"看来你有必要到苏联去走一趟了。"

周恩来说:"当面谈可能便于交流,我准备一下资料,马上走。"

毛泽东说:"办一件事情,总要对敌、我、友都明明白白才好。我们的一切,都是明白无误地告诉了老大哥的。老大哥究竟是怎么个心思,我们心里没数啊。"

周恩来问:"苏联大使罗申昨天又见你了?"

毛泽东说:"这使我更加疑惑,他几次见我,都表达一个意思,说一旦出兵,要我们中国准备单独承担责任。"

"承担什么责任?道义责任,还是国际主义责任?"周恩来不悦地说,"老大哥该有老大哥的样子嘛。"

毛泽东说:"昨天林彪听说了这件事,他要与你同机走,去黑海养病。我告诉林彪,协助你一下。他在苏联待过,跟斯大林比我们熟。"

周恩来说:"把我们出兵的决心和准备向斯大林和盘托出吗?"

毛泽东吐着烟气,说:"不。把两种方案都告诉他,出兵的与不出兵的。"

周恩来注意到了毛泽东说的"两种方案",也就是说,虽然大计已定,也调兵遣将了,但一样可以息戈罢兵。至少,让斯大林知道,中国人不是在什么情况下、在什么条件下都只有出兵一个方案。

周恩来说:"说两种方案,我们主动,也留有余地。"

毛泽东说:"至少要得到他们一些国际主义的承诺。斯大林不是说他们黄头发、蓝眼睛不好出人吗?那他们的枪炮、子弹总不是黄头发、蓝眼睛的吧?"

周恩来笑了,问:"明天彭德怀出发吗?"

毛泽东说:"是。任命令弄好了吗?"

周恩来说:"明天正式发出文件,任命彭德怀为中国人民志愿军司令员兼政委。后勤统由高岗来应付。"

毛泽东说:"给驻朝使馆发报,叫倪志亮向金日成通报,请他马上派人到沈阳与彭德怀、高岗会晤。"

4

刘思齐流了一个晚上的泪。

毛岸英没法劝她不哭,新婚之别总是难过的事,特别是女人。他把行前的一分一秒都给了她,他本来打算再到中南海去跟父亲告个别的,也叫刘思齐的眼泪给弄泡汤了。他真担心,明天上路时她会不会跟在后面哭哭啼啼?那多让彭老总笑话!而且上级再三申明,对亲属也要严格保密,他已经泄了密呀。

令毛岸英心里稍安的是快天亮时刘思齐睡着了。

早晨5点半,毛岸英轻轻下地,也不敢惊动刘思齐,悄悄拿了行李往外走,他站在房门口好一会儿,鼻子酸酸的,他在心里默默地说:"也不知哪一天才能打完仗回来。思齐,等着我……"

他一狠心推开房门,走了出去。哪知刘思齐根本没睡着,见毛岸英出门,赶忙跳下地跟出来,她要送他上飞机,看他最后一眼。

毛岸英悄悄溜出胡同,那里停着一辆吉普车。毛岸英最后望了一眼低矮的四合院,上车走了。

汽车消失在胡同口。刘思齐走出来,恰好胡同口有一辆三轮车在等客,她摆摆手,三轮车过来,她坐上去,说:"西郊机场。"

老车夫说:"嗬,可够远的,不去。"

刘思齐急了:"我多给你钱。"

老车夫这才拐过弯蹬车上路:"你是非把我累趴下不可呀。"

西山红叶红遍了岭上岭下。毛岸英答应过今年带她上香山看红叶,他一走,也看不成了,没想到她会在这里伤心地独自看。站在西郊机场的入口处,刘思齐凝望着。

毛岸英、李望和彭德怀的警卫人员刘亮、谢大川四个人登上一架里-2飞机,彭德怀、高岗走在后面。

飞机螺旋桨飞速转起来,发出轰鸣声。

就在飞机滑行起飞前,毛岸英偶然一瞥,发现刘思齐孤零零地站在那里,秋风掀动她的衣摆,吹拂着她的头发。毛岸英拼命把脑门贴在圆形小舷窗上,手拼命地摇。他看见,刘思齐的手一直举着,渐渐她变成了遥远的小黑点。漫山遍野的红叶也渐渐模糊了。飞机越飞越高,毛岸英的视线被一团掠过机翼的云团挡住了。

彭德怀见毛岸英一直趴在舷窗上,拍了他肩膀一下,说:"现在的高度至少有一千米,看不见了。"

毛岸英掩饰地说:"我……我在看西山红叶。"

彭德怀说:"老夫也是有过媳妇的人嘛,你骗不了我。"高岗大笑,毛岸英也不好意思地笑了。

彭德怀说:"你犯纪律了。她怎么知道我们从西郊机场走?"

毛岸英一指刘亮:"是刘亮泄的密,他昨晚上来通知我,前面说得挺好,出差,后来却说在西郊乘飞机走。"

彭德怀笑笑,环顾一下四周,对高岗说:"哈,我两个警卫员、一个秘书,加上岸英,这几个人,就是中国人民志愿军司令部了!没副司令,没司、政、后,也没参谋长。你们得跟住了我,别把我弄成'光杆司令'。"

李望等几个人笑得前仰后合。

高岗说:"我是你的后勤司令啊!"

彭德怀说:"你好像也是反对出兵的人。"

高岗说:"反对归反对。一旦中央决定了,我坚决执行,绝无二话。这,你彭大将军尽可放心。"

彭德怀说:"兵马未动,粮草先行,咱把丑话说在前头,我们在前方断了炊,我可饶不了你。"

高岗说:"若是发军功章呢?"

彭德怀说:"也先给你。"

高岗笑了起来。

5

彭德怀刚到沈阳,一走进他下榻的大和旅馆,就看见朝鲜内务相朴一禹早在客厅里等他了。一见面,朴一禹就连连道歉:"我太不礼貌了,也是被逼无奈呀。"

彭德怀说:"辛苦。你中国话说得很好啊!"

朴一禹说:"我在中国待过。我与彭司令谈完,马上得返回,金首相在等着我的消息。"

彭德怀问:"你们那里情况怎么样?"

朴一禹说:"美国最近又从日本拼凑了五万人补充到了李承晚部队。据可靠消息,他们还要从美国本土调七个师到朝鲜来,从朝鲜东西海湾登陆。金首相再三让我向中国同志,特别是向彭总司令致意,希望你们尽快打过去。"

彭德怀说:"我马不停蹄地赶来,就是尽快带兵过去,请金日成同志放心!"

朴一禹还有什么不放心的?彭德怀已经亲临东北,看来大局已定。朴一禹连饭也不吃,连夜返回朝鲜。

第二天,彭德怀在东北军区招待所大会议室召开了东北军区及第十三兵团高级干部会议。与会者除高岗、彭德怀外,还有东北军区副司令贺晋年以及十三兵团邓华、赖传珠、洪学智、韩先楚、解沛然(解方)、杜平,三十八军军长梁兴初、政委刘西元,三十九军军长吴信泉、政委徐斌洲,四十军军长温玉成、政委袁升平,四十二军军长吴瑞林、政委周彪,五十军军长曾泽生等。

彭德怀讲话说:"你们这支部队,是四野的主力部队,我过去没指挥过你们,不一定能指挥得好啊!"

将军们都笑了,会场气氛活跃。

梁兴初说:"彭总指哪儿打哪儿。"

彭德怀说:"这是哪一个?"

梁兴初起立敬礼:"三十八军军长梁兴初。"

彭老总示意他坐下,说:"一员猛将,没见过面,却闻其名。我彭德怀有个缺点,说话不好听,将来可能多有得罪,勿谓言之不预也。"

人们又都笑了。

彭德怀说:"老夫今年年过半百,已不是当年了。毛主席点将点到我彭德怀头上,我二话不说,上前线,烈士暮年,壮心不已。从今往后,与同志们同甘共苦,去争取胜利!"将军们激动得鼓起掌来,梁兴初直着喉咙喊:"好!"

彭德怀说:"战争是个残酷的东西,没有人愿意打仗,美帝国主义欺人太甚,我们要教训教训他们,叫他们懂点规矩。当今的世界,不是美国一家主宰的!打仗,光靠勇敢是不行的,炮弹不会因为你勇敢就不往你身上落。有人有'恐美病',一听说原子弹、飞机大炮,腿肚子就打哆嗦;也有的人不把美国当回事,盲目轻敌。这都是要不得的!过去我们打日本鬼子、打蒋介石那一套还有用,但又不能完全用老一套,在战争中学战争,我也是一个新兵,你们也一样。"停了停,他说,"你们缺什么,要什么,马上说!到了战场上,我要求的只有两个字:胜利。"

又是一阵掌声。

吴信泉问:"有飞机吗?没有制空权,我们肯定吃大亏。"

彭德怀说:"现在还没有。周恩来到莫斯科去了,我希望苏联给予空中支援。"

6

彭德怀让毛岸英在志愿军总部当参谋,他这个参谋不管作战,只负责当俄文翻译。他只带了一本《俄汉辞典》,怕在朝鲜找不到工具书,他趁彭老总开会的时候,跑到市里最大的一家书店去逛。

毛岸英在书店外文部查找图书,俄文书很有限。他找到了一本《二战战例》,是俄文版的,就高兴地翻起来。

这时,一个三十岁左右的中年军官走来,也在外文书架上翻找,他找到了一本《俄汉辞典》。毛岸英看见,对他说:"你不能买这一本,除非你的俄语水平比汉语高。"他替那人找了一本《汉俄字典》,说:"买这本。"

那人见毛岸英在看俄文原版书,就问:"你能看懂原版的俄文书?"

毛岸英说:"还可以吧。"

那人问:"你是部队的吗?"

毛岸英又点点头。

那人说:"我是三十九军的,叫张国放,我能拜你为师就好了。"

毛岸英同他握握手:"我叫毛岸英,司令部的。你急需学俄文吗?"

张国放说:"我想直接参考一下外国战史、战例。"

毛岸英说:"这是高级指挥员的事呀。"他也没料到张国放会是副参谋长。

张国放一笑说:"学学总是有用的。"他拿了那本字典,"我去交款,有空我去找你呀。"

毛岸英答应了一声。

7

周恩来在莫斯科扑了个空,斯大林在南方的黑海之滨度假,这个季节的莫斯科已经很凉了,落叶满街。

由布尔加宁元帅陪同,周恩来、林彪和翻译师哲一行于10月10日乘飞机到了海滨城市阿德列尔。这个季节的阿德列尔还是一片翠绿,山青水碧,映衬着黑海岸树丛中白墙红顶的一幢幢别墅,耀人眼目。林彪将在这里长住,周恩来却与风景无缘,他希望尽快见到斯大林。还好,斯大林没让他久等,第二天就在别墅的大厅里接见了周恩来和林彪。政治局的成员全部到场,可见对周恩来出使苏联这件事的重视程度之高。

斯大林的左右坐着苏共中央政治局委员,背后的墙上挂着他最崇拜的苏沃洛夫和库图佐夫的巨幅画像。

对面是周恩来、林彪和师哲。

斯大林在会谈开始前,拿起一瓶红葡萄酒,他亲自开瓶,说道:"这是我故乡格鲁吉亚产的红葡萄酒。那年在雅尔塔会议上,我拿给罗斯福和丘吉尔喝,他们赞不绝口,却一口咬定是法国葡萄酒。后来,我送给他们每人一箱。"斯大林让莫洛托夫给客人斟了酒,他自己照例兑了半杯白葡萄酒。他先举起杯,所有的人也举起杯,都抿了一口。

斯大林问:"好喝吗?"

周恩来说:"很爽口。"

斯大林说:"那我就没有吹嘘之嫌了。你们走的时候,我也送给你们一箱,不要忘了给毛泽东一箱。我七十岁寿辰时,他给了我一箱茅台酒,那种酒,比伏特加厉害多了。"

周恩来说:"那种酒,酒精浓度是六十度。"

斯大林说:"六十度?那么点根火柴,嘴里就可以喷火了。"

有人轻轻笑了。

斯大林说:"你们中国人送礼,专门送辛辣之物吗?"

周恩来和林彪一时都没有明白他何出此言。周恩来不答不好,想了想说:"中国人送礼一是讲喜庆,如送鱼,有年年有余之意;再是送珍贵的东西,物以稀为贵;三是表一下心意,千里送鹅毛,礼轻情义重。"

师哲和费德林两个人研究了好一会儿,才勉强把周恩来这段不好翻译的话转达给斯大林。斯大林听懂了,说:"那么,毛泽东送我辣椒是什么意思?"

显然他指的是1942年6月的事,周恩来记得,斯大林派飞机送医务人员到延安,借此机会送来十件皮大衣、十双皮靴、十条毛毯。毛泽东感到延安无物可送,第二天飞机返回苏联时,他让人缝了个布口袋,装了一袋他亲手种的辣椒。周恩来虽没制止毛泽东,可也在心里盘算过,会不会惹人不高兴?毛泽东嗜辣成瘾,可斯大林也许恰恰怕辣。事隔八年,斯大林果然还记得送辣椒的事,显然他对此耿耿于怀,说不定以为毛泽东是奚落他或另有含义。周恩来赶忙说:"中国古语中有'略表芹意'一词。说的是古时候有一个人爱送礼,他又特别喜欢吃芹菜,就不管别人是否也喜欢吃芹菜,一律送芹菜,结果有时惹人不高兴,可他本意还是好的。毛泽东是湖南人,每顿饭都离不了辣子,他可能以为天下人都会喜欢吃辣的!"

这么一说,斯大林笑了起来。八年的"辣子心结",叫周恩来一席话解开了。可他总不往正题上说,周恩来很着急,他只好往朝鲜战事上引了。周恩来提示他:"斯大林同志,我们急于想听听你关于朝鲜问题的想法。"

斯大林说:"金日成和朴宪永上月29日,给我发来一封求援电报。布尔加宁同志,你给中国朋友看过了吗?"

"是的,斯大林同志。"布尔加宁说。

斯大林说:"金日成希望由中国或其他民主国家建立一支国际志愿部队,这个想法是有价值的。我想,白种人穿上东方人的衣服也不像朝鲜人,还是中国人出兵为好。你们打来电报,不是已经做了出兵的准备吗?"

周恩来说:"那只是决心,我们希望能与苏联同志一道援助朝鲜。"

斯大林说:"我虽然设想过帮助朝鲜,但苏联早已声明苏军从朝鲜全部撤出,所以不能让苏联人再出现在朝鲜战场上,更不能同美国直接对抗,否则就是国际问题了。"

周恩来说:"美国有大量的飞机,战争打起来是立体的,中国希望至少苏联出动空军,掩护我们地面作战。"

斯大林说:"这也有困难。"

林彪说:"昨天,莫洛托夫同志已经答应了的。"

斯大林做出充耳不闻的样子,他接下去说:"我们即使出动空军,也不能深入,只能在中朝边境活动。我们要避免飞机被击落,一旦飞行员被俘虏,或者尸体落在美军手中,造成的国际影响就大了。"

周恩来说:"朝鲜人民处在生死存亡的紧急关头,我们不能不管啊!"

斯大林说:"当然要管,你们中国去管最合适。中国与美国没有外交关系,行动可以自由自主,如果你们出兵,苏联可以提供武器装备。"

周恩来说:"中国当然认为帮助朝鲜责无旁贷,但中国有实际困难。中国人民长期遭受战乱之苦,许多国计民生问题亟待解决,我们的国力比起苏联来,相差是悬殊的。"

斯大林沉吟有顷,说:"这样看来,中国是无意出兵了?"

周恩来说:"我只是说明我们没有空军支援的极度困难。"

斯大林说:"如果中国不出兵,那就早点通知金日成,叫他撤过鸭绿江,保存有生力量,可将主力撤到你们的东北休整,以利再战。给金日成创造在中国建立流亡政府的条件。"

周恩来与林彪交换了一下目光,说:"我们恐怕不好启齿,不好向朝鲜朋友提这样的建议。"他万万没有想到,斯大林会说出这样的话来,而且说得那么平静、轻松。他斟酌着用了"不好启齿"的字眼,实际是不软不硬的回敬,他只感到心头一阵阵发冷。苏联方面兴师动众,把政治局的大员们都搬来了,到头来是"没准备好"。

斯大林料定中国人不会看着朋友到中国去建流亡政府,这也是将中国一军,他早就算定中国人非出兵不可了,所以是后发制人。

林彪倒是与斯大林的主意不谋而合,不过在这种场合,他不能有半点表露,他反倒必须与周恩来口径一致,他说:"我们不能提出来,让朝鲜同志在我们那儿建流亡政府。"

斯大林摊开双手问:"那怎么办?"

周恩来说:"我想知道,究竟什么时候苏联空军可以出动,哪怕是在边境掩护。"

布尔加宁看着斯大林的脸说:"也许需要两个月或再多一点时间。"

斯大林说:"周恩来同志,如果你为难,我们可以联名给毛泽东同志发电报,把我们会谈的情况告诉他。"

周恩来站了起来:"好吧。"

斯大林说:"我们休息一下,然后吃饭。"他首先离座,周恩来却呆坐了半天没有动。

宴会厅在另一栋房子里,有半个足球场大。宾主按序就座。侍者给每人倒了一杯白葡萄酒。斯大林显得特殊,又在白葡萄酒中掺了红葡萄酒。斯大林起立祝酒:"为苏中两国人民的友谊干杯吧!"

周恩来与他轻轻一碰:"祝斯大林同志健康!"

众人一饮而尽。周恩来注意到,斯大林仍然与众不同,红白掺和。他用汉语小声问俄方翻译费德林:"斯大林同志的酒为什么要掺红的?"

费德林正要回答,蓦然发现斯大林和贝利亚怀疑、严厉的目光正盯着他,吓得他赶忙噤口。

斯大林不悦地问费德林:"周恩来问你什么?"

费德林小心翼翼地说:"他不明白你为什么要把两种酒掺起来喝。"

斯大林脸色变过来了,问周恩来:"你为什么不直接问我?"

费德林代为解答:"这样的生活细节,直接问斯大林同志,他认为是不礼貌的。"

斯大林宽容地笑笑："噢，没什么。我流放西伯利亚的年月，患了可怕的伤寒，朋友送来红白掺和的酒让我喝，说治伤寒病，据说里面含有药物成分。"

这时，侍者启开一些菠萝罐头分送给每个人吃。周恩来说："菠萝是既有营养价值又廉价的水果，苏联不出产，毛泽东同志让我们带来请大家品尝。"

斯大林香甜地吃了几口，赞不绝口："唔，好吃，比草莓、覆盆子要好吃。"停了一下，斯大林忽发奇想地说，"周恩来同志，这样好不好？在你们的海南岛给我们划出一块地来，我开办一个菠萝园，再办一个菠萝罐头厂。这样，我们就可以经常有菠萝吃了，可以吗？"

周恩来温和地一笑，说："似乎不必那么费事。"

斯大林问："还有更简便的办法吗？"

周恩来说："你出贷款，我办罐头厂，用菠萝罐头出口来偿还你的贷款，岂不省事。"

苏方官员面面相觑。斯大林明显不悦，放下羹匙，推开罐头，不再赞美菠萝。

林彪悄然起身出去。斯大林看见林彪出去，取下餐巾，也走了出去。斯大林过去就认识林彪，而且对他印象颇佳，他想借机单独与林彪谈谈。

在极为宽大的洗手间中，林彪在最里面小解。斯大林只是在洗面池里漫不经心地洗手，眼睛一直瞟着林彪。林彪走过来，发现了斯大林，愣了一下，他想悄悄从斯大林背后溜出去。斯大林从镜子里看到了他，叫了声："林彪同志。"

林彪只好站住："斯大林同志，有事吗？"

斯大林问："养病的事办好了吗？"

林彪用俄语说："办好了。"

斯大林慢吞吞地擦着手，说："听说原来让你当志愿军的总司令，你称病推辞了？"

林彪说:"是的。我这不是来养病了吗?"

斯大林说:"毛泽东并不一定这样看你吧?"

林彪有几分警觉地说:"他知道我有病。"

斯大林笑笑,说:"我听说,很多中国同志都不主张出兵?"

"我也是其中的一个。"林彪说,"一旦中央决定了,我们还是坚决执行的。"

斯大林说:"你认为可以轻而易举地打败美国人吗?"

林彪说:"轻而易举是没有可能的。"

斯大林说:"我看,毛泽东可能会改变主意。"

"那你太不了解毛泽东了。"林彪说,"他想干的事情没有干不成的。他把自己的儿子都派到志愿军里去了,这恐怕代表他最大的决心吧。"

斯大林说:"如果我们不支援你们呢?"

林彪说:"那对毛泽东同志来说,也无所谓。"

斯大林感叹地说:"那我承认,我真的是不了解毛泽东。"

林彪说:"他是一个从不人云亦云的人。"

斯大林说:"这我看出来了。林彪同志,我们研究历史的教授告诉我,历代中国皇帝都把你们的国家称为'天朝大国',是中央。像我们这俄罗斯,也都是蛮夷,是这样吧?"

林彪说:"那时科学不发达,人们眼界不宽,总以为自己是中心。你们俄国的沙皇恐怕也是这样吧?"

斯大林笑笑说:"毛泽东是不是也有这种传统思维?所以不肯轻易臣服于任何人?"

林彪显然觉得就此话题深谈下去多有不便,就顾左右而言他地说:"这个季节的黑海之滨气候真好。"

可斯大林的兴奋中心仍在毛泽东的话题上,他那魁伟的身躯挡住了大半个门,以至于林彪几次试图挤出去一走了之都没成功。斯大林又问:"假如我们不出动飞机支援,你认为毛泽东会怎么样?"

林彪来了个反问:"那么斯大林同志以为他会怎么样呢?"

斯大林说:"我想,毛泽东会重新斟酌他的决定,绝对不是鲁莽的人。"

林彪笑了,说:"是的,他是个深思熟虑型的领袖。正因为他想得太周到、太全面、太深刻,也就常常做出常人所不能理解的选择。"

斯大林耸耸肩:"你并没有正面回答我。"

林彪说:"我和毛泽东并不是用一个大脑思考啊。"

斯大林沉吟良久,忽然问:"林彪同志,在你们的会议上,毛泽东提到过《中苏友好同盟互助条约》吗?"

林彪在努力观察着斯大林神态的微妙变化,说:"没有认真谈这个条约,偶尔会涉及。"

斯大林又问:"你们是不是认为,只要你们出了兵,由于有条约在,苏联就不可能不出兵了呢?"

林彪意识到事关重大,他想了想,尽量回答得巧妙些:"我们当然希望得到苏联的帮助,但是究竟能帮到什么程度,这是斯大林同志决定的事情。"

斯大林说:"苏联需要保护,你明白吗?"

林彪其实没有听明白苏联究竟需要什么保护,不过他也不想弄明白,所以沉吟未答。

斯大林说:"我们一卷进去,就是世界大战了。"

林彪一时没有完全听懂斯大林的言外之意,他正想发问,莫洛托夫来上厕所,两人便中止了谈话。

8

12日下午,田家英匆匆走进毛泽东的办公室,把一份电报交到他手里,说:"这是刚从苏联使馆转过来的电报,由于时差原因,迟了。"

这正是斯大林、周恩来联名发给毛泽东的那份电报,当然不是什么好消息,苏联不肯出动空军。毛泽东看过,半晌未出声。田家英在一旁等着,毛泽东说:"去请朱老总和聂荣臻来。"

田家英走了出去。

朱德已经知道电报内容不妙,但还没想到会是什么程度。朱德、聂荣臻脚步匆急地进来。朱德问:"周恩来那里有消息了?"

聂荣臻也急切地问:"空中支援没问题吧?"

毛泽东一语未发,把电报推给他们看。

朱德看了,说:"不仗义嘛。"

这话也许说到毛泽东心里去了,从朱德口中道出,那是厚道人的评价,就格外有分量,毛泽东忍不住笑了。朱德又说:"1949年,蒋介石垮台了,各国使馆纷纷关门、走人,苏联是最后一个和国民党断交的。"

毛泽东笑了:"朱老总也别忘了,最后一个承认蒋介石失败的斯大林,也是第一个承认我们新中国的呀!"

朱德摇了摇头。是啊,1949年10月2日,在中华人民共和国诞生二十四个小时之后,苏联就第一个承认了新中国。历史往往是耐人寻味的。现在,苏联突然对朝鲜的事撒手不管了,同样耐人寻味。

聂荣臻说:"那我们志愿军的伤亡可就大了。"

朱德说:"斯大林打的是什么算盘?这也担心,那也怕,我们中国人天生是不怕死的吗?"

毛泽东仍一语不发地抽烟。

聂荣臻说:"彭德怀那里怎么答复?他也等苏联空军的消息呢。"

毛泽东终于捻灭了烟头,说:"我们现在可是骑在老虎背上了。马上紧急发出两封电报,一封给彭德怀、高岗。"

聂荣臻和田家英急忙记录。毛泽东口述:"(一)10月9日命令暂不执行,十三兵团各部仍原地进行训练,不要出动。(二)请高岗、德怀同志明日或后日来京一谈。"

朱德与聂荣臻相互看了一眼。毛泽东又说:"第二封电报发给饶漱石、陈毅。(一)10月9日命令暂不实行,东北各部队仍原地整训,暂不出动。(二)宋时轮兵团亦仍原地整训。(三)干部及民主人士中亦不要进行新的解释。"

毛泽东坐下去,还是吸烟。聂荣臻试探地问:"主席,不出兵了?"

毛泽东不答。他猛烈地吸了几口烟,突然把手一拍桌子,说:"我们中国人又不是金刚不坏之躯,我们也是爹娘给的血肉之躯呀!我们就这么送去挨炸吗?"

朱德知道此刻毛泽东已有悔意,思想斗争一定很激烈,他方才让发的两封电报,事实上是更改了赴朝出兵的计划,他会不会因为苏联的态度也改变成议呢?朱德知道这种时候不该打扰他,叫他一个人狠狠地抽烟,几天几夜不睡,就憋出主意来了。朱德扯了一下聂荣臻的袖子,二人走了出去。

在门外,朱德对聂荣臻说:"晚上你再给彭德怀打个电话,以免电报传递延误。"

聂荣臻说:"看样子,斯大林的态度使主席极度伤心。"

朱德说:"我们倒是与朋友肝胆相照啊。"

第八章

I

离开中南海颐年堂,聂荣臻赶回军委作战部值班室,叫值机员立刻接通在安东的彭德怀。

彭德怀不在总部,也不在几个军部。值机员真有本事,他最后在鸭绿江渡口,通过四十军指挥所的电话找到了彭德怀,他正在视察过江地点。江水声很大,声波又弱,彭德怀大喊一阵,总算听清了,聂荣臻告诉他,毛泽东让他暂不执行九号命令,立刻与高岗同机星夜返京。放下电话,彭德怀说:"看来,赴朝作战的计划又变了。"

邓华猜测地说:"估计是总理在苏联谈得不顺利。"

彭德怀说:"别乱猜了,给我备车,我连夜赶到沈阳。"

就在彭德怀、高岗乘夜航机返京的时候,毛泽东的内心深处又经历了一次自我意识的较量,他忽而站在中方,忽而站在朝方,忽而又设身处地为斯大林着想。他又是一夜未曾合眼。床上的被子依然叠得整整齐齐,时钟已经在敲凌晨3点。毛泽东一动不动地站在屋子中央,口中叼着香烟,他并不吸,烟灰积了有一寸长。一个卫士轻轻走进来,问:"要吃夜宵吗?"

毛泽东不耐烦地说:"我什么时候吃过夜宵?"

卫士悄然退下,毛泽东走出去。南海水中有几只惊鸿扑凌凌地飞起来,越过朦朦胧胧的北海石桥,向白塔后边飞过去。

残月在水中抖动着光影,晚风飒飒地吹过一片竹林。毛泽东在南海边走着,脚步很慢、很轻。一只水鸟轻轻掠过水面,飞入林中,又复归一片静寂。

毛泽东后来干脆跳入水中,在凉津津的水中漫游起来。经水一激,他仿佛一下子清醒了许多。他在暗自责怪自己,怎么可以因小害大呢?他再一次确认,出兵朝鲜是正确的,不能因为苏联的态度而动摇。在水里游了一个多小时以后,他回去吃了一碗麦片粥,就到颐年堂去开政治局会议了。

在政治局会议上,毛泽东仿佛什么周折都没发生一样,详细地询问了十三兵团出国前的准备情况。彭德怀虽觉奇怪,却也没有多问,他如实地告诉毛泽东,万事俱备,只欠东风。这东风是指什么?也许各有各的理解,毛泽东没有追问。

会议很快散了,毛泽东让彭德怀慢走一步。他单独对彭德怀说:"你马上给邓华、洪学智他们拍电报,把中央的决定告诉他们,你们跨过鸭绿江的时间定在19日,怎么样?"

彭德怀说:"可以。"

毛泽东说:"第一阶段.我们没有空军掩护,可以专打李承晚的军队,对付伪军你是有把握的。"

彭德怀说:"斯大林怎么又变卦了呢?"

毛泽东说:"斯大林说没准备好,并不是真正的原因,真正的原因是他对我们能不能打胜这场战争有怀疑。"

彭德怀说:"斯大林几次提到要金日成上山打游击,又说在中国建立流亡政府,看来他是不想伸手了。"

毛泽东说:"中国人不能言而无信。海岳尚可倾,口诺终不移!"

彭德怀说:"他看到我们要动真格的,就犹豫了。"

毛泽东:"他始终瞧不起我们的土八路。他说我是个农民,一个农民领导的军队,打败了蒋介石,已经是个奇迹;今天又不自量力地去同美国碰,他心里没有底。"

彭德怀说:"打败了也不关他事。"

"不然。"毛泽东说,"我们打胜了,他当然高兴。一旦我们打败了,他怕把苏联卷进来,苏联就没有退路,就要冒着与美国直接对抗的危险。我现在已不再对苏联出动空军掩护我军抱什么希望,求人不如求己。彭老总,你说是不是啊?"

彭德怀说:"没有空军掩护,我采用老手法,夜间行动,夜间他飞机也奈何我不得。"

毛泽东说:"我已告诉周恩来,在苏联多停几天。"

彭德怀说:"你还指望斯大林回心转意?"

毛泽东说:"苏联白给武器装备,咱不敢奢望,采用租借办法总可以吧。"

彭德怀说:"万一他要现钱呢?"

毛泽东说:"那不至于,我是两袖清风,哪里拿得出现汇来呀!气话归气话,我还是希望两个月以后斯大林能兑现诺言,那时再说没有准备好,总说不过去了吧?如果一直没有空中掩护,会影响我们的整个战略部署。"

彭德怀说:"真够难的了。"

"你更难。"毛泽东说,"你是受命于危难之际呀,唯你彭老总可以力挽狂澜,好自为之。"

两个人四只手紧紧握在一起。

彭德怀敬了个军礼:"我们下午就回去。"

10月13日,心情相当复杂的周恩来又一次来到斯大林在黑海之滨的别墅办公室。斯大林座椅背后的墙上高悬着苏沃洛夫和库图佐夫的巨幅画像,这两个历史名将的目光永远盯着来访者。他起身让座,问:

"毛泽东给你回电了吗?"

周恩来沉静地回答:"是的。"

斯大林出奇平静地问:"取消了出兵计划,是吗?"

"不。"周恩来说,"毛泽东说,我们的困难再多、再大,见死不救也是不应该的。经过中央政治局的紧急会议,决定计划不变,已电令十三兵团所属四个军及三个炮兵师即刻准备过江作战。"

由于意外,斯大林呆了半响。他的目光闪电般来回在周恩来的脸上扫视着,他突然觉得那眼神里流露出中国人特有的倔强。不,不是倔强,应当说是悲壮。

斯大林的心动了一下,一时甚至不敢与那双黑色纯净的眸子对视。他当然知道,这决定意味着什么!可以说,中国人现在连一架可以升空作战的飞机都没有,而美国已经飞到朝鲜的飞机就有上千架。斯大林不知不觉地流下了泪水,他知道这是感动的泪水。他不想让周恩来看见,忙把头掉向窗外波涛起伏的大海。他的心也像那大海一样不平静,他不得不在内心深处叹息一声:毛泽东,我确实不了解他的内心世界。中国同志,真伟大!

风尘仆仆的彭德怀又飞回沈阳,这是10月15日的早晨,距离出兵还有四天。各军备战气氛越来越浓,真的是"鼙鼓动地来"之势了。彭德怀就在高岗的办公室里洗了把脸,让高岗给他弄两个馒头,然后赶回安东去。

高岗说:"刚下飞机,休息一下,明天再到前面去。"

彭德怀说:"不行。火车赶不上,我坐汽车走,还有不少战士没有棉衣呢,你可小心我告你状。"

高岗说:"李聚奎都在装车了,五万套棉军装一天以后到安东。"

这时,秘书李望进来:"彭总,朝鲜外务相朴宪永到了。"

彭德怀看了高岗一眼,还没说话,朴宪永就已经进来了。不用问,彭德怀也知道他是来告急的。方才彭德怀得到的最新情报是,美军盖伊师的第七骑兵团离平壤不过五公里,白善烨的南韩第一师也只有八英里。麦克阿瑟正督令沃克和阿尔蒙德沿太白山分水岭从东西两面向北进击。彭德怀赶紧穿上外衣,拉把椅子让他坐。

"没心思坐了。"朴宪永说,"平壤告急,如果丢了平壤,那影响就太大了,金首相说……"

彭德怀大手一挥,打断他:"别说了!我刚从北京回来,我们中央已经最后决定,10月18或19日分批渡江,请转告金日成同志,你们在这几天里尽量迟滞敌人,拖住敌人。"

朴宪永用力握住彭德怀的手,说:"太感谢了。听苏联顾问说,苏联出动不了空军,我以为中国兄弟也改变计划了呢。"

彭德怀说:"大丈夫一言既出,驷马难追,中国人说话算数。"

高岗感慨地说:"毛主席十几天之内,瘦了一大圈,可见其决心之难下啊。"他所以这么说,是想让朝鲜朋友知道,你们难,我们又何尝不难,家家都有难唱曲,只是中国人自古以来"义"字为上,从来不愿叫苦就是了。

2

就在彭德怀已经对苏联的空中掩护不抱任何幻想时,事情又突然有了转机。周恩来已从黑海之滨回到莫斯科,他心里很烦闷,只能打道回府。看着随从人员在整理行装,打点斯大林送的格鲁吉亚葡萄酒,他走了出来。在院子里,翻译师哲兴高采烈地跑过来嚷道:"总理,大好消息。"他把一份译好的电报送到周恩来手上,说:"看来,斯大林真的受感动了,一下子答应出动十六个飞行团的喷气式飞机掩护我们,武器装备也同意以信贷方式办理。"

周恩来也很高兴,说:"立刻给毛主席发电报,彭老总可能急坏了,听了这消息,他压力就小多了。"

师哲就在宾馆的院子里起草好电报稿,周恩来看过,改了几处,告诉他快去发急电,必要时求助莫洛托夫。师哲还没走出宾馆院子,苏联外交部的一部吉姆车开来了，从车上走出外交部亚洲司司长，他说莫洛托夫请周总理马上到克里姆林宫去。周恩来分析是商讨援助的具体细节，他对师哲说："电报拿到那里去发，走，我们马上去克里姆林宫。"吉姆车载着周恩来越过克里姆林宫旁的无名烈士墓，大理石平台上的钢盔、战旗的铜雕沐浴在永不熄灭的一簇圣火下，熠熠闪光，这一切都令人激动。一个酷爱独立、自由并为之付出过几千万人生命代价的民族，当然不用别人教，就知道自由的可贵。

莫洛托夫的办公室主任说部长要十分钟以后回来，现在正在路上，请周恩来到会客厅去喝咖啡。周恩来想享受一下秋日的阳光，就带着师哲来到克里姆林宫的院子里。安谧而浩大的皇家园林与中国的格局大不相同。中国的故宫到处是青砖墁地，汉白玉台阶、石栏以及青石的龙凤巨雕。这里却到处是草坪、鲜花。

他们信步走到一处草坪，一个三十多岁的清洁工扎着半截白围裙正在剔除草丛中的片片落叶。看起来她是个开朗的人，她抬头冲周恩来笑笑，问："中国人？"

师哲说："是的，你好吗？"

那女工说她叫波丽雅，早在1937年就来到克里姆林宫了。她说她刚来的时候卫兵不让她进门，因为她穿着乡下人的草鞋，她不得不去亲戚家借了一双靴子。

周恩来说："现在不会有人拦你了吧？因为你待了十三年了。"

波丽雅有些自豪地说："是啊。在克里姆林宫，只有两个人不用出示通行证，一个是斯大林，另一个是我。"

周恩来笑了起来："你和斯大林是平等的嘛。"

波丽雅开心地笑道："是呀。他负责拾掇全苏联，我负责拾掇克里姆林宫。他那个不如我这个省力。"

周恩来又忍不住笑起来，问："你与斯大林很熟吗？"

"他是个很好的人。"波丽雅说，"住在克里姆林宫里的人，只有他进门之前每次都先擦脚。"

这时莫洛托夫的车开了过来,当他从汽车里下来时,波丽雅指了指他说:"他最干净,他的办公室我几乎不用打扫,总是干干净净、一尘不染。伏罗希洛夫、贝利亚就不行了,纸篓里总是塞满了纸团。贝利亚更糟,废纸都剪成一小片一小片的,叫你没法收拾……"

周恩来意识到不能再与这个饶舌的女工谈下去了,冲她笑笑,走近莫洛托夫。

莫洛托夫握住周恩来的手说:"久等了,对不起。"

周恩来说:"在这里,度日如年啊。感谢你们的慷慨承诺,我明天就起程回国。"他站着不动,似乎都不想再到莫洛托夫的办公室去了。莫洛托夫当然不会这样怠慢客人,还是把他们请进了办公室。正如波丽雅所说,他的办公室洁净得出奇,桌面都像镜子一样光洁可鉴。莫洛托夫亲自给客人端来了咖啡,周恩来突然发现莫洛托夫的眼光总是有意无意地躲闪着他,他的心不禁"咯登"一沉。

莫洛托夫犹豫了一下,说:"很遗憾。方才我刚接到斯大林同志从黑海打来的电话,他说,苏联空军只能到鸭绿江边,不能配合你们志愿军作战,昨天的承诺取消了。"

师哲忍不住地问:"怎么又变了?"

莫洛托夫说:"斯大林同志考虑得更长远、更全面,你们不必这样难过。"

周恩来幽幽地说:"如果只从自己考虑,我们满可以关起门来过日子。"

莫洛托夫听了,半晌没说出话来。

周恩来还能说什么呢?他似乎也认为斯大林朝令夕改,太过分了。斯大林表达歉意的方式,是让莫洛托夫告诉中国朋友,赠送一批鱼子酱。周恩来说:"中国人现在还没有品味鱼子酱的条件,你知道我们更需要的是民族的尊严,为了捍卫这一尊严,吃鱼子酱不是第一位的。"

莫洛托夫更加无言以对了。

3

安东靠近鸭绿江的地方有一带葱翠的丘陵,叫镇江山,山腰有几栋旧式别墅,是日本统治东北时为占领军长官所盖,现在临时成了第十三兵团的司令部。

彭德怀正与邓华、洪学智、韩先楚等十三兵团领导及军领导们开会。彭德怀说:"现在什么承诺也没有了,朝鲜那边天天在流血,我们不能再等了。各军准备马上过江。"

解方说:"现在,美国和联合国军在朝鲜共有兵力四十二万、飞机一千一百多架、军舰三百多艘,其中美军三个军六个师,李承晚九个师。"

彭德怀说:"麦克阿瑟嚣张得很,他前天对记者说,他几乎是进入了没有抵抗的军事空白区,我们让他尝尝空白区的滋味。"他又说,"我们原来研究先过去两个军、两个炮兵师,我怕鸭绿江桥一旦被炸,我们过江就要延迟,不易集中优势兵力。现在毛主席已经答复,同意四个军、三个炮兵师全部过江。朝鲜北部山高林密,地形狭窄,我们在国内常用的大踏步前行、大踏步后退的战术,不一定用得上,我们可能采取阵地战与运动战相结合的形式,如敌人来攻,我们要把敌人顶住;一旦发现敌人的弱点,即迅速出去,插入敌后,坚决包围消灭之。我们进入朝鲜后,千万不能骄傲,不要以大国援助者身份自居。要做长期艰苦的作战准备。"

这时毛岸英从会议室经过,一眼看见了坐在门口的张国放,一时愣住。张国放走出来,恰好一个小警卫员过来,向张国放敬礼:"张副参谋长,文件已送到下面去了!"

毛岸英惊讶地说:"原来你是副参谋长!"

张国放说:"不像,是不是?怎么样,拜师的事,你不会变卦吧?"

毛岸英说:"我可不敢收你这么大的人物当学生。"两个人都笑了。

这时,一个干部带着一个女同志走过来,毫不客气地一把抓住张国放的袖子说:"原来逃兵在这里!"

张国放急忙解释:"我在开会,开完会就回去。"他对毛岸英解释道,"这位是我们的卫生处长,这位是后方医院的江医生,我有点发烧,所以事实上是他们的俘虏。"

毛岸英笑起来。

江小帆说:"他可不是发点烧,大叶性肺炎。"

张国放说:"这是小孩得的毛病嘛。"

江小帆说:"你不好好治,一个月都出不了院。"

"那可不行。"张国放说,"三天之内,我必须出院。"

女医生笑了:"你以为是彭老总命令你守三〇一高地呀?"

人们全乐了。

张国放叹了口气:"好吧,逃兵归队。"

毛岸英说:"回头我去看你。"

4

仁川登陆和越过"三八线"的业绩,使麦克阿瑟的神话又一阵风地吹遍了北美洲。杜鲁门决定摒弃前嫌,拿出一个姿态,要会见麦克阿瑟。基于以往的教训,杜鲁门不好以召见的惯例让麦克阿瑟回国去述职,他肯定会拿军务倥偬为挡箭牌堵回去。后来还是约翰逊为他想了个折中的办法,在太平洋中间选择了一个小岛——威克岛,两个人赶到那里去会面,就没有一点"召见"之嫌,麦克阿瑟会理解为平等会晤的。杜鲁门纯粹出于讨好或和解,也大没必要,他在位时间不会久了,又不谋求连任,他无需讨好谁。他隐约有一种担忧,怕美军打过"三八线"会惹恼中国人,如果他们一出兵,可就不妙了。杜鲁门希望在这方面能与麦克阿瑟达成一个共识,他希望体面地当完他总统任期的最后一个小时。

"独立号"飞行在浩瀚的太平洋上空,流云在机翼下飞逝。

杜鲁门率领着布莱德雷、佩斯等十二人前往太平洋上的威克岛。杜鲁门与布莱德雷等人坐在沙发上闲谈,国务院女秘书艾夫里尔·安德逊小姐过来给大家斟酒。她说："干吗要飞这么远的路程，到波利尼西亚群岛来见麦克阿瑟呀？一个命令把他召回去不就得了吗？"

杜鲁门说："我不能离开白宫太久，麦克阿瑟也不能离开东京太久，威克岛在我们两个人的中间，这不是正合适吗？"

布莱德雷说："平壤指日可下，胜利已成定局，朝鲜人民军已经丧失了一切抵抗能力。麦克阿瑟现在有吹的了。"

杜鲁门说："这正是我急于要见他的原因。他必须受点约束，要防止他更大的冒险。"

威克岛是一个椰林蔽日的小岛，为美国托管。麦克阿瑟和惠特尼是前一天乘坐"斯卡帕号"飞机到威克岛的，耗费了八个小时。他有些不快，认为杜鲁门多此一举。而当初在选地址时，马歇尔告诉麦克阿瑟，是选在了夏威夷，麦克阿瑟嫌远，杜鲁门妥协了，这一下杜鲁门要多飞几千英里。估计杜鲁门一行快要到达时，惠特尼来到海军提供的瓦楞铁活动板房，叫起了没怎么休息好的麦克阿瑟。他穿着仍很随便，甚至连"水果沙拉"（戏指勋章）也不佩戴，就穿了敞领卡其衬衫，戴上软塌塌的军帽，走了出来。

机场上停着麦克阿瑟的座机。

麦克阿瑟与惠特尼、驻韩国大使穆乔漫步到海滨。他望着迷蒙的海天相接的地方，问："杜鲁门总统怎么还不到？"

惠特尼说："他们距离威克岛远。"

穆乔看看表："再有一小时可以到达。"

麦克阿瑟显得情绪不高，他冲口而出："我讨厌为了政治原因被召见。"

穆乔问："将军以为是政治原因吗？"

麦克阿瑟愤然地一挥手："这还用问吗？我打败了，他们忧心忡忡；我胜利了，他们想在我身上拴一根绳子。"

惠特尼说："不管怎样，我们越过'三八线'时，总统亲自拍来贺电，将军既然飞到这里来了，就别叫大家扫兴。"

麦克阿瑟说:"那好吧,我好好演这场戏。"

几个人都乐了。海风强劲地吹拂着麦克阿瑟的衣角。他仰起头,看着天空。惠特尼、穆乔站在一旁。

"独立号"从天际出现了,跟在后面的三架飞机也出现了。"独立号"在机场跑道着陆。舱门打开,麦克阿瑟人步迎了上去。当杜鲁门走下舷梯时,麦克阿瑟敬了个礼,两人握手,麦克阿瑟说:"您好,总统先生!"

记者们围上来拍照,金丝吉挤在最前面。

杜鲁门微笑着说:"将军,你好吗? 我能在威克岛上见到你十分高兴,我等待这次会晤已经等得太久了。"

麦克阿瑟说:"总统先生,我希望下次会晤不会隔得这么久。"

惠特尼在一旁窃笑,他很惊奇,麦克阿瑟今天这么乖,言不由衷地做着这一切。麦克阿瑟与杜鲁门的随行者布莱德雷、佩斯、哈里曼等人握了手,奇怪地问:"艾奇逊先生怎么不来?"也许因为麦克阿瑟经常说"不与国务院的政客们打交道",惹恼了艾奇逊。这次杜鲁门拉他一起来威克岛时,艾奇逊拒绝了。艾奇逊挖苦地说:麦克阿瑟具有外国君主的许多特性,并且像任何一个外国君主一样难以对付,承认他的这一地位是不明智的。

难道杜鲁门可以把这话和盘托出吗?

杜鲁门带来了二十多个记者,这些人拍了照,听了些官样文章的话后,杜鲁门就甩开了他们,与麦克阿瑟乘一辆老爷车到威克岛东端一幢混凝土房子前,这是他们会谈的地方。进了屋子,杜鲁门脱去夹克坐下,环顾了一下这简陋的房子。

麦克阿瑟今天换了欧石南根大烟斗,礼貌地问:"总统先生,我抽烟你不介意吧?"

"不,"杜鲁门说,"我倒乐意让喷到我脸上的烟比别人多。将军抽烟请随意,只要不放火就行。"

周围的人轻松地大笑。

麦克阿瑟说:"朝鲜的局势不需要介绍了,白痴也会明白,胜利在望。"

"是的,我丝毫不怀疑。"杜鲁门说,"我最关心的是中国和苏联有无介入的可能。"

麦克阿瑟说:"可能性极小。如果他们在战争刚开始时干预,也许会有点用处,现在太迟了。"

杜鲁门说:"据有关情报称,中国人在东北集结了三十万军队,这是什么征兆?"

麦克阿瑟说:"我更相信我的情报官威洛比将军的估计,他们真正可以出动作战的,不到五万人。更重要的是他们几乎没有空军,而我们在朝鲜有一千多架飞机,有空军基地,中国人不会不知道,在现代战争中,制空权意味着什么。"

杜鲁门说:"苏联可是有空军的呀!而且从它的远东基地起飞,几分钟就飞到你头顶上。"

麦克阿瑟说:"自然,苏联的空军力量不可低估,如果中国出动地面部队,苏联用空军掩护,会有这种可能。但中国的地面部队与苏联空军不会配合得很好,各怀心事,不像我们可以统一指挥。何况,苏联也没有空中掩护的迹象。总统尽可放心,不等中国出兵,我就已经打赢了。"

杜鲁门说:"在远东,有一个很棘手的事,那就是对日和约问题。"

麦克阿瑟说:"朝鲜战争一结束,我们就签署对日和约,斯大林不参加我们也签。我以为,总统先生不妨再宣布一个对远东的'杜鲁门主义'。"好像他成了美国的决策人。

杜鲁门不无得意地笑起来。这时,他叫来安德逊小姐:"把礼物拿来。"

安德逊小姐捧来一盒包装讲究的糖果。杜鲁门说:"这是十磅布隆糖果,请将军转给您的夫人。"

麦克阿瑟说:"总统居然知道我的夫人爱吃布隆糖果?这是中央情

报局的功劳吗?"

杜鲁门大笑:"中央情报局没有这份细心。上飞机前,我的女儿提议,说日本肯定吃不到布隆糖果。玛格丽特说,有一次晚餐会上,她发觉将军的夫人特别偏爱布隆糖果。"

"谢谢你的千金小姐。"麦克阿瑟说,"可惜我却没有回敬的礼物,我总不能搬一发炮弹请总统捎回华盛顿去呀!"

人们又大笑。他们在一起吃了一餐简单的饭后,会晤就算画了句号。在去往威克岛机场的路上,麦克阿瑟显得很随和。杜鲁门与麦克阿瑟走在前边,其他的人保持了相当的距离。

麦克阿瑟说:"我是个爱放炮的人,我的讲话常常给总统先生惹麻烦,请不必介意。"

杜鲁门显得很高兴:"将军向别人道歉,平生这是第一次吧?"

麦克阿瑟说:"小时候有一次,我把妈妈做的熏鱼全喂了我的沙皮狗。"

杜鲁门哈哈大笑,他说:"自从我当总统以来,还未曾有过比这次更满意的会谈。"

麦克阿瑟问:"你有意竞选连任下届总统吗?"

杜鲁门说:"不,我不竞选了。而且我想在我任期内建议议会通过一项法律,总统最多只能连任两届。"

麦克阿瑟说:"这很英明,再出类拔萃的人,在最高权力的椅子上坐久了,也会变得愚蠢、昏愦起来。"

杜鲁门说:"听你的口气,你似乎有从政的政治抱负?"

麦克阿瑟说:"政治太肮脏。1944年、1948年我被政客们耍弄,当了两次傻瓜。"

杜鲁门没想到这两次竞选,麦克阿瑟竟把自己看成了受捉弄的人。至少,杜鲁门对1944年的竞选是知道内幕的,那时麦克阿瑟在打仗,内华达州一个初出茅庐的保守议员阿伯特·米勒博士推举他。后来他遇到了一个最强有力的支持者,是参议员阿瑟·范登堡。可是后来很惨,他的竞选对手杜威得了一千零五十六票,麦克阿瑟是一票,这使麦克阿瑟大丢其脸,他急忙发表声明,说自己"无意于此"。而据杜鲁门所知,他好像在一封私人信中攻击了罗斯福总统,而这封信后来被那个米勒博士公布,麦克阿瑟所说的别人拿他当傻瓜耍弄,大约指的是这件事。杜鲁门当然也不便揭这个短。

麦克阿瑟看了杜鲁门一眼,又说:"不过,退出政坛后又可以变得清白。我这人,永远当不了总统。如果有哪位将军同你竞选的话,我想那是艾森豪威尔。"

杜鲁门说:"艾森豪威尔对政治还没有入门。噢,万一艾森豪威尔成为总统,他的政府会使格兰特政府看起来像一个好样板呢。"

麦克阿瑟笑了。

5

就在麦克阿瑟打保票认为中国不可能出兵的时候,彭德怀又一次赶回安东。部下的人问他,毛泽东已是四下决心,自己犹豫了两次,会不会再变?彭德怀对邓华、洪学智几个人说:"马上就过江了,变也来不及了。主席下这个决心不容易,要说服政治局的同志,也要说服他自己呀。"也许他的后两句话说出了毛泽东下决心的深层原因。

这是10月17号,彭德怀带着邓华、洪学智等人在察看江边地形。彭德怀说:"水浅的地方,可否考虑徒步涉水过河?几十万大军,只凭几座桥,又只能在晚间行动,怕不行。"

洪学智说:"已经找到了一些渡船,也可以搭浮桥。"

这时解方气喘吁吁地跑来,递上一份电报:"彭总,中央军委电令,叫你立刻飞回北京,原定计划暂不执行。"

邓华问:"又出了什么岔头?"

彭德怀猜测说:"大概周恩来回来了。"

洪学智说:"彭老总方才还说再也不能变了呢!"

彭德怀只得下令取消原定过江命令,令部队待命,然后匆忙赶往沈阳搭飞机进京。彭德怀到了北京立刻赶到颐年堂去见毛泽东。

毛泽东、周恩来同彭德怀谈话。

彭德怀说:"我刚给邓华拍去电报,明天晚上从安东、辑安过江,再不会变了吧?"

毛泽东说:"我是四下决心啊,还怎么变?斯大林已经是什么许诺也没有了!在这种情况下,中央会议上都一致决议出兵,我们做最坏的打算吧。"

周恩来说:"还可以往最好处争取。我觉得斯大林出尔反尔,变得太快了,一直纳闷。回来后才知道,罗申给他的报告,使他加深了对我们的疑虑。"

毛泽东问:"罗申大使打了什么小报告?"

周恩来说:"罗申不是多次求见过你吗?"

毛泽东说:"他只是一再申明,苏联是社会主义大本营,应得到保护,希望中国在苏联援助下独立承担战争责任。这我都答应下来了嘛。"

彭德怀说:"他是怕我们临死拉他当垫背的。"

周恩来说:"这位仁兄向斯大林报告时,表达的完全是他个人的怀疑态度,他认为毛泽东的真正意图是把斯大林推入战争漩涡。"

毛泽东说:"这就难怪了。现在好了,咱们自己干!明朝万历年间,日本的丰臣秀吉派小西行长将军率二十万大军入侵朝鲜,在釜山登陆,连克汉城、平壤,气势汹汹。明神宗当即派大将军李如松统兵援朝,夺回了汉城,驱逐了侵略者。如今,彭老总你再当一次李如松大将吧。"

彭德怀说:"但是,李如松耗银几百万两,丧师十几万。以今天的现代战争看,没有前方后方之分,我们的牺牲只能比明朝的李如松要大,战争将更为惨烈。"

毛泽东说:"是啊,自古以来,和平的代价都是鲜血,你彭老总辛苦了!"

彭德怀说:"主席放心,战死沙场,马革裹尸,我彭德怀眼都不会眨一下。"

毛泽东用力握住他的手。

6

上午10点半,麦克阿瑟乘坐他那辆1941年式的凯迪拉克黑轿车去上班。他的车子一驶出驻日使馆,行车区间的警察和自卫队立刻封锁路面,过往的行人知道是麦克阿瑟去上班了。他十分守时,下午两点回家吃中饭,他的车子出现在这段路上几乎分秒不差。于是时间一久,麦克阿瑟从家里到达第一大厦的五分钟车程,成了东京的一景。许多市民为一睹麦克阿瑟尊容,在10点35分或下午2时,在第一大厦门外静静等待就行了,准能见到麦克阿瑟,风雨不误。

今天在第一大厦门前围着的人仿佛比平时还多。由于心情好,麦克阿瑟下车后还跟前面的一些老太太寒暄了几句,引发了一阵阵笑声。

斯特拉特迈耶和惠特尼早在办公室等待麦克阿瑟了。麦克阿瑟问斯特拉特迈耶:"第五航空队司令部和联合作战中心移到汉城了吗?"

斯特拉特迈耶说:"是的。根据您15日命令,其中第八、第十八、第三十五中队也从日本进驻了金浦机场。"

"很好。"麦克阿瑟说,"向沃克和阿尔蒙德发布第四号作战命令。"

惠特尼马上拿笔记录,麦克阿瑟说:"放弃原定计划,第八集团军、第十军将不在平壤、元山的蜂腰处会师,让两支部队单独前进,直捣鸭绿江,放弃这一线由李承晚军队主攻的计划,改由美军担任。"

惠特尼提出异议:"这可与参谋长联席会议的指示不符。"

麦克阿瑟断然道:"不管它,战争由我来主导,而不是那些政客。"

惠特尼到隔壁房间去起草命令去了,他不仅有倚马可待的速度,而且号称是麦克阿瑟的"第二大脑",他能准确地在各种报告、文件、命令中体现麦克阿瑟精神,这可能是得到麦克阿瑟如此器重的最直接原因。

而麦克阿瑟自己的文笔就差远了,金丝吉甚至说"很糟糕",她怀疑念书时麦克阿瑟的作文可能经常不及格。

7

再有几小时就过江了。这是10月19日下午,天阴着,冷风在鸭绿江上飕飕地吹着,枯黄了的芦苇在风中瑟瑟抖动。战士们并不知道他们将开往何处,只有政治敏感的人能猜出八九。这样做当然是为了保密,甚至志愿军的军官们初期都穿上了裤线有红押条的朝鲜人民军马裤。四十军一个团的驻地一片忙碌,部队战士正在做出发前的最后准备。有的在带炒面,有的在检查子弹,有的人把挎包里的书集中到院子里。连长于占国见一个娃娃脸小眼睛的战士把一本小人书又掖回了挎包,就走过去,粗鲁地拽出来,扔到大堆书中去。

这时彭德怀带着毛岸英、李望走了进来。

那个小战士说:"带图的也不让带呀,上面没几个字呀!"

于占国说:"有一个字也不行。"

娃娃脸撅起嘴:"这叫打的什么仗啊!"

"庞小海,闭上你的臭嘴!"连长训斥了他一句,回头见彭德怀过来,敬了礼,刚要说什么,彭德怀制止了他。彭德怀走过去,蹲在院中间一大堆书旁,见有识字课本、有《论持久战》,也有小人书。他问庞小海:"干吗生气呀?嘴撅得能拴头驴。"

周围战士哈哈大笑。

庞小海说:"连长不让带有字的书,我那是小人书啊,没几个字。"

"是这本吗?"彭德怀拾起来,原来是一本连环画《失街亭》,忍不住笑了,"你看的这是儿童团的玩意儿呀!"

庞小海说:"才不是呢。这是我参军时,老农会大叔特地跑到山城镇给我买的。他说,这是长心眼的书,那个叫马什么的,就是没学好兵书,失了街亭,叫诸葛亮砍了脑袋,我不学学,能打好仗吗?"

彭德怀忍不住大笑。

连长于占国说:"别叫人笑掉了大牙吧!你一个小兵还想指挥打仗?那是将军的事。"

彭德怀说:"这话可不对了哟!法国的拿破仑说过:不想当将军的士兵,不是好士兵。几十年后,我们这位看连环画的小兵,说不定就是一位将军了呢。"

庞小海看了彭德怀一眼说:"别逗着玩了,你这胡子拉碴一大把年纪了,不也没熬上个将军?你大概还在炊事班吧?"

彭德怀、毛岸英大笑不止。

于占国申斥道:"胡说,你又小看人!这位首长,少说也是团、营首长,你怎么看人家是伙夫!"

正巧这时,四十军军长温玉成和政委袁升平过来了,见了彭德怀,马上给彭德怀打立正。于占国愣了,所有战士都目瞪口呆。庞小海伸出了舌头:"我的妈呀!这得多大的官呀,我们军长都向他打立正。"

彭德怀拍了拍庞小海的头:"没多大官。你听连长的话,叫你交出有字的书来,必有道理。留个姓名吧,交个朋友嘛。"

"我叫庞小海,庞统的'庞'。"他说。

"噢!知道了。庞统号称凤雏先生,是三国时有名的谋士、大将军。好了,再见了,未来的将军。"

庞小海说:"你叫什么呀,首长?"

彭德怀说:"彭德怀。"

战士们全都欢呼起来:"彭老总!"

温玉成说:"走吧,找你都找疯了。"

袁升平说:"给你弄了一辆嘎斯六九车,给你找了个东北籍的司机,叫唐祥,车开得好。朝鲜都是山路,南方人玩不转。"

彭德怀刚要走,一个战士说:"首长,我有意见,连长说过了江,不让我们说中国话,有事打哑语,这不把人憋死呀!"

于占国说:"这是上级的命令啊!再说,教了他们一句呀,叫……叫什么卡哨了?"他自己反倒想不起来了。

庞小海说:"毛拉卡哨。"

于占国说:"对,不管见了人问你啥,一律毛拉卡哨,不知道的意思。"

彭德怀对温玉成说:"看来得做点解释工作,保密可别把战士都憋哑巴了。"

人们又都笑起来。

8

安东的后方医院也是临时性的,占了一所中学。

张国放焦灼不安地躺在病床上。他悄悄地把背包从床底下拿起来,把牙具往里放。忽听"嘻嘻"一声笑,他抬头一看,是苹果脸大眼睛的机灵鬼小护士丁梅。丁梅问:"大参谋长,干吗呢?"

张国放若无其事地说:"没事,看看背包。"

"背包里又不藏耗子,看它干吗?"丁梅伸出手去,"拿来吧。"她在要体温计。张国放磨磨蹭蹭地在被窝里摸着。

丁梅说:"你这人,把体温计夹哪儿去了?"

张国放拿出了体温计交给小护士,她冲亮处一看,皱起了眉头:"咦?"

张国放问:"下来了吧? 我早就感觉不热了。"

丁梅讥讽地说:"不热是不热了,有点发冷了吧?"说着,她冷不丁走过去,猛然一把掀开张国放的被子,里面有个饭盒,饭盒里装着些冰块。

张国放伸手去抢饭盒,丁梅早抢先拿在手里。"好啊,你骗人,把体温计插到冰里。我说呢,这人的体温怎么三十五度以下了呢!"

丁梅忍不住笑,张国放也笑。

张国放求情道:"丁梅,小同志,你若放过我这一马,我永生永世都记着报你恩。"

"是吗?"丁梅说,"谈判吧,啥条件?"

张国放说:"我给你买两本书。"

丁梅说:"我自己会买。"

张国放说:"一支大金星笔。"他真的拿出来一支金笔。

丁梅说:"不稀罕。"

张国放为难地问:"那,你要什么?"

丁梅有几分神秘地说:"我跟着你,你上哪儿,我上哪儿。"

张国放说:"我回部队呀。"

丁梅说:"别保密了,你们要——过——江。"她小声却又一字一顿地说了出来。

"我不知道,"张国放装傻,"过什么江?"

"你就在这儿装糊涂吧。"丁梅说,转身要走。

张国放急着跳下地去拦挡:"别呀,再谈谈。"

丁梅扑哧一下笑了:"你呀!你若答应带我走,我告诉你一个门路,只要江医生点个头,病历一改,你就走了。"

张国放说:"你这个人挺厉害,小看你不得呀。"

丁梅说:"江医生也正闹着上前线呢,人家不批,和你同病相怜!"

"是吗?"张国放下地穿鞋,说,"我去试试看。"

部队就要过江了,张国放怎么能在这时候掉队?他真是急死了。医生值班室里只有江小帆一个人在,机会很好。

张国放悄悄进来。

江小帆道:"体温三十五度的同志来了?快请坐!"

张国放一笑,只好任她奚落。

江小帆含笑讥讽地说:"幸亏体温计的下限只有三十五度,不然你得降到零下去。"

张国放说:"我是来求你的,江医生,我今天晚上必须归队。"

江小帆说:"我不能放一个发高烧的病人出院。"

张国放说:"丁梅不是跟你说了吗?"

江小帆问:"说什么?"

张国放说:"交换条件。"

江小帆说:"好吧。你若给我们林院长打个电话,他放我走,你也立刻可以走。"

张国放说:"可是……无缘无故给一个女同志说情,容易引起误会吧……"

江小帆冷下脸来说:"那你就回病床上躺着去。"

张国放犹豫了半天,拿起电话:"挂院长室。林院长吗?我是张国放……啊,好了,全好了,怎么,信不过我,还要江大夫说话?"他把电话递给江小帆,并向她作揖。

江小帆说:"烧退了,可以出院了,是吗?他们吴军长一天打了四次电话来催问,好,你等等,张参谋长还有话。"又把听筒递给张国放。

张国放这下可为了难,迟疑半天,说:"啊,将来请你下馆子。"放下了听筒。

江小帆说:"咦,你这人过河拆桥!"

张国放说:"实在张不开口,会有机会的。"

江小帆闪动着长长的黑睫毛,笑眯眯地看着他,说:"我就知道你不可能为我说情。"

张国放说:"我们三十九军的军医、卫生员缺好几十呢!你又是干外科的,你能到我们那儿去,我们军首长绝对欢迎。只是……"

"你别害怕,我赖不上你。"江小帆说,"只是早几天晚几天的事,朝鲜战场上见吧。"

张国放说声"谢谢",向江小帆郑重地敬个军礼,江小帆反倒脸红了,不好意思地扭过头去。

9

彭德怀已经做好了过江准备,洪学智来告诉他朝鲜内务相朴一禹同志过江来了。

"快请。"彭德怀推开地图,站了起来。

朴一禹一见彭德怀,就问:"彭总,你们出兵的日子定了没有?"

彭德怀说:"已经定下来了,时间就在今天晚上。"

朴一禹眼含泪水,激动地说:"太好了,这就好了,你们若再不出兵,问题可就严重了。"

彭德怀又拉过地图,说:"你看,我们四个军、三个炮兵师分东、中、西三路同时过江。四十军从安东和长甸河口过江,之后向球场、德川、宁边地区开进;三十九军从安东和长甸河口过江,一部至枇岘、南市洞地区布防,主力向龟城、泰川地区开进;四十二军从辑安过江,向社仓里、五老地区开进;三十八军尾随四十二军渡江,向江界地区开进。你们那边情况怎么样?"

朴一禹说:"形势危急呀!昨天,敌人三面包围并向平壤发起攻势,到昨天下午,已经突破我两道防线,在空军炮兵支援下,以坦克为先导,正向平壤发起总攻,也不知现在怎么样了。"停了一下,他叹了口气,"平壤的陷落也就是这一两天的事了。目前,美军正在狂妄叫嚣,要在感恩节前占领全朝鲜、饮马鸭绿江呢。"

屋子里一片沉寂。彭德怀在屋子里踱了几步,说:"你们现在有什么打算?"

朴一禹道:"为保存有生力量,我们正组织党政机关向新义州、江界实施战略总退却,临时首都也迁到了江界,眼下具体打算还没来得及研究。金首相请总司令赶快入朝,共商抗美大计。"

彭德怀问:"金首相现在哪里?"

朴一禹摇摇头:"具体地点我也不清楚,只知道他在介川到熙川这条线上向北撤。美国人的情报灵得很,为了安全,金首相需要不断地转移,行踪不定。"

彭德怀说:"那我们就去找。你看我们什么时候动身?"

朴一禹说:"越快越好,最好立即动身。"

彭德怀重重地一拍桌子,说:"那好,说走就走。"他又略做思索,对着邓华、洪学智说:"敌进甚急,我得马上入朝,你们几位把部队入朝后的作战具体任务、集结地点以及可能出现的情况,再仔细研究一下,在出发前电告各军、各师,也电告我。另外,部队过江一定要组织好,不能出纰漏,明白吗?"

邓华敬礼:"明白了,彭总,你放心走吧。"

彭德怀走到门口,又站住,回过头凝视邓华等人良久,才对李望、刘亮、谢大川等人一挥手,跨出门去。

10

从空中往下看,平壤城裹在浓烟烈火之中,几路攻城美军在向市区挺进。大批北撤的军民几乎堵塞了道路。敌人的B-29、B-26轰炸机铺天盖地飞过平壤上空,炸弹纷纷尖啸着落下,城内火光冲天。山炮、榴弹炮群在城外轰击。

朝鲜人民军在最后一道防线上抵抗。

敌人潘兴式M-26坦克、谢尔曼式中型坦克和MA3坦克开路,步兵发起集团冲锋。沃克坐在飞机上从空中指挥,他对着话筒大叫:"重炮群向东面轰击……"

看着脚下的火光和曳光弹道,贝尔顿说:"太壮观了,只有美国能打这样的仗。"

沃克叫:"爬高一点,别叫我们的炮火把自己打下去。"

贝尔顿将飞机猛升起来。得意扬扬的沃克做梦也不会想到,就在此时,浩浩荡荡的中国人民志愿军正在跨过界河,并将改变沃克一生的命运。

安东成了军人的城市,军队在开拔,满街是黄色的人流,饱受美国飞机轰炸之苦的安东市民都跑出来送行,嘴上不说,谁都明白大军是往哪里开的。

黄昏降临,对岸的新义州很静,江水无声地卷着漩涡流淌着。

四十军开始过江,个个神色严肃,这些没有领章帽徽的军人们脚步匆匆地踏上鸭绿江大铁桥。离远看像是一堵流动的人墙。

汽车上桥了,炮车上桥了,浩浩荡荡。

几辆吉普车停在桥下。三十九军军长吴信泉和四十军军长温玉成看着部队过江。忽然,温玉成向队伍里一指:"那不是你的张副参谋长吗?"

吴信泉眼一亮,叫了声:"张国放!"

张国放从吉普车上跳下来。

吴信泉说:"好呀,我以为你还在医院里泡病号呢!你倒来得麻利!怎么样,烧退了?"

张国放说:"退了。"

"差点退到零下呢!"下半句是刚刚赶来的江小帆接上的话茬,她跑得直喘。

"怎么回事?"吴信泉问,"还让人家江医生追来了,噢,你是开小差的?"

温玉成说:"很可疑。"

江小帆打圆场说:"是有正式出院手续的。"她从挎包里拿出些针剂、片剂,送到张国放手上说,"针和药不能停,你自己明白是怎么回事!"

张国放说:"谢谢。"

江小帆看了张国放一眼,又看了温玉成、吴信泉一眼,说:"我走了,再见!"

张国放站在原地没动,摆了摆手。

江小帆跑下斜坡后,突然站住,像冷不丁想起什么事似的叫:"张参谋长,忘了件事。"

这意思当然是让张国放过去。张国放犹豫一下,看了温玉成、吴信泉一眼,走下铁路桥坡。来到江小帆面前,她却又没话了。

张国放有点着急,问:"什么事呀?"

江小帆这才说:"你这人,不讲信用。"

张国放说:"其实,我……是愿意给你说说情的,可是……"

江小帆笑笑说:"现在是抽调一小部分人入朝,过一段,我们后方医院可能集体入朝呢。"

"那太好了,我们又能见面了。"张国放说。

"我可不希望你来住院时才见。"江小帆说。

张国放回头望一眼正在过江的部队,说了声:"我得走了。"右手举到了帽檐上。他大步跑上桥坡。他偶一回头,见江小帆犹在招手。

回到温玉成、吴信泉跟前,吴信泉对张国放说:"怎么,好像发烧烧出感情来了嘛。"

温玉成说:"判断准确,这感情有五十五度了。"

张国放说:"你喝白干呀?"

几个人笑起来。

第九章

I

阴冷的云在天上奔突,一块块黑云像龙爪一样垂下来,开始下起霏霏细雨,二十六万大军出动的时候,正赶上风雨交加的天气。四十军接到最后命令,从安东过江,三十九军从安东、长甸河口过江,四十二军从辑安过江,三十八军在四十二军后跟进。

彭德怀与秘书和警卫员乘坐一辆嘎斯六九车,后面跟着一辆大卡车,是通讯处长崔伦所带的电台及机要员们。彭德怀与送行的高岗握过手,跳上车,一上桥,彭德怀吼了声:"开车!"

这两辆车超越入朝部队向对岸驶去。

有人向彭老总"喂"了一声。彭德怀扭头一看,正是那个小眼睛娃娃脸的庞小海。彭德怀冲他摆摆手。庞小海凑上来,对彭德怀小声说:"现在我可知道干啥去了,咱不傻!"

彭德怀拍了拍他的脖子,说:"毛拉卡哨?"

庞小海也说:"毛拉卡哨。"

彭德怀在出征前半小时,试图给毛泽东再挂一个电话,过了江,就只能靠电报了。电话没有接通,他知道,毛泽东此时肯定翘首期盼着东北国境线上掀开的血与火的一页。

彭德怀没有猜错,毛泽东晚饭也没吃,正在南海之滨走来走去。

秋风萧萧,有几片落叶飘落水中。南海的水吹皱一池波浪,黄叶随着波浪涌伏。毛泽东的心也似一池秋水,无法平静。

刘思齐走过来,把一件薄大衣披在他肩上。

"二十六万人,正在浩浩荡荡过江,过江……"毛泽东像在自言自语,"彭德怀在哪里?他已经脚踏朝鲜的大地了吗?"

刘思齐一语不发地跟着他。

"岸英也过去了,到了异国他乡。"毛泽东仍在喃喃地自语着。

毛泽东坐到长椅上。

刘思齐说:"爸爸,天凉了,回去吧。"

"外面清凉,头脑清醒,好动脑子。"毛泽东说,"你也坐嘛。"

刘思齐仍旧站着。

"你怪爸爸吗?"毛泽东指的当然是毛岸英上前线的事。

刘思齐说:"没有啊!爸爸,岸英应该去的。"

毛泽东说:"你没给他多带点衣服吗?北朝鲜比咱这儿冷。"

刘思齐说:"我织了件毛衣,若是早知道,我该给他织条毛裤。"

毛泽东半闭起眼。千军万马在眼前腾跃,军号声、喊杀声、大炮的轰鸣声,汇成了壮阔的场面,毛泽东此时仿佛正经历着这一切的洗礼。

冷风夹着细雨抛洒在挡风玻璃上,雨刷器不停地摆动着。汽车刚一驶上朝鲜土地,彭德怀突然命令司机:"停车。"车刹住后,彭德怀跳下来,向北方久久凝望。鸭绿江对岸,闪闪烁烁的灯火组成一片灯的海洋,那就是他的祖国。几个随员静静地站在他身后。没有人知道此刻彭德怀想的是什么,从他那抿紧的两片厚嘴唇和一脸刚毅的表情,不难猜想他此刻即将远离祖国到异国他乡作战的复杂心情。他的旧黄呢军装袖口的布丝一缕缕的,在风中飘摆。

彭德怀又跳上车,一句话没说。

汽车冒着冷雨到达朝鲜边境城市新义州。市区一片黑暗,几乎没有行人。他们来到十字路口,彭德怀说:"去问问路。"

李望说:"坏了,走得急,没带翻译。"

彭德怀说:"这可真的成了'毛拉卡哨'了。"

正在着急,有人打着手电筒过来,并且高叫:"彭总司令过来了吗?"

李望问:"你是谁?"

对方走近,说:"我是朴宪永啊!"

彭德怀说:"太巧了。"

朴宪永说:"我是来接你的。"

彭德怀问:"战况怎么样?"

朴宪永说:"平壤失守了。"

彭德怀说:"我要见金首相,马上见!"

朴宪永说:"现在金首相已经撤到德川,我正在联系,请总司令在新义州稍事休息。"

彭德怀叫:"李望,把地图打开。"

李望听邓华说,彭老总从红军时代起,就是个须臾不能离开地图的人。在井冈山时,他自己背个破皮包,拿一个伞袋,伞袋是专门装地图的。后来当然就不用他自己背了。李望把五万分之一比例尺的地图打开,铺在车上,用手电照着。彭德怀看了一会儿,说:"根据敌人这样的速度看,我们一过江,就可能在德川、宁边线以北和敌人打一场遭遇战。"

朴宪永说:"我们到水丰发电站去等消息吧,那里好一点。"

通往水丰发电站的路面很糟,年久失修,到处坑坑洼洼的。车子在不平坦的路上剧烈颠簸着。李望说:"彭总,你睡一小会儿吧。这几天你都没正经睡觉。"

彭德怀说:"不长脑子的人才睡得着。"是啊,他现在哪有心思打瞌睡?他带兵打仗几十年了,从平江起义到延安,还没碰上今天这样的事,既不明敌情,又不明友情,这不成了糊涂庙里的糊涂神吗?

彭德怀在水电站歇息了一会儿,朴宪永又引导着彭德怀到大洞去见金日成。由于崔伦拉电台的车跑不快,跑了一段路后竟跑丢了,彭德怀眼前只剩两个警卫员、一个秘书、一个司机了。

大洞是位于东仓和北镇间的小村庄,在一条很深的大山沟里。他们被朝鲜外务相安排在山沟的一幢茅草房里,没有主人,家具、锅灶都在,虽然这个人家看起来挺贫穷,却很干净。刘亮找来一个瓦盆,在水压机井龙头底下接了半盆水,端过去让彭德怀洗脸。彭德怀洗过脸刚抽了支烟,朴宪永打发人来请他过去,说金日成在等他。

彭德怀带李望走出去,刘亮、谢大川跟在后面。

彭德怀走在布满荒草、青苔的稻田埂上,一步一滑。李望上去扶他,他忽然站住,问:"李望,你身上带小剪刀没有?"说着抬起两只袖子,"你看,会见外国元首,不好意思吧?"原来两只袖子都磨出一些线头,耷拉下来。他这件粗呢子外套还是开党的七届二中全会那年做的,他行军打仗也穿,开会也穿,自称又是野战服又是常礼服。开国大典时,别人都做了新礼服,他也领到了一块料子,可他给了一个双腿炸断了的老下级。李望也感到彭老总这身打扮去见金日成有点寒酸,还不如自己的衣服新呢。他在兜里摸出一把小指甲钳,走过去,一点点地把他袖口处耷拉着的线头剪掉。

彭德怀扣上领钩,说:"算了,也没时间换衣服,反正是战争时期,没人会计较的。"

金日成的临时驻地隐蔽在大石砬子后头。在一所整洁的白茅草房小院里,他早站在那里等候,他握住彭德怀的手,说:"我代表朝鲜党和政府,热烈真诚地欢迎你!"他们进屋,脱鞋上炕,面对面坐下。

彭德怀说:"我们第一批入朝四个军、三个炮兵师,二十六万人,另外二十四个师正在调集。我们打算先在平壤、元山一线以北,德川、宁边一线以南组织防御,进行防守。希望朝鲜人民军继续组织抵抗,尽量迟滞敌人,以便我军开进。你手上还有多少兵力?"

金日成说:"这我对别人不说,但不瞒您彭总司令,现在我手上仅有三个师:一个师在德川以北,一个师在肃川,一个坦克师在博川。其他部队都隔在南边了,正在往南撤。"

彭德怀听了,半晌没有言语。

金日成说:"现在,我们只有依靠你们了。"

彭德怀说:"现在看是否能站住脚。有三种可能:第一种是站住了脚,歼灭敌人争取和平解决朝鲜问题;第二种是站住了脚,但双方僵持不下;第三种是站不住脚,被打了回去。当然是争取第一种可能,我们脸上也有光嘛。"

金日成说:"在我们最危难的时候,你们能伸出手来援救,朝鲜人民永志不忘。"停了一下,他又说,"敌人前进很快,恐怕你们原定要占的地方根本到不了啦。"

彭德怀说:"是呀,我们的部署马上要变更。"

外面飞机的轰鸣声传来。彭德怀、金日成走出房门,抬头看去,只见成群结队的野马式飞机向北飞去,炮声隆隆。彭德怀疑惑地说:"不对呀,麦克阿瑟可能在北面有大规模空降行动。金首相,你带电台吗?"

金日成说:"没有。"

彭德怀说:"糟糕,我的电台甩在后面掉队了。现在你我两个统帅全都是耳不聪、目不明。"

彭德怀带着李望几个人,步行到房后的小山坡上,放眼望去,头顶包袱、扛着东西逃难的人群,黑压压地从南面漫下来。彭德怀问:"怎么不见志愿军过来?"

没有人应声。

彭德怀气恼地说:"现在,我是名副其实的'光杆司令'!"

李望忽然说:"彭总,你看,这是什么碑?"

彭德怀走过去,只见山冈上立着一块三尺高的石碑,是汉字碑,写着"斥和碑"三个大字。碑的正面有十二个大字"洋夷侵犯非战则和,主和卖国"。下面两行小字"诫我万年子孙。丙寅作,辛未立"。

李望说:"这碑的意思好像是与侵略者子子孙孙斗下去之意。"

彭德怀说:"这是告诫子孙的,永远不屈服,不向侵略者妥协,和今天的情形很相似。"

刘亮问:"丙寅、辛未是哪一年呀?"

"我推算一下。"彭德怀默默地算了一下,说,"丙寅年是 1866 年,辛未年是 1871 年。"

不知什么时候金日成来到了身后,说:"1866 年 7 月,美国兵舰'舍门将军号'入侵大同江,朝鲜人奋起反抗,胜利驱逐敌人后,立了这块碑。"

彭德怀说:"朝鲜人民的反抗精神由来已久啊。"

金日成说:"古人尚能如此,何况在劳动党领导下的人民!"

10 月 21 日下午,通讯处长崔伦带着电台车总算找到了彭总的临时驻地。彭德怀很高兴,亲自跑到电台车旁跟几个电台工作人员握手,帮助卸东西。

彭德怀说:"快发报,我都成了聋子、瞎子!"

崔伦问:"给谁发?"

彭德怀说:"给毛主席、高岗和邓华发,同样的内容,说我本日晨 9 时在大洞与金日成会晤,前面情况很乱,与平壤撤退之部队已三天未联络,根据美军前进态势,志愿军已不可能进入原定防御地区之情况。我建议,迅速控制妙香山、杏川洞一线,构筑工事,保证熙川枢纽,隔离东西敌人联络至关重要,并请邓华、洪学智、韩先楚三位同志带必要人员速来我处磋商全局部署。"

崔伦说:"巧了,毛主席今晨 3 时发来的电报,也是这个意思,你看!"

彭德怀接报在手,说:"好。"

当报务员拿了彭德怀的电报来见邓华、洪学智几个兵团领导时,大家长长地吁了口气。邓华吐了一口气:"可算联系上了!"

洪学智说:"一开进来,就把老帅丢了,这还了得!"

邓华把电报递给洪学智:"准备走!彭总让我们去找他会合。"

他们连夜赶到了彭德怀那里,彭德怀在金日成临时办公的茅草房里。彭德怀、金日成仍旧坐在炕上围着地图交谈,邓华、洪学智进来,二人敬了礼。彭德怀向金日成介绍:"这是我的两员大将,十三兵团的司令邓华,当年是团长时,参加了平型关大捷。这一位叫洪学智。他们带的三十八军、三十九军、四十军,是号称'四野三只虎'的部队。"

金日成与他们握手,问:"我们这地方够偏僻的了,你们怎么找到的?"

邓华说:"彭总电报召来的。"

洪学智说:"今天是彭总联络员带来的。"

金日成点点头:"这几天我是天天换地方,有时自己人也找不到。你们谈吧。"他站起来走了出去。

彭德怀说:"我改变决心的电报你们收到了吧?"

邓华说:"收到了。"

彭德怀站起身,在炕上走动着,说:"现在想占领一块根据地的想法太不现实了,只能在运动中寻机歼敌,先拿伪六、七、八三个师开刀,咱也是雷公打豆腐,先拣软的下手!"

邓华说:"出国第一仗得打得漂亮才行。"

彭德怀说:"你们研究过具体打法吗?"

洪学智说:"我们商量过。"

彭德怀说:"说说。"

邓华说:"集中三个主力军在西线作战,分别歼灭伪第六、七、八师,东线以四十二军主力控制小白山地区,一个师附一个炮团坚守长泽地区,阻击伪首都师和第三师。"

洪学智说:"四个军都过来了,三十九军东进,新义州、定州空虚,得防止麦克阿瑟抄我们后路。"

彭德怀说:"很对。马上给军委发电,让六十六军明天即从天津出发,开往安东,主力作为总预备队。"

邓华说:"首战特别重要,我们马上布置。"

彭德怀说:"志愿军司令部就设在大榆洞。"他指着地图说,"就在大洞北边,很近。你们马上派人通知解方,让他带兵团机关尽快向大榆洞前进,机关一到,立即与各军、师联络。"

邓华、洪学智敬礼:"是。"

2

麦克阿瑟被拿下平壤的胜利鼓舞着,下一步就要打过清川江,直通鸭绿江,他尝到了"所过之处,如入无人之境"的甜头。

10月20号,麦克阿瑟坐上他的"巴丹号"又升空了。这架以他成名的菲律宾巴丹半岛命名的座机,本来就标志着他的荣誉。麦克阿瑟在座机上视察,他拿话筒与沃克通话:"沃克将军,你真出色!我现在在平壤以北三十英里的天空,正饶有兴致地看着北朝鲜的兵民像灾民一样向北溃逃,几乎拥塞了大路小路。我现在正观看我们的空降团空降,我要把敌人关在陷阱里,至少关住三万人!"

天上开满了白色的花朵,美国伞兵部队在麦克阿瑟的视野里飘飘下落。

麦克阿瑟又向沃克喊话:"喂,伙计,你准备哪一天打到清川江?"

沃克回答道:"再有三天,我的先头部队就可以渡过清川江,现在,跑得最快的是李承晚的第六师,他在抢头功。"

麦克阿瑟笑了起来。他的神速进展却令白宫和五角大楼的决策者们坐立不安,尤其是艾奇逊,他好像预感到乐极生悲的魔影正伴随着麦克阿瑟的捷报同时到来。他有点埋怨杜鲁门过于放纵他,杜鲁门本不该到威克岛上去会晤他,这给了他太多的体面。

艾奇逊对麦克阿瑟的恶感由来已久。1945年1月9日,美军向吕宋岛发起总攻,刚一登陆,麦克阿瑟就向外界宣布,说莱特岛上的日军已全部被歼。当时的第八集团军司令艾尔伯格十分气愤,他事后告诉艾奇逊,说麦克阿瑟好大喜功,他这种吹牛作风有失身份。事实上,艾尔伯格的队伍整整耗费了四个月时间才最后清剿完莱特岛上的日军。记得好心的杜鲁门在1945年10月,想以抛彩带的盛大欢迎仪式来表达美国对麦克阿瑟的感激之情,邀他回国风光一下,麦克阿瑟却粗暴地回绝。当时艾奇逊就对心灰意冷的杜鲁门说:"占领军司令是执行政策的,不是决定政策的人。"

无疑,现在麦克阿瑟在朝鲜我行我素,完全是恶习未改。艾奇逊拿着一份电报在大发牢骚:"谁给麦克阿瑟这么大的权力?总统明明指令他,非韩国部队不得向鸭绿江攻击,可美国的部队全上来了,我们不能这样纵容他!"

杜鲁门说:"已经发过去,就算了。"他倒不是息事宁人,他明白艾奇逊必欲撤其职而后快。可他觉得现在正是麦克阿瑟声名远播、风头正劲的时候,削去他的兵权也不能在这时候下手。

艾奇逊说:"我们不能开这种先例,总统先生才是武装部队总司令。"

"恶劣的先例并非我开。"杜鲁门说,"在内战时期,处于绝望中的林肯总统,曾授予格兰特将军这种特权,不必得到林肯的批准,可以行使指挥权,现在麦克阿瑟和格兰特一样了。只要胜利,我们不去计较。不过,你可以暗示麦克阿瑟一下,我的忍耐和退让不是无能,这种忍耐是有限度的。"

3

炮声隆隆,当然不是我们的炮兵。敌机从大洞山顶漫过去。彭德怀站在沟口,仰望着天空,说:"也不知我们的队伍都到了哪里。"

在一旁的崔伦说:"他们为了隐蔽,都关闭了电台。"

彭德怀烦闷,就回房间去了。

一辆吉普车顺山沟开过来,车上坐着一一八师师长邓岳,他忽然喊道:"停车,前面有情况。"原来他看到沟口有哨兵。参谋隐蔽起来看了一阵,说:"是朝鲜人民军。"

邓岳说:"过去看看。"刚站起来,他发现了李望,就叫起来:"李参谋!"

李望认出了他:"邓师长!你怎么到这儿来了?"

邓岳说:"军师电台不准开,敌情不明,我正着急呢,出来看看地形。怎么,彭总在这儿?"

李望说:"我领你去见彭总。"

邓岳问:"彭总这儿有多少部队?"

李望:"朝鲜人民军派来一个警卫班。"

邓岳大惊:"彭老总胆子也太大了。你们是干什么吃的?怎么不调部队?"

李望说:"彭总不让。再说,现在也调不来,昨天刚和邓司令他们接上头。"

二人向茅草屋走去。

邓岳说:"司令部应该马上搬家,这里离前线太近了。"

李望说:"邓副司令正在安排。"

彭德怀正在看地图,门外李望喊报告。彭德怀说:"进来。"一抬头看见李望身后的邓岳,问,"你是哪个部队的?"

邓岳敬礼:"报告彭总,四十军一一八师师长邓岳。"

"你的部队到了,太好了。你有多少人?"彭德怀问。

邓岳说:"我师一万三千人。"

彭德怀给他倒了一茶缸水,问:"你饿不饿?我叫他们给你弄点饭吃。"

"吃过了。"邓岳说,"我听见温井方向炮响,但又不知道前面的情况,见到彭总可好了,你快指示我们怎么打。"

"我也不知道怎么打,全乱套了!"彭德怀说,"现在敌人很嚣张,到处乱窜,犬牙交错。你赶快回去。"他看了看地图说,"你马上占领温井以北有利地形,埋伏起来,形成一个口袋,大胆地把敌人放进来,然后猛打猛冲,狠杀一下敌人气焰,掩护我军主力集结、展开,说不定你打的就是我们过江的第一仗。"

邓岳说："是。"

彭德怀说："你这打头阵的，可得打出个样子来，看看你们行不行。"

邓岳说："保证打好第一仗。"他已经敬礼准备走了，忽然说，"彭总，你这里离敌人只有几十公里，太危险了，我调一个团过来保卫你。"

彭德怀厉声地说："胡闹。我彭德怀有那么重要吗？你别管我，打好你的仗，走，快走！"

邓岳敬礼，跑了出去。

两天以后，志愿军司令部终于在大榆洞安顿下来。这里地处两山夹一沟的大山里，从前是个金矿，到处是掏进山里的矿洞。山沟里有一些木板房子，正好用来做办公室，稍加修理就能用。立住脚，彭德怀马上召集十三兵团的领导干部开会，宣布了一个不得已的决定。他说："现在是战争时期，我这个志愿军司令员兼政委，是个'光杆司令'，现在临时抽调人员组成领导机构已经来不及了，我已向毛主席请示，毛主席也有此意，就是把你们十三兵团的领导机构，改为志愿军的领导机构，你们几位也改为志愿军领导。"

邓华说："服从决定。"

彭德怀说："我呢，司令员兼政委，邓华任第一副司令员兼副政委，洪学智任第二副司令员，韩先楚任第三副司令员，解方任参谋长，杜平任政治部主任。为便于协调与朝鲜人民军的联系，我同金日成同志商议，朴一禹同志任志愿军副司令兼副政委。"

现在是司令部最忙的时候，所有的部队都没与敌人接上火，头绪纷乱。25号下午2点，解方参谋长在电台守候，电话铃响起来。解方问："你是哪里？"

对方说："我是一一八师，我们的正面发现了敌人。"

解方一面看地图一面问："正面？怎么可能？你们是不是搞错了？"

正在温井师部指挥的邓岳师长告诉解方，他是奉彭总之命在温井伏击的，敌人确实是从正面过来了。他说敌人讲的是外国话，叽里咕噜的听不懂。

解方说:"笨!是朝鲜话、美国话还听不出来吗?"

邓岳说:"我听都差不多,叽里咕噜的。"

解方问:"你们的位置在哪里?"

邓岳说:"在北镇至温井的公路上,是按彭总指示布下的口袋。"

解方问:"敌人有多少?"

邓岳说:"还不清楚。"

解方说:"派出人去侦察,你们不要暴露目标!"

邓岳说声"是",就放下电话,立刻赶到前面去。邓岳来到最前沿,用望远镜观察。李伪军在坦克车掩护下,向北镇逼进。邓岳退回到掩蔽部,对参谋说:"接总部。"接通后,邓岳大喊:"一一八师报告,李伪军正向北镇进犯,正在进入我们的口袋。"

洪学智的声音:"我是洪学智,等敌人完全进入包围圈再打,狠狠地打!"

邓岳回答:"是!"

李伪军已完全进入我包围圈。邓岳命令:"发信号弹。"刹那间,我军发起攻击。

敌人一时弄不清怎么回事,乱成一团,死伤遍地。

一一八师全面出击。这一仗打得极为顺利,敌人当了俘虏还不相信是真的,他们纳闷,这是从哪里冒出来的军队呢?上司告诉他们,朝鲜人民军在这一带没有一兵一卒啊!

一一八师第一仗打得这么顺手,在志愿军总部掀起了一片欢呼热浪。

邓华说:"一一八师把伪六师一个团消灭了,抓了几百个俘虏、三个美军顾问。"

彭德怀一拍桌子:"邓岳打得好,就这么打!"

洪学智说:"一一八师、一二〇师主力乘胜占领了温井。"

解方说:"伪六师第七团已经逼近鸭绿江边的楚山了,竟向我边界开枪。"

洪学智说:"美第二十四师、英国二十七旅已经窜至泰川、定州。"

彭德怀背着手全神贯注地看着地图,地图上插满红蓝小旗。

邓华说:"三十九军一一七师和四十军一部已到达云山以北地区,和伪第一师接火了。一二〇师在龟头洞地区与伪第六师开火了。四十二军正赶往黄草岭。"

彭德怀问:"三十八军在哪里?"

邓华说:"三十八军距熙川尚有六十多公里,未能插到指定位置,昨天部署的在熙川歼灭敌人的计划落空了。"

彭德怀手中的红蓝铅笔"咔"一声折断了,他极为生气地说:"这个梁兴初,怎么这样慢慢腾腾的,误了大事哟!"

解方指点地图说:"敌人自东、南、西南三个方向向温井运动,企图合围我温井部队,熙川之敌主力已撤出。"

彭德怀瞪起眼睛说:"你看看,跑了不是?"

洪学智说:"必须改变计划。"

彭德怀问:"你说怎么打?"

洪学智说:"以四十军坚决阻击向温井进攻之敌,对伪六师七团采取围而不歼战法,以诱熙川、云山之敌来援,然后集中三十八、三十九、四十军,将敌军歼于云山之北。"

彭德怀问另外几人:"如何?"

邓华说:"可行。"

韩先楚说:"同意老洪意见。"

彭德怀把断铅笔往桌上一丢:"就这么定了,给各军师发电报!"

4

这是废金矿的一间木结构的工棚子,屋子潮湿又黑暗。毛岸英正伏在炮弹箱子上写什么,白天也得点蜡烛。

李望过来问:"写家书吧?"

毛岸英说:"才来几天,写什么家书?——八师首开胜仗纪录,我在起草一份表彰稿。"他见李望拿着一副象棋,就说,"怎么,把象棋也带来了?打仗还有这份闲心?"

李望说:"你以为彭总脑袋全是枪声、炮声啊?啥时候你听他喊'杀一盘'时,准是打了胜仗,不事先准备行吗?抗战那时候,在山沟里买不到象棋,他就叫人用黄泥烧出些棋子,再刻上车马炮。"

毛岸英说:"彭总的棋一定下得好。"

李望说:"官大不一定棋艺也高。"

毛岸英说:"运筹帷幄,下棋也是指挥战斗呀。"

李望笑了:"他下棋可是输的多赢的少。贺老总说他是臭棋篓子,而且赖,还说他的棋子拴绳子,随时拉回去。"

毛岸英笑着问李望:"你跟彭老总几年了?"

李望说:"从西北战场保卫延安时开始的。"

"你给他当了这么多年秘书,不简单啊!"毛岸英说。

延安的人都怕彭德怀,却不怕朱德。那时朱德是八路军总司令,彭德怀是副总司令,不知从什么时候起,军中流行起"慈总严副"的说法,意思是说朱老总慈祥可亲如慈母,彭副总却一副威严气概赛过严父。彭德怀确是一副不怒而威的军人面容,他的眼里揉不下沙子。

这时,作战处长方晋走过来,说:"李望,到后勤处去领几包蜡来。"

李望说:"昨天刚领两包呀。"

方晋说:"司令部黑乎乎的,成天到晚得点蜡呀!那蜡不抗点。"

李望说:"彭总让我把各军师的干部列表呢,等一会儿再去。"

毛岸英说:"那我去吧,我的稿子写完了。"

方晋说:"那劳你大驾了。"

毛岸英说:"我是大闲人,哪有几份俄文电报让我翻啊!"

方晋说:"别忙,等老大哥空军一参战,你就闲不住了。"

毛岸英沿着山沟羊肠小路走了一段,过了独木桥,翻过小山,就看见了后勤仓库,木牌上写着"二分部第四仓库"的字样。这里是一连串的矿洞,洞口有伪装。几辆汽车刚开过来,正在卸军用物资,物资全扛进一个矿洞中。毛岸英走到矿洞里面,见一个女军人正在忙着搬木箱子,她个子矮,站在一个箱子上往上放,因举起的箱子太重,一失足,连人带箱翻倒。正在这当儿,毛岸英一个箭步冲上去,扶住那个女兵。

女兵说:"谢谢你救了我驾。"她一回头,两个人全愣了,同时喊出了:"是你——"原来女兵是北京机器总厂的曹桂兰。

毛岸英又惊又喜:"曹桂兰,真想不到,你什么时候跑到朝鲜来了?"

曹桂兰反问:"那你什么时候跑到朝鲜来了!你还蒙人,说你调到边疆去了!"

毛岸英嘿嘿一乐问:"咱们厂子参军的人多吗?"

曹桂兰说:"二十多个,女的就两个。他们都在国内训练呢,我最幸运,第一批过江。"

毛岸英问:"想家想哭了吧?"

曹桂兰说:"忙得都忘了想家。哎,你在总司令部?真了不起。"

毛岸英:"我倒愿意上前线去,待机关没意思。"

曹桂兰不客气地吩咐他:"别闲着!来,帮我干活。"

毛岸英说:"我是来领蜡烛的,是你管吗?"

曹桂兰说:"帮我把这些箱子垛起来,不然一根蜡也不发给你,现官不如现管,现在我比你官大。"

毛岸英笑了,帮她码箱子。

过了一阵,李望跑来了,到处喊:"毛参谋!"

毛岸英答应了一声:"在这儿。"

李望一见满头大汗的毛岸英,就说:"你这人,跑这儿帮忙来了,那边等着用蜡呢。"

曹桂兰说:"是我抓他的官差,有话冲我说。"

李望叉起了腰:"嗬,好大的口气,抓公差抓到彭老总跟前来了!你知道他是谁?"

毛岸英急忙扯了李望一把:"别瞎说!"

曹桂兰说:"他是谁?他是我的短工。"说完自己咯咯地乐。

"她叫曹桂兰,我们是熟人。"毛岸英对曹桂兰说,"快发给我蜡吧!"

曹桂兰这才给他们搬了一箱蜡,刚伸手去拿两包,李望把整箱搬起来就走。曹桂兰大叫:"怎么都拿走了!有点规矩没有?"

李望说:"记彭总账上,你怕啥!"

曹桂兰气得直跺脚,毛岸英一边笑一边走:"有空上我们那儿去坐坐,反正翻过山坡就是。"

5

天越来越冷,沃克的司令部里升起了朝鲜的铁制炭火盆。麦克阿瑟正在这里坐着,他对温井所遭的袭击仍感迷惑,而沃克用大量的证据说服麦克阿瑟,坚持认为中国人过江了。他对麦克阿瑟说:"我抓到了四个中国俘虏,阿尔蒙德那儿也抓到了几个,尽管他们胡说一气,但肯定是中国人,中国军队开来了,不容置疑。"

麦克阿瑟说:"李承晚方面也报告,说温井方向对方打得很猛,他们分析是中国军队。但我的情报官威洛比说,中国只是象征性地派了点小部队过来,可能这样就能应付金日成了。中国人又不是傻瓜,他怎么肯拿鸡蛋往石头上碰呢。"

沃克说:"现在,我们进展顺利,将军想什么时候结束战争呢?"

麦克阿瑟说:"当然是感恩节。"

沃克说:"已经不到一个月时间。只要中国不参战,感恩节是可以占领全朝鲜的。现在杜鲁门总统不再扯你后腿了吗?"

麦克阿瑟说:"我们的利益是一致的。想想看,我取得这样的胜利,对他的民主党意味着什么?11月份,一年一度的国会选举,民主党可能为此占了大便宜。"

惠特尼进来报告说:"将军,尤金·克拉克上尉要见你。"

"哪个尤金·克拉克?"麦克阿瑟不耐烦地说。

"那个出色的谍报员啊!"惠特尼说,"仁川登陆时,你把第一枚海军十字勋章授予他了呀!"

麦克阿瑟拍拍脑门,说:"让他进来。"

惠特尼出去,带了尤金·克拉克进来,他穿着军用斗篷。

克拉克说:"你好啊,将军!"

麦克阿瑟问:"你从哪儿来?"

克拉克眨动着灰褐色眼睛说:"我从大青岛来。"

麦克阿瑟去看地图:"大青岛在哪里?"

克拉克走过去一指:"在这儿,在鸭绿江口。"

"你潜伏到那儿去了?"麦克阿瑟很满意,从沃克的兜里掏出一盒雪茄,抽出一支给克拉克。

克拉克点着雪茄,对着沃克说:"谢谢。"

麦克阿瑟说:"你怎么谢他?他小气鬼,我不掏出来,他才舍不得给你抽。"

几个人笑。

麦克阿瑟问:"有惊人发现吗?"

"确实是惊人的,中国在安东集结了三十万人马,并且已陆续开到了朝鲜。"

麦克阿瑟说:"天方夜谭吧?我和沃克将军都亲自做过低空飞行,从没发现有大量军队拥入迹象。几十万军队,藏得住吗?"

克拉克说:"我说的是准确的。"

麦克阿瑟说:"不要散布,这会影响我们向鸭绿江推进。我们从未受到过像样的抵抗,我们不能假造个敌人吓唬自己。"

克拉克扫兴地把大半截雪茄烟丢在桌上,说:"既然如此,这烟还给你。"说完走了出去。沃克忍不住乐了。

麦克阿瑟说:"看看,威洛比训练的人都是这种样子。"

沃克说:"他可是勋章获得者呀。"

麦克阿瑟刚要说什么,惠特尼拿了一份电报过来:"李总统发来的急电。"

麦克阿瑟看过,递给沃克。沃克看完,说:"也许是真的。李承晚说他的第六师一个团在温井被歼,实实在在是中国部队打的。"

麦克阿瑟说:"李承晚的胆子你还不知道吗?不管他,你马上向新义州、朔州方向进攻。"

沃克说:"好吧,但愿我们碰不上中国人。"

6

三十九军在云山外围与美军接火了,这是志愿军入朝后第一个大规模战役的开始。

志愿军的炮兵在射击,云山敌人阵地烟火冲天。美军飞机低空掠过三十九军阵地,胡乱投弹,黑烟蔽空。

张国放在壕堑里指挥作战。一颗炮弹在附近爆炸,把他埋在泥土中。警卫员小吴大叫:"张参谋长!"忙用手扒,几个战士过来帮他扒。

军长吴信泉过来了:"快扒。"

张国放用力一拱,从厚土中钻了出来。警卫员小吴说:"活着,没事。"

张国放说:"想活埋我,憋得好难受。"又一批敌机俯冲过来,张国放对吴信泉说,"吴军长,你下去。"

吴信泉毫不畏惧地举着望远镜在瞭望,他说:"天快黑了。天黑了,就是我们的世界。"

张国放说:"云山的敌人可不是伪军,是美国骑兵第一师第八团。"

吴信泉说:"这是一场硬仗,听说五十军、六十六军也过来了。"

10 月 31 日,彭德怀在大榆洞部署第一战役,他认为时机已到。彭德怀分析了敌我态势,指出敌人在清川江以北仅有五万人,我们却可以集中十三个师,接近十五万人,三比一。他觉得有绝对把握打胜这第一仗,问题是不能再失误。他为什么用了一个"再"字?他是针对梁兴初的三十八军说的,批评他行动不果决,失掉了战机。他一转身,命令道:"给我接梁兴初!"

少顷,电话接通。彭德怀威严地说:"我,彭德怀。梁兴初,你部在哪里?"

梁兴初回答:"我部正向球场前进。"

彭德怀说:"上一次,你部行动太慢了!"

梁兴初说:"妙香山路太窄,西面是清川江,东面是大山,朝鲜向江界方向撤退的军民堵住了路,我们军部又遭敌机空袭……"

"不要讲了。"彭德怀严厉地打断他,"你没打过仗吗?战场上不听解释,我要的是胜利,是执行命令!"

梁兴初说:"是。"

彭德怀命令道:"你立即组织兵力,歼灭球场之敌,得手后,迅速向清川江左岸的院里、军隅里、新安州方向突击,切断敌人后路,这一次千万不能让敌人跑了啊!"

梁兴初说:"是!"

放下电话,彭德怀又说:"命令四十二军一二五师向德川方向突击,阻击来援之敌,确保我军侧翼安全。四十军要迅速突破当面之敌,于一日晚歼灭宁边之敌,尔后向西南突击。三十九军务必拿下云山,然后向龙山洞突击,协同四十军歼灭骑兵第一师。六十六军以一部兵力于龟城以西钳制美第二十四师,主力视情况从侧后突击歼灭该敌。五十军主力进至新义州东南车辇洞,阻击英国二十七旅。"

10月31日凌晨,三十九军向云山发起总攻,炮火延伸后,部队排山倒海般冲上去。同一时刻,四十二军在黄草岭也发动攻势。

敌军的飞机在空中对我阵地投弹、扫射。我方伤亡大,倒下一批,又一批上来。敌人坦克来攻阵地。四十二军军长吴瑞林在第一线用报话机指挥:"顶住,我们至少要顶上十昼夜!"战士们反冲锋。敌人扔下大批尸体溃败下去,几辆坦克在阵地前冒烟、起火。

三十九军行动迅速,很快拿下了云山,消息传到总部,彭德怀十分欣慰,他端起大茶缸喝了一口水,这是他的习惯动作。

洪学智说:"四十二军顶了几天,打得相当残酷,吴瑞林说,要顶几天都行,直到主力完成歼敌任务。"

"好样的,四十二军,准备通令嘉奖。三十八军呢?"彭德怀猛烈地吸着烟。没人吱声,彭德怀火了:"怎么不说话?三十八军在哪里?"

邓华说:"三十八军又没有按时到达指定歼敌位置,敌人大部分漏网逃走。"

彭德怀脸色铁青,大半截烟掷在地上。屋子里奇静,风从破窗洞吹进来,烛光摇摇晃晃。刘亮不识时务送来了夜餐。彭德怀气恼地吼:"送给梁兴初去吃!"

大家都不敢做声,从他那耷拉下来的厚嘴唇判定,梁兴初可要吃不了兜着走了。

当年在西府战役时,四纵失利,把西北野战首脑机关都陷到敌人包围圈里,事后彭德怀大发雷霆,骂四纵负责人,说"这是要砍脑壳"的。

大家都为梁兴初捏一把汗。

第十章

I

云山打了个大胜仗,彭德怀和司令部的人全来了。满山遍野的大炮、汽车和各种军用物资。

温玉成对彭德怀说:"怎么,彭老总也带人来捡洋捞来了?"

彭德怀说:"是啊,敌人是运输大队长嘛!"他一眼看见庞小海浑身上下挂了十几支卡宾枪。他说:"哎,庞小海,又多学了几句朝鲜话吗?"

庞小海说:"不用学了,首长让说中国话了!"

彭德怀和温玉成哈哈大笑。

刘亮、谢大川两个警卫员抱了一大抱骆驼牌香烟,乐颠颠地跑过来:"彭总,够你抽两个月的了!"

彭德怀说:"你可不成体统,人家四十军肯定有意见,彭德怀带着警卫员来打秋风来了。"

温玉成说:"我们要大炮,大炮冒的烟够抽的了。"

彭德怀问:"怎么满山遍野的汽车还不开走?一会儿敌人飞机肯定来轰炸。"

温玉成说:"咱们司机太少,开不过来。"

彭德怀说:"汽车是宝贝呀,去,到俘房里面去找,洋人都会开车。"

毛岸英和方晋都在扛弹药。曹桂兰干得更欢,她捡到了一个电动印刷机。她吃力地把它搬到汽车上,她想,把这个送给毛岸英他准高兴,不是比手拿着油墨滚子一张一张地滚强吗?

彭德怀和洪学智最高兴的是缴获了一百多辆汽车,都是新的。志愿军入朝作战,总共才筹齐一千多辆车,每天就会有三十辆左右被炸烂,正愁没处补充呢。彭德怀再三叮嘱,一定要把车掩藏好。汽车被拖进大榆洞小松林后头的山沟里,战士们用树枝和野草伪装起来。

大师傅在切肉,笼屉里的馒头也出锅了。

一片喜气洋洋的景象。

2

麦克阿瑟连续几天在战场上奔波,实在累了,晚上下班回到家中,珍妮告诉他,裕仁天皇给他送来一个大食盒,还有一个插着一大束鲜花的古瓷花瓶。麦克阿瑟连衣服也没有换,就跑到餐厅去,打开那个绘着日本古代仕女的黑色红花大漆盒,里面不过是宫中小点心、寿司之类,他常吃,没多大兴趣。倒是那个浅茶色类似水晶石的古花瓶令他高兴。裕仁天皇送他花瓶不是没来由的。很多年以前,天皇曾送给麦克阿瑟父亲一个宫用花瓶,是青瓷的,麦克阿瑟很喜欢,一直带在身边。太平洋战争初期失利,在撤离马尼拉时,实在没办法带走,只好忍痛扔在马尼拉饭店。几年后马尼拉光复,他钻进劫后的故居去找这个花瓶,找是找到了,可已被打碎。麦克阿瑟心疼,请了好几个手艺高明的匠人,用高强度的胶水把破碎的花瓶黏合起来,又带到了东京。

裕仁天皇来拜访麦克阿瑟时,在客厅里一落座,第一眼就认出了从前的宫中之物,谈起麦克阿瑟的父亲,二人不胜感慨。也许从那时起,裕仁天皇就有意再送一个好花瓶给恩人麦克阿瑟。必须承认,麦克阿瑟对天皇有不杀之恩。1945年东京国际法庭组成后,英、俄等国强烈要求把裕仁天皇第一个送上法庭,罪有应得。麦克阿瑟凭借他的实力和影响保全了天皇的性命,而且保住了天皇的皇位。从那以后,虽然麦克阿瑟把天皇降格成为皇位的象征,可日本人民的感情得到了尊重,他在日本赢得了人心。麦克阿瑟一到东京,很多人建议他立刻"召见"裕仁,当面历数他的罪行。麦克阿瑟没有这样做,他说那会伤了日本人的自尊,不利于将来重建这个国家。裕仁天皇受感动,他不召而至,亲自到麦克阿瑟的官邸拜访,把战争罪过全揽到自己身上,这同样也令麦克阿瑟感动,他们的友谊就是从这时候建立起来的。

麦克阿瑟正爱不释手地摆弄着那个宫中御用花瓶,惠特尼来了。他很少到家里来谈公事,肯定是急事、大事。惠特尼拿来一份电报,对麦克阿瑟说:"又来麻烦了! 五角大楼来电质问我们,要我们对北京11月1日的声明做出解释。"

麦克阿瑟说:"他们只会添乱! 什么'北京声明'? 我根本不知道怎么回事。"

惠特尼说:"我已经从《朝日新闻》上看到了。昨天,中国各政党联合发表了一项声明,大意是美国军队侵略朝鲜,是对中国安全的直接威胁,中国人民应以最大的力量来抗美援朝。"

麦克阿瑟要过那份《朝日新闻》,只粗略地看了一下,就扔在桌上:"五角大楼什么意思?"

惠特尼说:"五角大楼据此认为,中国已经出兵干涉,而且是官方许可的。但是我们却一再说中国官方正规军没有介入。"

麦克阿瑟不屑地说:"这个声明,表面看充满了豪言壮语,只不过是中国人吓唬人的把戏而已,除了表现他们的骄傲自大,不能说明别的,五角大楼的老爷们大概都得了神经衰弱症。"

惠特尼说:"就这样给五角大楼回电吗?"

"他们是一群经不起刺激的家伙,你把电文弄得和缓一下吧,可也别像哄孩子似的。"说毕他自己先得意地笑起来。

惠特尼又问:"那么轰炸鸭绿江右岸还进行吗?"

麦克阿瑟的手向下压了一下,那是一个坚决干的手势。惠特尼领命而去。

鸭绿江上空布满了美国轰炸机。上百架F-86和B-29型轰炸机在一群F-80战斗机的掩护下,猛烈轰炸鸭绿江右岸。新义州成了一片火海。鸭绿江上一根接一根炸起的水柱冲天而起。

驾驶着F-86轰炸机的小范佛里特,二十八岁,空军上尉,是从西点军校毕业的,他父亲是陆军中将范佛里特,人们习惯在他的名字前加个"小"字,以示区别。他有着一头火红色的头发,赤红面孔,鼻子两侧布满了小雀斑。他是个快乐的人,开着飞机也吹口哨。他回过头去问豪尔中士:"还有多少炸弹,快投下去,我们返航。"

豪尔说:"都投光了,可以返航。"

小范佛里特望着飞机下面的火光与烟雾,说:"这是有趣的游戏,一分钟内,我们可以抹掉地球上的任何标志!今天我们的编队总共要投下六百吨炸弹、八万六千发燃烧弹呢。"

豪尔说:"飞高一点吧,小心高射炮。"

小范佛里特笑着拉起了飞机。

在小范佛里特飞机南归的途中经过的云山前线,沃克中将的儿子几乎当了俘虏,幸亏他们藏身到尸体堆里才没被发现。枪声逐渐稀落下去,中国军队向前推进了。战场上到处是打坏的坦克、汽车,遍地尸体。萨姆·沃克领着三个美国兵从树林里转出来,其中有一个伤了胳膊。萨姆说:"我们找点吃的吧。"几个人分头去找。萨姆从一个死了的美国兵的背包里往外翻东西,短裤、袜子、明星照片,还有牙刷。萨姆踢了他一脚,又去翻另一个人的口袋,他找出了一包饼干,立即喊了起来:"巧克力饼干。"另外三个兵都跑过来,打开饼干包装纸,饼干上都染上了血。鬈发兵厌恶地皱起了眉头。萨姆却把一块带血的饼干塞到了口中,几个兵也闭着眼睛吃下去。

萨姆说:"我父亲说,'二战'时日本兵在南洋群岛吃自己士兵的肉,这带血的饼干总比死人肉好吃吧。"吃着饼干,他又说,"我们得想办法回去,在这里会冻死、饿死,或者当俘虏。"

一个大个子兵说:"你父亲能派一架直升机来接我们就好了。"

萨姆说:"最好是一个金发女郎来营救你,直接把你接到纽约去,那不是更浪漫吗?"

鬈发兵又去从死人身上找东西,不一会儿抱回来一大堆卫生纸。大个子兵一脚踢开:"现在揩屁股并不是头等大事。"

萨姆灵机一动说:"拿过来。"

这时高空中有几架飞机掠过。萨姆说:"可以用卫生纸在地上摆一个求救信号,让飞机看见。"

鬈发兵说:"好主意。"他们忙了起来。找了一块比较空旷的地方,用卫生纸大大地摆出四个求救字母 HEILP,每个字母有两米见方。这是英文中"帮助"一词。

一架飞机飞过来了,他们脱下衣服拼命摇动,喊叫,却没被发现。那架飞机兜了个圈子,却向一些汽车投了一串炸弹。鬈发兵骂道:"杂种,你就会投炸弹吗?"

萨姆说:"别泄气,总会有飞机发现我们的。"话音刚落,他就听到飞机的轰鸣声,一架飞机的影子出现在空中。一架 F-86 战斗轰炸机(油桃子)飞过来了。驾机的小范佛里特嚼着口香糖,俯视着大地。他对投弹手豪尔说:"每次战斗以后,我们都来执行特殊任务,自己炸自己的汽车!"

豪尔说:"炸了总比留给敌人好。"忽然,他叫起来,"你看,那是什么?"

小范佛里特说:"好像是白色的字。"他已经飞过去了,又连忙爬高、转弯,再飞回来降低高度飞过去。小范佛里特叫起来,"是求救信号,我们的人!"

豪尔说:"有人招手!"

小范佛里特又把飞机升起来。

豪尔说:"怎么,不管他们?"

小范佛里特说:"你除了扔炸弹,还有什么办法?你想让F-86轰炸机像直升机那样随便降落吗?"

豪尔问:"那怎么办?"

小范佛里特说:"发报,把方位告诉总部,叫他们派轻型飞机来援救。"

豪尔说:"这是个好主意。"

小范佛里特的飞机升高了。萨姆在底下眼巴巴地望着飞机离去。他已经悄悄记下了尾翼白五星下面的飞机编号,他只要得救,他发誓向军事法庭起诉这个见死不救的狗娘养的。他当然来不及想,这架巨型轰炸机怎能像直升机一样垂直起降呢?

3

整整一天,志愿军总部都被欢快的气氛笼罩着。

邓华在大榆洞外面的小河沟旁,一边刮胡子,一边哼着京戏。他最喜欢唱《萧何月下追韩信》,今天又唱起了"三生有幸"这段二黄碰板:

> 是三生有幸,
> 天降下擎天柱保定,
> 乾(哪)坤,
> 全凭着韬略点醒与(呀)我,
> 我也曾连三本保荐也汉(哪)君,
> 他说你出身贫贱不肯重用,
> 那时节怒恼了将军身背宝剑,
> 跨下了战马出了东门,
> 我萧何闻此言轰了头顶,
> 顾不得这山又高水又深……

毛岸英对方晋说:"邓司令唱京戏了。"

方晋说:"他是一打了胜仗,必唱两嗓子。"

毛岸英说:"有板有眼,还真像周信芳唱的呢。"

邓华听见了笑道:"你这是骂我呀!"

彭德怀虽不唱京戏,却手痒难耐,想下棋了,可惜走时没闲心,没带一副象棋来。他又想起了"土法上马",就把刘亮叫过来小声问:"你会烧泥巴吗?"

刘亮说:"小时候烧过泥人。"

彭德怀说:"你和上点泥,烧出一副象棋来,怎么样,这任务能完成吗?"

刘亮说:"干吗烧泥象棋呀?"

彭德怀说:"不烧,哪儿去弄?还能回北京到王府井去买一副?"

刘亮望着李望笑。李望变戏法似的抖出一副红绿大象棋来。彭德怀眼睛一亮:"好家伙,货真价实的好象棋!哪儿来的?"

李望说:"从家里带来的。"

彭德怀说:"好啊,号召轻装,你却背着它。"

毛岸英插话说:"这你就太不近人情了。那叫李望把象棋扔灶坑烧了吧。"

彭德怀嘻嘻地笑了,打开棋盘,说:"去叫韩先楚,杀一盘。"

韩先楚正在一旁写什么,说:"我不跟你下,听说你是带拴绳的,悔棋。"

彭德怀说:"谁说的?我彭德怀输棋不输人,什么时候耍过赖。"他走过去,扯着韩先楚的袖子把他拉过来。

二人开始下棋。

走了几步,围观的毛岸英、方晋、李望等人不断地在一旁支招:"跳马呀!""出车!""飞相不行,马卧槽了……"

彭德怀回头瞪眼睛:"观棋不语真君子,乱吵吵什么。我这步叫你们吵吵得走错了,这步不算。"伸手去悔棋。

韩先楚十分认真地说:"不行,你又拴绳子!"

彭德怀说:"是他们吵的嘛,有客观理由。"

韩先楚说:"那你找他们算账去,悔一步也不行。"

彭德怀固执地说:"这一步绝对得悔!"

毛岸英讲情地说:"韩司令,你就让他一着嘛。"

韩先楚无奈地说:"好吧,下不为例,只让这一步。"

彭德怀说:"话说清楚,这可不是让。"他反倒不买账。

洪学智也凑过来了,支招说:"快把炮躲开,他的马一卧槽,你的炮就丢了。"

韩先楚说:"哎,怎么又来一位?他下你下?"

彭德怀说:"这么着吧,我小时候下棋烦支招的乱参谋,都在楚界汉河那写一行字,咱也写上。"

大伙伸着脖子看彭德怀写的字:河边有草,多嘴是驴。

人们一下子哄笑开了:"彭老总骂人!""快走吧,再多嘴成驴了。"人们全跑了。

彭德怀对韩先楚说:"这招灵吧?这回看真本事了。"

4

大榆洞后山沟的小河河面冻了一层冰,那是水源,伙夫们每天都破冰取水,河面上留了许多冰洞,河中间的水仍在流淌。曹桂兰蹲在冰洞前洗着衣服,见刘亮担了一副火药桶改成的水桶来挑水,她问:"你又不是司务连的,你怎么挑了一挑又一挑啊?"

刘亮说:"我是帮伙房挑的。不是打胜仗了吗?烧点热水让首长们洗个澡。"

曹桂兰说:"哎,你认识那个毛岸英吗?"

刘亮说:"怎么不认识!他到朝鲜来之前,是北京机器总厂的……"

曹桂兰"扑哧"一下笑出声来。刘亮说:"你笑什么?"

"我比你知道他老底,我和他一个厂子的。"曹桂兰说。

刘亮说:"是吗?那我问你,他是谁的儿子?"

曹桂兰说:"这话问的,他是他爹的儿子呗!"

刘亮说:"你不行了吧?"他故做神秘地瞪着眼睛说:"他是毛主席的儿子!"

曹桂兰愣了,忘了在洗衣服,以至于衣服漂走了都不知道。

刘亮说:"哎,发啥愣,衣服冲跑了。"曹桂兰这才拔腿跑去抓衣服。

刘亮走了以后,曹桂兰一边洗衣服一边叹息不已。这个毛岸英,怎么也看不出他是毛泽东的儿子呀!他真能保密,在一个厂子待了一年多,硬是一点风声没露过。她忽然想起同伴们开她玩笑的事。她总去找毛岸英写黑板报稿子,人家都说她看上毛岸英了。她知道,毛岸英有了媳妇,可她仍然对他有好感,他对人总像一个慈爱懂事的大哥哥一样。难道除了当对象,就没有男女间的友谊了吗?她打心眼里佩服毛岸英。毛泽东的儿子也上前线,也来爬冰卧雪,这真叫人敬佩呀。她真想撂下衣服去看看毛岸英,又觉得没个理由。

此时毛岸英无事,他又不喜欢下棋、打扑克,就不去凑热闹,躲到他的工棚子里想看点书,没看上几行,想家了。人一在静下来的时候就难以抑制思乡之情,何况他是新婚别呢。他找出纸笔,开始给刘思齐写信。刘思齐那甜甜的笑容此时充满了房间的各个角落。

思齐:

  我不知道这封信什么时候能到你手上,这里没有邮筒,没有邮差。我们的司令部设在一个废弃的金矿工棚子里。我到朝鲜才二十多天,第一战役都打完了,打胜了,彭总很高兴。我在这儿差不多天天能看到爸爸的电报,就是那电报上不能说上你几句。在西郊机场,我看到你了,你一定哭了。别哭,等我回国的时候,你趴在我怀里再哭给我听,我那时再也不会离开你了……

写到这里,听屋外一片喧嚣声,李望进来了。

"外面怎么了?"毛岸英把信纸翻过去。

李望说:"彭总又悔棋,韩司令说啥不让。彭总输三盘了,他若一直不赢,那就没完。"

外间,韩先楚说:"不下了,三盘两胜,你三战皆输,还缠着人家下!"

彭德怀说:"再来。骄兵必败,我不服你。"

洪学智走过来掀了棋盘:"行了,我肚子可饿了,吃饭。"

彭德怀说:"有酒吗? 给他们弄点酒,庆贺庆贺。"

5

在东京第一大厦六楼麦克阿瑟的办公室里,麦克阿瑟正在听惠特尼汇报。惠特尼对麦克阿瑟说:"沃克已经退过了清川江。他再次肯定,是中国的正规部队在同他交锋。"

"阿尔蒙德那里呢?"麦克阿瑟问。

惠特尼说:"他也遇到了顽强的阻击。他亲自到战场查验了敌兵的尸体,他说步枪都是"三八式"、"七九式"等,他仍然认为不是中国的正规军,正规军不会有这么落后的武器。"

麦克阿瑟抽着烟斗沉思了好一会儿,说:"不管怎样,我们必须得承认这样的现实,沃克被赶过清川江,中国人动手了。他们发表声明,我还以为他们在吓唬人,没想到他们真敢冒险。好吧,让我教训教训他们。"他走到地形图前,说,"告诉斯特拉特迈耶将军,马上去轰炸鸭绿江大桥。这样一来,既可阻止更多的中国军队进入朝鲜,也可以卡断他们的补给线。"

当惠特尼到远东空军司令部去传达麦克阿瑟的命令时,他碰了斯特拉特迈耶少将一个不软不硬的钉子。空军司令认为轰炸中国一端非同小可,他对惠特尼说:"这样重大的行动,我想必须得到参谋长联席会议的命令才行。"

惠特尼说:"你是远东空军司令,你是隶属于麦克阿瑟将军的。"

斯特拉特迈耶说:"可将来上军事法庭,我又从属于谁呢?我一定要报告华盛顿。"

惠特尼说声"请便",便走了出去。斯特拉特迈耶请示华盛顿的结果是换来一纸措词强硬的命令,让麦克阿瑟马上取消轰炸计划。

此时麦克阿瑟一家人正在用晚餐。从菲律宾带来的女家庭教师吉本斯夫人与小阿瑟按她的方式在饭前念英国国教的祈祷书。麦克阿瑟和珍妮要简单得多,念一段《圣经》,从来不说"感谢主赐给我们粮食"。敦厚的阿珠则双手合十,代表她念佛。麦克阿瑟常说,应该再有一个人信奉伊斯兰教,就全了。

麦克阿瑟把第一块肉切成四份,扔给了他养的四条狗,它们都蜷缩在餐桌下。

这时哈佛告诉麦克阿瑟,惠特尼有急事求见。麦克阿瑟放下刀叉,妻子说:"你快去发布你的命令吧,打完仗之前你最好别进餐。"

麦克阿瑟笑道:"让我像耶稣一样钉在十字架上吧。"他扔下餐巾。

珍妮拍拍他毛茸茸的手背:"快去吧。"

来到小客厅,几条狗也跟了出来。惠特尼拿了一份电报,说:"布莱德雷吩咐,一分钟也不能耽搁,必须及时送到你手上,并且要你立即复电。"

麦克阿瑟问:"什么事情?"

惠特尼说:"要你立即取消轰炸鸭绿江桥的命令。"

麦克阿瑟看了看电报,气得丢在地上:"斯特拉特迈耶告了一状。"他在屋里走了几步,说,"你记录!"

惠特尼早预备好了纸笔。

麦克阿瑟口述电报:"我愤怒地抗议你们的命令。大队人马和物资正从鸭绿江上运过来,轰炸推迟一小时,都将使美国军队付出鲜血!我是在我所能提出的严重抗议下暂缓进行这次打击,并执行您的命令的,你们必须重新考虑取消你们的命令。麦克阿瑟。"

惠特尼说:"是不是要空军立即停止轰炸?"

麦克阿瑟说:"斯特拉特迈耶这个狗崽子他才不肯先行轰炸呢。好吧,下令取消吧。"他这一气,连饭也不想吃了,索性走出院子,看着大街上弓着腰迈着细碎步子匆匆忙忙走过的日本男人女人。他发觉又有人围过来看他了,也许认出了他是麦克阿瑟。他心底涌起一阵自豪的浪涛,是啊,日本人民感激我,因为我为他们保留了他们心目中神圣的天皇,可我也让日本"非军事化"了,销毁了军事装备,建立了新宪法……对了,不是有人称我是在铁拳外面套了一副天鹅绒的手套吗?

多有趣、多贴切的比喻!

6

强硬、无所顾忌就是力量,至少麦克阿瑟信奉这个法则,否则他那蛮横的专电到了参谋长联席会议,布莱德雷不会想到立刻把球踢给总统。

布莱德雷忽略了总统的心情。杜鲁门由后怕引起的沮丧使他什么人都不想见。昨天他差点叫一个南美的革命党刺杀,枪弹打在离他只差五厘米的墙壁上。

布莱德雷赶到布莱尔大厦门口时,但见门里门外全是武装警察,戒备森严。他居然被挡驾,他声明:"我是布莱德雷,我必须马上见总统。"

卫兵说:"谁也不行,总统有命令。"

布莱德雷急得在门外大叫:"总统先生——"

艾奇逊从里面出来。

布莱德雷说:"居然不放我进去。"

艾奇逊道:"这也难怪。总统遇上刺客了,一个波多黎各的革命党对他行刺,差一点儿丧命。他现在情绪很不好。你是不是又来传递坏消息的?"

布莱德雷说:"好与坏也得他决断。"

艾奇逊与布莱德雷走了进去,杜鲁门无精打采的样子。

布莱德雷走进来,说:"总统受惊了。"

杜鲁门说:"又是什么事?"

艾奇逊说:"麦克阿瑟非要轰炸鸭绿江桥。"

布莱德雷说:"我们顶了回去,他又来胡搅,只好请总统裁决。"

杜鲁门挥挥手,厌倦地说:"让他干去吧。"

布莱德雷和艾奇逊交换了一个惊讶的眼色,走了出去。走出门来,布莱德雷说:"总统的情绪会坏了大事的。"

艾奇逊说:"叫中国人尝点苦头也好。"

他们都没有料到,照理应该严厉驳回的事,杜鲁门却反常地批准了!也许他下令向广岛、长崎投掷原子弹时也处于这种精神状态吧?

7

小范佛里特每天都要飞行几个小时,他的那只钢铁大鸟驮着一颗颗几百磅重的炸弹到处去扔,他觉得很有趣。今天他刚刚把轰炸机开回来,吃饱了饭,回到军官室。他擦皮鞋时,豪尔中士过来,说:"那四个倒霉鬼来向我们道谢来了!"

小范佛里特说:"什么倒霉鬼?"

豪尔说:"就是用卫生纸摆求救信号的人啊。"

小范佛里特说:"我早忘了,救回来了?"

这时萨姆·沃克四个人走进来,他与小范佛里特一见面,两人又惊又愣,继而大叫一声扑到一起,拥抱着在地上跳。别人全都莫名其妙,小范佛里特说:"真没想到,我救起来的倒霉蛋会是你!"

萨姆说:"在我们头顶飞过去几十架飞机,那些混蛋都不理睬我们。"

小范佛里特说:"上帝让我发现了你,这大概是上帝让我报答你。"

萨姆对鬈毛兵说:"我和他中学时就是同学,上西点军校时又在一个班。"

小范佛里特说:"去年在马里兰海滨练潜泳,我的腿抽筋差点喂了鲨鱼,是萨姆把我从两千英尺以外拖着游回来的。"

鬈毛兵说:"你们扯平了。"

小范佛里特说:"你老子该给我发勋章了吧?"

萨姆说:"他才不会因为他儿子给谁发勋章呢。"

小范佛里特说:"走,我们去喝酒,俱乐部里的火鸡烤得棒极了,还有杜松子酒。"几个人高高兴兴地出去了。

8

大榆洞山沟里四面透风的工棚子里临时摆了些长条凳、木墩、炮弹箱子,志愿军的第一次党委扩大会议就在这样简易的房舍里召开。各军的军长、政委、副军长都来了,实际上这是第一次战役的总结会。

梁兴初最蔫。他从来到总部,人们都没见他笑过,跟人们打招呼也是讪讪的,这哪像当年四野"三只虎"中的第一只呀!刘亮背地里说,老虎打蔫了。仗没打好,他还不知道彭德怀的脾气吗?他是躲不过去挨一顿训了,面子上下不来呀!看人家吴信泉、温玉成,都是笑模笑样的,风光啊!

梁兴初坐在角落闷头抽烟,谁也不看。

邓华在总结:"第一次战役消灭敌人一万五千多人,真刀真枪地和美国兵打上了,碰了一下,打败了他们,不可战胜的神话破产了嘛。但是我们击溃敌人多,全歼的少。这当然有客观原因,准备不充分,山林太密,道路不熟,语言不通。但主要的是我们战术有缺点,有的部队在敌我相等的情况下,不是采用以小部挡正面,主力从敌后和侧翼攻击;不懂得首先完全断敌后路,把自己的主力插到敌背侧攻击是最有效的战法。"他停了一下,扫视会场,说,"担任正面攻击的三十九军、四十军打得好,及时捕捉战机,打得勇猛顽强。四十二军两个师在东线挡住了敌人多次猛烈进攻,打得好!"

在邓华讲话时,彭德怀一直在向后张望,像在找人,谁都明白他在找梁兴初。

梁兴初听邓华表扬别人,就好像拿鞭子在抽自己脊梁,他把头埋得更低了。

没有看到梁兴初,彭德怀那厚嘴唇耷拉得更凶了,本来窝着火,偏偏方晋不争气,叫他拿着棍子在地图上指点战役态势、各军位置,方晋一阵乱点,都没点对地方。彭德怀狠狠瞪着他,方晋越发心慌。

邓华说:"三十八军本应插到熙川……"

方晋又没有指准地图上的位置。彭德怀火愣愣地吼:"你这作战处长怎么连地图也不会指了?"方晋吓得不知所措,越发指不准位置。彭德怀走到地图前,夺过棍子,厉声高叫:"梁兴初呢,梁兴初来了没有?"梁兴初觉察到大事不好,可又不敢怠慢,慢吞吞地从角落里站起来,有气无力地应了一声"来了"。其实彭德怀分明看见了梁兴初,这当然是故意发问,梁兴初明白这是发火的前兆。

彭德怀严厉地说:"怎么躲到角落去了? 你怎么搞的? 还是主力呢,什么主力! 什么老虎军,我看是耗子! 两次贻误战机,对敌人估计过高,不敢大胆截断敌人退路,放跑了敌人,你知不知道,我们本来要全歼敌人两三个整师的,因为你三十八军,没有完成。让你插熙川,为什么插不下去?"

梁兴初只好闷着头一声不吭。他觉得脸上火辣辣的,在众人面前抬不起头来。从前在四野,林彪那样不好惹,他梁兴初都从来没挨过林彪一句重话,他长脸啊!"四平血战"也好,"三下江南"、"四保临江"之战也好,他没拉过松套,"黑山阻击战"更打出了常胜将军的威风。今天他挨了批,心有不甘,三十八军也还歼灭了四五千敌人嘛,纵然表扬没份,也不至于挨骂吧? 想到这里,梁兴初小声含混不清地在底下咕噜了一句:"我们也有难处啊,骂有什么用?"

"你说什么?"他这一顶嘴,彭德怀更加火冒三丈,他把桌子拍得"嘭嘭"响,厉声高叫:"骂你怎么了?你贻误战机,我可以砍你的脑壳!你不服吗?我彭德怀别的本事没有,斩马谡的本事还是有的!"

会场气氛极为紧张,很多军首长们你看看我,我看看你。邓华出来打圆场:"梁兴初,你不认错就不对了,这次打得不好,下次立功嘛。"

洪学智在降彭老总的温:"人家梁兴初也没说不接受批评呀!再说,胜败乃兵家常事。"

梁兴初又气又吓,嘴唇发紫,两颗大门牙支在唇外,脸色很难看。

沉默好一会儿,彭德怀放低了声音,说:"当然,我彭德怀也有责任,不能把责任全推给你们。下边,我们布置研究第二次战役方案。"

梁兴初悄悄坐下。他打了这么多年仗,从来没像今天这样把脸丢尽呢。邓华在散会后让他向彭总解释一下,认个错。梁兴初也是条汉子。他口袋里有各师送来的报告,他交上去,会减轻过错,可他不能让别人替自己担过。他也不想去检讨、认错。他心里憋着一股牛劲儿,仗又不是打完了,出水才看两腿泥!

今天食堂多加了几个炒菜,吃包子。半露天的棚子里正在开饭,热气腾腾。参加会议的首长们围着条桌或站或立在吃饭。彭德怀最后一个进来,人们给他让座。

彭德怀心不在焉地端起碗,四下搜寻着,终于他放下了碗。刘西元政委也放下碗,迎了过来,知道他在找梁兴初。

彭德怀低声问:"他呢?"

刘西元说:"回去了。"

彭德怀说:"不吃饭,算什么英雄!他倒有理了?"他气汹汹地走了出去,刘亮、唐祥赶忙跟出去。彭德怀到厨房里去了一下又出来,对唐祥说:"开车!"自己先跳了上去。吉普车颠簸着拼命往前赶。山的拐弯处,出现一辆吉普车的影子。

彭德怀伸手亲自去按喇叭。前面的车上坐着梁兴初,他听见喇叭声,回头看看,叫司机停下车,下车朝彭总走了几步,站在路旁草丛边上。彭德怀的车也停住了,他朝梁兴初走去。他们面对面站着,站了好一会儿,都没说话。

白了尖的茅草在风中瑟瑟抖动。

终于,彭德怀先开口:"你在心里骂我了,是不是?"

梁兴初垂着头说:"不敢。"

彭德怀说:"还是嘛,想骂,只是不敢。我彭德怀若是贻误了战机,你也能骂我!是英雄,下次战斗见,不吃饭不告而辞的事,我彭德怀绝对干不出来。"

梁兴初说:"我可是走麦城了,你批得对。我不是有气,是没脸。"

彭德怀说:"脸皮薄点好。我们当军长的,指挥几万人,你的一着不慎,一个失误,就能白白断送成千上万条生命。你的战士,个个是血肉之躯,都是父母膝下的娇儿,是为了正义的事业,他们把儿子送到了枪林弹雨的前线,想想那些白发苍苍的父母,我们当指挥员的就会感到一时一刻都不轻松啊!"

一席话说得梁兴初热泪涔涔。

彭德怀从怀里掏出一大包热气直冒的包子,塞给梁兴初:"走吧。"

梁兴初给彭德怀敬礼:"下次打不胜,提头来见!"

彭德怀说:"我不要你的头,我要你的胜利。"

梁兴初跑步上车。一直望着他的车消失在莽莽灌木丛后,彭德怀仍站在寒风中。

9

韩先楚要到三十九军去,彭德怀也要去,韩先楚反对,说:"你还是老老实实地待在这儿吧,美国飞机不停地轰炸。"

彭德怀说:"在哪儿都一样挨炸。我想去见见美国二十四师的迪安少将,听说押到他们那里了。"

此前有人转来一封信,是迪安写给林彪和金日成的。彭德怀想见见他,了解一下敌情,毛泽东来过一封电报,让他们适当地放一些战俘,他们回去后就是义务宣传员,彭德怀想去看看情况再定。一听这个理由,韩先楚不好再说什么了。

三十九军驻地离大榆洞总部一百多里地,掩蔽在山间里的小村子里,彭德怀的汽车一出现,发现张国放早就在沟口迎接了。

"那个迪安在哪里?"彭德怀问。

张国放说:"临时拘押,明天还要往后边送。"

"走,你带我去。"彭德怀说。

二人在山间小路上走着。忽然一阵刺耳怪叫响起,张国放顺手把彭总推倒在地,一颗炸弹在他们不远处炸开。两架美国"油桃子"飞过去,从山沟钻出去,兜了一圈又飞回来。躲在草丛中,彭德怀问:"你原来是哪个部队的?"

张国放说:"'西府战役'时我见过你,我是渤海教导旅的。"

彭德怀说:"噢,你的旅长叫张仲翰,对不对?"

张国放说:"对,那时我是团长。我们张旅长会唱京戏。"

"对,我在延安听过他唱戏。"彭德怀说,"好像是《四进士》吧,他演宋士杰。这人打仗也是一员猛将,他到哪里去了?"

张国放说:"跟着二军到新疆去了。"

彭德怀说:"张仲翰一直打光棍,他爱上个唱评戏的,人家嫌他出身不好,乱弹琴。哎,你结婚了没有?"

张国放说:"没有。"

"意中人也没有吗?"彭德怀问。

张国放说:"没有。什么时候不打仗了,再说。"

彭德怀说:"什么时候不打仗? 这可难说了。"

张国放说:"有人说彭总是福将。"

"我可没听说,什么意思?"彭德怀问。

张国放说:"可能是常胜将军的意思吧。"

"胡扯。历史上没有绝对的常胜将军。"彭德怀说,"我也打过败仗。你方才说的'西府战役',我的司令部都被包了馅嘛,我是从来不带武器的,那天也把手枪挂上了,我是想万一突不出去,就自己结果自己,我彭德怀不能当俘虏啊!"敌机又扔了几颗炸弹后飞走了。彭德怀拍拍土站起来,说:"你得给我找个英语翻译,我跟美军的师长不能打哑语呀!"

"吴军长让我来接你,就是让我给你当翻译的呀!"张国放说。

"这可看不出。"彭德怀说,"你还喝过洋墨水?"

张国放说:"我上过几年教会中学。"

彭德怀说:"我这里还真有人才呀!"

彭德怀对这个刚过三十岁的青年军官很喜欢。

一间茅草房就是战俘临时营地,看得出原来是所学校。彭德怀在张国放引导下,穿过坐满俘虏兵的大房间来到里面,迪安单独有人看押。

彭德怀和张国放坐下,彭德怀说:"我想跟你谈谈。"张国放翻译了过去。

迪安问:"你是什么军阶的人?"眼里充满了傲气。

彭德怀说:"我们没有军阶。"

"没有军阶的人,我不谈。"迪安傲慢地说。

彭德怀说:"你傲慢的不是地方,你的身份是战俘,不是你发号施令的二十四师。"

迪安看了彭德怀一眼说:"我并不服输,我是在偶然的、不走运的情况下落入你们手中的。"

彭德怀有几分揶揄地笑笑,说:"你是不怎么走运,上任才十八天,就被打得一败涂地,师长本人也成了战俘,这在你们美国战史上可能不多见吧?"

"我不接受你用这种口吻与我谈话。"迪安说,"我要求见你们的最高统帅林彪。"

张国放说:"迪安先生的情报相当不准确,林彪并不是这里的最高统帅。现在,最高统帅就坐在你面前!"

迪安惊讶了,打量着彭德怀,半响才想起站起来,给彭德怀敬了个军礼。

彭德怀说:"坐吧。我见过你写的信,虽然我不是林彪。我是为满足你的要求,特地赶了一百多里路来与你会晤的。你有什么要求,尽管说。"

迪安说:"你们应当把我交给国际红十字会。"

彭德怀说:"我们一天都不想留你,还得管你吃饭。这要取决于你的政府,你们从朝鲜撤军,战争才可能结束,你也才有可能回家。"

迪安垂下头,忽然又抬起头来说:"我们要洗澡,要面包,我不能吃你们的米饭。"

彭德怀说:"我们的战士都饿着肚子,你有饭吃,已经很不错了。你想抽烟吗?"

迪安说:"假如你肯给我一支的话。"

彭德怀对张国放说:"明天给他弄几包烟来。"

一听说给烟,迪安友好多了,他问:"你们是中国人?"

彭德怀说:"是的。"

迪安说:"中国人为什么参战?这里没你们的事。"

彭德怀说:"朝鲜有你们美国的事吗?我们的台湾海峡有你们第七舰队的事吗?"

迪安不作声了。

彭德怀说:"你想给你家里人写信吗?"

迪安问:"写了信交给你们?"

彭德怀说:"我们替你发回家里去,让你的家人知道你活着。"

迪安说:"你们没有别的企图吗?这我要好好考虑一下。"

彭德怀说:"你更该好好考虑的是,你为什么在万里迢迢的朝鲜当了战俘。你们是侵略者,你们的政府发动了一场干涉别国内政的侵略战争,你们是很不光彩的。"

迪安梗着脖子不语。

10

美国飞机接二连三地编队飞临鸭绿江上空狂轰滥炸的同时,麦克阿瑟严令沃克中将和阿尔蒙德少将"抓住小股中国军队"决战。沃克把指挥所向前移,移到清川江畔,他在执行麦克阿瑟的命令,寻找中国军队主力,而不是小股。可是当麦克阿瑟又来到清川江畔督战时,沃克说发生了无法解释的事。

麦克阿瑟问:"奇怪的事情发生了吗?"

"令人不解。"沃克耸耸肩,"无论哪个地方,几乎在同一天,中国军队都与我们脱离了接触,他们像幽灵一样不见了。"

麦克阿瑟说:"阿尔蒙德的东线也一样。"

沃克说:"所有侦察机的报告几乎是一样的,发现中国军队在向北撤,有的神秘地消失了。"

麦克阿瑟问:"沃克将军,你怎么看?"

沃克说:"我非常希望这不是中国人的诱兵之计。"

麦克阿瑟说:"打仗打久了,容易疑心重,你正是这样。你的老师巴顿将军从来不这样。你们跑过清川江本来就太快了。"

沃克说:"我如果撤得稍慢一些,我的两个整师就全军覆没了,我并不后悔。"

麦克阿瑟说:"中国人这一撤退,暴露了他们的虚弱和胆怯,也可能是中国人的战略。他们过了江,象征性地打一打,给他的朋友金日成摆摆样子。"

沃克说:"但愿将军分析得不错。我不明白,明明中国人参战了,而且是不宣而战,我们为什么不在世界舆论面前戳穿它呢?"

麦克阿瑟倒了一杯酒,喝着,说:"这大概就是政治了。双方都在装傻、捉迷藏,谁也不愿意说已经与对手交火了。"

沃克说:"我们打到鸭绿江的计划要修正吗?"

麦克阿瑟自信地说："不。"他仍然坚信，中国来的不是正规军，他要求沃克不要自己吓唬自己，坚定不移地向北打。

II

彭德怀的第二次战役计划报到了中央军委，是采用"诱敌深入"的办法。麦克阿瑟会不会中圈套，这是个关键。

毛泽东、朱德和聂荣臻正在议论第一次战役，毛泽东说："我看，麦克阿瑟是一定要跳到陷阱里来的。"

朱德说："他们往清川江撤，可是够神速的。"

毛泽东说："自负、狂傲决定了麦克阿瑟的悲剧。麦克阿瑟嘛，是第二次世界大战的名将，他当上将时，现在的欧洲盟军最高统帅艾森豪威尔都是他手下的参谋长。巴顿那样骄狂，谁都不服，就服麦克阿瑟。"

朱德说："是呀，他在太平洋群岛战斗中，打出了威名，这次的仁川登陆，更让他得意至极。"

毛泽东说："他已到了'思维盲区'的地步，这是骄狂使然。他主观臆断，只要他麦克阿瑟在东京一坐，我们的军队就不敢过鸭绿江。"

聂荣臻说："连参谋长联席会议主席布莱德雷也对麦克阿瑟盲目崇拜，麦克阿瑟说什么他就信什么。"

毛泽东说："这正是我们乘虚而入的机会。彭德怀要诱敌深入，给敌人以假象，然后将敌人聚而歼之，这是个好主意。"他站起来，指着地图说，"西线各军主力打算置于新义州、龟城、泰川、云山及熙川以南的新兴洞、苏民洞、妙香山地区；各军以一师分别位于宣川、南市、博川、宁边、院里、球场地区，采取宽大正面运动防御与游击战结合的方针，如小敌则歼之，如大敌则边打边退，诱敌深入，向敌侧后转移，配合主力消灭之。东线四十二军主力仍置于古土水、旧军里、赴战岭地区，以一个师位于宁边。"

朱德说："可以批准。"

毛泽东说:"回电时要特别提醒他们注意的是,德川方面至为重要。"

聂荣臻说:"我马上发电。"

毛泽东说:"是时候了,命令宋时轮的第九兵团立即入朝,担任东线作战任务。告诉彭德怀第九兵团由他直接指挥,我们不遥控。"之后,毛泽东让聂荣臻把第一次战役的胜利消息通报给斯大林。朱德和聂荣臻都会意地笑了,不用问,他们也知道毛泽东是给斯大林吃一粒定心丸,叫他明白,中国人不但敢碰硬的,而且能创造奇迹,这对坚定其信心是大有好处的,中国毕竟希望得到苏联的支持。

第十一章

I

彭德怀等人正在房中开会,忽然空袭警报响起来。方晋从外面跑来,说:"快出去隐蔽。"

彭德怀不紧不慢地扣上笔帽,又戴上帽子。他说:"慌什么,又不是没见过飞机。"

敌机成群飞来,飞得很低,在山沟里转悠,带起的风把山沟里藏汽车的稻草、树枝吹开,露出了汽车,于是敌机开始对汽车狂轰滥炸。敌机飞走以后,汽车有三十多辆被炸碎了。彭德怀站在废汽车跟前说:"我们汽车本来就少,好不容易缴获来的,真叫人心疼。"恰好洪学智过来了,彭德怀指着他鼻子问:"你们怎么搞的?为什么汽车不疏散、不伪装?"

洪学智笑着说:"老总,消消气吧。确实伪装了,还是被炸了,有什么办法呢!"

彭德怀哼了一声。

洪学智说:"炸了就炸了,以后再缴嘛。"

彭德怀说:"你这个人啊!"

洪学智说:"我只能找美国人算账。消消气,我陪你杀一盘。"

彭德怀一甩袖子:"不杀。"

回到住所,彭德怀看见毛岸英一字一画地在灯下刻钢板,他没有打扰他,就点了一支蜡烛,想看几页书,却又看不进去。不知怎么的,眼前毛岸英的脸换成了另一张脸。彭德怀自己吃了一惊,怎么会想起了他?那是一张年轻英俊的面孔,脸上总是带着三分微笑,他叫郭炳生。郭炳生的父亲郭得云是彭德怀的老朋友,在湘军时的老班长,二人情同手足。那一年,彭德怀在当连长时,带人杀了当地欺压一方的恶霸闯下大祸,上司要拿他正法,他没处躲,就藏在武汉郭得云家。后来郭得云临死时托孤,郭炳生才是个十岁的孩子。他把郭炳生抚养成人,带入革命队伍,带上井冈山,郭炳生后来当了红三军团的师长。没想到,1931年红三军团回师宁都时,郭炳生带红二师一个团和一个特务连投了敌,这个青年人经受不了艰苦斗争环境的考验,垮掉了。

为此事,彭德怀大为震惊、愤怒、伤感,很长时间它像碾盘一样压在他心上。也许是这种心理所致,1946年,他唯一的侄子彭启超找到延安投奔他时,彭德怀对他说:"你如果有二心,我会亲手毙了你;如果我背叛了革命,你也可以处死我!"

对青年人要严加管教才是啊!想到这里他晃了晃头,怎么想起这些陈年旧事了?

夜很深了,彭德怀已经在各处巡视一圈,回来时,见毛岸英的小屋里仍点着蜡烛。彭德怀转身又走到厨房去。烛光昏暗,且罩在巨大的黑纸灯伞下,显得工棚子愈加昏暗。

毛岸英还专心地在灯下刻着钢板。彭德怀走了进来,手里拿着两个鸡蛋,放到毛岸英手上,说:"热的,吃了它。"

毛岸英说:"我不饿。"

"怎么不饿,都下半夜两点了。"

毛岸英吃着鸡蛋。外面有敌机掠过声,扔下的照明弹把纸窗照得雪亮。

"刻什么蜡纸呢?"彭德怀问。

"帮他们忙,是战役总结。"毛岸英说。

"你的字挺漂亮啊。"彭德怀说,"我的字不行,从小没念几年书。"

毛岸英说:"你的字挺有劲儿的,一看就是大将军写的。"

"这可有点形而上学了。"彭德怀说,"我是从旧军队干起的,由一个小兵升到排长、连长,找到共产党的时候都熬到团长了。"

毛岸英说:"你从小就想当军人的吗?"

彭德怀说:"咱们湘潭县有个乌石村,我家就住在那里。我们村头有个小庙,叫易参政祠,说这个易参政是个杀富济贫的英雄,老百姓都去拜他,给他烧香。我从小就崇拜易参政,他这个参政的官是元末起义军领袖陈友谅封的。我和几个小伙伴们立志长大后当易参政那样的人。"

毛岸英说:"你和我父亲不是都走了杀富济贫这条道了吗?"

彭德怀笑了:"是呀,有共产党的杀富济贫。"

毛岸英突然说:"彭叔叔,你放我到前线去吧,我在这待着用不上力。"

"大材小用了?"彭德怀说,"想当官了吧? 噢,我想起来了,你当过苏联近卫军的中尉,现在能当团长、师长了,是不是?"

毛岸英说:"我那是说着玩的,我可没那份野心。"过了一会儿,毛岸英欲言又止地望着彭德怀,手里摆弄着那支漂亮的手枪,央求地说:"爸爸跟你交待过,我听到了,他说让我下连队。"

彭德怀从炮弹箱上抬起屁股,斩钉截铁地说:"不行,我是总司令,调兵遣将权在我手里。"

毛岸英情绪消沉地站在一旁不吭声。

彭德怀语重心长地说:"我也不跟你打官腔,告诉你,你说对了,就因为你是毛泽东的儿子,我才不放你下连队。你只要站在朝鲜土地上,就是分量。毛泽东的儿子在前线,我彭德怀向志愿军指战员讲话,号召他们为国家流血牺牲,就讲得有底气,你懂吗?"

毛岸英说:"可是……"

"没有什么可是、但是的!"彭德怀说,"如果你小弟弟不失踪,岸青不是病着,那是另一回事。"

毛岸英抗议道:"说来说去,你就是怕我死,难道毛泽东的儿子就不能牺牲吗?"

"你浑蛋!"彭德怀火了,"毛泽东的亲人牺牲得还少吗?你的妈妈杨开慧,你的叔叔毛泽民、毛泽覃,你的姑姑毛泽健……你的父亲为革命付出的是六个亲人的代价。"

毛岸英面对激动得怒不可遏的彭德怀又感动又不平静。

稍停,彭德怀缓和一下口气,说:"你以为在我眼前就锁在保险箱里了吗?敌机天天轰炸,有什么前方后方?好男儿报效祖国,还怕没有时日吗?"

毛岸英低头不语。

彭德怀关切地问:"你给爸爸写信了吗?"

"尺寸之功未建,写什么?写我刻了几张蜡纸,印了几刀纸的宣传品吗?"毛岸英发着牢骚。

彭德怀笑了:"情绪不小呢!明儿个我把司令让给你,我来刻钢板,看样子那时候毛岸英就壮志得酬,可以给老子写信了,是不是呀?"

毛岸英不好意思地笑了。

"这倒是有志男儿的话。"彭德怀问,"给媳妇写信了没有啊?"

毛岸英说:"写了也没法邮。"

"还是写了。"彭德怀说,"写了交给我,有信使来时叫他带回去。"

又一天来临了。毛岸英正和参谋高瑞欣在印刷战报,一张一张地印,满手都是油墨,连脸上也沾了一块。曹桂兰扛了个箱子进来,毛岸英问:"曹桂兰,送什么好东西来了?"

曹桂兰一见他鼻子上有一块蓝油墨,"扑哧"一下笑了,拿了手绢替他擦。

曹桂兰说:"我给你送来一台速印机,有了它,就不用这么费劲儿了。"她打开箱子,是一部崭新的速印机。

毛岸英问:"哪儿来的?"

曹桂兰说:"当然是麦克阿瑟送的啦。"

毛岸英摆弄着说:"电动的,好是好,可这里哪有电啊?这不是白费吗?你还是还给麦克阿瑟去吧。"

曹桂兰也不作声,将一节一号电池放进去,拿了一张蜡纸贴上,加了油墨,一开电钮,印刷机立刻工作起来,自动翻纸,自动叠纸,快极了!

"原来是交流、直流两用的。"毛岸英说,"干吗不早说!"

高瑞欣也拍手直乐:"我们可从奴隶社会一下子进入社会主义社会了。"

"什么?"彭德怀恰好经过,故意嘟起嘴来问,"谁在讲怪话?我彭德怀这里成了奴隶社会了?谁是奴隶呀?我就是奴隶主了?"

年轻人全笑个不停。

这时洪学智过来说敌人追击的速度特别慢,不怎么上钩,他说沃克是个老狐狸。

彭德怀说:"看来,我们必须进一步迷惑敌人,骄纵敌人,引诱他们放开胆子前进。"

洪学智说:"那最好是大步后撤。"

彭德怀说:"电令各军,不要再进行反击,主动后撤,再撤十几公里。不过撤退的时机和方式要掌握好,别露了馅,不能让敌人发现我们的意图。"

邓华说:"沃克一旦看出我们是引诱他钻口袋,就不会上当了。"

彭德怀说:"要给敌人一个错觉,以为我们打不赢,这样才能放开胆子往前赶。"他的大手一挥,停在空中。

2

沃克确实对战局保持着高度的警觉,中国军队打得那么猛,得了手却又在一个早上同时后撤,是战术,还是像麦克阿瑟分析的那样,是没有实力？他把几个军长叫到了清川江司令部,沃克说:"我看我们的对手不是小股部队,非正规军会打得那么硬？"

一军军长米尔本说:"打着打着就撤了,会不会是计呀？"

九军军长库尔特说:"麦克阿瑟将军的分析是有道理的,中国军队是来骚扰一下,他不撤就不会被我们消灭。不然,我们撤过清川江,他们正是连连得手的时候,为什么不追击？"

沃克说:"我们还是小规模出击,试探性进攻一下,如果没有出现危险,我们再大胆北进。"

到了11月16日,沃克经过试探性接触,发现中国军队一触即退,他更相信是计了。他用这个想法试图说服麦克阿瑟,麦克阿瑟站在坦克车前,对沃克说:"敌人又退了吧？这是我们空中优势发挥的结果。"

沃克不语。

麦克阿瑟说:"中共军队最多不过六七万人,敌人的胆怯再次证明了我的判断。沃克,大胆出击吧,感恩节占领朝鲜全境的计划落空了,延迟一个月,我们要在圣诞节结束一切。"

沃克说:"好吧,我希望前面等着我的不是一个幽灵。"他显然对麦克阿瑟的推断持怀疑的态度。

麦克阿瑟说:"我听第二步兵师师长说,你的儿子在战场上失踪了？"

沃克说:"是的。"

麦克阿瑟说:"上帝保佑他还在,哪怕是在敌人的俘虏营中。"

沃克木然的脸上毫无表情。

3

作战室需要大量的纸,前一段仓库里没有,昨天到了一大批电光纸,曹桂兰扛了一大卷送过来,累得她一进门就摔了个大跟头。彭德怀不让她走,让毛岸英、高瑞欣他们带她到食堂去,吃过晚饭再走。怕敌机发现生火煮饭的火光,这几天伙房是两头不见太阳开饭,这样一来,吃过晚饭也快8点钟了,冬天天短,4点钟太阳就落山了。

毛岸英拿了手电筒,自告奋勇去送曹桂兰。走出门没几步,毛岸英说:"我再叫一个人,一起去送你吧。"

曹桂兰瞥了他一眼:"你那么胆小啊!怕狼吃了你?我都不怕。"

"不是,我是怕……"毛岸英说了一半,他突然觉得下半句说不出口。他本想说,怕别人议论,毕竟是年轻男女单独在一起呀。可是你心里没鬼怕什么?况且一说出来,曹桂兰会感到没面子。可心直口快的曹桂兰早明白了,他说:"你封建,你是怕人家说闲话,对吧?"

毛岸英不语。

她笑了:"小心眼,叫我猜对了!这炮火连天的,谁还有心思天天琢磨邪门歪道的事?算了,不用你送,我自己走。"

一揭底,倒叫毛岸英感到没面子了,他看看月光下难走的山路,说:"天这么黑了,还是我送你吧。你一个人走,我怎么能放心!"

这一说,曹桂兰挺高兴,却故意板起面孔问:"不找个证明人了?"

毛岸英笑了,拿出了伏洛希洛夫送给他的小手枪。曹桂兰问:"掏枪干什么?打美国鬼子呀,还是打狼?"

"壮胆。"毛岸英说。

他们踏过冰冻小河上的独木桥时,曹桂兰"啊呀"一声,身子一栽,几乎掉下去。毛岸英抢上一步,扶住了她,顺势拉着她上了岸。曹桂兰故意问:"从来没听你说过你的家。你父母都是干什么工作的呀?"

毛岸英说:"噢,父亲是工人。"

曹桂兰问:"哪儿的工人啊?"

毛岸英说:"工厂的呗。"

曹桂兰说:"不诚实,你这人不可交。"

毛岸英说:"你怎么不相信?"

曹桂兰说:"毛泽东是哪个厂子的工人哪?你倒说说看!"

毛岸英憨厚地笑了:"谁告诉你的?"

223

曹桂兰说:"那你就别管了。你真能保密呀,在一个厂子待了一年多,愣是没有一个人知道你是毛主席的儿子!"

毛岸英说:"说那有什么意思。我是他的儿子,也丝毫不能抬高我;我干得好与坏,应该靠我自己。"

曹桂兰说:"又小心眼了不是。别害怕,我不会叫你去求毛主席办什么事。"

毛岸英说:"这我才不怕,我自己的事也不去求他。"

曹桂兰说:"我服了,他能同意你上前线来,就叫人服。"

毛岸英说:"这不算什么。"

曹桂兰说:"你忘了没有,你给我的笔记本上题过词的。"

毛岸英说:"我记不得了,不少人叫我题过。"

曹桂兰说:"早知道你给人家题字也不留心,不如不叫你题了。"她从口袋里拿出小笔记本来,打开扉页,又说,"你看看吧。"

毛岸英打开手电筒念出声来:"当家做主人。"自己忍不住笑了。

曹桂兰说:"你笑啥?是不是自己也觉得没滋没味的?"

毛岸英说:"都这么题嘛,没毛病。"

"毛病是没有。"曹桂兰说,"可也没什么真情实感,应付差事。"

毛岸英说:"你这嘴真厉害,算你说对了。"

曹桂兰说:"那,你再给重新题一个吧?"

毛岸英想了想,接过笔,让她打着手电筒,在第二页上写了这样一句:"当我们凯旋回国的时候,无论我们战友当中的谁倒下了,我们都会把他的欢乐与悲伤带回祖国。"

曹桂兰的眼圈突然红了。

毛岸英看着她的眼睛,说:"你怎么了?"

"你这行字,叫我看了心酸得不行。"她抹了一下眼睛,悄声地问,"你上战场那天,想到过死吗?"

毛岸英说:"死,对于战场上的战士来说,是每一分每一秒都伴随在身边的。"

曹桂兰说:"我希望我能活着回去,我希望你也能活着回去。"

毛岸英笑了:"会的。"

曹桂兰突然发现毛岸英的手背青紫,说:"唉呀,你的手都冻了。我给你做一副棉手套吧。"

毛岸英说:"不用。"

在曹桂兰的后勤仓库山洞前,他站住了。月光如水,几颗疏淡的星星点缀着黑黝黝的苍穹。毛岸英一直目送曹桂兰消失在暗处。

4

沃克中将越来越心神不定。

9日,中国军队放弃了飞虎山阵地,10号,放弃了博川,东线7号撤出了黄草岭。这难道不是有计划的行动吗?

彭德怀也生怕诱敌之计被沃克识破。敌人总共进了十公里。彭德怀认为是我们打得太猛,撤得太干净了,他下令,轻点打,装成败下阵的样子。

沃克的部下一再请战,沃克都叫他们稳住。11月16日,威洛比走进沃克的司令部,告诉沃克一个消息:"我们用无线电测向仪发现,敌人的首脑机关可能就在你北面不远的地方。"

沃克问:"那为什么不去炸?"

威洛比说:"已经报告了麦克阿瑟将军。"

威洛比抽着烟说:"据情报说,中国方面过江来指挥的是林彪,这个人很能打仗。"

沃克有几分嘲弄地说:"你的情报我不敢恭维,如果我全信你的,贸然向鸭绿江推进,我的第八集团军可能都不存在了。"威洛比自觉无趣,走了出去。

这时,勤务兵进来报告:"将军,你的儿子来了!"

沃克几乎呆住了,一时没有反应过来。

萨姆·沃克走了进来："爸爸！"

"你活着！"沃克抱住了儿子，"我几乎不敢相信这事实。你看——"他扔过一本花名册，"你的名字已经上了第二步兵师的阵亡名单。"

萨姆说："是小范佛里特救了我。"

"小范佛里特？他父亲就是范佛里特中将吗？"

萨姆说："是呀。他到过咱们家，我在大海里救过他的命。"

沃克说："我送你的鲨鱼牙护身符保佑了你。你活着，比我打赢了朝鲜战争都重要。"

萨姆说："这我可太高兴了。爸爸，你知道我在饿了几天以后，吃带血的饼干时想到什么了吗？"

沃克问："诅咒战争？"

萨姆说："连你都诅咒。有人说过，你们将军肩章上的每一颗星，都是成千上万士兵的血凝成的。我们当士兵的像蚂蚁一样死去，你们当将军的当然会活得很好。战争打完了，你的肩上会又多一颗星。"

"你太偏执了。"沃克说，"我也是从战壕里爬过来的。何况，将军也同样面对死亡。我在空中视察时，有两次险些被高射炮击中。有一次飞机没油了，迫降在大海上，差点淹死。"

萨姆问："那你为什么还这样热衷于战争？"

沃克说："我也回答不出。如果连军人都厌恶战争的话，那还有什么人去打仗？"

萨姆说："我从金浦空军基地出来，找了你们十几天，我真想悄悄地回国。"

沃克说："你那么做，我大概必须马上提请退役了。"他忽然发现儿子的领章多了一颗星，就问，"你升了上尉？"

萨姆说："这是师长对我的奖赏吧。"

226

5

麦克阿瑟对沃克用兵的谨小慎微很不满,就责令他的嫡系阿尔蒙德长驱直入。阿尔蒙德组织了一个库珀特遣队,叫他们一直往前地去打。也许是故意放他们的,库珀特遣队真的钻过去了,这令阿尔蒙德大出风头。

11月21日,阿尔蒙德也亲自向北进发。几辆有空中飞机掩护的吉普车掀起阵阵雪尘,向前疾驰。从公路上望下去,已经可以看到鸭绿江像条碧玉带一样蜿蜒在中朝国境线上。阿尔蒙德坐在吉普车上,神采飞扬,他手持报话机向东京报告:"麦克阿瑟将军,我是阿尔蒙德,第七师先遣部队库珀特遣队长驱直入,未遇任何抵抗,已经进入鸭绿江畔小镇惠山津,我现在也赶到了这里。"

麦克阿瑟回答道:"干得好,库珀将得到勋章。你别忘了在鸭绿江边拍一张照片,登在《纽约时报》上。这也许就是我们羞辱敌人和某些朋友的武器。"

阿尔蒙德回头看了一眼金丝吉,说:"你的功勋记者金丝吉小姐在我车上,她会记录下这一历史镜头的。你不想同她讲话吗?"

麦克阿瑟说:"为什么不呢?"

阿尔蒙德把话机给了金丝吉,金丝吉大声说:"我想问问将军,到了鸭绿江边,还想到对面去看看风景吗?"

麦克阿瑟的声音:"我想,迟早是要看风景的吧!那里一定很迷人!"话筒里送出来一阵大笑声。惠山津是一个很小的镇子,人都跑光了。库珀特遣队的士兵们如过狂欢节一样,拿着香槟酒尽情地互相喷洒。

金丝吉在抢拍各种角度的照片。阿尔蒙德站在吉普车旁,背景是封冻的玉带般的鸭绿江,金丝吉给他连续拍照,他的手指摆出V字形。

突然,一群美国兵都跑到了江边,一字排开,一齐向鸭绿江里浇尿。哄闹声响成一片,阿尔蒙德拍手乐。金丝吉跑过去拍照,是背影,逆光镜头。她对阿尔蒙德说:"是不是巴顿将军干过这种事?"

阿尔蒙德喝着啤酒,说:"那是巴顿打到莱茵河,把整个科隆夷为平地时,丘吉尔去了,两个人得意忘形,一齐往莱茵河里浇尿。"

金丝吉说:"我这张浇尿的照片,能卖十万美元。"

阿尔蒙德玩笑地说:"该分我一半,尿尿的人是我的兵,否则我声明,控告你侵犯肖像权!"

金丝吉大乐:"肖像权?什么肖像,生殖器吗?"连阿尔蒙德也大笑不止。

就在阿尔蒙德大出风头的时候,宋时轮的第九兵团正越过鸭绿江急速南进。这是阿尔蒙德做梦也想不到的。沃克仍旧保持着他的稳健。但是阿尔蒙德特遣队的成功,不能不让沃克心动,他在麦克阿瑟的督促下,答应他要的那批军用物资一旦到达,就大规模北进。

这天,一批物资运到了沃克前线指挥所,副官泰纳来向他报告:"又运来了一千多吨物资。"

沃克说:"出去看看。"他逐个汽车看着,叫人用刺刀捅开一个个箱子,里面全是火鸡、南瓜馅饼、巧克力糖、酸果酱罐头。

士兵欢腾起来:"后天就是感恩节了,我们可以吃上火鸡了。"

沃克却大皱眉头:"我缺两千吨,缺的是子弹、粮食,而不是南瓜馅饼、巧克力。"

沃克回到司令部,一参谋说:"麦克阿瑟将军要你讲话。"他接过无线电报话器,立刻传来了麦克阿瑟的声音:"加油啊,伙计!阿尔蒙德这小子已经从东线到了鸭绿江畔,你必须尽快发起总攻!"沃克什么也没说,扣上耳机。

金丝吉又一次让阿尔蒙德出了名。报上登着阿尔蒙德在鸭绿江畔的留影,还有库珀特遣队在江边浇尿的照片。

这幅照片让新任国防部长乔治·马歇尔上将开怀大笑,他拍着报纸说:"这小子,真够味。"不知道他是在赞扬阿尔蒙德,还是在为浇尿的人喝彩。其他的大员们也深受鼓舞,早把对麦克阿瑟的种种限制丢到脑后去了。

艾奇逊说:"如果西线沃克进展得也这样迅速的话,就太令人鼓舞了。"

马歇尔说:"看起来,说中国几十万大军进入朝鲜,实在是一种凭空想象。"

国防部副部长罗伯特·洛维说:"若是中国人埋伏起来,诱我们深入呢?"

马歇尔说:"但愿那种可怕的事情不要发生,现在我们最好在鸭绿江边设立中立区。"

柯林斯说:"可以在鸭绿江南设立我们的防御线。"

艾奇逊说:"麦克阿瑟现在更得意了,也许他真的赢了。"

6

什么叫卧薪尝胆,梁兴初的老搭档刘西元算领教了。

梁兴初这一段很少说话、下指示,反倒每天起来到下面的连队去听"骂",他让大家"吐苦水",让大家拿他出气,因为一个梁兴初,把"三只虎"中第一只虎的威风打没了。好多战士都非常感动,有人说:"梁军长,你放心,下次战斗,我们拼光了三十八军,也不给你丢脸。"

刘西元对梁兴初说,散会那天,彭德怀在会上讲了一个他自己走麦城的故事。那是1942年,八路军总部遭敌人袭击,八路军副参谋长左权牺牲了,北方局牺牲了十多位负责干部,新华社华北分社社长何云也牺牲了。后来在小南山村集合残部,彭德怀一个个地点名,他大哭了一场。刘西元说,彭老总说他记住了朱德在井冈山时说的那句话:台坍了,搭起来再干嘛。

梁兴初知道彭德怀这是说给他听的,他暗暗憋足了劲,全军也像上满了弦的发条一样。临战前,梁兴初召集干部会议。梁兴初对团级以上干部讲话说:"第一次战役,三十八军丢了脸。大家在战役总结时,找出那么多理由为我开脱,你们都想为我承担过失,我谢谢大家。"他深深鞠了一躬,又说,"可是我把这份材料压下了,我没有上报。彭老总会骂我文过饰非!仗打败了,由我军长一个人伏法。我已经向彭总立了军令状,二次战役打不好,提头来见!"

会场显得很紧张,刘西元用和缓的语气说:"我这当政委的不直接指挥战斗,彭老总常常忘了骂我。若讲责任,我和军长该各打五十大板。"

梁兴初指着地图说:"现在我们把口袋都摆好了,美国兵正在往里钻,我们准备分三路猛攻李承晚第七师:——三师从敌右翼向德川以南实施迂回,穿插伪七、八师结合部,切断敌人南逃的退路;——二师从左翼进攻,插到德川以西,切断德川与军隅里敌军的联系;——四师从正面进攻。听明白了吗?"

几个师长齐声地说:"明白了。"

梁兴初说:"回去准备吧!"

7

麦克阿瑟唯恐沃克指挥不力,特意在感恩节前赶到前线,他声称要在战场上与士兵一起过节。他对沃克说:"向你的各军、师发布,圣诞节攻势马上开始,我们要在圣诞节前结束朝鲜战争。"

沃克说:"不要紧,万一过了圣诞节打不赢,还有春天的复活节。"

麦克阿瑟听出了他话中的讽刺意味,说:"你必须有信心!"

沃克说:"我也可以像阿尔蒙德那样,派一个特遣队,钻着空子蹿到鸭绿江边去,然后拍一张往江里浇尿的照片发表。但这能证明什么呢?"

麦克阿瑟说:"不要意气用事,阿尔蒙德现在也正遭到反击。我看得出,你这几天的情绪好多了。你应当高兴,你的儿子大难不死,这是一个奇迹,他应当得到勋章。"

沃克说:"我不会给儿子发勋章。"

麦克阿瑟说:"我来颁发。我发令,委托你来授勋,总是公平的吧。"

沃克说:"以后再说吧。"

麦克阿瑟说:"在战场上,你应当随时给那些立了功的人发勋章。"

沃克说:"不是所有的人都是因为勋章才在战场上冲锋陷阵。我并不是消极,我担心我们总是低估了我们的对手。"

麦克阿瑟说:"这一次是准确无误的。这场攻势一结束,就让孩子回家过圣诞节。"

沃克看着地图说:"英第二十九旅位于平壤,空降一八七团在沙里院,我把他们作为预备队了。左翼由第一军的二十四师、韩国第一师、英二十七旅组成,由嘉山、古城洞地区分别向新义州、朔州方向进攻;右翼是九军所属的二十五师、第二师,由立石、球场地区向碧潼、楚山方向进攻。第二梯队土耳其旅和骑兵第一师位于顺川地区机动。"

麦克阿瑟说:"好极了!明天发起总攻,我已告诉阿尔蒙德,东线同时动手。"

沃克忽然想起什么:"对了,威洛比将军说,他不断在大榆洞金矿附近测到很强的电波,他向你报告了吗?"

麦克阿瑟说:"那里有可能是他们的指挥中心,不管怎样,我已命令轰炸机不停地轰炸,反正我们有的是钢铁。等战争结束时,李承晚会发一笔横财。"

沃克没明白他这话的意思,望着他寻求答案。

麦克阿瑟说:"遍地的炮弹片,收集起来重新炼钢,不是连钢铁厂也不用建了吗?"

沃克不禁笑了起来。

8

外交部送来一张《芝加哥论坛报》,送给毛泽东看。这正是登载库珀特遣队在江边浇尿照片的那张报纸。

毛泽东说:"一小股部队窜到江边,尿了泡尿,就通电全世界,实在可悲。孙悟空在五指山下浇尿,自以为翻到九天云外了,还不是在人家手心里!"

周恩来说:"敌人越大意,越得意忘形,越麻痹,我们诱敌深入的方针就越稳操胜券了。"

毛泽东说:"给彭德怀发报,切断后路时一定要快,人家是机械化,稍一迟缓,就逃之夭夭了。"

周恩来说:"是啊,战机稍纵即逝。这和国内战争大不一样。"

说完正事,周恩来说:"昨天志愿军回来人,说毛岸英在那里很好,只是吃住条件差些。"

毛泽东说:"打仗嘛,哪里会像在家里那么舒服。"

大榆洞这几天很平静。毛岸英拿了一份文件匆匆地向司令部走去。彭德怀的司机唐祥正在一个露天平台上弄什么。毛岸英送文件出来时,凑过去问:"你弄啥呢?"

唐祥扔下锉刀,亮出一个铜烟嘴,上头是用锯断的弹壳做的。

毛岸英把玩着,说:"这烟嘴别有风味,帮我做一个吧?"

"你又不抽烟。"唐祥说。

"我爸爸抽烟啊。"毛岸英说。

"给毛主席?"唐祥乐得闭不拢嘴了,"行,这个你拿去吧!万一毛主席问起来,你就说是一个叫唐祥的司机做的。"

毛岸英孩子气地说:"爸爸见了这个烟嘴准高兴,他抽烟可凶了,思考问题时一根接一根,手指头都熏黄了。"

远处有一块碾盘样的卧牛石,暖洋洋的太阳照着,彭德怀正和洪学智下棋。洪学智吃了彭德怀一个马,说:"我吃了你这个马,你可赢不了棋了,单车滑炮,没有指望了。"

彭德怀央求地伸过手去:"缓一步!"

"又拴绳子!"洪学智说,"这一盘棋你悔三把了,事不过三嘛,这个马吃定了!"顺手把马扔在了大堆吃掉的棋子中。

突然空袭警报响起来。几架"油桃子"从山沟一端钻过来,低空飞行,一进山沟,立刻投弹,顿时大榆洞被烧夷弹打得火光、硝烟一片。

洪学智拉了彭德怀一把,二人就势钻到卧牛石下面去。

一颗炸弹在附近爆炸,土屑落得彭德怀满身都是。几颗炸弹击中了山坡上废弃了的变电所,顿时一片火海。彭德怀晃晃头上的尘土,看了一眼洪学智,趁他没注意,伸手到棋盘上去,把刚刚被吃掉的马又摆到了棋盘上。敌机飞走了,彭德怀钻出来,拍拍土,说:"接着下。"

洪学智说:"不下啦!敌机来得蹊跷,我得去布置一下防空。"

"下完这一盘嘛,别输不起呀!"彭德怀用激将法,"不然我让你多走两步?"

"笑话,我两步就将死你了!"洪学智凑过去一看,大为吃惊,"哎呀,你这马已经被我吃了,啥时候又活了?"

"谁证明?"彭德怀得意地笑。

洪学智说:"好哇,连敌机轰炸的空子你都忘不了偷棋……"

彭德怀哈哈大笑:"算我赢了!"他推了棋,不下了。

洪学智仰望着天空,说:"怪事,敌人是不是闻着什么味儿了,怎么这几天接二连三地来轰炸?"

方晋说:"咱这又没有明显的军事目标!"

邓华想了想,忽然叫道:"电台!毛病出在电台上,咱们这么大功率的电台,敌人是很容易测出来的。"

解方说:"那,彭总就很不安全了,他又不愿意躲。"

洪学智说:"只有挖山洞了,把彭总的住处搬到山洞里去。"

邓华说:"说干就干,调警卫团上来一个连,机关一起动手,尽快挖好山洞。"

9

借助原来废弃的金矿洞,挖起山洞来不算太难,调来的一个连马上大干起来。他们用錾子打出炮眼安上炸药爆破。一声声爆炸声,碎石块满山飞。

彭德怀正在睡觉,隆隆的爆破声把他震醒过来,他披衣起来,问门外睡着的李望:"敌机又来了吗?"

李望说:"是挖防空洞放炮呢。"

彭德怀走出去,他问那个连长:"谁叫你们挖洞子的?"

连长说:"是洪副司令。"

彭德怀说:"挖洞干嘛?"

连长说:"防空啊。洪副司令说,为了彭总安全……"

彭德怀打断他:"就我一个人要安全?走,你把人带走,给我停止。"

连长为难地说:"万一洪副司令批评怎么办?"

"你怕洪副司令就不怕我?"彭德怀说,"我比他官还大呢,赶快走!"

连长只好挥挥手说:"不挖了,回去。"

这时作战处长方晋走来:"彭总,快回去睡吧,都半夜两点了。"

彭德怀问:"三十八军有消息吗?"

方晋说:"都准备好了。三十八军一反惯常战术,正面诱敌的部队用上了主力——二师。"

"好啊,我要在清川江钓鱼了。"彭德怀说。

"钓鱼?"警卫员刘亮拿来了大衣给彭德怀披上,说,"都下雪封冻了,能钓着鱼吗?"

方晋说:"彭总说的钓鱼是战术。"

彭德怀说:"我要钓沃克这条大鱼!"

彭德怀进屋以后,挖山洞的连长也不敢再挖。负责挖防空洞的连长正在吆喝:"快收拾工具都撤走。"

一个战士问:"不挖了?"

连长说:"少啰嗦,彭老总不让挖了。炸药雷管,都收起来。"

洪学智走过来,问:"干吗,收工啊?谁叫你停的?"

连长做个鬼脸说:"一听见放炮崩山洞子声,彭老总就出来了,不由分说赶我们走。"

洪学智说:"别听他的,你挖你的。"

连长说:"洪副司令,你可别让我们受夹板气呀!"

洪学智烦了:"有我呢,马上挖!"

连长只好又吆喝:"各就各位,打眼放炮。"

工地又是一片紧张忙碌,打眼的,撬石头的,一片叮叮当当声。炸药放了进去,战士们躲到山洞里。轰隆隆一阵连环炮响,地动山摇。

爆破声一响,彭德怀手拿一根红蓝铅笔又从办公室跑出来,大声吼道:"马上给我停!"

连长硬着头皮说:"我停,洪副司令要处分我。"

恰好这时洪学智过来了,彭德怀说:"洪大个,你没事干了,在这瞎鼓捣啥?"

洪学智说:"防空的事我分管,为了保证司令部的安全,保证你的安全,敌机来轰炸的次数越来越多了。"

彭德怀说:"那玩意儿没用。"

洪学智说:"怎么没用?"

彭德怀说:"我的防空,不用你管!"

洪学智笑着说:"你这么说可不对了。是中央让我管的,中央有命令啊,要不要我打电报去,向毛主席讨个命令来?"

彭德怀没词了,说:"你这个洪大个,动不动就搬出毛主席来压我。行了,你挖你的吧,挖了你们钻,我反正不钻。"说完气呼呼地进去了。

一旁的连长忍不住笑,洪学智问:"你笑啥?"

连长说:"不敢说。"

洪学智说:"说嘛,又不割你舌头。"

连长说:"彭老总怎么像小孩脾气呢?"

洪学智哈哈大笑起来。

10

麦克阿瑟给沃克打了气,仍不放心,还准备亲自去见第一军和第九军军长。麦克阿瑟的座机在清川江畔前进机场着陆,他立即对惠特尼说:"叫米尔本军长和库尔特少将到这儿来。"麦克阿瑟裹着花哨的围巾,踌躇满志。不一会儿,牵着德国牧羊犬的矮个将军米尔本和第九军军长库尔特来了。

库尔特说:"我的队伍正向鸭绿江挺进,在七十五英里宽的战线上,奇怪的是,几乎没受到攻击,敌人撤得很快。将军,这是不是不该出现的奇迹呀?"

"奇迹已在阿尔蒙德那里。"麦克阿瑟说,"他三天前就饮马鸭绿江了。快点干,你可以告诉你的部下,赶到鸭绿江,全都可以回家,我说话保证算数,他们可以同家人共进圣诞节晚餐。"他一边说一边抚弄着牧羊犬。

米尔本说:"我们会为这许诺而备受鼓舞的。"

惠特尼提醒地说:"将军,你已在战场视察五个小时了,该飞回东京了。"

"好吧,祝你们好运!"他同米尔本、库尔特握了手,走上座机。

飞机很快起飞。飞机升高后,惠特尼看看表:"到东京还有三个小时航程。抓紧点。"

麦克阿瑟突然意外地说:"转向,飞到鸭绿江口去看看。"

包括惠特尼在内的人举座皆惊,他小声地劝阻:"有必要冒这个险吗?"

麦克阿瑟不可置疑地说:"我的主意不可更改,可以调两架战斗机护航。"

惠特尼知道无法阻止他。麦克阿瑟常常用个人的勇敢和冒险来示范给他的士兵看,他说这比踢士兵的屁股告诉他勇敢强得多。

1945年8月26日,他派第八集团军进驻日本,三百架四引擎运输机将运载第一批士兵在横滨厚木机场着陆,麦克阿瑟居然要与首批部队同往,那时日本情况不明,谁知道什么地方躲着敢死队呀!然而他还是按照自己的意旨这么干了。

飞机越过积雪的崇山峻岭。麦克阿瑟说:"中国军队在哪里?你们看得见吗?我反正看不见。"已经可以看到入海口处湛蓝的大海了。麦克阿瑟下令:"沿江飞。"飞机下面是曲折如带的鸭绿江,江面覆盖着无垠的白雪。麦克阿瑟自鸣得意地说:"不是担心苏联会出动空军掩护吗?他们在哪里?还不是任凭我自由飞翔吗?我只要高兴,就可以过那面去看看中国人是怎么回事。中国女人不是裹小脚的吗?那一定有趣,可惜只是在电影里看过。"

惠特尼说:"将军,我们返回吧。"

"不,不,要飞越惠山津上空,看看库珀那群小子们往江里撒尿的地方。到那上空,摇摇飞机翅膀,向他们致意。"

飞行员说:"前面就是惠山津了。"

麦克阿瑟说:"你们都系好安全带。"他自己却不系。

人们慌忙系安全带。飞机开始了摇翅膀,有的随员被摇得哇哇直吐。麦克阿瑟却陶醉得大笑,他对着话筒说:"为了这次壮观的飞行,感谢诸位!"他又令报务员:"给我接通沃克!"

少顷,报务员说:"可以了。"

麦克阿瑟眉飞色舞地叫:"沃克将军,我现在在鸭绿江上空,我看到了惠山津库珀先遣队,我向他们摇了机翼,我干了美国任何一个将军所未干过的事。"

突然,话筒里传来沃克一句粗话:"扯谈!"

所有人都听到了,所有人都愣了,麦克阿瑟也不知所措。太意外了,沃克是骂麦克阿瑟呢,还是对另外的事情发泄不满?不管怎样都是不愉快的。

II

三十八军向北开进,部队快速前进。一个战士问:"咱们怎么一个劲儿退呀?"另一战士说:"再退就退回鸭绿江了。"

连长小声训斥:"不准说话。"

梁兴初的吉普车过来,对一一二师师长说:"扔些东西。"

师长不解地问:"扔东西?"

"败兵嘛,总得像丢盔卸甲的样子,这样敌人就更会上当了,以为我们败了。"

师长告诉参谋:"传下去,扔东西,破鞋烂袜子,没用的往道上扔。可别把枪扔了啊!"

战士们窃笑。于是,在这支队伍"溃退"的路上,出现了许多遗弃物。

这一招果然灵验。跟在他们后头追赶的是第二步兵师,坦克开路,士兵都坐在装甲车上。前面的坦克停住,萨姆·沃克从装甲车里跳下来,向前走去。他大声问:"怎么不走了?"

几个坦克兵指着路上黑糊糊的东西说:"不会有地雷吧?你们看!"

萨姆带了几个士兵小心翼翼地走过去,借着坦克和汽车的灯光一看,原来是破布鞋、干粮袋、破绑腿等等。萨姆大声地说:"快追,他们在一路逃窜,真的丢盔弃甲了!"

美国兵欢叫着爬上了车,坦克和装甲车隆隆向前驶去。

第十二章

I

天还没有亮,伙房就熄了火。司令部的人真有本事,都摸着黑站在门里、门外吃饭。洪学智说,反正吃不到鼻子里去。只是大意不得,前几天有两个参谋,晚上擦火柴吸烟,这么点亮光就引来了敌机,一顿扫射,他们当场被打死。邓华和洪学智这两天一直在监督挖防空洞。

这天早上吃过饭出来,洪学智站在门口。邓华端着碗喝萝卜汤,问:"防空洞不是弄好了吗?"洪学智说今天就让彭德怀在洞里办公。

邓华笑:"你能把老总弄洞子里去吗?"

洪学智说:"昨晚上,我偷着把他的作战地图卷走,挂在防空洞里了。他是一刻也离不了地图的,看他去不去。"

邓华说:"你去劝他进洞子,我们在那儿等。"

解方说:"老洪去劝合适。"

洪学智说:"你们别拿我不识数啊,干吗挨骂的事都推给我?"

杜平在一旁笑。

邓华说:"就你常跟彭总开玩笑,你也会来事儿,下象棋都让着他,哄着他高兴。"

这时,高岗走了过来,问:"你们说什么呢,这么热闹?"

邓华说:"说彭老总下棋耍赖。"

高岗说:"听作战处长告诉我,敌机来轰炸,他都没忘偷棋子?"

洪学智笑:"就我能对付他,韩先楚不行,他太较真儿,丁是丁,卯是卯,不让彭老总赢一局,没完没了。我跟他下棋,准得让他赢一把两把的,给他点甜头。"

高岗说:"这不是对付美国鬼子的办法吗?"

众人都笑个不停。

高岗是为后勤保障的事赶到前线来看看的。

邓华说:"我们正商量由谁出面拉老总进防空洞呢,他那个倔劲儿上来,十头老牛都拉不动。"

洪学智说:"一到这时候他们指定把我卖了。"

解方说:"你在老总那有面子嘛。"

邓华问高岗:"你什么时候走?"

高岗说:"马上走,这是来同你们告别的。"

洪学智说:"粮食快点往上运啊!解放战争那时候,都是就地筹粮,现在上哪儿筹去?"

邓华说:"一个战士身上都背着七天以上的粮食,一个人背有六七十斤重,坐下去都起不来。"

高岗说:"我都看到了。这次毛主席叫我来,一是解决同朝鲜人民军成立联合司令部的事,第二就是后勤保障。彭老总早说了,后勤出了娄子,拿我是问呢。"高岗带着警卫员上车走了,他们一直送到沟口。

2

东京大使馆麦克阿瑟官邸正在升旗。

麦克阿瑟和卫士们、第十一空降师的官兵们和麦克阿瑟全家人都在向国旗行注目礼。乐队高奏《星条旗》国歌,围观者如堵。这面旗天天升降,但麦克阿瑟只有在重要的日子才亲自参加仪式。明天是圣诞节,这是个大日子。今天升起的这面旗与平日的有所不同,这面国旗1941年12月7日在美国国会上空飘扬过,1945年9月3日在"密苏里号"战列舰上举行日本无条件签字仪式时,在军舰主桅上升起来的也是这面旗帜。多年来,无论他走到哪里,哈佛上校都随身替他带着。

升过旗后,麦克阿瑟准时去上班,照例有人夹道欢迎,照例在第一大厦前有人把他当成一景来欣赏。

惠特尼已经在六楼办公室等他了,麦克阿瑟问惠特尼:"圣诞节攻势计划起草完了吗?"

惠特尼从文件夹中抽出来:"马上报参谋长联席会议吗?"

"不用那么麻烦。"麦克阿瑟说,"发第十二号新闻公报,请记者们到场,把圣诞节攻势的要点告诉全世界。"

惠特尼吃了一惊,半晌望着麦克阿瑟不语。

"你望着我干什么?"麦克阿瑟说,"我并没有发疯,去办吧!"

惠特尼劝道:"这事非同儿戏,何必呢,这是古今战史上没有的先例。"

麦克阿瑟倨傲地说:"仁川登陆不也没有先例吗?我要随时创造一个先例给他们看看。"他自认为并非鲁莽,他认为自己的攻势攻无不克,有必胜把握才敢这样干的。

惠特尼低着头走了出去。

麦克阿瑟按了一下铃,卫兵进来。麦克阿瑟说:"去请金丝吉小姐,她在隔壁等我呢。"

卫兵出去,带金丝吉进来,她第一次没穿军服。

麦克阿瑟同她握手,说:"你真漂亮,我是指你不穿军装的时候。"她今天打扮得像一个上流社会的小姐。

"我是吃战争饭的记者。"金丝吉说,"没有办法。我没法用这种打扮上战场,这会惹得你的兵想入非非。"

麦克阿瑟说:"这我相信。你的银行账户上肯定比我钱多,你满可以拿这些钱去华尔街买股票、办工厂,而没必要冒着枪林弹雨去战场找饭吃。你到底为了什么?"

"我自己也说不清。"金丝吉说,"我每次从战场下来,都要诅咒一千次,发誓再也不上前线了,可当我采写的文章在国内引发热点时,我就像注射了可卡因一样,又不顾一切。"

麦克阿瑟说:"小心,长此下去,你这种女人会失去了女人味儿,不再有人爱的,除非像我这样又老又空虚的军人。"

金丝吉开玩笑地说:"那太荣幸了。有你爱,世界上的男人死绝了也无所谓了。"

麦克阿瑟哈哈大笑起来,他问:"你见我有什么事?"

金丝吉说:"当然不纯粹是来求爱的,我想问问你什么时候发动攻势。"

"太巧了。"麦克阿瑟把"圣诞节攻势"副本递给她,说,"这是圣诞节攻势的作战计划副本,拿去发表吧。"

金丝吉说:"将军不怀好意?"

"真的。"麦克阿瑟说,"我已叫惠特尼拿去开新闻记者会,公之于世,你有抢先发表的权利。"

金丝吉说:"将军,我不明白,你是不是神经出了问题?"

麦克阿瑟说:"也许,古往今来创造最伟大战绩的将军,神经都有某种程度的毛病,包括像拿破仑那样的人。"

金丝吉说:"谢谢你,我现在又热血沸腾了,我希望天天有这样的刺激。"她说的是真话。她无法控制自己对麦克阿瑟的崇拜之情,这种崇拜在她报道的字里行间随处可见。她自己对人说,这种崇拜有点像小女孩崇拜好莱坞的大明星一样。只有幼稚的人、愚昧的人、愚忠的人和别有所图的人才可能崇拜别人,金丝吉认为自己哪一条都不符合,可她仍然陷入崇拜危机不能自拔。金丝吉对政客们就不行了,她每篇文章的文字都使用了卓别林的手法,很多政坛人士都恨她。

3

彭德怀吃过饭就钻进他的作战室,他是离不了地图的,有时他可以一言不发地在地图前站两个小时。

地图突然不见了。屋子里黑糊糊的,只点了两根蜡烛。彭德怀向刘亮、谢大川发脾气。他说:"见鬼了!我不信有人敢到我这儿把地图偷走。"

刘亮说:"我真的没看见谁拿呀!"

谢大川说:"再去找作战处长要一张。"

彭德怀说:"我要我那一张。我上面做的标记比地图本身重要!"

两个小鬼正在为难,洪学智进来了,笑嘻嘻地说:"老总别发火了,地图是我拿走的。"

彭德怀说:"你怎么不吱一声?"

刘亮、谢大川赶紧溜了。洪学智说:"拿到防空洞去了,已经挂好了,那里又宽敞又暖和,炉子也生起来了,别人都去了,就等你了。"

彭德怀说:"谁叫你弄去的?在这儿不行吗?"

洪学智说:"这是我们开会决定的,你一个人必须服从集体决定,你个人的安全,关系着全军。你这样固执己见,我们几个合计好了,集体辞职,你另请高明吧!"

彭德怀瞪了他一眼,一边顺从地收拾文件一边说:"嗬,吓唬人哪!没了你们几个,志愿军还会黄了铺!"话是这么说,他还是跟了出去。警卫员们和秘书李望向洪学智挤眼睛,洪学智却装得一本正经的样子。彭德怀快进防空洞时,忽然看见曹桂兰走了过来。彭德怀站住,问洪学智:"你的司令部什么时候来了女娃娃?"

洪学智说:"我也不认识。可能是后勤仓库的,也许是通讯处的。"

曹桂兰听见了,打了立正说:"报告首长,我叫曹桂兰,后勤仓库的。昨天我来送电动油印机,彭总本来见过我的,贵人多忘事。"

彭德怀笑了起来,他不是贵人多忘事,黑漆漆的房子里,昨天他连曹桂兰是男是女也没分辨出来。彭德怀说:"女孩子说话就是厉害,一张口就对我开批了。吃得了苦吗?没有哭鼻子吧?"

曹桂兰说:"首长小瞧人!"

彭德怀和洪学智笑着进了防空洞。

曹桂兰问留在洞外的刘亮:"毛参谋呢?"

刘亮说:"没看见。他昨晚上连夜翻译什么东西,好像还没起床吧。"

曹桂兰抿嘴一笑:"这么懒啊!"

谢大川说:"起来了,饭时过了。我看他和高参谋张罗热饭吃呢。"

曹桂兰便向毛岸英住的木工棚子走去。

彭德怀一进防空洞,里面虽有一股潮气扑面而来,可洞子挺宽敞的,办公桌、椅子也摆好了,他那张标了许多特殊符号的大地图也挂起来了。彭德怀挺满意,没再说什么,只是说洞子里闷。方晋把一份文件交给彭德怀:"这是昨晚上毛岸英连夜翻译过来的。"

彭德怀问:"是莫斯科直接发来的那份吗?"

方晋说:"是。"

彭德怀看了看,交给邓华:"奇了,麦克阿瑟把他的圣诞节攻势作战计划公之于世了。"洪学智、解方都凑过去看。

解方说:"他在摆迷魂阵吧?"

邓华说:"打仗向来是虚虚实实。"

彭德怀在洞子里踱了一阵步,说:"这计划是真的。"

杜平说:"那麦克阿瑟不成了我们的参谋长了吗?这总是不可能的吧?"

"这叫利令智昏。"彭德怀说,"对别人来说,这是疯子的做法,对麦克阿瑟来说,他是在炫耀自己。他在表示对我们不屑一顾。骄狂如此,焉有不败?"

洪学智说:"让这狂人等着尝尝惨败的滋味吧。"

4

毛岸英昨天晚上从外面弄了一盆积雪放在那儿慢慢化着。起床的时候，盆里还是半水半冰的模样，他把毛巾插到雪水里搅了搅，再去擦脸，凉得他直打哆嗦。高瑞欣在生小火炉。

曹桂兰本来想进去的，想想又站下了，她手里拿着那副刚做好的棉手套。

突然，空袭警报响起来。敌机来得极快，几乎同时，炸弹就接二连三地投下来。

曹桂兰向工棚子冲了几步，高喊："快出来！"炸弹爆炸的气浪把她掀起老高，又重重将她摔到山脚下。

毛岸英、高瑞欣听见空袭警报，说："来敌机了。"

刚巧回来取文件的方晋冲他们喊了声："快冲出去！"他一个箭步冲出门外。也许以为又是往常的机关枪扫射和一般的炸弹，来不及往外跑的毛岸英、高瑞欣情急，钻到了桌子底下去。没有想到，敌人投掷的是烧夷弹，而且一连投放了几十颗，这一切都发生在瞬间。顷刻间，工棚子被一片火海吞没了，风卷火舌噼啪作响，竟让人无法靠近。

曹桂兰从昏迷中醒过来，撕心裂肺地高喊一声："快跑啊——"

眼前是烈焰腾空的大火。

敌机飞走了。

彭德怀、邓华、洪学智和司令部的几百人站在烧得片瓦无存的工棚前，谁都不说话，一个个如同木雕泥塑。彭德怀仰头看看天，又看看远方，他喃喃地、低沉地说："怎么偏偏是他……怎么偏偏是他……"

远远地，额角流了血的曹桂兰抱着那副棉手套，木然地站着，满脸是泪，她耳畔响着毛岸英为她题写的那句话："当我们凯旋回国的时候，无论我们战友当中的谁倒下了，我们都会把他的欢乐与悲伤带回祖国。"

大火飘舞着火舌。

从那以后,彭德怀好长时间没说一句话。他想起了毛泽东在中南海托子的情形,他再次萌生悔意,当初就不该答应,他本来是不愿答应的。

彭德怀木然地坐着。

刘亮和谢大川一件一件地整理着毛岸英放在办公地点的遗物——那件刘思齐为他赶织的毛衣、给刘思齐写了一半的信、小手枪,还有他打算送给毛主席的那个用子弹壳做的小烟嘴……

彭德怀看着这一切,眼里蓄着泪水。怎么偏偏是他!这句话反复出现在彭德怀脑际,挥之不去。他将怎样向毛泽东交代呀!

这样下去也不是办法,总得把这件事报告北京啊。

邓华说:"给毛主席和军委拟封电报吧,叫他们去起草?"

彭德怀说:"不,我来起草。"他抓起笔,那笔仿佛有千钧重,悬在半空,迟迟未能落到纸上。过去他听文人说,提笔如有千钧重,他说胡扯;"白发三千丈"也是瞎形容。现在他可懂得提笔千钧重的滋味了。他一个字也写不出来,索性掷了笔,走出去。邓华忙捅了刘亮、谢大川一把,他们会意地跟出去。

焦糊味仍在山沟里弥漫着,残烟在废墟间飘荡。

彭德怀沿着松林间的小路走上山岭。居高临下,起伏的山峦尽收眼底。那是一峰一峰积雪的山丘,看上去更像肃穆的墓地。不是脚步声,而是夸张到了极限的心脏搏动声伴随着彭德怀在登山。他第一次感到自己的心脏搏动得这么响亮。

一滴泪,仿佛冻僵在彭德怀那历尽沧桑的脸上。

雪峰连绵,一直铺展到天极,彭德怀背手站在山巅极顶。冷风吹得打了个寒噤,他好像清醒了许多。他决定马上给中央、给毛泽东发报,如实报告。打仗总是要死人的,假如不是洪学智逼我彭德怀钻了防空洞,彭德怀此时不也化成一堆灰烬了吗?

这是人力所不能左右的。

5

震惊之余,周恩来和彭德怀一样,不知道怎样把毛岸英的死讯告诉毛泽东。谁都看得出来,毛泽东似乎把一切希望都寄托在毛岸英身上。从小打发他去苏联学习、参战,回到延安上"农业大学",建国后下工厂,又送到炮火连天的前线,说不定主席是在"饿其体肤,苦其心志",然后方能"降大任于斯人"。

这一切都灰飞烟灭了。

周恩来几天都闷闷不乐,他把电报压下,谁也没给看。

三天后,毛岸英的遗物又摆到了周恩来的桌子上。望着毛岸英的这些遗物,周恩来心情十分沉重,他显然苦于无法告诉毛泽东,长久地在屋中轻轻地踱步。警卫员进来,说:"刘思齐要见您。"

周恩来吓了一跳,神色慌张地忙把那份电报扣在桌上,想想不妥,又夹在文件夹中,又把遗物以最快速度收进文件柜中。

刘思齐进来说:"周叔叔,信我写好了。我没法邮,交给您吧。"

周恩来勉强笑笑,接过信说:"没问题,过几天有信使去,我就给岸英捎去。"

刘思齐又拿出一小瓶药说:"这一瓶胃舒平,也捎上吧,他胃不好,老吐酸水。"

周恩来说:"好的。"

刘思齐说:"那我走了。"

周恩来把她送到门口,就走了回来。他从窗户望出去,见刘思齐沿着掉光了叶子的林荫小路沉静地走去。他望了很久,回过身来看到那瓶药时,眼泪溢出了眼眶。他坐下去,从文件夹中拿出电报,在空白处批了一行字:"少奇、朱德同志,我意暂不告诉主席。"推开笔,他又陷入了沉重的思绪中。他又拿起了刘思齐刚刚送来的胃舒平,痛苦浮上嘴角。毛岸英再也不需要这些了,他永远地安息在朝鲜的土地上了。

在大榆洞小松林后头的荒山坡上，人们挖开冻土，为毛岸英和高瑞欣攒起了两座新坟。毛岸英墓前插一根松木桩，上面写着"中国人民志愿军烈士毛岸英之墓"。

曹桂兰默默地向墓地走来。她蓦地站住了，她看见彭德怀独自一人站在墓前，风吹着他的大衣衣摆。

过了一会儿，彭德怀下山去了，曹桂兰才走过去。她默默地站在墓前，任泪水在脸上流淌。她轻轻的、发颤的心声震撼着她自己："都是你那句题词太不吉利了，都怪我，为什么要提到死呢？如今你这样匆匆地走了，也许……你的欢乐与悲伤该由我带回到祖国去……"

暮鸦在树上叫着，寒风萧飒，枯草在坟头摇动。

曹桂兰把那副带带儿的手套挂在了墓碑上。

风吹着手套，在坟前摇动。

6

三十八军正跑步前进。每个人的头上、背包上都插着伪装。忽然队后面传来命令："去掉伪装！"有的人不理解："那不是暴露目标了吗？"但命令又一次传下来："坚决执行命令，立即去掉全部伪装。"命令一声声传过来。战士们扔掉伪装，跑步前进。

敌机在天边飞过来。

好多战士边跑步前进边担心地望着天空。

梁兴初的吉普车开上来了，他大叫着对战士们说："放心大胆走，大摇大摆地走。以前我们有伪装常挨炸；现在去了伪装，美国飞机分不清，会以为我们是李承晚的队伍呢！"

一一二师师长说："这招挺灵的，咱们一反常态，大白天出动，也叫敌人误认为是李伪军。"

果然，敌机飞了两圈，飞走了。

战士们欢呼起来。梁兴初说："伪七师已经惊动了，要跑，我们必须提前七个小时,在下午两点进攻。"他对师长说,"不惜减员,一定插下去!"他们准时迂回到敌人的后面,立刻发起强大的攻势。同时,四十军在新兴洞也向敌人展开集团冲锋,敌人被打得措手不及。

沃克后悔莫及,连声说:"麦克阿瑟误了大事!"他拿着听筒,满脸是汗,"什么?顶住,怎么会是这样?"他放下听筒,对泰纳副官说,"莫非是神兵吗?几乎是同时,球场、价川、博川、安州、宁边,所有的地方都遭到了强有力的攻击。敌人没有二十万军队,是不可能有这样凌厉攻势的。"

副官泰纳说:"我们上当了!可能是敌人的诱兵之计。"

沃克下令:"马上调骑兵第一师由顺川向新仓里堵击,调土耳其旅由价川向德川方向机动,去解围。"副官泰纳拿起话筒发令。

沃克有气无力地坐了下去:"麦克阿瑟还向全世界公布作战计划,可笑!"

7

解方正向志愿军首脑们报告:"三十八军已经消灭了伪七师五千余人,四十二军攻占了宁边、孟山,将伪八师大部歼灭。四十军配合三十八军作战,歼灭了新兴洞美第二师三个连,之后转向球场进攻。五十军、六十六军、三十九军分别向博川、安州、宁边实施突击,三十九军争取了美第二十五师一百一十五人投降,现在战役正按预想的全面展开。"

"好!"彭德怀说,"告诉三十八军,主力要向院里、军隅里方向进攻,以一部进攻三所里,一定要插到三所里。插到了,就是胜利。告诉梁兴初,一定插到!"他的手在地上的地图上用力拍。

解方说:"我去看电台,还有事吗?"

"先别走,有事。"邓华说,"毛岸英牺牲的电报发出后,中央昨晚上来了急电,为了保障指挥不中断,不因意外而混乱,指示我们首脑机关分为两部分。"

彭德怀说:"既然中央让咱们分成两部分,那就分吧。中央是怕万一哪颗炸弹扔正了,把咱们几个全报销,就没有指挥了。"

邓华说:"早该分了。现在这样,一点安全保障也没有,有的人又不听招呼,我行我素。"

彭德怀笑了:"'有的人'是谁呀? 不就是指我吗? 明说嘛,干嘛含沙射影。"

解方:"给你留一点面子嘛,姑隐其名。"

彭德怀风趣地说:"好吧,'有的人'做检讨,总可以了吧,保证不再忽视安全。昨天的轰炸,若不是洪大个把我拉进洞子,老夫休矣。"

几个人笑了。

彭德怀说:"这样分吧,一部分在前面,一部分在后面,我当然在前面,你们几个里头再找一个人和我在一起。"

洪学智说:"我陪老总在前面。"

邓华说:"分两部分,主要是为了彭总的安全,你还是留在后面吧,我和老洪上面前去,韩先楚、解方陪老总在后面。"

解方说:"不行,我这参谋长得在前面。"

彭德怀急了:"都到前面去,不又和现在一样了吗?"

邓华说:"彭总反正必须在后面。"

"我那么特殊? 我的命比别人的值钱?"彭德怀站了起来,"不分了,就这样。"他大步走去。见彭德怀的倔脾气上来,邓华说:"中央电报三令五申,要我们指定专人负责彭总安全。他不能一个人说了算,由党委讨论定吧。"拖了一天,还是没解决。洪学智说:"你去给彭总说呀! 他是党委书记呀。"

邓华说:"我给他看过电报,他一甩袖子,说'没必要'。他也不参加讨论。"

解方说:"那怎么办?"

洪学智说:"昨天刚检讨,毛病又犯了。"

邓华说:"我是志愿军副书记,你们几个都是常委,我们现在就开会,研究好了,他必须执行。咱们先研究分工,谁负责彭总安全。"

250

洪学智说:"事关重大,你是副书记,当然你得负责。"

"你是想把我留在后头啊!那不行。"邓华说,"老洪分管司令部,该你负责。"他眼睛转了转,又说,"你负责有好处,万一彭总倔脾气上来,你好在中间打圆场啊!我负责,就没有回旋余地了。"

解方说:"此话有理。"

杜平也说:"老洪干吧?"

邓华说:"没说的了,少数服从多数,你和彭总留在后面。"

开过党委会,邓华和洪学智去找彭德怀。彭德怀正在小树林里走来走去,不知在干什么。邓华、洪学智走近他,问:"听什么呢?"

彭德怀笑着说:"炮声,你们听到了没有?咱们的反攻开始了。方才接到三十八军、四十二军的报告,都打得挺猛,敌人有点晕头转向了。"

"好啊!"邓华说,"根据党委会的决议,我马上到前面去了,韩先楚在西面,我到东面去吧。"

彭德怀说:"谁给你们定的?"

洪学智说:"党委会呀。"

"什么事!"彭德怀说,"还要有个专人负责我安全!我再说一遍,不需要。"

洪学智说:"这是中央决定的事,不是我们定的,如果你拒不执行,我们上报中央,党委会也可以给你批评乃至处分。"

彭德怀驳不倒他,"扑哧"一下笑了:"行,算你厉害。"

8

按照彭德怀的命令,梁兴初亲自率一一三师向三所里猛插,靠两条腿与美军的汽车轮子赛跑,其难可知。师政委于近山、副师长刘海清和军长梁兴初走在队伍前面,成了尖兵。侦察参谋从前面跑来:"报告于政委、刘副师长,我们插到了敌后,这里已经没有我们的部队了。"

一位团长跑上来说:"首长,我们已走了两天两夜,战士饿得不行了,又冻又累,是不是休息一下,做点饭。"

梁兴初说:"不行。彭总交给我们的任务是插到三所里,我们还没有到三所里,要克服一切困难,坚决插到目的地。"

刘海清也说:"我们要记取上次的教训,一点都不能犹豫。告诉战士们,轻装!边走边吃炒面。"

"是!"团长退了回去。

行军的速度一点没减,战士们纷纷把背包扔到了路旁,一边抓把炒面塞在口中,一边在路旁抓把雪吃。梁兴初身先士卒,一边急行军一边吃炒面。队伍以急行军速度前进。

刘海清问梁兴初:"是不是该和彭总联系了?"

梁兴初说:"不。而且从现在起,关闭电台,命令无线电静默!"

刘海清担心地说:"这可就失掉联系了。"

梁兴初说:"不插到三所里开机也完不成任务,又容易暴露。我们已经插到敌人背后了。"他明白——三师的处境,万一走漏了风声,他们就会处在孤立无援境地,随时可能被吃掉。他一面叫人马上挖工事隐蔽布防,一面告诉刘海清关闭电台。"无线电静默"是很危险的,刘海清不明白军长何以如此极端,这是绝棋、险棋,不到万不得已不能这么干,这将与上级、友邻部队失去联络。好处也是明显的,敌人不可能发现有一支大部队埋伏在他们后退的必经之路。

梁兴初不可置疑地又重复了一遍:"无线电静默,马上关闭电台!"

这一下彭德怀找不到三十八军一一三师了,而彭德怀全指望着一一三师插到三所里给沃克来个屁股后开花呢。东线的情况也令彭德怀担忧,九兵团入朝作战仓促,很多战士穿着单军装、解放胶鞋过江的,一过江,就赶上零下三十多度的酷寒天气。这一年朝鲜的雪又特别大,九兵团多半是江南籍战士,哪经过这么冷的天气,他们几乎无法适应。可他们担负着堵截美国第十军的任务。

二十七军的战士在雪地里打埋伏,一个个衣服单薄的战士卧在雪中,又不准跺脚、走动,个个冻得手脚都失去了知觉。

大雪在下,北风怒号。战士们被大雪埋住了大半个身子,没有一个人动一动。

子夜时分,冲锋号响了。

有些战士冲了上去,有的站起来,又倒了下去。团长过来吼:"怎么不往上冲?"他一连扒拉几个战士,发现他们都已经冻僵了。团长眼里泪水直流,他"呀呀"大叫着冲了上去。

9

阿尔蒙德再也没有占领鸭绿江小镇那种沾沾自喜的模样了,他在临时指挥所里急得团团转,各师纷纷告急、求援。前线向阿尔蒙德报告:"我们被包围了,是中国军队,至少两个师!"

"我们师被截了退路,漫山遍野都是中国军队!"又一个师在向他告急。

阿尔蒙德在屋里直转,最后他提了一支汤姆枪,腰里别了几个手榴弹,对几个参谋一摆手,说:"走!"便冲了出去。

阿尔蒙德一上直升机就喊:"去长津湖!"

一参谋说:"那里很危险。"

阿尔蒙德说:"难道中国人是从天上掉下来的吗?怎么突然冒出这样强大的兵团?"

直升机飞出去不远,溃退下来的残兵羊群一般弥漫下来。阿尔蒙德让直升机降下,他大喊:"都给我站住!"可溃兵根本吆喝不住,仍在跑。阿尔蒙德对天鸣枪,散兵才勉强站住。

史密斯将军从前面撤了下来,他对阿尔蒙德说:"中国人至少有几个正规军,太厉害了,简直顶不住。"

阿尔蒙德说:"你必须再反攻上去,向鸭绿江攻击前进。我不相信有那么多中国军队。我们的侦察机天天飞,为什么没能发现?"

史密斯说:"我要求马上取消向鸭绿江前进的命令,我有两个团已经没有能力战斗了。"

阿尔蒙德又上了直升机,对飞行员说:"飞到前面去,到麦克来恩中校和费思中校那里去。"

直升机飞了一会儿降落,美军已龟缩到狭小地区。一见飞机来了,麦克来恩和费思围过来。阿尔蒙德在吉普车车头上摊开地图,说:"往这里打!眼下阻止你们的是北逃的中国师残部,根本不是什么正规军!你们和你们的长官史密斯一样,被吓破了胆!"

费思说:"将军你在这里试试就知道了。"

麦克来恩说:"派飞机掩护我们撤吧,不然我们就完了。"

阿尔蒙德大叫:"我们仍然要进攻,而不是后退,要直捣鸭绿江。不要让几个中国洗衣匠们挡住你们!"他所以轻蔑地称中国人为"洗衣匠",是因为19世纪好多中国人在旧金山开洗衣房,当洗衣工人。两个中校和在场的士兵都恼怒、反感地嚷嚷起来:"见鬼去吧!""我们准备好了白旗。"真的有人竖起了白旗。阿尔蒙德一把扯过白旗扔在地上,打了那士兵一个嘴巴,他吼着:"我去调三十一团上来,他们一到,立刻反攻!"阿尔蒙德回到机舱,气呼呼地一筹莫展。

中国部队进攻了,炮声隆隆。

阿尔蒙德忽然想起了什么似的,一顿乱翻,他从皮衣兜里,翻出三枚银星勋章。于是他又跳下飞机,给费思中校别上一枚。

费思苦笑着从他手上夺过一枚,给身边一个上尉戴上了。阿尔蒙德看见一个扛着面包箱子的司务长走来,就拉住他,说:"为表彰你的功绩,授予你勋章!"当着阿尔蒙德的面,司务长不屑地把勋章别到了一块大面包上。

阿尔蒙德的飞机一离地面,费思中校就一把从胸前扯下勋章,扔到了雪地上,骂了一句:"狗娘养的!"

阿尔蒙德没有想到,他从前用过的这一有效办法现在失灵了,有时候勋章一文钱不值。

10

彭德怀的厚嘴唇一直耷拉着。作战室里气氛异常紧张,参谋们连走路都尽量放轻脚步。

无线电报务员在报告:"一一三师没有信号!"

彭德怀说:"要军部!"

话务员说:"军部也与一一三师失去了联络。"

话务员在调机,高叫:"一一三,一……"

彭德怀说:"这一一三师怎么搞的,跑到哪里去了?"

解方说:"梁兴初亲自带一一三师在打穿插。"

邓华说:"难道他们会关闭电台吗?"

彭德怀说:"只要一一三师插到三所里,我们就大获全胜了!"

解方叫:"走,通信处长崔伦、电台台长,统统给我上机。"

几个人守着电台。彭德怀不安地走来走去,时而在地图前站一站。忽然,崔伦大叫起来:"找到了!接到暗语了,一一三师找到了。"他对了一下坐标,"到三所里了!"

彭德怀等人一下子拥过去,彭德怀问:"他们在哪里?到三所里了?"

崔伦乐得都合不拢嘴了:"梁兴初报告,一一三师十四小时强行军一百四十里,现在占领了三所里!"

彭德怀用力呼出一口气,端起茶缸咕嘟咕嘟灌了几大口水。

解方问:"问他们为什么联系不上。"

崔伦说:"他们关上机,故意来了个'无线电静默',怕被敌人发觉。"

参谋们"噢"地一声欢呼起来,都在为三十八军叫好。彭德怀好像自言自语地咕噜了一句:"响鼓也得用重锤哟。"他又走到地图前看了片刻,粗壮的手指头按在了地图龙源里的小黑点上。

参谋过来标图。

彭德怀下令:"告诉一一三师,告诉梁兴初,三所里北面有个龙源里,有一条路也可以通顺川,这也是敌人南逃之路,命令他们迅速抢占龙源里。"

命令发了,彭德怀大手一拍说:"看你美国第二师、第二十五师往哪里跑!"

邓华说:"连骑一师、土耳其旅也包在里面了。"

II

萨姆·沃克在一个小山冈底下突然被包围了,他的连队被打散,坦克车翻到沟里,装甲车起了火。直到此时,萨姆还根本不知道这一切是怎么回事,也不知道敌兵从何处来。他连选择退路的思考机会都没有,在溃兵中胡乱奔跑,跑到哪儿算哪儿。

前面道路堵塞,翻倒的汽车堵住了路,败兵们叫着喊着。

这时,一一三师在背后发起了猛攻。正面,也有中国部队冲上来。

一个跟头摔下去,萨姆顺陡峭的雪坡翻滚,带动起一片雪崩,等他落到沟底从厚雪中钻出来时,已经迈不动步了。他坐在雪地上大口喘着气。如果他现在手里有无线电,他会马上告诉他老子,他肯定要说:你们这样的草包将军,当年是怎么打败德国人的?

第二次战役打了阿尔蒙德一记响亮的耳光,麦克阿瑟也不再振振有词,他的"圣诞节结束战争"的神话除了供记者们奚落以外,什么也没剩下。出于对麦克阿瑟个人的尊敬,金丝吉没有用漫画式的笔法勾勒麦克阿瑟,但别人却当了他的替罪羊。麦克阿瑟开脱自己的唯一办法是宣扬中国军队的数量和进攻势头。

这一天,杜鲁门刚从床上爬起来,门铃就响了。

马歇尔走进来,说:"麦克阿瑟从东京拍来电报,他第一次正视现实了。"

刮着胡子的杜鲁门说:"念吧。"

马歇尔念道:"总统先生,我们面临一场全新的战争,中国军队对我们不宣而战,至少有二十万中国军队在向我们进攻,我们要应付的局势是严峻的,本司令已做了力所能及的一切。但目前的局势已超越其职权和兵力所能承担的程度。"

桂鲁门反而很镇定,他平静地说:"这是迄今我们所遇到的最糟糕的局势,我们总得面对它。"

马歇尔说:"恐怕,弄不好我们必须与苏联动武了。我们都低估了毛泽东的胆量,苏联再参战……"

杜鲁门说:"那是必须避免的。第三次世界大战也许明天就要爆发,我们还是不打为好。中国人那么多,我们消耗不过的。"

马歇尔说:"是不是请参谋长联席会议讨论一下?"

杜鲁门说:"召开一次国家安全委员会会议吧,但我以为难以形成什么决议。"

马歇尔叹了一声:"早知会惹怒中国人,当初就不该冒险。麦克阿瑟是个最危险的冒险分子。"

杜鲁门说:"不应当责备麦克阿瑟的失败,像不应当责备1944年艾森豪威尔一样,那次艾克发起的别动队攻势也败得很惨。不过,艾克对失败一句解释都没有,而麦克阿瑟却把过失转嫁给别人。"

马歇尔说:"他历来如此。在太平洋战争中,他常在激战过程中便发表胜利消息;这次却相反,他说华盛顿的命令限制了他。"

杜鲁门说:"我本应该立刻把他撤职。"他沉吟了一下又说,"但我不愿意给人这样一种印象,麦克阿瑟因打了败仗而被撤职。我不能在人家倒霉的时候抛弃人家。"

马歇尔说:"总统太仁慈了。"

其实杜鲁门的本意比这要晦暗得多。他看到,这只是麦克阿瑟厄运的开始,他远没有跌到谷底,仅仅吃了一次败仗就撤他,并不能毁损他功成名就的一切,他要在麦克阿瑟无法自拔时再换将,岂不更顺理成章!

第十三章

1

杜鲁门不是认为麦克阿瑟还没有跌入谷底吗?不幸被他言中。三所里神奇地布下伏兵,这是大踏步后撤的美军万万想不到的。

一一三师的阵地已经构筑完毕,战士在吃炒面补充体力。梁兴初和于近山、刘海清几个人在地上摊开地图指点着。

刘海清说:"彭总让咱抢占龙泉里,地图上没有个龙泉里呀!"

于近山说:"这儿倒有个龙源里。"

梁兴初说:"可能译电有误。这龙源里有一条小路通顺川,敌人有可能从这里逃走。马上派一个团插下去,坚决占领龙源里。"

刘海清说:"让三三七团猛插龙源里。"

梁兴初点点头:"快!"

三三七团张明山团长来到了刘海清面前,他的胳膊上缠着绷带,在渗血。

梁兴初问他:"张明山,你还行吗?"

张明山说:"只要不倒下就行。"

梁兴初说:"带上你团,坚决插到龙源里,不叫你撤不准撤,打到最后一个人也要守住!"

张明山说:"明白!"

刘海清命令道:"出发!"

张明山带着队伍跑步出发了。

这时,敌人在坦克车掩护下,又漫山遍野地冲上来。一一三师顽强地阻击着。在一个前哨阵地的陡坡下,战士一个接一个牺牲,连长亲自抓起机枪扫射,伤员也在前沿投掷手榴弹。敌人又一次退下去了。

电话响了,刘连长拿起耳机。刘海清问:"刘风,你那里还有多少人?"

刘风说:"还有三十一个人,十二个轻伤员也在参加战斗。"

刘海清问:"还能坚持住吗?"

刘风说:"剩一个人也能坚持!"

刘海清说:"好,狠狠地打!我马上派预备队上去接应你。"

梁兴初问他:"你胡吹什么!你的预备队在哪里?你还有预备队吗?"

刘海清说:"刘风一个连剩下三十一个人,还有十二个轻伤员,他们万一支持不住,就开了大口子啊。"说罢,刘海清大叫,"警卫员、机关干事、文化教员,全跟我上,我带队。"很快集合了二十几个人。梁兴初对身旁的几个警卫员、参谋说:"你们也编进去。"

于近山说:"这不行。"

刘海清也说:"军长跟前不能没有人。"

梁兴初说:"现在是以一当十的时候,什么都是次要的,堵住敌人是第一位的,上!"

刘海清带着小分队,冒着猛烈的炮火冲出去。

敌人漫山遍野地向阵地攻来。

刘风已经受了重伤,他在喊:"顶住,二班长,你替我指挥!"二班长说了声"是",组织仅有的十几个有战斗力的人在反击。

敌人越冲越近。这时从阵地侧后扫来一片弹雨,敌人大片倒下。

刘凤回头一看,见刘海清亲自带人冲了上来,刘凤叫了声"师长"就晕了过去。

各处传来的都是捷报,邓华哼着"一马离了西凉界"在各屋串着,叫参谋们汇总战报,要伤亡数字、俘虏数字,让各军、师报立功人员名单。

彭德怀看着战报,笑眯眯的。

邓华哼着京戏进来:"韩先楚报来的三十八军战报。"

彭德怀接过看了:"三十八军打得好,这才像主力嘛。"

洪学智说:"上次他们没打好,受到了老总的批评,这次憋足了劲儿,要打出个样子来。这支部队,上下有股子不服输的劲儿。"

彭德怀叫刘亮拿来纸笔砚台,挽起袖子,他要亲自为三十八军写嘉奖令。参谋们感到新奇,都围过来看,有的说彭总的字写得龙飞凤舞,有的说彭总有文采,出口成章。彭德怀说:"都给我来灌迷魂汤了?我彭德怀几斤几两自己知道,灌不迷糊的。"他很快起草完了,洪学智拿起来看,只见上面写着:梁、刘并转三十八军全体同志,此战役克服了上次战役中个别同志的某些顾虑,发挥了三十八军优良的战斗作风,尤以一一三师行动迅速,先敌占领三所里、龙源里,阻敌南逃北援。敌机、坦克百余,终日轰炸,反复突围,终未得逞,至昨(30日)战果辉煌,计缴坦克、汽车近千辆,被围之敌尚多,望克服困难,鼓起勇气,继续全歼被围之敌,并注意阻击敌北援。特通令嘉奖并祝你们继续胜利!落款是彭、邓、洪、韩、解、杜。邓华也看了一遍。

彭德怀问:"怎么样?"

邓华等人都说:"好。"

洪学智说:"那就拿去发吧。"把电报稿交给了方晋。方晋刚出门,彭德怀稍加思索,又叫他把电报稿拿回来。

邓华赶紧追出门去:"方晋,回来!"

方晋跑回来。彭德怀接回电报稿,铺在桌上,大笔一挥,在后面加了一句"三十八军万岁"。司令部的人全都露出惊讶喜悦之情。

洪学智说:"万岁军,这在我军作战史上还没有过呢!"

邓华本想说,这样称呼是不是合适,入朝作战的不光是三十八军,打得好的也不光是三十八军。可他又打消了这念头,彭总在兴头上,他也是要表示赏罚分明啊。就笑着说没意见。

解方说:"梁兴初上回挨一顿训,也值了!"

彭德怀问:"这么写,行不行?"

邓华等人都笑而不答。彭德怀笑道:"不表态,就是同意了。"又把电报稿交给方晋,"拿去发了,通报全军,上报军委。"

方晋拿电报稿走后,彭德怀说:"在三十八军召开一个现场会,让西线的几个军长去,总结一下经验。"

邓华说:"很有必要。"

彭德怀说:"叫韩先楚准备一下,我去参加会。"

洪学智劝道:"不行,大榆洞距三十八军驻地有二百多公里呢,沿途到处是敌人撤退时埋的地雷,天上又有飞机轰炸,老总是统帅,不能去冒这个风险。"

彭德怀:"我要去。"

2

麦克阿瑟要求国内增兵。这可比要求增加飞机、增加军事预算难得多,马歇尔说美国人舍财不舍命。参谋长联席会议开得很沉闷,一个个的神情像是在参加葬礼。布莱德雷对与会者说:"麦克阿瑟希望我们派出大量援兵,否则陆战第七师无法从楚山水库解围,第八集团军和第十军已经没有这个能力了。"

马歇尔:"难道我们敢把驻在德国的军队开到朝鲜去吗?"

这时,从第二排座位上站起一个中将军阶的人,他中等身材,金色头发,有一双招风耳朵,说不上相貌堂堂,但有一股子威风劲儿,他就是陆军副参谋长马修·李奇微,他请求发言。在这些四星上将们面前,他算是晚辈,一般情况他从不插言,今天却忍不住了,且口气有点粗鲁,他说:"我们在辩论上花了他妈的太多的时间,现在需要行动,为了战场上的士兵,我们应采取行动;为了上帝,我们应该采取行动!对于那些死亡线上的士兵,我们要向上帝负责。"

坐在宽大的桌子四周的二十几个将军用沉默回答李奇微。范登堡小声对柯林斯说:"他倒是麦克阿瑟第二。"

布莱德雷说:"休会。"将军们离座,步入休息厅。他这话有攻击麦克阿瑟之嫌,而在座的有不少人知道,他应当算麦克阿瑟的学生。范登堡就有点怀疑他有野心,他知道布莱德雷和柯林斯对他的印象颇佳。他去休息厅里端了一杯咖啡,李奇微追上他说:"为什么参谋长们不向麦克阿瑟下一道命令,告诉他该干什么?"

范登堡说:"那样做有什么用?他不会服从命令的,我们能怎么办?因为他是麦克阿瑟!"

李奇微大声说:"你们可以撤掉任何不服从命令的指挥官!"

范登堡一脸惊讶不解的表情。这样露骨地把矛头直指麦克阿瑟,除了几个巨头而外还没有过呢。结果是休会就没有再复会,喝过咖啡,将军们一个个退席。

白宫外面人声鼎沸,警察也维持不了秩序。

杜鲁门被外面的喧闹声惊动,他问新闻秘书:"什么事情?"

新闻秘书说:"一群妇女要见你。"

杜鲁门推开窗子望出去,有上千名老年的和年轻的妇女在白宫门前示威。她们打着各式各样的标语:"我们不要战争","还我的丈夫","还我的儿子","把第一师失败的真相告诉国人"。

杜鲁门烦恼地关闭了窗子。

这时艾奇逊脚步匆匆地走进办公厅。

杜鲁门说:"驱散她们。"

艾奇逊说:"警察已经出动了,不过,这样闹下去不太好,谁都没有办法对付女人。"

杜鲁门说:"那我怎么办?"

艾奇逊告诉他,这些女人是听信了传言,说陆战第一师和骑兵第一师全军覆没了,他劝总统最好去解释一下。杜鲁门不情愿地说:"好吧。"

杜鲁门一走出花栅栏大门,立刻陷入妇女们的重围中,喊声淹没了一切。手持盾牌的警察层层设防,好歹把女人们推后一点,使杜鲁门和艾奇逊有一块立足之地。杜鲁门说:"我们需要面包,没有人需要战争。这我知道,我和你们一样不愿打仗。"

一个女人尖着嗓子喊:"朝鲜战争不是你下命令打的吗?"

杜鲁门说:"是人家先打我们!"

一个老太太尖着喉咙叫:"我们美国大门口没有外国兵啊!杜鲁门,管好自己家的事,少管别人的事吧。"

杜鲁门说:"可我们有道义责任。"

一女人喊道:"让你的道义见鬼去吧,我只要我的儿子。"也有人叫:"总统的儿子为什么不去上前线?"一个烂西红柿摔在了杜鲁门的脸上。警察大惊失色,赶紧去驱散人群。杜鲁门掏出手绢擦着脸上的西红柿汁沮丧地走进白宫的院子。

3

彭德怀在签署了"三十八军万岁"嘉奖令之后去看"万岁军"。路上很不好走,到处是军车和向前挺进的部队。他注意到许多战士光着脚在雪地上走。他大叫:"停车!"

唐祥来了个急刹车。彭德怀跳下车,向部队走去,一个军官上来敬礼:"首长!"

彭德怀说:"你是连长?"

军官说:"我是营长赵得贵。"

彭德怀看了看营长的脚,一只脚上的鞋完好,另一只脚上的鞋底子快掉了,张着嘴,露出冻得发紫的脚指头,用草绳子缠着。彭德怀问:"你是营长,看着战士光着脚在雪地里行军,你为什么不想办法?"

营长答:"鞋都跑丢了,打仗的时候,上哪儿弄鞋去。"

彭德怀走过去,蹲下,摸着几个战士的脚,有的冻黑了,有的裂开了口子,直淌血。彭德怀大叫:"唐祥,找剪子来!"唐祥从工具箱里找来剪子。彭德怀脱下自己的棉大衣,"咔嚓"一剪子下去。

人们注视着。棉大衣剪成了若干方块,彭德怀亲自给一个战士包脚,战士躲来躲去。彭德怀不依,干脆让那个小战士坐在自己膝上。小战士感动得哭了。

彭德怀问:"你叫什么名字呀?"

小战士说:"我叫彭贵新。"

"咱俩一家子嘛。"彭德怀望着这个脸上有一块黑痣的士兵,眼里也闪烁着泪花。

彭贵新大咧咧地接过话茬说:"你也姓彭?那咱俩该喝一壶!咱姓彭的祖坟冒青烟了!"

彭德怀感兴趣地问:"是吗?何以见得?"

彭贵新一个手指头冲天上指着,说:"咱姓彭的出了个大官,彭德怀,认识不?几十万大军都归他指挥,说一不二。"

彭德怀忍着笑,问:"这么说,你认识那个说一不二的人了?"

彭贵新说:"跟你这么说吧,不跟你吹,我说三更时候见他,他不敢拖到四更,一家子嘛!"

李望、唐祥、谢大川几个人哈哈大笑。彭德怀说:"你省着点吹吧。"一边笑一边走向吉普车。李望拍了一拍彭贵新的肩膀,说:"方才跟你套一家子的人,就是彭老总啊!近在眼前,你还不好好套套?"彭贵新"妈呀"一声大叫,"刺溜"一下钻到人堆里再不敢露面。

到了三十八军阵地,一进军部门,彭德怀就找梁兴初。刘西元忙给彭德怀倒水:"到连队去了。"

彭德怀问:"什么时候走的?"

刘西元说:"刚走一个小时。"

彭德怀说:"这人和我犯相吗?他明明知道我来,为什么躲起来?"

刘西元不答,只是笑。他心里比谁都明白,梁兴初是有意躲出去的。彭德怀还非见他不可,刘西元只得叫一个参谋陪彭老总到一一三师去找梁兴初。

梁兴初这里仍有零星战斗,枪声时断时续。梁兴初在指挥卫生队和担架队往后面运伤员,有人报告:"彭总到了。"

梁兴初从战壕里蹦出来,迎上去,一把把彭德怀拉到战壕里,按坐地上。

彭德怀说:"吓成这个样子?"

梁兴初问:"你怎么可以到这里来,万一在我的阵地上……万一……我怎么向主席交代,我怎么向全军交代?我不成千古罪人了吗?"说着,梁兴初大颗大颗的眼泪掉下来。

听了这话,彭德怀又感动又觉得可笑。在苏区反围剿战斗中,向国民党十九路军进攻时,为了鼓舞士气,军团长彭德怀驱策战马,挥舞战刀,一马当先冲向敌阵。事后虽然挨了批评,可战士们拥护他。有人说,有不怕死的官,才有不怕死的兵。他拍拍梁兴初的手,说:"看你说得多么严重。其实,梁兴初的命彭德怀的命是平等的,没有什么区别。我饿了,有吃的吗?"

梁兴初猫着腰钻到战壕那头,最后找来了两个馒头,一磕当当响,已经冻实心了。他说:"这也没法啃哪!"

彭德怀见旁边有几个战士也在啃冻馒头,就接过来,从小战士手里借了一把刺刀,用力一剁,剁成两半,他费了很大力气咬下一小块,用力咀嚼着。

这时炮声哑了,梁兴初大声吼:"打炮,怎么不打了?"

不一会儿,一个参谋跑过来说:"坏了,卡壳了!谁也弄不明白。"

"我去看看。"彭德怀站起来就朝炮位走去,梁兴初根本拦不住。彭德怀走到那门迫击炮旁,拉开膛看看,很快找到了毛病,排除了故障。他叫人搬来一发炮弹,亲自投弹上膛,自己去校正、瞄准。好多战士都好奇地围过来看。彭德怀亲自发了一炮,一炮击中了前面蠕动着的一辆坦克。战士们欢呼起来,几乎忘了是在战场。有人说:"老总神了!"

彭德怀对战士们说:"一点也不神,我在湖南讲武堂学的就是炮科,好多年不摸大炮了,手心发痒。"

战士们还都围着彭德怀,梁兴初吓坏了,一个劲儿央求:"彭总,你快走吧,这不是你待的地方。"

彭德怀说:"别婆婆妈妈的!这也不像'万岁军'的一员虎将啊!"

梁兴初说:"彭总你坑了我啦。"

彭德怀说:"哎,你这人!上次批你、训你,看你那熊样,连饭也不吃,逃走了。这回,喊了你'三十八军万岁',这是我打心眼里喊出来的,你怎么又这德性?"

梁兴初说:"胜败无常,万……万一我再打不好,别人就会拿这当话柄,你还是把'万岁'两字收回去吧。"

彭德怀说:"你看得太重了。我彭德怀也有失算的时候。唐代诗人杜牧有一首诗,叫《题乌江亭》,是说项羽的,我念给你听——胜败兵家事不期,包羞忍耻是男儿。江东子弟多才俊,卷土重来未可知。吃五谷杂粮的人,没有不犯错误的,只要我们一生光明磊落,不文过饰非,老老实实做人,对得起良心,就行了。"

梁兴初感动地望着慈祥的彭德怀,他说:"想不到,彭总是慈母心肠。"

彭德怀瞪了他一眼:"怎么,从今往后,又不怕我了?"

梁兴初说:"哪敢啊!上次挨了批,天天晚上做噩梦。"

彭德怀笑了起来。

这时枪声响了,有战士喊:"敌人又要突围了。"

梁兴初下令:"警卫连,马上护送彭总走!"

彭德怀却推开别人,拿起望远镜向阵地瞭望。

4

美国兵的大撤退也很能摆谱。上有飞机掩护,下有坦克开路,步行的美国兵是极少数的。但这也有弱点,一旦有军车抛锚,后面的就走不动,反而不如步行。

沃克的吉普车在拥挤的队伍中前行。为躲避一些席地而坐的伤兵,汽车陷到深雪中,用力后退,车轮"纺线"。沃克的副官泰纳跳下车,对过路的士兵喊:"来呀,帮助推一下。"

一个兵说:"哈,车上有两颗星,这是沃克将军的车了!"另一个兵说:"假如这车上再涂上一颗星,不知道还得死多少人。"也有人叫:"将军自己下来推嘛!"

沃克气得发抖。泰纳好歹找了几个士兵,费了好大力气把车推了出来。这时,挂着一根大木棒的萨姆·沃克走来了,他的手上也缠着绷带。

泰纳已经跳上了车,贝尔顿正要启动,有人拼命敲车门。泰纳骂了句:"浑蛋,敲什么!"

贝尔顿却叫:"是萨姆!"

又惊又喜的沃克推开车门:"你好吗?萨姆!真高兴你活着,你们的第二师太惨了。"

萨姆说:"我的连队,只剩下八个人了。"他苦笑了一下,从军用背包里取出一张卡片,挂到了车座上。卡片上写着"六十一"。

"生日卡?"沃克惊呼起来,"天哪,今天可不是我的生日吗?12月3日!我六十一岁的生日。好儿子,你替爸爸想着呢。"

萨姆说:"爸爸生日快乐!我希望下一个生日贺卡不在战场上交给你。"

沃克很感动,连他自己也记不起今天是自己的生日了。他拥抱着儿子说:"当然——假如我能有第六十二个生日的话。"他有几分凄然。

萨姆看看表,说:"妈妈现在正坐在西面的阳台上呢。"

沃克问:"你怎么知道?"

萨姆说:"我写信约好了的,华盛顿时间8点整,我们一起说:生日快乐!"

沃克看看表,和儿子同时说:"生日快乐!"

沃克对泰纳说:"我们走吧。"

萨姆问:"什么地方再见?"

"平壤吧,"沃克又更正说,"平壤我们也未见得守得住,也许是汉城。"

萨姆调皮地笑了:"最好是华盛顿,在温暖的炉火熊熊的壁炉前吃比萨,那是世界上最美的事了。你去同麦克阿瑟谈谈,叫他别再吹牛,他说感恩节回家,又说圣诞节回家,现在他该再向他的士兵许什么愿了呢?"

沃克拍了拍儿子的脖子:"好好干!"

汽车在发动。萨姆俯身对司机贝尔顿说:"别开飞车。"

贝尔顿说:"可你爸爸喜欢飞车。"

萨姆说:"别听他的,巴顿就是纵容他的司机开快车的人,结果他到底丧命于车祸。"

沃克说:"别啰嗦了,保重!"

车子一溜烟消失了。

5

没有人逼迫杜鲁门一定在这种时候召开记者招待会,他本来就讨厌记者。可是国会听证会上,不少议员对朝鲜战争提出质询、质疑,他想借记者招待会的形式澄清一些误会。艾奇逊劝阻过他,怕他弄巧成拙,杜鲁门没有采纳他的建议。前面开的还不错,杜鲁门有问必答,而且借题发挥较多,都是从美国是正义之师、美国必胜的角度说的,而且一直举着联合国的旗帜。终于有人讨厌地问到中国参战的事了。杜鲁门觉得不能多说，言多必失，又不能不说，他想尽量说得含蓄一些，讲点语言艺术。

杜鲁门说："我们希望中国人民不再受骗，不要再为共产党充当炮灰。"

一女记者说："总统先生，我们更关心怎样结束战争，听说您被一群妇女包围了几小时，您可怜这些母亲和妻子吗？"

"当然。"杜鲁门说。

女记者问："她们的儿子、丈夫死在朝鲜，这过失应当由您来承担吗？"

杜鲁门勃然变色："如果这样，任何一个总统和将军，都应当上断头台。他们是在为国家而战。"

又一记者问："总统先生，您拥有有效手段改变朝鲜战局吗？"他自报家门说，"我是《芝加哥每日新闻》记者保罗·利奇。"

杜鲁门说："我将采取一切手段，使用一切有效武器。"

保罗·利奇马上追问："是否包括使用原子弹呢？像总统在广岛使用的一样？"

杜鲁门稍加回避："我说，包括我们拥有的一切武器。"

利奇问："总统拥有原子弹，是不是总统正积极考虑使用原子弹？"

杜鲁门脱口道："我们一直在积极考虑使用它，当然并不希望真的使用它。它是一种可怕的武器，会杀死许多无辜的老人和孩子。"

金丝吉挤上前："我是《芝加哥论坛报》记者金丝吉，总统先生方才说，正在积极考虑使用原子弹，是这样吗？"

杜鲁门不耐烦地点点头："我说过了，是在积极考虑使用原子弹。"站在他一旁的艾奇逊拼命递眼色给他，杜鲁门发现时已来不及收回了，便语无伦次地说："这是由军人们决定的事，我不是处理这类事情的军事当局。"艾奇逊急得扭过头去叹气。

金丝吉穷追不舍："根据法律，使用原子弹的唯一权力掌握在总统，也就是您手上,不是吗?"

杜鲁门说:"谁批准是次要的。"

金丝吉问:"这么说,只有使用原子弹是主要的了?是否可以这样理解?"

杜鲁门急了:"我无可奉告。"

艾奇逊认定杜鲁门捅了娄子,当天英国就有了负面效应。艾德礼对外交大臣说:"杜鲁门是不是精神错乱了?他怎么可以胡说在朝鲜使用原子弹?"

外交大臣说:"这可是合众社、美联社的官方新闻。"

艾德礼说:"这在西方世界会引起一阵恐慌,我恐怕要到美国去一次,同杜鲁门讨论一番,如果他固执己见,我们就撤回我们的两个旅。"

消息传到东京,麦克阿瑟是另一种反应,他认为杜鲁门是色厉内荏。

惠特尼对麦克阿瑟说:"这次损失太大了,第二十五师几乎全军覆没,第二师也损失了两个团,当时北援的骑一师距离他们只有一公里,硬是打不过去,中国人顶得太厉害了,让我们的空中优势都失去了作用。"

麦克阿瑟愤愤地说:"骑一师,还号称'开国元勋师'呢,狗屁,笨蛋!"

惠特尼说:"杜鲁门说要使用原子弹,英国、加拿大、澳大利亚全都慌了。"

麦克阿瑟说:"杜鲁门要真有这个胆量就好了。"

停了一会儿,麦克阿瑟问:"战报统计上来了吗?"

惠特尼说:"我们美军在这次战役中损失两万四千余人,李承晚部队一万二千余人。"

麦克阿瑟说:"告诉沃克、阿尔蒙德,全线总撤退。"

惠特尼说:"这不用我们来下令,他们撤退的速度比我们想象的要快得多。"

麦克阿瑟拍了一下桌子,拍得烟斗跳起来。

6

彭德怀正在视察战场，总部传来消息，邓华的车子翻了，头碰伤了。彭德怀听说不是很严重，就告诉洪学智马上安排他回国治疗。此时他站立的地方是三十八军的战场，战斗惨烈到什么程度，一看地上的死尸便知道了。一些担架队员在往下抬烈士尸体。所有的尸体经过彭德怀面前时，他都要揭开盖脸的布看一看，看着一张张年轻而又血肉模糊的脸，他很难过。一个干部拿来一副白手套给彭德怀，示意他戴上。彭德怀看了看他，把手套扔在了一边。恰巧一个抬担架的战士摔倒了，跪倒在地，半天起不来。彭德怀走过去，接过了担架。别人一见，都上来抢抬担架，想换下彭德怀。他摇摇头，目不斜视地抬着烈士遗体向前走。人们注视着彭德怀伟岸的背影。

在停放尸体的地方，彭德怀将担架轻轻放下，他看着死者的脸，把手绢拿出来，轻轻擦拭着死者脸上的血，那是一张稚气未脱的脸。他伸手去摸死者的口袋，摸出一张全家福照片、一封信。那是一对农民夫妻与儿子的合影。彭德怀久久地凝视着那张照片。站在身后的韩先楚、梁兴初等人都肃穆地看着。他轻轻展开那封未来得及邮寄的信。看得出小战士没喝过几年墨水，字写得歪歪扭扭，短信中错别字不少于十个。一个朴实敦厚的农民儿子仿佛在与他那脸朝黄土背朝天的父母拉家常。

爹、娘：

我们是过江来打美国鬼子，你们不要难过，打完了仗我就回家种地。我老是想，我晚参军一天就好了，能把咱家的篱笆夹起来，才夹了一半……

泪光在彭德怀眼中闪烁。他缓缓地站起身，把照片放进信封里，揣进了自己的口袋,他同谁也不说什么,抬起担架默默地向前走。副师长刘海清想上去替换彭德怀,梁兴初制止了他。

彭德怀嘱咐梁兴初,要好好安葬烈士,修一个像样的墓,别叫当父母的寒心。梁兴初口中答应,可他办得到吗?这寒冬数九天气,地冻三尺,挖一个墓穴,五个人一天也挖不出来。有时候撤退任务急,连烈士的尸体都来不及收,但他懂彭德怀的心。有条件的话,应该让他们尸骨还乡。

人们默默地望着抬担架的彭德怀。

彭德怀想起了父亲讲的一桩往事。父亲年轻的时候,和一个朋友到外地去贩米,他的朋友客死他乡,父亲没钱雇船来运尸体,就背着死尸走了几天几夜,背回家的时候,尸首都磨得露出了骨头,他不忍心同伴骨埋他乡……他此时也许为这些烈士不能尸骨还乡而伤感。

人们都默默无语。

放下担架以后,彭德怀站在战场上看着。他看见有几个人在扒美国兵尸体上的大皮靴,扒下来穿到自己脚上。还有几个人搜到了牛肉罐头,连忙用刺刀撬开来吃。一见彭德怀过来,连长觉得丢脸,就赶上来斥责吃罐头的战士:"放下,太不像话了!"连长一脚踢飞了罐头。

彭德怀走过来,看了那连长一眼,什么也没说,又捡起一个美国罐头,拾起一把刺刀,切开罐口,递给两个低着头等着挨训的战士,说:"吃吧。"两个战士捧着罐头,眼泪噼里啪啦往下掉。

彭德怀又往前走去,他放慢了脚步,当韩先楚赶上来时,他抑制不住内心的激动,说:"这就是我们的战士,有这么好的战士吗?可我们让他们挨饿,让他们光着脚,在零下三十度的雪地上奔跑打仗。"

韩先楚说:"前面部队对后勤供应很有意见,我们的四十军,有一个师,几千人饿了两天两夜奔袭一百多里,打了个胜仗。仗打胜了,好多人却饿昏了。"

彭德怀说:"这个问题要解决。我们没有制空权,咱们国内老百姓勒紧了裤带节约了粮食、肉,可送不上来,大部分叫飞机炸毁在半路上。"

彭德怀说:"我看炒面这东西行,好带,不用生火,可以电告中央,今后供应粮食可以以炒面为主!"

韩先楚说:"这是个好办法。"

由于战线南移,志愿军总部也向南转移,解方选中了君子里。这里也是废弃了的矿山,在山沟里。

彭德怀的吉普车赶到君子里时,见洪学智、解方等人正在组织人修破旧的兵工厂房屋。这里也有些矿洞,人们把破矿车、工具推出来。彭德怀走过来看了看,说:"司令部不能设在这儿,离前线太远,再往前挪。我不在这儿当君子。"

洪学智说:"还怎么靠前?指挥太靠前了,情况有突变,会影响指挥的稳定性。"

彭德怀说:"你总有理。"

洪学智说:"当然。这儿已经很靠前了,金日成住在西浦,离这里也很近,联络方便。"

彭德怀说:"那就先在这儿吧。"

解方走过来,说:"敌人大部分跑过了'三八线',四个轮子跑得倒是快。我们的方针变不变?"

彭德怀说:"从军事上讲,我们应当追,所谓士气高昂、势如破竹。可是,我们打了两个战役,没有歇气,战斗减员严重,非战斗减员也不得了。九兵团南方人多,本来不抗冻,又没有足够的棉衣,冻伤了那么多人,我们必须休整一段时间,明年春季再战。"

解方说:"我也是这个意思,写个方案报中央军委吧。"

彭德怀点点头。

12月6日,志愿军和朝鲜人民军光复了首都平壤,这当然是一件大事。

平壤易主,有人欢乐有人愁,华盛顿不得不再考虑麦克阿瑟的意见,战争毕竟是他在指挥。在参谋长联席会议上围绕着是否轰炸中国本土的问题争论不休。布莱德雷对参谋长们说:"麦克阿瑟又提出了四点建议,要我们答复。"

柯林斯说:"封锁中国海岸、轰炸中国工业基地、派蒋介石军队入朝作战,这都是老生常谈了,能解决问题吗?"

范登堡说:"总统说要使用原子弹,这个冲击波还没完事呢。"

佩斯说:"是的,听说英国下院闹得厉害,工党议员一百多人签名请愿,声称艾德礼如果对杜鲁门使用原子弹给予支持的话,他们就退出工党让它垮台。"

柯林斯问:"艾德礼不是飞来了吗?"

布莱德雷说:"现在,杜鲁门和艾德礼是难兄难弟,美国要求弹劾总统的呼声也高起来了。"

艾德礼在午餐会上并没有急于说反对使用原子弹的事,他们斯斯文文地吃着法国菜,先是说些不着边际的话,谈伦敦的大雾,说苏格兰的威士忌没有从前好喝了。后来话题涉及了中国,艾德礼说:"也许,让中国参加联合国是个好主意。他们便会放弃武力。"他的意思很明白,把中国拘到联合国的"方圆"中。可杜鲁门认为,中国真的进了联合国,与苏联一唱一和,会更加不服天朝管。

杜鲁门切了一块熏鱼放在口中,说:"绝不能让中国进入联合国。"

艾德礼说:"亚洲对我们有好感是重要的。"

艾奇逊说:"美国的安全更重要。"他甚至想说:你既然这么想获得中国人的好感,干吗不把香港交还人家呀?毕竟感到这太刺激了,就没有说出口。

杜鲁门喝了一口酒,说:"朝鲜战争还要打下去,今天的消息,中国军队正在进攻平壤,如果他们占领了平壤,他们会不过'三八线'吗?"

艾德礼说:"双方如果稳定在现在的'三八线',我看寻求停火也许是明智的。"

杜鲁门说:"前提是我们必须是战胜后的停火。"

艾德礼说:"有传闻说总统先生在积极考虑使用原子弹,我希望是新闻媒体的以讹传讹。"

杜鲁门说:"如果这消息已经危及你们工党政府的存在,我想,就不使用原子弹吧。"他的承诺是通过玩笑的口吻传递出来的,虽不太严肃,艾德礼仍然觉得不虚此行,至少他的椅子要安稳多了。

7

一家外国通讯社报道说,1950年年底北京全城飘散着炒面味儿。这一点都不夸张,但还有另外的景观。许多老太太、妇女们在赶制棉军装,有的在做鞋垫。学校里,学生们在做慰问袋,牙刷、牙膏、笔记本是慰问袋里的主要物品。农村,到处是晒好的干菜,茄子干、豆角干一麻袋一麻袋装上车,上写"支援抗美援朝"。大街小巷到处是"抗美援朝,保家卫国"的标语。

中南海也不例外,户外支起了巨型大铁锅,火光熊熊,周恩来挥动大铁铲,和中直机关干部们一起炒炒面。刘思齐扛着一袋子面粉走过来,放到地上。她问:"周叔叔,信和药给他捎去了吗?"

周恩来忙说:"哦,捎去了,他很高兴。"

刘思齐像在等什么,见周恩来回过身又忙着去炒面,不得不问:"他……他没给我写封信来?"

阴影笼罩了周恩来的脸,但他很快克制自己,说:"信使说,他本来要写的,信使回来得太匆忙,只好下次再带了。"

明显的失望爬上了刘思齐的脸。她低低地说了声"谢谢",走了几步,又回来:"周叔叔,那信使家住哪儿,叫什么?我想去见见他……"

周恩来想了想说:"我也不清楚,回头我打听一下,好不?"

刘思齐垂着头走了。望着刘思齐远去的背影,周恩来十分难过。炒了一会儿炒面,周恩来叫秘书出去问,章汉夫回来了没有。他奉周恩来之命又一次会见印度驻华大使潘尼迦。

这一次是潘尼迦主动请求会见的。潘尼迦把一沓文件递交给章汉夫:"这是一项倡议条文备忘录,它是十三个亚非国家联名提出的,希望贵国政府能慎重考虑。"

章汉夫看过,说:"我明白了,你们传递了这样一个信息,建议我们先在'三八线'停火。"

"是的,"潘尼迦说,"这是所有非欧美国家提出来的,不能说是支持美国的。如果中国肯宣布不越过'三八线'的话,则会得到道义上的支持,我们将向安理会提出这项建议。"

章汉夫说:"谢谢大使先生,我将向我的政府转达。"

章汉夫离开外交部,马上到中南海西花厅向周恩来汇报。周恩来拿了潘尼迦的那份文件马上去见毛泽东。毛泽东对周恩来说:"早不提晚不提,美国败过'三八线'去了,十三国来了这么一手。可能他们的动机是好的,可我们不买这个账。"

周恩来说:"要害是先停后谈,等到美国喘匀了一口气,又会翻脸不认账。"

毛泽东说:"1946年马歇尔来中国调停,玩过这种把戏,这个亏我们是吃够了的。"

周恩来说:"我准备约见一下印度大使,向他们提几个问题:为什么十三国不反对美国对中国和朝鲜的侵略?为什么美国打过'三八线'的时候十三国不讲话?为什么十三国里还有菲律宾?菲律宾是向朝鲜出兵的国家,它有什么资格充当中间人?"

毛泽东哈哈大笑:"深刻,可谓入木三分。不过潘尼迦还是一番好意的,不必伤他。"

周恩来说:"现在,我们越不越过'三八线'的问题,必须重新考虑了。"

毛泽东说:"从客观上讲,彭德怀暂不过'三八线'是对的,现在十三国提案杀了出来,客观上适应了杜鲁门的愿望,可借机把我们限制在'三八线'以北。由此看来,必须越过'三八线'。立即电告彭德怀,取消休整,克服一切困难,立即发动第三战役,打过'三八线'去。"

周恩来说:"何况,'三八线'自从麦克阿瑟粗暴地越过它向北进犯,事实上已经不存在了。"

8

志愿军司令部里炉火正旺。李望抱来一大捆报纸,彭德怀走过来翻开报纸说:"咱这不是看新闻了,半个月的报纸一齐来。"

洪学智等人都来拿报纸看。这个说:"嘿,这篇文章写得棒!把三十八军写神了。"那个说:"说我们的高射炮百发百中,吓得敌机不敢来轰炸,这可有点吹牛皮了。"

李望把一张报纸推给彭德怀,说:"老总你看,这篇战地通讯写得挺好。"彭德怀拿过来看,大字标题是《彭大将军临危受命,驰援朝鲜旗开得胜》,署名是前线记者康乃馨。彭德怀皱了一下眉头往下看。

李望说:"你看标题,多有气魄。"

彭德怀说:"我看是拉大旗作虎皮。"他认真地看了一会儿,甚至用红蓝铅笔在字里行间勾画了几笔,然后问:"这个康乃馨是男是女?"

李望说:"这可没人知道,前线记者有的是。"

彭德怀说:"小资味儿,文章里也充满了小资味儿。康乃馨是西方人最喜欢的一种花吧?这名字起的一股脂粉气。"

洪学智说:"你这未免形而上学了吧?还没见到人,怎么就扣了一大堆帽子?"

彭德怀笑起来:"历来是文如其人嘛!你们有机会让这位康乃馨同志到我这儿来一下,也别特意来,顺路就行。"

李望说:"好吧。"他想了想,斗胆地问,"老总不是想狠狠训训这个记者吧?"

彭德怀说:"也不一定是训,这个记者倒是挺有文采的。交个朋友总可以吧?我彭德怀学问不大,也附庸风雅一番嘛。"

李望说:"谁说老总学问不大,你经常把我们几个考住。"

彭德怀大笑:"井底之蛙!你们是没见过大世面,以为彭德怀就一手遮天了。其实,山外有山,人上有人啊。"

李望说:"你这一说,我也得见识见识这个康乃馨了,彭老总这么器重的人不多呢。"

这时政治部主任杜平来了,他认识康乃馨,他告诉大家,这康乃馨是个女的,是个长得十分漂亮的女孩子。

李望脱口说:"这可得见识见识!"

杜平说:"想入非非了吧?怎么一听说漂亮就动心了?"

人们大笑,李望闹了个大红脸。

第十四章

I

经过兵灾和战乱,美丽的平壤已经是疮痍满目了。这是一个暴风雨肆虐的天气,天地间一片混沌。一些刚刚赶回首都还没有班可上的工人、没有书可念的学生都走到街上去清扫积雪。风雪中国旗和过街旗飘扬,让人看到了喜庆色彩。

12月10日,彭德怀驱车来到一片废墟的平壤。

在一个足球场上,金日成、彭德怀检阅了军队。之后,金日成、彭德怀在一所尚保持完好的政府大楼里会谈。这时,朴宪永走进来,说:"苏联大使特伦蒂·史蒂科夫中将想见见你们。"金日成笑笑:"好啊。"彭德怀没有表现出多大热情。

史蒂科夫进来后,与二人握过手,说:"祝贺你们,平壤又回到了人民手中。"

金日成说:"谢谢。"

史蒂科夫以居高临下的姿态说:"有消息说,彭将军想休整一下,不往'三八线'以南打了?"

彭德怀望着他，没有出声。金日成解释说："补给问题，战斗减员问题，都不能不使我们休整。"

"这是目光短浅！"史蒂科夫说，"无论从军事上和政治上，都是右倾、保守。你们志愿军没有理由停步，你们必须打过'三八线'去，一直打到釜山，把敌人赶下大海。"

彭德怀本来十分严肃的冷脸突然绽开，他大笑起来，笑得史蒂科夫莫名其妙。他说："我多想一个早上就把美国人赶下太平洋啊！可是，大使同志，你也是位将军，你该知道，我们用两条腿去追击一支现代化装备的军队，不一定明智吧？"

史蒂科夫说："打仗时这么犹犹豫豫，在这个世界上还从未见过。"

彭德怀板起了面孔说："如果我们有空中掩护，也许是另一个样子了。"

史蒂科夫也许听出了弦外之音，他不再出声，一转身走了。

金日成说："一旦打了胜仗，就容易滋生速胜情绪。"

彭德怀说："速胜的另一面就是失败主义、逃跑主义。"按他的意思，现在第一位的是休整。他把自己的想法向中央报告后，毛泽东却持相反意见，要彭德怀马上打过"三八线"去。

那位史蒂科夫得到消息，更加得意扬扬。

彭德怀只得召集首脑会议贯彻。彭德怀端起大茶缸喝了一口水，说："毛主席和军委叫咱们马上打过'三八线'去，大家发表意见吧。"

解方说："我们原来建议休整，中央不是已经同意了吗？"

彭德怀说："时局瞬息万变嘛。"

韩先楚说："国内必须马上给我们补充老兵，老兵来了就能打，新兵就不行了。后备梯队到现在不上来，确实困难很大。"

洪学智说："敌人撤得那么快，不完全是因为要保存实力。他们在'三八线'无险可守，没有依托。他们也很惨，也需要休整。彭总不是说敌人有抢占既设阵地的意图吗，我们更不宜打。"

彭德怀说："从军事上看马上打不利，可从政治上考虑快打为宜，战场上的现实与政治要求有明显距离,怎么办?"他像是自问自答。大家都看着彭德怀。他猛吸了一口烟,说:"怎么办?军事只能服从政治。打,服从中央决定,不再申诉我们的理由,打过'三八线'去。"大家都走到了地图前,彭德怀指点着说:"我们困难太多,要稳进,打过'三八线',见好就收,否则会吃大亏。"彭德怀又说,"邓华回国养伤,你们几个多辛苦一点。"

2

12月23日,沃克中将冒着风雪上路,他不放心前面的防务,想亲自到议政府一带去看看,第二陆战师在那里构筑防线。

"到第二陆战师去?"泰纳说,"麦克阿瑟将军给萨姆颁发的勋章已经到了,给他带去吧。"

沃克说:"好吧。我是最不愿意为自己的儿子颁发勋章的,麦克阿瑟又非让我扮这个角色。"

泰纳又跑回屋子,少顷,拿了一枚银光闪闪的银星勋章出来,上了车,他干脆把勋章别到了车后座上。

车子在冰冻的路上疾驰。沃克说:"我的情报官詹姆斯·塔肯顿获悉了彭德怀的一些迹象,我对临津江防线还不放心,它未必能挡得住中国军队的猛攻。"

泰纳说:"中国军队的伤亡超过我们,他们不会在近期发动攻势的。"

沃克说:"我已经没有判断能力了,对中国,你没法判断。他们什么都不按常规办。"

眼前雾蒙蒙一片,路面结了一层冰,泰纳提醒司机:"贝尔顿,开慢点,路太滑。"

沃克却说:"再快点,开慢车使人发困。"他手扶着前额,忧心忡忡地说,"麦克阿瑟一个一个攻势都破产了,我们有可能在朝鲜泥足深陷。也许,我和麦克阿瑟一样,一生中所换得的一点荣誉,全在这里输光了。"

"不会的。"泰纳说,"谁不知道将军在欧洲战场上是号称'虎狗头'的战术家?你是公认的战术权威。"

沃克苦笑:"落花流水的权威。"

泰纳发觉贝尔顿超车时左右摇摆,就再一次提醒:"贝尔顿,慢一点。"

贝尔顿说:"沃克将军坐我的车从不害怕。"

沃克说:"是呀,在欧洲战场贝尔顿就是我的司机,不过那时没有飞机让他开。贝尔顿,我们一起在吉普车里颠簸了有多少小时?"

"至少有两千个小时。"贝尔顿说,"一点不比王牌飞行员在天上飞得轻松。"

泰纳说:"将军今后可以不分心了,第十军总算归第八集团军辖制了,早该如此。这回是柯林斯上将的主意,大 A 不会有什么不快乐了。"他说的大 A 是指阿尔蒙德。

沃克说:"他是麦克阿瑟的亲信,归不归我指挥都一样。那个浑蛋情报官威洛比也是亲信,他的下属有大量证据证明中国大批军队拥入了朝鲜,可威洛比就是不相信,反而训斥下级。"

泰纳说:"前几天,波尔克中校对我说,麦克阿瑟拿他的军队冒险无所谓,只要不拿他的家庭冒险就行了。他说,一个赌徒走红运时,蠢材也被人称为天才,'老鸦'正是这种阿谀奉承的人。"

沃克问:"老鸦是谁?"

泰纳说:"威洛比呀,整天到处呱呱叫,你看像不像个老鸦?"

贝尔顿大笑起来:"太像了。"

路面特别滑,贝尔顿躲避对面来的车时只能用点式刹车,吉普车仍然甩尾扭秧歌,沃克的钢盔滚到了座位下面。泰纳叫他小心,他俯身拾起钢盔,看见了画在钢盔上的两颗黄色的五角星,不禁心有所感。泰纳对沃克说:"将军,用不了几天,这钢盔上又要多一颗星了。"沃克并没有显得特别高兴,麦克阿瑟告诉过他,要晋升上将了,沃克认为已经是迟到的三星上将了。他和陆军参谋长柯林斯是西点军校的同班同学,柯林斯战场上的建树远没有沃克突出,可他早就是上将了。

这时,迎面正驶来一辆接一辆的运输卡车。突然,对面一辆载满武器的卡车想冲出队列超到前面去,泰纳发现,大叫一声:"危险!"

正说说笑笑的贝尔顿急打方向盘,没有躲闪及时,那辆大卡车"轰"的一声撞在吉普车的左后部。吉普车在冰滑的路面上转了几个圈,贝尔顿终于未能使它稳住,车翻下了沟。

人们惊呼,底朝天的四个车轮仍在转。泰纳、贝尔顿和机枪手都被甩出车外,甩到了雪地上。泰纳从雪中爬起来,四下看看,大叫一声"将军"便扑过去。从吉普车门渗出来的血,滴在雪地上。沃克仍倒悬在车中,窗玻璃碎片扎在他头部,他满脸是血,别在车后座上的银星勋章在摇晃……泰纳大叫着:"将军——"

贝尔顿抓住那个肇事的南韩卡车司机狠揍一顿,打得韩国司机抱着头晕头转向。

机枪手拦住一辆卡车。几个人把沃克抬到车上,甩毯子盖好。泰纳想起来,八〇五五陆军医院就在不远的地方,就命令卡车司机向那里开。为了畅通无阻,泰纳手扶车门,站在踏板上吆喝着开路,到达八〇五五陆军医院时,泰纳的手都冻得僵直了。泰纳指挥着人们把沃克从车上抬下来,沃克双眼紧闭,脸色惨白,紫黑色的淤血凝固在脸颊和发际,已经摸不到脉搏了,但跑出来的大胡子军医一听说伤员是沃克中将,还是令人马上抬到手术室去。

精神从高度紧张状态松弛下来,泰纳觉得心悸目眩。他快步跟在担架后,不知谁对他大喊一声:"血!"他低头一看,自己的腿骨断了,扎破了肌肉,血流满腿。他一下子坐下去,捂着腿高叫:"救活他呀,他是沃克将军!"

沃克儿子的防地离八〇五五医院只有五英里,沃克没能见到他的儿子,萨姆给他送生日贺卡那次是最后的一面。

这一天,萨姆感到烦躁不安,一个人躲到房间里喝酒。长相如摔跤手的第九军军长库尔特走了进来,说:"到八〇五五医院去吧,你爸爸出事了。"

萨姆愣了一下,站起来,傻了一般。

"快去呀!"库尔特拍了他肩膀一下。

萨姆一脚踢开门,冲了出去。库尔特少将用自己的吉普车把萨姆带到了八〇五五医院,当他们赶到医院时,一位军医正把白布盖到沃克的脸上。一见这情景,萨姆大叫了一声:"不!"奔过去,扑到床前,一把掀开盖尸布。沃克已经死去。他脸色苍白,下颏向上扬着,额头的伤口缠着纱布。萨姆哭叫着:"不,爸爸,你不能死,妈妈站在阳台上等我们回去呢!"萨姆不相信这是真的。二十天前,父亲刚刚过完六十一岁生日,没想到仅仅过了二十天,他就死去了。那一天,沃克还说"假如我能有第六十二个生日的话",萨姆清晰地记得说这话时他脸上的凄然和无奈。

泰纳的腿已上了夹板,他被别人扶着,艰难地走来,手上托着一枚银星勋章。他对萨姆说:"沃克将军是带着你的勋章来的,可惜,他没能亲自挂在你的胸前。"

萨姆抓起勋章,狠狠地扔在地上:"我不要,我要我的爸爸!爸爸呀,前几天你还说,你可能没有第六十二个生日,你真的死啦!爸爸,你把千千万万美国人送到朝鲜来打仗,是为了什么?你想明白了吗?你最后把自己也留在了这里!"萨姆痛哭失声。

库尔特拿来一面美国国旗,盖在了沃克的遗体上,他像是自言自语地仰起头,面对飘洒着清雪的天空说:"沃克败北的罪名是与军中盲目乐观的惨败连在一起的。他在'釜山防御战'中拯救了他的第八集团军,但却很少有人注意到他的功绩。这一切,都将在朝鲜的大雪中埋葬掉。"库尔特叫人把沃克遗体用车运到汉城去,准备空运回国。

大雪在飘落。

在麦克阿瑟官邸大餐厅里,今天晚上有电影,是获得第二十二届奥斯卡金像奖三项大奖的影片《国王的弄臣》,这是一部新片。威洛比少将和他的情报参谋詹姆斯·波尔克中校也赶来看电影,片子没到,两个人在打飞镖。

波尔克是个牢骚大王,麦克阿瑟并不喜欢他,认为他"标新立异,耸人听闻"。波尔克连续四镖都扎中了圆心,他眯着眼睛说:"如果最后一镖也打中了圆心,那我们就有希望保住'三八线'。"

威洛比在一旁笑。

一镖扎去,扎在了外圈。波尔克"嗨"了一声,说:"完了,我赌输了。"

威洛比说:"老头子比你输得惨。"

波尔克说:"他真是一个可怕的赌徒,他就是不相信中国的军队会大批介入。我真希望他失败,这也许意味着一个时代的结束。"

威洛比突然支起耳朵,并且马上摆手:"快,他来了。"

波尔克忙把镖盘摘下来,塞到了桌子底下,二人垂手侍立。

一阵皮靴响,门开处,麦克阿瑟和哈佛上校走了进来。哈佛替麦克阿瑟挂了大衣、帽子,麦克阿瑟脸色灰暗,看也不看威洛比和波尔克,推开里间的门,走了进去。方才麦克阿瑟应吉田茂总理大臣之邀,去参加一个签字仪式。他饭也不想吃,珍妮给他端来一杯茶,关切地看着他的脸色问:"不舒服吗?去看看电影吧?"

"不看。"麦克阿瑟躺在摇椅上,壁炉火熊熊,烤红他的脸,电话铃响了,他迟疑一下,才烦躁地拿起听筒,漫不经心地应答着。突然他从摇椅上弹了起来,他的脸色骤变。他几乎一句话没说,有气无力地扔下了听筒,呆呆地望着炉火。

夫人珍妮走过来问他:"怎么了?"

麦克阿瑟打领带,戴帽子:"沃克死了,车祸。"

夫人问:"你要去参加他的葬礼吗?"

麦克阿瑟说:"我怎么能不去呢?沃克好可怜,他是一个能干的将军,多亏沃克及时了解到中国军队的实力,他的战略大撤退之神速,挽救了第八集团军。想不到,他和他最崇拜的巴顿一样,都不是死在敌人的枪弹下,而是车祸。他真不幸,再晚死十天,他就是上将了。"

夫人说:"下一个接替他的该是谁呢?"

"李奇微。"麦克阿瑟说,"我和柯林斯早有默契的,一旦沃克的职位出缺,立刻以李奇微来替补。"

夫人说:"你们真不是好人,沃克没出事,你们就诅咒人家了。"

"我也诅咒我自己。"麦克阿瑟说,"军人的生命是随时随地都有可能中止的。"他走出房门时,餐厅里的电影已在放映。麦克阿瑟推开门吼了声:"给我停!沃克死了,你们还有心思乐!"

银幕上顿时一片漆黑,没有一个人敢言语,只有坐在最前面的小阿瑟顶了他父亲一句:"沃克死了就不演电影了,杜鲁门死了,饭也不吃了吗?"

阿珠忙去捂小阿瑟的嘴,波尔克用手捂口笑起来。麦克阿瑟没有跟他的宝贝儿子计较,大步走了出去。

3

一辆往前方运送弹药的汽车在君子里附近的岔路口停下,从车上跳下一个女兵,虽然也是棉军装,但似乎剪裁得特别合体,显现出她苗条的身段。她的面孔白皙,有一双水汪汪的大眼睛,齐耳短发,总是面带三分笑的样子。她就是战地记者康乃馨。她迈着很有弹性的步子走来,小挎包一颠一颠的。在山沟里,她被哨兵拦住,恰好刘亮路过,她就问:"彭老总住在这儿吗?"

刘亮警惕性很高地打量她几眼,问:"口令?"

康乃馨说:"金刚山。"

刘亮放下心来:"包扎所的护士吧?找彭老总干嘛?他可没工夫管乱七八糟的事。"

康乃馨文静地一笑,问:"你是谁呀?"

刘亮说:"我呀,彭老总的事当一半家。"

康乃馨"扑哧"一下笑了:"那我知道了。催他睡觉呀、吃饭啊,这些事你当家,那你是个警卫员。"

刘亮说:"你就小看人,我就不像个参谋长、作战处长的?"

康乃馨说:"那起码得我看着像才行。"

"完了,"刘亮说,"我是一碗凉水让你看到底了。你的证件呢?"

康乃馨掏出一个记者证卡片。刘亮眼睛一亮,说:"你就是那个康乃香?外国的洋花?"

康乃馨忍住笑,纠正说:"别秀才念半拉字。我叫康乃馨,不是康乃香。"

刘亮说:"馨也是香,一回事,没离大格就行。大伙呀,都夸你的通讯写得好,可彭老总吹胡子又瞪眼,非要找你不可。"

康乃馨问:"找我干嘛?"

"跑不了挨训呗。"刘亮夸张地说,"彭老总发起脾气来,听说毛主席都让他三分。"

康乃馨又"扑哧"一下笑了:"是吗?他还能把我吃了?"

刘亮说:"我先去给你探探,他若是厚嘴唇嘟噜着,你千万别去,那准在气头上。他若正在下棋,你弹他脑袋瓜崩都没事,那是他最乐呵的时候。"

"是吗?彭老总有这么多说道?"康乃馨说,"我来对了,我还真想见识见识他呢。"

两个人向司令部的山洞口走去。

彭德怀一个人坐在地图前,厚嘴唇嘟噜着。

刘亮一探头,马上又缩回去。彭德怀发现了他身后还有个人影,就喝问道:"搞什么名堂,刘亮!鬼头鬼脑的!"

刘亮冲康乃馨扮了个鬼脸,一时不知怎么回答才好。康乃馨却落落大方地敬礼:"报告,战地记者康乃馨奉命来到!"

彭德怀说:"噢?这康乃馨原来是个女娃娃?进来吧!"

康乃馨走了进来,站在彭德怀面前毫无惧色。彭德怀打量着这个有着一对月牙状眼睛的女兵,觉得她的眼睛不笑也带三分笑,像个文工团员。他指了指炮弹箱子,说:"坐吧。"

康乃馨侧身坐下,刘亮为她倒了一杯水。

彭德怀说:"谁给你起的名字呀?洋里洋气的。"

康乃馨说:"彭总的名字也不俗呀!"

"这是后来改的!"彭德怀说,"我的小名叫钟伢子,土气得很。有个大名叫彭得华,用了不少年,后来杀富济贫闯了祸,改叫彭德怀。对了,我也有个好名字,是我的字,叫石穿。"

康乃馨问:"是水滴石穿的意思吧?"

彭德怀笑了,叫她说对了。正是他穷得走投无路的时候,他在山洞里躲雨,看见洞中嘀嘀嗒嗒的水居然把石板滴出个坑来。他突然颖悟,觉得穷人要改变自己的命运,也要有水滴石穿的精神才行。他便给自己起了个"石穿"的字。

康乃馨说:"我的名字是妈妈起的,我生在美国,我家房前屋后都是康乃馨花。"

"噢,"彭德怀说,"这就难怪了。你是华侨?你能参加志愿军,这不简单。你父亲在美国吗?"

"回国了。"康乃馨说,"他在政协工作。"

彭德怀瞪着眼看了她一会儿,忽然问:"你父亲是康壮先生?那个天体物理学家?"

康乃馨点了点头。

"我认识他,"彭德怀说,"在怀仁堂开会时在一个小组讨论过,他是个了不起的爱国科学家。有其父必有其女呀!这一来,我准备劈头盖脸批评你的话都要化公为私了!"

康乃馨笑笑,说:"这我可没想到,我还以为彭总点名要见我,是要表扬几句的。"

彭德怀说:"从我嘴里讨几句表扬的话,不那么容易呢!你去打听打听就知道了。"

"早打听了。"康乃馨说,"我写的通讯,有哪点失真了吗,还是观点出了毛病?"

彭德怀从一大堆文件中翻出那张画了杠杠的报纸说:"你与我从来没见过面,却对我说三道四,言过其实。"

康乃馨说:"不一定所有的文章都来自第一手资料,听来的也一样写得感人,只要是真实的。"

"这里就不真实。"彭德怀指点着报纸说,"你说我百战百胜,这是最大的不真实,你写的攻长沙这一笔就不真实。1930年9月份我就吃了个败仗,自以为是,吃了大亏。"

康乃馨说:"是吗? 你吃过败仗?"

彭德怀说:"记得那天下着大雨,红一方面军发布强攻长沙的命令,我指挥红三军团为右翼,向二合牌、杨家山一带发起攻击,当时我们重武器太少,我就想起了古人用过的火牛阵。我叫人征集了几百头牛,在牛尾巴上拴了煤油把,将火点燃,然后驱牛冲击敌人工事。开始牛被火烧得狂奔,但奔到电网后即受惊掉头往回跑,反而把红军自己的阵地冲个乱七八糟,造成重大伤亡,也丧失了突然进攻的机会。我哪里是百战百胜啊!"

康乃馨嘻嘻地笑了起来。

彭德怀问:"你笑什么?"

康乃馨说:"我真没想到,你也有走麦城的时候。"

彭德怀说:"我也是吃五谷杂粮的人嘛,是人,不是神,哪有不犯错的呢?"

康乃馨笑吟吟地说:"这回好了,我一定好好写一篇彭老总的特写。"

"坏了。"彭德怀说,"下一篇出来,可能我彭德怀就声名狼藉了。"他自己哈哈大笑起来。他忽然想起什么似的,叫:"刘亮!"

刘亮应声出来:"什么事?"

"把我那一包白砂糖拿来。"彭德怀说。

刘亮从一个炮弹箱子里拿出一个纸包。彭德怀说:"给她吧。"

康乃馨说:"彭总你留着吧。"

刘亮打开纸包,又找了一张纸,分成两半。彭德怀说:"小气。"又一下子合到一起,塞给了康乃馨,"女娃娃喜欢吃甜的。"

康乃馨说:"谢谢彭老总。"

刘亮故意撅起嘴:"偏心。我天天守着你,那糖长了虫子也不送我一勺吃。"

康乃馨忍不住笑。彭德怀拍了刘亮脖梗一把:"没良心。我那些烟啊、糖啊,你没少偷,还偷了送给别人落人情,你以为我心里没数啊!"几个人全都哈哈大笑起来。

彭德怀问:"康乃馨,会躲飞机不会呢?会躲炮弹吗?"

康乃馨老实地说:"敌人大炮一轰击,地动山摇的,我老是发蒙。"

彭德怀说:"新兵怕炮,老兵怕枪。其实炮弹没到,有刺耳的怪叫声,好躲,枪子儿可是不好躲的。你一个女娃娃,在前线采访要小心。"

康乃馨:"我没事的。"

彭德怀对刘亮说:"告诉伙房,多炒两个菜,招待招待我们的记者。"

刘亮冲康乃馨吐吐舌头:"你真走运,不但没挨一顿撸,反倒成了上宾。"

康乃馨拿出笔来在小笔记本上记了几笔什么,彭德怀一看她的笔,乐了,原来是用高射机枪的子弹壳做的,笔尖是用木头削的。

彭德怀说:"大记者就用这样的笔?太寒酸了点。"

康乃馨笑道:"出国时,爸爸给了我一支派克笔,妈妈给了一支大金龙笔,全跑丢了。这支笔,还是一个战士给我的呢。"

彭德怀说:"毛主席说,革命靠两杆子,我们军人是扛枪杆子的,你们文人是耍笔杆子的,你手里没支好笔怎么行?"他从上衣口袋里摘下一支黑杆金星笔,说:"这个奖励给你了。"

康乃馨接过笔来一看,乐得合不拢嘴,说:"大金星?这我可不客气了,借彭老总的笔,妙笔生花。"

进来送文件的李望看了看康乃馨一眼,说:"这位就是大记者康乃馨吧?"

康乃馨同他握握手:"我是小记者。"

李望说:"我是彭总的秘书李望。你拿走彭老总这支笔,他可就只能使毛笔了。"

彭德怀说:"你这人,够小气的了。我送了人,你在这儿反悔。"

几个人都笑了,彭德怀说:"彭德怀的笔,是不能给彭德怀树碑立传的,从今往后,你要多报道我们的战士,君子协定,如何?"

康乃馨说:"笔在我手,写什么,彭老总就管不住了。"

彭德怀说:"是管不住,所以才叫君子协定啊!"

康乃馨又笑了。

4

在靠近波托马克河的市郊,有一栋非常豪华的住宅,它的主人是艾奇逊国务卿。这天是周末,又是艾奇逊夫人的华诞,便举办了一个家庭舞会。贵宾多是达官贵人,院子里停满了高级轿车。陆军参谋长赶到的时候,舞会已到尾声了,他从车中跨下来,向大门走去。侍者马上替他拉开门。

华尔兹舞曲声声震屋瓦,绅士淑女们在主人豪华的大厅里翩翩起舞。

柯林斯把衣帽交给门房后,向四周环顾着步入大厅。

李奇微也在大厅里,他并没有跳舞,而是站在角落,托着一杯酒,正同别人谈天。柯林斯脚步匆匆地走进来,他东张西望一阵,向一个托着酒盘子的侍者问了几句。侍者向角落那里一指。

在一组雕塑旁,柯林斯拍了李奇微肩膀一下。李奇微问:"晚会已经快结束了,你怎么才来?"

柯林斯说:"我并不是来跳舞的,你跟我出来一下。"

李奇微放下酒杯,看了他一眼,随他出去。柯林斯带李奇微登上楼顶花园。这是一个真正的楼顶花园,还有一个漂亮的游泳池。可惜这是冬天,一切都显得索然无味。他们走到灯柱下,从这里可以看到城市中央线上的被楼形灯装饰起来的林肯纪念堂、国会山和华盛顿纪念碑。他们站在平台上,柯林斯平静地说:"你马上到朝鲜去,接替沃克,出任第八集团军司令。"

李奇微问:"是沃克辞职了,还是你们把他撤了?"

"比那要不幸。"柯林斯说,"几小时前,出了车祸,他死了,参谋长们都非常难过。"

李奇微垂下头,半晌未出声。他很愿意到前线去,李奇微不怕死。他认为军人的建树全在战场上。如果不去打仗,你即使升为五星上将也是一文不值的。他又不十分情愿去朝鲜,确切地说他不愿在刚愎自用的麦克阿瑟手下服役。但他也知道,他没法推诿。

柯林斯说:"麦克阿瑟点名要你,参谋长们也认为你最合适。你马上收拾一下东西,尽快出发,第八集团军不能没人指挥呀。"

一听说麦克阿瑟这样看重他,李奇微心里又是一阵热乎乎的,他还能说什么呢?

这时,一个女人悄悄上了楼顶花园,她是李奇微的妻子彭妮。她说:"我以为是浪漫女郎把他约出来呢,原来是柯林斯将军。"

柯林斯同她握手:"晚安,彭妮!"

彭妮问:"你们有什么机密事,在白天不谈,却晚上跑到这里来密谈?"

李奇微说:"没什么,一点儿小事。"

柯林斯说:"那我告辞了,我还得到布莱德雷那里去告诉一下,范登堡、佩斯在等我回话,东京也要打个电话过去。"他说完匆匆地走了。

彭妮审视着李奇微问:"你好像有事?"

"啊,没有。"李奇微说,"走,下去,我们跳一曲探戈。"他们向弥漫着音乐的舞厅走去。

5

　　参谋长联席会议向李奇微中将下达任命的同时,麦克阿瑟也接到了通知,这一切都在沃克尸骨未寒的23日深夜发生。惠特尼是麦克阿瑟打了电话后来到大使馆官邸的,两个人在客厅壁灯前品着酒聊这件事。惠特尼问麦克阿瑟:"李奇微?他行吗?"

　　麦克阿瑟说:"他是1917年西点军校毕业的,在学校里因脊椎骨痛,成绩好像不太突出,但他因殉教者的诚实而崭露头角。"

　　惠特尼说:"我只知道'一战'时期他当少尉时,将军阁下已是旅长了。"

　　麦克阿瑟说:"诺曼底登陆时,他是第八十二空降师师长,干得不错。后来任加勒比海战区司令官,倒没有什么建树了。"

　　惠特尼问:"他能比沃克强吗?"

　　麦克阿瑟说:"我找不出比他更合适的人选了。参谋长们对他印象不错,倘或有一天我战死,我想,接替我的也一定是他。"停了一下,麦克阿瑟忽然问,"你好像对李奇微印象不佳?可你并不认识他吧?"

　　"是不认识。"惠特尼说,"可是……"他却把后半句话咽下去了。

　　麦克阿瑟说:"你可从来没这么吞吞吐吐的呀。"

　　惠特尼这才说:"他在参谋长联席会议上说你的坏话,认为他们手软,对你这样自以为是的人应当立即撤职。"

　　麦克阿瑟反倒宽容地说:"背后骂我的人岂止一个李奇微?可你总不能因此拒绝和一切人合作吧?"

　　惠特尼说:"将军是上帝的胸怀。"

6

　　李奇微不想让妻子彭妮今天晚上知道真相。当然她不会阻止自己上前线,李奇微在决定与她结婚那天,就告诉过她:当军人的妻子,要随时准备当寡妇。她已经很幸运了,他们结婚三十多年了,她仍然没有守寡。李奇微是个极其现实的人,他不像麦克阿瑟时而表现出不食人间烟火般的清高和孤傲,他从来不。他轻手轻脚地在起居室里忙着。他在悄悄收拾东西,包括从壁橱里拿出两枚手榴弹,放入军事背囊中。身后是水声,隔着磨砂玻璃可见一个人影在浴室中洗浴。

李奇微推开儿子马蒂的房门,看了看他的睡相,在他脸上亲了一口。背后传来脚步声。他扭头一看,是妻子彭妮,披着浴巾站在浴室门口。妻子走出浴室,问:"你还不睡吗?"

李奇微说:"有个文件我要连夜起草,你先睡吧,晚安!"他轻轻吻了妻子一下。

台灯光在桌上罩出幽幽的绿光。李奇微每次上战场之前,都要预先写下两份遗嘱,一份给妻子,一份交律师。他很理智,不会为此感到伤感、忌讳,他必须把现有财产、存款写得一清二楚,怎样分割、由谁继承、继承的百分比……他都写得一丝不苟,有时还要拿笔在纸上用加减乘除算一下,他冷静得像在做作业、做练习题。

天亮以后,在彭妮起床前,李奇微替妻子、孩子弄好了早餐。喝着咖啡,李奇微给妻子和儿子照了一张照片,又自拍了三人的一张合影。彭妮有些奇怪:"你干嘛?你有点反常。"

这时,他才把封好的遗嘱交给妻子,说:"我马上得走,到朝鲜去打仗。沃克死了,我接替他指挥第八集团军。"

彭妮:"天哪,柯林斯找你是这件事?你昨天晚上为什么不说?"

李奇微说:"最后一个晚上,让你过得安静些,不是更好吗?这份财产清单,只有当我像沃克一样时,才有用,你拿上它去找我的律师。"

彭妮伸手堵住他的嘴:"我不允许你说这种话。"

李奇微说:"军人并不把这看成是忌讳。好了,再见吧,儿子,听妈妈的话!"他抱起儿子亲了又亲,又与妻子拥抱……

李奇微离家时还叮嘱儿子别忘了给沙皮狗去打防疫针,他像去陆军参谋部上班一样平静。

7

窄小的矿洞里充满辛辣的烟雾。各兵团、各军的首长全部集中在这里,开作战会议,部署第三次战役。

彭德怀站在地图前,逐一下达命令:"由五十军、三十九军、四十军、三十八军和六个炮兵团为右翼突击集团,在人民军第一军团协同配合下,由高浪浦里至永平正面突破。三十九军从中央突破,撕开口子,割裂美伪军联系。"

吴信泉站起来答道:"是!"

彭德怀说:"四十军从中间、三十八军从东面往下插,你们的任务是包围伪六师,再歼灭伪第一师,得手后向议政府方向发展,相机夺取汉城。"

梁兴初、温玉成起立:"坚决完成任务。"

彭德怀说:"五十军自茅石洞至高浪浦一线突破后随三十九军跟进,配合三十九军歼敌。"

曾泽生起立:"执行命令!"

彭德怀说:"在春川、加平以北,从西往东排列为四十二军、六十六军和一个炮兵团为左翼,从左面保障右面的三个军,四十二军在永平至马坪里正面突破,集中歼灭伪第二师,得手后向加平方向突击。"

吴瑞林起立:"是!"

彭德怀说:"六十六军一部由华川渡过北汉江向春川以北之伪第五师积极佯攻,钳制该师,策应其左翼人民军第五、第二军团南进。"

肖新槐起立:"保证完成任务。"

洪学智补充说:"军委决定给我们补充两千辆汽车,命令一个工兵团入朝修公路、排雷,朝鲜政府答应为我们筹粮三万吨。咱们没有制空权,只好夜间打,有月亮时打最好,越打月亮越小越暗。这样,打到战役高潮,月亮正好最圆最亮。"指挥员们都笑了。

彭德怀说:"阳历12月底、1月初,正好是阴历十一月中,月圆期。12月31日,正好是月圆的后几天,错过这个时间,一直到1月上中旬都是月亏时,天黑看不见,要过一个月月亮才能再圆。所以12月31日最好,又是元旦前夜,美国人过节容易麻痹。"

有人在底下说:"连天文地理都研究明白了。"

彭德怀说:"你以为当个指挥员那么容易吗?连风水也要看呢。"

响起了欢快的笑声。

彭德怀说:"今天我管饭,想吃饺子吗?"

梁兴初说:"饺子味儿都快忘了。"

彭德怀说:"自己去包,我没那么多大师傅。"

解方喊:"散会。"

8

大雪纷纷扬扬地下着,山岭洼地一片白。一条半冻不冻的小河水在冰面上流淌着。

一个小护士拿了一个冰镩子用力凿冰,将冰面上扩大出一个大洞,然后坐在河边一块大石上,将一大盆绷带浸在水中,开始洗,那全是沾着血水脓液的绷带。有些绷带是缴获敌人的降落伞,用伞布和皂丝带子改成的。这小护士圆圆的苹果脸,有一对漆黑的圆溜溜的大眼睛,一笑俩酒窝,梳两条羊角辫,她正是安东野战医院的丁梅。

从山脚下的公路上开过来一辆吉普车,驶到丁梅跟前。车停下来,张国放从车上跳下,离很远就问道:"小同志,请问野战医院怎么走?"

丁梅搓着冻得通红的手站起来,大声说:"拐过这个山头就到了。"她忽然认出了张国放,说,"是你?你不是张参谋长吗?"

张国放问:"你怎么认识我?"

"你忘性真大啊!"丁梅咯咯地笑道,"忘了?在安东后方医院,你用冰块降体温?"

张国放从坡地上跑了下来:"是你呀!你叫王梅,对不对?"

丁梅说:"给人家改姓啊!我姓丁,不姓王,两个字你记错了一半。"

"对不起。"张国放笑道,"你怎么也到前线来了?"

丁梅说:"整个后方医院都过来了,也不用求爷爷告奶奶的了。"

张国放问:"江医生也在这里吗?"

丁梅眨眨眼,故意调皮地问:"江医生?哪个江医生啊?"

张国放说:"江小帆啊,就是医学院新毕业的那个女大夫,给我看病的那个呀。"

丁梅绷着脸,说:"你又记错了,人家叫江小兰,不叫江小帆。"

"不可能,"张国放说,"江小帆,帆船的'帆',绝对错不了。"

丁梅"扑哧"一下笑了:"好啊,你记她的名字记得那么准,偏偏记不住我的。"

张国放也笑了:"你真调皮。"

这时从山坡上跑来几个头顶瓦盆的朝鲜姑娘,瓦盆里有脏绷带,也有脏衣服。她们同丁梅打了招呼,也在小河边洗起来。丁梅说:"可惜呀,江医生没有来,上级照顾她,让她留在国内了。"说完,一双大眼睛滴溜溜地在张国放脸上打转。张国放明显显现出失望神色。

丁梅说:"我送你去医院吧,前面有好几个岔道,别走错了。"

"好吧。"张国放说。

丁梅向几个朝鲜女伴交代了几句,跳上陡坡,坐到吉普车上。丁梅像个小燕子一样欢蹦乱跳,她毫不掩饰她的喜悦。对于她这样正当花季的女孩子,她最珍视自己的感情。自从在安东见过张国放后,她有一种说不出来的喜悦,而一旦张国放远走高飞,她又莫名其妙地感到了失落、惆怅。她暗自嘲笑自己,这不是没影的事吗?可她无法控制自己,她拿所有见过的男人与张国放比,比的结果是所有的男人都大为逊色,不及格。真是天遂人愿,张国放又突然出现了,再次闯入她的生活,她不知能不能抓住这个机缘。

第十五章

I

张国放坐着吉普车向着山沟里面的野战医院开去。看得出来这里接送伤员的车流大,路上的雪碾压得又平又实,每隔一两分钟准有卡车迎面过来。

丁梅是个爱说爱笑、心里装不住事的姑娘,不断地问这问那,她最想问的还是张国放自己的事。丁梅问:"不是张参谋长发高烧了?你上野战医院去干嘛?"

张国放说:"我去看看伤员,几个重伤员在那里手术。军长让我弄点夜盲症的药,好多战士天一黑就啥也看不见。"

"这么点小事值得你这大参谋长来跑医院?派个卫生员不就行了?"

"你可别小看了夜盲症。"张国放说,"咱们队伍全指着晚上打仗呢,又不是一个半个得这种病,像传染似的,越来越多。"

"老百姓叫它'雀盲眼'。"丁梅说,"你还真来对了,野战医院一直在研究药方,现在有好办法了。这病都是吃炒面吃的,缺少维生素 A。"

张国放说:"你挺有学问呢。哎,你们不是成建制地开过来的吗?

为什么偏偏不让江小帆医生来?"

丁梅心里不是滋味。今天见了面,他已经是第二次提到江小帆了。他把我丁梅的姓都忘了,可把江小帆却记个结结实实的。她心眼来得快,马上想到,张国放对江小帆特别高看一眼。这也难怪,江小帆学历高,人也长得典雅大气。会不会他们之间早有那个意思呢?这倒不像。有一次值班,她有意无意地谈到张国放,江小帆好像没有什么特别的反应,很淡的样子。她决定来个小计策,先让张国放死了这条心。因是谎话,不能说得太认真、太一本正经,她是用玩笑的口吻说出来的,即使将来当面鼓、对面锣地对质起来,也不过是开玩笑而已。

"怎么又提她!"丁梅嗔怪地瞥了他一眼,说,"能不照顾吗?人家刚刚结婚呀!"

"唔。"张国放似有几分失落的样子,又怕丁梅看出来,便把目光转向山沟里的一片木板房、砖房,那里正是后方野战医院。

丁梅嘴角带着嘲弄的笑望着张国放,心里很得意。

张国放问:"伤员多不多呀?"

丁梅说:"别提了,每天都下来好几百!"

张国放问:"你们累不累呀?"

丁梅说:"累得我腰都快断了,除了值班,每天还得洗绷带。"

张国放说:"这不是护理员的活吗?"

丁梅说:"人手少,哪分得那么细呀!"

张国放摘下棉手套扔给丁梅:"看你手冻的,戴上手套暖和暖和。"

丁梅心里一热,感激地说:"谢谢大参谋长。"她说,"那些重伤员真可怜,有的人腿和胳膊全锯去了,只剩中间一截……"

张国放问:"你不怕吗?"

"刚来的时候怕,现在习惯了。"她说,"我一个人都敢值夜班,给死去的战士穿衣服也是常事。"

张国放忽然又问:"江医生的丈夫是干什么的?"

丁梅忍不住笑:"这和你有啥关系?"

张国放:"随便问问嘛!"

"好像是个大学教授什么的。"丁梅煞有介事地说。

"唔,"张国放说,"那是高级知识分子啰。"

"我见过一回。"丁梅说,"真是郎才女貌,男的长得可绅士了,从国外回来的,二十七八岁就当上了教授。"

张国放把头掉过去看掩在厚雪中的朝鲜村落,不再出声。过了一会儿,他问:"这次我能拿到治夜盲症的药吗?我们要的量可大呀。"

丁梅说:"你要几火车都有。一包药也不用带,你们那里也有,满山遍野都是。"

张国放说:"你又瞎说吧?"

"真的。"丁梅说,"就是用马尾松的松针熬汤喝,这偏方还是江大夫跟朝鲜老大娘学的呢?"

"你说谁?江大夫?"张国放问了一句。

丁梅咯咯地乐起来:"完了,说露馅了。你耳朵还真好使。"

张国放追问:"江小帆真的在这儿?"

丁梅望着他嘻嘻笑,说:"你若真想见江医生,还真能见到她。"其实她不完全是说走嘴。偷来的锣儿敲不得,马上到医院了,张国放会见到江小帆,那时就没意思了。

"你这小丫头,尽撒谎!"张国放说,"你不是说她根本没出国吗?"

"我骗你玩呢。"丁梅说,"她是外科一把刀,她能不来?再说,她不是求过你吗?"

张国放急着问:"那,她有丈夫的事也是你瞎编的?"

丁梅心里暗暗发笑,心想你还得寸进尺呢。她决定不让他突破这道防线,反正张国放轻易不会当面去问江小帆是不是有了丈夫。她说:"这可不是编的。"一边说一边审视着张国放的脸,张国放似信非信地望着她。

这时他们的吉普车已经进了野战医院的大门,在一片茂密的马尾松林中,搭建了一排排砖房,很隐蔽,条件比志愿军总部都好。

2

为稳住防线,在新任第八集团军司令李奇微没有到职前,麦克阿瑟带了惠特尼又赶到前线,先到汉城看了沃克的遗体,然后赶到第九军军部。在零下三十多度的寒冷天气,库尔特就驻扎在一个带夹层的厚帐篷里,不过里面生着火炉子,不算冷,但依然能看见白色的哈气。

麦克阿瑟到的时候,库尔特不在,他当时正在前面处理战俘,他一接到电话就要赶回来见麦克阿瑟。听说有战俘,麦克阿瑟大感兴趣,嘱咐库尔特带一个过来,他要亲自审问。粗壮得如同摔跤手的库尔特少将的吉普车来到帐篷前,看见门外停着画了五颗星的吉普车。

库尔特军长和几个士兵押了一个衣衫破烂的中国士兵进来。这个士兵浑身上下都是伤,面孔黧黑,有一颗黑痣,正是彭德怀曾经为他撕军大衣包脚的彭贵新,他跟彭德怀认过本家。

库尔特对麦克阿瑟说:"这是刚抓到的中国俘虏。将军不是有兴趣审问吗?"

麦克阿瑟站起来,摘下墨镜,围着彭贵新转了一圈,眼里露出迷茫神色。彭贵新却突然咧开嘴笑起来:"我认出你了,认出来了!麦克,真像!"他动手去掏兜,掏出一张纸,越看越乐。

麦克阿瑟莫名其妙地看看他,扭头问翻译:"他说什么?他该不是精神病吧?"

翻译一把扯过彭贵新手中的传单,上面是几幅漫画,画着戴大墨镜、叼着大烟斗的麦克阿瑟正扛着一支破枪,枪刺上挑着一面星条旗,正想一步跨过鸭绿江去。翻译把漫画递给麦克阿瑟,说:"这是他们的漫画,是丑化将军的。这个俘虏说,他认出了你是麦克阿瑟。"

"是吗?"麦克阿瑟认真地看了看漫画,大笑起来,"真有几分像!只是,这烟斗画错了,我抽的是玉米棒心烟斗,全世界独一无二的。"他竟然掏出大烟斗来,在彭贵新眼前晃了几下。

彭贵新"呸"地吐了他一口,差点吐到麦克阿瑟的脸上。

麦克阿瑟问:"你为什么随身带着这幅漫画?是害怕我吗,还是崇敬?"

听过翻译,彭贵新说:"都不是,我是拿它揩屁股用的。"

麦克阿瑟气得哼了一声,问:"你是哪个部队的?"

彭贵新说:"中国师,中国团,中国营!"

麦克阿瑟摇摇头,问:"你每月有多少津贴呀?你有退伍养老金吗?"

彭贵新说:"我们没有,我们不是为这个来打仗的。"

麦克阿瑟问:"那你为什么呢?你该好好待在家里种地呀!"

彭贵新说:"为消灭你们这些强盗!"

"可你现在被俘了。"麦克阿瑟说,"你杀不了人,我却可以杀你!"

彭贵新说:"要杀要剐随便,我根本就没想活!"

麦克阿瑟与库尔特等人交换了一下目光,又问:"我若放了你呢?你回家去种地吗?"

"你今天放了我,我明天又会在战场上打美国鬼子!"彭贵新说。

麦克阿瑟说:"那我就不能放你了。你若肯签个字,声明放回去后,不再为共产党卖命,我马上放你。"

"你做梦去吧!"彭贵新又冲麦克阿瑟吐了一口唾沫。

麦克阿瑟说:"带他走吧。"麦克阿瑟好不后悔,平白无故地让这个中国兵当众羞辱了一番。他很不解,这是什么力量让一个普通农民穿上军装竟有如此旺盛的战斗力呢?信仰吗?在麦克阿瑟看来,除非宗教有如此巨大的力量,可以让人变成殉道者。他说:"这真是个谜。共产党靠什么让这样的人上战场,又不要命呢?中世纪只有宗教有这种威力。"

惠特尼说:"我们面对的敌手是这样不可理解的人,我们是很难胜利的。"

麦克阿瑟似乎也陷入了沉思。

3

到了野战医院,丁梅跳下车,一个年龄大些的护士叫她:"丁梅快去,三十六号床又闹起来没完了。"

丁梅对张国放说:"那我先走了。"说着拔腿就跑。

张国放问那位护士:"怎么伤员哭闹非她不行?"

护士笑了:"一物降一物吧?谁知怎么回事?"

出于好奇,张国放也随后跨进那栋很大的房子。这间病房有几十张病床,大得像个俱乐部。一个腿吊在高处、全身几乎缠在绷带里的伤员在喊:"啊——我要回战场!送我回战场——"

几个护士在劝慰:"同志,安静点!"没有效果,伤员仍在喊叫。

丁梅来了,她走到床前,几个护士自动让开。丁梅咳嗽了一声,说也奇怪,那伤员马上不叫了。丁梅说:"怎么了,又不听话!"她那口气,像是申斥淘气的小弟弟。

"喝,喝……"伤员望着丁梅喃喃地说。

丁梅喂了他一点水,坐在他床前,把伤员的手握在自己手中,说:"安静地睡一会儿吧,大喊大叫地多叫人家笑话!"

目睹这一切,张国放心里一阵热浪翻滚,调皮的丁梅一刹那间变成了圣女贞德一样的人物,她能把带着母爱的温情传递给绝望的人。张国放静静地站在门口,他的眼睛都有些湿润了。

伤员说:"睡不着……"

"我给你唱歌……"丁梅给他披了披被子,轻轻地唱了起来:

> 小河西,小河东,
> 妈妈的园子里种着辣椒种着葱。
> 小蝴蝶,小蜜蜂,

飞到我家说一声，

飞到我家说一声……

喊叫着的伤员渐渐睡着了。张国放感动地走过来，在丁梅的身后站了一会儿，他看了看床头的卡片，说："他是我们军的伤员，是机枪手，他们一个排打退了敌人十四次冲锋，下来时，就剩下他一个人了。"

丁梅眼里噙着泪水听着，她说："有时候我觉得他们是孩子，这个战士才十七岁。"

张国放说："我得去见林院长了。"

丁梅说："不先去看看江大夫吗？"

张国放说："当然要去看。"

江小帆此时没在野战医院，她在一个朝鲜阿妈妮家。这个村落十有八九的草房都成了灰烬，飞机炸过不止一次，男人都上前线了，只剩下些老弱病残的人。目前志愿军以吃炒面为主，一星期也吃不到一顿蔬菜，缺乏维生素，普遍患上了夜盲症，为此，野战医院到处寻找药品。朝鲜老乡提供了一个最有效的法子，是民间传了几代的，到小河沟里去抓小蝌蚪，生吞下去，几次就见效。这是冬天，上哪儿去找蝌蚪呀。后来江小帆又从这位阿妈妮那里弄来最简单的药方，用马尾松针叶熬水喝，松针叶满山遍野都是，容易弄。江小帆已经试了几次了，逐步开始向各部队推广，很管用。今天她上阿妈妮家再熬一锅松针叶汤，是要给附近的铁道兵送去。

满屋子是松香味。

江小帆用勺子舀了一点尝尝，说："这和喝松树油子差不多。没关系，只要能治夜盲症，再难喝也挺得过去。"她们等松树针叶汤凉得差不多时，用葫芦瓢盛到两个大瓦罐中。江小帆和阿妈妮每人头上放一个草圈垫，上面顶着一个热气腾腾的大瓦罐，阿妈妮根本不用手扶，而江小帆需用两手扶着，走起来还直扭秧歌，引得阿妈妮直乐。

给铁道兵送去后，江小帆回到她的诊疗室，护士告诉她下午有三个手术,她叫人准备器械。她正打算去看看伤员的伤势,一个胳膊上还没有拆去石膏的伤员走进来,软磨硬泡要求出院。江小帆看了他一眼,说:"带着夹板、石膏上前线,不行。"

伤员说:"怎么还不行啊?"

江小帆说:"伤口还没愈合好,就想上前线?"

伤员刚走,丁梅闯进来:"江医生,你看我把谁给你带来了?"

江小帆一眼看到跟在丁梅身后的张国放,她又惊又喜地站起来:"张参谋长!"

张国放不经意地打量她一眼,还是一派温文尔雅的样子,还是那么漂亮,可能是太累、睡眠不够,她脸色不大好,眼里有血丝。张国放同她握手:"谢谢你们,所有的伤员都说你们照顾得好。"

江小帆拉了一把椅子请他坐:"我一到朝鲜就听到你的消息了。"

张国放问:"从伤员口中知道的?"

江小帆笑吟吟地说:"连你们吃炒面得了口角炎的事我都知道。"

"口角炎是次要的,"张国放说,"夜盲症可太讨厌了,一到天黑什么也看不见,而咱们全指望晚间行军打仗呢。我来的时候,吴军长再三让我向你们求援,千万弄回点治夜盲症的药来,他还让我回国去弄偏方呢。"

江小帆说:"这也不光是你们一个军的事,各个军部都来告急呢。"

张国放问:"不是有办法了吗?"

江小帆笑着问:"我若是解决了这个难题,你怎么表示?"

张国放说:"向志愿军总部为你请功!"

江小帆笑着舀了一勺松树针叶汤,喂到他口中:"尝尝,这就是治夜盲症的灵丹妙药。"

张国放皱着眉头咽下去,说:"这不是松树油子吗?"

"这是朝鲜的民间验方,已经在附近的部队试过了,就是用松树针叶熬的。"江小帆说。

"那倒方便,"张国放说,"松树针叶满山都是。那我就算顺利完成任务了,不然,还得回去弄药。"

这时,响起笨重的手摇铃声。

张国放问:"打铃干什么?空袭吗?"

"开饭了。"江小帆说,"走吧,我请你吃饭。"

张国放站起来,发现丁梅还站在门口。

江小帆问:"丁梅,你不去忙你的,在这干嘛呢?"

丁梅支支吾吾地说:"张参谋长让我给他介绍一个伤员的情况。"她显然是顺口胡诌。江小帆不去深究,张国放也用不着揭穿。给他的印象是丁梅在江小帆面前还是相当拘谨的,可不像在他面前那么调皮。江小帆脱去大褂,看也不看丁梅。她说:"那你站在门外干什么?走吧,一起吃饭。"

丁梅说:"我又不吃你们军官灶。"

江小帆说:"小丫头,分得那么清!"

丁梅冲张国放一吐舌头,扮了个鬼脸。张国放推测,江小帆比丁梅也大不了三四岁,可她居然像长辈一样叫她小丫头,却不使人感到别扭,这可能是职务与性格的差异造成的。

看望了本军的伤员,又讨到了治疗夜盲症的偏方,张国放任务完成。他一天也不肯多待,第二天就要往回赶。他事先看了林院长屋子里的手术排班表,上午江小帆有一个截肢手术,张国放怕打扰她,就留个字条上路了。他很奇怪,丁梅怎么不来送他?这不像她的性格。张国放找了几个科室,没有她的影子,只能不告而辞。

刚跨上车,江小帆追了上来,张国放只好跳下来,问:"你不是有手术吗?"

江小帆说:"不能不送送客人哪,我和孙大夫串了一下班。"她与他并肩向外面走去,司机就把车子开到路口去等他们。并肩走了一程,两个人都忽然有点别扭的感觉,好像没有什么话题。两个人都不说什么,江小帆不时地瞥他一眼,当二人目光相遇时,她又赶忙调开。

张国放站住了:"请回吧!"江小帆却没有停步,张国放只好再往前走。

江小帆问:"什么时候再来?"

张国放说:"越打越往南,大概没机会了。"

江小帆说:"你们打过'三八线',我们也得跟着往前移,不会离你们太远。"

又是沉默,张国放终于又站住了:"送得太远了,请回吧!"

江小帆从挎包里掏出一件毛背心,塞到他手上:"打仗时冷,穿在身上吧。我也没有什么送给你的。"

张国放一点思想准备没有,他接过那件鸡心领的黑毛线背心,感到毛茸茸、热乎乎的,他本想说:你干嘛想到要送我一件毛背心?想想不妥,这有冒犯和轻视别人之嫌,他又想说"谢谢",可这又不是送你一支烟,一声谢谢似乎又太轻了。一时想不出词来,竟憋出了这么一句:"奇怪呀,你怎么会有男人的背心呢?"话一出口,他又十分后悔,这是什么话?比前两种表达方式更蠢、更不着边际、更不礼貌。

江小帆倒十分大方,而且回答得十分得体:"背心分什么男女。"

这一来,张国放心安了些,他终究觉得这礼物太重了,或者说有点不寻常,他不好意思地说:"真不好意思,我还没给你点什么……"

"送东西要等价交换?"江小帆用那双美丽的眼睛看了他一下,扭转了话题说,"如果可能,常捎个信来,把前方的战斗故事给我们讲讲……再见。"她走了,回了一次头,就再也没有回头。

张国放心里怅然若失。他本想多走一程,他愿意与她在一起多待一会儿,哪怕是一句话不说。可她这样快就走了,像例行公事一样。他看看那背心,无疑不是机器织的,是手工的,就是说不是买来的。看看尺寸,分明是他这样一米八的大个子才穿得起来的。

这一切,到底应该怎么解释呢?他想起了刘禹锡的诗:"东边日出西边雨,道是无晴(情)却有晴(情)。"可丁梅说她是有丈夫的呀。无名的惆怅一下子攫住了他的心,这种情调,对戎马生涯多年的张国放来说,实不多见。张国放愣了好一阵儿,才向前面等他的吉普车走去。停车的地方,恰是来时巧遇丁梅的小河旁。现在,丁梅又和几个朝鲜姑娘在洗绷带,小树枝上挂满了绷带,像开了个染房。一见汽车过来,丁梅早早地跑了上来,她问张国放:"要走了?"

张国放说:"找你告别,没找到。"

丁梅说:"哎呀,可真不敢当,你能找一个小护士告别?"

"调皮鬼!"张国放已经上了汽车,"再见。"

丁梅脖子上吊着张国放那副棉手套,说:"这手套我弄脏了,不还你了,我明个赔你一副新的。"

"不用。"张国放说,"你够小心眼的了。"

丁梅从兜里掏出一个小瓶,塞给他:"这是松节油,管冻伤的,常往脚跟抹一抹。"有趣的是丁梅在小药瓶的瓶笺上写下了她所在医院的通信地址和野战医院番号。这小鬼丫头!张国放明白她是巧妙地在给他留通信地址,他故意视而不见。他真奇怪,江小帆送他毛背心,却没有留通信地址。

张国放说:"谢谢。"他一摆手,吉普车向前飞驰而去。

丁梅久久地望着掀起雪尘远去的汽车,跳着招手,张国放想,这是个火辣辣性子的小姑娘。

4

圣诞节之夜,李奇微是在八千英尺的空中度过的,他在上飞机之前把一个用红呢子缝起来的大袜子挂在了圣诞树上,里面装着给儿子的圣诞礼物:一只仿得很像的手枪。他希望将门出虎子。

麦克阿瑟打发他的副参谋长希克少将带领几个随员到羽田机场去接李奇微。希克握住走下飞机的李奇微的手,说:"我代表麦克阿瑟司令欢迎将军在圣诞之夜光临东京。"

李奇微道了谢,问他下榻在哪家饭店。

希克说:"今天必须住麦克阿瑟将军的官邸,将军夫人为你准备好了圣诞晚餐。"

李奇微又一次道了谢,却不禁犹豫起来,他没有给麦克阿瑟十二岁的儿子带礼物来。这是很失礼的。他听副官希基说过,麦克阿瑟每天都向他的儿子颁发礼品,其娇惯程度可见一斑。

麦克阿瑟一家人以最隆重的家庭礼仪欢迎李奇微。在客厅那株闪烁着无数小灯泡的圣诞树上,已经挂着圣诞老人的大手套。李奇微挺直腰板,敬了个标准军礼:"您好,校长!陆军中将马修·李奇微来到您麾下效力!"

麦克阿瑟同他握手,问:"你叫我校长?我在西点军校当校长的时候,难道你正在那里读书吗?"

"是的,校长!"李奇微坐下去。

麦克阿瑟特别高兴,他喜欢别人叫他校长,这证明他桃李满天下,他说这是活的勋章。他有幸当了三年西点军校的校长,他感激当时的陆军参谋长佩顿·马奇将军,这位原在潘兴将军麾下当过炮兵主任的人十分赏识麦克阿瑟,是他提名麦克阿瑟去当有极高荣誉的校长的。麦克阿瑟也不负重托,他把已有四十年校史的当时相当混乱的西点军校严加整顿,使它重放光彩,军界称他主持学校的1919年是使西点军校"开始了现代军事教育"的起点。这是麦克阿瑟视为一生中最光荣的三年。麦克阿瑟抽着烟斗,说:"当了几年校长,常常在各地碰上学生,这是很有趣的事。"

李奇微说:"您记得吗?有一次,那是我们毕业的时候,您看着我们爬那根涂满了猪油的大理石柱子,我爬了几次恶心呕吐,就不想爬,你在我屁股上踢了一脚,说见了猪油你就恶心,在战场上血肉狼藉,你能行吗?于是我一边呕吐一边爬了上去。"

"有这事吗?"麦克阿瑟大笑,"我会踢你屁股?"

李奇微说:"可能被将军踢屁股的学生太多了,所以记不得了。"

麦克阿瑟说:"踢屁股是很温和的。我念西点军校时,高年级士官生天天来折磨,它已经成了锻炼军人意志的一种残酷方式。"

珍妮也听麦克阿瑟的妈妈讲过,麦克阿瑟有时被高年级学生打得遍体鳞伤,后来为了保护十八岁的儿子,母亲在军校所在地附近租了一间旅馆,陪着他,时刻保护他,后来他终以近满分的成绩毕业。

在走向有鸵鸟肉的丰盛餐桌前,李奇微的礼物出手了。惊喜的小阿瑟打开包装纸,意想不到是一枚真的手雷。这是李奇微在上洗手间时临时准备的。小阿瑟跳了起来,他说:"在我数不清的圣诞礼品中,这是最了不起的。李奇微叔叔认为我是勇敢的军人,可以用真刀真枪了!"麦克阿瑟也十分高兴,高兴的是李奇微的首创和独到。只有珍妮和阿珠十分不安,千方百计想把小阿瑟的礼品要过去"封存"。

饭后喝咖啡的时候,两个将军才开始涉及军务。李奇微说:"沃克真不幸,他没有死在真正的战场上。"

麦克阿瑟说:"你上任后,千万不能小看了中国人,沃克摸准了中国人的打法,夜间打,在山岭中打,他们的兵不怕死,当然身上也没带投降书。我亲自审问过一个中国俘虏,他没有一分钱的津贴,退伍后也没有保险金、养老金,可他被俘了,还想往我脸上吐唾沫,骂我是美国鬼子。"

"有趣,美国鬼子。"李奇微说,"'二战'时,我们叫德国人为德国鬼子,现在轮到我们了。"

麦克阿瑟说:"你打算什么时候到你的指挥所去?"

"明天。"李奇微说,"校长,我想问问,我到了前线,发现局势对我们有利,我是否可以向中国发起进攻呢?"

麦克阿瑟听过哈哈大笑:"你认为怎么干好就怎么干吧。马修,第八集团军是属于你的。"这等于是麦克阿瑟放手让李奇微大干。李奇微没想到校长如此器重他,从前讲过麦克阿瑟的坏话,此时扪心自问,有一丝愧疚。

夜深了,李奇微毫无倦意,伏在桌子上起草电文。

希基问:"发给你的第八集团军吗?"

李奇微说:"马上发走,祝贺他们圣诞快乐,我们也有必要在电报中称赞沃克将军的功绩。"

希基提醒说:"第八集团军的高级将领都是沃克的老部下。"

李奇微说:"以公正治军,我倒不怕哪个人不服从命令。"

5

12月26日,是毛泽东五十七岁生日,刘思齐知道毛泽东不喜欢别人为他祝寿,听说官方还发了文件之类。她还是亲自到糕点厂定了一份生日蛋糕,上面用奶油浇了个大寿字,她相信毛泽东不会不买她的账。

刘思齐在菊香书屋的院子里碰到了田家英,田家英看见了蛋糕,说:"思齐挺有孝心的,没有忘记今天是主席的生日。"

刘思齐说:"想忘都忘不了,报纸和电台都在说。"

田家英劝道:"思齐,我劝你还是拿回去吧,今天你送来的是第四份生日蛋糕了,前几份主席都不让收,他说我不过生日。江青送来的,他差点给扔到院子里。"

卫士也说:"可不是。"

刘思齐咬着嘴唇站了一会儿,说:"那我走了。见了爸爸,替我祝他生日快乐。"说毕,低头扭身就走。

"怎么走啊?蛋糕送来了,又不让我吃,这是怎么回事?"毛泽东突然从游廊那面出现。他这么一说,田家英、刘思齐和卫士全都愣住了,深感意外。毛泽东显得快活,说:"快拿进来。"又对卫士吩咐,"去拿生日蜡烛来。"自己先进了屋子。

田家英望着刘思齐笑:"你猜到为什么可以破例了吗?"

刘思齐摇头,田家英小声地说:"他,想儿子了。"

刘思齐也被触到了心事,深沉地点点头,提着蛋糕走进去。蛋糕摆到桌子上。毛泽东看着刘思齐在点生日蜡烛。

刘思齐说:"五根大的代表五十岁,这七根小的代表七岁。"

毛泽东:"你搞错了吧?这不是七根大的吗?我不是七十七岁呀!"

刘思齐笑道:"这多出的两根啊,是天一岁、地一岁,顶天立地之意。"

毛泽东高兴地笑起来:"好嘛,我借了天地灵气了,顶天立地不敢当,别弄得上不着天、下不着地就行。"

刘思齐笑了起来。卫士又送上来一些菜肴,还有水果、红葡萄酒。刘思齐斟了两杯酒,说:"爸爸,该你吹生日蜡烛了!"又补了一句,"最好一口吹灭,别缓气。"

毛泽东说:"好!"他运足一口气,呼地一下所有的蜡烛全灭,只剩了摇曳的蓝烟。刘思齐快活地鼓起掌来。她切了一块蛋糕放在毛泽东面前,毛泽东却没有吃。他点燃香烟,吸了一口说:"现在朝鲜有零下三十度……他们吃炒面、吃雪,我们在吃蛋糕……"

刘思齐也被触动了心事,眼泪在眼圈里转。毛泽东发觉了,说:"来,我们干一杯,为了前线的将士,也为岸英。"二人举起红彤彤的酒杯,轻轻碰了一下,酒液震荡,酒滴血红,溅起很高又落下去。毛泽东轻轻抿了一口,故做轻松地说:"这岸英不像话,去了这么长时间,一个字也不给我写。思齐,他也没给你写吗?"

刘思齐说:"他太忙了,寄信又不方便。"

"这我们得原谅他了。"毛泽东说,"既然他连你都没给写信,我就不能挑他理了。"

刘思齐不好意思地笑了。毛泽东突然想起什么,在抽屉里翻了一阵儿,拿出一个用子弹壳做的小烟斗,说:"你看,这是岸英捎给我的。"

刘思齐接在手里,把玩着:"真精巧,子弹壳也能做烟嘴。爸爸,你怎么不用?它可以过滤尼古丁啊!"

毛泽东接过烟斗,把抽剩下的一截烟插在烟斗上,有滋有味地吸起来。

刘思齐忽然叹了口气:"爸爸,世界上为什么会有战争呢?"

毛泽东又接上了一支烟,说:"你知道诺亚方舟的故事吗?"

刘思齐摇摇头,毛泽东像哄小孩似的轻声说:"远古时代,洪水泛滥,所有的动物都登上诺亚方舟逃命,'善'也要上船。"

刘思齐问:"'善'是什么?"

毛泽东说:"就是善良的'善'啊。但是诺亚说,所有上船的人必须是成双成对的,你也必须找一个伴侣才行。'善'就到处去找,在树林中没有找到伴儿,情急中,碰上了'恶',就与'恶'结成伴上船了。从此,天底下'善'与'恶'就无时无刻不在,形影不离。"

刘思齐轻声笑了:"这故事编得有趣,只是太抽象、太荒唐了。"

"荒唐中见哲理呀。"毛泽东说,"你想想看,正因为'恶'与'善'同在,才有压迫与侵略,才有邪恶与正义,战争也就不可避免了。"

刘思齐咀嚼着他的话。

6

李奇微处处显得与众不同,他为自己选择了一架 B-17"飞行堡垒"轰炸机做座机。这种飞机噪音大,坐上去是很不舒服的。李奇微正与希基在飞机前站着,看着一个地勤师在飞机上涂上红色的希·彭妮字样,还有两颗星。希基说:"你的夫人一定高兴,以她的名字命名的飞机将经常载着你飞来飞去。"

此时李奇微的打扮颇为奇特:他换上了伞兵空降服,系着降落伞背带,腰间别着一颗手榴弹,还拎着一个急救药箱。好几个记者都在一旁笑。金丝吉走上前来:"将军,你这样打扮,别人不会以为你怕死吧?"

"怕死的人就不上战场。"李奇微说,"我是空降兵出身,我喜欢这装束。身上有颗手榴弹,它能保证我不当俘虏,必要时,我可以与敌人同归于尽。"

金丝吉说:"将军是个个性化的人。"

"我来之前,已经把遗嘱交给了我的夫人,你不会认为这是胆小吧?"

金丝吉指着飞机上"彭妮号"的标记说:"你的遗嘱里肯定不包括用你妻子的名字命名的这架'空中堡垒'轰炸机!"人们哄笑起来。

一记者问:"将军现在要飞哪里?可以让我们同行吗?"

李奇微说:"同行者也须是不怕死的呀!"

金丝吉等几个记者等于有了默许,纷纷往飞机上爬。李奇微嚷道:"喂,把投弹手的位置给我留下,那里视野开阔,不然我才不坐这种能震聋耳朵的轰炸机。"

李奇微登机后,轰炸机喷着浓烟,呼啸着起飞升空。B-17轰炸机轰轰隆隆地掠过朝鲜的山脉、河流上空。透过薄薄的云层,可见苍茫的山谷、封冻的河流。李奇微对希基说:"现在第八集团军静态防御是不行的,必须变为进攻防御,动态的。"

希基看着机翼下连绵起伏的山峦说:"这里的地形太好了。"

李奇微说:"这是对敌人有利的地形,我们的坦克展不开。"

金丝吉在后面大声问:"将军的意思,是不是说这样的地形注定我们要打败仗呢?"

李奇微说:"即使能打胜仗,有你们这些讨厌的记者,也会把仗打个糊里糊涂的。"

人们都笑个不停。

李奇微还是先到了第九军的防地,适逢第二师要出征,照例要由随军牧师引导士兵们祈祷。他和库尔特等一群高级将领站在队前,出席仪式。一个手捧《圣经》的随军牧师在为出征者祈祷:"孩子们,勇敢地出征吧,上帝与你们同在,因为你们是去履行上帝交给的神圣职责,去拯救弱者……愿你们勇敢地冲锋。"

一个黑人士兵大声调皮地问:"那么,牧师为什么不跟我们一起去冲锋呢?"

队列中掀起一阵笑声,李奇微气呼呼地转身走了。他告诫库尔特,这是松懈的后果,他要求库尔特对那个黑人士兵严办,否则无法正军纪。库尔特口中唯唯诺诺,却根本不打算追究,他想告诉李奇微,他们不开小差就是好军人了,说几句俏皮话算什么!

像对麦克阿瑟寄予厚望一样,李承晚也对李奇微充满期待。视察过前线部队,李奇微到李承晚的总统府去拜见他。李承晚热情地与来访的李奇微握手:"我一直盼您来呢。您的老朋友温斯敦告诉我,您能使人想起超人,仿佛您吹口气就能摧毁一幢大楼,或者在墙上打个洞。您是一种力量的化身。"

"别听他的,"李奇微说,"我若有超人的本事,就不用这身打扮了。"他拍了拍身上的手榴弹。

李承晚叫人上了茶,问:"将军有什么好消息带给我吗?"

"没有。"李奇微说,"我唯一能告诉您的,是我将要逗留下来,与朝鲜共存亡。"

李承晚感激涕零地说:"谢谢,这是您带给我的最高贵的礼物了。"

"这并不是外交辞令。"李奇微说,"我们现在只有两条路可供选择,或者坚持战斗、胜利,或者被赶下海去。我不想与鱼虾为伍,我从来没有第二种打算。"

李承晚说:"麦克阿瑟选中您,真是我们韩国的福分啊。"这话倒是有恭维之意,但他真诚地欢迎每一个来帮助他"恢复江山"的美国军官,倒是真情实感的流露。

次日,李奇微认为有必要整顿军纪,就召集了师、军长会议,大加训斥。李奇微不满地说:"混乱,到处是混乱!我的感觉是,第一线的官兵丧失了信心,我是从士兵们的眼神、步伐判断出来的。你们的眼神是坚定的吗?"他的目光扫过库尔特、米尔本等军、师长们的脸。李奇微说:"军事入门告诉我们,作战的第一原则是'尽快与敌人接触',我和诸位在军校学到了这一点。可我们在干什么?像鸵鸟一样,头扎在地下,屁股撅在外面,我们自欺欺人,在等着挨揍!"

库尔特说:"我们当然懂得,作为指挥官的要素是什么。可是,当你的士兵不断地问你为什么要待在朝鲜的时候,你不可能不沮丧。"

李奇微说:"可他们的军官不能沮丧,永远不!"

米尔本说:"前几天,布莱德雷将军在议会听证会上说,我们是在错误的时间、错误的地点、同错误的对手进行战斗。可怕的是,他的证词原封不动地传达给了在朝鲜的美国士兵,我说一万句,也抵消不了布莱德雷在他们心上投下的阴影。"

李奇微说:"让我们共同寻求一个满意的答案吧。这答案不在参谋长联席会议,而在我们手上。"

7

12月28日,沃克中将的遗孀怀抱着一大束菊花,在长子的陪同下飞到东京,第二天由麦克阿瑟亲自送到第九军金浦军用机场,沃克的遗体将在今天用C-54大型军用运输机空运回国。

灵柩启运前,在机场举行了一个隆重的仪式。一辆M-41型坦克披着一块洁白的绸布,象征性地摆在停机坪上。当《天佑美国》的乐声奏响时,麦克阿瑟踏着军人的正步走向M-41坦克,揭去了盖布,露出了漆在坦克炮塔上的几个大字:沃克·虎狗头M-41。这也算是荣誉和肯定。美国军方有个习惯,喜欢用英雄将军的名字命名坦克,像以前的谢尔曼M-4坦克、M-26潘兴式和M-46巴顿式一样。沃克也将与M-41型坦克同在。接着,乐队奏起哀乐,天空突然飘飘洒洒地落下一阵大雪片,真正的鹅毛大雪,而天上并没有几片乌云。

萨姆和哥哥搀扶着穿黑色丧服的母亲,一步步走向飞机。几个方队的士兵脱帽致哀。

李奇微的手一直举在帽檐上。当沃克夫人走上舷梯时,麦克阿瑟和李奇微走上去,麦克阿瑟说:"全体美国人都会记住沃克的名字。"他吻了夫人的手。

在哀乐声中,八个陆战队士兵从坦克车后抬下一副棺材,庄严地扛着由麦克阿瑟亲手盖上国旗的沃克灵柩,向飞机后舱门走去。当麦克阿瑟转向萨姆的时候,他突然说:"我听说,将军在寻求一个能鼓舞士气的方案,将军找到了吗?我们究竟为什么在这地球的背面,在这上帝几乎遗忘的山谷里卖命?"

麦克阿瑟说:"因为这是政府决定的。"

萨姆说:"可是大选的时候,我拉肚子,没有投票。"

麦克阿瑟说:"我们必须认识到,我们是正在捍卫我们自己。"

萨姆说:"再见了,将军!我想你这些话,已经无法打动躺在棺材里的你的部下了。"

麦克阿瑟沉默了片刻,说:"你回去,可以不再回战场。"

"是对我的恩典吗,还是对躺在棺材里的人的优待?"萨姆说,"不过,我忘了告诉你,我的哥哥已经应召上前线了,马上会来到将军麾下报到的。"

麦克阿瑟默然。

在风雪飞舞中,在军乐声中,载着沃克灵柩的巨型运输机轰鸣着昂首冲入灰暗的云层中。

8

美国兵圣诞节没能回家去团圆,在冰天雪地的朝鲜,每人分了两块巧克力。元旦当然也要交给朝鲜了,他们只希望这一天别打仗。连麦克阿瑟也相信除夕和元旦中国人会安安生生地在驻地吃饺子,他知道中国人补给线受打击太大,不敢马上发动第三次战役。他哪里知道,就在1950年除夕这天,韩先楚正在向前行动呢!

一辆中型卡车拉着电台和报务人员在前面走,韩先楚和作战处副处长杨迪等人坐在第二辆吉普车中。公路上到处是弹坑,有些朝鲜族老百姓和志愿军工程兵沿路在挖土垫路。

杨迪说:"我们今天挺走运,大白天,敌人的飞机却没出动。"

韩先楚说:"哎,你别念叨,一会儿别把飞机念叨来了。今天是岁尾,敌人都过元旦去了。"

杨迪说:"太靠前了,不能再往前走了。"

韩先楚说:"韩指是什么?是韩先楚前线指挥部,我向来喜欢在最前面,蹲在后头不成了后指了吗?"

杨迪说:"我们得找个适合隐蔽的地方扎营啊,可怜韩指一共这么五六个人。"

轰隆一声巨响,走在前面的中卡被地雷炸翻了,女机要员吴萍的腿部受了伤。韩先楚叫停了车,与杨迪一起为吴萍紧急包扎伤口。韩先楚令吉普车司机:"把吴萍送下去。"

司机说:"把你们扔下怎么办?"

韩先楚说:"活人岂能让尿憋死!"正巧一辆大卡车开上来,韩先楚一挥手拦住,与杨迪一起跳了上去。

战斗就是在除夕傍晚打响的。志愿军集中了两个军的重炮,加上两个炮兵师的野战炮一共几百门,猛烈向临津江对面美军防地轰击。

张国放此时随军长吴信泉在前沿战壕第一线指挥。十二架云梯摆在壕堑里。战士们都把棉裤裤腿挽了起来,把黏糊糊的猪油往腿上抹。他们进了战壕,团长邱世光向吴军长敬礼。

吴信泉问:"有什么问题吗?"

正在卷裤腿、抹猪油的邱世光说:"都准备好了。"记者康乃馨也在帮战士抹猪油。

吴信泉说:"往脚上抹猪油这主意是谁出的?"

邱世光一指一个膀大腰圆的战士:"他,排长,叫李春林。"

李春林冲吴信泉憨憨地一笑,说:"小时候给地主家放牛,冬天不给鞋穿,就偷他家猪油往脚上抹,冻不坏脚。"

先后又有五颗信号弹升起。炮击疏落下来,冲锋号此起彼伏。十二架云梯在临津江陡坡竖起来,夹着木板、稻草的赤脚战士们飞速爬上云梯,向临津江跑去。

邱世光大声下令:"火力掩护!"

轻、重机枪扇面般扫射,封锁河面。战士们纷纷跳入结了薄冰的河中。冰碴划破他们的腿,在临津江里留下一条条血痕。敌人开始向江面炮击,炸弹炸起水柱冲天。跑在前面的突击连战士接二连三倒在江中,木板、稻草和鲜血混在一起。邱世光大吼一声:"第二梯队,上!"又有一百多战士夹着木板冲出去,他们冒着弹雨向前冲,时而有人倒下。

张国放的手抠进泥雪中,紧张地注视着。轻、重机枪在向敌方射击。康乃馨在来回搬子弹箱。一个重机枪手中弹倒下,机枪哑了。邱世光大叫:"重机枪!东面的重机枪,怎么卡壳了!"张国放跑过去。这时弹药手已经抓起机枪射击了,张国放充当弹药手;康乃馨又为他搬去一箱子弹。她几乎是直着腰走来走去,张国放把她的头按了一下:"不要命了?弯下腰!"

战士们冲上去。他们站在冰冷刺骨的河水中,在冰窟窿上架起浮桥。炸弹在他们四面开花。

冲锋号响起,大队战士上来,他们踏着浮桥冲过去。搭浮桥的战士用力扛着吱嘎作响的浮桥。中了弹的战士,血顺着腿流到冰面上、冰窟窿中,他们支撑着……终于,"咚"一声倒在冰窟中,另一个战士马上跳下水,支撑起浮桥。桥上,队伍正飞一般大踏步跑过。机枪高度不够,张国放一挺身,双手架起机枪,喊了一声:"打!"

机枪手大叫了声:"烫手——"他手怯了。他看见烧红了的枪管把张国放的脖子烫得直冒烟。康乃馨也心疼地叫:"这不行啊——"

"别管我,打呀!"张国放又吼了一声。机枪手一闭眼,扫出了一大梭子。

突击队飞过临津江,一阵手榴弹掷过去,敌人成片倒下。红旗导引着,喊杀声连天,后续部队正源源不断地飞奔过桥去。

突然,张国放身子一歪,鲜血从他右胸部流下来,他咬着牙,又支撑了一会儿,终于倒在了雪地上。康乃馨上去把他拖下来。邱世光大喊着上来:"张参谋长——"邱世光赶快叫卫生员为张国放包扎。吴信泉下令:"快把张国放抬下去。"

第十六章

I

　　印度驻华大使潘尼迦正在吃早餐,他的政务参赞进来,坐在餐桌旁,对他说:"昨天杜鲁门发表了广播讲话,大使听到吗?"潘尼迦点了点头,他称杜鲁门的讲话是对和平的亵渎。杜鲁门仍然叫嚷要用武力来捍卫自由和正义的原则,而且马上宣布国家紧急状态法,潘尼迦感到十分沮丧。

　　政务参赞说:"杜鲁门说,他必须记住他是自由世界的领袖,这对中国大概刺激太大了。"

　　潘尼迦说:"中国更是个谜。杜鲁门这样挑衅,中国几乎不加理睬,他们我行我素,晒干菜,炒炒面,满大街都是炒面味儿,挺香的,我有时都想去尝一尝。"

　　二人笑起来。潘尼迦推开餐具,喝着咖啡,说:"华盛顿拨出巨额军费,并没吓倒中国人,中国人相信,美国人准备一百万吨炸弹,也无法把中国摧毁。也许,我们印度人也应当有这么一种自信力。"

　　参赞点了点头。有一点潘尼迦没向政务参赞说,中国方面拒绝了不打过"三八线"的承诺,而且此时正在挥师南下。潘尼迦深感他的中立外交有时双方都不讨好。

2

从除夕夜起,彭德怀一直守在无线电台旁。

解方说:"三十九军昨天下午突破临津江后,军主力今天拂晓前突击敌纵深十公里,接应了五十军渡江,该军一一七师打得顽强,现已迂回到湘水里、仙岩里,割断了伪六师和一师的联系。"

彭德怀问:"四十军呢?"

解方说:"四十军已占领东豆川里以西之安兴里、上牌里,切断了伪六师退路。三十八军正向美军一个团发起进攻。"

彭德怀说:"好,四十二军和六十六军也打得很好,不过六十六军的一九八师因动作迟缓,未能抓住敌人,使春川以北敌人南逃了。"

解方说:"回头我把战报发下去,气可鼓不可泄呀。"

3

李奇微实在是个很难捉摸的人。外面炮声隆隆,中国军队正在向"三八线"猛攻,部下四处告急,李奇微却有闲情逸致关在房子里专心地用手工制作一份精美的贺年卡,连雪花图案也是他自己手绘的。助手们猜是给夫人的,只有希基比别人看得透彻。希基进来,一脸疲惫,喝了口水,侧过头看看,说:"给麦克阿瑟写贺年卡?将军现在还有这份心思?"

李奇微叫勤务兵:"给东京送去。"然后对希基说,"即使敌人的枪口对着你后背的时候,你都应当保持镇定。至少麦克阿瑟需要知道我临危不乱。"

希基抱怨道:"李承晚的军队简直是狗熊,他们这么快就放弃了防线,使我们一、九军一下子陷入困境。"

李奇微决定亲自去稳住阵脚。上路不久,他就走不动了。李承晚的军队狼狈溃逃下来,一些人在抢爬运输车,重炮、机枪扔得满地都是,连坦克上也挤满了人,只有伤兵被丢弃在路上咒骂、呻吟。李奇微的吉普车横冲直撞地迎着溃兵开过来,他把车停在路边,跳下来,双手叉腰,站在路中间。头几辆满载溃兵的军车没有理他,一打方向盘,从他身旁飞速驶过,风把他的帽子掀下去,碾到了车轮下。他到底拦住了后面的军车,大声喊着:"回去,你们要抵抗!"

没有翻译,那些南韩兵不听他的话。一少尉问:"那个挎手榴弹的美国佬是干什么的?伙夫还是马夫?"

有人说:"呀,吉普车上有两颗星!是个将军。"

有人叫:"开车,压死这个美国佬!谁也别想让我们再回去吃枪子儿!"

汽车朝他冲过来,李奇微只好躲开。希基走过来对他说:"英二十九旅防线也崩溃了,正在后撤,我们再不撤,就叫人家包围了!"

李奇微无可奈何地说:"告诉第一军、第九军,迅速撤到汉城的桥头堡坚守。"

李奇微怒不可遏地飞到李承晚那儿,一走进总统府,他就感受到了混乱,所有的人都慌慌张张的,好像随时可能放弃汉城的样子。李承晚正在用电话发令:"不能撤!要撤,也得李奇微将军发令才行!"

"李奇微的命令对他们来说不过是放屁!我拦他们,差点被你士兵的军车压成肉饼!"这是李奇微接上话茬儿。穆乔大使陪同李奇微闯进李承晚办公室,吓了他一跳。

李承晚说:"将军从前线来吗?"

李奇微把手套扔在桌上,气呼呼地坐下。李承晚令勤务兵给李奇微、穆乔沏了热咖啡,然后惴惴不安地问:"将军,我们是不是该组织反攻呢?"

李奇微讥讽地诘问:"反攻?靠什么反攻,靠你那望风而逃的士兵吗?"

李承晚回敬了一句:"你们的军队也在退,大家都没有义务等着被吃掉。"

李奇微说:"我希望你同我飞到前线去,你去增强一下他们的信心。"

李承晚说:"我们可以马上就走。"

4

山川道路都裹在浓浓的黑暗中,本来是有月亮的,后半夜又阴了天。卡车不敢开灯,在积满冰雪、布满大小弹坑的公路上颠颠簸簸地走着,想快也快不了。车上放着两副担架,有几个卫生队员护理着伤员。张国放脸色苍白闭着眼睛躺着,他的右胸缠着很厚的绷带,血还是渗了过来。

康乃馨也在这辆车上,她是搭车顺路。过了一道冰河,康乃馨下了车,把一壶水留给张国放的警卫员小吴。她下车后,费了好大气力,才算又拦住一辆返回安东的空车。驾驶室里已经有了人,也是伤员,她就爬到卡车车厢里,在两个晃晃荡荡的汽油桶中间一坐,呛人的汽油味熏得她直呕,可她还是昏昏沉沉地睡了。不知过了多久,"咣当"一下,她的脑袋狠狠地撞到了汽油桶上。车忽然停了,她听见司机掀起了机器盖子,半天修理不好。司机走过来拍拍大箱板:"下来吧,截别的车吧,水箱烧漏了,趴窝了。"

康乃馨吃力地跳下来,在雪地上跺了一阵脚,才说:"那我走了。"

司机说:"拦一辆车呀!"

康乃馨说:"没几十里路了,我走着去,还不冻脚。"

司机说:"小心山里有狼,给你一个手榴弹。"

康乃馨过去接过手榴弹,司机问:"你会不会用啊?别不拉弦就往外扔!"

康乃馨说:"我连机枪都会打!"说完沿着漆黑的路向前走去。坐在车厢里多少能挡点风,一下来步行,可真够瞧的,小北风阵阵吹来,像小刀子刮脸。她拼命地跑,把棉大衣领子竖起来,把棉帽子耳朵放下,系严了扣,不一会儿眼睫毛就结了厚厚一层霜,她几乎看不清路面。她不敢慢走,又怕遇上野狼,不知是不是那个司机吓唬她,说有一次他开车送弹药到博川,遇到了嗷嗷直叫的狼群。狼群把四个轮胎全啃漏了气,若不是后面大车队到来,他说自己非喂了狼不可。她拼命跑,一下子踩到冰上,重重地摔了一跤,差点站不起来,她的眼泪都疼出来了,她这时想起了家里的暖气,想起了她那垂吊着美丽风铃的温馨的房间,想到了她只写了两个乐章的钢琴协奏曲……她差点喊妈,差点哭了。恐惧使她不再想家,她仿佛从嘶吼的老北风中真的听到了渗人的狼嗥。她爬起来再跑。

5

朴一禹等人陪着彭德怀、洪学智、解方等人进入一间大房子,这里一派节日气氛,热气腾腾的狗肉端上来,朝鲜姑娘又给彭德怀倒了酒。

朴一禹说:"今天是元旦,又打了大胜仗,彭总一定喝几杯!"

彭德怀端起杯,一口饮干。

大家碰杯,喝干。

空地上,朝鲜姑娘跳起了道拉吉舞。

彭德怀却悄悄走出去,洪学智跟出来:"不喝了?"

彭德怀说:"走,咱回去,杀两盘。"

洪学智说:"先讲好,棋子带不带拴绳子的?"

彭德怀说:"今天保证不拴绳子!"他今天真的没拴绳子,连输两局也没恼火,也不恋战,草草收兵。洪学智知道他心里有事,第三战役不打个水落石出,他下棋也不安稳。放下棋,他又回到作战室。一见他进来,刘亮给他倒了一茶缸子水。

彭德怀的手在地图上比画着,说:"敌人十多万人拥挤在汉江北岸背水一战,可就陷入险境了。李奇微比沃克的下场要惨。"

洪学智说:"方才韩先楚打来电话,说敌人已经开始全线撤退。而且逃得很快,有一部分是坐飞机跑的。"

"是吗?"彭德怀走动几步,说,"我估计,敌人连汉城都有可能放弃。"

洪学智问:"追不追?"

"追!"彭德怀说,"乘胜追击。电令右翼集团吴瑞林,向仁川、汉城、水原方向追击;左翼集团韩先楚率四个军和人民军一个军团向洪川、横城方向追击。"

这时,刘亮领着曹桂兰进来,她手里抱着一张狍皮。刘亮说:"彭总,她给你送狍皮褥子来了。"

彭德怀看看曹桂兰,笑道:"你和我没有直属关系呀,怎么给我送狍皮来?"

曹桂兰说:"志愿军的每一个兵都在彭总领导下,怎么没有直属关系?"

洪学智说:"这小丫头真会说话。"

"首长,我不是小丫头,是战士。"曹桂兰纠正说。

"好,好,"洪学智说,"我检讨。"

彭德怀说:"噢,我想起来了,你和毛岸英是一个工厂的,对吧?"

曹桂兰点点头。

彭德怀说:"狍皮褥子你用吧,女孩子更怕着凉、受潮。"

曹桂兰说:"那我可不敢。这也不是我给你的,昨天李聚奎司令叫人送来的,点名给你的。也不是李聚奎司令送的,是高岗同志送来的,是李聚奎司令不让说是他送给彭老总,让说高岗主席送的。"

彭德怀说:"你拐了多少弯呀! 看来不收不行了。收下吧,刘亮。"刘亮接过狍皮褥子。

李聚奎这时的职务是东北军区后勤部长,他早就说要给彭德怀弄张防潮又防寒的狍皮来,他知道彭老总的痔疮很厉害。李聚奎是彭德怀的老部下,他们的友谊可以追溯到二十五年前,在旧湘军里,当连长后来当营长、团长的彭德怀秘密组建了一个由先进分子组成的"救贫会",后来改为"士兵委员会",在没有找到党组织之前,彭德怀就靠这个组织培养革命的骨干力量,而李聚奎就是他的左膀右臂。李聚奎当然时刻惦记着他。

曹桂兰敬了个礼,转身要走。

"等等。"彭德怀伸手去掏兜,几个兜都掏遍了,没有翻到。

刘亮笑问:"找烟吗?"

"找什么烟啊!"彭德怀说,"昨天联欢会上,金日成送我一把糖,我明明放在兜里的嘛。"刘亮和身后的谢大川捂着嘴偷着乐。

彭德怀发现了:"好啊,又是你们这两个小馋鬼给偷吃了,是不是?"

谢大川说:"反正你牙疼,又不吃糖,装在兜里招耗子。"

"你就是小耗子。"彭德怀笑着,一伸手,终于摸出了一块糖,忙递给曹桂兰,"这是漏网的一块。"曹桂兰笑着躲闪不接。

"别嫌少嘛。"彭德怀说,"瓜子不饱是人心。"

洪学智说:"我认识彭总几十年了,从来没吃过他一块糖,还不快接着。"

曹桂兰接过糖,看看漂亮的包装纸,说:"还是公主牌奶糖呢。"

"你吃正好,你是我们志愿军的公主嘛。"彭德怀说完,刘亮几个年轻人哄笑起来。曹桂兰赶紧跑了。

该到睡觉时间了,刘亮怕炭火盆逸出一氧化碳熏着彭总,就和谢大川把火盆搬出去。刘亮为他铺好被子,催促道:"都半夜两点了,该睡一会儿了。"彭德怀在写什么,一声不吭。

洪学智走进来,说:"彭总,有你一封家书,忘给你了。"

彭德怀翻来覆去看了看皱皱巴巴的封皮,说:"忘了?在你手里积压有没有半个月呀?"

洪学智说:"绝对没有,就刚才的事。"

彭德怀说:"反正这是信使捎来的,没有邮戳,我无从考证。"

洪学智笑了,说:"这你得感激那个女记者,是她捎来的。"

"康乃馨?"彭德怀问,"她来了吗?"

洪学智说:"对,正是她。她为了往这儿赶,一个人在雪地里跑了一百多里路,差点冻死在路上。"

彭德怀说:"她的文章越写越好了。你好好给她安排个住处,把我的火盆给她拿过去。"

洪学智说:"李望去给她安排了。"

6

李望正为康乃馨安排行军床。

小矿洞正中生起一个炭火盆,热烘烘地使人发困。康乃馨在用热水洗脚,一边洗脚一边打瞌睡。李望说:"康记者,快上床睡吧,小心蹬翻了水盆。"

康乃馨说:"实在太困了,我走着走着都能打瞌睡。"她自己掐了自己一把,说,"我不能睡,采访了一大堆素材,今晚上得整理出来呢,明天送回国内去。"她把军用挎包移到前面来,去掏采访本,却怎么也翻不到了,便把东西全倒在床上,照相机、胶卷、洗漱用具、小梳子等,摊了一床,就是没有采访本。她说:"坏了,采访本窜出去,跑丢了。"

李望说:"再好好找找。"

静默了一会儿,康乃馨把水淋淋的脚抹了几下,去穿鞋。

"你干嘛?"李望说,"那鞋都冻透了。"

康乃馨一边穿军大衣一边说:"我得沿原路回去找。"

"你不要命了?"李望说,"今天晚上外面零下三十五度。"

康乃馨说:"采访本上有秘密,有采访部队的番号,还有别的,万一叫敌人得去,那可是大事了。"

李望说:"天亮再去找吧。"

"不行,"康乃馨说,"天一亮人来人往,大路上人多,就没法找了。"

李望说:"我找个人陪你去。"

李望前脚出去,康乃馨后脚已经走出了矿洞。

李望来到彭德怀住处,彭德怀问了安排康乃馨的情况,才知道她又冒着严寒去找采访本了,彭德怀对她这种精神大加赞赏。他虎起脸来问李望:"你叫她一个人走的?"

李望说:"派人去,也得汇报啊,我这不是来请示的吗?"

"笨脑袋,"彭德怀说,"这么点事都得来请示我?你不会做主?去,快去找两个警卫员,追上去。"

李望说:"我去吧。"

彭德怀说:"行,你去吧。"

天已逐渐亮了,彭德怀站在洞口吸烟。风雪中,康乃馨、李望二人蹒跚走来,二人几乎成了雪人,呼出的气把睫毛都冻上了一层霜。

彭德怀说:"快进来暖和暖和!找到没有?"

康乃馨从挎包里掏出一个硬皮采访本,笑了:"找到了。"

彭德怀很满意,说:"其实,你采访本上能泄露的秘密很有限,可你有这种严格的保密观念和纪律性,很可贵,不白挨冻。"

李望跺着脚上的雪,说:"我可是白挨冻啊。"

彭德怀笑了,说:"你们都快成了白胡子老头了!"

"是吗?"李望摘下皮帽子想抖掉霜雪。

"别呀!"康乃馨拦住他,拿出相机说,"就这样子来几张合影。"她给彭德怀、李望合照了一张,又把照相机递给李望,然后站到了彭德怀跟前。

李望说:"太严肃了!说茄子——对!"

康乃馨和彭德怀被他逗得哈哈一笑,"咔嚓"一下,这副形象静止在暗箱里了。

7

彭德怀一个人在灌木丛边漫步。马尾松托着皑皑白雪显得翠绿异常,夕阳透过松枝,在雪地上洒下斑斑点点的光斑。彭德怀展读那封家书,仿佛是妻子浦安修自己在给他念信:"……你这人啊,如果我不是从报纸上看到志愿军第二战役大捷的消息,我还以为你在北京,谁想到你已经在枪林弹雨之中了。你都五十多岁了,一身病,叫我怎么放心。我也知道,劝不了你,我敢打赌,你是世界上最倔的人。我真想到朝鲜去,让你天天吃上一碗热饭。我知道,毛主席能批准,可你彭德怀不会批准,没办法,熬着吧,等仗都打完了,你也该回来了……"看到此处,彭德怀"扑哧"一下笑出声来。他折了一支松针,咬在口中,望着西天的晚霞。

空灵的时空中,回响着夫妻间昔日的对话。在西北战场上,浦安修一边给他缝补破袜子一边说:"我保证,你打起仗来从来不会想起我。"

彭德怀就说:"那是。打起仗来把自己都忘了,还能想到你?"

浦安修无可奈何地叹气,彭德怀嘿嘿地笑。浦安修说:"我可是时时都在惦记着你。"

彭德怀当时是这样回答的:"有你想着我就行了嘛,两个人一起想,多重复啊。"这次是同时响起两个人的笑声。事情过去多年,这笑声、这情景犹在眼前。彭德怀常说,一个大老粗娶了个大学生,他对浦安修无可挑剔。在延安,李富春把北平师范大学二十一岁的学生浦安修介绍给彭德怀时,他内心涌起一阵冲动,他暗暗地说:这个人能与我白头到老。他完全凭直感,他没有说错。

到了朝鲜这么久,他连一封信都没给浦安修写,他觉得很对不住她。其实,对不住她的事何止这一件!战争年月,她总是跟着自己出生入死,有好几次遇险时都把浦安修丢了,浦安修命大,几次又都找上了队伍。后来彭德怀给了她一颗手榴弹,让她遇险时自杀,他说彭德怀的老婆不能当俘虏。今天想起来,是不是大男子主义?不,也许这帽子都太小了。潜意识里有没有男尊女卑的意识？这不是让妻子从属于自己的人格与气节吗？彭德怀第一次感到自己是那样对不住她。他暗暗地许愿，一旦战争结束，一定好好检讨，好好待她，将来有解甲归田那一天，自己好好服侍她，还她的情。

8

江小帆几乎被一连串的手术累得休克了，可她不能停止，三个外科手术医生都下到各军去了。最后一个伤员的脾切除手术结束了，缝合完毕，又是下半夜两点了。平车推走伤员，手术室的灯全部熄掉，人们疲惫地走出来，丁梅在最后面负责上锁。摘下口罩的江小帆走在最后，她已疲惫不堪，白大褂上沾着血。

一辆汽车亮着大灯开进来。从车上跳下的小吴说："大夫，他伤很重，得马上手术。"

一个医生用商量的口吻说："能不能等几个小时？大家一连做了十几个手术，到现在连口水都没喝呢。"

卫生队员说："够呛，失血过多，人都休克了。"

人们都把目光转向江小帆。江小帆什么也没说，转身进了手术室，灯光骤亮。医护人员急忙尾随进去。卫生队员从车上抬下张国放来，随后他们被关在了门外。

护士丁梅扶着江小帆坐在一把椅子上，汗水湿透了她的帽子。别人在忙着术前准备。丁梅替江小帆摘下口罩，喂了她几口水。丁梅说："我去找几块饼干来。"江小帆摇摇头。

助手在报告："右胸中弹，没有穿透，估计子弹在里面，大量失血，休克状态，血压为休克血压。"

江小帆站起来，说了声："输血，全麻。"走向手术台。

灯全亮了。

输血。

手术开始了,一把把的止血钳飞快地传递着……

充当巡回护士的丁梅看了看血压计,说:"血压回升,高压一〇〇,低压七十。"

张国放苍白的脸在灯下显得更苍白。丁梅无意间向他瞥了一眼,忽然,她的眼睛瞪大了,口也张得老大,她呆了一下,为了确切证实,绕过去,果然认出是张国放。丁梅眼里一下子涌上泪水来。她呆呆地站了一会儿,拿湿纱布轻轻擦拭着张国放的脸。她本想把这消息马上告诉主刀医生江小帆,又怕干扰她的情绪,就打消了这念头。

手术仍在紧张进行。汗水顺江小帆的两颊往下淌,有一次,她晃了一下,险些栽倒,闭了闭眼睛,又支撑着手术。一个护士上来为她擦汗。她终于用镊子钳出一颗子弹,举到亮处让人们看了看,"当"的一声把弹头扔到了方盘中,助手拿到一边去。

丁梅走过去,轻轻拈起那枚弹头。她走到手术台前,望着江小帆,嘴张了张又想告诉她,可她到底没发出声来。

一个小护士在翻张国放的棉袄里面,照着上面的番号往下登记,那地方一片血渍。丁梅走过来。小护士在细细辨认:"张什么?看不清。"丁梅接过笔来,在表格上填了"张国放"三个字。

小护士十分惊讶:"你认识他?"

丁梅点点头。

"是老乡?"

丁梅摇摇头。

"是同学?"

丁梅又摇了摇头,泪水早滚下来了,她赶紧躲到灯影下,小护士莫名其妙地望着她。

手术完毕,护士们轻轻推着车往外走。当手术室的灯光再次关闭时,江小帆晃了一下,摔倒了。人们上去扶她。

9

1月2日晚上,叶子龙专门跑到西花厅来见周恩来,他神色慌张。周恩来知道出了事,一般的事打电话不是更方便?叶子龙说:"总理,毛岸英的事,恐怕不说不行了,主席已有觉察。"

周总理问:"怎么回事?"

据叶子龙说,毛主席接见使馆回来的人,无意中问起毛岸英,那几个同志事前没准备,支支吾吾的。他没有再问,晚上没吃饭,一句话也不说,显然对毛岸英的死已有所觉察。

周恩来最担心的时刻到底来了。他前些天把毛岸英为他父亲准备的子弹壳小烟嘴给了他,是想让毛泽东暂时有个安慰。中年丧妻,老年丧子,这是人生最难以忍受的痛苦了,现在怎么办?躲过初一,躲不过十五。周恩来说:"没有别的办法了,走吧。"他回手从文件柜里拿出毛岸英的遗物,交给叶子龙,问,"主席在哪边休息呢?"

叶子龙说:"在新六所。"

所谓新六所在万寿路,那里是郊区,很安静,毛泽东在思考问题时,有时就躲到这里来。毛泽东有些心神不宁,他仿佛有某种不祥的预感,可他强迫自己不往那上面去想。别人为什么都小心翼翼地避免在他面前提起毛岸英?毛岸英再手懒,再忙,也不会不给父亲、妻子写上一封八行书啊!志愿军总部电报来往频繁,为什么对毛岸英只字不提?种种疑窦令他沮丧、恐惧,可他又从合理的想象——找出理由来驳倒种种疑虑。

周恩来和叶子龙今天突然闯到新六所来,毛泽东敏感地发觉他们眼神不对,他不动声色地观察着他们的面部表情。他吸着烟,他面前的桌上摆放着那个子弹壳做的小烟嘴。

夜很静,只有不时鸣叫的凄厉的汽笛声划破夜的寂静。

周恩来的第一句话就问得多余:"主席还没休息?"

毛泽东有点茫然地望着周恩来,他替毛泽东重新沏了一杯茶。这也反常,这不是周恩来的事。毛泽东注视着周恩来。他一时又犹豫了,躲开毛泽东的目光。毛泽东又看一眼叶子龙,问:"有事吗?"

周恩来说:"也……没什么事。"

毛泽东说:"没事跑来干什么?"说完目光又长久地在周恩来脸上盘旋,这句话里含着三分怒气。

周恩来装做翻看报纸。

屋子里沉默得可怕,座钟秒摆声显得格外响亮。毛泽东说:"不说,你们走吧,我想一个人静静地待一会儿。"

此时,不祥的一团流质的东西已经凝聚成沉重的铅块压在毛泽东心上。事已至此,周恩来只好和盘托出了。他抖抖地从兜里拿出一张纸来,放到毛泽东面前的茶几上,声音有点哽噎:"主席,我……真想再瞒你一些天,电报来了一个多月了。主席,你可要挺住啊!"到此时,周恩来、叶子龙的眼泪先下来了。

毛泽东的手抖得厉害,他拿起那张电报,看着,看着……电报飘飘悠悠地落地。他的心像被子弹击中,麻木,失去了痛觉。

周恩来、叶子龙都在轻声地呼叫着"主席、主席"。

毛泽东呆呆地坐在沙发里,屋子里的钟摆声大得令人心焦。他一时宛如进入了空灵的时空。当初是一个世界,如今已变成两个世界的父子又重温他们离别前的一场对话,毛泽东清晰地听到儿子的声音,真真切切。

毛泽东的声音:"干吗这样看着我?"

毛岸英的声音:"你今天更像个平常人家的父亲。"

毛泽东的声音:"人心都是肉长的……无情未必真豪杰……"

毛岸英说:"爸爸,我到朝鲜前线去。"

毛泽东说:"你不是一时冲动吧?"

毛岸英说:"我本该去的,为了爸爸,我也该去的……毛岸英是父母的亲骨肉,别人的孩子也是……"

毛泽东说："谢谢你,好儿子……"

那么,他是为父亲而捐躯的吗?抑或说是为父亲的心理平衡而喋血的吗?更为甚者,是为平息国人之议而骨埋他乡的吗?不是,当然都不是。毛泽东确信抗美援朝之战的神圣与正义,儿子像千千万万英烈一样化做沙场英魂,这是男儿的光荣。

毛泽东在恍恍惚惚的游思里,深深感到不安的是觉得对不住杨开慧。她为毛泽东生了三个儿子,她自己就义于敌人的屠刀下,毛泽东没能保护好他们的孩子,一个失踪,一个战死,一个重病……杨开慧毕竟已是另一个世界的人了。他必须面对的还有刘思齐,那双期待的、深情的,也许还有幽怨的眸子令他深深地战栗。毛泽东的目光也缓缓地扫过屋子的每一个角落,他的目光落在子弹壳烟嘴上,他轻轻拿起了小烟嘴,又去拿烟,可手抖得厉害,两次都未能顺利地抽出香烟来。

叶子龙过去,帮他抽出烟来,替他点上。

依然是可怕的静默。

毛泽东把香烟吸得"吱吱"作响。这时,他的眼圈开始红了。一支烟吸完了,他又吸第二支,始终没有一句话。时钟响亮地打点,午夜12点。

周恩来、叶子龙悄悄地站起来。

毛泽东长长叹息一声:"谁叫他是毛泽东的儿子呢!"

周恩来说:"我们知道,主席一直寄希望于岸英,对他要求很严……所以……"

毛泽东仰视着天花板,说:"我生养了他二十八年,他在我跟前的时间加起来也没有一年,父爱对于他来说,是陌生的。是的,我对他太严厉了,我是有意让他吃尽各种苦……早知他这么早就……我不该这样苛刻地对他……"

这话说得周恩来、叶子龙唏嘘不止。

毛泽东又说:"你们不用安慰我,其实,我早有预感了……"他叹了一口气,说,"最可怜的是刘思齐,先不要告诉她吧,等我慢慢找机会……"他越说声音越低,轻轻闭上眼睛。

周恩来、叶子龙悄悄退出。房子里显得空旷,钟摆声响亮。

毛泽东突然睁开眼,泪流满面。

10

美军的汉江防线已经风雨飘摇。根据上司的命令,撤退的美军要就地销毁一切战争物资:没来得及修的坦克,没有司机开走的汽车,来不及后撤的山炮,也包括被服、粮食和副食。第九军军用仓库烈焰腾空,美国兵正在烧军用仓库。这里有一些活动板房,里面装满了饼干、罐头、巧克力,是供应前线军人小卖部的。

一辆坦克正在推倒、碾压活动板房,饼干、糖果被碾得粉碎。李奇微的车子恰好赶到,他站在车上,问指挥销毁物资的帕尔默准将:"这些饼干、巧克力为什么要压烂?"

帕尔默立正回答:"不是带不走的都销毁吗?"

李奇微说:"人的嘴也是一种销毁机嘛!不要烧掉,分给士兵吃。"

于是,大门打开,一箱箱糖果搬出来,一大把一大把地分给路过的士兵。一个往口中塞着巧克力糖的士兵把一块糖朝李奇微抛去:"喂,将军,吃一块巧克力吧,万一当了俘虏,就吃不到了。"

李奇微骂了一句"浑蛋",转身离开。

美军坦克开路,正在驶上汉江大桥。一路上大吃饼干、糖果和罐头的士兵小跑着上桥。桥上人流涌动,堵塞在一起,因为逃难的老百姓肩背头顶,拉大扶小,也与美军抢路。桥上一片鸣笛声、呵斥声和孩子哭叫声。李奇微从吉普车上跳下来,带人来到汉江大桥桥头。帕尔默准将正在吆喝:"老百姓下来!维持一下秩序!"可是没人理睬他,军民仍在拥挤抢道。

李奇微对满头大汗的帕尔默说:"你喊破了喉咙有什么用?你手里不是有枪吗?"

帕尔默很吃惊:"将军的意思是,对难民——"

李奇微说:"只要他们影响了撤军,就向他们开火,让他们让路!"

帕尔默敬了礼跑去。

大桥上的难民仍然滚滚而来。驾在大桥一端的美军机枪响了,难民纷纷倒地,落到桥下,一时哭喊声连天。难民被赶下大桥。他们在冰冻的汉江上行走,不断摔倒,有的掉到冰窟窿里去,凄惨和恐怖笼罩着汉江之滨。

汉城的守军也在准备撤退,美军到处纵火,汉城好像火山喷发,烈焰腾空几十米高,照红了天空。金丝吉从一栋着火的房子里钻出来,扑灭身上的火苗,对大胡子记者贝却笛说:"李奇微比沃克更可恶,差点把我们也烧死。"

贝却笛说:"他在决定放弃汉城时,还在向麦克阿瑟和参谋长联席会议发报,说一切进展顺利,第八集团军有能力完成一切任务。我们这么发了消息,他的大撤退又一次愚弄了我们。"

金丝吉上了吉普车,说:"快走吧,别做了俘虏。"

车开出不久,见一孩子在路边哭,没有大人,他身后的房子在燃烧。金丝吉跳下去,把哭叫的孩子抱上车。

李奇微很沮丧。沃克虽说有过釜山、大田的失利,可后来毕竟打过"三八线",攻下了平壤。而自己一上任,就叫中国人打得狼狈不堪,万一汉城从自己手里丢掉,坏名声将流传全球,败绩将载入军史。可他认为没办法扭转战局,至少现在没有办法。他现在必须放弃汉城,麦克阿瑟也无能为力,李承晚除了喊"与首都共存亡"而外,毫无价值。李奇微在匆匆忙忙地收拾东西,把个人用品塞进背包。他抖开一条法兰绒睡裤,发现已经破得无法再补了,就随手一丢。勤务兵拾起破睡裤,恶作剧般地将它挂在墙上,用印刷体在粉墙上大书:第八集团军司令留给中国指挥官的新年礼物。

李奇微在勤务兵的脖子上拍了一下,二人走出房门。飞机正在等着他们,是"彭妮号"。

汉城已是一片火海,城外枪声越来越近。

II

1951年1月3日午后,我们情报部门的敌情科破译了美国电报,知道美军已下令放弃汉城。

彭德怀原来并没有一定拿下汉城的目标,现在决定顺手牵羊。他马上命令三十九军——六师和人民军一军团就近夺取汉城,这肯定会在国际上引起不小的震动,就和光复平壤一样引人注目。他也曾考虑过能否守得住,现在也顾不得了,大军正是势如破竹之时。

李奇微一气跑了五十英里,临时扎下营寨,惊魂甫定。

希基对李奇微说:"我们正以每天三十英里的速度撤退,中国人追得很猛。"

李奇微说:"真是不可思议,我们坐着汽车跑,他们用两条腿跑,跟得这么紧。"

希基说:"我们在哪里建立防线?"

李奇微说:"我刚给柯林斯写了封信,我说,也许我们无法战胜的是东方人类型的思想,他们可能靠这种思想凝聚人。不然你没法理解,穿着单裤,吃着炒面,使着30年代的笨枪,怎么敢与我们为敌?"

希基说:"我在战场上看到了不少没有伤的中国兵尸体,衣服单薄极了,无疑是冻死的。"

"不讨论这些了。"李奇微说,"咱们这回也让彭德怀尝尝诱敌深入的滋味,这是他惯用的战术。你马上告诉司令官们,到我这里开会,在十七度线附近布下一个陷阱。"

希基说:"这真是天才的主意。"

果然如彭德怀所料,汉城大捷振奋了全中国,民主阵营为之喝彩,中国人威风大长。中国的所有宣传机器都开动了。1月5日《人民日报》头版的大字标题是《朝中军队发起新攻势,光复汉城向南急进》,社论

《祝汉城光复》;1月6日,《人民日报》标题《中国各民主党派致电朝鲜人民,祝贺汉城大胜利》,《光明日报》《文汇报》《中国青年报》也都用整版套红大字来渲染这次胜利。

当这些报纸作为喜庆之物摆到彭德怀桌子上时,他的脸拉长了,厚嘴唇耷拉下来,人们还不明白他为什么生气。他用力拍了一下桌子:"帮倒忙!有没有康乃馨写的?"

李望说:"她只写通讯,这都是社论!"

彭德怀显得火气很大,在地图前走来走去。

解方说:"前线在催,等待追击命令。"

司务长端来热腾腾的一碗面:"彭总,快吃吧,你上火了,吃碗稀的。"

彭德怀说:"不吃。"

司务长说:"人是铁,饭是钢,你可三顿没吃饭了。打了胜仗,该高兴啊,该多吃两碗饭啊,你怎么倒减饭量了?"洪学智暗中扯了司务长一把,司务长这才看到气氛不对,摇着头退下去。

一个参谋不知怎么打开了收音机,播音员用高亢的音调播着新闻:"前线消息,汉城大捷……"

"给我关掉!"彭德怀大吼一声。吓得那个参谋关错了钮,声音旋得更大了:"在彭总指挥下,我军势如破竹……"

彭德怀狠狠地瞪着那个参谋,方晋大步走过去替他关了收音机。

彭德怀拍着报纸说:"新华社不该这么大张旗鼓地宣传!这是要出我彭德怀的洋相嘛。"

人们都不敢做声。这时只有洪学智敢劝上几句,他说:"祖国人民高兴嘛,新华社也是一番好意。"

彭德怀说:"我们是前进一百多公里,打过了汉江,可我们没有大量歼灭敌人有生力量;我们是只有陆军,人家是海陆空,我是一军对三军,敌人会认输吗?这么长的战线,我们现在无力防守,万一敌人反扑过来,重新占了汉城,我怎么向祖国人民交代?"

洪学智说:"我们的战斗和非战斗减员已经达到一半了,相当可怕。"

"是呀!"彭德怀愤愤地说,"胜利,不是吹气儿!敌人退得这么快,我看是来个'即以其人之道,还治其人之身'啊。"

解方说:"完全可能。如果人家在我们侧后再来个两栖登陆,我们可就腹背受敌了。"

彭德怀在屋子里走了一阵儿,又走到门外去,在地上抓了一捧雪,往脸上搓了一阵儿,走了回来,大手往桌子上一拍,说:"马上向各军师发布命令,全线停止追击,到三十七度线为止!"

人们都有几分惊愕,没人出声。半晌,洪学智提示道:"国内外为胜利所鼓舞,这样突然刹车,会招来非议的。"

彭德怀说:"我不能沽名钓誉,拿战士的生命当赌注。一切由我承担,由我起草给毛主席的电报。"人们仍未动。

彭德怀对解方说:"发布命令啊,还等钻到人家口袋里再拔腿吗?"

解方走出去,对洪学智说:"大将风度。除了彭德怀,谁敢这么果决地在胜利之时戛然而止?反正我是不敢。"

洪学智说:"彭总太清醒了。"

彭德怀追了出来:"嘀咕什么呢?有话拿桌面上来讲嘛。"

洪学智笑道:"我们哪敢说你坏话呀!"

彭德怀说:"洪大个,预备一瓶酒,喝二两。"

洪学智有些奇怪:"这可是新鲜事呀。"

彭德怀说:"痛快,从来没这么痛快过。你们知道吗?我下这个决心可是冒风险的,自己人、朋友,可能都会非议。我下了这道命令,心里就踏实了。"

洪学智和解方都笑了。

第十七章

I

君子里的山沟里一派新春景象,这几天敌人被打得晕头转向,敌机来轰炸的次数也少了,长期躲防空洞的人们好不容易有这个机会,就拥出来晒晒太阳,有人还在洞口贴上春联。刘亮、谢大川几个人堆了个雪人,用红辣椒安了个又尖又大的鼻子,用秫秸扎了个眼镜,糊上了黑纸,叼着个大烟斗。彭德怀走出来一看,说:"还真像麦克阿瑟!不过,烟斗不对。"他四下看看,拾起一个玉米心,穿在一根棍上,插到雪人嘴上。难得彭德怀有这样的兴致,人们都乐乐呵呵地围在他跟前。谢大川问:"我真弄不明白,这麦克阿瑟当那么大的官,又不缺钱花,买不起烟斗咋的?怎么用玉米棒子?真够损的了。"

彭德怀说:"麦克阿瑟的个人发明很有讲究,玉米心可以一天换几个,有的是,别的烟斗用长了,里面都是烟油子,不卫生。"

刘亮说:"那我也给你用玉米心做烟斗。"

彭德怀说:"不行,那不是太抬举他了吗?"战士们都乐了。

谢大川问:"彭总,这麦克阿瑟见了你准打哆嗦!"

彭德怀说:"哦,不可能。他可是五星上将,美国的名将之星啊,怎么会怕我彭德怀!"

刘亮说:"他嘴上不怕,心里准怕。"

这时,朴一禹坐着吉普车来了,和彭德怀握过手,就站在雪地上,说:"昨天苏联大使拉佐瓦耶夫跑到我们那儿去了,大放厥词。"

"是吗?"彭德怀笑呵呵地问,"这位仁兄都说了些什么呢?"

朴一禹说:"他说这种打法是右倾。"

彭德怀哈哈大笑:"我这多半辈子,戴过不少次右倾的帽子了,不怕老大哥多送这一顶。他和他的前任一个调门。"

朴一禹说:"他说,哪有打了胜仗不追击敌人的?这叫什么司令?"

彭德怀不以为然地说:"我这叫'穷寇勿追'的司令,我就是这打法。"

朴一禹说:"我们与他争辩,他不服。"

彭德怀说:"不理他。拉佐瓦耶夫和那个史蒂科夫一样,只讲了道理的一面,靠我们现有的力量能把敌人赶下海吗?昨天韩先楚同志告诉我,'三八线'以南群众都跑光了,敌人把房子烧了,粮食抢光了,我们的队伍连饭都吃不上,打什么仗?敌人本来在'三八线'以南有坚固的工事,为什么不守?这明显是诱我们深入,他再重演一次仁川登陆,我们干吗要上这个当呢?中国有句老话:井不是一锹挖出来的,胖子不是一口吃成的。"

朴一禹说:"我完全赞成彭总的打法,可能李奇微正等着我们钻他的口袋呢。"

彭德怀不买拉佐瓦耶夫的账,这位自视高明的大使便给斯大林发了急电,指责彭德怀畏首畏尾,没有资格统帅大军与美军对垒,他希望苏联出面干预一下。他当然是从民主阵营大局为出发点的。斯大林为此召见伏洛希洛夫和布尔加宁两位元帅到他的办公室。斯大林问他们:"拉佐瓦耶夫的电报你们都看了,有什么高见?"

伏洛希洛夫含笑看了一眼布尔加宁,说:"我以为拉佐瓦耶夫应该念两年初级军校。"态度明朗,语言挖苦。

布尔加宁说:"彭德怀是个很有谋略的军事家,他懂得适可而止。拿破仑却不懂这一点,所以他以优势的兵力,在最旺盛的时候兵败滑铁卢。"

斯大林吸着大烟斗,慢条斯理地说:"彭德怀以那样的劣势连续在三个战役中取胜,把麦克阿瑟又打回到'三八线'以南,这在军事史上是个奇迹。你们给拉佐瓦耶夫打个招呼,叫他别乱插嘴,不要不懂装懂。"想了想,斯大林又说,"不必那么费事,也把他调回来算了。"

史蒂科夫和拉佐瓦耶夫都是将军,又都是斯大林信任的人,才先后出使朝鲜。斯大林相继召回他们,都是因为二人对彭德怀说三道四,而且贻笑大方。斯大林更多考虑的是怕他们丢脸。

布尔加宁说:"原来我们对中国人能否打败美国人是有相当保留的,现在看,我们也许要修正一下。"

斯大林没有出声,他把厚重的窗帘拉开,把目光投向外面。布尔加宁觉得话不投机,与伏洛希洛夫交换了一下眼色,二人悄悄退了出去。斯大林背对着他们说:"等等,以我的名义,给毛泽东发个电报,就说我赞同彭德怀的打法,说他是个天才的军事家,拉佐瓦耶夫只代表他自己。"二人答应着走了出去。

周恩来接到以斯大林名义拍来的电报,觉得是个好兆头,他认为斯大林不会是心血来潮表扬一下彭德怀,说几句好话。他马上到新六所来见毛泽东,毛泽东的卧室门关着,连走廊也静悄悄的。周恩来轻手轻脚地走来,卫士迎过来:"总理!"

周恩来问:"在吗?"

卫士说:"在睡觉。"

周恩来看看表,疑惑地问:"一直在睡?"

卫士点点头说:"头几天,几天没合眼,昨天彭德怀来电报,说攻占了汉城,他马上吃安眠药,说要睡他个一佛出世、二佛升天。"

周恩来说:"好,他能多睡点觉是好事。"

这时毛泽东在屋子里搭腔道:"万人皆醉我独醒不好,万人皆醒我独睡也不好啊。是恩来在外面吧?"

卫士马上提起水壶:"醒了。"

周恩来走进去,窗帘拉着,屋子里很暗。他见毛泽东坐在床边,就走过去拉开窗帘。毛泽东穿着宽大的睡衣,端了一杯茶,说:"我睡了二十个小时,前无古人、后无来者呀。"

周恩来说:"主席生活应该规律些。"

毛泽东说:"可世上的事情并没那么有规律呀,我怎么办!"

周恩来递上一份电报说:"斯大林来了一份电报,称彭德怀为天才的军事家。"

"是这样吗?"毛泽东接过电报说,"这可能是个好信号啊。"他看过后,笑了,说:"告诉彭老总,那个叫什么耶夫的大使告了他一刁状,斯大林是公正廉明、明镜高悬啊,约瑟夫大叔称他为天才军事家啰。"

周恩来大笑起来。

毛泽东说:"后勤问题你还是抓一抓。听说志愿军流传有'三怕',一怕没饭吃,二怕没子弹,三怕负伤抬不下来。"

周恩来说:"三次战役我们损失汽车一千二百多辆,平均每天损失三十多辆。彭德怀告诉我,美国方面是十三个后勤人员供应一个兵;我们呢?一个后勤人员要供应十个兵,相差太悬殊。"

毛泽东说:"现在需要补充多少汽车?"

周恩来说:"洪学智开来个单子,下次战役要车三千四百辆,现有一千辆。"

毛泽东说:"你去沈阳见见高岗,带上杨立三、刘亚楼、陈锡联、吕正操,着重抓一抓后勤保障。古语云,皇上不差饿兵。我们怎么能忍心让战士们饿着肚子打仗呢?"

2

张国放从麻醉状态中醒过来前,丁梅始终守在他床头,替别人顶了两个班,丁梅说张国放是她表哥。现在她实在打不起精神了,趴在张国放床头睡着了,恰在这时张国放苏醒过来。他右胸部和烫伤的脖子都缠着绷带。张国放缓缓睁开眼睛,他茫然地看着天棚,又看看四周,他的意识回来了,耳畔响起剧烈的枪炮声、喊杀声。他想坐起来,被角却被睡得很沉的丁梅压着,他望望丁梅散落开来的一头黑发,下意识地向里面靠了靠。

这时,又一个护士进来了,见他睁开眼,惊喜地说:"你醒了!"她凑上来,摇着丁梅,"哎,你醒醒!你怎么看护你表哥的呀!"

一听"表哥",张国放忍不住又想乐,这丫头心眼真多。见摇不醒,护士对张国放说:"也难为她,加班加点守着你,她太困了。"丁梅终于被摇醒,抬起头来,惊喜地说:"你可算醒过来了?"

张国放揶揄她说:"丁梅,我什么时候又成你表哥了?"

丁梅嘘了一声,不让他声张,丁梅说:"八竿子打不着的表哥总能轮得上。"

张国放说:"真像是在梦里。"他不知道自己受了伤后是怎么来到医院的。

"怎么是梦里?"丁梅给他倒了一杯水,加了一大勺糖,喂他,张国放躲开。丁梅说:"你受伤了,抬下来时血压都快没了,你看!"她从白大褂口袋里摸出一粒弹头,托在手上,亮晶晶的,她说,"这是从你身上取出来的,给你吧,留个纪念。"

张国放看了看那颗子弹,又看了看右胸部的绷带,问:"我要多少天才能出院?"

丁梅说:"早着呢,伤筋动骨一百天,你这比伤筋动骨厉害多了。"

张国放问:"江医生呢?"

丁梅说:"好啊,人家守了你好几天,你一睁开眼睛就找江医生。"她当真有点不高兴。上次分手,她明明含而不露地给他留了通信地址,可张国放一个字也没写来,害得她天天盼,天天落空。她兴师问罪地说:"为什么不写信来?"她问得特别仗义,好像张国放真的是她表哥。

张国放说:"我不知道通信地址。"

"说谎。我给你写在瓶笺上了。"她说。

张国放装傻:"哎呀,我只用松节油,从来没看瓶笺。"

丁梅知道他在搪塞。他给没给江小帆来过信,丁梅不好去问,但他肯定给林院长写过信,她天天去看信箱,哪一封信都逃不过她的眼睛。这能说张国放不知道野战医院地址吗?不过她不能再逼他,这会是啥结果?

张国放不知道她这会儿脑子转了这么多弯,他还是回答她上一句埋怨:"我找江医生,是得问问伤势,问问什么时候出院啊。"

丁梅说:"我先给你打饭去,然后再给你叫江医生去。"迄今为止,丁梅还没把张国放住院的事告诉江小帆呢,再瞒下去有点说不过去了。她去找江小帆,江小帆在煮沸消毒手术器械。

"夜班?"江小帆问。

丁梅点点头,平淡地说:"有个伤员想见见你。"

江小帆问:"术后出了什么问题吗?"

"那倒不是。"丁梅说,"他就是想见见你。"

江小帆说:"等我安排一下吧,今天排上号的手术已经有八个了,有两个是大手术。"

丁梅说:"你猜不到要见你的病人是谁?"

江小帆问:"是谁?"

丁梅说:"你认识。"

"我认识?"

"张副参谋长,张国放!"丁梅一字一顿地说。

"张国放?"江小帆放下手里的活,急切地问,"他怎么了?伤在哪里?

什么时候安排手术?"

"伤在胸部。"丁梅说,"手术早做完了。"

"哦,"江小帆问,"谁给做的?"

丁梅"扑哧"一下笑出来:"谁给做的？你给做的呗!"

"是哪个?"江小帆问。

"前天半夜,你做完了就晕倒了的那个。"丁梅说。

"你怎么不早告诉我?"江小帆口气中有埋怨。

"我也是今天早晨看了床头笺才知道的呀。"丁梅只得说谎,"黑灯瞎火的,我当时也没注意。"

江小帆回忆着说:"他的伤不算重,只是右肺小叶受了损伤,愈合好了。不会有后遗症。"

丁梅"扑哧"一笑,说:"我前几天做了个梦,梦见我和张参谋长在战壕里,敌人扔下一颗炸弹,张参谋长浑身是血……这不是应验了吗?"

江小帆说:"你还挺唯心! 他怎么样,能吃东西了吗?"

"喝了点奶粉。"丁梅眨了眨眼,突然来了个小狡狯,说,"你说可笑不可笑,一醒过来就要纸笔,我还以为是给部队写信呢,一看,不是。"她捂着嘴咯咯地乐起来。

"写什么值得你这么乐!"江小帆说。

丁梅一本正经地说:"我斜眼一看,第一行就是'亲爱的兰兰',看样子是给对象写的。"

江小帆没说什么,脸上表情复杂,为了掩饰,她对丁梅说:"没出息,偷看人家写信。"她又去干活,打开了高压灭菌罐,往外拣手术器械。对丁梅的话,她将信将疑:丁梅人小鬼大。

丁梅得意地在她背后扮了个鬼脸,问:"你怎么不着急不着慌的?你不去看看他呀?"

背着身的江小帆说:"手术器械等着用呢,我有工夫再去看他。"

丁梅没有走的意思,又绕到侧面来,观察着江小帆的反应,叹口气,说:"江大夫,挺可惜的……"

349

江小帆看了她一眼:"你说什么?"

丁梅说:"可惜你呀。江大夫,依我看,你和张副参谋长真是郎才女貌的一对,可惜人家有了对象。"

江小帆呵斥地:"胡说什么!"

丁梅说:"追他的人肯定少不了……"

"你住嘴行不行?"江小帆不耐烦地申斥道,"你怕别人把你当哑巴卖了啊?你该干啥就干啥去吧。"

丁梅得意地吐吐舌头,溜了出去。

3

汉城失守,南撤"三八线"以南,给 1951 年的开局蒙上了阴影,杜鲁门又坐不住板凳了。柯林斯在 1 月 12 日来到白宫椭圆形办公厅,总统要咨询战局的未来态势。桌子上"决断在我"的座右铭也失去了往日的光辉。杜鲁门愁的是无法决断啊。他显得一筹莫展地靠在圈椅中,对柯林斯说:"不管怎么说,丢了汉城是丢脸的事。李承晚就到处嚷嚷。"

柯林斯说:"昨天李奇微写信来,还是信心百倍的,他已经布好口袋,等着彭德怀来钻呢。"

杜鲁门说:"麦克阿瑟还有什么可夸口的?"

柯林斯说:"麦克阿瑟要求我们全力以赴地投入战争,再次要求攻击中国本土,他认为这是逼使中国告饶的唯一办法。"

杜鲁门说:"我们是左右为难啊。前几天,大英联邦总理会上,英联邦公开提出,他们不愿意让美国的政策牵累得太深,主张与中国谈判,给我施加压力。"

柯林斯说:"如果让联合国能通过一个先停火再谈判的方案呢?"

"中国人不干,他们打过了'三八线'。"杜鲁门说,"我没办法遏制中国,连麦克阿瑟也管不了。"

柯林斯说:"麦克阿瑟叫他周围的崇拜者们惯坏了。他的情报官威洛比、行政处长惠特尼、副官哈佛都是终生跟随他的人,这些人包围着他,使他成了一架战争机器。他根本不知道美国人民不愿意打仗,他几乎与人民大众脱离了。"

"也不尽然。"杜鲁门说,"他坚持要大打,也是想在一个早晨消灭共产主义,你能说他是个头脑简单的战争狂人吗?他也有过政治野心,1948年他参加过竞选,只不过他叫人愚弄了就是了。"

柯林斯说:"我们不能总是模棱两可呀。"

杜鲁门说:"除非我们被打败了,否则决不会自动从朝鲜撤军。不过,你告诉麦克阿瑟时,要降一点调子,就说,除非中国军队攻击朝鲜以外的美军,才可以动用海空军打击中国本土。"

柯林斯答应道:"好吧。"

4

周恩来非常赞成柳亚子能陪毛泽东到郊外去踏雪。毛岸英的事尽管表面上没有对毛泽东产生什么影响,但内心的打击却是不可估量的。毛泽东爱逛寺庙,与柳亚子一拍即合,他们乘兴踏雪出发,去香山的卧佛寺。

天上的云不厚,没有风,也不冷,大片的雪花稀稀拉拉无力地在空中飘着。落雪后的香山别有一番景致,黑松绿柏的树冠上托着厚雪,更显出红墙绿瓦的艳丽。

柳亚子陪着毛泽东缓步踏雪而来,几个卫士跟在后头。柳亚子说:"彭老总威名远播,他能打败世界名将麦克阿瑟,大振中国国威呀。"

毛泽东说:"他这个人,有一股虎气,敢在太岁头上动土,动了一下,也没什么了不起嘛。不过,如果设想这场战争速战速决,看来也是不可能的。"

柳亚子说:"千万别出现不战不和的局面。朝鲜战争一爆发,蒋公在台湾阳明山上委实高兴过几天,昨天他还重弹派兵去朝鲜的老调呢。"

毛泽东笑道:"情有可原。坐困孤岛,心有不甘啊。"

他们已经来到雄伟的卧佛殿前,毛泽东用力在棕垫子上擦了擦脚。里面传出阵阵诵经的声音,杂伴着木鱼的敲击声。佛殿门前冷冷清清,没有几个香客。他们跨入佛殿,一尊巨大的卧佛正对着他们,香火不旺,诵经人都在后殿。卧佛上方的巨匾是"得大自在"四个字。

柳亚子仰望着匾说:"'得大自在',古往今来,文人骚客都想解释清楚,可一直各有各的说法,莫衷一是。"

毛泽东说:"'得大自在'没有什么实指,是一种忘我的境界。人如果能在精神上进入自由王国,不为尘界万物千情所动,就是'得大自在',但这是很难做到的。"

柳亚子说:"据我潜心推测,'得大自在'是一种童心的境界。譬如我与主席谈得来,有时忘了身份,忘了年龄,有时又狂又顽皮,成了古人所说的'三岁之翁',聊发少年狂。"

毛泽东说:"是呀,一个人的心境如何,精神使然。如果一个人患得患失,即使是儿童,也可以成为'百岁之童',就谈不上'得大自在'。"

柳亚子道:"透辟。"

一行人边说边向前走着……

5

麦克阿瑟在健身房里蹬跑步机锻炼,这也是他每天入睡前的一个科目。在这时候,四条爱犬都围着他乱跑,像是为他助威。珍妮拿了一杯矿泉水进来,说:"行了,老板。"叫他老板的时候,多半是珍妮对丈夫不满的时候,在人前,她一律称将军,私下里叫道格的爱称。

停下来,麦克阿瑟擦擦汗,接过矿泉水边喝边问:"珍妮,我怎么得罪你了?"

"与我无关。"珍妮说,"是温赖特的事。"

麦克阿瑟宽容地笑了:"应该给朋友这个面子。"

温赖特何许人也？他是麦克阿瑟当年的部下，曾指挥过七万五千名美国兵在菲律宾的巴丹半岛投降，事后被日本人拘押在中国三年多。麦克阿瑟认为温赖特不是懦夫，他当时那样做是为了保全七万五千条生命，何况当时罗斯福总统已经收回了"不准投降"的成命。在对待温赖特的态度上，麦克阿瑟赢得了人心。1945年温赖特获得自由时，麦克阿瑟像欢迎凯旋英雄一样拥抱了他；在"密苏里号"战舰签字的历史性日子，麦克阿瑟竟然堂而皇之地邀请温赖特去出席，而且站在麦克阿瑟身后最引人注目的荣誉位置上。这样，三年来连自己都认为无法洗雪耻辱的温赖特，再次焕发了光彩。

昨天，温赖特寄来一本回忆录的清样，他请麦克阿瑟为他写序，麦克阿瑟慨然允诺，而且不劳惠特尼捉刀，自己亲自撰写。这是珍妮所不满的，她认为丈夫再三再四地往自己脸上抹狗屎。她也知道，她改变不了麦克阿瑟。

麦克阿瑟说："温赖特比杜鲁门、艾奇逊诚实得多。"他把狗轰出去，关上了门。他在壁炉前对珍妮发牢骚："杜鲁门究竟想让我怎么样？他的指令常常是自相矛盾，你看，现在又让我无限期留在朝鲜，不战不和，算怎么回事？"

妻子慢慢地品着咖啡说："他在电文里不是感谢你的出色领导和杰出表现吗？"

"你相信政客那一套！"麦克阿瑟转动着杯子说，"你翻翻报纸，全是谴责、挖苦我的报道，仁川登陆的一页他们彻底翻过去了。"

麦克阿瑟夫人说："不是说，今天柯林斯、范登堡要来同你商量什么事吗？"

麦克阿瑟说："无非是为杜鲁门当说客，我都腻透了！"

珍妮说："李奇微还想打吗？"

麦克阿瑟说："他又弄了个'猎狼犬计划'，他倒是信心十足。"

6

张国放正想去见江小帆的时候,她来了,走路的姿势都那么稳重典雅。江小帆双手插在白大褂的口袋里,笑吟吟地站在张国放床前,令她怦然心动的是,张国放穿着她送的那件黑色毛背心。她装做没发现,说:"我够粗心的了,给你做手术,却没看看你是谁。"

张国放说:"你每天做那么多手术,哪有工夫一个个仔细辨认是不是熟人呢!"

江小帆说:"你当时是失血性休克,伤倒不是太了不起的,只是转运时间太久,很危险的。"

"谢谢你!"张国放说,"我听说你常常累得晕倒,你得注意身体呀。"

"又是丁梅这个小快嘴!"江小帆移开目光说,"就是困。你知道我打完了仗的第一愿望是什么?"

张国放摇摇头。

"睡觉!"江小帆笑道,"睡他十天十夜,醒了再想别的。"

张国放笑了。

江小帆看看表,说:"我得查房去了,有一个伤员得了坏疽,很危险。"

张国放说:"你去忙。"

"好,我有时间再来看你。"她回头见丁梅走过来,就说,"好好照顾。"

丁梅说:"放心吧。"她拿了一块热毛巾,要给张国放擦脸,张国放执意不肯,他伸出左手接了毛巾,自己擦了几把。

坐在床前,丁梅从兜里掏出一个苹果,拿小刀削皮,说:"你得增加点维他命C。"

张国放问:"哪儿来的苹果?"

丁梅说:"那你就别管了,反正不是偷的。"

张国放问:"江医生这个人平时也是很严肃的,是吧?"

丁梅瞥了他一眼,说:"那倒不是。她呀,和男同志交往,是很有分寸的。这也对,省得别人说闲话,结了婚的人,一般都拘谨。"她又一次强调结婚。

"你倒挺内行!"张国放笑了。

丁梅把削好的苹果递给张国放,张国放说:"不好意思,一人一半吧。"

丁梅说:"我怕酸,牙疼。"

张国放问:"你是模范护士吧?"

丁梅说:"你讽刺人!"

"我说的是真话。"他说,"又叫又闹的伤员,你对他们那么有耐心,给他们唱歌……"

"那算啥!"丁梅说,"都像兄弟姐妹一样,多可怜啊。上个星期,来了一个重伤员,两条腿锯去了,两只眼睛也瞎了,他抱着我的胳膊说,你能让我叫你一声姐姐吗?我鼻子一酸,就对他说叫吧,我就是你的姐姐。他一连叫了我十多声姐姐,越叫声越小,就那么死了,临死把我的胳膊抱得紧紧的。"说到这儿,她的眼泪又噼里啪啦地掉下来。

张国放感动地说:"你真是个好姑娘。"不知为什么,他又一次想到了圣女贞德。

"是吗?"丁梅抹抹眼睛,问,"张参谋长,你是不是眼眶子特别高啊?"

"眼眶子高?这话从何说起?"

丁梅问:"眼眶子不高,干吗不找对象?肯定是一般的都看不上。"

张国放问:"咦,你怎么知道我没对象?"

丁梅得意地说:"那你就别管了。"

"了不得!"张国放道,"你是个小特务!"

丁梅咯咯乐起来。

张国放说:"顾不上,不是眼眶子高。我们有些老红军,老伴都是一个大字不识的农村妇女呢,一样过得恩恩爱爱。关键在感情。"

丁梅忽闪着长长的睫毛,问:"那,你也是不挑文化高低的了?"

张国放看了她一眼,似有所察,就说:"你别老泡在我这儿呀,你该到别的病房去看看了。"

丁梅说:"今天我休班,昨晚上忙了一个通宵。"

张国放说:"那你该去睡觉。"

丁梅说:"我自愿给小王打替班。"

张国放把苹果核放到小茶几上,闭上眼睛,说:"我想睡一会儿了。"

丁梅"哼"了一声。

7

彭德怀在地图前背手站着。解方在汇报:"李奇微采用的是他发明的'磁性战术',不断寻衅。现在他们发动了大规模进攻,西线一军、九军在金良场里至骊州的三十八公里的正面开始向礼峰山方向突击。东线第十军在北洞里至玉溪三十公里地段展开,沿东海岸向北进攻。"

"来得好快呀,刚刚停火七天就上来了,他是看我们没上当,手痒难耐了。"彭德怀说。

洪学智说:"看来我们又休整不成了。"

彭德怀说:"奉陪吧。电令各军,立即停止休整,准备再战。"

解方说:"邓华也回来了,是不是马上召集军首长会议?"

彭德怀点点头,说:"第三次战役打得就有些勉强,这一次,可以说是被迫应战,弄不好会使我们陷入被动。"

邓华走了进来,他说:"这次李奇微改变了打法,让美军打头阵,带动李伪军,来势挺猛。"

解方说:"九兵团尚在元山、咸兴一带休整,一时难以投入战斗,西面六个军对敌人来说,数量上也失去了优势。"

韩先楚说:"如果我军立即向北转移,必将过早放弃汉城,这在政治上对我们十分不利。"

彭德怀皱着眉头一言不发,死盯着地图。过了一会儿,他才说:"只能力争阻止敌人前进,稳步打开战局。韩先楚还到西线去,成立韩指,指挥三十八军、二十军和人民军一军团;由邓华同志组成邓指,到东线,指挥三十九军、四十二军、四十军、六十六军。"

邓华说:"如果反击得手,可能停止前进或退回原地。"

韩先楚说:"敌人若发现我西线兵力薄弱,可能猛攻西线,敌人可能推至'三八线'。"

彭德怀说:"如果出现这种情况,我们将在'三八线'以北坚决给以还击。我马上给军委发电报,请求把十九兵团马上开在安东,准备入朝。"

邓华说:"我带杨迪走,再要两个译电员和一部电台就行了。"

韩先楚说:"把一二四师参谋长肖剑飞给我就行了。"

彭德怀说:"我们不能在君子里,往前靠。"他在地图上找了找,对洪学智说,"洪大个,在金化一带扎营!"

8

也许是巧合,美军,向我发起第四次战役的日子正是麦克阿瑟的七十一岁寿辰,日历翻到了1月26日。麦克阿瑟一清早就再次严令惠特尼,谢绝所有来祝贺生日的贵宾,不分内外,包括裕仁天皇的代表和吉田茂先生本人。没人敢破坏他的规矩自讨没趣。

珍妮步行两条街,到一家叫"田舍屋"的日本饼店订了一个双料生日蛋糕,她谁也没告诉。这么多年来,她时时、事事作为麦克阿瑟的影子存在,她与麦克阿瑟那个执意要离婚的第一个妻子路易斯·布鲁克斯性格截然不同。那还是麦克阿瑟当西点军校校长的第三年,他爱上了这个富得难以置信的三十五岁的寡妇,从一开始,他就无法摆脱地陷入了流言的包围中。在军界,到处传谣,说他的妻子早就与潘兴将军有染,弄到潘兴将军出来自己辟谣的地步。后来,路易斯耐不住单调乏味的军旅生涯,与麦克阿瑟分居,1929年终于离异。

在珍妮堕入情网之前,她无论如何想不到这样一个叱咤风云的战将会是一个情种!而且如此专一。大概因为这个,当时的陆军部长赫尔利很看不起麦克阿瑟,赫尔利说:"任何不能驾驭老婆的男人都一文不值。"恰恰相反,珍妮看重的恰恰是麦克阿瑟这"一文不值"的地方。

夜里 12 点,珍妮把蛋糕摆在了小客厅里,点上七十一根小蜡烛,把麦克阿瑟叫了来,只有他们俩。麦克阿瑟欣慰地亲了珍妮。那七十一根小蜡烛在他们眼前形成了一片又虚又实的晃动的光海。

珍妮说:"你妈妈告诉我,你是 12 点整来到人世的,现在正好差一分 12 点。"

一提起妈妈,麦克阿瑟的眼睛湿润了。他说:"妈妈总是在我最关键的时候出来为我拓宽道路,甚至为我要官当。"珍妮笑了,她知道这些故事。

1917 年,美国对德宣战,麦克阿瑟那年升为"全星上校",荣任霓虹师参谋长,编入潘兴将军所率的远征军,渡过大西洋作战。他那时的装束奇特,戴一顶软帽,身穿发亮的高领毛线衫,手提马鞭,被新闻记者封了个"远征军中的花花公子"。当时潘兴对他印象也不怎么样,可是他在欧洲作战时得了十多枚勋章。后来麦克阿瑟的母亲就亲自给潘兴写信,请求晋升她的爱子为将军。她列举了儿子的功劳:在欧洲战场,他获得了两枚服务优异十字勋章、两枚法国十字军功章、两枚紫心勋章、七枚银星章。潘兴终于推荐他为陆军准将。他升少将那次是 1925 年,他已经四十五岁了。他妈妈又一次写信给潘兴将军,请他"大笔一挥",晋升她儿子为少将,那时潘兴已坐在参谋长联席会议主席椅子上了,麦克阿瑟又一次成功了。

麦克阿瑟常对妈妈开玩笑说:"我是妈妈提升的将军,从准将到少将。"

今天晚上,珍妮说:"一个人过生日的时候,确实应该怀念生母,因为这一天,曾经是母亲受难的日子。"

天籁俱寂,只有壁炉的火呼呼作响。一块大蛋糕上插满密密麻麻的小蜡烛。面对满屋子摇曳的烛光,只有麦克阿瑟和妻子珍妮二人枯坐,他们没有吹蜡烛,也没有切蛋糕,只看着蜡泪淌在奶油上。

"七十一岁了。"麦克阿瑟深深地叹息一声。

珍妮说:"你该叫惠特尼他们来,大家一起高兴一番。"

"不,"麦克阿瑟说,"我提不起兴致来,我在等李奇微的消息。"

夫人说:"你连过生日都在想着战场。"

麦克阿瑟说:"是啊,我一生中的生日,有一大半是在军营里过的,有时我觉得我该到长岛海滨去过退休生活了,在这个世界上,有没有七十多岁还在指挥打仗的将军?"

夫人说:"你是唯一的一个,战争的怪物。"

麦克阿瑟苦笑了。

9

李奇微终于扬眉吐气,他要打中国军队一个措手不及。可他并不知道,1951年1月26日,就是麦克阿瑟过生日这天,毛泽东已经命令第三兵团、第二十兵团入朝作战,一下子又过来六个军二十多万人。

七十一岁零一天的麦克阿瑟又兴致勃勃地飞来前线,他的座机降落在水原机场。李奇微带着希基等随从站在冷风中等候,金丝吉等记者也在翘首望天。

希基问李奇微:"他来干什么?"李奇微耸耸肩。

麦克阿瑟的座机"巴丹号"在跑道徐徐降落后,李奇微与走下飞机的麦克阿瑟握手。

金丝吉抢拍了几个镜头。麦克阿瑟发现了她,打招呼说:"你怎么不去看我?"

金丝吉说:"自从在'麦金利山号'您的浴室里洗过澡以后,有人说我坏话,我就再不敢亲近将军了。"

麦克阿瑟大笑："这个胆子可不像你金丝吉了，我都不怕，你怕什么？"

人们又笑。

李奇微说："西线、东线同时发起了攻击，进展顺利。"

麦克阿瑟面呈得意之色，对记者们说："这个地方，正是我七个月以前开始十字军讨伐的起点。"

金丝吉说："我听说，李承晚想在仁川为你立一座铜像。"

麦克阿瑟说："我不是为了立铜像来打仗的，确切地说，是为了整个自由亚洲。"

金丝吉飞快地记录麦克阿瑟的话。可是钢笔没水了，甩了几下，不出水，冻住了。麦克阿瑟发现了，他伸手从皮夹克里面的口袋里摸出一支很漂亮的笔，是绿颜色的。他把笔递给金丝吉说："我没有理由给你发军功章，可是我以为这支笔比军功章更有意义。"

金丝吉看了看那支笔，开玩笑地说："是老板签支票的吧？"

麦克阿瑟说："这是1945年在'密苏里号'战舰上，在日本投降书上代表美国签字的笔。"麦克阿瑟事先有所准备，他带去了八支笔，在八本文件上分别各用一支。

麦克阿瑟告诉在场的人，八支笔他后来送给西点军校一支、那不勒斯海军学院一支、杜鲁门一支、"密苏里号"战航保存一支、投降将军温赖特一支、惠特尼一支，自己留了一支。现在他自己一支也没有了。

金丝吉跳起来，吻着那支笔说："这是一支和平之笔。谢谢麦克阿瑟将军的厚赐。"记者们简直嫉妒死她了。

李奇微认为麦克阿瑟哗众取宠，他对他的这种炫耀毫无兴趣。在记者们包围麦克阿瑟的时候，他在后面逗弄一条沙皮狗。

麦克阿瑟对金丝吉说："我只能待两个小时，我马上要去部队，和胜利之师合拍一张照片，你们可以以最快的速度发表出去。"

希基对抚弄沙皮狗的李奇微说："听见了吗？他只待两小时，而目的好像只是为了拍张新闻照片发表。"

李奇微说:"多事!这种招摇过市很可能暴露我们大规模进攻的企图。"

10

康乃馨在五十军阵地谷沙里采访。这是一支原国民党部队起义后改编的部队,原来叫六十军,其中有一个师是从四野部队插编进去的。也许因为这是一个特别的地方,它吸引了康乃馨。这是战斗间歇时间,布满弹洞的战旗在风中飘着,阵地前遍布硝烟和尸体。一些战士在堆雪泼水冻成新工事,有的爬过去运伤员。

康乃馨蹲在雪垒的战壕里用大金星钢笔写通讯,天冷,笔冻得不下水,她不时地用嘴哈一哈热气。两个卫生员在壕堑里忙着给伤员包扎伤口,伤员多,包扎不过来。连长鲍清芳喊:"过来几个人,帮卫生员护理伤员。"

康乃馨收起小本子,也跑了过去。康乃馨看到一个战士腹部满是血,肠子也流了出来,那战士大声叫喊着,正用手把肠子往肚子里塞。她说:"别,会感染。"她的手都吓得发抖了,扯开救急包,试图为他包扎却包不上。

"你他妈手抖什么,没见过死人咋的!"那个伤员忍着巨痛骂了起来。

康乃馨一声不吭,耐心为他包伤口。

伤员又在喊:"用点力,你没吃饭怎的!"

"你吼什么!"连长鲍清芳走过来,蹲下,一边帮康乃馨的忙,一边说,"你以为她是卫生员吗?人家是前线记者!"

伤员不吱声了,扭过头去,低声说:"我……我不知道。"

康乃馨替他擦了汗。那伤员说:"给我嘴里塞点东西吧,我不咬点什么,挺不住了。"康乃馨拿了一条毛巾塞到他口中,伤员用力地咬着,忍着剧痛。

鲍清芳见康乃馨又去帮助包扎伤员,就说:"康记者,趁现在敌人没有反冲锋,你快下去吧,万一……我没法交待呀。"

康乃馨说:"现在我走不了,多一个人多一份力量啊。"

战士们用锹堆雪,在上面泼水。阵地前堆了很多敌人的尸体,几个战士趁间隙时间跑到敌人尸体中去捡武器弹药。康乃馨正在给伤员包扎,看见有十多人上来。

这时,有人大喊一声:"曾军长到了!"曾泽生和十多个战士背来些炒面,曾泽生说:"吃饱,敌人马上会发动攻势的。"

鲍清芳说:"我们一定能顶得住。"

曾泽生说:"一四九师四四七团、四四四团都打得很硬,四四四团昨天打退了敌人两个营的多次进攻。"

鲍清芳抓着炒面吃,说:"曾军长,你快下去吧,这里危险。"

曾泽生拿起望远镜向敌人阵地看了一会儿,嘱咐鲍清芳说:"你再顶十个小时,我叫预备队来接应你们。能顶住十个小时吗?"

鲍清芳立正:"人在阵地在!"

曾泽生带着警卫员刚走了几步,发现了康乃馨,问鲍清芳:"是不是记者小康?"

鲍清芳不由分说,拉起康乃馨,说:"快跟曾军长下去。"

曾泽生说:"走吧。"

康乃馨说:"一个卫生员实在忙不过来,我留在这儿吧。"

曾泽生没有再说什么,带人走了。

突然,炮声响了,鲍清芳大喊一声:"准备战斗!"战士们立即各就各位。敌人二十多辆坦克隆隆开过来,步兵在后面跟进。天上八架飞机在掩护,向我阵地扫射。鲍清芳喊了声:"打!"六〇炮、火箭筒向敌人的坦克攻击。他仰头看看向阵地扫射的飞机,大叫:"打飞机!"一些战士向飞机射击,连伤员也仰面向飞机喷射火舌。飞机吓得升高,飞远。

这时康乃馨从一个伤员手中拿起一支冲锋枪,急着问:"怎么打?

快告诉我!"

那个伤员替她上了一个梭子,说:"夹住,勾这个。"

康乃馨爬到工事前面,对准冲上来的敌人,眼一闭,用力一扣扳机,一梭子子弹横扫过去,都打在了雪地上,雪粉扑扑乱飞。

鲍清芳看到了,大喊:"抬高枪口打!"康乃馨抬高了枪口,又一梭子打出去,几个敌人迎面倒下。鲍清芳大叫:"好,打得好!"

敌人的坦克隆隆地开过来,越来越近。鲍清芳下令:"爆破组,第一梯队,上!"

每组两人,一共三组在机枪掩护下跃出工事,向坦克冲去。左面的两个人没等跑几步就中弹倒下,炸药包扔在了雪地上。中间的一个人受了伤,还是爬过去把炸药包塞到了坦克底下,爆炸过后,坦克没有受到致命伤,仍在前进。

第三组的勇士爬上了坦克,把炸药包塞进了上盖,坦克炸瘫了。

鲍清芳又一挥手:"第二梯队!"又有六个战士冲上去。火光、爆炸,敌人的坦克又从后面上来了,靠坦克掩护的敌人从正面突击上来。

"上刺刀!"鲍清芳大喊。

一把把雪亮的刺刀与白雪相辉映闪着寒光。鲍清芳见敌人已越过坦克冲过来,就大吼一声:"冲啊!"第一个冲出去。

战士们亮刺刀与敌人白刃格斗。鲍清芳一连刺倒两个敌人。有的战士被刺伤,倒在血泊中。鲍清芳去援救一个被三个鬼子团团围住的战士,他大喊一声,刺倒一个,另两个吓得掉转头就跑。

康乃馨一时没有找到带刺刀的枪,急得团团转。一个重伤员说:"你拼不了刺刀,你别上去。"她一转身,发现正有两个美国兵从背后迂回过去打算暗算鲍清芳,鲍清芳正接二连三地用刺刀挑敌人。

康乃馨大喊一声:"鲍连长,后面!"已经迟了,两把敌人的刺刀同时从后面刺入鲍清芳的背部,在敌人拔出刺刀的刹那,鲍清芳转过身来,尽管血如泉涌,他却没有倒下,他扔了枪,一手解下一颗手雷。对面的敌人吓呆了,直往后退。鲍清芳的手雷已拉开了弦,以迅雷不及掩耳之势扑入敌群。一声爆炸,一团火光,鲍清芳的身影消失了。

康乃馨大叫:"鲍连长——"

这时,在前面冲杀的一个人大叫:"我是一排长李磊,听我指挥!"战士们更加英勇地与敌人肉搏。敌人胆寒了,纷纷逃窜。

康乃馨冲出战壕,向退却的敌人扫射。突然,一颗子弹打中了她,她摇晃几下,终于倒下了。

第十八章

I

曾泽生在等四四三团七连的消息。一个小时前,他已下令该连撤出阵地,一个连顶住敌军七十多次轮番攻击,为主力总攻赢得了时间。

太阳出来了,雪地闪着刺目的银光。

有人大声报告:"曾军长,四四三团七连从阵地上下来了。"

曾泽生和政委徐文烈、副军长蔡正国从战壕里跳上来,快步迎上去。站在他们面前的只有二十个人,包括抬着的四个伤员,伤员里就有康乃馨。他们每个人脸上布满硝烟,多少都带伤。为首的一个人胳膊还在流血,他向首长敬礼说:"代理连长李磊报告,四四三团七连完成阻击任务,全体报到,立正——"

伤员们一齐敬礼,躺在担架上的康乃馨也把手举在帽檐上。

曾泽生哭了,几个军首长都哭了。他们走上去,抱住这些英雄们,一个个都说不出话来。

曾泽生握住康乃馨的手,说:"谢谢你,康记者,写英雄的人也是英雄!"

曾泽生派人把伤员转运走了以后,赶到志愿军总部去开会。

彭德怀握住曾泽生和蔡正国的手,说:"五十军打得好!我已经通令表彰你们的四四三团、四四四团、四四七团。"

曾泽生眼含热泪:"我们尽力了,我们能抬起头来了。"

"这是什么话?"彭德怀也很动情,"就因为你们是国民党改编部队吗?我彭德怀可从来没把你们当成后娘养的,何况你们军里,有很多共产党员嘛!你替我回去说,我彭德怀向五十军同志鞠了躬了!"他真的深深鞠了一躬,曾泽生满眼泪花地扶住他。彭德怀说:"我请一个好记者去采访你们,写一篇好报道。你知道康乃馨吗?她一连几篇报道英雄的通讯都催人泪下。"

曾泽生说:"康乃馨本人就是一个英雄。昨天,她就在四四三团的阵地上参加了战斗,她自己也负了伤。"

彭德怀又震惊又欣慰,他关切地问了她的伤势,像是喃喃自语地说:"好啊,好啊,康乃馨花开在了冬天的雪野上。"

这时传来东线战场的消息:2月11日晚,我东线邓华集团七个军,对横城之敌开始战役反击,经过两天一夜的激战,歼敌一万二千人,乘飞机来前线视察的麦克阿瑟不得不承认美军的新冒险惨败。

2

丁梅刚歇班,她草草地拢了拢头,照照镜子,冲镜子里的苹果脸笑笑,露出两个小酒窝,她很得意,想去看看张国放,她还有点好大米,想用饭盒煮点粥给他吃,她的罐头瓶里还有朝鲜阿妈妮送的桔梗咸菜,张国放特别爱吃。护士小李跑过来,说:"六号床的伤员周平快不行了,口口声声说找你。"丁梅立刻赶到第二栋病房去。她知道周平术后得了败血症,很危险。周平一见丁梅,就死死地抓住她的手,连声说:"我要死了,我要死了,不能上前线了……"

丁梅安慰他:"坚强点,好兄弟,你会好的,你还能上前线。"

周平喃喃地说:"我……我想吃块豆腐……"

旁边的医生没听清,问:"他说什么?"

丁梅说:"他想吃块豆腐。"

医生说:"这冰天雪地的,上哪儿去弄豆腐呢?"

丁梅附在周平耳边,轻声细语地说:"你等着,我去给你弄豆腐。"她轻轻地松开了他的手。丁梅围起围巾,拿起她的铝饭盒。

护士小李叫:"丁梅!"她摆手示意她不要去。丁梅不听,快步跑出去。丁梅在哪里人缘都好,朝鲜阿妈妮常常上门来给她送水豆腐、打糕和咸菜吃。跑出这条隐蔽的山沟,五里地外有一个小村子,就是江小帆去熬松针叶汤的村子,丁梅就往那里跑着。

天下着小清雪,风大,她跌跌撞撞地在积雪的山坡上拼命跑,小村子离她越来越近了。

张国放已经拆了线,可以下地走动了,他只是右肺受了点伤,没有出现气胸,恢复得很好。正好是查房时间,江小帆和另外几个军医在护士的簇拥下,来到张国放的病房,他与一个四十二军的于团长同住。江小帆问:"怎么样了,张参谋长?"

"好多了。"他说,"下星期我可以出院归队。第四次战役都打起来了,我却在这背风。"

一个老医生说:"下星期?这你说了可不算。"

江小帆笑笑:"没送你回国,已经算破例了。"她左右看看,问,"丁梅今天没来?"

张国放说:"没来。"

几个医生走了出去。江小帆依然是双手插兜,说:"丁梅快成你的专护了,这小丫头,鬼着呢!"

"是吗?"张国放说,"她挺单纯的,有一副好心肠。"

江小帆说:"后一个评价准确,前一句要修正。她可不单纯,我的心眼儿都没她多。"

"看不出来。"张国放说,"坐呀,你来了从来都是站着。"

"不了,我还有事。"江小帆走了。

厚雪把小草房堆得像几个大馒头。丁梅从一户人家里钻出来,手里托着饭盒,还冒着热气,里面是一块热豆腐。她向送出门来的老太太说:"阿妈妮,安再希庇希哟(谢谢)!"然后就飞跑上路了。

风雪好像没有来时那么紧了,云缝间太阳偶尔还露露脸。丁梅特别高兴,她托着豆腐还哼着小曲:

> 金达莱的山哟,金达莱的川
> 金达莱的花哟开在心间,
> 等到花红满山时,
> 一股清泉流到你门前……

忽然,敌机的吼声由远而近。她仰头看看,正有三架"油桃子"顺山谷飞来。丁梅不理,唱着往前跑。一架敌机发现她,俯冲下来扫了一梭子,在她四周的雪地上掀起一片雪浪。丁梅就地一滚,滚到一丛白毛草下。敌机飞过去了,她又上路,仍然唱她的歌。敌机又飞回来了,这一次飞得更低。丁梅还没来得及躲藏,呼啸俯冲的飞机向她打了一梭子。子弹洞穿她胸部、腹部,鲜血流了出来。她倒在雪地上,血汩汩地流着,染红了一片白雪。她很清醒,放下饭盒,扯开随身带的包扎巾,用力捆在伤口上。她托起饭盒想站起来,却怎么也站不起来。她便咬着牙一寸一寸地往前爬。她好像听见周平在喊她姐姐,在喊着要吃豆腐……

在她爬过的雪地上,留下一道长长的血痕。

医护人员围在病危的伤员周平床前。垂危的周平口中仍喃喃地说着什么。护士小李说:"丁梅给你去弄豆腐了,一会儿就能回来。"然而,他已经等不到了,头一歪……

忽然一个护士跑来:"快,快,丁梅受伤了!"人们一下子拥出病房,一些能下地的轻伤员也跟了出去。人们把丁梅抬上手术台,她脸色惨白,还在喃喃地说:"豆腐……弄来了。"

江小帆说:"知道了,伤员谢谢你……"

张国放也赶来了,丁梅的目光搜索着……

有人悄声问:"她在找什么?"江小帆轻轻推了张国放一把,张国放上前去,轻轻叫了声:"丁梅!"丁梅对他笑了笑,疲倦地闭了闭眼睛。

张国放问:"手术呀,怎么不手术?"

没有人出声,都扭过头去。张国放什么都明白了,泪水模糊了他的视线,他紧紧地抓住丁梅的手。丁梅轻声叫着:"江医生——"

江小帆也凑到了丁梅跟前。丁梅一手拉着张国放,一手拉江小帆,吃力地喘息着,她心里特别亮堂,什么都明白。她有一肚子的话要对张国放说,可都没来得及说,她原以为日子长着呢,她没想到这么快自己就……她这人生性就是"乐天派",她上了前线,没少碰上敌机轰炸,也天天看见死人,可她从来没想过自己会不会死。她好比是野战医院的天使,走到哪里哪里就有欢乐。她现在有几分黯然地想,今后没有丁梅了,没有丁梅的歌了,没有伤员抱着她的胳膊叫"姐姐"了,也没人给他们去要桔梗咸菜、要豆腐吃了……

当她的目光再次对张国放、江小帆聚焦时,她把原来想鼓足勇气对张国放说的话压在心底,永远,永远。她真想说:"你真傻,若不,你就是装傻,你真的不懂丁梅的心吗?"可现在都不需要了,一切都随着眼前越来越模糊的图像虚幻了。她努力挣扎着,想大声喊,她不能太自私,临走应当向他们道一声歉。也许她是喊着说出来的,可那声音微弱得只有耳朵贴在丁梅嘴旁的江小帆听得到:"我……对不起你们……我自私……你们别恨我……"丁梅轻轻地闭上了眼睛,像一个走完了很远的路的人疲惫地沉沉睡去一样。在场的人都脱下帽子。

风声凄厉。在风声中,仿佛飘来丁梅那圆润动听的歌声,久久地回荡着。张国放又一次想到了圣女贞德,丁梅不就是天真而圣洁的贞女吗?

江小帆泪流满面,伏在丁梅身上。

丁梅的坟在山冈中间,这里布满了牺牲在异国他乡的战士们的坟墓,大半是在野战医院里不治的重伤号。

江小帆、张国放冒雪站在坟前。张国放说:"多好的小姑娘啊……你看,人的生与死,就这么简单,简直没有界限。"

江小帆叹了口气:"她是一个有理想、有追求的女孩。"

张国放说:"她临死时让我们原谅她,什么意思?"

"你还不懂吗?"江小帆说,"她对你那份热烈的感情,连我这局外人都看出来了,你却那么傻?"

张国放说:"我从来没往那上头想。她多小啊,一个小妹妹嘛,我真没想到……"

江小帆说:"她有一次对我说,她爱上了一个比她大十一岁的人,问我值不值得。我告诉她,爱不分年龄,只要是真挚的爱,就是美丽动人的。她今年十九岁,我们的张参谋长三十岁,不正是相差十一岁吗?"

张国放沉重地叹息一声。

江小帆说:"她之所以要我们原谅她,是因为她弄了点小诡计。她对我说,你有了妻子,也一定对你说,我有了意中人。"

张国放惊异地问:"难道你的丈夫不是一个从美国回来的教授吗?"

江小帆说:"你在这方面的智商低得可怜,那全是她编出来的。"

"我明白了。"张国放心情沉重地说。

"你真的别怪她,这是因为她太爱你了,怕你被别人夺走。"

张国放也不禁苦笑,心里如同打翻了五味瓶。他不但不怪她,反而更觉得这小女孩纯真得像一汪清泉水,透明、晶亮,连她的小诡计都是那么天真、透明。他现在反而内疚了,他为自己没在丁梅那短暂的生命结束前,给她一点心灵的慰藉而自愧。

风吹着雪花漫天飘洒,他们就这样在墓前站了很久,仿佛从遥远的天际又飘来了丁梅那银铃般的歌声。

3

东线打得十分残酷、激烈。

为了攻占五音山三三〇高地,六十六军一九八师已经反复争夺了四次。2月7日,他们又一次被敌人强大的攻势从阵地上压下来。这是关系此役成败的关键阵地,决不能失守,上级又一次下达死命令,必须夺回三三〇高地。

连长王海大叫:"能战斗的到我这里来!"有十几个人拿着枪过来,他们趴在雪地上。

王海说:"我们必须夺回三三〇高地,用我们这十三条生命!"他挨个用拳头在他们胸前捶打一下,他们每人手里都是机枪、冲锋枪。

战士们吼着:"听你命令!"

王海喊了声:"冲啊!"抱着机枪冲了出去。十三支枪的火力并不猛,但他们就这样冲到敌人面前,敌人张皇失措。他们投手榴弹,已经冲到三三〇高地边缘。敌人冲下来与他们肉搏。王海举着点了导火索的炸药包冲入敌群,敌人吓得四散逃走,王海和敌人一起倒在血泊中。敌人撤退了,王海连只剩下四个战士,他们把战旗插在高地上,那是一面布满了弹洞的旗。

一九八师师主力的压力更大,敌人的飞机不停地来轰炸,敌人的排炮也不间断地向师指挥所轰击,好像他们根本不想用步兵。报务员李连峰叫道:"师长,敌人肯定是测到了我们的电台,才这么发疯般轰炸。"

师长岳桦说:"关闭它。"

李连峰说:"我有个主意,我把电台挪个地方,就会把敌人吸引到那边去,咱们师就可以杀开一道口子冲上去了。"

师长岳桦说:"那你就危险了。"

李连峰说:"别管我。我会想办法脱身。"

岳桦用力同他握了握手,算是默许。李连峰背着电台弓着腰走了。

他涉过快要解冻的冰河,跑到一个长满柞树的山坡上,这里已经远离师指挥所了。他拿出地图看了看,满意地笑笑,抓了几把雪吃下去,他打开SCR-610背负式电台,开始呼叫。

一九八师电台讯号立即被志愿军总部收到了,报务员随即向彭德怀报告了他们的方位。彭德怀看看地图,大吃一惊,他们在板仓一带,这是擅自做主,弄不好会影响全局。彭德怀想与他们联系,严厉责令一九八师返回五音山阵地。可是报务员说无法联系,无线电传来的一九八师讯号乱七八糟,只是信号而已,没有内容,呼叫他,又不肯回答。

"胡闹!"彭德怀说,"一九八师怎么搞的,难道糊涂了吗?他钻到敌人中间去了!谁也救不了他。"彭德怀急得在地上来回走。

李连峰发出的无线电讯号被美军第二师的主电台测向仪接收到了,他们使用的是大功率的SCP-300车载电台。译电员向副师长报告,中国部队指挥机关的电台出现在板仓。第二师副师长帕尔默准将大吃一惊。他看了看地图,说:"他们又想来截我们的后路啊!好,把东西的两个团全调过去,先用飞机轰炸,然后消灭它,一个都不能跑掉。"

纯粹是犁庭扫穴式的轰炸。在李连峰藏身的山冈,飞机飞来几十架反复轰炸,炮弹的爆炸声连成了一片。李连峰几乎无处藏身,后来抱着背包式电台跳到一个两米多深的炮弹坑里躲藏起来。

半小时以后,一九八师解围了,包围他们、与之争夺五音山阵地的美军全部扑向板仓,漫山遍野地向只有李连峰一个人的山冈攻击。敌人距离李连峰只有几十米了,李连峰搬起大石头砸了电台。一颗炮弹落在他面前,他被炸弹气浪掀飞起来,抛到松树上,压断了松枝又重重地摔在了雪地中。

敌人攻上来了,这时才发现山上根本没有中国部队。有人惊呼:"只有一个中国兵!"

敌军官看了看砸烂的电台:"我们上当了。"他朝李连峰踢了一脚,他问:"死没死?"

一个士兵上去,在李连峰鼻子下试试,说:"有气儿。"

军官说:"这是个有价值的人,抬走。"几个美国兵七手八脚地把昏迷不醒的李连峰抬起来。

连呼上当的帕尔默准将此时再把他的两个团调回五音山也来不及了。在无线电里,库尔特军长把他骂了个狗血喷头。

彭德怀知道了真相,为李连峰的机智勇敢而感叹连声。一面弹痕累累的战旗摆在了彭总面前,方晋说:"这就是一九八师五九四团坚守三三〇高地二连的战旗,全连最后只剩了四个人,硬是守住了阵地,这面旗上有一百七十八个弹洞。"

彭德怀轻轻地抚摸着沾着硝烟和血痕的旗,百感交集。停了一下他问:"一九八师那个引开敌人的报务员找到了吗?"

方晋摇摇头:"他最后砸碎了电台,有可能牺牲了。"

彭德怀把目光掉向外面,久久地凝视着白雪皑皑的山峰。

李连峰成了美军的俘虏,因为李奇微下令,要把他送到第八集团军司令部去,所以帕尔默连问也没问一句。昏昏沉沉的李连峰躺在摇晃的车厢里,两个美国兵抱着枪坐在一旁。汽车开得很快,卷起一阵阵雪尘。李连峰清醒过来,他慢慢睁开眼,看见抖动的天空,继而看见了大皮靴、枪托,看到了美国兵的脸。他吃力地挺起身,愣了。

那两个美国兵在叫:"活了!""你不要动,你是我们的俘虏。"

李连峰已经意识到自己的处境,他突然双手扳住车厢板想跳车,两个美国兵死死地抓住了他。其中一个拼命敲车篷,车停下来。一个穿飞行服的军官走下车,问:"怎么了?"他正是飞行员小范佛里特。用小范佛里特的话说,他是"借了个包袱"。他有一星期的短暂休假,刚从东京回来,他所在的空军中队派了这辆汽车来送他归队,被帕尔默拦住,非让他捎上李连峰不可。

美国兵说:"他想逃走。"

小范佛里特说:"那就委屈他一下吧。"他从驾驶室里取来一根降落伞背带,扔给那两个美国兵。两个美国兵把李连峰绑在车厢板上。

李连峰用英语说:"你们这群浑蛋!"

小范佛里特惊奇了:"你会说英语？这使我很感亲切。抽烟吗?"他递上一支。

李连峰把脸扭开。

小范佛里特说:"到了我们那里就好了,你不会吃苦,我们的长官会优待你。但我们现在必须防止你逃走,绑你是没办法的事情。"

小范佛里特又钻回了驾驶室,汽车飞速开去。

到了空军基地,小范佛里特算完成了任务,李奇微正在这里安排作战计划,听说那个神话般的战俘押到了,他马上要亲自审问。李连峰此时已解了绑,小范佛里特和两个美国兵把他押到了一间屋子,李奇微和希基等人坐在桌子后头。

小范佛里特敬礼后报告:"这个中国人会讲英语,不过发音不准确。"

李奇微更有兴趣了。他站起来打量着李连峰,这个有着宽阔前额和一双睿智眼睛的战俘一看就是个读书人。李奇微亲自倒了一杯酒给李连峰,说:"我想,你一定有这个欲望。"

李连峰一挥手,打翻了酒杯,他用英语说:"我对你们没用,只会让你们失望。"

"你很不友好。"李奇微说,"在我想来,会讲英语的人,在中国一定是很有教养的人,你不该这样。我们美国人是文明的。"

"文明的美国人跑到朝鲜来杀人放火吗?"李连峰质问道。

小范佛里特笑了:"你不也来朝鲜杀人放火吗?"

李连峰说:"我是来杀杀人放火的强盗。"

"你的火气太大了。"李奇微说,"你至少应当把你的名字、部队番号告诉我们吧?"

李连峰不语。

李奇微这时看见麦克阿瑟的情报官波尔克来了,他突发奇想,也许对他们有用。他不想再问下去了,怕也像麦克阿瑟的遭遇一样,被人拿出漫画来嘲弄,再吐上一口唾沫。李奇微冲波尔克说:"人,交给你了,他是个人才。"

波尔克笑笑："好啊。"

李奇微问李连峰："你有什么要求,可以说。我是李奇微中将。"

李连峰说："拿饭来吧。"

"这简单。"李奇微挥挥手,一个军官拿来一大块面包和一根熏肠递给李连峰。他大口地吃起来。

4

四十军阵地上也打得很苦。

北风呼号着,大雪把战士们几乎埋在了雪中。这是在战斗间歇时的阵地上,战士都疲惫地趴在雪地里睡着了。敌人的炮火又打过来了,连长于占国跳起来喊："起来,敌人进攻了!"他揉了揉眼睛,叫起来："他妈的,我怎么什么也看不见了呢?"

战士庞小海打了个晃,也叫起来："完了,我瞎了,怎么啥也看不见了?"他在摸枪。

卫生员过来,说："这是夜盲症,白天就好了。"

于占国说："你倒说得轻松,咱们全是夜间打仗,你叫我夜间看不见,这不是坑人吗? 拿药来! 快,拿药来!"

卫生员说："这是吃炒面吃的,缺维他命 A。"

于占国说："什么为他命为你命的,我不管,你去拿药来!"

敌人的枪响了,有人说："敌人冲上来了。"

卫生员说："我……我有啥办法呀! 现在全军有上千人得了夜盲症呢。听说熬松针叶汤喝管用,明天咱试试。"

"等明天,可老子今天要打仗啊! 你没办法,要你这卫生员干什么,滚!"于占国摸索着爬在沟沿上,叫着,"来告诉我,哪面对着鬼子?"

卫生员委屈地含泪过去替他摆正了枪口,于占国说："打,老子摸瞎黑跟你拼!"

庞小海打了一梭子,摸不着子弹箱了,大叫:"快来人啊,子弹在哪里?"

卫生员又跑过去帮他搬来子弹箱。那边又有人叫了:"卫生员,来呀,帮我找几个手榴弹!"卫生员又跑过去。一颗子弹打倒了卫生员,他一声不响地趴在了沟底下,手里抱着一箱手榴弹。

于占国还在叫:"卫生员!来呀……你他妈跑哪里躲清静去了!"

卫生员的头又抬了一下,伸了伸手,终于又倒了下去。

5

卫士长引着刘思齐走进菊香书屋的时候,毛泽东正亲自在摆碗筷,桌上的菜肴很丰盛。刘思齐有点惊奇地问:"爸爸,今天是什么大喜日子呀,大概是岸英立功来喜报了吧?"

毛泽东脸上笼上了一片阴云。他掩饰地笑笑,说:"他是功臣,是的,是功臣。不过今天不是为这个。"

"那今天……"刘思齐纳闷了。

"傻娃娃,"毛泽东慈爱地注视着她,"今天是你和岸英结婚一周年的纪念日呀!"

"爸爸!"刘思齐高兴地跳了起来,"您真好,国家大事千千万,您还能记住这样的小事!连我自己都忙忘了呢。"她怎么会忘记了自己的结婚纪念日,又何况是处于日日思念毛岸英的煎熬中,只是她不可能在毛泽东面前提这小事而已。

毛泽东呵呵地乐了,倒了两杯红酒,举起杯子:"来,我祝小齐幸福。"

刘思齐与毛泽东碰杯,毛泽东一饮而尽。刘思齐拦阻已经来不及了,便埋怨道:"看您,您平日喝一口酒,脸都红——"

"高兴,"毛泽东给刘思齐夹菜,"今天高兴。"

刘思齐说:"岸英保证记不起今天是什么日子,这么长时间他连一封信都不写,我写了信他也不回。"

毛泽东避开刘思齐的视线,说:"你的信,他不用看,也会知道你的心……"

刘思齐问:"爸爸,您说什么?"

毛泽东从书桌上拿起一张字画,墨迹未干,他说:"你看。"

刘思齐凑近看,见上面写着这样两句诗:男儿坠地志四方,裹尸马革固其常。刘思齐虽未能尽解,心头却也生起疑惑和不祥之感,她的脸色有点苍白了,抬起头来望着毛泽东。毛泽东说:"这是宋代大诗人陆游在《陇头水》里的两句诗,意思是说,男子汉大丈夫从呱呱坠地那天起,就应有胸怀天下的大志,那么为国为民战死疆场,是极为平常的事。"

刘思齐声音颤抖地说:"爸爸,你……你为什么抄录这首诗?"她已经坐不住了,不祥的预感攫住了她的心。

这时,毛泽东从褥子底下拿出几样东西,她给毛岸英织的毛衣、小手枪、俄汉词典、毛岸英未写完的家书……

刘思齐犹如五雷轰顶,望着这些东西,嘴角抽搐着,傻了一样。

天地间在这一瞬间仿佛静止了,一切都显得那么空灵。在这空灵而浩渺的天宇中,仿佛有一种声音飘来,那是毛岸英的声音:"……在西郊机场,我看到了你,你一定哭了。别哭,等我回国后,你再趴在我怀里哭给我听,我那时再也不离开你了……"然而此时的刘思齐眼前一片昏黑,她欲哭无泪,欲哭无声。

毛泽东痛惜地拉着刘思齐的手,说:"娃娃,娃娃,要哭就在爸爸面前痛痛快快地哭吧。咱们的岸英他再也不会记得你们的结婚纪念日了,他已经牺牲两个多月了,爸爸不忍心告诉你。"

刘思齐"咕咚"一下跪了下去,目光呆滞。毛泽东扶起她来:"娃娃,从今往后,你就是我的亲女儿……哭哇,你哭出来吧……"

刘思齐终于扑在毛泽东怀中号啕大哭起来。

6

彭德怀一开始就说过,三次战役就显得有些勉强,本来已经决定休整了,后来毛泽东考虑政治需要,彭德怀一咬牙打过了"三八线",打赢了。第四次战役可以说是仓促应战,不打也得打,就更加勉为其难了。战场上的伤亡越来越大,前线部队有的几天吃不上饭。彭德怀几乎不敢看每天各军师报上来的数字,那是血写的数字。今天已经是2月18日,他下令部队向江北撤退。

彭德怀在地图前枯立,一动不动。桌上摆着一碗饭、一碗菜,早就凉了,还是早上的饭。现在司务长又端来了一碗菜、一碗饭,冒着热气。他对彭德怀说:"吃一点吧,彭总!大家都说了,你再不吃,我们都绝食。"

彭德怀转过身来,看了一会儿,拿起筷子,又放下:"我一想起前线的战士吃不上饭,我就一口也吃不下。"

洪学智来了,司务长求救地说:"洪副司令,你看他,唉,你替我们劝劝他。"

洪学智看了彭德怀一眼,说:"不吃。好吧,我马上向中央报告。"

彭德怀说:"你报告什么?连吃不吃饭的鸡毛蒜皮小事也报告中央?"

洪学智说:"我要报告,有的人很软弱,一碰到困难就不吃饭,影响士气,这样的统帅应该撤换!"

彭德怀愣了一下,笑了:"洪大个,你好厉害呀!我不吃饭倒上了纲,成了立场问题了。好吧,既然这样,吃吧!"

洪学智向司务长挤挤眼睛,两个人偷偷地笑了。洪学智说:"三十八军和五十军已经撤到汉江北岸了,我们歼敌两万两千多人,不过我们伤亡也很大。"

彭德怀说:"今后应采用的战术是重点设防,梯次配置,扼守要点,以点制面,要使敌人每前进一公里都要付出惨重代价。"停了一下,他对洪学智说,"现在军队大量减员,第二番轮换兵团还没过来,前线衣鞋、粮弹都没补充,我已感到我们的困难已非'困难'一词所能形容,电报已说不清楚,昨天我专门给主席发了急电,我必须回北京去当面谈。"

这时作战处长方晋拿了电报过来:"主席电报。"彭德怀接在手中一看,说:"主席同意我回京汇报了。马上发电报给邓华,叫他回来主持工作,我立即出发。"

7

他们依然只能昼伏夜行,"太阳不是我们的,我们只拥有月亮"这句话在志愿军中很流行。彭德怀带李望、刘亮、谢大川分乘两辆嘎斯六九吉普车在漆黑的公路上疾驶。彭德怀坐在唐祥旁边,裹着大衣,目光炯炯地望着车灯照出的坎坷路面。唐祥说:"彭总,你睡一会儿吧。"

彭德怀从怀里拿出几个土豆,一人递过去一个:"老司务长给我烧了几个土豆,还热乎呢。"

李望吃着,说道:"真香。"

刘亮说:"回到北京,我得上王府井的澡堂子好好泡几个钟头,估计能搓下二斤泥。"

李望说:"我呀,到东来顺去好好涮一顿。"

唐祥说:"别说了,我都淌口水了。"

李望打了个哈欠。

彭德怀说:"别睡觉,尤其是唐祥别睡,别开沟里去。"

李望说:"彭总给我们讲个笑话听吧,省得犯困。"李望是故意这样说,并不抱希望,就是在彭德怀身边的人,也从来没听彭德怀讲过笑话。没想到彭德怀痛快地说了声"行"。这使大伙大感意外,连唐祥也支起耳朵听。彭德怀点一支烟吸着,说:"讲一个司机打盹的故事吧。一个司机困了,把车停在火车站口,就趴在方向盘上睡觉,刚一闭眼睛,有人来敲车门,问他,喂,几点了?他不耐烦,还是告诉人家了。刚打发走了一个,又有人来敲,还是问几点。司机气急了,就写了一张纸条,贴在车门玻璃上,纸条上写着:我不知道几点了。这回可以放心睡了吧?岂不知又有人来敲,人家告诉他:8点了,别睡过了点。"

唐祥、李望都哈哈笑起来,彭总不笑,唐祥说:"没想到,彭总也会讲笑话。"

李望说:"少见多怪,领导什么不会。"

彭德怀说:"这有溜须拍马之嫌了。"

唐祥笑个不停。

彭德怀说:"那就再讲个拍马的笑话。有些领导好摆架子,某领导参加宴会,有一个挨他坐着的下级在领导讲话时打断他说,首长,您——这位领导很不耐烦,训斥地说,领导讲话你不能打断。他一边吃一边讲,一直到讲完了,才想起来,问身边那个下级,你方才要说什么?下级说,晚了。领导说,怎么晚了?下级说,方才我想提醒您,您吃的那口菜里有个苍蝇,您已经吃下肚了。"几个人又笑得前仰后合。彭德怀仍然不笑,他说:"你看,拍马也有拍对的时候,脱离群众、不听群众意见要吃亏的。"

忽然,彭德怀侧耳谛听,之后马上说:"减速!闭灯!"果然,飞机引擎声越来越大。两架敌机在上空盘旋着,李望推开车门对后面的车喊:"关灯!"

后面的汽车灯刚关,敌机已经俯冲下来扫射了。唐祥走着S形曲线躲避着扫射,李望说:"停车吧。"

彭德怀说:"不要紧,闭了灯没事。"

敌机又盲目地轰炸一通,飞走了。他们又开了大灯向前冲。炸弹在他们前面开花,红火球耀眼。爆炸声已经弱下去了,彭德怀让唐祥把车子停下来,说:"等等后面的。"

唐祥下了车,问停在后面的车:"怎么了?"

谢大川喊:"水箱打漏了,漏得一干二净。"

唐祥说:"那还有啥法可想!前不着村,后不着店的。"

李望说:"天快亮了,不能在这儿耽搁。"

彭德怀说:"扔掉吧,都挤到一个车上来坐吧。"

唐祥说:"可惜了,嘎斯六九呀,没开多少公里。"

彭德怀说:"旧的不去,新的不来,再跟麦克阿瑟要吧。"

几个人站在吉普车前,唐祥拍了拍车篷,说声:"对不起了,老伙计!"几个人"一二三"一阵吆喝,"轰"的一声,把吉普车掀下了山涧。

彭德怀说:"好像这里离大榆洞不远了吧?"

唐祥说:"不远,从前面岔道拐进去两三公里就到了。"

彭德怀上了车,说:"去看看毛岸英的墓。"

人们都上了车。

自从毛岸英牺牲后,彭德怀心里一直不平静。待在朝鲜的山洞里,电报往来无所谓,他最怕面对毛泽东,他不知说什么!这一天不是这么快就来了吗?吉普车停在山脚下,彭德怀几个人上了一道陡坡,来到毛岸英墓前。清虚虚的月光下,墓地依旧,不知谁新送了一个白花的纸花圈。

彭德怀默默地在墓前站了好一会儿。

李望说:"我们抓紧赶路吧,你不是还要到野战医院去看看伤员吗?"

彭德怀这才一步步下山来。山脚下好像围了一群人,不知出了什么事。彭德怀向山下走,听见有人在吵嚷,就走了过去。原来,志愿军后勤人员的大卡车从仓库开出来,因为路窄,与吉普车顶住。大卡车不得不停住。卡车司机大声说:"真会停,退回去!"

唐祥说:"你为什么不退回去?"

彭德怀说:"算了,咱们车子小,好退嘛。"

"彭老总!"突然从车上跳下一个女兵,原来是曹桂兰,她最先认出了彭德怀,跑上来敬礼。战士们都跑来敬礼、握手,只有那个司机垂头丧气地蹲在一旁。

彭德怀说:"你们往前线运吗?"

曹桂兰说:"转运下去,装火车。"

彭德怀说:"你们多辛苦点,前线就少吃点苦。这么冷的天,我们有的战士还光着脚打仗。"

唐祥往回倒车。

曹桂兰说:"我知道彭总为啥拐到这小山沟里来。"

彭德怀问:"你说为啥?"

曹桂兰说:"来看看毛岸英。"

彭德怀说:"我明天就回去见毛主席了,我心里不是滋味啊。"

彭德怀冷丁想起什么:"你是北京人吗?家里有事吗?我可以替你捎封信。"

曹桂兰说:"那可不敢。"

彭德怀说:"这就不对了,彭德怀虽然是官,也有人情味啊。"他拍了拍大衣兜,"你看,我捎了多少信啊!"

曹桂兰受了鼓舞:"写信也来不及了,我家住在锣鼓巷十二号,你让警卫员去看看——若是人家有空的话,就说我挺好的,告诉我妈一声。"

彭德怀重复了一遍:"锣鼓巷十二号,我记住了。"又转对李望,"帮我记着点,锣鼓巷十二号。"

他们已走到了路口,彭德怀上了车。曹桂兰久久地望着吉普车远去的尾灯。

第十九章

I

野战医院是彭德怀北返途中的第二站。彭德怀的吉普车驶进野战医院时,天已破晓。这里正有一大批重伤员被抬上车准备北运,林院长、江小帆和一大批医生护士在为伤员送行。林院长见了彭德怀,又惊又喜,快步迎过来:"老总,你怎么跑这里来了?"

"路过,"彭德怀说,"这次战役,我们一下子下来几万伤员,所有的包扎所、野战医院都住满了,你们的压力大呀。"

林院长说:"好多伤员本来是不该死的,路上转运时间长,耽误了。"医生们渐渐围上来,林院长把江小帆等人一一介绍给彭德怀认识。

"我看看伤员。"彭德怀说。

林院长、江小帆陪他先看了上车回国的伤员,然后又一个病房一个病房地看。彭德怀那宽大的手掌一次又一次地举到帽檐上,向那些伤员们敬礼。当他走到一张病床前时,恰巧林院长、江小帆等人被叫走了,周围没人,一个伤员喊:"我要解大便。"彭德怀四下看看,没有一个人。他四处找了半天,问:"便盆在哪里?"

伤员不耐烦地说:"你真笨,不是在床底下吗?"

彭德怀吃力地屈下腿,钻进半个身子,从床底下拿出便盆来,他掀开伤员的被子,把便盆小心地塞到他身下,然后凑过去,看着那个战士的脸,问:"你是哪个军的?"

伤员的眼球转也不转,视而不见地说:"二十六军七十八师的。"

彭德怀伸出手去,在他眼前摆了几个来回,伤员仍无反应,原来眼睛已瞎。彭德怀难过地垂下头。旁边病床上的伤员说:"他……什么也看不见了。"

这时,江小帆回来了,一见彭德怀正给伤员从屁股下取出便盆来,急得直叫:"彭总,我来!"彭德怀坚持把便盆送到了外面。江小帆附在伤员耳畔小声说:"小刘,你知道吗?方才是咱彭司令员给你接的大便。"

小刘的嘴角抽了几下,突然放声大哭,双手在空中抓着,一个劲儿叫:"彭老总,彭老总啊……"彭德怀坐在他床边,双手握住他的手。

"值了,值了!"小刘嘶哑着嗓子说,"我做梦都梦见过彭老总,可惜,彭老总来了,我却看不见你,到底也不知你什么样……"

彭德怀说:"我彭德怀代表人民谢谢你了,你是人民的好儿子。"

这时,一辆土造的吱吱嘎嘎的轮椅摇进了病室。彭德怀一回头,愣了,原来是康乃馨,她膝上放着纸笔,眼含热泪,正向彭德怀敬礼。

"康乃馨!"彭德怀说,"原来你也在这里!我听曾军长说,把你送回安东后方医院了。"

江小帆说:"她不肯去。她同样是伤员,却坐在车上到处走,写了许多感人的文章。"

彭德怀关切地问:"你的伤重吗?"

"没事儿。"康乃馨说。

江小帆说:"伤在腹部,不重,做了手术。"

彭德怀说:"好好养伤。若不,你跟我一起走,回北京去养伤,怎么样?"

"不。"她说,"我哪儿也不去,用不了多久我就好了。我最怕的是伤在腿上,将来成了个瘸子多难看?"

彭德怀笑了起来。其实康乃馨不是不想回国去养伤,她多想她妈妈呀!可是她怕让亲人见到她这副样子,那往后,妈妈就会日夜为她忧心,吃不好,睡不好,她必须让爸爸、妈妈永远不为她操心才行。她所有的家信都是标准的"平安家书",向来报喜不报忧。康乃馨把一沓稿纸举起来,说:"这是我在伤员中采访的文章,彭总帮我带回去,行吗?信使说不定多少天才来。"

彭德怀接过来,看了一眼,说:"哦,你什么时候写的?连我给伤员接大便的事都写上了?这是方才的事啊!"

康乃馨说:"我早听说你来了,我一直在门口,我什么都看见、听见了。"

彭德怀在口袋里摸来摸去,康乃馨问:"找笔吗?"彭德怀点点头。康乃馨把大金星笔递过去,这正是彭德怀送给她的那一支。

彭德怀见她一直用它写战地通讯,很高兴,他说:"这支笔在我这里没用,秀才用它,才能妙笔生花呀。"

江小帆说:"彭总没学问,谁信哪?我看过你的嘉奖令,字写得真帅。"

彭德怀说:"提不起来了,我不过是个李逵而已。"

人们都以为他在开玩笑,其实这真是他的自我评价。那是1928年平江起义的时候,他的战友黄公略见他正在看布哈林的《共产主义ABC》,而桌子上的另一本书是绣像小说《水浒传》,就笑问彭德怀:"你像《水浒》里的谁?"彭德怀不假思索地说:"有点像李逵。"后来彭德怀给毛泽东讲这段小插曲,毛泽东说:"不像,不像。至少,你该是吴用训练班的高才生啊。"今天他可没说这些。

彭德怀"嚓嚓"两笔,在康乃馨的文章中间勾抹去两行。康乃馨说:"这可不像话,彭总官再大,也不能干涉记者怎么写呀!"

江小帆也说:"彭总这可是滥用职权了。"

彭德怀说:"滥用一回吧,下不为例。"人们都笑了起来。

吃过晚饭,太阳一落山彭德怀便急着上路,林院长、江小帆等人为彭德怀送行。康乃馨摇着车子过来,把两张照片递给彭德怀。

彭德怀一看,正是他们在君子里的合影;浑身霜雪的康乃馨开心地笑着,站在彭总身旁,彭德怀也笑得离了谱。他说:"到底是新闻记者,片子拍得生动。不过,我这么不严肃,可有点不像彭德怀了!"

"干吗要人家怕你呀!"康乃馨说。

"都是这厚嘴唇害的。"彭德怀说,"它一耷拉下来,好人都吓跑了。"

人们全都笑得前仰后合,康乃馨说:"照片后面有地址,请李望给我家寄一张。"

彭德怀说:"不用那么费事,我去一趟。"

康乃馨说:"你那么忙……"

"这你别管了。"彭德怀说,"我也该去见见你爸爸。"

康乃馨说:"可千万别把我受伤的消息告诉他们呀!"

彭德怀点点头上了车。

彭德怀那积满泥浆的嘎斯六九一驶上鸭绿大桥,刘亮就双手往上一举,大叫大嚷起来:"到家了,开大灯,按喇叭!"

唐祥果真拼命按喇叭,连彭德怀也情不自禁地深深地吸了一口气,这空气仿佛也是经过过滤了的那么清新。

李望说:"再不受美国鬼子的气了,还是家里好啊!"

大街小巷到处是"抗美援朝,保家卫国"的标语,门窗玻璃上都糊满了防空防震的纸条。

忽然,唐祥抽了抽鼻子,说:"好香!"

刘亮也说:"红烧肉味,真馋人。我的口水都淌出来了。"

彭德怀往左面一看,有一个大院不时有军人出入,他说:"我领你们去解解馋,左拐,那好像是后勤的单位。"他们的车径直朝那里开去。那个部队大院的门口果然挂着"东北军区后勤物资第四转运站"的牌子。他们都有到了家的感觉。尽管院子里正支起大锅炖肉,可还是掩盖不住一股恶浊的臭气扑鼻而来,令人作呕。

"好臭!"唐祥最先说。

一进院子,彭德怀从车上跳下来,也抽了抽鼻子:"什么东西这么臭?"

李望说:"好像战场上死尸的臭味。"

彭德怀向一大堆盖着芦席的地方走去。原来芦席底下是垛得挺高的猪肉,贴近闻闻,彭德怀说:"猪肉臭了。"

再向里面走,伙房外面有一口露天大锅,正炖着猪肉,一些战士大碗盛肉,有个战士皱着眉头说:"又这么肥。"把肥肉挑出来,扔进旁边的泔水桶。彭德怀眼睛都发红了,他冲上去,一把扯住扔肥肉的战士,吼了起来:"你怎么敢把肥肉扔进泔水缸!你这个败类!你知不知道,前方的战士一个月都吃不上一块肉!"

那个战士吓坏了,一句话答不上来。松开他,彭德怀大叫:"你们的负责人呢?叫他出来!"

一些战士都慌了,恐惧地躲到了一旁。不一会儿,一个干部跑来了,打量了一眼彭德怀,见他衣帽不整,满身泥浆,那眼神就有几分不对,他说:"你凭什么在这里大吼大叫?你是干什么的?"

彭德怀冷笑一声,说:"你没有资格问我,我要问你。"

李望马上对那个干部说:"我们刚从朝鲜战场下来,他是彭老总!"

那个干部知道惹了祸,手抖抖地举起来敬礼:"彭总!"

彭德怀说:"好啊,前方饿着肚子在流血,你们在这里用大锅煮肉吃,还嫌肥,你有良心吗?"

那干部说:"首长,这是没办法的事。肉集中到这里,运不出去,天又热了,没有冷库,眼看发臭,不吃臭了更可惜。"

彭德怀说:"你还有理!东北人民勒紧裤带,自己啃咸菜,把好吃的往前线送,可战士们没有吃到,你让它在这里发臭!我要处分你!"彭德怀吼着,眼里满是泪水,那是对出生入死的战士们疼爱的泪水啊。

那个后勤干部垂下头,喃喃地说:"昨天派出二十八台车,一过新义州不远,全挨了炸,只有三辆车冲过去了,下面的车,不知啥时候调上来,我们也急呀!"又一个干部过来说:"首长,进屋吃饭吧!"

彭德怀转身就走,说:"不吃,气都气饱了。"他带着警卫员、司机走了。

2

李连峰被情报官波尔克带到了釜山战俘营,虽然也和战俘关在一起,美国人却对他格外客气,还经常送给他一些手纸、口香糖、巧克力之类的东西,李连峰乐得接受,都分给大家吃用。

这一天,李连峰被叫到了战俘营管理处的一间办公室。战俘营管理处的门前有双岗,戒备森严。有几个美国军官在里面坐着,见李连峰进来,给他搬了一把椅子。情报官尤金·克拉克正在这里,他已经是中校军阶了。克拉克问:"先生,听说你会说英语?"

李连峰说:"会又怎么样?"

克拉克说:"在我印象中,中国人凡是能讲英语的都是高等华人。"

李连峰说:"在我们那里没有什么高等、低等之分。"

克拉克说:"不管怎样,你是个有教养的人,我们不想把你与一般的战俘关在一起。"

"我要求遣返。"李连峰说,"这是有国际法公约的。"

克拉克说:"你们抓了我们那么多人,包括迪安将军,你们也一个都没有放嘛。我想,这是要双方坐下来协商的。"

李连峰问:"你们到底要干什么?"

"你是学无线电的,我们器重你。"克拉克说,"我们想送你到东京去深造,你不反对吧?"

李连峰问:"你们会有这么好的心肠?"

"是真的,"克拉克说,"当然不是所有的人都会这么幸运。"

"代价呢?"李连峰问。

克拉克说:"你会在短短的几个月里学到很多技能,然后我们把你空投到中国部队那边去。下面的事,我不说,我想你也是明白的了。"

李连峰说:"要我给你们当间谍?"

克拉克说:"你可以拒绝,那你就回到俘虏营去。"

李连峰想了想,说:"我同意。"

克拉克没想到他这么痛快,走上来与他握手:"你真是个聪明人。"

李连峰已经料到敌人在玩鬼花样了,受训与否,无所谓,能把自己放回去,那就是鱼归大海,由不得你了。李连峰把这次抉择当成他归队的唯一快捷的途径。

3

彭德怀赶到沈阳,连高岗也没去见,就直接把车子开进了沈阳空军机场,他让唐祥留在沈阳等他。准备接彭德怀回京的那架里-2飞机刚刚出库,正在加油。彭德怀和随行人员站在飞机旁等待,东北军区办公室主任郭瑞乐来劝他:"彭总,到候机室休息一会儿吧,你太累了。"同时他还告诉彭德怀,高岗知道了,马上要赶到机场来见他。彭德怀说:"我一刻也不能停。我回来时再见高岗同志好了。"

郭瑞乐说:"那总得吃点东西吧?总得喝点水吧?"

彭德怀说:"我们带着吃的呢。"

刘亮拿出两个熟土豆,相互一磕当当响,早都冻硬了。郭瑞乐说:"这怎么能吃。"

这时飞机加好了油,彭德怀马上对飞行员说:"起飞吧。"便登上了飞机。

飞机已经在空中收起起落架了,高岗才赶到停机坪,高岗摇摇头说:"只能望机兴叹了,他这个人,是个怪人。"

飞机降落西郊机场后,彭德怀下了飞机,登上来接他的汽车,说"中南海"。这时是下午3时半。

汽车飞快地驶入市区。彭德怀思绪万千,望着一闪而过的首都街景。首都照旧是车水马龙、人群熙攘的闹市,从说书馆传出的管弦丝竹之声,还有西四小食街北京小吃的叫卖声,汇成了一股和平气氛中的市井之声。这和冷酷的朝鲜战场相比,分明是两个世界。

毛泽东不在中南海,也不在新六所,彭德怀扑了个空,后来田家英迎出来,告诉他毛泽东在西郊玉泉山住着。彭德怀二话不说,钻进汽车吼了一嗓子:"上玉泉山!"

玉泉山静极了,只有不怕冷的鸟雀在没有叶子的树枝上啁啾。汽车逶迤进山,停在静明园前。这是从前西太后修的一处园子,传说是给一个被贬的妃子住的,过去是个幽居之所。但是看那飞檐斗拱的建筑风格,还是很豪华的。

彭德怀走下汽车,大步流星地往里闯。秘书迎出来:"彭总回来了。"彭德怀"嗯"了一声,仍往里面走。秘书劝阻地说:"彭总,主席正在睡觉,请你等一等,可以吗?"

彭德怀说:"我有急事,是从流血的战场回来的,让我等?"秘书赔笑地说:"你知道,主席睡眠不好,好不容易睡着了,他是很不高兴人家打扰他睡觉的。"

彭德怀说:"我坐一夜车,也没有睡嘛。"一听彭德怀火气这么大,秘书也不敢惹他,只能赔笑解劝,他最大,总大不过毛主席去。没想到彭德怀不顾一切地往毛泽东卧房里闯。江青也没这个胆子呀!秘书和卫士都吓坏了,如临大敌,一起过来以身挡驾。彭德怀生气地用手一挡,把秘书扒拉到一旁,大踏步推门而入。秘书在后面跺足而叹。

毛泽东轻易不能入睡,安眠药是他每觉不可或缺的辅助之物。所以他的觉便十分宝贵,万一有人打搅,他必大发脾气。方才他睡得正香,已被彭德怀在院中的大声吵嚷吵醒,心里烦躁,他仍然面朝里躺着未动。彭德怀闯了进来,帽子往桌上一摔,大声说:"主席,我回来了。"

见毛泽东没反应,以为他仍在梦中,就又提高嗓门喊了句:"我回来了!"一屁股坐下去。毛泽东坐了起来,无可奈何地打着哈欠,说:"只有你彭老总才会在人家睡觉的时候闯进来提意见!"明显是牢骚的话,当然也可以理解为玩笑,彭德怀根本不去深想。

彭德怀"嘿嘿"一笑:"军务在身,都顾不得了。"

毛泽东下地穿鞋,瞥了他一眼:"看你,瘦成什么样子!你没吃午饭吧?"

彭德怀说:"早饭也没吃呢。"

毛泽东拿起烟,点着,想起来,又扔给彭德怀一支,说:"你这人,急性子,靠不吃饭不睡觉来表述你的忠诚,我不赞成。你先去吃饭,你若不吃饭,我不听你汇报。"毛泽东本想再说几句什么,可一看到他那副样子,心软了。彭德怀胡子老长,脸色蜡黄,眼泡浮肿,没有血色的厚嘴唇干裂脱皮,再看他那身沾满硝烟的破军服,毛泽东不由得在心底敬服地叹了口气。

彭德怀只好站起来,毛泽东说:"小李,带彭老总去吃饭,弄个红烧肉补补脑子。"

彭德怀说:"补脑子在其次,首先是打打牙祭。"打牙祭也不香,这就是食不甘味。他坐下来,狼吞虎咽地吃了一气,厨师凑上来说:"本来是晚上要吃的菜,火候不到。老总,是不是栗子有点硬?"

彭德怀停止了嚼咽:"有栗子吗?"

厨师笑了:"那是栗子烧肉啊。"

彭德怀说:"没关系,知不知道都一样,肚子有数。"

厨师笑了起来。

4

彭德怀进入客厅的时候,口中还嚼着一口没咽下的饭。

毛泽东笑道:"看看你这人,真是个急脾气。见了你,我想起王安石的一句话:'安天下于覆盆,其功可大呀。'"

彭德怀说:"这我可不敢当,我只是尽了点力就是了。"

毛泽东说:"我知道,前线是很困难的。"

彭德怀用强调的语气说:"是难以想象的困难。你们坐在城里,怎么会体会得到。"

毛泽东明显不悦,借点烟掩饰了一下。彭德怀话一出口,也感到有点过分,这不等于兴师问罪来了吗?他看了毛泽东一眼,说:"我又乱放炮了……"

毛泽东说:"在延安的时候,林伯渠说过,彭德怀是有德可怀呀,是有威可畏呀,你发起脾气来,哪个不怕?"

彭德怀记得林伯渠说这话是半开玩笑的,朱老总当时还补了一句:"他那厚嘴唇子,不怒也带三分威。"他料定毛泽东话中有话,就说:"我是急的。我这人是阎王老子开店,鬼都不上门,人都叫我得罪了。"

"那倒不至于。"毛泽东说,"你那阎王殿并不像传说的十八层地狱那么可怕。1930年肃清AB团的时候,你彭老总对我,就是刀下留人了嘛。没有人能挑拨我们之间的关系。"

这一说,彭德怀心里又热乎乎的了。那是1930年"富田事变"之后的事,红三军团有好多干部被错打成AB团成员。AB团是Anti-Bolshevik的缩写,是英文"反布尔什维克"之义。当时红二十军一七四团政委刘敌也被诬指为AB团,彭德怀便带二十军独立营冲到富田,从监狱中放出一大批被诬陷的干部,此事震惊苏区。"富田事变"第二天,红三军团前委秘书长周高潮突然接到一份密报,是毛泽东的字体。毛泽东给古柏写的信,要在审AB团分子时,将彭德怀牵连进去。而且在附来的《告同志和民众书》中公然写着:"党内大难当头,毛泽东叛变投敌了,要打倒毛泽东,拥护朱、彭、黄。"但是在很多人主张对毛泽东下手时,彭德怀却十分清醒,他通过几年来的接触,认定毛泽东是个可信赖之人,决不会置同志于死地。他判定这封信是仿毛体,是在借刀杀人。他不但没有草率从事,反倒发表声明拥护毛泽东,并把密信一起送给了毛泽东,他还救出了差点被杀头的黄克诚。

毛泽东提起这段往事,用意是明显的,彭德怀对他有恩,他们的信任度是有历史渊源的,彭德怀心绪平静了些。

毛泽东说:"你说吧。"

彭德怀说:"现在是出国作战,一是兵员补充不能取之于敌,抓到的俘虏不能补充自己,也不能就地动员朝鲜青年参军。现在志愿军伤亡很大,战斗力越来越弱,我们简直是在拼。"

毛泽东手里的烟积了很长的烟灰。

彭德怀说:"二是敌机无时无刻不来轰炸,道路、车辆损失严重,物资得不到及时补充,即使缴获了敌人的装备,也因缺乏技术人员,不能使用,几乎全部被敌炸毁。三是部队越过'三八线'正是严冬,战士衣服单薄破烂,有的连鞋袜都没有,大量生病、冻伤。四是几十万志愿军既得不到充足的粮食供应,更没有新鲜蔬菜,许多人得了夜盲症,严重影响作战行动。我们现在一无空军掩护,二无足够的高射炮火,这仗怎么打?皇上还不差饿兵呢!"

毛泽东心情很沉重,好一会儿没有说话,直到烟头烧了手,他才把烟头丢下。他缓慢、低沉地说:"你说得我好心酸哪。你们的困难中央知道,但不身临其境,总是体会不深。从现在的情况看,朝鲜战争能速胜则速胜,不能速胜则缓胜,不要急于求成。我告诉他们,立即办几件事,总不能光着脚、饿着肚子打仗啊。"

彭德怀一眼看到了毛岸英送给毛泽东的那个子弹壳小烟嘴,此时毛泽东正把小半截香烟插在里面。彭德怀呆了一下,话题转了:"主席,你让岸英随我到朝鲜前线去,都是由于我对防空重视不够,才出了这意外,我应当承担责任……"

毛泽东沉默一阵慢慢抬起头来:"丧子之痛,人人一样,我能不难过吗?可这怎么能怪你呢?打仗总是要死人的嘛,朝鲜战场牺牲了那么多可爱的青年,岸英是他们之中普通的一个,不要因为是我的儿子,就当成一件大事。"

彭德怀说:"现在岸英的尸骨还在大榆洞,条件稍好一点,我们打算把他运回国内来。"

毛泽东说:"不必了,'青山处处埋忠骨,何须马革裹尸还'。让岸英和千千万万个志愿军烈士做个伴,留在朝鲜土地上吧。"

彭德怀和毛泽东眼里都有泪光。

毛泽东说:"倒是你彭老总得注意安全,你的安全不是你个人的事,而是关系着全局。听说你常常发犟脾气不服管?"

彭德怀感动地说:"我服管,一定服管!"

5

彭德怀这次回国进京,是带着火气来的,这种由感情之火点燃的怒气,只有带兵出生入死的人真正理解。根据毛泽东的批示,2月20日,由周恩来、彭德怀主持,召开了军委各总部负责人会议,彭德怀是来要钱、要物、要军火的。可是各总部的负责人也许错以为彭德怀是来作战况报告的,所以他们在发言中纷纷哭穷、叫苦。彭德怀越听越来气,一生气就灌一大口凉开水。

一个负责人说:"我们已尽了最大努力,现在国内机构刚刚建立……"

这时周恩来从外面进来,给彭德怀写了张纸条,推到他面前。只见纸条上写着:"苏联军事顾问表示,苏仍不能派空军掩护交通线。"那张纸条抓在彭德怀手中,揉成了一个小纸团,两个指头一弹弹出窗外,彭德怀的脸色更不好看了。

这时又换了一个人发言,而且情绪有些焦躁:"我们挨批是冤枉的,后勤保障要钱,拿钱来吧——"

彭德怀听着听着,拳头攥了起来,突然"嘭"的一声砸在桌子上,他"腾"一下站起来,吼道:"这也困难,那也困难,就是你们爱国,难道志愿军不爱国?你们去前线看看,战士们吃的是什么,穿的是什么!他们光着脚在零下三十度的严寒里,在雪地里奔走打仗。有的人脚冻黑了,一扒拉,黑肉掉下去,烂出了骨头。他们为了什么?为谁去牺牲?这司令我没法当,不忍心当!"他说得十分动情,以至于声泪俱下。

周恩来难过地扭过头去看窗外。他一下子想起了第五次反围剿时,因为共产国际派来的德国顾问李德的瞎指挥,使红军连连受挫,"湘江战役"几乎造成红一军团全军覆没。彭德怀忍无可忍,站出来批评李德,骂他是"崽卖爷田心不痛"。多少年来,周恩来看到彭德怀是第二次发这么大火。两次发火都是基于他不忍心看着战士流血。

好多人也都低下了头,屋内空气像要爆炸一样。彭德怀更加激动地说下去:"面对死亡,面对我们那些抱着炸药包冲入敌群牺牲的烈士,我有时感到愧对他们。世界上有这么好的战士吗?我们既没有飞机,火炮也很少,我们死了很多本不该死的人。你们还有脸叫困难,比起前线来,你们那叫困难吗?"

望着脸上布满老泪的彭德怀,在场的好多人也都落泪了。

彭德怀连晚饭都没有吃,回到北京饭店就一支接一支地吸烟。站在窗前,望着长安街的灯火,彭德怀心绪一刻也无法平静。

李望走过来说:"总理给你准备了飞机,让你回西安去看看家。"

彭德怀说:"回什么西安!我还有这份心?几十万志愿军,他们也有家呀,他们能回家吗?"

李望吓得退了出去。

过了一会儿,电话铃响了,彭德怀抓起听筒,急切地问:"是老李吗?汽车能给多少台?"

对方是浦安修:"老彭啊,你怎么见谁都要汽车、枪炮啊?"

彭德怀乐了,他知道是李望偷着给浦安修打了电话,告诉了他的电话号码。一听见浦安修的声音,彭德怀肚子里的气消了不少。他问:"是李望给你打了电话吧?"

"废话!"浦安修笑道,"你不打,还想不让别人打?怎么了,是不是气又不顺啊?"她真是太了解自己的丈夫了。

"没有啊,"彭德怀说,"我挺好的。"

"你回来也不抽空回趟西安。"浦安修说,"你心里也没有我呀。"

彭德怀有些内疚,解释说:"我……我还真想你了,就是……"

浦安修接了上来:"就是想都想不起来了,对不对?"

彭德怀嘿嘿地乐。

浦安修说:"你是不是又发倔脾气了?"

彭德怀说:"哪能呢!"

浦安修说:"我还不知道你!你一辈子改不了,青山易改,禀性难移,我也懒得在你耳边瞎叨咕了。你这老胳膊老腿的,你得自己保重,我也帮不上你忙……"她的声音哽咽了。

放下电话,见李望鬼头鬼脑地在门外张望,彭德怀说:"看我怎么收拾你。"

李望笑着跑了。

周恩来到玉泉山向毛泽东说了彭德怀发脾气的事,毛泽东说:"大将雷霆万钧怒,唤醒醉生梦死人。没坏处。"

毛泽东正在桌前奋笔疾书。原来是在给斯大林起草电报,他此举也是彭德怀进京促成的。周恩来在一旁看着,说:"我们如此恳切陈词,斯大林就是铁石心肠也该动心了。"

毛泽东把笔一掷,说:"交不信,非吾友也。"

周恩来说:"彭德怀的嘴急起了大泡,口腔也烂了,难怪那天在会上发火。"

毛泽东说:"难为他啦!"

6

彭德怀已经叫警卫员刘亮把该发的信、该送的信都处理了,康乃馨的稿件也都分别送到人民日报社、解放军报社去了,剩下的几件,他必须亲自办。

这天早饭后,彭德怀问李望:"你今天干什么去?"

李望说:"没事。"

彭德怀说:"走,我们去锣鼓巷。"

李望想了半天:"那里没有什么机关啊!"

彭德怀说:"臭脑子!还让你帮我记着呢!去看看曹桂兰的家。"

李望笑了:"我去要车。"

彭德怀说:"不用,跟我走吧。"

一走出北京饭店正门,彭德怀四下看看,只见一辆三轮车按着胶皮球喇叭嘟嘟地驶过来,彭德怀招了招手。

李望大为吃惊:"坐这个?"

彭德怀早跨上了车斗,说:"锣鼓巷,知道吗?"

"放心吧,您哪!"蹬三轮的老头说,"这北京城啊,一千多条胡同,我都门儿清,只有一个地方没去过,不敢跟您吹。"

彭德怀问:"哪地方?"

三轮车夫说:"中南海。"彭德怀和李望都笑起来。

一路上,彭德怀看着街两旁的标语,都是新刷的:"全国人民行动起来,捐献,飞机大炮";"为了和平,请拿出你的一分一厘钱"。

三轮车夫说:"我还捐了钱呢。人家常香玉一个人捐了一架飞机,咱捐不起整架飞机也得捐个螺丝钉啊!"

彭德怀说:"好啊,好啊!"

到了北海后门桥,是上坡,三轮车夫有点蹬不动了,直喘粗气。彭德怀拍了李望一把,两个人下来,帮他推车。三轮车夫说:"不好意思,哪有这样的主儿。这么的吧,你们就少给点钱。"

彭老总说:"不会少给你的,你若有心,多捐给志愿军点就行了。"

"听您这口气,"老车夫说,"没少捐。"

彭德怀说:"我捐的不多,咱们的志愿军战士连生命都捐上了。"

"那是,那是。"老车夫连忙说。

他们来到了锣鼓巷十二号门前。李望付了车钱,车夫说:"走好了您哪。"掉转车头,嘟嘟地按着喇叭走了。

李望和彭德怀走进了四合院,四下看看,西厢房的门楣上挂着"光荣军属"的牌子,彭德怀说:"是这家。"李望来到门口,问:"这是曹桂兰的家吗?"

里面一个慈眉善目的老太太拿一只正纳着的鞋底走出来:"是呀,谁找她?"

彭德怀说:"我们和曹桂兰是一个队伍上的,刚从朝鲜回来,来看看。"

老太太高兴了:"快屋里坐。这丫头,一去连个信也没有。"

二人进了屋,彭德怀说:"打仗天天换地方,没有邮差,没法邮信,曹桂兰托我来家看看。您是她妈妈,是吗?"

桂兰妈忙给客人倒水:"我二十岁上守寡,就守这么一个丫头。"

彭德怀对这个满脸慈祥的老太太不禁肃然起敬,她能把仅有的一个女儿送上前线,其胸怀可知。彭德怀环顾这间小屋子,一铺炕,一个柜子,地中间支着个小铁炉子,再没有什么家具了,生活肯定很清苦,可墙上的奖状倒有五个。有拥军模范、有军属模范,也有治保模范。紧挨着这些奖状,悬挂着一张当时很流行的招贴画,一个小男孩、一个小女孩怀抱和平鸽,天真地笑着,底下是用还童体写的一行字:我们热爱和平。

彭德怀的目光好长时间没有离开这张画,他的心受到了极大的触动,他想得很多很多,想得很远很远……

后来他又去看镶在镜框里的照片,他认出是曹桂兰小时候的,几岁的都有,天真的笑容在长大了的曹桂兰脸上依然找得到影子。

李望看着那一大堆鞋,问:"您靠卖鞋生活呀?"

桂兰妈说:"不是。这都是刚齐上来的,是居民组给志愿军战士做的。"她拿起一双,递给彭德怀,"你们看看,够不够厚?能不能暖脚?雪地里容易返潮,我叫大伙在鞋里子里衬了一块狗皮。"

彭德怀说:"好,挺好的。"

桂兰妈说:"桂兰咋样?没闹啥毛病吧?"

彭德怀说:"她挺好,您养了个好姑娘啊。"

桂兰妈说:"她呀,从小要强,啥事都想拔个尖。她是独苗,本来参军人家不要,她偷着去了,我哭了一场,可孩子是为国家尽忠去了,当妈的不能拦啊。"她说到这里揩了揩潮湿的眼睛。停了停,她望着彭德怀说,"这位同志,都这么个岁数了还上前线,不易呀。"

李望说:"这是我们的彭司令员。"

桂兰妈张开了嘴半晌闭不上,她说:"这怎么说,我这不是有眼不识泰山吗?我心里还琢磨着,这么大岁数的人在前方,没准儿是个做饭的厨师呢。"

几个人都笑了起来。

桂兰妈说:"彭老总心里可是装着天下大事的人,有工夫上咱老百姓小门小户来,这可真是没想到的事啊。"

彭德怀说:"我是司令,她是兵,可在战场上,在枪林弹雨里,就是兄弟姐妹了。"

桂兰妈听着,十分感动,又为他添热水。

彭德怀说:"你若捎什么东西给曹桂兰,我走前叫李参谋来拿。"

桂兰妈见彭老总站起身要走,就说:"我有心留你们吃顿饭,我琢磨着你们也不会赏这个脸。一人拿双鞋去,算个纪念。"她拿了一大堆鞋,"试试,哪双合脚挑哪双。"

彭德怀说:"那就不客气了。"试了一双,说,"这像是照着我脚做的,正合适。"他翻到鞋底,只见上面纳着一行字:精忠报国。他心潮起伏地看着这四个字。

曹桂兰妈有点担心地问:"这是我纳上去的,首长是不是嫌词儿太老了?"

"不,"彭德怀握着她的手说,"谢谢你,这四个字足以让前线的将士热血沸腾。"彭德怀又去看那张《我们热爱和平》的画。他对桂兰妈说:"老人家,我想要你点东西,行吗?"

"大活人都给你了,别说东西了!要啥?"老太太慷慨地问。

彭德怀说:"把这张画给我吧。"

"行。"桂兰妈立刻揭下来,卷成了一卷,交给了李望。

7

彭德怀特别喜欢《我们热爱和平》这张画,不仅是喜欢那两个天真可爱的孩子,更喜欢作者创造出的这种气氛和意境。和平,对于一个沐浴着血与火的老将来说,它是一种奢侈,也是一种归宿,他那种情感,是局外人所不能深解的。他正站在墙壁前欣赏这张画,李望慌慌张张地进来报告,说毛主席来了。

彭德怀颇有几分意外,没等他反应过来,毛泽东已经大步走了进来。

彭德怀说:"有事我到中南海去就是了嘛。"

毛泽东说:"我怕你又是在人家睡觉时乱闯啊!"

二人都笑了起来。他一眼看到了那张画,问:"街上买的?"

彭德怀说:"跟人家要的。我想拿回去,挂在司令部里。"

毛泽东似乎第一次好好研究这张画,久久地看着、沉思着。转过身来,毛泽东问:"心急如焚吧?"

彭德怀说:"度日如年。"

毛泽东说:"我是来报喜的。斯大林已经答应,尽快出动苏联空军掩护我们的运输线,两个驱逐机师,三个高炮师,还同意增加六千辆汽车。"

彭德怀喜形于色:"约瑟夫大叔开恩了。"

毛泽东说:"他有他的考虑。一个阵营之首领,动一动举足轻重。他让他的飞行员都穿上朝鲜人民军军装,在飞机上喊话用朝语。"

彭德怀说:"可那高鼻子没法削去一块呀。"

毛泽东大笑,笑过他说:"彭老总发了雷霆万钧之怒以后,各总部也有点诚惶诚恐了。全民都在捐献飞机大炮,老总,你别担心,你背后有四万万同胞呢。"

彭德怀长长地吁了口气,说:"早知道能解决问题,何必发火呢。"

毛泽东点起一支烟吸着说:"听说,有的人经常违反纪律。"

彭德怀乐了:"这邓华,打我的黑报告。"

毛泽东说:"你说过你像李逵,有无此一说?"

彭德怀说:"有,本人勇大于谋。"

毛泽东说:"你比李逵胜百倍,李逵是一匹夫耳。你是战略家、战术家,你不必过谦。不过嘛,你身上有李逵的某些残余,譬如不把个人安危当回事。"

彭德怀刚要张嘴解释,毛泽东大手向上一举阻止了他:"你忘了1942年左权的教训了吗?都是因为你们八路军总部集中在一起,叫人家包了!"

彭德怀了解此时毛泽东提起旧事的用心,毛泽东怕再一次"北天折柱"。彭德怀清楚地记得那是5月24日的事。那时,身为八路军副总参谋长的左权将军血战沙场,却背着"托派"的黑锅。彭德怀经过观察,向中央上书,仗义执言,担保与他朝夕与共的左权是好同志,建议中央解除对他的怀疑。他是背着左权上书的。就在那一天八路军总部被围,左权在突围时牺牲,直到他死,可能心里仍为沉重的政治包袱而别扭、委屈,他没有想到彭德怀在代他洗雪冤屈,而且得到了中央的批准。毛泽东痛惜左权之死,称之为"北天折柱"。

彭德怀说:"我知道了,我会注意的。"

8

按照烈士留下的地址,彭德怀和李望乘车赶到怀柔的黄坎村,四周全是光秃秃的石山,只在小河套两侧有一些农田,一看村里破破烂烂的草舍,就知道这里穷困到什么程度了。这还是正月,走在村里,一点喜庆味道也没有,偶尔看到一些标语。有些农民在刨冻粪,大概开始备耕了。

彭德怀不想招摇,叫司机把车子远远地停在了河套旁的砖窑后面,他和李望一路打听,来到了一户农家院外。盖房的草已被大风掀去半边,糊窗的麻刀纸也吹破了好些窟窿,院子里很荒凉,家禽一概没有。房檐下连一串老玉米、一串红辣椒也不见。他们走进夹了一半的篱笆小院。彭德怀在掉了漆的"光荣军属"牌子前站了一会儿,走进院子,连叫了几声:"有人吗?"却没人应声。李望伸手推开房门,一股霉味扑面而来。

一个瘫痪在炕上的老汉抬起头,问:"谁呀?我家老婆子到邻居家借粮去了,一会儿能回来。"

彭德怀看看家徒四壁的住室,走了进去,站在炕前。这时,用一个葫芦瓢盛了些玉米面的老太太走了进来:"谁来了?"

李望忙说:"我们是从朝鲜前线回来的,来看看二位老人家。"

老太太放下瓢:"快请坐。你看我们这屋子像狗窝一样,都没地方坐。"

彭德怀坐在一个小马凳上,问:"老人家得的什么病啊?"

老太太说:"唉,半身不遂,我们家小三走的时候还没这重。"

彭德怀望望那一瓢玉米面,说:"你们是军属,区政府不救济你们吗?"

老太太说:"管我们。地呢,代耕。政府也不宽裕,咱不能躺在政府怀里放赖呀!"

老汉问:"啥时候能打败美国鬼子呀?小三回来就好了。"

彭德怀说:"上前线的是老三?那老大、老二不和你们住在一起呀?"

老太太说:"老大是闺女,出门子了。老二在门头沟煤矿上头,轻易回不来。"

彭德怀想起了那个叫小三的战士没写完的家书:"爸爸妈妈……我打完了仗就回家种地,我老是想,我晚参军一天就好了,能把咱家的篱笆夹起来,才夹了一半……"这封信现在就在彭德怀的口袋里,可他没有勇气掏出来给小三的父亲、母亲。他想起了院子里没夹完的篱笆。他向李望耳语了几句,就和李望脱去了棉衣,去夹小三未曾夹完的那一半篱笆。

小三妈烧了一壶热水端出来,再三不让他们干。彭德怀坐在木墩上,喝着开水。

李望说:"你干这个挺内行呢。"

彭德怀说:"我本来就是个农民,从小什么农活都干过。"

喝了水,他们又干起来,篱笆已经快夹完了。

小三妈说:"没啥好吃的,我蒸了一锅菜包子,在我这儿吃顿饭吧!"

李望忙说:"不麻烦啦!"

小三妈的脸不自然了。

彭德怀说:"在这儿吃,我最爱吃菜包子了。"他瞪了李望一眼。

小三妈高兴地回屋去了。

李望问:"她儿子牺牲的事告不告诉她呀?"

彭德怀叹了一声:"我……不忍心。等走后,叫乡政府来说吧。"

干完了活,老太太的菜包子也出锅了,彭德怀很开心地吸了吸鼻子。曹桂兰妈妈留他吃饭,他一口回绝,这穷苦的山民让他一道吃菜包子,他却一口应承,李望能体会到彭德怀的内心世界。

彭德怀吃着玉米面菜包子,老太太一个劲儿让:"多吃点。小三在家那时候,一顿饭能吃四五个。"

彭德怀拍拍手,说:"吃饱了。"

小三妈说:"我给小三缝了一双狗皮袜子。也没法捎,托你们给捎去吧。"

彭德怀说:"你家小三穿上了大头鞋,不用捎了,他……再也不会冻脚了。"听到这里李望泪水快下来了,忙转过身去。

彭德怀站了起来,从兜里掏出一卷子钱,放到了饭桌上。

小三妈大为吃惊:"这是干啥?"

彭德怀说:"这是小三捎回来的津贴。"

小三妈乐颠颠地说:"这孩子,从小就孝顺,在外头要饭要来个冻饼子也拿家来半个,舍不得一个人吃。唉,这钱,我得替他攒着,老大不小了,打完仗就该说媳妇了。"

李望的泪水终于流下来,他走到门外去,说:"该走了。"

彭老总握住老太太的手,说:"有啥困难,找政府……"

在通往砖窑的路上,彭德怀不禁临风洒泪,有多少这样的战士,有多少个这样的父母啊!

第二十章

I

张国放每天都索看战报,野战医院的消息都是过时的,他多半是从受伤下来的人口中知道的。他知道第四战役打得很艰难,他一天也待不下去了,他早已悄悄准备好出院手续。穿戴整齐的张国放来到院长办公室,林院长问:"你这是干吗?怎么人人都想开小差呀?"

张国放说:"我可不是开小差,这不是来向你辞行吗?"

"一样,"林院长说,"公事公办。没有主治医生签字,你别想走。"

张国放说:"江大夫签了字啊!你看,这是出院单。"他把出院单交给了林院长。

林院长看了看,有几分疑惑地说:"她真给你签字了?你们这葫芦里卖的是什么药啊?不是我不放你走,你的伤确实要再养一段时间。"

张国放说:"回去养一样。"

"回去?"林院长摇摇头,"你回到什么地方去,我还不知道吗?"

这时江小帆进来了,没有看见张国放,她说:"有十几种药都用光了,不马上进药,手术都没法进行了。"

林院长说:"回头再说。你签了字,我也没办法留人了,张国放是归心似箭了。"

江小帆有几分惊讶地看了看院长,又看了看张国放,张国放向她递眼色。她知道张国放又在弄鬼,她拿过出院单看看,说:"叫他出院吧,他们吴军长也来电话催问了几次了。"

"再见了。"张国放握了握院长的手,告辞出来。

本来吴信泉军长说要派车来接他的,可张国放说医院有车送他,吴信泉真信了,还在电话里开玩笑,问他是不是那个长相漂亮的女军医当了他的"战俘",才这么破格。其实张国放是胡扯,他不愿意军里这么远派车子来,兴师动众的。过路往前方送弹药的车多的是,拦一辆就行。

江小帆给张国放带了一盒美国饼干、一壶水,送他上路。

张国放和江小帆并肩走着。江小帆说:"你模仿笔迹的水平挺高呢,把院长都唬住了。"

张国放说:"谢谢你没有当场揭露我。"

江小帆笑道:"你这人,一贯不老实。"

张国放说:"坏了,我给你留下这么一个恶劣的印象吗?"

"有事实为证。"江小帆说,"在安东那次,你把体温计插在冰块上骗大夫,这一回伪造医生签名骗取出院手续,这些不是我无中生有吧?"

张国放说:"我这是动机好,效果差点。"

江小帆笑了,说:"人去不中留,我知道也留不住你了,做个顺水人情吧。"

不知不觉,他们已来到丁梅坟前。积雪在阳坡已经融化,有几朵小黄花居然开在冰雪中。

江小帆说:"什么花,顶着冰雪开了?"

"这叫冰凌花。"张国放说,"朝鲜人说,它就是顶着冰雪开的。"

江小帆叹了一声:"丁梅就是一朵顶着冰雪开的冰凌花啊。"她忽然发现木头碑上多了一行小字,细看,写的是:银堆玉砌的雪冢下,安息着一颗玉洁冰清的灵魂。

江小帆看了张国放一眼:"你写的?"

张国放说:"我昨天就来告别过了。野战医院若不搬家,春天的时候你给填填土,冰雪一化,坟会塌下去的。"

江小帆哽噎地答应了一声。

张国放说:"丁梅家里有什么人?"

江小帆说:"那是一个很和美的家。她父亲是长春一家研究所的副研究员,母亲是医生,有一个哥哥在念大学,她是护校毕业的。"

张国放默然无语了。离开丁梅的墓地,他们顺着傍山的小路向前走,又来到了两次碰上丁梅洗绷带的小河。如今小河已经淌开沿流水了,水漫过冰层,有的开阔段已是水声汤汤了。那几块捶衣服的石板还半陷在河中,小河畔的红柳条已经绽出了绿莹莹的"毛毛狗"来。望着这一切,张国放不免有物在人亡的感叹。

他们一直沉默着向前走。该分手了,前面要到大路口了。

江小帆问:"我们还能再见吗?"

张国放说:"只要我再负伤,就有可能。"

江小帆斜了他一眼:"那样,我宁可不见你。"

张国放说:"昨天晚上,是我躺在病床上的最后一个晚上,我想了很多、很多……"

江小帆看了他一眼问:"都想了什么?"

张国放故意地说:"想我明天如何在路上拦车,如何躲飞机轰炸……"

江小帆失望地"哦"了一声。

张国放说:"要分别了,给我提点意见吧?"

江小帆说:"你狡猾。"

"是吗?"张国放说,"这可是形容敌人的词啊。"

江小帆"扑哧"一下笑了:"你心里想的不肯说出来,顾左右而言他。"

张国放站下,看着她。江小帆也站下,躲开了他的目光。张国放一往情深地说:"我昨天想……我其实是最不愿意出院的……"

"怕回到战场上去吗?"江小帆问。

"你也够狡猾的了,"张国放说,"明知故问。"

江小帆又"扑哧"一下笑了。

张国放说:"留给我几句话吧,你该回去了。"

江小帆深情地望着他,说:"有些话埋在心里,还用得着说吗?我只希望……我们能活着见面……"泪水一下子涌出了她的眼眶。

张国放伸出两只手,把她的手抓在手中,说:"我们都会活着的……"他从兜里摸出那颗亮晶晶的子弹,放在她手心上,"这是你从我身体里取出来的,你留下当个纪念吧。"

这时已到了大路口,恰巧有几辆伪装的运输卡车开过来,张国放跑过去拦车。他跳上车,向江小帆挥手。江小帆目送汽车远去。

2

离京前彭德怀的最后一个安排是去看康乃馨的父亲康壮,这一次是最轻松、最没有负担的会见,彭德怀心情好,还提了一盒点心。康家住在西单灵镜胡同里面,是一座很典型的四合院,据说是光绪皇帝的老师翁同的旧宅子,严谨而阔气,门口的照壁上写着"知足不辱"四个泥金大字,显然也是旧主人留下的。客厅在坐北朝南的正房中间,是明厅,铺着地毯,多宝格上摆了些官窑、定窑的瓷瓶,墙上挂了很多欧美风格的小物件,还有几张名画,有一幅是莫奈的《风车》。这一切使这屋子有一种中西合璧的味道。

主人康壮略微秃顶,前额宽阔而又突出,戴一副深度的近视镜,可那副眼镜后头的目光却能洞穿茫茫宇宙和太空,一看便知他是个典型的学者,方正而略显拘谨;倒是他那很有韵致的妻子韵清落落大方,人过五十,仍然很漂亮。康乃馨长相随了母亲。

康乃馨的父母对彭德怀的点心盒子几乎没看一眼,却对康乃馨与彭老总那张不守常态的合影着了迷,又是品评又是乐,最后镶在一个镜框中,摆在了客厅中最显要的位置。韵清说:"你看我们小馨,还是那么调皮。彭老总,她没少给部队添麻烦吧?"

彭德怀说:"曾军长说,你女儿报道英雄,她自己也是个英雄。"他绘声绘色地讲了她在六十军的壮举,只没说后来受伤。

"她有那么好?"韵清说,"你们聊,我去烧饭。"

彭德怀赶忙说:"我只能坐二十分钟,明天就要回朝鲜去。等我凯旋的日子,一定来和你喝个酩酊大醉。"韵清没听见,已经到厨房去了。

康壮说:"你是不肯赏光啊,再忙,也得吃饭嘛!纵然我是民主人士,可我的女儿是你的兵,可是同生死的呀。"

这话说得彭德怀心头一热,他站起来,说:"我给主席打个电话。"

康壮说:"统百万重兵之将,吃一顿饭还要请示毛泽东批准,这未免过于小题大做了吧?"

彭德怀笑而不答,拨通了电话后,他说:"主席吗?我,彭德怀。对不起,我不能到你那儿去吃饭了,我当然知道你特地为我送行。我不是言而无信,是碰到了点特殊情况……啊,不是,浦安修?啊,是是,是浦安修来了。"他放下了电话,"为了吃你一餐饭,还得撒谎,不然主席会生气。他特地为我饯行,准备了一桌子家乡菜。"

康壮诚惶诚恐地说:"不知者不为罪,我实在不知道主席为老总饯行。那我就不勉强你了。"他回头冲里屋叫,"韵清啊,别叫保姆备饭了。"又对彭德怀说,"你快去主席那里吧。"

"你这人!"彭德怀一屁股坐下,说,"出尔反尔。我推了那边的饭,你这里又不管饭了,叫我饿肚子吗?你这饭我今天吃定了,哪儿也不去了。"

夫人韵清走出来,说:"请彭老总上门吃餐饭,是我们的荣幸。只是叫你辞了主席的饭,不好意思。"

彭德怀说:"他的饭我常吃。"他站起来,向一个门走去,推开一看,说,"哦,不是厕所。"正要退回来,康壮跟了过来,说,"这是康乃馨的房间。你看,全是小资味的一套。"

彭德怀倒是来了兴趣，信步走进去。康乃馨的卧房叫彭德怀大开眼界，恍如置身另一种境界。整个是暖调子的装修，浅粉色的墙壁，橘红色的家具，一面是书架，摆满了中外图书，另一面则是数不清的大小玩具，最大的布狗熊与真的一般大小。床上、窗前吊满各式各样质地的风铃，人一走过去，不是碰响这个就是碰响那个，丁冬作响。彭德怀摸着一串玻璃风铃，笑了起来。

康壮说："有时我都无法相信，我这个娇小姐怎么可能是战场上的女记者。"

彭德怀感慨万千地说："时势造英雄啊！我也不敢相信，这是你那个在枪林弹雨中采访的女儿。寓刚烈于柔弱之中，不可思议。"他走到一架敞开盖的钢琴旁，谱架上放着一本厚厚的五线谱，铅笔写的谱子中止到最上面的一页。彭德怀问："这是康乃馨写的曲子？"

康壮说："这是一首钢琴协奏曲，她写了一半，参军上前线之前，熬了个通宵，写完了第二乐章。她自己说，下面的第三乐章是转折，让自己在人生的转折之后再续写。她说，肯定是另一种旋律了。"

彭德怀被深深地感染了，他的手随意地在琴键上走了一回。也许是幻听，在他想象的空间里，回响着一曲极为优美、极为深沉抒情的钢琴协奏曲……他仿佛听到了第三乐章，不仅优美动听，而且饱含着阳刚之气，叫人荡气回肠。

彭德怀转眼之间又置身于弹雨横飞的现实世界了，颠簸的吉普车已经驶过了新义州。李望问彭德怀："康乃馨家挺阔气吗？"

"不是阔气，是高雅、温馨。"彭德怀说，"如果不是战争，她确实处在养尊处优的环境中。人是最有适应性的，看一个人，不能只看他的外表、他的出身。"

李望说："康乃馨真不简单。"

吉普车追上了前面浩浩荡荡行进的部队，重炮、战车拥拥挤挤，旁边是一眼望不到边的队伍在行进。空中有几十架飞机在飞。

彭德怀说:"看样子十九兵团上来了。"

刘亮问:"他们怎么敢大白天走,不怕炸?"

彭德怀说:"你看看天上是什么?苏联飞机为咱们护路来了,咱们自己的飞机出动了。"

刘亮欢呼起来:"再也不受窝囊气了!"

他们的车被挡住了,唐祥拼命按喇叭。

彭德怀说:"别按了,人家是开到前线去打仗的,咱们等一会儿没关系。"

彭德怀问:"你们是十九兵团的吧?"

一个干部答:"六十五军的。"

彭德怀点起一支烟,对李望说:"好哇,果然是十九兵团上来了!"

他们路过大榆洞附近的后勤仓库时,彭德怀想喝点水,顺便去看看曹桂兰,把她妈捎给她的包袱给她。彭德怀的吉普车停在仓库门前。

李望跳下车去问:"曹桂兰在吗?"

一个战士说:"她到前方去送弹药了。"

李望问:"什么时候回来?"

战士说:"不回来了,她们那个分部全调走了。"

怀里抱着一个小布包袱的李望走回吉普车,说:"这可没地方去找了。"

彭德怀说:"上车吧,走。"吉普车又拐上了拥挤的公路。

一回到志愿军总部,彭德怀第一件事就叫李望把要来的画找出来。他在作战地图旁边挂起了《我们热爱和平》的招贴画,好多人围过来看。

这时邓华、朴一禹、解方几个人闯进来。解方说:"你可回来了!"

彭德怀与众人握手:"十九兵团开过来了,路上车多、人多,多走了好几长时间。"

邓华说:"从前天开始,敌人集中了二十万兵力,在几百架飞机支援下向我方发起了新攻势。"

朴一禹说:"据情报部门说,他们这一行动代号为'撕裂者行动'。"

彭德怀把大衣一甩,说:"还说不定谁撕裂谁呢!"

李望拿来一个馒头,彭德怀边咬边站到了地图跟前,他说:"他们是奔汉城来的。"

3

通往水原方向的公路上,一条汽车长龙在黑夜中以五十公里的时速前进着。他们是运送军火的,这正是南移的曹桂兰所在的二分部。曹桂兰坐在第一辆车的驾驶室中,她身旁坐着刘科长,她对刘科长说:"咱们出发时二十四台车,还没等到地方,只剩十一台了。"刘科长叹了口气。忽然,照明弹照亮了夜空,随后,敌机又出现了。刘科长钻出驾驶室大叫:"拉开距离!"

飞机开始俯冲扫射,汽车忽快忽慢地在与飞机捉迷藏。一排枪弹扫在曹桂兰的汽车盖子上,呼呼冒起了热气。刘科长喊:"快下车!"几个人连滚带爬地滚到路旁沟里躲起来,后面车上的几个女兵也趴在沟中。

敌机飞走了,他们把车集中到河谷树林中隐蔽起来。刘科长划着火柴看看地图说:"我们走到哪儿了?好像不对。"

曹桂兰说:"好容易运了这么远,别送到敌人堆里去呀。"

大家围在一起七嘴八舌地出主意:"往前闯,见到老乡问一问。还是先隐蔽一下吧。"

刘科长说:"咱们去侦察一下,碰到志愿军、人民军,那最好了。万一碰到美国鬼子也不要紧,就抓个舌头回来。"

曹桂兰说:"这是个好主意。"

刘科长说:"都谁去呢?尽女的,司机决不能去,出了意外,车没人开。"

曹桂兰说:"女的怎么了?女的不是人啊?我去。"又有几个女兵要去。

刘科长说："我领着曹桂兰、张勇、李岩几个人去。"他们悄悄地从已经解冻的河边走过,翻过一道山梁,来到一片野草丛生的开阔地。夏天这是一片沼泽地,此时正有人在这儿露营,点着篝火。刘科长摆摆手,四个人伏在草丛中观察。

原来这里是敌人的阵地,几辆坦克围成一个圆圈,美国兵们此时都钻在鸭绒睡袋里睡觉,周围静悄悄的,唯一的哨兵也在打盹。

刘科长低声向他们三人交代了任务后,就和张勇摸过去。他们二人从一辆坦克后头转过去,摸到哨兵跟前,从背后猛地窜上去,卡住他的脖子,哨兵没等叫出声来,已经吃了张勇一刀,便一声未吭地倒下了。刘科长一摆手,曹桂兰与李岩也快步跑过去,他们不由分说,两个人合作,各夹起一个鸭绒睡袋就跑。刘科长、张勇夹的那个呜呜直叫,又蹬又踹,他俩几乎招架不住,刘科长说:"掐住脖子!"

"找不准脖子在哪儿呀!"张勇越着急越掐不住敌人的脖子,拉拉锁又拉不开,鸭绒睡袋里的美国兵大叫起来。张勇一急,上去两刀,没声了。他们连忙扔下,回头看看曹桂兰、李岩夹的那个倒挺老实,一声不吭。

刘科长对张勇说:"走,有一个就够本了,别打草惊蛇。"二人快步追了上去。

把美国兵夹到隐蔽汽车的地方,曹桂兰累得大口喘粗气,说:"哎呀妈呀,心都快跳出来了。"

刘科长说:"这家伙睡得真够死的了,这么折腾都不醒。"

张勇"哧"一下拉开拉链,大家全傻了,这个美国兵早都冻僵了,敲敲他的胳膊当当响,身上有伤。曹桂兰泄气地说:"嗨,白费劲,夹了个死尸回来。"她正想把鸭绒睡袋的拉链拉上,突然说:"嗨,这是个官,说不定身上有文件。"

刘科长看看肩章说:"是个少校。"

曹桂兰从死者的上衣口袋里掏出一个军官证明,说:"萨姆·沃克,是第二步兵师的一个营长。"他们当然不知道他就是沃克中将的儿子。

他在扶柩回美国后,又和他哥哥一起回到战场。军人有军人的荣誉,萨姆不愿意让人家说,由于父亲殉职,儿子吓得躲回了母亲的羽翼下,但他却没有想到自己会活活冻死。

夹回个死尸有什么用?他们在商量办法,曹桂兰提议再去夹一个来,她要和李岩再去一回。刘科长说:"两个人去不行,万一打起来,连掩护的人都没有。走吧,咱四个再来一趟。"他们毕竟不是战斗部队,没有经验,犯了本不该犯的错误。

当四个人重新摸到坦克跟前时,敌人已经发觉,早有一些伏兵藏在坦克后,他们一露头,刚想向地上的鸭绒睡袋靠近,枪声响了,无数支转盘枪喷吐着火舌,四个人先后倒在血泊中。敌人咕噜着走过来,踢了踢每个人,刘科长、张勇已经牺牲,而李岩和曹桂兰还活着,曹桂兰伤了腿,怎么也爬不起来,李岩腹部受了伤,已经昏迷过去。几个鬼子上来提起曹桂兰,大叫:"女的!"曹桂兰拼命咬鬼子的手,那鬼子大叫起来。他们把她和李岩放到担架上抬走了。

4

第三次战役后消沉过几天的麦克阿瑟这几天又活跃起来,恢复了他从前对前线视察的频率。这次他乘坐的是直升机。

3月10日,是个雨夹雪的天气,能见度很差,飞行员很小心地驾驶着直升机。麦克阿瑟说:"你相信战争可以改变气候吗?"惠特尼耸耸肩,不知道他又要说什么。他说:"当年德国人攻打莫斯科时,绵绵秋雨一直不断,而以前并没有这样的气象记录。仁川登陆的几天里,有两次强台风袭击,今天,又是这个样子。"

惠特尼说了一句:"穆阿少将太不幸了。"穆阿少将也是因为乘坐直升机,在这恶劣的天气里失事的,直升机一头扎进汉江半冻不冻的江心烂泥里。李奇微已经赶到了出事地点,正在打捞。他们的直升机终于降落到了汉江边上。

一架直升机扎在汉江的泥沼中,尾巴朝天。美军正用几条船打捞,李奇微站在岸边看。麦克阿瑟问向他走来的李奇微:"还没有打捞出来吗?"

李奇微摇摇头说:"穆阿将军的直升机不是炮火击中的,是机器故障,自己栽下汉江的。"

麦克阿瑟说:"先是迪安·沃克,又来了一个穆阿,我们在短短的八个月中,折损了三位将军。"停了一下,麦克阿瑟问,"你打算让谁接任穆阿第九军军长的职务?"

李奇微说:"在上面没有新的委任之前,让第一陆战师师长史密斯少将代理吧。"

麦克阿瑟说:"好吧。"

这时,他看见美国兵正把几捆纸往麦克阿瑟的飞机上搬。麦克阿瑟问:"这是什么?"

李奇微走过去,拿来一张,递给他。麦克阿瑟念了出来:"中国军官们,数一数你的军队吧,还剩了多少?"

这是美国式的幽默,意思是你们的伤亡太大了,军队越打越少,支持不下去了。李奇微告诉麦克阿瑟,他从俘虏口供中知道,现在中国参战部队都不满员,有的缺员一半以上,这使他想入非非,便有了这张他自以为很俏皮的传单。麦克阿瑟哈哈大笑,肯定了李奇微的"发明"。

"小幽默。"麦克阿瑟说,"让最高司令官开着飞机给他们散发传单,那可是黑色幽默了。"

李奇微说:"他们减员很多,从我们抓到的俘虏问讯中知道,他们经常没有吃的,没有棉衣,我们的士兵趴在阵地上要先铺上毛毯再射击,而他们,却可以光着脚在雪地上与我们作战。真是不可思议。"

麦克阿瑟问:"汉江桥架起来了吗?"

李奇微说:"架好了,骑一师正在过汉江。"

麦克阿瑟说:"要尽快攻下汉城,这至关重要。这是有全球效应的,也是李承晚梦寐以求的。"

李奇微说:"现在我们距'三八线'还有五十公里,上一个战役'屠夫行动'没有抓住中国的六十六军、原州北侧的四十军和砥平里正面的三十九军,因一场大雪,我们失去了战机。我想,这次'撕裂者行动',就是要纵向撕开口子,把中国军队与朝鲜军队隔开,夺回汉城。"

麦克阿瑟说:"好吧,我想你能成功。"

这时,一个举重臂从水里夹出了弯着腰的穆阿少将的尸体,滴着水,摇摇晃晃地被吊到岸上。麦克阿瑟在胸前画着十字。

安排了飞机将穆阿将军的尸体运往美国后,麦克阿瑟邀请李奇微与他同机视察。惠特尼反对,他认为这是冒险,双倍的冒险,万一中了炮弹,或是机械故障引起直升机坠毁,举足轻重的两员大将岂不是同时报销了吗。麦克阿瑟不会听他的,他指着李奇微腰间的手榴弹说:"有这玩意儿护身呢。"他们到底同机升空了。麦克阿瑟看着李奇微身上的手榴弹,说:"看到你的手榴弹,我总怀疑你随时可能引爆,我坐在你旁边也感到恐惧。"

李奇微笑笑,向机下望去:"你看,二十五师已经向汉城攻击了,中国军队从8日起就往北撤了。"

麦克阿瑟说:"如果有记者问你越过'三八线'的事,你不要正面回答,就说由我来决定。"

李奇微问:"你这次来视察,就是为了告诉我这个吗?"

麦克阿瑟牢骚满腹地说:"不知从哪儿刮来一股风,说苏联要参战,五角大楼的老爷们又胆战心惊了。他们缺乏决一死战的勇气。我已经给华盛顿发了电报,告诉他们,不要没事找事,再给我画地为牢了。"

李奇微告诉麦克阿瑟,说中朝军队在汉城防线的部队正在后撤,有可能放弃汉城。

麦克阿瑟说:"好啊,我们去那里看看,汉城即将四易其主了。"

5

后方补给线的制约,使彭德怀不得不下令全线后撤。拼消耗是拼不过联合国军一方的。美军方面是十几个后勤兵保障一个战士前线所需,我们却只能一个后勤人员管十几个战士。邓华和洪学智认为彭德怀是明智的,不好大喜功,问题是这一撤,汉城就暴露在敌人面前了。彭德怀说:"命令前线各军,全部后撤,缩短供应线,等待后续部队,吸引敌军深入至有利的歼敌地点,再实施战役反击。"他又嘱咐洪学智,"给周总理发报,讲明我们可能放弃汉城的原因。"

洪学智说:"我已拟好了。"

彭德怀说:"要特别提请周总理注意,放弃汉城,可能会引起很大的震动,国内外市场会因此而波动,要预先防范,采取一些措施。"

洪学智说:"老总连经济都操心了。"

彭德怀说:"世间没有孤立的事哟!"他的助手们现在才知道,为什么收复汉城时中朝同庆的日子里,彭德怀对宣传攻势那么恼火,他早料到了有这么一天,他说这叫登得高跌得重,自己得知道几斤几两才行。

汉城终于失守了,这是在 3 月 14 日。

彭德怀在司令部外面走动着,他面前是一条潺潺流淌的小溪,冰雪在悄悄融化,只有个别地方尚有残冰。方晋走来,远远站着,不敢去打扰。彭德怀发现了方晋,问:"有事?"方晋的嘴张了张,没有出声。

彭德怀问:"是不是敌人占了汉城?"方晋点了点头。

"这是意料之中的嘛!"彭德怀说,"是我们主动放弃的嘛。"方晋欲语又止。

彭德怀说:"怎么了?"

方晋说:"有人想不通。"他没有明确说是什么人,彭德怀不问自知。

彭德怀说:"我还想不通呢。我手里若有足够的飞机大炮,有可靠的物资供应,我肯把汉城丢掉吗?谁叫他们盲目乐观?我早就说过,汉城是保不住的。"

6

汉城已不是仁川登陆后的那个模样。那时虽然国会大厦上的彩色玻璃在麦克阿瑟讲演时爆裂,但毕竟还有个安放讲台的场所。现在的汉城,真是瓦砾成堆,颓垣残壁成了街景。可笑的是李奇微撤离汉城时挂在墙上的那条破睡裤,如今不知什么人又挂在了司令部的旗杆上,旗杆上写了一行字:李奇微司令不怕露屁股,尽管节省着穿。

麦克阿瑟禁不住哈哈大笑。

李奇微来了个小幽默:"汉城将因为我的法兰绒睡裤而出名。"他们一起登上了国会大厦的圆顶平台。李奇微说:"汉城其实是个很美的城市。"

麦克阿瑟说:"可现在它丑极了。"

李奇微说:"你以为,苏联真的会卷入吗?"

麦克阿瑟说:"随着中国的溃败,可能会把苏联拉入这场战争。"

"那将是它的末日。"李奇微说。

"或者说是共产主义世界的末日。"麦克阿瑟说,"我们不正是为了这个才战斗的吗?"

7

彭德怀正在作战室里,听到空袭警报器在响。他走到洞口,看见警卫团的战士都往几里地以外的小村子跑。那小村庄刚刚遭到敌机轰炸,已成一片火海。彭德怀也跟过去,到处是男人女人的尸体。

方晋一脸黑灰,提着水桶走过来,对彭德怀说:"村里人全都被炸死了。"

彭德怀没有说话,他向一个冒着残烟的草屋走去。他忽然听到孩子的哭声,就快步走向房门,房门还在蹿火,哭声是从屋子里传出来的。彭德怀钻了进去。方晋发现了,高叫:"老总啊,你不要命了!"跟着跑过去。

彭德怀从屋子里抱出一个三岁左右仍旧哇哇哭着的小男孩,他刚一出门口,"轰"的一声巨响房子就散架了。

方晋急了,大声地吼:"你太不像话了,方才多危险,若是……让我怎么交代!"他竟急得哭了起来。

彭总拍了拍方晋的肩膀说:"喂,有吃的没有?这孩子肯定饿了。"

方晋说:"那也得回去弄,快走吧!"

彭德怀哄着孩子往回走。孩子已经不哭了,彭德怀给孩子洗着脸上的黑烟。彭德怀对刘亮说:"看,这一洗,多漂亮的孩子呀!"

司务长端了一碗热腾腾的面条来了,上面还有个鸡蛋。彭德怀用筷子夹着喂孩子。司务长看着墙上那幅生动的《我们热爱和平》招贴画。

刘亮说:"我来喂吧。"

"我来吧。"彭德怀说,"我这一辈子没有孩子,可我喜欢孩子。浦安修在这儿就好了,我就让她抱养这个孤儿。"

刘亮呆呆地望着慈祥的彭德怀那样耐心地喂着孩子。突然他看到一股尿浇到彭德怀腿上,刘亮大叫:"尿,尿了!"

彭德怀却一动不动,等孩子尿完了,才把孩子交给刘亮,拍拍尿湿了的裤子说:"孩子尿半截,不能一下子抱起来,会生病的。"

恰好解方进来看见,说:"怎么,浇了泡尿?这是看我们彭老总识浇(交)不识浇(交)啊!"

彭德怀乐起来。

8

像用报纸公布他的圣诞节作战计划一样,3月24日,麦克阿瑟又在借助新闻来制造新闻了。他在报纸上公布的公报中有这样一段内容:

我们占领了汉城!我们清除了在南朝鲜的共产党军队,赤色中国缺乏现代战争的工业能力,其军事上的弱点已经全部暴露出来了。因此敌人一定痛苦地知道,如果我们把战争扩大到中国的沿海和内陆,中国就将全面崩溃!

麦克阿瑟听公报时,叼着烟斗,腿架在桌子上,十分得意。别人会怎么想呢?他连想也不愿想。

美国东部时间23日晚10点,为了麦克阿瑟这个杰作,一些军政要员聚集在乔其顿·艾奇逊国务卿家中,人人都感到事态严重。马歇尔最后一个到达,一进门边挂帽子边说:"我从来没见过这样无法无天的将军。"

艾奇逊说:"上帝要毁灭谁,准首先让他发疯。"他说这话不无幸灾乐祸的成分,他相信,这次麦克阿瑟的军旅生涯是真正走到尽头了。

柯林斯说:"一个过了七十岁的人,多少都有些老年性痴呆。"

范登堡说:"不,在美国,他还是很有一批拥护者、崇拜者的,不然他不会这样有恃无恐。"这也是事实,否则他不会在远东司令、联合国军总司令的椅子上坐这么久。

马歇尔说:"是不是给总统打电话?我们不能光在这里评头论足,我们该拿出点办法了。"

艾奇逊说:"今天太晚了,如果总统不知道,就可以多睡一个晚上的甜美觉,让他明天再发怒吧。"

布莱德雷说:"我们现在的主题改变了,无主题酒会,怎么样?"

艾奇逊说:"这我不反对。只是我的酒柜可能要遭受一场浩劫,这笔酒资应该麦克阿瑟出。"

柯林斯第一个走向酒柜,准确无误地拎出那个水晶瓶金箔封口的"路易十三"来。艾奇逊故意地惊叫:"天哪,我的'路易十三'啊!"人们已经到吧台上去抢高脚杯了。

杜鲁门没喝着艾奇逊的"路易十三",可他发怒的样子一点也不比当年法国皇帝路易十三逊色。杜鲁门对在场的官员们拍桌子大怒:"麦克阿瑟这是越权!这是对宪法赋予我的作为总统权力的公开挑战。"

艾奇逊说:"他的声明等于宣布,美国将决心发动一场大战,从亚洲打起,这好比在中国人脸上傲慢地打了一巴掌。"他总是不失时机地点明要害。

杜鲁门说:"我们正在寻求停火,他这个公告也是在我的脸上打了一巴掌,又吐了一口唾沫。这是对我这三军总司令的侮辱。"侮辱何止一次!只是这一次杜鲁门太丢面子了。

布莱德雷说:"我们不能再软弱下去了。"

杜鲁门说:"他逼得我别无选择,我即使是个思维不健全的人,也不能再容忍他在我头上作威作福了。"

艾奇逊说:"那么总统发令吧。"他认为这一次真正水到渠成了。

杜鲁门静默了一会儿,又显得犹豫起来。他说:"自从威克岛会晤后,我曾指望他能尊重总统的职权。当然,我可以马上将他撤职,可是,现在政府在人们心目中的形象是什么样,各位心里都明白,弄不好,会因为麦克阿瑟事件使政府风雨飘摇。"

艾奇逊说:"就这样放过他吗?"

杜鲁门说:"我给麦克阿瑟写封信吧。"

马歇尔说:"让他与政府保持一致?让他听我们的吗?"

杜鲁门说:"我想只能这样。"

马歇尔冷笑说:"这是老生常谈了。"

美国大员们这样看重麦克阿瑟的公告,与其说是责难麦克阿瑟越权,毋宁说是恐惧他道出别人想说而不敢说的话,并且由此闯下大祸。

毛泽东就是这种反应。他对周恩来说:"麦克阿瑟的文告是一个更加危险的信号。外交部有什么新消息吗?"

周恩来说:"苏联发表了抗议声明。美国政府内部出现了混乱,有撤掉他的可能。"

毛泽东说:"麦克阿瑟这位仁兄还是蛮可爱的,一面派,不像杜鲁门,又要当婊子,又要立牌坊。如果麦克阿瑟能一口吞掉我们,杜鲁门还会假惺惺地骂人吗?他现在是怕麦克阿瑟给他惹麻烦,把他们藏在内心不该说出来的话都抖落出来了。"

周恩来说:"我们拭目以待吧,看看他们又要搞什么名堂。"

马歇尔建议:"往东京打个电话吧,和麦克阿瑟磋商一下。"

艾奇逊说:"这是荒唐的事。"

哈里曼说:"这会把事情弄得更坏。"

杜鲁门说:"让我再考虑一下。"

麦克阿瑟的去职已成定局,参谋长联席会议那边,已在研究谁来继任。杜鲁门让他们对麦克阿瑟的免职表决一次。

布莱德雷说:"作为总统和总司令,杜鲁门制订了朝鲜战争的政策,麦克阿瑟却进行公开的对抗性的挑战,这不仅仅是个谁对谁错的问题。总统想解除麦克阿瑟的职务,大家意见如何?"

佩斯说:"那么谁来继任?"

范登堡说:"那是下一步的事。"

布莱德雷说:"我们表决吧!同意撤掉麦克阿瑟的都有谁?"他自己第一个举起手来。所有的与会者都举了手,尽管佩斯和范登堡犹豫了一下。

9

对这一切,麦克阿瑟都有预感。他是个不会因为预感而更改决策和行为的人。就在参谋长联席会议确认必须立即免掉麦克阿瑟职务的同时,他到羽田机场去为第十军军长阿尔蒙德少将送行。这种规格是不多见的,阿尔蒙德自己也猜不出麦克阿瑟出于哪方面的考虑。阿尔蒙德是回国休假,这是再平常不过的了,何劳麦克阿瑟大驾?麦克阿瑟对阿尔蒙德说:"你难得有这么一周的休假,好好玩几天。"

阿尔蒙德忧伤地说:"而沃克将军不需要向你请假,就永远地休假了。"

麦克阿瑟说:"还有穆阿将军。"

阿尔蒙德说:"你不舒服吗?看上去你有点郁郁不乐。"

麦克阿瑟说:"等你休假回来的时候,可能就见不到我了。"这句话说得突兀,而且忧伤,这令阿尔蒙德大吃一惊。

阿尔蒙德说:"你怎么了,胡说些什么?"

麦克阿瑟说:"我已经陷入政治纠纷中去,杜鲁门有可能解我的职。"

"有消息吗?"阿尔蒙德关切地问。

麦克阿瑟点点头。

阿尔蒙德说:"不可能。除了你,谁会给他们这样卖命?如果他们那样做,就太极端了,而且失去民心。"

麦克阿瑟说:"由他去吧。再见,内德!"他与阿尔蒙德在停机坪热烈拥抱。

阿尔蒙德不是他的"巴丹帮",可他与"巴丹帮"一样忠于麦克阿瑟,这也许就是这次不寻常的送行的由来。

就在阿尔蒙德登上舷梯的时候,风风火火地跑来了记者金丝吉,她说:"阿尔蒙德将军,如果你不介意的话,我想搭乘您的飞机回华盛顿去。"

阿尔蒙德在舷梯上回过身来:"我发愁的是一路上太寂寞,上帝怜悯我,给我送来了一阵春风。"金丝吉咯咯地笑起来。

飞机螺旋桨飞快地转起来。麦克阿瑟却把金丝吉叫到了飞机舷梯下,二人嘀嘀咕咕了一阵,金丝吉不断点头。他交代金丝吉,想尽一切办法,刺探关于他去留的真实消息,一旦是真的.只要金丝吉的一纸电文飞到东京,麦克阿瑟会立刻通电辞职,他只希望保全名声,不在七十一岁的年龄叫他们玩弄。他的崇拜者金丝吉慨然允诺。

等在舷梯上的阿尔蒙德说:"小姐再不上来,我可不等了。看来,麦克阿瑟将军还是比我有魅力呀。"金丝吉飞快地朝舷梯跑来。

第二十一章

I

杜鲁门在4月8日下午3时又一次召集他的四位首席顾问开会,杜鲁门已不再犹豫,决定立即免去麦克阿瑟在远东和朝鲜的一切职务。可究竟采取什么方式呢,却是大伤脑筋的事。

艾奇逊说:"这事应由国防部长来办。"

杜鲁门说:"佩斯在朝鲜吗?"

布莱德雷说:"在李奇微那里。"

杜鲁门说:"让佩斯马上飞到东京去,当面向麦克阿瑟传达对他解职的决议。给他点面子,如果通过军方正式渠道,麦克阿瑟会很难堪。"但人人都明白,杜鲁门还是要让他难堪,只是程度有别。倘不是这样,杜鲁门可以派个特使到东京去,委婉地对麦克阿瑟暗示,让他自己提出辞呈,岂不体面。积怨使杜鲁门摒弃了这个方案,何况他认为,最终的结局是一样的,五十步与百步的差别而已,麦克阿瑟怎样也不会高兴的。但艾奇逊还是称道了总统的仁慈。他们议定,拟一份电报,让驻朝大使穆乔转给在那里视察的陆军部长弗兰克·佩斯,再由佩斯去向东京的麦克阿瑟传达免职公文。

但是,这点可怜的面子也无法给麦克阿瑟了,4月11日早晨,发生了一件意外的事。这是在金丝吉抵达华盛顿后发生的。金丝吉不辱使命,回到华府仅仅几个小时,就已经确认了进攻对象。4月10日晚上,金丝吉打扮得美丽入时,一套法国时装使这位战地记者整个换了一个人一样,她脖子上挂着蓝宝石项链,挽着昂贵的鳄鱼包,来到了布莱德雷公馆。此前布莱德雷私人舞会的请柬早发完了,金丝吉直接给布莱德雷打电话,她成了特邀嘉宾。好多人认识这位超级记者。她一出场,立刻引起男士们的掌声。许多高级官员都在舞场外面窃窃私语。金丝吉横穿舞池,来到范登堡面前。范登堡在同布莱德雷低声交谈,她的目标十分明确。一见金丝吉,二人全都热情地与她握手。

"我的超级记者,"范登堡说,"你本来该是这样的着装,上次在朝鲜战场看到你,叫人倒胃口。"

布莱德雷说:"金丝吉小姐帮了我们军方不少忙。"

"我该感谢将军邀请我到贵府来。"金丝吉说,"可时至今日,没有人给我发过勋章。如果当时我把仁川登陆的消息提前一天公布出去,你们会怎么样呢?"

布莱德雷说:"这正是你的讨人喜欢处,不过你也常常令我们难堪。"

金丝吉说:"因为我并不隶属于军方,我效忠于新闻的自由与真实。"

范登堡拿了一杯红酒递给金丝吉。金丝吉一口饮干,说:"范登堡将军,你不请我跳舞吗?"

范登堡颇有绅士风度地一鞠躬,说:"我太荣幸了。"

两人翩翩舞入舞池,跳起了华尔兹。金丝吉冲他娇媚地一笑,问:"太太没有来吗?"

范登堡说:"如果她在场,我就没有这样的幸运了。"金丝吉一阵大笑。

范登堡问:"不再回战场去了吗?"

"不,"金丝吉说,"那里够刺激。有时我甚至想从军。我有好几次差点送了命,我亲眼看见很多的死人。在战场上,我觉得人的生命是最不值钱的。在国内,打死了邻居一条狗都要提起诉讼,可是战场上一片一片的人倒下去,连声惋惜的话也听不到。"

范登堡说:"战争是个恶魔。"

"不,"金丝吉说,"操纵战争的人才是真正的恶魔。"

范登堡笑了起来。

金丝吉说:"麦克阿瑟是第一号恶魔。"

范登堡说:"可崇拜他的人千千万。"

"这回好了。"金丝吉抛出了钓饵,"他终于被撤职了。"

"你怎么知道他被解职?"范登堡吃了一惊。

金丝吉笑道:"你忘了我是什么样的记者。"

范登堡上当了:"你的消息实在是灵得可怕。在此之前,还只有总统和他的四个首席顾问知道,连我都是刚刚才听布莱德雷说的。"

金丝吉说:"我也替麦克阿瑟难过。"

范登堡说:"他不懂什么叫政治,他只是个有勇无谋的人物。这是他应得的下场。"

一曲终了,金丝吉同范登堡寒暄了几句,匆匆走出去。

4月11日上午8时,杜鲁门刚刚来到他的白宫椭圆形办公厅,秘书就告诉他,几个顾问要见他。他刚说了声请,布莱德雷就匆匆忙忙地与马歇尔、哈里曼来到总统办公室,艾奇逊正在那里。

布莱德雷说:"总统先生,对于麦克阿瑟解职的程序,我们无法按部就班地进行了。"

杜鲁门问:"议会要插手吗?"

布莱德雷说:"比那要讨厌。方才中央情报局的林斯告诉我,今天早晨9时,《芝加哥论坛报》即将登出麦克阿瑟解职的新闻,现在正在工厂印刷,已无可挽回。"

哈里曼说:"如果让报纸先捅出去,我们将十分被动。"

艾奇逊说:"只有我们五个人知道的消息,怎么会被记者弄去呢?"

杜鲁门说:"追究泄密的事,对我们来说已不重要,重要的是怎样补救。"

马歇尔说:"以非官方渠道传递出去,麦克阿瑟就会纠集一些人反击政府,同时自己递上辞呈。"

杜鲁门决断地说:"不要议论了。马上起草文件,立即召集新闻发布会。同时给麦克阿瑟用电报发免职令。"

就在白宫决定对麦克阿瑟使用非常规手段宣布撤职的时候,金丝吉正等在电报大楼营业厅里,急得团团转。历史上常常出现不可思议的事情。据营业室主任告诉她,由于远东供电系统出现故障,电报不能发,要等到下午。他们告诉金丝吉,这种情况已经七年没有过了。她一筹莫展,她虽有军界的人可资利用,可也不敢到军方电台去发这样的电报,那更会坏事。她只能等,也许麦克阿瑟命中注定有此一劫。

与东京一样,汉城的电报也发不出去,不然佩斯可能早已告诉了麦克阿瑟解职的消息,后面的极端措施也就没有多大损害力了。

这天下午,麦克阿瑟正在家里举行私人宴会,宴请一位澳洲的老朋友——已经退休的前澳大利亚总理约翰·柯廷。当年麦克阿瑟南下逃往澳洲,在墨尔本设立了军事指挥中心,他住在孟席斯饭店。在那段黯淡无光的日子里,柯廷把他当成英雄来供奉,成了他们家最好的朋友。现在退出政界的柯廷先生已经两鬓苍苍,这次来东京观光,理所当然地受到麦克阿瑟一家人的热情款待。今天的菜,都是珍妮亲自操持,还让中国保姆阿珠做了一道中国菜:四喜丸子。麦克阿瑟说四喜丸子比牛排有味道。

就在麦克阿瑟招待客人的时候,惠特尼正在第一大厦他的办公室里喝咖啡,这是他工作间歇的节目。金凯利牌收音机开着,正在播放歌曲。一曲终了,开始播报华盛顿快讯,这是惠特尼每天必听的,而麦克阿瑟时听时不听,大部分内容都是他有选择地向麦克阿瑟转述,上班前一次,把电话打到他家中;下午一次,在下班前,在麦克阿瑟的办公室,口头报告。

惠特尼突然觉得今天播音员的声调有点特别,做作的庄重,他特别注意地听,吓了一大跳。这无疑是对麦克阿瑟的人格、荣誉不宣而战:"鉴于道格拉斯·麦克阿瑟将军在他的职责范围内,已经不能全心全意地支持美国政府和联合国制定的政策,根据美国宪法赋予我的特殊责任,我已决定,免去麦克阿瑟的远东和联合国军司令官的职务,并且任命马修·李奇微将军为他的继任者。"

惠特尼气愤得喘不过气来。他知道此时麦克阿瑟正在招待客人,不可能知晓这一无耻的阴谋。他来不及等电梯,飞跑下楼,开着他的车子,疯狂地倒退、转弯、冲上马路。

麦克阿瑟此时还准备上前线去视察呢。他笑吟吟地对客人说:"吃过了午饭,我还要到前线去,我们的攻势很令人鼓舞。"

这时,气喘吁吁的惠特尼在餐厅门口露面了,珍妮夫人偶一回头,发现了他那张惊惶失措的脸,就彬彬有礼地向客人道了歉,轻轻走了出去。

这一切,麦克阿瑟都看在眼中,但他仍然若无其事地与客人碰杯。

关上餐厅的门,惠特尼泪流满面地说:"杜鲁门太卑鄙了!夫人,完了!全世界都知道了,美联社广播了一条消息,将军被他们撤职了。"

珍妮夫人自然也受到了震动,她呆了一下,对他说:"你先去吧,由我来告诉他。"珍妮在走廊里走了几个来回,确认自己已经镇定下来,才推开房门。当珍妮安静地走回餐厅时,麦克阿瑟一直用眼睛的余光看着她,他不能没有一点预感。她没有马上入座,手轻轻地拍了拍丈夫的肩膀,甚至面带微笑地说:"你不用着急,慢慢吃,用不着再到前线去视察了,你已经被解职了。"她的声音很轻,餐桌旁的其他人无法听到,那表情,像情人在喁喁细语。

尽管有准备,麦克阿瑟依然震惊得呆住了。他手里转动着半杯酒,沉默了片刻,抬起头来望着珍妮,她的手仍旧爱抚地放在他肩上。麦克

429

阿瑟拍了拍妻子的手,带有几分感慨、几分凄怆地说:"珍妮,我们终于可以回家了。"她知道这不是麦克阿瑟的真心话;但他知道,这是珍妮多年的期盼。1936年春天,她与麦克阿瑟奉送麦克阿瑟母亲的遗骨回国,安葬在阿林顿公墓,就在4月30日,他们在纽约市政厅大楼举行了简单的结婚仪式,旋即回到菲律宾,迄今已经十五个年头了,儿子也十二岁了。她随丈夫在枪林弹雨中到处漂泊,从未回过美国故土,小阿瑟只在电影里认识美国。

可不是该回家了吗!

珍妮落座后,麦克阿瑟仍然像什么事情都没发生一样劝着柯廷进餐:"日本的生鱼片,如果没有这种特有的绿芥末,就无法下咽,而这种芥末,不习惯吃的人,简直有被刀捅了的那种痛苦感。"他用叉子叉了一块三文鱼,蘸了些芥末,吃了下去,并且夸张地噘鼻子。

客人哈哈大笑。

送走了柯廷,麦克阿瑟把自己关在书房中不出来。他已经没必要飞到朝鲜去视察了,否则,他此时可能正在八千英尺的空中飞行。

惠特尼脚步匆匆地来到麦克阿瑟的办公室门前,却又突然放轻了脚步。里面静悄悄的,门开着,可以看到麦克阿瑟的背影,淡蓝色的烟雾缠绕着他的头部。惠特尼悄悄踅了进来,站在门口。一直冲着窗户的麦克阿瑟并未回头,却意识到忠诚的助手的到来,他语气平静地问:"考特,听到那条新闻了吗?"

惠特尼想安慰麦克阿瑟,就说:"在我看来,这没什么,和人们谈论一场橄榄球赛没什么两样。"

麦克阿瑟转过身来,突然紧紧地拥抱了他的助手。他凄然地说:"我被撤职本身并没有什么。不过,我不是通过撤职命令,而是从广播里得到消息,这是悲哀的。"

惠特尼说:"将军,我可以肯定,局面会有逆转,他们离不开你。"他想不出更好的办法安慰麦克阿瑟。

麦克阿瑟说:"重要的是你怎么办。我离任了,你成了我很忧心的事。"他知道,他的后任无论是谁,也不可能再重用惠特尼。

"您怎么了?"惠特尼说,"我陪您到日本来,当然要陪您离开日本了。"

"可这对你不公平。"麦克阿瑟发自内心地说,"我连累了你。"

惠特尼正要说什么,哈佛上校拿了两份电报进来,说:"正式的免职令到了。这里还有金丝吉小姐发来的电报,也是这个内容。"

麦克阿瑟看也不看地说:"金丝吉的电报太迟了,假如提前几个小时,我会主动得多。"

惠特尼说:"金丝吉小姐说,电报局出了故障,她整整在华盛顿电报局守候了一个上午。"

"那这就是上帝的旨意了。"麦克阿瑟幽幽地说,"如果有机会,我该好好谢谢金丝吉,她比起那些政界的人来说,真诚得多。"又停了一下,麦克阿瑟吩咐说,"准备一下吧,我尽快离开这里。"

惠特尼说:"除了专机'巴丹号'之外,还得调两架运输机。"

麦克阿瑟说:"一飞到美国,立刻把'巴丹号'交还给国家,我没有理由再占有一架专机。"

惠特尼神色黯然。他和哈佛转身退出,带严房门。

此时,从第一大厦到美国驻日使馆的麦克阿瑟官邸,都成了新闻热点,记者蜂拥而来,听到消息的日本市民把官邸围了个水泄不通。惠特尼和哈佛一出门,立刻被一群记者包围,他们七嘴八舌地提问:"麦克阿瑟将军哭了吗?""他是不是很委屈,很震惊?""他有没有报复或者申诉的打算?"

惠特尼摆摆手,示意记者们安静下来,他极力拿出外交官的风度,说:"恰恰相反,麦克阿瑟将军很平静,他完成了仁川登陆、收复汉城等伟大的杰作,他为自己画上了最圆满的句号。此时,是他一生中最光辉的时刻。"记者尽管知道这是言不由衷,可也无懈可击。

2

日本首相吉田茂的反应之激烈,是威廉·西博尔德大使没有想到的。在吉田茂楼上的书房里,吉田茂穿上和服接见了美国驻日本大使威廉·西博尔德。这位秃顶的日本首相自始至终是一副愤愤不平的样子。

吉田茂请他坐下,侍女上茶后,西博尔德说:"消息证实了,不仅仅是广播,麦克阿瑟将军已收到了正式的解职命令。"

吉田茂显得很激动:"怎么会是这样呢?杜鲁门先生是不是昏了头?在对付共产主义的战线上,没有比麦克阿瑟更坚决的了。"

西博尔德说:"我想是因为他发表的要轰炸中国的声明,引起了杜鲁门的恐慌。"

吉田茂说:"那是正确的呀!麦克阿瑟帮助我们日本做了许多好事,他是我们的朋友,我们不能置之不理。"

西博尔德说:"首相又能做什么呢?"

吉田茂说:"我要以内阁的名义抗议罢免麦克阿瑟将军,为此,我们内阁可以总辞职,这对杜鲁门不会没有压力。"

西博尔德以为这是吉田茂在耸人听闻,或者多少有讨好麦克阿瑟之意。其实吉田茂说的是真心话。他这届政府,是视麦克阿瑟为救星的。从麦克阿瑟进驻日本那天起,他就采取了低调处理的政策。而在这以前,日本人对麦克阿瑟是很反感的,他第一次会见日本天皇,居然不打领带。后来日本人认为那是他的个性,并非轻慢。他公开说:"不刺激日本人,不刺伤他们的民族自尊,包括保留他们的天皇。而当初,好多日本人是准备接受四十万美军一场血的屠杀,战败国又能怎么样呢?"但麦克阿瑟说,战争狂人是很少的一些人,只有他们应上军事法庭、上断头台,像东条英机、土肥原。

麦克阿瑟赢得了日本人的心,所以吉田茂今天大有为朋友两肋插刀的意思了。

西博尔德说:"我知道首相与麦克阿瑟将军私交甚好,但我劝你不要做于事无补的决定,除了损害日美关系,你什么也得不到。恕我直言,日本离不开美国的庇护——至少现在。"

大约说到了痛处,吉田茂只能叹气连声。他说:"我要为麦克阿瑟举行一个壮观的送行。"

西博尔德说:"这也许是对将军最大的安慰了。"

作为传递消息的使者,西博尔德叩开了麦克阿瑟的房门,他也是一个崇拜将军的人,不然他在大使的任上也许待不了这么多年。麦克阿瑟面带礼节性的微笑接待了西博尔德大使。西博尔德未曾说话先流下泪来,他说:"将军,他们这样对待一个为世界人民立下不朽功绩的将军,是令人寒心的。"

麦克阿瑟请他坐下,说:"我在陆军服役整整五十二年,没想到竟会受到这种公开的侮辱。其实,杜鲁门想抛开我,尽可以找人来暗示一下,我会高高兴兴地宣布退休,七十一岁的人难道不该退休吗?现在,他让我在世人面前丢脸、难堪!"他说的是真心话。然而事实上,对于他来说不存在退休的问题。按照美国法律规定,五星上将不会退役,一直到寿终正寝,都将保留现役身份,而且每年可享有一万八千美元的津贴和这一级别的一切待遇。他感到委屈的当然是精神上的打击。

西博尔德说:"我从吉田茂首相那来,他甚至想用内阁总辞职的手段来抗议杜鲁门。"

"千万不要。"麦克阿瑟说,"日本是我们在亚洲体系的最重要链环,不能因小失大。"

西博尔德说:"我知道你与吉田茂的友谊很深,你走前,是否会告诉吉田茂支持李奇微,跟他密切合作呢?"

麦克阿瑟说:"我没有这个义务。"

西博尔德说:"我希望将军重新考虑一下。方才您不是说,日本对美国来说十分重要吗?日本的现状,是将军不朽的功绩,我不希望由于您的离去而使这一功绩蒙尘。"

麦克阿瑟转移了话题:"罢免我,是华盛顿阴谋的一个组成部分,我没有不服从命令的行为。"

当西博尔德又一次提到李奇微是否具有麦克阿瑟这样的魄力时,麦克阿瑟不屑地说了一句:"他最大的魄力是敢于接我的职务。"而此时敢于、乐于接任的李奇微尚在前线,根本不知道发生了什么样的翻天覆地的大事。

4月12日上午,李奇微陪着陆军部长佩斯上将在汉江以北前线视察,与战地长官们交谈过后,李奇微和佩斯在一辆坦克前看坦克兵在修理履带。几个记者走过来,其中大胡子记者贝却笛笑嘻嘻地对李奇微说:"祝贺你,将军!"并且伸出了手。李奇微感到莫名其妙,没有伸出手来:"有什么好祝贺的!"

贝却笛说:"这已经不是什么秘密了,美联社和合众社都广播好几次了,麦克阿瑟被解职,任命您为联合国军司令。"

李奇微看了看佩斯:"我们的陆军部长尚不知道这个命令,这不是有点滑稽吗?"

希基拍了拍脑门说:"对了,由于釜山的供电系统出了毛病,昨天什么电报也收不到。"

话音刚落,一位参谋跑来:"电报,华盛顿急电!"

佩斯接过一看,说:"嗬,两份同时到达。一份是迟发的八七四三号电报,另一份是新的。你听着,别理睬我拍去的八七四三号电报。请你通知马修·李奇微将军,他现在是太平洋地区的最高司令官。麦克阿瑟上将被罢免了。请你去东京,协助李奇微上将接任。"

希基叫了起来:"天哪,闪电般的变化!"

李奇微却平静得若无其事。

佩斯说:"走吧,我履行我的职责,送你到东京去接任。"

李奇微沉吟道:"也许晚些时候去更好。"他了解麦克阿瑟的个性,他不愿去触霉头。他不会对接任麦克阿瑟的事表现得兴高采烈,低调也许更利于塑造他的人格形象。

麦克阿瑟被解职的新闻在欧亚美大陆刮起了一阵旋风,其强度似乎足以抵消麦克阿瑟旋风多年来的威力。很多人都奔走相告,认为朝鲜战争打到头了,该结束了,似乎在朝鲜动武,全是麦克阿瑟的个人行为,连许多美国人都这么看,包括他的崇拜者们。

在北京,印度大使潘尼迦紧急会见了周恩来。

潘尼迦说:"我刚刚从英国广播公司的新闻里得知,麦克阿瑟被解职了,我想总理阁下也一定知道了。"

周恩来笑笑,说:"我们知道了。"

潘尼迦大使十分惊奇地注视着平静的周恩来:"你对这样的大事,好像并不感兴趣?"这是潘尼迦大使无论如何也想不通的。

周恩来说:"撤换将领,那是美国人的事。"

"可是,"潘尼迦争辩说,"这意义重大呀。麦克阿瑟不再是自认为可以蔑视任何人,而且做错了事可以不受制裁的超级天皇了。"

周恩来说:"这并不是美国国策的变化。"

潘尼迦说:"至少,证明了不可思议就是民主力量的存在,一个指挥庞大军队,一度对一个大帝国行使过最高权力的、最为孔武有力的大将军,竟因一纸命令而被解职。他别无选择,只好向上司投降,然后离任。"

周恩来说:"换汤不换药。只有当美军因为换了统帅而自觉撤出朝鲜的时候,我们才愿意评论这件事。"

听了周恩来这番话,潘尼迦发热的头脑一下子降了不少温,他本来还有话要说,想请中国趁此机会主动提出和谈,那岂不是天下太平的日子到了吗?现在,他觉得中国人有他们自己的思维方式,有自己的主见。

杜鲁门也很关注国际上对麦克阿瑟解职的反应,特别是国内,他怕翻车,麦克阿瑟是很有市场的。艾奇逊把一大堆报纸都放到杜鲁门桌上,他说:"你不是要听听反应吗?五花八门,什么都有。"

杜鲁门说:"你扼要地说说。"

艾奇逊翻弄着报纸,款款地告诉杜鲁门,欧洲是欢呼——伦敦的

《旗帜晚报》说,麦克阿瑟被解雇了;法国《费加罗报》说,早该如此,不能屈服于一个讲硬话的蠢夫。日本就不同了,那里仍然把麦克阿瑟当成幕府时代的将军来崇拜,人们奔走相告,像爆发了关东大地震一样混乱——《朝日新闻》报道说,我们好像失去了一位慈祥的、受人爱戴的父亲。当然共产党人欢呼胜利,说这是斯大林预言的胜利。

"够了。"杜鲁门显得心烦意乱。

艾奇逊说:"我原来预料的正成为现实。好像每个普通美国公民都同情麦克阿瑟。更可气的是一个叫卡恩的记者从朝鲜给《纽约客》周刊发来电报,说麦克阿瑟被罢免的消息一公布,本来晴朗的朝鲜天空突然黑云滚滚,顷刻间下起了巨大的冰雹。人们说,这是上帝震怒了。"

杜鲁门只能苦笑。但杜鲁门是胜者,他终于出了一口恶气,为自己,也为美国的利益。

3

麦克阿瑟确定在美国驻东京大使馆的图书馆接待前来东京履任的李奇微上将,此时他的肩上已经是四颗星了。李奇微认为这颗星来得太迟。他与陆军参谋长柯林斯是西点军校的同班同学,可柯林斯在五年前就是四星上将了。

当哈佛上校引着佩斯、李奇微和希基进入图书馆时,麦克阿瑟站起来,微笑着同他们握手。他出奇的平静,这使李奇微称奇,不时与佩斯交换眼神。

麦克阿瑟说:"听说前线下了一场冰雹?我们的士兵没有什么损伤吧?"

李奇微倒有些不自在:"还好。"

麦克阿瑟说:"中国和苏联之间,没有什么分裂的征兆,我们必须在朝鲜打下去,我相信李奇微将军会比我更有成就。"

"校长的功劳是举世公认的。"李奇微说,"我十分震惊华盛顿会做出这样的决定。"不管出于哪方面考虑,李奇微都得多多少少牺牲点华盛顿的权威,他并没有因为佩斯在座而把自己变成卫道士,然后扮演受益者。

麦克阿瑟悠闲地叼着他的玉米棒心烟斗,用极其轻松的口吻说:"总统的医生格雷厄姆告诉我,杜鲁门患了严重的高血压症。这种病可以随时出现思维紊乱,据大夫说,他最多能活半年。"真实与否,没有人会认真,对麦克阿瑟这一席近乎诅咒的话,在座的人谁也不好就此话题搭腔,彼此面面相觑。麦克阿瑟今天的表现与会见西博尔德不一样,他必须尽力表现清高、无欲,一副宠辱不惊的气度。麦克阿瑟又说:"有人请我去讲座,酬金三十万美金,很诱人。"

李奇微说:"校长在离任回国前,希望能多加指点。"

"人微言轻啰。"麦克阿瑟说,"我想,在李奇微将军离任的时候,陆军参谋长的交椅将由你来坐。如果让我来挑选人选,我也会把你当成最佳人选。"

李奇微很不自然地坐在那里。他没法判定麦克阿瑟这话是恭维、是挖苦,还是出自内心。李奇微几乎不愿再在校长锐利逼人的目光底下多待一分钟了。他告别麦克阿瑟以后,打电话请西博尔德大使晚上到东京帝国饭店去。他请西博尔德帮他起草就职声明,这本来是例行公事,没人认真的,可李奇微却分外认真。

李奇微在下榻的贵宾房里的地毯上轻轻走动着,西博尔德大使在打字。李奇微问:"好了吗?"

西博尔德最后敲了一下键,说:"好了。我想,这是一个十分出色的就职声明。"他扯下打字纸,吹了一下,递给李奇微。

李奇微走动着看稿子,忽然站住,问:"一以应有的谦卑态度,这是什么含义?"

西博尔德耸耸肩,似乎是说不用回答。

李奇微断然地说:"删掉!我在上帝面前是谦卑的,在这个职位上我为什么要谦卑?"这是他对麦克阿瑟的回敬和抗争,校长与学生在联合国军司令的交椅上是平等的,学生坐也不扎屁股。"

西博尔德以不敢小瞧的眼神望着李奇微。过了一会儿,西博尔德问:"那么,由谁接任第八集团军司令呢?"

李奇微说:"士兵将军——范佛里特中将。"

西博尔德反问:"那个号称'乱世英雄'的范佛里特?"

"是的。"李奇微说,"有人说,如果没有'二战',他最多升为中校。"

西博尔德认识范佛里特。他不是科班出身,是士兵将军,他是诺曼底战役打出来的将军。当时,他是登上奥马哈海岸的美第二十九师的步兵团长。二十九师师长打得不好,登陆后五天没有进展,德军反扑很厉害,美军损失巨大。艾森豪威尔一怒之下撤了师长的职,让范佛里特代理师长,范佛里特不辱使命,如猛虎前进,不久升任师长、军长,以后又在清剿希腊共产党时立了功。他这人不怎么过问政治,坦率,有点偏激,被称为真正的"乱世英雄"。西博尔德不想让李奇微扫兴,所以说:"你可能找对人了。"

4

载着新任第八集团军司令范佛里特中将的飞机呼啸着降落在大邱机场。詹姆斯·范佛里特是个强壮的富有威严仪表的人,鼻子头大得有些过分,并且是红的,一双不大的眼睛深陷在凹陷的眼窝中,不怒而威。

希基上去同他握手:"我代表李奇微将军来迎接范佛里特将军。"

范佛里特同他握过手,看了看远处,钻进汽车。

李奇微在大邱的司令部里接见范佛里特。他同范佛里特握着手,说:"从我同你握手的时刻,第八集团军的指挥权就移到将军手上了。"

范佛里特坐下说:"我没有料到,我俩在这样的地方交接权力。现在已经是和平年代了呀。"

李奇微说:"现在中国人在铁原、金化和平康的铁三角地区,如果将军对形势有把握的话,请把兵力运过'犹他线',这是我在北部的第二道防线。"他在地图上匆匆画了一下。

范佛里特说:"我到前面去看了再说。几年不打仗,生疏了。"

李奇微说:"我是专门为迎接你才从东京飞回来的,马上要飞回去。麦克阿瑟明天要启程回国,我也要举行就职仪式。"

范佛里特说:"好吧,我马上要到前面去看看。"

李奇微说:"不要急,先会见个客人再说。"他向后面一摆手,希基笑着拉开门,小范佛里特欢快地叫着"爸爸"扑了上来,高兴的时候,小范佛里特的赤红面更红,雀斑更突出。看着父子热烈拥抱,李奇微等人走了出去。

李奇微亲手导演的这极富人情味的一幕,令范佛里特对他很有好感。范佛里特端详着儿子,说:"你比在家时健康多了。我还以为不那么容易见到你呢!你妈让我给你带来了好几瓶果酱,都是她自己做的。"

小范佛里特说:"李奇微将军下令,让我单机飞来大邱,我以为是执行什么特殊飞行任务。想不到是你来了。"

范佛里特说:"这并不是一个好差使。"

小范佛里特问:"萨姆到咱家去了吗?参加沃克将军的葬礼了吗?"

"当然。"范佛里特说,他的神情有些黯然。

"萨姆不再回来了吧?"小范佛里特说,"我希望你批准他留在国内。万一他再出现意外,他妈妈还能活下去吗?"

"好的,孩子,我会满足你的愿望。不过,听说他已经回到战场来了。"范佛里特说,"你也要小心啊!"他们在谈论萨姆·沃克的时候,未曾想到,他早已经冻毙在那寒冷的土地上,再也回不到他妈妈的身边。

"我没事。"小范佛里特说,"我们驾着飞机横冲直撞,有时低得贴着中国军人的脑袋飞,把他们的帽子一个个吹起来,那真有趣,他们没有飞机,高射炮也少得可怜。"

范佛里特说:"可是,我看过一个记者的报道,敌人用手枪打掉我们一架飞机。"

"飞行员是笨蛋。"小范佛里特说,"走吧,我们找个地方去吃点什么。"

5

金化上甘岭志愿军司令部里都听得见远处隆隆的炮声。

彭德怀在部署第五次战役。13日,主席回电已批准了第五次战役的部署,只提出要四十二军主力位于元山附近,防止敌人在元山登陆。彭德怀问:"老洪,政治动员令起草好了没有?"

洪学智说:"杜平同志起草好了。"

彭德怀说:"这次战役是我军取得主动权与否的关键,是朝鲜战争缩短或拖长的关键,号召全军动员起来,成建制地消灭敌人,争取每战必胜。"

这时洪学智说:"现在北犯的敌人离上甘岭只有几十公里了,敌机白天黑夜地来轰炸,我们必须马上转移。"

彭德怀说:"好,卷地图,走人。新地点在哪儿?"

解方说:"在上甘岭西北的空寺洞。"

洪学智说已做了周密安排,为防备转移时牺牲,分三批走。彭总第一批走,他第二批走,邓华第三批走。

彭总说:"说走就走。"卷着地图和《我们热爱和平》招贴画刚要走,一眼看见了曹桂兰妈妈捎来的那个包袱,那是妈妈的一颗心啊!可现在曹桂兰在哪里呢?他叫人去查问过,可她所在的后勤二分部的人说,她在执行任务过程中失踪了,是战死还是当了战俘,没人能说得清。彭德怀决定再带上这个包袱,说不定哪一天曹桂兰会奇迹般地归队。

曹桂兰怎么可能归队呢?她现在躺在大田附近一家美国陆军野战医院里。曹桂兰的腿打上了石膏夹板,她郁闷地躺在床上。一个金发碧眼的女护士赖娜来给她打针,赖娜说:"你怎么一句话都不说?"

曹桂兰不语,她也听不懂。赖娜指指她的腿:"你的腿好了,他们会送你去集中营,那是很可怕的地方。"她的脸做着恐怖的表情。

曹桂兰愣愣地望着她,不懂,也不想说话。打完针,曹桂兰马上扭过头去闭上眼睛。她在盼望着能下地走路那一天,她要想尽一切办法逃走。

6

4月14日,麦克阿瑟到他五年如一日去上班的第一大厦收拾东西,这也是他最后一次坐上他的老牌凯迪拉克去上班,车子准时在上午10点半从家里出发。他震惊了!他车子经过的那条路两旁站满了人,来夹道欢迎他。

第一大厦前的人更多,以至于他下车的时候不得不再三学着日本人的样子,鞠躬,再鞠躬。他有些伤感地想,从明天起,这东京独特的"麦克阿瑟一景"从此消亡了,他麦克阿瑟也随之消亡了。

在那一天,裕仁天皇到麦克阿瑟官邸话别,天皇哭得泪人一般。

第三天的送行场面,麦克阿瑟是料到了的,几乎是万人空巷。从东京通往横滨厚木机场的二十多公里的公路两侧挤满了男男女女,到处都飘扬着美国国旗。麦克阿瑟本来应当就近从东京羽田机场起飞,可他不忘旧事,仍旧选择了六年前他第一次登上日本列岛的厚木机场离去,他说这是有始有终。

从市区通往机场的路上,排满了美国军队和日本警察。道路两旁的高楼上装饰着彩旗,挂着标语。最有趣的一个大横额上大书:"祝麦克阿瑟将军在大选中当选美国总统"。成千上万的日本人拥上街头,手持日本旗、美国旗,早早地恭候在那里。欢呼声如雷贯耳。

车队从美国驻日本大使馆出发。

日本人在欢呼:"玛卡萨,根斯威(大元帅)!"

麦克阿瑟不得不站到敞篷车上,与夫人珍妮向群众频频招手。他感动得热泪盈眶,当年在菲律宾,奎松总统封他为元帅,现在是日本老百姓！往事油然在他心中翻涌。那是1945年的8月30日,他乘坐的C-54"巴丹号"飞机降落在厚木机场,先期到达的艾尔伯格将军用军乐队欢迎他。当他的车队从横滨出发浩浩荡荡开往市区时,麦克阿瑟突然下令,所有军官一律不准带武器,全放在飞机上,没有人理解他。可麦克阿瑟预期的效果收到了,他说他要赢得日本人的心。连丘吉尔都说麦克阿瑟此举高明,是信心与文明的感召。

没有那一天和后来的一切努力,今天麦克阿瑟也许是灰溜溜地滚出日本,甚至要挨臭鸡蛋和西红柿的袭击。他心满意足了,他在心底不断地呼喊着:再见了,日本！再见了,我的往事……

在厚木机场,盛况尤为空前。

麦克阿瑟在军乐队高奏美国国歌时走下敞篷车,他与吉田茂首相拥抱。

吉田茂说:"我希望不久的新总统是您。"

麦克阿瑟说:"我不想用这个方法来报一箭之仇,我没有政治抱负。上帝保佑美国！"

李奇微向麦克阿瑟敬军礼,说:"将军为我开拓了胜利的道路。"

麦克阿瑟说:"胜利是没有代用品的。"

西博尔德与麦克阿瑟紧紧握手:"您走了,可您和过去一样辉煌。"

麦克阿瑟环顾左右,笑意中带有几分凄凉:"我的生命已近黄昏,暮色已经降临,我昔日的风采和荣誉已经属于落下地平线的夕阳,谢谢！"

乐队奏起了《美好的往日》这首令麦克阿瑟痴迷而又心碎的曲子。随着这曲子的终了,他的一切荣辱悲欢,一切恩怨与得失,都将永远地融入那茫茫往事的大漠中,这大概就是麦克阿瑟悲叹的"消失在地平线下的夕阳"。

麦克阿瑟挺起胸,与珍妮检阅仪仗队。然后他同军官们一一握手,关切地低语。一些军官女眷们低声啜泣着。

惠特尼和同行人员陆续登机。

这时吉田茂为他的朋友鸣响了十九响礼炮,仅比国家元首少两响。

在送别曲中,麦克阿瑟和热泪满脸的珍妮从人群包围中挣脱出来,向舷梯走去。麦克阿瑟在关上舱门前的最后一句话是:"老兵没死,只是消失。"

飞机在滑行。

麦克阿瑟在舷窗口招手,千万人在招手。飞机腾空而去,麦克阿瑟毕竟还是消失了。

第二十二章

I

  李连峰始终闹不清屈先生是不是中国人,黄皮肤,黑头发,会说中国话,不过是不纯的潮汕口音,南腔北调的。在东京受训的两个月中,屈先生始终陪着他们四个人,另外三个也是战俘,都是有文化的,两个高中生,一个念过半年大学。李连峰压根儿就知道他们在接受快速间谍训练。他们受训的地方叫商业学校,在东京浅草附近。他们学习的科目除无线电、反侦破手段、擒拿格斗、密写、驾驶技术外,还包括医学方面的常识,如救护等。他知道马上要把他们空投到后方去了,屈先生让他们分别潜回自己原来的部队,理由是受伤昏迷后在老乡家救治了这么久。这种事例倒也是常见的。
  行前,屈先生说尤金·克拉克让他们去开开眼界,看脱衣舞、逛艺伎馆。
  李连峰给屈先生的印象是随和、可信任,李连峰觉得只有迷惑敌人才有可能逃离虎口。他从来没与另外三个"同学"交流过,有时只凭眼神,他觉得他们也不像是心甘情愿为敌人当间谍的样子。可能出于同样的原因,他们也都缄默着,他们之间连名字也不知道,只有代号。李连峰的代号是915,仁川登陆纪念日。

这是繁华的新宿地段一间很有名气的艺伎馆,尤金·克拉克和四个中国志愿军战俘在这里看艺伎表演,他们现在的装束都是西服革履,看不出身份。

克拉克说:"尽情地玩一个晚上吧,明天就要飞到朝鲜去执行任务了。"

李连峰低头喝着日本清酒。一个艺伎靠过来,坐到了李连峰腿上,李连峰忙把她推了下去,艺伎摔倒了。克拉克和屈先生都大笑起来。

第二天,屈先生带他们从横滨厚木机场起飞,坐的是一架C-119双体新型飞机,直到背好降落伞登机的一刹那,李连峰才知道,屈先生与他们同往。他的心不禁打起鼓来。飞行员正是小范佛里特,豪尔已是少尉了,充当领航员,他们已经坐到了各自的位置上。小范佛里特把一朵小白花别在胸前,豪尔问:"谁死了?"

小范佛里特说:"我的朋友萨姆·沃克。"

豪尔说:"是沃克将军的儿子吗?"

小范佛里特悲哀地点点头:"不知什么时候会轮到我。"

豪尔说:"幸运之光会照耀着你的。"

尤金·克拉克赶来,他站在舱门口宣布,他们是代号"美洲虎"的行动组,组长是屈先生,他们将空投到同一地点,然后分开,各自带着自己的微型电台,一切听从屈先生指挥。

飞机起飞了,这种飞机很平稳,噪音也比轰炸机小,适合执行空降任务,可容纳四十六个人,甚至可以空投一百零五毫米的榴弹炮和吉普车。一上飞机,小范佛里特就认出了李连峰,他还开了句玩笑:"我是先生的福星,我总是在关照着你,坐我的飞机比上次坐汽车待遇好多了。"

李连峰只冲他笑笑。

豪尔少尉没有坐在副驾驶的位置上,他坐在舱门口的单独椅子上,为的是及时给他们拉开舱门。在噪音隆隆的机舱里,屈先生冷冷地说:

"现在诸位什么也别想了,你们即使回去,也是有污点的人了。不瞒你们说,我可不是战俘,我几年前就是美国情报局的人,你们必须听我的,我们定期把情报发回来,你们会得到高额奖金,我给你们存在东京。你们必须听话,否则你们随时会倒霉,我有办法制伏你们。"三个人都不出声。李连峰在暗暗盘算着新的脱身方案。光有手枪没有用,幸而他登机前弄了两颗手榴弹装到了军用背包中,现在他把手榴弹轻轻掏出来,放在口袋里了。

小范佛里特大声说:"马上到指定空投地点了,做准备吧。"李连峰整理一下伞包,把两颗手榴弹插在腰间,四个人走到机舱门口去。

屈先生说:"排好队,我最后一个跳伞。"这又是一个新情况,屈先生最后跳伞,就是要监督到底,怎么办?李连峰在向舱门口移动时,想出了主意。他排在第四个,在屈先生之前跳伞。

豪尔打开了机舱门,一股强劲的风从舱门口灌进来,叫人喘不上气来。小范佛里特回头高叫:"快!"先后有三个同伴跳下去了。伞立刻在机翼下张开,天不怎么黑,看得很清楚。

轮到李连峰跳伞时,他突然飞起一脚,先把屈先生踹出了机舱,这一动作让豪尔看到了,他吃惊地大叫一声,没来得及做出反应,只见李连峰把两颗打开盖的手榴弹往机舱里一扔,自己一纵身跳了下去。手榴弹在舱里滚动,冒着烟。听见豪尔大叫而回过头来的小范佛里特也看到了险情,可他系着安全带,无论如何也来不及逃生了,他的脸顿时煞白。豪尔顾不上小范佛里特了,一纵身从舱门滚出去,几乎同时,一声巨响,C-119凌空爆炸,形成一个黑烟裹着的大火球,把天空照得雪亮。

六朵伞花在火球下面向地面飘落着。

屈先生在空中翻腾着,用微型冲锋枪向李连峰射击,由于仰角大,始终射不中目标。李连峰扯着伞背带调整着方向,使自己较迅速地接近屈先生。他抽出手枪,开了保险,连发几枪,也都没有打中屈先生。

李连峰已经落地,他迅速掏出刀子割断了伞背带,冲上前去。只见屈先生正在慌张地收拢降落伞。就在李连峰向屈先生冲过去的当儿,先跳下来的三个同伴不约而同地一跃而起把枪指向屈先生。

都是好同志,祖国的好儿子!李连峰兴奋得心怦怦直跳。

屈先生见势不好,抢先开枪,打伤了一个人。李连峰从侧后冲上去,死死地压住他,夺下了手枪,他们把屈先生捆了起来。

这时,豪尔也落地了,没等站稳,李连峰的枪口已经对准了他的后背,豪尔忙举起手来。被绑起来的屈先生说:"何必这样?你们当过俘虏,就像女人失去了贞操,回到共产党那里也不会有好下场。"

李连峰说:"闭嘴吧,我们早盼着空投这一天了。"

他们降落的地点,正是三十九军的防地,他们正押着屈先生和豪尔要走,被早已发现有飞机空投的战士们包围起来。

张国放正和几个参谋开会,警卫员进来报告:"抓了几个空投的人,有中国人有美国人,我们审了半天弄不明白。"

张国放说:"把他们带到隔壁去吧。"他没想到空投人员全是中国人,只有一个美国少尉,而且有四个人报出他们在志愿军的番号、职务和姓名。他感到这里有文章,马上分别讯问,第一个与张国放交谈的是李连峰。李连峰说:"我是六十六军一九八师的,在五音山攻坚战时,用电台引开敌人,自己被炸弹震昏被俘。后来被送到日本训练,他们想让我们潜伏回来当特务,我炸了飞机,把派来监视我们的姓屈的特务也抓来了,请组织审查。"

张国放说:"一九八师电台的事我从战报上看过,放心,很快会水落石出的。你先去休息一下。"

李连峰出去,张国放对一个参谋说:"宋参谋,马上给一九八师发报,询问李连峰的情况。"宋参谋出去了。

另外三个人所谈差不多,张国放也叫人一一去联系他们原来所在的部队。

张国放最后一个提审豪尔少尉。张国放给了他一支烟,用英语对他审讯:"你叫什么?"

"少尉罗伯特·豪尔。"他说。

"你能把今天的事情说说吗?"张国放说。

"太可怕了!"他用手比画着,说,"中国人不可思议。我和小范佛里特奉命从日本横滨起飞,是到三十八度线以北,把这几个人空投下去。我亲眼看到,一位中国人把另一个从机上踢了下去,然后把两个手榴弹扔进了飞机座舱,我离舱门口很近,跳伞成功,驾驶员就没有这样好的运气了,飞机爆炸了,他死了。"

张国放点点头继续问:"下来以后呢?"

豪尔说:"我一下来,他们就把我抓住了,那个被踢下去的人也被他们绑起来了,我想他们有仇。"

张国放笑了:"好,谢谢你。"

豪尔走到门口时又回过头来说:"我要告诉长官一件事。今天的飞行员,他姓范佛里特,就是新任第八集团军司令范佛里特将军的儿子,真可惜。"

张国放赶紧做了一笔记录。

这时宋参谋回来了,说:"同六十六军联系上了,有李连峰这么个人,说他立了一等功,失踪了,都把他写到烈士花名册上了。他用电台吸引敌人,保证了师主力歼灭敌人。这都是真的。"

张国放说:"过去是功臣,今天炸飞机、抓国民党特务,又立了功。我们该和一九八师联系,让李连峰归队。"

宋参谋说:"他们说马上派人来接他归队。"

2

春天已经悄然地在朝鲜半岛登陆了,浅山近岭,紫色的、粉色的金达莱花盛开,绿色掩盖了累累弹坑,疮痍满目的大地仿佛又有了新的生机。

彭德怀松了一口气,他最怕冬天,其他困难还好克服,严寒却是不可克服的,因冻致伤减员的太多,我们的战士几乎夜夜露宿。

这一天,在志愿军总部,彭德怀换上了单军衣,他在下达新的作战命令。

解方指着地图说:"美军二十四师、二十五师已进至铁原附近,形成了突出态势,有利于我军对其实施攻歼。"

彭德怀手向下一挥:"22日黄昏发起总攻。仍按预定计划执行,马上电告各部队:以第三兵团为中央突击集团,以分割北汉江以西敌人为目的,正面突击。以第九、第十九兵团为左、右突击集团,从两翼进行战役迂回,首先分别歼灭伪第一师、英二十九旅、美第三师、土耳其旅和伪第六师。然后再集中兵力会歼二十四师、二十五师。从现在起,命令各兵团进入进攻出发地。"

一排排蜡烛点燃着。天长日久,已经把《我们热爱和平》的招贴画熏黑了。彭德怀听到西线传来消息,说正在猛攻铁原,拿下了美军前沿小村里。他立刻在地图上插上一面小红旗,一个参谋拿了一大把小旗在一旁等着。一个译电员跑来报告:"六十三军攻占了绀岳山!"彭德怀在地图上一指,参谋立刻插上一面小红旗。又一个译电员来报告:"六十三军军长傅崇碧报告,他们已攻占长坡里、马智里。"参谋马上插上两面小旗。译电员接着念电文:"六十四军军长曾思玉和六十五军军长肖应棠报告,六十四军在长坡里受阻,六十五军第二梯队两个师又上去了。"

彭德怀的脸拉长了,用手比画着地图说:"这地方狭小得很,不过二十平方公里,我们堆上去五个师,这会造成多大伤亡啊!"

又一个译电员飞跑而来:"三兵团突破后在炭洞、栗隅地区包围了美三师一个团,现进至三八线附近的花峰村、炭洞、板巨里,与敌形成对峙。"又一个译电员跑来:"左翼四十军已完成切割东西敌人联系的任务;三十九军提前抢占芝村里、原川里,将美第一陆战师阻隔于北汉江以东,二十六、二十七、二十军突入敌纵深二十公里,在龙华洞、白云山附近歼灭美二十四师及第六师各一部。"

彭德怀说了声:"好!"又去看地图。

4月23日凌晨,六十三军在临津江前线发起攻击,在炮火掩护下,战士冲进齐腰深的江水中向对岸攻击前进。

敌人的炮火猛烈,飞机起飞轰炸。很多战士倒在江中,江水一片红。更汹涌的队伍又冲了过去。

英二十九旅的第一线阵地垮了,为我军占领。为了守住刚刚占领的高地,一八八师五六四团七连与敌人展开了"拉锯战"。敌人在向阵地冲击,炮火凶猛。最后几个战士阻击,机枪手倒下了。阵地只剩了一个人,他叫陈三。他一个人同时使用多种武器:掷弹筒、重机枪、轻机枪……他时而东面、时而西面、时而正面地向敌人扫射,大片大片的敌人倒在阵地前,敌人又一次退了下去。

加平那方面,四十军也在顽强阻击敌人的反扑,这是彭德怀最关注的要害阵地。四十军一一八师三五四团三营在刘玉珠参谋长带领下,正与数倍于我的敌人激战。敌人攻上来了,刘玉珠大喊:"顶住,打!我们穿插成功,大部队就能围歼敌人!"连长于占国抱着一挺轻机枪站着打。战士庞小海在用掷弹筒打敌人坦克。刘玉珠中弹倒下,于占国扑过去,只见刘玉珠血流如注。于占国大喊:"刘参谋长牺牲了,我代理指挥。七连向左,八连居中,九连在右,坚决打退敌人进攻!"战士们向敌人射击着。

敌人大批援军到来,排山倒海地冲过来。

忽然庞小海倒地了,脸上一片血,他叫着:"连长,我看不见了,什么也看不见了。"

一颗炮弹落在了阵地上,于占国双腿血肉模糊,他向前爬,吃力地爬,后面留下一条条血迹,他爬到了庞小海跟前,说:"把我背起来!"他顺手抓了一挺机枪。庞小海忍着剧痛,把于占国背起来。

于占国叫:"向左走!"庞小海向左走,他的脸在滴血,他身后的于占国在流血。于占国向左面敌人扫射,打倒了一片。

于占国又指挥庞小海:"向右走!"庞小海驮着他向右走,于占国向右面的敌人射击。在他面前的敌人被这一双伤员组合起来的合作者的凌厉攻势吓得四散逃走。就这样,庞小海驮着于占国忽左忽右地扫射着……

一颗炮弹落在他们面前。一阵硝烟过后,这一对英雄不复存在了。

3

范佛里特刚刚上任就尝到了中国人的厉害,他告诉李奇微,这可比"二战"时的德国兵难对付。他到第三师前线去督战,险些当了俘虏。李奇微、范佛里特召集了第三师师长罗伯特·索尔。李奇微问:"援救格罗斯特营你安排了吗?"

索尔说:"准备派菲律宾营和百人团坦克部队上去。"

范佛里特冷笑道:"你说的这些援军早已逃走了!"

索尔大为惊讶:"是吗?"

李奇微说:"包围你们的是什么军队,你知道吗?"

索尔说:"不清楚。"

李奇微说:"是中国的十九兵团六十三军,是主力兵团。难怪你吃败仗!"

索尔说:"我马上想办法救援。他们的布罗迪旅长说还能坚持一天。"

李奇微与范佛里特一面向直升机走去,一面商谈。李奇微说:"骑兵第一师的反攻计划取消,第八集团军看样子又要全面撤退。中国人的这次攻势来得够凶猛的了,几乎是全面开花。"

范佛里特说:"我仍然坚持不能再度放弃汉城。"

李奇微说:"能保住当然好。"站在直升机下,李奇微问,"你儿子有消息了吗?"

"有了。"范佛里特说,"是个坏消息。他去执行空投任务,连人带飞机再也没有回来。"

李奇微问:"没有被击落吧?"

范佛里特说:"多半是被击落了,或者油用完了在哪里迫降了,也许做了俘虏。"

李奇微说:"真的做了俘虏也不坏,可以捡一条命。祝他走运!"

儿子失踪的消息,范佛里特一直不敢告诉夫人,昨天还模仿儿子的笔迹给夫人写了一封信。战争,这就是战争!连指挥战争的人也深受其害。

李奇微、范佛里特和阿尔蒙德在一起视察第二步兵师。李奇微边走边说:"我已任命拉夫纳将军接替麦克卢尔任第二师师长了,他有办法挡住中国人的进攻。"

阿尔蒙德说:"彭德怀钻了李承晚部七师和九师中间的空子,第十军的右翼一下子出现了大漏洞,敌人简直像潮水般涌来,我们几乎挡不住。"

李奇微说:"我上午乘联络机视察了几个防线,中国来了新的生力军。"

范佛里特说:"我以为,我们目前处境险恶。阿尔蒙德将军,你以为如何?"

阿尔蒙德说:"在我的右翼,中国人攻势相当猛烈,二师节节败退,韩国第五师和第七师土崩瓦解,确实处境险恶。最好是从第八集团军的后备部队中派出援军。"

范佛里特说:"我恐怕无能为力,我最担心的是汉城再度失守。"

阿尔蒙德申辩说:"第十军如果得不到增援,必然遭到中国人毁灭性的打击。我还是希望一八七空降团或第三步兵师支援我们一下。"

李奇微沉吟着,一直不表态。范佛里特转向李奇微:"我俩单独谈谈行吗?"

李奇微没有动,说:"第十军如果垮了,会连带整个第八集团军,你也守不住。"

范佛里特说:"阿尔蒙德将军,我同意了,在今天夜里把一八七空降团交给你。第三步兵师午夜到达,也归你支配。"

阿尔蒙德用力拍了范佛里特肩膀一下,说:"这下好了,我可以打击敌人的后方,切断他们的交通线。"

李奇微说:"只要阿尔蒙德牵制住中国军队,比尔·霍格的第九军明天就可以发动一场进攻,你的第十军趁机反攻,我们可以推进到华川,东部的大多数中国人就被切割包围了。我们必须鼓舞士气。"

美国兵的士气正一天天低落下去,就在阿尔蒙德要去了一八七空降团后,也没能改变战局,南韩的第五师、第七师不战而逃,把美军第九军全暴露在中朝军队面前。

5月20日夜,恼火已极的李奇微披着斗篷,冒着大雨来到韩国前线司令部。韩军参谋长钟日昆正在电话里焦急地下令:"不能撤,你们不能撤!我马上请美国第九军支援你们。"

李奇微走过去,夺过他手上的电话耳机,"嘭"一下扔在炮弹箱子上,说:"没用了,将军!你的四个师早都溃不成军,我太生气了。"

钟日昆说:"我马上组织反攻。"

"不,"李奇微说,"你马上下令,解散你的第三兵团,减少你们的耻辱吧。"说罢,李奇微头也不回地走了。

4

1951年5月24日,彭德怀决定部队进入休整阶段,可是怎样撤下来而不被敌人发现意图,这里也很有学问。彭德怀对解方说:"我们的部队打得不错。"

解方说:"美国的阿尔蒙德在电台里惊呼,说我们在他们防线中间打开了一个巨大的缺口,愚弄了美国人。"

彭德怀说:"我们该收缩后撤了,再拉长战线,我们的不利因素会越来越多。按我们研究的下达命令吧。"

解方说:"撤得太快,怕出现新问题。"

"不,"彭德怀说,"各军主力集结休整,但都要保留一定的兵力,从现在的位置起,采取机动防御,节节阻击,消耗敌人,掩护各兵团主力转移到渭川里、文惠里、元通里一线休整。"他告诉解方立即去下达这个命令,但很快又发现了后撤过程中的漏洞。宋时轮在用无线电向彭德怀报告:三兵团转移时因掩护兵力不足,未能阻止敌人进攻,敌人很快进入春川、富坪里地区,将九兵团主力及十二军隔在于论里以东地区,三兵团有八千伤员尚未后运。彭德怀的头一下子涨大了。八千伤员!这怎么办?他一面严令九兵团、三兵团务必把伤员全部撤出,一个也不准丢下,同时他也知道,带着庞大的担架队行动,速度之慢可想而知,他在地图前看了看密密麻麻的小红旗,最后找到了就近的一支部队。他下令,六十军的一八〇师和一七九师主力在原地阻击敌人,担负掩护八千伤员的转移任务。他强调,这是死命令,必须执行。

一八〇师师长郑其贵本来已接到向外线转移的命令,一切都收拾停当,忽然又让他就地阻击,他心里感到别扭,但还是下令执行,部队重新构筑工事。郑其贵下达命令:"我们的任务是就地阻击,我们若顶不住,八千伤员就要落入敌手。"

各阵地打得相当激烈。

担架队员抬着伤员在向后方转移,长长的队伍一眼望不到边。炮火在他们头顶呼啸。八千伤员转移出去了,一八〇师也奉命后撤了。由于本师也有三百多伤员,行动起来很不方便。副师长段龙章向师长郑其贵说:"兵团司令部来电,命令我们马上向芳确屯地、新岱以北转移,天亮前一定到达。"

郑其贵说:"见鬼!我们自己还带着三百多伤员,走得动吗?"

副参谋长薛清山说:"军首长来电说,美军二十四师已经攻占间村,美第七师占了梧口南里,我们动作若慢,可能被分割包围。"

郑其贵蹲在地上打着手电看地图,他说:"我们插得太远了。"他站起来,接着说,"给兵团、军首长发急电,说我们有被包围的危险,请派部队来接援。"参谋跑去。

郑其贵下令:"加快行军速度,天亮前一定到达指定地点。"

部队已经相当疲惫,走着走着有人"扑通"一声就栽倒了。

此时六十军主力也在北撤。军长韦杰和袁子钦政委在吉普车旁商议着紧急情况,袁子钦说:"一八〇师没有到达指定地点,被隔在于芝里以南的北培山地区。"

韦杰拍了一下大腿,说:"马上呼叫一八一师、一七九师从华川以东去接应一八〇师。告诉他们,坚决救出一八〇师!"

自从一八〇师陷入重围后,彭德怀就没睡过一分钟觉。

5月30日夜,空寺洞的山洞里闷热难当,他脱去了外衣,还是出汗。他面前点着一排大蜡烛,在摇晃的烛光中,他一动不动地坐着。刘亮、李望见他的厚嘴唇耷拉着,就都躲到外面那个山洞里去了。电台报务员和值班参谋每隔五分钟都得向他报告一下一八〇师的情况。一八〇师现在杳无音信。它同三兵团和总部都失去了联络,韦杰昨天说,这个师还在行军,还在往回撤,可派部队去找呢,又找不到。彭德怀一时不知派哪个军去接应为好,有的军离它太远。一个整师如果覆没,可就创造了抗美援朝军史上的先例啊。他不甘心,一个整师,一万多人,不能就这么完了!

此时,一八〇师隐蔽在北培山和驾德山之间的山林中。山旁公路上,敌人的大部队正隆隆开过去。

在一个背风角落,郑其贵正跟薛清山等几个师干部商议,他说:"我们可能陷入了重围,远离主力,怎么办?"

薛清山说:"再与军部、兵团部联系一下,不会丢下我们不管的。"

郑其贵说:"电台绝不能再启用。现在我们在敌人眼皮底下,敌人的无线电测向技术是很了不得的,那不是等于告诉敌人向这里开炮吗?"

段龙章说:"晚上我们趁天黑往外冲,突围出去。"

薛清山说:"关闭了电台,上级怎么找我们?"

郑其贵说:"这么多人,又拖着伤员,我们很难冲出去了。"

一阵沉默。

郑其贵断然地说:"立刻毁掉电台,把密码烧掉。"

薛清山说:"师长,这样我们……可就聋了。上级再也找不到我们了!"

郑其贵说:"为了保存实力,这是唯一的选择。"

又是一阵沉默。

郑其贵走到电台那里,亲自下令:"砸!"几个报务员哭着用石头砸毁了电台,扔下山涧。许多战士伤心地围在四周静静地看。伤员们绝望地看着,军医秦浩在露天给一个伤员做手术。有一个重伤员呜咽着说:"师长,放下我们,大部队快撤吧!都是我们拖累了全师……"好多战士伤心地落泪。

一把火点起来,译电员烧毁了密码本。

5

彭德怀怎么也不会想到一八〇师砸了电台、烧了密码本。一八〇师彻底同上级断了联系。一直守候在电台旁的解方已经不抱希望。他告诉彭德怀,连赶去救援的部队都没有信心了,似有罢手之意。救援部队同样面临着被围歼的危险。彭德怀一拍桌子吼了起来:"要救,救到底!一八〇师有我们一万多人啊,把他们扔了,我怎么向祖国交代!"他的眼泪刷一下滚了出来。

解方对方晋说:"再发急电!命令六十军、十五军和三兵团,马上以一八一师、四十五师去解一八〇师之围,不惜一切代价,坚决执行命令。"

彭德怀大声补充说:"要坚决、果断,怎么救不出来?现在为止,没有一八〇师被消灭的消息嘛,我的一八〇师肯定还在!"

在一八〇师被困的北培山地区,后半夜下起大雨。漆黑的夜,大雨滂沱,闪电不时划破天空。远处有隆隆炮声,近处有枪声,郑其贵弄不清包围他的敌人有多少。高高低低的山冈、沟谷挤满了一八〇师的指战员。伤员们或坐或卧,在地上、担架上引颈望着高冈处。全师指战员都在听师长郑其贵讲话,郑其贵沙哑着嗓子说:"我们一八〇师已陷入绝境,友邻部队救援的希望已经不存在。为了保持有生力量,我命令,从现在起分散突围!"

好多人叫起来:"师长,不能分散啊!""我们跟着师长走,指到哪里打到哪里!""咱们抱成团往外冲,还有希望,一散开一八〇师可就完了!"

有些人声泪俱下地给郑其贵跪下了:"师长,要死,我们一八〇师死在一起吧!"

"我们能跑出去,我们忍心把三百多伤员扔给敌人吗?"这是军医秦浩的声音。

"师长,一八〇师可是一支光荣的部队呀!"

郑其贵自己也泪流满面,他说:"同志们,我心如刀割,有一分希望,我也不会做这样的决定。大家注意,突围出去以后,一直向北走,去找我们的部队,我们的一八〇师是打不散的,化整为零,执行吧。"

一时间,只有大雨哗哗的声音,好一会儿没有一个人动。后来,段龙章喊:"往外冲吧,越迟延越不利!"开始有三五成群的战士向外走了。

薛清山大声说:"我和秦军医随担架队往外撤,有志愿的,请来掩护伤员。"立刻有许多战士跑过来,自愿与伤员共存亡。担架一副副抬起来了,每个人脸上都是悲壮的神色,他们知道这一次是九死一生。薛清山亲自抬担架,他说:"死,我也和伤员死在一起。"

雷鸣电闪中,他们向山外冲去。担架队刚刚走出沟口,就与敌人遭遇了,敌人的火力很猛。薛清山放下担架,大声下令:"打!"

双方交火,掩护伤员的战士在顽强射击。一八〇师的战士不断有人倒下。炮弹在担架队的隐蔽处接二连三地爆炸。薛清山被炮弹炸昏,深深埋在泥土中。

战场上大雨如注。

空寺洞志愿军总部里空气十分紧张。所有的人进出都小心地把脚步放轻。谁都怕在这时候惹了彭老总挨一顿骂。彭德怀和洪学智一直呆呆地坐着,小座钟的秒摆走得"咔咔"响,响得叫人心烦,彭德怀觉得时间过得慢极了。多少年来的军旅生涯,养成了他冷静沉着的习惯,可今天他有点沉不住气了,一万多人啊!一万多人集合在操场上是黑压压一大片啊,就这样把整个师扔了?

早饭没吃,午饭没吃,馒头摆在桌上,饭菜没有动一口。所有报来的消息都是坏消息。报务员来报:"四十五师来电,他们三次冲过公路,没有找到一八〇师。"又一个报务员来报:"彭总,一八一师为寻找一八〇师,损失严重,一万四千人的队伍,只剩几千人了,他们又第六次冲入敌人包围圈。"又一个参谋来报:"到现在为止,兵团和军部均未与一八〇师电台联系上。"

彭总垂下头去:"一八〇师凶多吉少了,师长是哪个?"

洪学智答:"师长叫郑其贵。"

彭总说:"不称职的庸才!十二军的九十一团,被隔在'三七线'敌后很远的三巨里,团长都把队伍带回来了。"

洪学智说:"是啊,二十七军也很危险嘛。敌人向富坪里空降,企图切断二十七军退路,彭德清临危不乱,及时修正决心,改变道路,胜利地突围出来了嘛。"

第二十三章

I

正在焦急地寻找一八〇师的时候,新的险情又出现了。解方说,发现分几路向北进犯的敌人,最近的离空寺洞志愿军总部只有六七十公里,对于机械化部队的美军来说,这不过是个把小时的事。一个警卫团显得势单力薄,而附近又没有部队,洪学智和解方都很着急,总司令部又一次唱起了空城计。洪学智说:"敌人再追过来,志愿军司令部就危险了。"

彭德怀仿佛没听见他们议论,独自站在地图前。

"你怎么还没事似的!"洪学智叫道,"彭总,敌人快到门口了!"

解方说:"调部队吧。"

"对,"洪学智说,"马上调部队过来保卫空寺洞,守住空寺洞前面的口子。"

彭德怀说:"各部队正在一边阻击敌人一边后撤,任务都很重,伤亡都很大,调哪个部队呀?不好调呀!"

洪学智火愣愣地说:"那也得调,把老帅丢了,仗打得再好又有什么用!"他一边说一边在地图上找,手指头一下子停留在阳德那个小红圈上。

解方说:"这是四十二军,刚到那里休整。"

洪学智说:"命令吴瑞林结束休整,火速赶到这里,负责警卫志愿军司令部。"

彭德怀沉思了片刻,摆摆手,说:"算了吧,他们也是刚到阳德,疲劳得很。"

"刚到也不行。"洪学智说,"这事你别管了,我去下令,叫全军连夜来。"

彭德怀火愣愣地说:"干吗?调一个军来保卫我彭德怀?我没那么大的谱,我的命也没那么重要。"

解方叹了口气,已经无奈。

洪学智说:"你彭德怀是没那么重要,可是担在你肩上的使命重要。彭德怀的安危不是你个人的事,这是全局!如果敌人把彭德怀活捉去,或者消灭掉,那比消灭我们一个军要糟糕得多!你现在,没有理由从个人角度考虑问题。"这一阵连珠炮,把彭德怀给镇住了,半晌没答上一句话来。

"你厉害。"彭德怀悻悻地说,"那就调吧。一定要来,来一个师吧。"

洪学智斩钉截铁地说:"一个师太少,顶不住,我去发令,四十二军全军过来。"说罢就走。

彭德怀望着洪学智的背影,半开玩笑地说:"这个人,独断专行。"

命令一到阳德的四十二军,军长吴瑞林把电报一摔,说:"这彭老总尽干玄事!迟早得当俘虏!"他叫来参谋长,叫他看了电报。

参谋长问:"怎么办?去吗?"

"废话!"吴瑞林说,"丢了老帅,这仗怎么打?马上集合队伍!"其实他也知道有难处,一个小时前部队刚刚赶到阳德,没喘匀一口气又要开拔,他的队伍已经伤了元气。

山坡上下,很快集合好了黑压压的队伍。军长吴瑞林在鼓动:"敌人已经威胁到志愿军司令部了,彭老总跟前没有兵!同志们,现在,保卫志愿军司令部,保卫彭总的任务落在我们四十二军肩上。我命令,全军结束休整,立刻出发!"

一听说保卫彭老总,战士们顿时来了劲。有人带头喊:"保卫彭老总!"全军气壮山河地吼:"保卫彭老总!"

部队随即出发,跑步前进。四十二军以急行军的速度向空寺洞挺进,辎重都压在后面,先头部队几乎是跑步前进。两条腿战胜了四个轮子,他们到底抢在美军前面到达了指定地点构筑起工事,这时敌人已经开到了对面,见有四十二军布防,敌人没敢轻举妄动。

吴瑞林放下望远镜,对政委周彪说:"来得正是时候,再晚一步,敌人就压过来了。"

周彪说:"彭老总也是,他跟前总得有一支部队呀,尽唱'空城计'。"

空寺洞有一片柞木和果松的混交林,至少有十几公顷的范围,是个天然的隐蔽场所。从昨天起,树底下就搭起了大棚,各兵团、各军的首长陆续到来。远远的山坡、山沟都布上了流动哨,一些吉普车都插上了伪装。

这里临时搭起一个很大的掩蔽篷,上面盖了土,搭上树枝做伪装,现在这里正召开五次战役总结会。彭德怀总结说:"五次战役,我方共投入十五个军,歼敌八万二千余人,粉碎了敌人妄图在我侧后登陆的企图,摆脱了四次战役的被动局面,现在迫使敌人不得不转入战略防御。第五次战役我们虽然胜利了,但很不圆满。第一,准备仓促,我战略预备队刚刚集结就投入了战斗,经验不足;第二,在多山的地形战斗,与现代化的美军作战,采取正面突破的办法,分割包围敌人是困难的,因而形成了平推,未能更多地歼灭敌人有生力量;第三,战役收尾,主力部队撤出时,我掩护部队的组织和协同都不够好,加上一八〇师师长指挥失误,致使一个整师失散,许多人当了战俘,这是十分沉痛的。"

说到这里,他的目光在军长们中间搜寻,目光盯住了六十军军长韦杰,韦杰垂下头。

"韦杰,你站起来!"彭德怀严厉地说。韦杰站起来。人们意识到,韦杰将要当第二个梁兴初被盛怒下的彭老总痛责了。

彭总说:"韦杰,你那个一八○师,是可以突围的嘛,你们为什么说被包围了?敌人不过是从你们面前过去而已,晚上还是我们的天下嘛,你怎么指挥的?"

韦杰说:"他们烧了密码,砸了电台,无法联系,我们为救一八○师,一八一和一七九师都付出了很大的伤亡代价。"

"都是你的责任,"彭德怀不客气地说,"你这个军长怎么当的?命令你撤退时,你们就照转电报,为什么不根据具体情况安排好?"

韦杰一声不吭。

彭德怀问:"那个一八○师师长叫什么?回来了没有?"

韦杰说:"他叫郑其贵,副师长段龙章和参谋长王振邦都回来了。"

"他还有脸回来?"彭德怀说,"这样的人,应当军法从事!"

会场鸦雀无声。

彭德怀又对韦杰说:"听说三兵团和你们六十军给郑其贵发了表彰电?表彰他什么?表彰他一个师全军覆没吗?"

韦杰缓缓抬起头来,说:"我认为,把板子都打到一八○师的屁股上是不公正的……"

彭德怀又拍了一下桌子:"好啊,我想听听这板子该打到谁的屁股上!"

会场气氛格外紧张起来。

邓华捅了陈赓一下,希望他出来缓和一下气氛。他是新任志愿军副司令员,因为他资历深,在八路军三八六旅当旅长时,就是彭德怀的老部下。邓华还知道,陈赓是个乐天派,跟谁都开玩笑,他敢拍朱老总的肩膀,敢当众拿周恩来、邓颖超恋爱时的小故事当笑料。不过陈赓也怕彭老总。他当旅长时,有一回几个旅部的首长每人凑了点津贴费,买了点酒,弄了一只鸡改善生活,桌子一放上来,警卫员报,彭德怀来了,吓得陈赓赶忙把鸡藏起来。不过晚了,彭德怀闻到了香味,要吃。陈赓说,以为彭老总天天喊朴素、吃苦耐劳,不喜欢吃肉呢。彭德怀说,我彭德怀不傻又不笨,我不知道肉好吃呀?我只是不赞成享乐主义就是了。

既然邓华今天让他出面,他只好勉为其难。他笑眯眯地对彭德怀说:"老总,该吃饭了,我肚子可饿了。"

彭德怀看了他一眼,给了他面子,气也消了些,大手一挥:"好,先吃饭。"人们都松了一口气。彭德怀不走,却没有一个人敢动。彭德怀还没注意,陈赓挽起他的胳膊,拖着他先走,人们才陆续离座。

2

杜鲁门撤掉了麦克阿瑟,用艾奇逊的话来说,麦克阿瑟的阴魂不散,天晓得麦克阿瑟怎么会有那么多的支持者。据艾奇逊告诉杜鲁门,在麦克阿瑟的专机"巴丹号"抵达旧金山时,尽管此前麦克阿瑟想神不知鬼不觉地过境,可没有办到。包括加利福尼亚州州长厄尔·沃伦在内的民众,夹道欢迎他们视为神话人物的五星上将。

华盛顿欢迎麦克阿瑟的壮观景象,令杜鲁门好不嫉妒,竟有两万人涌向机场,这等于是对杜鲁门的批评。当初积极主张撤掉麦克阿瑟职务的官方人物马歇尔国防部长、布莱德雷参谋长、柯林斯陆军参谋长、范登堡空军参谋长、谢尔曼海军参谋长,都出席了欢迎仪式,只有杜鲁门和艾奇逊没有去,无形中他们成了"残害忠良"的罪魁,这令杜鲁门心里十分恼火。更叫他发烦的是此后的听证会,麦克阿瑟在国会共和党人的恣恿下,举行了有关朝鲜战争和对麦克阿瑟处理的听证会,所有的"国会调查",都是麦克阿瑟对杜鲁门的"控诉",在朝鲜战争的策略上,杜鲁门成了麦克阿瑟攻击的"绥靖主义"。

艾奇逊说杜鲁门太软弱。他本可以在军事法庭上以违抗命令罪对麦克阿瑟起诉、审判,但杜鲁门没有这样做。麦克阿瑟在此后的旅行讲演过程中,把杜鲁门描绘成"道德彻底堕落,堕落成共产主义的附庸"。杜鲁门感到麦克阿瑟好笑,不值一驳。他决心不受他的干扰,而致力于寻求尽快结束这场战争的途径。

这天,麦克阿瑟又跑到休斯敦去大放厥词,对此已经厌倦的杜鲁门,对来自休斯敦的报告不屑一顾,令他心神不定的倒是国内的反战情绪。杜鲁门在他白宫的椭圆形办公室里,就听见外面的口号声和军警的哨子声了。他端了一杯咖啡,站在落地大窗前看着对面宾夕法尼亚大街和街心公园。那里正有游行队伍过来,人们举着的标语牌上写着"不要战争"、"从朝鲜撤兵"、"杜鲁门政府下台"等反战内容。游行队伍在白宫路段停下来,口号声此起彼伏。

艾奇逊汗淋淋地走进来,说:"我的汽车差点被示威的人推翻。"

杜鲁门问:"格罗斯那里有消息吗?"

艾奇逊说:"格罗斯试探过马立克,不仅没有成功,反而引起一些谣传。"

杜鲁门想在美军再推过"三八线"的时候停战,可他摇动的橄榄枝没人表示多大兴趣。他知道,战争再进行下去,美国也占不了什么大便宜,现在中国大张旗鼓源源不断地派兵入朝,美国与一个没有外交关系又不经宣战交火的国家打了八个月,这是国际关系史上的特例。更有趣的是中国的名目是志愿军,似乎是民间的,正如美国举的是联合国旗帜一样,杜鲁门称这为"假面舞会"。这假面舞会还能支持多久?人力、财力都在其次,隔三差五的反战游行和国会反对派的声讨、挞伐,已经令杜鲁门头痛不已了。杜鲁门说:"看来,找莫斯科不行了,也许应当直接去找北京。"

艾奇逊说:"我通过瑞典和香港渠道都试探了,北京同样没反应,好像他们并不急于谈判。"

杜鲁门说:"李奇微总不会像麦克阿瑟那样不听命令,我们现在必须寻求谈判,打了快一年,我们又都回到了'三八线'。"

艾奇逊眼睛突然一亮,说:"我想起了一个人,乔治·凯南。"

杜鲁门问:"是在国务院当顾问的乔治·凯南吗?"

"是他。"艾奇逊说,"他的正式公开身份是普林斯顿大学的研究员,他在苏联工作过很久,对苏联颇有研究,又是马立克的老朋友,请他出面大概可以。"

杜鲁门说:"不过,最好别让他暴露我们官方的意图。"

谈判的风最先吹到李奇微那里,是通过参谋长联席会议的渠道。李奇微是在东京第一大厦的办公室里看到布莱德雷的电报的。

这间屋子没有大变化,只是原来挂在华盛顿和林肯画像下的麦克阿瑟的座右铭不见了。

希基拿起来电报又看了一遍,说:"参谋长联席会议又要束缚我们的手脚,这到底是怎么回事?"

李奇微冷笑:"他们想为谈判创造条件了。"

希基说:"范佛里特说,我们有力量打到鸭绿江。"

李奇微说:"说大话反正不缴税。其实,现在我们每前进一公里,都要付出极大的代价。这一个多月,我们又损失了几万人。你知道中国有多少部队开进了朝鲜吗?六七十万!中国有四亿人,如果需要,他们可以动员一个亿的人来同我们拼命,这是十分可怕的。"

希基问:"那我们怎么办?"

"最大限度杀伤中国军队。"李奇微说,"反正极端手段杜鲁门现在不想用。"

"将军所说的极端手法是轰炸中国本土吗?或许还有使用原子弹?"

李奇微说:"当然。"

3

纽约长岛的夏天是动人的。这个散布着富人别墅的岛上,鲜花盛开,草坪青翠欲滴,碧青的海浪无休止地洗刷着金色的沙滩,这里幽静而高雅。苏联驻联合国代表马立克就住在长岛的格伦克福庄园,这是一幢三层的西班牙风格的建筑。马立克在豪华的客厅里接待了来访的凯南,他们是老相识,凯南在苏联工作过多年,是"苏联通"。他们的交谈也用俄语。其实马立克已猜到他是替杜鲁门放试探气球来了,但马立克不会戳破。

　　凯南的头发全白了,梳理得却很整齐,有点像中世纪贵族们的假发套。他有一张皮肤细腻、五官端正的脸,胡子总是刮得那么干净,他脖子底下吊着一副夹鼻镜,只有看什么文字的时候才夹到鼻子上。他真的是一副典雅的学者风范。话题由长岛的别墅降价开始,凯南说这是因为经济不景气,他说他在美国不算穷人,可仍然不敢奢望在长岛的富人区买一栋房子。服务员送来一杯带冰的威士忌,恭恭敬敬地放在凯南面前。凯南啜了一口酒,用俄语说:"我今天纯粹是私人拜访,来见见老朋友。"

　　马立克笑道:"私人访问也不妨谈谈公务啊。"

　　凯南说:"我真的不肩负任何使命。"

　　马立克说:"好啊,我的紧张情绪一下子松弛下来了。"

　　二人都笑起来。

　　凯南说:"尽管我在政府中没有职位,它并不妨碍我关注人类的和平。"

　　马立克说:"你想谈谈朝鲜战事吗?"

　　"是的。"凯南说,"美、苏两国在朝鲜问题上,似乎正在走向一场可能是最危险的冲突,美国人最怕引发第三次世界大战,我想,苏联也不会拥抱战争。"

　　马立克已有警觉,却仍带笑地问:"既然美国面临这样的危险,美国似乎应该改变一下了。主动权在美国手中。"

　　凯南说:"看来,中国人会把美、苏都拉到可怕的漩涡中去。"

　　马立克说:"那么,难道不是美国人先进入朝鲜,在四个月之后,中国人才介入的吗?"

　　凯南说:"我不想讨论这个问题。"

　　马立克说:"可这是回避不了的。去年 6 月 27 日杜鲁门的声明侵犯了中国主权,你们派第七舰队占领台湾海峡,又构成了事实上的侵略,你们轰炸了中国鸭绿江畔的城市,中国人出兵是自卫,这错了吗?"

凯南说:"你说的那些,留给后人去评论好了。我想说,有识之士都应当在现在拿起灭火器来,给'三八线'的两侧浇点水。我很想知道莫斯科有什么打算,有什么积极建议。"

马立克说:"问题是,苏联并未参战,不是参战国的任何一方,美国却是。"他巧妙地把球踢了回去。

话到此,凯南只好正面切入了:"现在,据说美国有和谈之意,苏联难道不希望朝鲜实现和平吗?"

马立克说:"苏联从来反对战争,但也不能参加朝鲜停火的任何讨论,这个问题应当与朝鲜和中国商谈。我想,他们也是愿意停火的,打仗要死人,这是常识。"

凯南想攻破马立克这样的职业外交家的防线,自知是很困难的。但谈到这里已经心照不宣,马立克明白凯南的来意,马立克也暗示了苏联的立场:虽不能直接介入停战谈判,但对中国施加影响是可能的。这总是积极的响应,凯南已经很高兴了,他期望由自己来打破横在两大阵营中间的"朝鲜坚冰"。

艾奇逊对凯南的出使也算满意,毕竟把一块巨大的岩石撬动了一条缝隙,正如凯南所说,对于困难的事,美国应知难而上。

4

美国摇的橄榄枝全世界都看到了。

金日成为此专程访问北京,他知道和谈与否,很大程度上不取决于朝鲜自己,纵然苏联没有参战,这也称得上是一场局部的国际性战争。

毛泽东在颐年堂摆了很多干果、水果,请金日成品尝吐鲁番的马奶子葡萄和哈密的瓜。金日成带来一箱早熟型苹果,朝鲜是盛产苹果的多山国度。他亲自把箱子里的苹果一个个排列到茶几上,毛泽东和在座的人无不称奇。每个苹果上都有字,苹果是纯红的,字是绿色的。第一排苹果排列起来是"感谢中国人民的国际主义支援",第二排则是"毛主席万岁"。毛泽东拿起一个摸摸,原来不是写上的字,也不是贴上去的,而是长在果皮上的。金日成解释说,在苹果长得差不多时,把剪好的纸字贴在苹果朝阳的一面,贴字的地方见不到阳光,变不了红色,等果子成熟再把贴上去的剪纸揭掉,字迹便长在苹果皮上了。毛泽东把玩着,心里很高兴,难为他们这一片良苦用心。

金日成说:"我早就想来致谢了。如果没有中国人民的援助,我们的困难是难以想象的。您为了支援我们,儿子都牺牲了,我们都很难过。"

毛泽东又提起了历史上的事。他说:"明朝大将李如松都能率十万大军去援助受日本欺侮的朝鲜,我们共产党就更应该了。中朝人民的友谊是源远流长的。中国不富有,可中国人都懂得唇亡齿寒的道理,这是我们引以为豪的。"

周恩来说:"主席来得正是时候,美国请了个凯南出面,跟马立克有一番谈话,我们想听听你的意见。"

金日成说:"美国可能使用的是缓兵之计。"

周恩来说:"从他前一时期的表现来看,有可能是缓口气,施放一个烟幕弹,准备好了再打。"

毛泽东说:"人家摇橄榄枝了,我们不能装作看不见,我们从不拒绝谈判,问题是时机。"

金日成说:"从战场实力看,我们现在占绝对优势。"

"是呀,"毛泽东说,"去年秋天他推进到鸭绿江时,他才不会提出停战呢。如果我们能再多歼灭它一些部队再来谈,会更有利。"

周恩来说:"如能讨论逐步撤退外国军队,包括朝鲜前途问题等条件,我方不宜拒绝。"

在中朝领导人就朝鲜停战问题达成一致看法不久,马立克在联合国发表了重要演说,实际上也代表了中朝方的意向。马立克提出,实现朝鲜停火停战,双方把军队撤离"三八线"的主张,在国际引起强烈反响。

这是苏联对美国的第一次正式回应,杜鲁门心里是高兴的,可不能忘记攻击对方,不能显得软弱,所以他在田纳西州航空工程奠基仪式上讲到未来的和谈前景和美国态度时,他说:"我们无法断定苏联统治者将要做什么,虽然克里姆林宫仍在想方设法分裂自由世界,但自由世界仍乐于在朝鲜采取任何有助于世界和平进程的步骤。"仿佛只有美国在艰难地致力于和平。

私下里,杜鲁门更为关心的是中国的态度,苏联喊得再响亮也没有用,他不是交战国。

艾奇逊说:"我们应该感谢凯南先生,这条路终于走通,马立克终于有了积极回答。苏联副外长葛罗米柯说得更明确一些,他说应是双方军事司令间的谈判,不涉及领土、主权。"

杜鲁门说:"这话该由我来说,很妙。可是中国人却一直在沉默。"

艾奇逊说:"今天《人民日报》表态了,支持马立克的建议,不过没有忘记抨击我们占领了他们的台湾。"

"朝鲜呢?他们有什么反应?"杜鲁门又问。

艾奇逊说:"朝鲜显然不赞成苏联的提议,平壤电台竟然说,他们为自己的自由进行的战斗,也将有助于对苏联的支持,又说我们正在武装日本。"

杜鲁门说:"你从中得出什么结论了吗?"

艾奇逊说:"中国和朝鲜都不愿意买苏联的账,也许不满意他们的老大哥没有像中国那样肝胆相照。俘房营里的朝鲜战俘们一提起中国人,感动得流泪;而说起苏联人,他们说,不够朋友。他们还说,在他们最困难的时候,富朋友躲在一边看,穷朋友却毫不犹豫地上来帮忙。"

5

对于李奇微来说,他认为谈判的风吹得越多,对士气越不利,要么马上谈,要么打,根本别做姿态。范佛里特对李奇微说:"士兵们都盼着和平谈判呢。马立克和杜鲁门的讲演电台都播了,记者的报道也满天飞。"

李奇微说:"应当限制他们听这种广播,这会影响士气。"

范佛里特说:"你没有权力把他们手里的袖珍收音机统统砸掉,就像你不能没收他们口袋里的裸体女人照片一样。"

李奇微说:"必须克服任何松懈散漫现象。有两件事不能忘记,其一是克里姆林宫口是心非,善于欺骗,这是他们惯用的伎俩;另一件事是,即使真要停战,从提出到落实,也不知要经过多么漫长的时间。现在战场上一刻也没停止过战斗嘛!我要你提醒部下,在敌人把枪扔下之前的一秒钟,你都必须保持射击的姿势。"

范佛里特问:"你不是说,总统已指示你6月30日要向中朝方表达我们停火的愿望吗?"

李奇微说:"是的。不过布莱德雷也同时要我们把你北面最有利的高地夺到手中,占领这片高地可以在谈判桌上做交易。"

但是到了6月30日,李奇微已经正式通过电台向金日成、彭德怀广播,要求谈判了,他是奉美国政府之命。他和麦克阿瑟不同,他知道真正坐下来签字、撤军,那是很遥远的事,可他不能正面与政府冲突。

那天彭德怀正在吃饭,收音机开着,远东电台在广播,他嫌吵,叫方晋关掉。

一个翻译说:"彭总,李奇微在向你和金日成广播。"

彭德怀很感兴趣地说:"又是劝我举手投降吗?"

"不,"翻译说,"他们建议谈判,地点在元山港一只丹麦的船上举行。"

彭德怀说:"有这样的事?再重播的时候,速记下来,一字不能丢。"

翻译说:"是。"

彭德怀向北京请示的时候,毛泽东甚至连给李奇微的复电都替他起草好,用电报发了过来。彭德怀、金日成的复电到李奇微手上,是7月1日。

希基向李奇微报告:"彭德怀和金日成复电了。"

李奇微问:"他们拒绝谈判?"

"恰恰相反。"希基把电报递给李奇微,说,"他们同意谈判,只是不同意在丹麦军舰上谈,要在'三八线'上的开城谈。"

"是吗?"李奇微看着电报,说,"看来,历史注定这魔鬼一样的'三八线'再次显示它的重要。这需要向华盛顿报告。"

这消息对本来厌战的美国兵和士兵家属来说,无疑是一线曙光。美国报纸在着力渲染和平的"近距离感"。这些报纸雪片一样飘落到李奇微的桌子上,他恼怒地说:"可恶的报纸,耸人听闻,他们这样呐喊,会使我们的队伍更加厌战,这等于给我施加压力,弄不好会在军事上做出让步。我必须给参谋长联席会议致电,提请他们的注意。"

希基说:"看来,政府是要坐下来谈判了。"

李奇微说:"一旦停战,会瓦解士气。其悲剧之大,莫过于重演上次大战结束后美国部队不光彩行为了。"

希基问:"封锁消息吗?"

李奇微说:"告诉范佛里特,用空中力量加紧对敌人的惩罚,越是要谈判,越是要狠狠地轰炸,要大打!"

说是这样说,姿态还必须做。从这天起,双方联络人员开始了紧锣密鼓的程序性的磋商。终于达成了7月10日在开城举行会谈的协议。周恩来拿着这份文件交给毛泽东:"这是双方达成的最后一份协议,7月10日起正式谈判,双方代表团在进入开城时,每辆车上均覆盖一面白旗,以便识别。"

毛泽东看了看,放下,说:"所有的谈判都是军事的延续。美国人有可能在谈判期间发动一次大的攻击,在后方则实行大规模的轰炸,以期逼我订立城下之盟。"

周恩来说:"彭德怀已经发现,敌人加紧调动军队并没有停火迹象。"

毛泽东说:"即以其人之道,还治其人之身嘛!如果敌人来攻,告诉彭德怀,必须大举反攻,将其打败。"

周恩来说:"彭德怀说了两句话,叫做打的坚持打,谈的耐心谈。"

毛泽东赞赏地笑道:"精辟!就是这十个字,打的坚决打,谈的耐心谈。恩来呀,谈判桌可是更复杂的战场啊,得有个谋士才行啊!"

周恩来说:"前面的人都定了,我想让李克农、乔冠华去当他们的幕后参谋。"

"用人得当。"毛泽东说,"李克农是老谈判了,'西安事变'时与张学良的代表谈判,国共谈判时任军调部中央代表团秘书长,都很出色。不过,跟美国人谈判,毕竟是头一次,叫他不要掉以轻心啊。"

周恩来说:"给他们的班子也配齐了,现在正准备电台、新闻收发报机。"

毛泽东说:"行前我还要同他们谈谈。"

6

李克农和乔冠华到朝鲜来了,彭德怀称他们是"幕后军师"和摇鹅毛扇子的角色。他和李克农在西北战场时就很熟,1935年,在全国抗日救亡高潮到来的时候,流亡的东北军正被利用来打陕北的红军,彭德怀亲自做东北军的统一战线工作。张学良要在洛川见中共代表,派谁去呢?有人建议,李克农长期从事白区工作,有丰富的斗争经验,于是彭德怀拍了板。李克农不辱使命,回来后告诉彭德怀,如我方有诚意,张学良愿奔走于甘肃、南京之间斡旋。这导致了后来的周恩来、张学良的"肤施会谈",对1936年的"西安事变"也具有建设性、开拓性的意义。

在送别李克农去开城前,彭德怀叫食堂多炒了几个菜,还弄了点朝鲜酒,为他们送行。李克农喝了一口酒,说:"请彭总做指示。"

"别将我军了。"彭德怀说,"打仗你不如我,跟他们磨嘴皮子、斗心眼儿,我不如你,也没那份耐心,你没看我这嘴唇子总是这么厚吗?没磨出来。"

人们都笑了起来。

乔冠华说:"毛主席说彭老总有一句话特别精辟,叫什么谈的谈、打的打?"

彭德怀笑了:"我是说谈的耐心谈,打的坚决打。"

李克农说:"妙!没有战场当后盾,再有技巧也谈不明白。"

根据彭德怀的指示,杜平又挑选了六个记者,都是精明强干的人才,是准备派到谈判现场去的,彭德怀也摆了一桌缴获的美国罐头招待他们。彭德怀在给几个记者讲话时说:"你们几个记者是挑选出来的,让你们到开城谈判现场去,是要你们及时地、准确地把动态、新闻公布于世,美国的记者还是很厉害的,可以说他们无处不在。"

一位正在摆弄照相机的摄影记者说:"首长放心,我准备把美国代表的丑态都拍下来。"

彭德怀笑起来:"人家的家丑不一定让你抓到啊。"

"报告!"突然一声清脆的喊声在门外响起。

一个记者跳了起来:"康乃馨来了。"果然是她,英姿飒爽地走进来。

彭德怀问:"你的伤全好了?"

康乃馨说:"我都在前方采访半个多月了,你看,不瘸不拐吧?"她在屋中走了几步正步。

彭德怀说:"好。你今天赶不到,他们几个就出发了。"彭德怀亲手给康乃馨盛了一碗大米饭,好几个记者都吵吵嫉妒得要命,说彭老总重女轻男。彭德怀兴致特别高,一人给他们添了一勺饭,才算摆平。

别人都吃完去刷碗了,康乃馨仍然不紧不慢地吃着,一边吃一边不停地说。

彭德怀又坐到了桌旁,说:"你吃饭可不像个军人。"

康乃馨说:"就是吃不快,有好几次,要打仗了,没吃上饭就出发了,光挨饿。"

彭德怀说:"这也是锻炼。'四平八稳',在战争时期,根本没有这个词。"

康乃馨问:"彭老总上我家去了?"

彭德怀故意地说:"没有工夫,没去成。"

"不对吧?"康乃馨说,"我妈妈的西餐还撬了毛主席的湖南菜的行呢,没有这事?"

"你爸爸写信来了?"彭德怀问。

康乃馨说:"一个记者回国送稿子,捎回来的。我爸爸说,由于你的光临我们的四合院蓬荜生辉。只是,我的房间让你见笑了,是吧?"

彭德怀说:"我没有说什么呀!小资味儿,对了,这话是你爸爸扣的帽子。"

康乃馨天真地说:"你真的没嘲笑我?内心?"

"真的没有。"彭德怀说,"进入你的房间,我好像进入了另一种世界。女孩子嘛,应该有你们的世界。你若进我的房间,那可没味道,一个行李卷,一张床,一个脸盆,如此而已。"

康乃馨说:"你没笑话我就好了。"

彭德怀说:"我这一辈子没有孩子,有时候我见了年轻人,常常幻想他们是我的孩子,我可能也并不了解他们。"

康乃馨问:"彭总,你真的喜欢孩子吗?"

彭德怀说:"喜欢又能怎么样呢?"

"我给你当女儿,你要不要?"康乃馨天真调皮地望着彭德怀笑,"我保证孝顺。"

彭德怀说:"君子不掠人之美呀,你是你父母的掌上明珠啊!"

这时李望来喊:"彭总,中央电报。"

彭德怀匆匆地走了。

7

康乃馨和她的同行们赶到开城来凤庄时,这里已经开始布置谈判会场了。来凤庄很漂亮,看上去是一位富绅的宅第,院子里有两棵虬枝盘曲的古松,还有花坛,只是处于战争年月,花圃侍弄得不好,花草不茂盛。

邓华和解方征衣未脱,就来到开城参加谈判。康乃馨跟在他们后头去看谈判会场,邓华说:"正式开始谈判时,记者就只能在外围了。"

会场的房间不很大,是来凤庄的三间正厅,工作人员在房子正中间摆了一张长条桌,两个参谋在铺了绿呢台布的桌子上,拉了一条红绳作为中央线。邓华说,这是"小三八线"。南日说,谈的时候,双方代表的手不能过线,过线就是"侵略"。人们都笑了。

看完了现场,李克农、乔冠华又带人察看了对方直升机降落的地方,李克农再三强调安全,因为中立区事实在我方控制区内,万一对方代表出现人身伤亡事故,那国际舆论会对我们极为不利。当时担负保卫开城中立区安全的是志愿军四十七军和朝鲜人民军一军团,李克农让邓华、解方亲自约见了四十七军军长曹里怀、政委李人林和副军长刘贤权,要他们立军令状,保证不出纰漏。

没想到,事到临头,在交换证书议程上却出了纰漏。按国际谈判惯例,在首次代表会晤时,双方首席代表要递上有长官签名的证书,"验明"后才能坐下来谈判。

我方的证书已经有了金日成的签字,可只有几个小时就到了开谈之时,现去请彭德怀签字已来不及了。李克农亲自给彭德怀挂通了电话,问怎么办。彭德怀说:"怎么办? 我坐飞机去也来不及了。反正洋人又认不得中国的方块字,张三、李四写的他会分得出来?美国中央情报局也不会来查这个。你就代我签了嘛!"

李克农笑道:"彭老总既然授权,我可不客气了,要冒充一回彭大将军了!"

放下电话,乔冠华早在砚台里替他研好了墨,李克农濡了濡毛笔尖,写出彭德怀三个字时,邓华第一个叫起来:"像,太像了,怕是彭老总自己也分辨不出来。"

第二十四章

I

　　鹅毛扇不是那么好摇的。在北京出发前,尽管李克农和乔冠华在各方面都做了相当充分的准备,但谈判是极灵活、极易出现歧义的事,他不能不殚精竭虑地周到安排。他到来凤庄后,得了个新官衔李队长,反正队长可大可小。乔冠华成了乔指导员,这可有点局限,谁都知道指导员只是个连级干部。邓华开玩笑地说:"对不起,乔老爷贬官十级了。"

　　志愿军代表们的住地就选在来凤庄松岳山边一栋别墅式平房。在一切就绪后,李克农召集了第一次工作会议。他心脏不好,又有哮喘病,讲话不能太快,一犯病就得用药顶着。乔冠华先讲了大体安排,谈判的规律、规则、国际惯例,他举了很多有名的国际谈判的例子,也讲了伍修权大闹联合国的花絮,当时他是伍修权的助手,这些事都是亲历,因此讲来自然生动。具体策略,由李克农讲。

　　朝方谈判代表南日和张平山等也在场,由安孝相当朝文翻译。

　　李克农说:"美国人岂能愿意老老实实坐下来谈判?他们打不赢,不得已而为之。"

乔冠华说:"他们缓口气可能还要打,他们没有认输。"

李克农说:"能谈成,当然是我们的最积极的愿望,我们想停战,是真诚的,但是我们要多长几个心眼儿,不能上当,不能低估我们的对手。"接下去他分析了形势:"从谈判前景来看,在现在双方交火线上后撤、停火,乃至于建立非军事区,应当说这个目标可以谈下来,没有这几条,什么也谈不上了。我分析,我们提出撤退一切外国军队,可能卡壳。不管怎么样,我们要让全世界人民明白,我们是想要和平的,美国人如果耍花招,我们必须随时揭露他们,这两者是相辅相成的,不可偏废。好在,我们背后有彭老总的几十万大军,不然,你们几个人也挺不直腰杆,是不是?"

谈及谈判艺术,李克农和乔冠华都是行家里手,他们告诉谈判代表,不能性急,性急吃不了热豆腐。不能未经思考就"放炮",在谈判桌上说出去的话如"覆水难收",尽量引逗对方多说,抓其尾巴猛攻。大事、原则问题要集体讨论,小事可灵活处理。乔冠华还特别提出语言艺术,要幽默、有力、无懈可击,有时需要模棱两可。

南日说:"这可得锻炼一阵子。"

李克农说:"总比打仗要容易,起码说错了也死不了人。"

人们都笑起来。

2

7月9日,一架大型客机从东京起飞,李奇微和他的谈判代表们飞往开城。李奇微说:"我亲自去送各位与对手谈判,可见这件事情的重大,希望各位好自为之。"

美方的首席谈判代表是远东海军司令特纳·乔埃海军中将,他并不对这个角色有兴趣,让他出马,可能因为他的军衔正合适。他从飞行小姐手中接过一杯咖啡,说:"美国是战后第一号强国,我们在没有打赢的情况下去同对手谈判,心里难免有一种苦涩滋味。"远东海军副参谋长勃克少将是个举重运动员体形的人,他的声音总是比别人低八度,他说:"这是没有办法的事,总比打下去再死人好。"另一个谈判代表,远东空军副司令劳伦斯·克雷奇少将比较折中,这个一脸络腮胡子的大汉说:"试试看嘛,我们不能轻易屈服。"在战场上屡屡与中朝军队交手的第八集团军副参谋长亨利·霍治少将挺直他那旗杆样的细身子,说:"边打边谈,边谈边打,以打为主,这是上策。"霍治所说更能代表范佛里特的心情。

李奇微手里拿起一本封面上有朝鲜地图的书,说:"过去没有人注意朝鲜,有关朝鲜的书在书架上落满了灰尘,现在我们有必要掸去灰尘,好好研究一下了。"

乔埃说:"将军,我们的立场应该怎样呢?绅士派头?骑士风度?赌徒的心理?或者也要有悲天悯人的胸怀?"

李奇微说:"我不管你们有什么个性,但有一点是不能放弃的。要毫不调和地反对共产主义立场,从实力出发,不可软弱。"

霍治问:"将军的意思,是不是在什么情况下也不让步呢?"

"当然不,"李奇微说,"耐心也是很重要的,也许,他们给我们炸了一块烫嘴的猪排,先别急,吹凉了再吃。"

勃克说:"我们可以灵活到什么限度?"

李奇微说:"三百六十度。啊,不,那又回原地了。与东方人打交道,要非常小心,不要让他们丢面子,要不时地给他们一个台阶,这很重要。相反,当你为了争得主动时,也不妨狠狠地戳伤他们的自尊,让他们跳,让他们暴露出所有的弱点。"

几个人都心领神会地笑了。

李奇微又说:"我们不能让对手把我们的文明礼貌当成让步,把让步当成软弱。"

乔埃说:"我们并不是在战场上打了白旗之后才向他们乞求谈判的。"

李奇微说:"不过,语言也是一门艺术。掌握对手的言辞,你就可以运用共产党能够理解的语言和方法,让他们也懂得尊重别人。"

乔埃说:"怕的是他们从不把尊重别人当成一种文明。"

李奇微说:"7月8日,我方联络官金西上校向我报告,共产党又搞了名堂,一进入会场,他们抢先面冲南面坐下了。"

霍治问:"这有什么区别吗?"

"当然,"李奇微说,"按照惯例,战胜国才有资格坐北朝南,共产党一方抢椅子坐,不是表明他们胜利了吗?"

勃克说:"看来,联络官的会谈就很冷漠。"

李奇微说:"我们的金西上校一赌气,连对方提供的茶点也拒绝吃,挨了半天饿。"

人们又笑起来,勃克纠正说:"不是赌气,按东洋人传统,凡是胜利者,都在对方乞降时赏给茶点吃,我们吃了,岂不证明我们是输家了?"

克雷奇说:"我才不那么傻,只要他们的茶点里不放氰化钾,我是要吃的,吃完了告诉他,我是赢家。"

7月10日早晨,雨后初晴,太阳照着草梢上的露珠,天边斜着拱形的彩虹,是一个少有的好天气,昨晚上的一场雨似乎把充满大气层中的硫黄火药气息也都冲淡了。开城来凤庄的朝鲜人说,这是一个好兆头。他们吃够了战火离乱的苦头,他们比任何一个谈判代表更关心谈判。一个会写汉字书法、会用汉语来写七言律诗的老学究金先生告诉康乃馨,开城是个了不起的古城,从14世纪起,它就是高丽王朝的都城了。他说那时高丽王年年派使者到中国朝贡,可和美国人却没什么来往,他引用了一句中国俗语:井水不犯河水。

这正是苹果累累的盛夏时节,苹果园旁搭起了美国代表临时工作的帐篷。直升机降落苹果园,螺旋桨搅起的风扇了一地苹果。记者们向飞机拥去,活跃的金丝吉首当其冲。李奇微和谈判代表们步下直升机,记者们抢拍新闻镜头。李奇微对金丝吉说:"你不要只抢新闻镜头,来,请为我们的谈判代表团合一张影,这可能是具有非凡意义的。"

金丝吉连续按下快门,她说:"这张照片有意义,它将保存在国会图书馆里。"她亲自为将军们摆姿势,李奇微把韩国谈判代表白善烨也拉了进来。

金丝吉问李奇微:"将军不想嘱咐他们几句话吗?"

李奇微说:"换个说法,是你想从我口中掏出几句有爆炸性新闻的话。"

金丝吉笑了:"将军善解人意。"

李奇微说:"历史也许会记载,共产党人的军事侵略在朝鲜达到了顶点,此后,共产主义本身开始在亚洲自行衰退!"

金丝吉又转向了乔埃中将:"作为首席代表,将军想说几句什么呢?"

乔埃说:"我们,联合国军谈判代表,此时我们意识到分量有多重。我希望我是和平的使者。"

金丝吉说:"祝你好运。"

乔埃等人又上了直升机,翻译人员及联络官等上了另外两架飞机。李奇微和记者们目送三架飞机升空。金丝吉问李奇微:"为什么不让记者到谈判现场?"

李奇微开玩笑地说:"大约是怕你们经受不起刺激吧?"

金丝吉反唇相讥道:"神经衰弱最厉害的往往是那些自以为操纵着人类命运的大人物,而记者并不需要为谁粉饰什么。"

3

白云缕缕,在天上舒卷自如,云影在远山近岭的淡蓝和浓绿中间投下一块块的黑影,使绿色变成了黑绿。夏天的树荫下真美,小风穿过树缝吹到身上舒服极了,好久不见的放牛娃骑在牛背上在水田埂上出现,战乱中每天提心吊胆的农妇们也下到水田里去薅草,草丛中的蝈蝈也似乎胆壮起来,一声声地振翅鸣叫。

就在这伞一样的柞树荫下,韩先楚正陪着彭德怀下棋。李望提了一壶水放在一旁,说:"是不是该进洞了?万一空袭怎么办?"

彭德怀说:"今天美国人跟我们谈判,总会给点面子。你放心,不会来轰炸的。"

韩先楚说:"几点了?现在进入谈判了吧?"

彭德怀看看表说:"快了,也许该交换全权证书验看了。"他拿起一个炮啪地压在韩先楚的黑马上,大声说:"隔山炮,打你的黑马。哈哈,你没有赢的指望了。"

韩先楚说:"一下没看住,叫你钻了空子,我得悔一把。"

"不行,还带拴绳子的?"彭德怀攥住棋子不松手。

韩先楚说:"你这人,你悔八十次都行,别人悔一次都不行。"

彭德怀说:"谁让你不坚持原则呢!"

韩先楚挠挠头,说:"这棋和了。"

彭德怀就势推了棋子:"和了对,今天那边谈和,咱这边也是和为贵呀!"

韩先楚仰在草地上透过树隙看太阳,他问:"美国有几分诚意呢?"

彭德怀说:"美国陆军副参谋长魏德迈不是说了吗?朝鲜战争是无底洞,看不到胜利希望,他们也有点打不起了。不过我们有两手准备,不怕他玩花样,咱们的二十兵团、二十三兵团也相继入朝了嘛。"

这时刘亮拿了一个挺大的罐子过来,离挺远,彭德怀就说:"你拿的什么罐子?怎么那么像我们家乡的辣酱坛子呢?"

刘亮说:"你猜,是什么罐子?"

韩先楚说:"不会是尿罐子吧?"

刘亮大笑起来,他打开用牛皮纸封着的口,凑到彭德怀鼻子底下:"你闻闻!"

彭德怀用力吸了一下鼻子,说:"好香,是豆豉辣酱,加了肉末!错不了,像是我老婆炸的酱,走出十万八千里,我也能分辨出这个味道来。"

"别神了!"韩先楚说,"是想你家老浦了吧?"

刘亮说:"彭总的鼻子还真好使!一点不错,豆豉肉末辣酱,是彭总夫人托人从国内捎来的,这还有封信。"

彭德怀一边抖信一边说:"中午我请客,吃豆豉酱!"

4

朝中方派了安全军官及译员在川沙江畔的板门店准备接应客人。担任警卫的中朝战士服饰整齐,我方工作人员胸前佩戴着红布条,写有"朝中停战谈判代表团"字样。

朝中方谈判代表到代表团住房前集合,那里的凌霄花开得正旺。

上午9点,美方两架直升机先后降落。美方联络官金西上校上前迎接,向第一个走下飞机的乔埃敬礼。乔埃漫不经心地把手在帽檐上举了举,向他的吉普车走去。他发现了挡风玻璃上的两个弹孔。一面大白旗插在了吉普车前面。吉普车在我方引导下向前开去,那面特别醒目的大白旗迎风飘舞。乔埃和他的助手们个个在吉普车上正襟危坐。

金丝吉突然发现了那面迎风飘动的大白旗,她咯咯地笑个没完,好多人都回头去看她,没人知道她笑什么。她对大胡子记者贝却笛说:"我们这些精明的将军们叫中国人耍弄了。车上插了这么一面白旗去谈判,这不是等于去投降吗?"这一提示,好多记者都以为抓住了谈判的第一个值得置喙的笑料,赶过去拍照。

来凤庄的气氛令聚在场外的记者们猜测不透。双方兵戎相见的将军们,会以什么样的心情和姿态化干戈为玉帛呢? 当乔埃率他的代表团到达过厅时,南日首席代表上前会晤,伸出手去说道:"朝鲜人民军总参谋长、朝中方谈判首席谈判代表南日大将。"

乔埃伸出手去:"海军中将乔埃。"他注意地看了看着灰色制服有红色拷边的朝方代表及穿土黄色军装制服上没有军阶标志的中方代表,然后向大厅走去。

一张铺着绿色台布的长桌,南日带他的成员坐在了北面,朝南。乔埃似乎迟疑了一下,已经没办法,只好坐到了对面。他忽然发现,南日的椅子很高,而自己的很矮。南日讲话或看他时,有居高临下之势。乔埃颇不高兴。这时,他的随员把一个挂着"联合国"小旗的带底座的旗架,放到了他们一端。

乔埃心里多少平衡了些,他们也有稍胜一筹的时候,中朝方竟忽略了代表他们尊严的国旗。南日看到了旗,与邓华交换了一个眼神。邓华侧过身去看了一眼坐在后排的柴成文。柴成文立刻起身离去。只这一眼,柴成文就什么都明白了。他若无其事地走到门外,对一个工作人员吩咐:"马上赶制一面朝鲜旗,要一个大铜座,比他们的旗要高十厘米。"工作人员飞跑而去。

遵照李奇微的指令,乔埃早已准备好先发制人了,双方坐定,乔埃屁股欠了欠,抢先发言:"今天在此地开始的谈判为世人瞩目。我方希望你们共产党军一方能够正视现实。"

南日马上反唇相讥道:"阁下不是和共产主义者谈判,而是与朝鲜人民军、中国人民志愿军的代表谈判。"他闪了白善烨一眼,不客气地说,"当然也不得不包括你们的爪牙!"

白善烨的自尊受到了伤害,他怒气冲冲地站了起来,夹起文件包要走。

乔埃向霍治使了个眼色,霍治也离席,对白善烨耳语道:"忍耐才能胜利。骂人的事常有,你又不是没听过,你也有嘴嘛。"白善烨这才忍气吞声坐下。这时,乔埃向上挺了挺身子说:"谈判的成败与否,取决于在座的各位代表的诚意。在停战协定签字之前,战火仍在燃烧,延迟签字一分钟,都会有成百上千个生命在地球上消失。我声明,我们谈判讨论的范围,仅限于韩国境内的纯军事问题,如你方同意,请就在此签字,作为我们谈判的第一个协议。"他目光直视着南日,"你同意吗?"

南日想划火柴点上香烟,抓起面前一盒火柴,一连划了几根没有划着。他有几分发窘,便伸手从马裤口袋里摸出一个美国造的打火机,"嚓"一下点燃。关闭打火机后,发现几个美国人都把揶揄的目光对着他。南日灵机一动,一回手,把美国造打火机丢到了身后的窗外。南日吐了一口烟说:"我想知道像你刚才所陈述的理由以及签署这样一个协议的必要性。我们现提出三条原则。"他把书面材料推向桌子中央红线。

乔埃伸手去拿,因材料在红线那面,他的手伸过了红线,觉得不妥,又缩了回来,乖乖地放在红线这一侧。南日发觉,又向前推了推,那份材料过了红线,乔埃这才拿起来看。

接着是邓华发言。

联合国方的翻译吴中尉在纸条上写了一行字,推给乔埃,上面写着:他就是邓华,此人极会打仗,他率领第十五兵团一直打到海南岛。乔埃发现,邓华也很能演讲。

邓华没有讲谈判程序细节,而是从和平大局出发,希望美国一方用实际行动表现停战诚意,他不希望发生利用谈判当缓兵之计的事情,虽然我们一点都不怕。

这时,一中方工作人员和一朝方人员持一面比联合国旗高十厘米的朝鲜国旗走了进来,巨大的铜座闪闪发光,往我方一放,立刻显得他们的联合国旗很小气。

乔埃与他的同伴相互看看,咧了咧嘴。他放下中朝方的三点建议,也拿了一份文件,推过红线,也没有一次到位,他用红蓝铅笔推过了界。南日拿起了他们的九项议程。

乔埃说:"这是我们的九项议程草案。我们代表团成员中都是职业军人,我们不谈政治。而你们的三点建议中涉及了政治,撤出外国军队这一条,就是政治范畴。"

暂时谈不下去了,南日建议休息二十分钟,代表们都到外面的草地上去散散步。乔埃和霍治咬了一阵耳朵,两个人不怀好意地望着南日大将笑了笑,低着头终于在草丛中找到了南日扔出去的打火机。乔埃拾在手里,对霍治说:"果然是美国货,我们没有猜错,当他使用火柴几次都划不着的时候,他忘了场合,不该拿出美国打火机。他很敏感,意识到了自己犯了崇美病,于是扔了打火机以示蔑视。"

霍治说:"这打火机也许是从美国兵俘虏兜里掏出来的,或者在死尸上翻出来的。他总不会到华盛顿去买一个打火机吧?"

两个人纵声大笑。

南日气冲冲地走过来,他已经看到了霍治手上拿着他抛出窗外的美国打火机。

"将军还要吗?"霍治头一歪,把吴翻译叫过来,让他翻给南日听,"或者,我可以送给你一个更好的。"

南日说:"那是我扔掉的垃圾。"

乔埃背起手来对他说:"你的座位比我的高二十厘米,这不公平,违反了平等对等原则。你以为你可以永远用居高临下的角度看我吗?如果下一次我的座位没有升得与你的一样高,我的代表团将在提出抗议后离会。"

5

座位高低,这当然不是休会的理由。李克农分析,其根本原因是现在华盛顿可能又不那么迫切需要谈判了,与他们又找马立克、又找瑞典朋友来探口气时不一样了。李克农说,不管怎样,我们也有两手,兵来将挡,水来土掩!

座位还没有升高,"打白旗"又成了一条新闻,这是金丝吉做的文章。她发表了一篇奚落联合国方代表无知的专栏文章,题目是《美军打着白旗在开城向中国人俯首称臣》。最初文章发表在《芝加哥论坛报》,后来《纽约时报》《华盛顿邮报》等大报纷纷转载,这使艾奇逊和杜鲁门都十分恼火,如果没人提起来倒也可以糊涂过去,这一揭穿,杜鲁门认为谈判者是白痴。

在朝鲜汶山美方谈判代表团驻地,联络员金西上校拿了一张报纸来到乔埃面前,说:"这个金丝吉,在全世界人民面前嘲弄我们。"

乔埃说:"这记者胡说嘛,按世界战争史的惯例,白旗并不代表投降,而是中立之意。"

恰巧这时金丝吉背着相机进来,说:"但是将军别忘了,战场上投降的人举起手来,通常也竖起白旗.你可以理解为中立,也可以解释为投降。特别是东方人,他们对白旗的理解只有一种——投降。"

乔埃说:"原来如此,怪不得昨天他们见我们的车上插白旗,脸上都是一种难以捉摸的笑呢!"他对金西说,"你去同他们交涉,如果不取消这一条,我们拒绝去谈判。"

康乃馨占了懂英语的便宜,她在开城中立区的一家书店里看到了《华盛顿邮报》上转载的金丝吉的文章。她很为金丝吉的辛辣文笔叫好。康乃馨没必要在同一个问题上再奚落美国人了,她换了个角度,写美国人怎样后悔,又派金西上校来中方交涉。如果不取消车前插白旗的规定,美方将拒绝谈判。

李克农笑了:"打白旗是他们自己提出来的呀,现在又觉得面子上不好看了。"

乔冠华说:"那就不插白旗吧,可以答复他们。"

屋子里的人都笑了。

6

后方野战医院简易会议室里挤满了医生、护士。林院长给医护人员开会。他说:"现在是停战谈判阶段,暂时不一定打大仗,各部队都有不少伤员需要转运,有好多得不到及时治疗,病情恶化。趁打仗的空隙,我们抽调一批人下到各军去,能够就地手术的,手术完了再往后方转运。谁去哪里,名单我都写好贴在墙上了,从明天起,各部队都会来人接你们。"

医护人员们都围过去看名单。江小帆看了半天,没有找到自己的名字,就过去问林院长:"林院长,怎么没有我的名字呀?"

林院长故意地说:"我怕随便分了不如你意。"

江小帆说:"这是什么话。好像我经常不服从分配似的。"

林院长问:"你得说心里话,你最愿意去哪个军?"

江小帆说:"哪儿都一样。"她脸红了。

林院长说:"是吗？那我可随便分了？你可不兴后悔。"

江小帆说:"林院长尽拿我开玩笑。"

林院长说:"你以为我看不出来呀？我这人,恋爱专家！某男某女的一句话、一个眼神,我就能判断双方有没有好感,交往有多深。"

江小帆说:"那林院长看出我的眼神有什么不对了?"

林院长呵呵一笑说:"上三十九军去吧。"

江小帆脸更红了,但显得特别喜悦:"我同意。"

林院长说:"我若不给你创造这么个机会,你得天天骂我。"

江小帆说:"林院长真够厉害的了,你怎么知道?"

林院长说:"上个月参谋长给你捎过一封信来吧?"

江小帆笑了:"这你也知道?"

"对不起,不但知道,而且你的信我拆看了。"他望着江小帆笑,"真对不起。"

江小帆脸上现出不悦和迷惑的神情。

林院长说:"这可不能怪我不讲道德。你那位马大哈的参谋长也给我写了封信,两封信却装错了封套,这能怪我吗？不过我没多看,只看了一句亲爱的,就连忙把信换过来了。"

江小帆不好意思地"唉呀"一声,捂着脸跑了出去。

"回来！任务没交待完呢。"林院长说。

江小帆又踅回来。林院长说:"你在三十九军不是长待,他们离开城很近。你的主要工作地点在开城,为我们的谈判代表团当军医。"

江小帆说:"那我不回来了吗?"

林院长说:"一直待到谈判签字,谈崩了就是另一回事了。"

江小帆问:"给我几个人?"

林院长说:"内科医生李邱,再加两个护士。不能再多了,他们那儿有几个医务人员了。"

7

7月15日,乔埃一进入谈判厅就站住了,他首先看他的椅子升高没有。

南日指着乔埃的椅子说:"将军对椅子不再有异议了吧?"

乔埃坐上去试试,与南日一般高,他满意地说:"我们可以平等对话了。"

南日说:"不把撤退外国军队列入议程,还谈什么停战、和平?这是防止战争复发的前提。"

乔埃强词夺理地说:"朝鲜战争爆发时并无外国军队,恰恰是外国军队撤出不久就爆发了战争。"

邓华说:"按照将军这个逻辑,只有新殖民主义者在全世界各地驻军,才可能防止战争,先生不感到这很荒谬吗?"

理屈词穷的乔埃说:"我们联合国军总司令只对十六国部队有指挥权,尚未接到授权指挥撤退。那是联合国的事。"

南日说:"这不过是一种托词,谁都知道联合国军是怎么回事。"

乔埃说:"我们还是希望尽快达成议程协议的。"

谈判进展缓慢,谈了好几天,连议程还没有定下来,更不要说实质性内容了。即使这样,李承晚仍然大为不满,在他看来,只有打下去一条出路,他想的是统一朝鲜半岛,并且是由他李承晚统一。这样,李承晚就从根本上反对谈判,反对停火。他甚至暗示新闻界,于是报纸上出现了"韩国被美国人出卖了"的论调。

杜鲁门指示李奇微要安抚这个盟友。

7月16日,李奇微和穆乔大使、乔埃中将一起接待了李承晚总统。

李承晚显得很激动,一落座就说:"我们不希望被出卖。"

李奇微说:"我们时时在考虑你们的利益,这次谈判也一样。"

李承晚说:"我6月27日发表的声音,将军显然不会视而不见吧?对于停战,我们的立场是,中国军队必须完全撤走,朝鲜人民军必须解除武装,联合国应拒绝第三国援助朝鲜。"

李奇微与乔埃等人相视而笑,在他们看来,这无异于痴人说梦。

乔埃说:"我们美国人介入这场战争,死了几万人,不就是希望总统先生做出这样的结论吗?"

李承晚说:"当初是。现在你们改主意了。"

穆乔大使说:"恐怕应当说,是时局逼我们不得不改主意。"

李奇微说:"打了一年的仗,战场上拿不到的,指望在开城的谈判桌上全都拿到,我想那是梦想。将军不会不顾这样的事实。"

"所以,"李承晚来回走动着,打着手势说,"我们仍然不改初衷,希望你们帮我们打到鸭绿江畔去!"

乔埃说:"那就不要谈判,打。"

穆乔说:"问题是我们陷入这种无休止的战争,几时是个尽头?中国参战,就成这个样子,如果苏联再插手进来,更不可收拾。"

李承晚说:"我不能在半壁河山维护我们的民族,一个分裂的朝鲜就是被毁灭的朝鲜,同意分裂下去,就是要接受丧失自由这一事实。你们现在谈什么军事分界线,'三八线'也好,'三九线'也罢,不都是要分裂朝鲜吗?"

李奇微说:"三十八度线的存在,已经是一种不可更改的历史遗迹了,这不是我们所能改变的。"

李承晚哀叹道:"谈判就是投降,承认共产帝国把'三八线'以北的兄弟姐妹抛进痛苦的深渊。你们美国不是口口声声讲人道吗?这是你们的人道吗?"

李奇微说:"我们所能做到的,是尽量在停战协议签字之前,抢占多一寸的地盘,否则就更加亏本了。"

乔埃说:"我们不能同意'三八线'为界,那样我们将不得不放弃现在的涟川—铁原—金化一线,而不得不占领开城以西完全难于防守的一线。"

李奇微说:"我们可以提出在鸭绿江图门江以南任意画一条线,不妨价码开大一点,想卖一千元的东西,要先喊出两千元的价来。依我的经验,双方的方案加起来被二除,通常容易通过。"

李承晚说:"这并不能解决根本问题。"

李奇微说:"我也赞同一直打到鸭绿江边,可我们现在办不到。况且,停战谈判是白宫做出来的决定。"

李承晚说了一句"我将给杜鲁门总统亲自写恳请书"就咚咚地迈着大步走了。

李奇微做了个爱莫能助的手势。

8

江小帆来到三十九军半个多月了,她几乎天天换地方,到各师、团去处理伤员,反而没有机会见到张国放,只在来的那天见了一面。

7月26日是个值得纪念的日子,开城谈判取得了进展,双方达成了五项协议,实质性谈判的大门终于敲开。

这天吴信泉派人把江小帆从五十里外接回来,吴信泉给她饯行,他无法再留人了,开城那边催了几次,让江小帆去报到,解方说吴信泉是半路打劫。吴信泉的饯行是别开生面的野餐。吃的东西也多是野菜、山菜、蕨菜、薇菜,还有草甸子里随手可采的蘑菇、金针菜。他们在一条小河旁临时用卵石垒灶烧饭。这是一条很浅的小河,从山顶流下来,河床里堆满了巨大的青石,水声就特别响亮。

张国放在大石头上摆了些盆盆罐罐,里面煮的是鱼。

吴信泉对江小帆和她医疗小组的人说:"来吧,今天我请你们吃鱼——鲇鱼、鲫鱼,什么都有,是张副参谋长下水去捉的,招待招待你们。"

江小帆夹了一块鱼肉放到嘴里,说:"真香,好像还从来没吃过这么好吃的鱼呢。"

吴信泉说："江医生真会说话。"

张国放说："也真实可信，江水煮江鱼，原汁原味，最为上品。小时候我和爷爷在松花江边钓鱼，钓上来就在江边煮着吃，吃了这样的鱼，以后什么饭馆的鱼宴都吃不下去了。"

江小帆对她的同伴李邱军医说："既然这样，咱们海吃一顿，下半辈子就不吃鱼了。"

人们都笑起来。吃过饭，别人都回到军部去休息了。小河旁只剩了吴信泉、张国放和江小帆在收拾。三人在小河里刷碗，一些小鱼游过未抢吃鱼肉末儿。

江小帆说："鱼吃鱼，好残酷。"

张国放说："人吃人，不是更残酷吗？"

吴信泉说："张副参谋长是我们军的大秀才，彭总都夸他有才呢。不过，人有才华也是个累赘。"他显得煞有介事。

江小帆认真地问："才华怎么是累赘呢？"

张国放在一旁笑："你可要叫军长绕进去了！"

吴信泉说："别呀，可别搞统一战线了。我是说呀，人有才麻烦。江医生，我告诉你一个秘密，我们在漯河驻军时，唉呀，坏了，推不开门了，大学生啊、文工团员啊……反正看上张副参谋长的人能有一个加强连，我恨不能派出一个警卫营去维持秩序。"

张国放笑："军长又开天大的玩笑，拿我打趣！"

笑得前仰后合的江小帆说："我可看不出来你们张副参谋长有这么大的魅力。"

"你褒贬了？褒贬可是买主啊！"吴信泉说。

"怎么又扯我身上来了？"江小帆说。

吴信泉说："一般人，譬如像我这样子不怎么及格的，就不敢挑拣，所以赶紧找一个对象，人家张副参谋长就不犯愁了。"

张国放说："吴军长今儿个是怎么了？专门拿我寻开心。"

吴信泉站起来说:"不说了,走人。我这人有个爱好,喜欢给人介绍对象,可十回有八回失败,我老婆总笑我乱点鸳鸯谱。不是说撮合男女婚事增寿吗,我想多活几年,你们哪位若是想让我增增寿,不妨来找我。"他哈哈笑着走远了。

江小帆说:"吴军长真风趣。"

张国放说:"打起仗来一只虎,你在战场上若见到他,可不是这个样子了。"

江小帆说:"你在战场上什么样?我想象不出来。"

张国放说:"我也会张口骂人,你信不信?"

"绝对不信。"江小帆说,她在水中泡着双脚。

张国放说:"再温文尔雅的人,在战场上也不可能斯斯文文,延迟一秒要死多少人,说往上冲的时候你不冲,必须顶住的时候你不顶住,别说骂人,打你一顿都是正常的。你知道一八〇师长的事吗?"

江小帆摇摇头。

张国放说:"师长叫郑其贵,指挥失误,把全师都丢了,自己倒跑回来了,彭总气得要枪毙他。"

江小帆问:"毙了吗?"

"没有。"张国放说,"过后彭总又心软了,原谅了他,只是撤了职。若在气头上,可就没准了。"

江小帆随手在草地上采着绚丽的野花,一会儿就采了一大把。

张国放说:"我们军出了个孤胆英雄,他那天拉肚子,掉了队,等他提着裤子站起来时,吓了一跳,他钻到敌人堆里来了,七十多个鬼子在烤火背风。他只要一站起来就完了,他壮着胆子大喊一声,缴枪不杀!稀里哗啦打了一梭子,啊哈,一下子抓了七十八个俘虏。"

江小帆看了他一眼,说:"我可不是来听你讲英模故事的呀。"

张国放看了她一眼,说:"你明天要到开城去了,我忘了。"

江小帆说:"你这人,记性不怎么样。"

张国放说:"分什么事。"

江小帆说:"什么事记得最清楚呢?"

张国放说:"你对我的一句话,还有每一个笑容,我都永远忘不了。"

江小帆说:"也包括写信吗?"

"当然了。"张国放夸口地说,"我给你写一封信,改了写,写了改,写了七八遍。比我给军长写战报、写战役计划费劲多了。我写给你的信……我可能太冒昧了,你一直没有回信,我心里直打鼓,你那么忙吗?"

江小帆说:"你给我写信了?我怎么没接到?"

张国放愣了:"没接到?怎么可能!送伤员的于参谋回来说,他把信交给了林院长,这还有错吗?"

江小帆"扑哧"一下笑了:"你把给我的信装到林院长的信封里了,我看到的是你给林院长的感谢信。"

张国放呆了,进而拍了拍脑门:"唉呀,可丢大丑了。"

江小帆咯咯地乐起来:"还吹不吹了?我说你这人记性不好,屈不屈呀?"

"不屈。"张国放说,"那,你真的没看到我的信?"

江小帆说:"林院长会贪污你的情书?"

张国放说:"你……看了信,没有反感吧?"

江小帆说:"你好笨!有十好几个军在朝鲜,我干吗非到三十九军来呀?"

张国放忘情地拉住她的手。

江小帆甩开他:"那边有人,小心叫人看见。"

张国放躺在草地上向往地说:"快胜利了,谈判一结束,我们就该凯旋回国了。"

江小帆说:"我万一活不到那一天呢?"

"尽胡说,"张国放说,"我们都能活着回去。人生,对于我们来说,才刚刚开始啊。"

绿色的蝴蝶在花间翻飞,叮冬的流水在石缝间溅起雪白的浪花。

"唱一支歌吧。"张国放说。江小帆轻展歌喉,唱了起来:

山连着山,峰连着峰,
我的心在群山中跳动,
风啊风,你停一停,
把我的心声送到北京,
送到我亲人的梦中……

这是当年在志愿军里很流行的歌,并不是知名的作曲家和词作者所写,但可能因为它渗透着浓浓的乡情,所以被战士们所喜爱。明天江小帆就要告别张国放上路了,在天和地这广阔的空间,此时只有他们两个人,世界在这里仿佛有了一个盲区,他们暂时遗忘了一切,他们也被遗忘了。

第二十五章

I

江小帆到了谈判代表团驻地以后,很快把医疗站建立起来,她干什么都喜欢正规。她找了些木板,和护士小袁想钉一个药橱,可一下锯就跑偏,钉钉子把手指头砸了个大紫泡,一个上午,累得满头大汗也没钉成。排长姚庆祥是巡逻部队的,他经过医疗站时,看见江小帆其笨无比的样子,嘿嘿地笑了。他问:"做什么?"

江小帆说:"做个药架子,有门没门都行。我太笨了。"

姚庆祥问:"有尺寸吗?"

江小帆笑了,揉着手指头说:"啥尺寸啊,实在不行,钉个箱子也行,能装药就可以。"

姚庆祥二话不说,接过弯把子锯,对那堆七长八短的木料琢磨了一下,开始锯木头。在江小帆、小袁看来不胜其难的事,在姚庆祥手里跟玩似的,不一会儿就锯完了板,又开始刮刨子。乐得江小帆又是给他去要烟,又是倒开水喝,你不论说什么,姚庆祥只是嘿嘿地乐。他后来告诉江小帆,他当兵前学过木匠手艺,父亲、祖父都是木匠出身。仅仅一个下午，光滑漂亮的药橱就立在医疗室里了，因为傍晚姚庆祥要去值勤巡逻，他答应明天再来，给药橱安上两扇门，再刷上两遍油。小袁得寸进尺，问他会不会打个器械台和诊疗床，姚庆祥"嘿嘿"乐了，说了声行，就走了。

江小帆心里过意不去，就去找解方、找李克农"搜刮民财"，这个帽子是乔冠华给她扣上的。牛肉罐头、小香肠罐头、香烟她弄了一大堆，这是准备犒劳姚庆祥的。

在离开小来凤庄后，姚庆祥带着三十几个战士开始在松谷里一带巡逻。这里属于开城中立区范围，联合国军方面和中朝军队都不能越雷池一步。李克农对负责中立区安全的四十七军巡逻部队再三叮嘱，不可掉以轻心，因为南韩方面对停战谈判本来就很消极，必须加强防范，以免他们破坏，制造事端。姚庆祥万万没有想到，此时正有三十多个南韩的武装分子埋伏在他们必经的路上，在松林中。当姚庆祥带队经过松林时，一阵猛烈的机枪、卡宾枪扫射过来，姚庆祥中弹了，另外几个战士也受伤倒下。姚庆祥挣扎着爬起来，握着手枪大叫："散开，还击！"志愿军巡逻队向松林射击，包抄过去。狙击的敌人逃走了，但姚庆祥已经永远地闭上了眼睛。

这次血腥屠杀，震惊了开城。我方立即向联合国一方交涉，提出抗议，认为在中立区内发生这种事，是蓄意谋杀，并要求组成联合调查组调查。美方不得不派出金西上校和勃克少将两人会同我方人员赶到出事现场。

面对姚庆祥的遗体，柴成文质问金西和勃克："这是中立区吧？你不否认你方的罪行吧？"金西无言以对。柴成文说："明天我们要为姚庆祥举行追悼会，我们要求你们二人代表联合国一方参加。"

勃克看了金西一眼，说："我们要请示。"却悄声对金西说："绝不上当。我们一来，等于低头认罪，照片一发表，我们的罪名就成立了。"

李克农要请记者们参加，开一个盛大的追悼会，当然是一种抗议和示威，是舆论宣传。

乔埃拒绝派代表来参加追悼会。勃克早已道出了乔埃的心思,只要他派了代表来,就等于承认他们的罪行,那可就有口难辩了。

面对血的事实,美方首席代表乔埃8月21日复函,竟说不能证实这一指控,并说不能对游击队的活动负责。接着,又发生了8月22日美军飞机轰炸开城中立区的事件。

金西虽然硬着头皮不得不来,可他来之前已经想好了对策:拖,矢口抵赖。

这两起破坏谈判的事发生后,李克农马上向彭德怀报告,经过研究,以金日成、彭德怀的名义给李奇微发了抗议电报。李奇微此时对谈判的主导思想已由起初的"试着谈"变成了"不急于谈"了。美日缔结了《对日和约》,他们认为在世界舆论面前得了一个高分,人们的注意力转移了。希基对李奇微说:"金日成、彭德怀来了抗议电报,说这是我方的严重挑衅。"

李奇微说:"他们中止谈判的真正原因恐怕是中国未被邀请参加《对日和约》,这是一种报复。好吧,以我的名义给他们回信,这百分之百是由共产党导演的。告诉他们,指控我们飞机轰炸中立区,纯系捏造,十分荒谬。我将指示我的代表,为寻求一个合理的停战协定与你们会晤。"他停了一下,说,"由直升机把信件送往开城,把信件手抄本送给金日成、彭德怀。"

希基说:"范佛里特将军的计划您看了吗?"

李奇微说:"看了,他可以马上行动,教训教训中国人。既然谈判桌上谈不拢,就让飞机大炮说话吧。我们并不怕他们,第四十五、四十六师已经从日本派往朝鲜,从国内补充的十万兵员也到了前线,我们有足够的能力与他们打一场。"

希基说:"不过,我们的夏季攻势开头可不怎么妙。咱们三个师发起攻击,没有前进一步,倒损失了两万多人。"

李奇微说:"现在是谈判期间,有些事情还是对记者封锁消息为好。"李奇微毕竟不敢公开退出开城谈判,用彭德怀的话来说,他是"谈时想打,打时想谈"。

听说号称"血岭"的前线还在打,而且打得比谈判前还激烈、残酷,金丝吉就溜出了她认为暂时不会有什么爆炸性新闻的开城,和几个记者在隆隆的炮火声中钻到了前沿阵地。

拜尔斯将军十分惊讶:"你们不怕死吗?怎么钻到这里来了?"

金丝吉说:"李奇微将军告诉我,没有什么夏季攻势,那只不过是南韩部队与北朝鲜人之间的小小摩擦而已,现在我总算看到了真相。"

大炮在隆隆射击。

一个用棉花堵着耳朵的记者问:"将军,你们的战果很理想吗?"

拜尔斯说:"我们夺取了血岭。"

金丝吉说:"就这么一个小小山头吗?"

拜尔斯说:"半平方公里。"

金丝吉说:"为了半平方公里,付出两万七千人的代价,值得吗?"

拜尔斯说:"这是战争,不是做买卖,没有什么值得不值得。"

金丝吉说:"我要告诉美国的母亲们,正当停战看起来要成功的时候,美国军方发动了夏季攻势,并且一直秘而不露。"

拜尔斯火了,质问地说:"你是美国记者还是中国记者?"

金丝吉愤愤地说:"我是有良心的记者。"

2

用彭德怀的话说,敌人有两手,我们也从来不是一手。我们一分钟也没有放松前线的警惕性。彭德怀的几员大将都不在,邓华、解方去了开城当谈判代表,洪学智专门去组建后方勤务司令部,彭德怀更是夜以继日地守在作战室了。

9月9日,他把韩先楚召来,一起研究敌情。韩先楚说:"敌人现在正向黄基、松鱼月我防地攻击。"

彭德怀在地图上找了一下,用红蓝笔勾了个圈。他说:"告诉下面,还是那句话,谈的耐心谈,打的坚决打。把六十四军、四十七军、四十二军、二十六军运动上去,向德寺里、西方山、半流峰敌人阵地发起攻击,狠狠打。"

说到开城中立区被炸,彭德怀问李克农他们挖了防空洞没有。彭德怀说,不要以为中立区有什么可靠的中立,一翻脸,什么账都不认,不能吃哑巴亏。

韩先楚说:"谈判代表团已经挖了防空洞,李克农他们也疏散开了。"

彭德怀说:"这样好,别叫人家一窝端了。"

韩先楚说:"看来这谈判还急不得呢。"

"打打谈谈,早就料到了的。"彭德怀说,"想在谈判桌上讨便宜,没门儿。不然,为什么我们继续派兵入朝作战,志愿军七十七万人马,美国人怕不怕?说不怕是假话。"彭德怀分析,美国可能还要来个秋季攻势,《对日和约》的成功,他们又要忘乎所以了。

彭德怀分析得一点不错。杜鲁门和艾奇逊两巨头正为此沾沾自喜。杜鲁门对艾奇逊说:"现在,我总可以松一口气了,《对日和约》和《日美安全条约》,是保证我们亚洲利益的所在。"

艾奇逊说:"四十九个国家代表参加旧金山的签字仪式,这是了不起的,我原以为苏联会抵制,没想到他们也要参加。"

杜鲁门说:"斯大林有斯大林的想法,他知道他阻挡不了我。他可能又要提出让中国参加对日和约的问题,我们不会给中国这个方便。"

艾奇逊说:"那么,苏联和他的东欧小兄弟们有可能拒不签字。"

"我从来就没看重过他们签字。"杜鲁门说。

艾奇逊说:"李奇微那里在抓紧进攻,夏季攻势不行再来个秋季攻势,我们有《对日和约》一个大举动,暂时没人注意那边的事情。"

杜鲁门说:"要告诉李奇微,要打出个样子来,打得好,才谈得赢,这是三岁孩子都明白的道理。"

艾奇逊说:"不过,开城的谈判还应当维持下去,我们不指望它,可它在世人面前是个良好的形象。"

"当然。"杜鲁门也是这个意思。

9月10日,敌人的飞机再次侵入中立区上空,在满月里投下了炸弹,几栋民房被炸毁。我方联络官张春山、毕季龙与美国上校戴罗来到现场调查。

张春山说:"这是你方飞机第四次轰炸开城中立区。"

毕季龙说:"人证物证俱在,你方违反协议的事实,你们还想推卸吗?"

爬上房顶的戴罗说:"现在还很难说……"

张春山说:"如此说来,你只有亲自开着这架飞机飞到这里,亲自往下扔炸弹才能肯定了?"

戴罗哑口无言。看上去木讷的戴罗显然比金西和勃克要老实,狡辩的水平也不高。恰在这时,远方传来飞机马达声,人们不禁举目望去。戴罗也紧张地向天空张望。不一会儿,两架美国轰炸机飞过来,盘旋一圈,连飞机上的标志都看清楚了。其中一架一栽翅膀,"哒哒"地扫了一梭子。人们都伏在地上。这等于在戴罗的脸上重重地打了一记耳光。戴罗趴在地上骂了一句粗话:"狗娘养的,真丢脸。"

飞机飞走后,人们从地上爬起来。张春山揶揄地看着戴罗,说:"上校现在总不能说不能确定了吧?你自己的生命都受到了威胁。"戴罗十分尴尬。他甚至表示,对这件他亲眼见到的"不文明行为"绝不庇护,他将正式向他的长官报告。连戴罗都出来指证美国飞机侵入中立区,又在人家面前承认了,李奇微十分恼火,他先是骂了一大堆自己人的话,他认为这是些低能儿,干了事总要留下尾巴叫人家抓。李奇微在电话里发火说:"告诉空军那些浑蛋军官们,如果他们在这待腻了,请他们回家去抱孩子。"

戴罗上校说:"我险些死在自己人的手里,这叫我十分没面子,我们再也无法推卸了。"

李奇微对希基说:"以我的名义致函,承认此次飞机侵犯中立区事件是我方所为,并表示道歉。"

3

安东浪头机场在1951年9月25日这一天显得特别庄严。志愿军入朝作战后一年,中国的空军终于要跃上蓝天一搏了。一排排战机在阳光下熠熠闪光,机械师们正对飞机做最后一次检查。一排飞行员站在停机坪前。他们几个月前还是连飞机也没坐过的步兵,现在他们要驾驶着银鹰在天上飞了,个个都是摩拳擦掌。空军第四师师长在队前讲话:"……你们是我国第一批飞行员,你们将驾驶第一批战鹰在蓝天与敌人搏斗。因为我们没有空军,我们吃够了苦头,现在该是报仇雪恨的时候了。"

警报响起来。师长一挥手,飞行团长李永泰叫了声:"登机!"飞行员们迅速跑向飞机,拉上舱盖。塔台发出指令:"〇一〇,可以滑出!"李永泰的飞机第一个滑行起飞。

一架接一架喷气式飞机飞上蓝天。

在李永泰的座舱里,他在不停地呼叫:"〇一,跟上。"

〇一号飞行员说:"是,〇一明白!"

这架飞机紧紧跟上。

李永泰又在呼叫:"〇一三,靠拢。〇一四,你哪里去了,别打乱编队!""是!"十六架银鹰像群燕掠过天空。

这时李永泰听见师长在地面呼叫:"〇一〇注意,乌鸦一群,在你右前方三十公里,高度七千,注意搜索。"

传来李永泰的声音:"〇一〇明白。"随即向大队发令,"一大队高度九千,二大队七千,航向一百四十,注意搜索目标。"

又传来一声声回答:"〇一明白!"

李永泰驾机在云上飞着,左右观察搜索着,忽然他捕捉到了目标:

"报告,右下方发现敌机,约有一百架,高度四千,距离十五公里。"远远地,李永泰已经看见了目标。

黑压压一群 F-80 佩刀式掩护着 F-86 轰炸机正在轰炸江桥。他们欺我们没有空军,在空中横行霸道惯了,今天居然连队形都没有严格排列,真正的一群乌鸦,李永泰不禁心头火起。这时李永泰发令:"一大队升高掩护,投副油箱;二大队跟上,随我攻击!"接着是一阵"明白"的喊声。李永泰一个急转弯,冲向敌机,咬住一架敌机尾巴。敌机发觉,右转弯想逃走,李永泰早把它牢牢地套在准星标尺的十字架上,开炮。那架敌机起火了,一头栽了下去。

这时李永泰的伙伴们也都在向密集的机群开炮,相继有几架敌机中弹起火。忽然,李永泰发现一个战友正被敌机袭击,他高叫:"〇一五,注意后面,升高!左转!"李永泰扑过去,向那架敌机开火。他的僚机突然喊:"〇一〇,拉起来!"

李永泰被敌人击中了,飞机在冒烟。李永泰看了一眼仪表,大叫:"别管我,继续攻击,〇一,由你指挥。"

"〇一明白。"一大队长回答。

干净利落的空战结束了,敌机机群向东面海上逃逸而去,李永泰接到了返航的命令,这时他的飞机已经伤得不轻,变得难以驾驭了,他渐渐掉了队,飞机一个劲儿往下栽,他听得见地面的呼叫、战友的呼叫,可他的无线电也坏了,他眼前是一片茫茫云海。

浪头机场停机坪外站满了人,他们都为李永泰捏一把汗。一架架战鹰呼啸着返航。所有的首长、地勤人员都站在那里看。天空已经没有了战鹰的影子。有的女同志哭了。

下了飞机的飞行员叫着:"团长——"

师长看看表,说:"油早耗尽了,李永泰飞不回来了。"

有人说:"也许,他跳伞了……"

人们仍旧站在那里等待,期待着奇迹发生。

忽然,一阵隆隆声传来,人们看见了天边一个银色的影子一闪,奇迹真的出现了。

人们欢呼起来。只见李永泰驾着受了伤的战机飞过来。飞机不稳,摇摇晃晃。

塔台在指挥:"〇一〇,拉起来,拉起来!好,好,平飞!"

机舱中,血从李永泰的皮衣服里渗出来,他的脸坚毅得如同一块生铁。

人们握着拳头担心地望着跑道,女同志吓得闭眼不敢看。一阵轰鸣,李永泰颠簸着安全着陆。所有的人跳起来欢呼,冲上去。师长一边跑一边喊:"第一次空战,击落敌机八架!李永泰是打不烂的空中坦克。"

在弹痕累累的飞机上,机械师费了好大气力才把舱盖拉开,李永泰已经昏迷过去。人们小心翼翼地把他抬出来。

第一次空中大捷的消息传到桧仓志愿军总部,彭德怀看过电报,竟把两手举在空中高喊:"我们有空军了!我们自己的空军上阵了!"他喊着喊着,泪水夺眶而出。彭德怀命令:"起草嘉奖令,嘉奖空四师和李永泰!"

司令部的人也都欢呼起来:"我们再也不受美国鬼子的气了!"

彭德怀说:"从前,太阳是美国鬼子的,月亮是我们的;有了飞机,太阳月亮将都是我们的!"众人拍掌。

4

敌人的秋季攻势一开头就没占着便宜,刚刚接防,逐步熟悉地形和打法的六十八军就在文登公路两侧打了个漂亮仗。美军第七师、二十四师正猛攻六十七军阵地,每天向全城阵地发射十万余发炮弹,李湘军长率领他的六十七军激战三昼夜,已经消灭敌人一万七千余人,而敌人仅仅前进两公里。彭德怀说:"好好教训一下李奇微,让他乖乖回到谈判桌上来吧。谈,你捞不到便宜;打,你也要丢盔卸甲。"

李奇微不得不在1951年10月25日同意恢复中止了两个月的谈

判,会场改在了板门店。为了给谈判找个好地点,中朝方费尽了心思,后来在板门店小村子中间临时搭了一个大帐篷,作为谈判主会场。

这一天,双方谈判代表分乘吉普车到来。乔埃在与南日握手的时候,发现志愿军都穿上了新冬装,十分惊奇,说:"没想到,你们比我们先换上了冬装。"

解方说:"你们应该哀叹,你们的空中封锁是没有用处的。你们不愿好好谈,就打,我们随时都愿意奉陪。"

南日望着乔埃神魂不定的样子说:"在中止了六十三天以后恢复的谈判,我们希望你们有诚意。"

乔埃说:"我们从来是信守诺言的。"他转过身来说,"有一事,与谈判停火无关,可否谈?"

中方新到任接替邓华的边章五说:"既然与议题无关,请在这里谈。"于是双方都站到了枯黄的草地上。

乔埃说:"第八集团军司令范佛里特将军的儿子是飞行员,在执行任务过程中失踪,也许做了你们的俘虏,范佛里特将军希望能帮助查找下落。"

南日看了边章五一眼,边章五说:"这是很容易办的事情。明天就叫我方的各部队协助查找,一定有一个满意的答复。"

乔埃说:"谢谢。"

人们向大帐篷走去。双方代表面对面坐下。朝中方边章五代替了邓华,郑斗焕代替了张平山;对方李亨根代替了白善烨。

南日先开场:"休会前争论的焦点是军事分界线问题,是不是先从这儿讨论起?"

乔埃说:"没有意见。我想,你们经过这么多天的思考,该有新的建议了吧?"

南日说:"我们提出的以'三八线'为军事分界线的方案,你方并没有充分的理由反对。"

乔埃说:"'三八线'算什么线?没有历史根据,当初是为了对日本受降,临时划分的纬度线,它从来没做过政治分割线。"

解方用红蓝铅笔叩了叩桌面,说:"我提醒乔埃将军,你们一再声称,这里的谈判是军事的,不涉及政治,那不正好用'三八线'为军事分界线吗?"

霍治摇晃着他那旗杆样的身体说:"你们所以要划在'三八线',是因为'三八线'我方不好防守。"

中朝方代表现出不屑的微笑,霍治还是为了打,不打自招。

乔埃说:"开战以来,你们已经四次突破'三八线'。"

南日讥讽地说:"这么说来,你们是为了打,而不是为了停战啊!"

解方说:"在过去的七个月中,我朝中方有五个月时间占了'三八线'以南,而你方只占了两个月。"

乔埃说:"按你们的逻辑,当初我们退到洛东江畔,如那时举行谈判,你们也会同意以'三八线'为界吗?"

南日说:"你忘了,谈判是一种均势,你已经料定打不败我们了,才肯老老实实坐下来!谈什么洛东江!再打到洛东江,我们会把你们赶下海去!"

霍治说:"我抗议这种说法。"

会场顿时出现剑拔弩张的气氛。乔埃四顾一番,为了打破僵局,说:"我们都不必斗气。我要说,如果按你们提出的'三八线'方案划分,那么开城也就永远成了非军事区。如果不是谈判地点选在了开城,我们早已夺取了开城。"

解方反问:"那你们想把军事分界线划在什么地方?"

霍治在地图上画了一条线。解方看了一下说:"这等于让我方从现有阵地后撤三十八到五十三公里?你们很会打算盘啊!"

南日道:"根据你们这一方案,你们不费一枪一弹,可以白白得到一万二千平方公里的土地,你们不感到这荒谬绝伦吗?"

乔埃看着地图说:"开城,我们是一定要划在我方的。可以交换,我们宁愿放弃一些被我们控制的沿海岛屿,换取开城。"霍治补充说:"开城对李总统是十分重要的,这是一座古都,代表着朝鲜的文明。"

南日说:"难道开城在我们一边就不代表朝鲜的文明了吗?"

乔埃不再说话,木雕泥塑般坐着。南日叼着象牙烟嘴,也虎视眈眈地望着乔埃。乔埃忽而玩弄铅笔,忽而两手捧腮,忽而掏出一支烟来慢慢吸着,喷着烟圈。美方其他人有的在面前的白纸上乱画,霍治在白纸本上画了个美女,细细的腰,硕大的乳房。

双方无一人出声,时钟的秒摆声咔咔地响着。

坐在后排的柴成文看看表,悄悄走了出去,向百米以外的李队长办公室走去。柴成文推门进去,李克农、乔冠华、安孝相三人在研究什么资料。李克农问:"又卡壳了?"

柴成文说:"乔埃被驳,无言以对就要起赖来,半个多小时过去了,一言不发,就那么干坐着。怎么办啊?"

乔冠华说:"这是他们的一种战术。"

李克农不慌不忙地说:"怕什么? 就这么坐下去。"

柴成文领命飞跑出去。

时钟嘀嗒作响,双方仍像比赛耐性和忍耐力一样静默着。

霍治面前的白纸本上又多画了一个小丑,尖帽子,红鼻头,大皮鞋。

柴成文轻手轻脚进来,在膝上写了个小纸条,上面写着:"就这么坐下去!"他把纸条交给了边章五,边章五看后一笑,移交给南日,南日看了交给李相朝、郑斗焕,最后传给解方。纸条在解方手中捻成个小纸蛋。所有的美方代表都盯着解方手里的小纸蛋。解方发觉了他们的目光,显得极为悠闲地向后一弹,纸蛋弹出了窗外。

我方代表个个正襟危坐,一言不发地坐着。美方的人打着哈欠,抓耳挠腮,却也依然沉默着。

时钟咔咔地响着。太阳落下了地平线,帐篷里的光线暗下去了。乔埃看了看一动不动的朝中方代表,终于沉不住气了,说:"我建议休会,明天上午 10 点继续开会。"

南日看着腕上的手表说:"欢迎乔埃将军在静坐一百三十分钟之

后,终于建议明天继续开会,而不是建议继续静默。"

双方都绷着脸,收拾东西起立。

回到代表团驻地,讲起今天的静默,大家都忍不住大笑。乔冠华也说,这种"风格"开创了人类谈判史的先例,不敢说后无来者至少是前无古人。

解方说:"一百三十分钟,真憋人哪。"

李克农说:"一声不吭,也是一种斗争方式,比耐力嘛。"

李相朝说:"如果他们一直坐到黑怎么办?"

南日说:"他坐三天三夜,我们陪他坐七十二小时,怕什么!"

人们又笑。

李克农说:"他们夏季攻势、秋季攻势没占着便宜,又想谈了,这也有国际上的压力。他们为什么不愿以'三八线'为军事分界线?他们在'三八线'以北占的地盘比我们在'三八线'以南占得多,他们觉得不合算。"

乔冠华说:"实际接触线和以'三八线'为分界线的差别究竟有多大?我们认真讨论一下。"

李克农说:"在东线,'三八线'以北,美国占的地方比我们在西线占的多。可他们占的地方多是山区,交通不便,人口少,耕地不多。而西线我们在'三八线'以南占的地方人口多,产粮多,又有开城的高丽人参,又是一个古都。如以'三八线'为界,停战后我们就得退出开城,在政治上不利。所以,无论从政治上讲还是从实际利益出发,以实际接触线划分,对我们并没有坏处。"

乔冠华分析说:"李奇微在8月14日记者招待会上提出,坚持大致以现有战线来划定军事分界线,如果他是诚恳的,我看我们可以接受。"

南日说:"可以接受。"

李克农说:"中国老百姓有句俗话,叫做牵着不走,打着倒退。我们的对手就是这样的蒸不熟、煮不烂、切不开的滚刀肉。"

人们大笑起来。

5

洪学智风尘仆仆赶来开会,一进屋,人们七嘴八舌地说:"后勤司令来了,带什么好东西了?""今天得好好改善伙食呀!"

"没问题。"洪学智从背包里抽出一条香烟,扔过去,人们抢着抽起来。洪学智忽然对彭德怀说:"彭总,你的大勋章呢?"

杜平说:"对呀!怎么不戴?"上周金日成把彭德怀接到平壤去,授予他最高级别的一级国旗勋章。

洪学智说:"别那么小气,拿出来叫大伙看看。"

彭德怀这才叫:"刘亮,拿来叫大伙看看。"

一枚金灿灿的勋章从丝绒盒子里拿出来了,从一个人手上传到另一个人手上。

洪学智说:"来,我给老总戴上。"

彭德怀却躲避着,说:"该戴它的不光是我彭德怀一个。抗美援朝一年多了,我们付出了多大的牺牲啊!那些为了正义而战,在朝鲜土地上奉献了生命的人,他们是最有资格获得勋章的人,而我,不过是作为志愿军的代表去接受的。"他这一席深沉的话,使会场气氛沉重起来。停了一会儿,他又认真地说,"若是真正论功行赏的话,得勋章的首先应该是两个人,前面的洪学智,后面的高岗,没有他们,我们没子弹、没粮食、没衣服,还打什么仗!"

洪学智赶忙说:"彭总,你可不能这么说!"

彭德怀说:"老洪的困难最大,我一有火就冲他发,没少批评他,这个人任劳任怨,你批错了,他也不吭声。"

洪学智真诚地说:"老总啊,我不任劳任怨怎么办?你批错了,我还跳起来跟你吵啊?我也不能一赌气背起背包走啊!只好受着呗!"

人们都笑。

彭德怀笑着说:"听听,还是一肚子怨气呢。别发牢骚了,回头杀几盘,你赢了我棋,保准美滋滋地什么都忘了。"

人们又乐个不住。

6

大会谈不拢,双方就改为先在小组会上磋商。美国人又想出一个新借口,为他们多占地盘找根据,那就是他们所说的"海空军优势"。

霍治说:"我们联合国一方占据着海空优势,这是不容否认的。"

解方打断他:"你想说什么?"

"既然我们占有优势,在考虑划定军事分界线时,你们应该多让一些给我们。这是补偿。"

解方驳斥说:"真是闻所未闻的奇怪逻辑!我们有地面优势,你也不否认吧?那我们要不要补偿?"

霍治沉默了片刻,不小心把老底都亮出来了,他说:"'三八线',当然对你们有利。你们看看'三八线'附近的山川地形,如果你们从西线后撤,你们能轻而易举地重新夺回来。我方占据的东线,山高林密,我们一旦后撤,重新夺回来就很困难。"勃克在桌子底下用皮靴踢了霍治一脚,想制止他,霍治已经说出来了。这番话引起了朝中方代表席上一片嘲笑声。

解方冷笑着说:"我的霍治将军,听你这话,我们在这里不像是在进行停战谈判,倒像是讨论怎样打才能多抢到一些地盘。"

霍治自知失言,一时无言以对。僵持了一会儿,霍治突然异想天开地笑着建议说:"这样好不好?"他从口袋里摸出一个二十五美分的硬币,在桌子上一转,用手按倒,他说:"咱们来掷硬币,双方各选择一面,凭掷币来决定吧。"朝中方人员听了全都忍不住捧腹大笑。这草包把勃克气得脖子上的青筋直跳,他用他那低八度的嗓子打圆场地干笑了几声,说:"我们得去见见头头,先休会,怎么样?"

这时霍治还拿着那枚二十五美分的硬币在发愣,不明白人们为什么发笑。

霍治与勃克一边吃饭一边研究策略。霍治说:"妈的,那个叫解方的人,魔鬼般地骄傲。"

勃克说:"你说掷硬币有点欠妥,叫他抓住了把柄。"

霍治说:"这有什么?当年我看上了两个女人,我决定不了要哪个当妻子时,我就是掷硬币决定的。"

勃克说:"可'三八线'上的争夺,并不是为一个女人。从他们的口气看,似乎他们掌握了我们的什么底牌。"

霍治说:"如果我们在谈判桌上软弱,就会土崩瓦解。我们在谈判桌上拼命争,不同意按现在的接触线划分,我们要拿到开城或更多,可华盛顿早泄了气,似乎已经同意了。"

勃克说:"不管怎样,我们还得不情愿地回到谈判桌旁去,我们得服从命令。"

霍治大口地吃着沙拉,说:"这样做,我们就成了伪君子。"

勃克说:"我坚信,我方有共产党的情报人员,他们知道了底牌。"

霍治叹口气,说:"在五个月的会谈时间里,我方在战斗中六万人伤亡,美国人两万二千人,这是个压力,国内人士给总统施压,谁也不愿再打下去了。"

就在双方僵持不下时,11月12日,李奇微又接到了参谋长联席会议发到东京的一份急电,明确告诉李奇微,要使谈判"尽早解决",可以放弃开城。这令李奇微不解。希基说:"共产党一方也绝对想不到我们会让出开城的。不过昨天乔埃不是说,他们也有让步,准备就地停战,稍加调整吗?他们也并不坚持以'三八线'为分界线了。"

李奇微说:"与共产党打交道,应少一些柔顺,多一些刚强,退让以后,就会失去一切。我要把这些想法报告华盛顿。"

7

新一轮谈判仍然是围绕军事分界线怎样划分的争论。

南日说:"我们绝不能同意你方8日提出的方案,你们毫无道理地要求把开城划在非军事区内,实际上等于让我方后退一千五百平方公里。"

解方说:"这叫不战而屈人之兵,天下没有这样的美事。"

南日又说:"我方现提出有关分界线的新建议,以双方实际接触线为军事分界线,由此各退两公里,以建立非军事区。第二条,小组委员会应即根据上述原则校正现有实际接触线,为军事分界线。第三,签字前必须按照双方实际接触线届时发生的变化,做相应修改。"

乔埃说:"我们同意,但必须定一个有效期,如果三十天停战期内协定未能签字,则由双方确定那时的接触线为军事分界线。"

11月22日,经过六十五次大大小小的会谈,双方就停止敌对行动的军事分界线及划分非军事区问题达成了协议。划界更是一场复杂的斗争,李克农充分地估计到了这一点。他立刻召集中朝方参与划出分界线南北缘的人员及参谋人员开会。进入具体的方案讨论,有时比大的原则要棘手,可以说是寸土不让、寸土必争了,画图的笔在五万分之一的地图上让出一毫米,可就是几十公里呀。所以李克农、乔冠华再三嘱咐绘图参谋们要过细。

第二十六章

I

1951年11月下旬,中央西北局书记习仲勋带领一个工业考察团到东北重工业基地参观取经。浦安修当时是榆次国营棉纺厂的党委书记,她也随团到沈阳来了。

在参观东北重型机器制造厂时,习仲勋感叹地对高岗说:"西北不如你们啊,我们那里全部工业产值还抵不上你的一个工厂,你老兄得多支援啊!"

高岗说:"胳膊肘不会往外拧,我也是西北出来的嘛,忘不了本,我会尽力。"

习仲勋指着正在一架巨型钻床前观看的浦安修说:"我想让浦安修去趟朝鲜,去看看彭老总,怎么样?"

高岗说:"这好办,我马上给志愿军司令部打电话,叫他们派车来接。"

电话打到桧仓,高岗指名要洪学智接,不找彭德怀。洪学智听完电话,一口应承,他明白高岗的意思,怕彭德怀挡驾,他们的主意不谋而合,把生米煮成熟饭,彭德怀也就没话可说了。

洪学智连夜派车去安东接人,一切都做得不露痕迹。

浦安修可算领教了美国飞机的厉害了,一入朝鲜境内不远,就碰上了两次敌机俯冲扫射,车倒没伤着,可是在躲避敌机时,突然一个急刹车,浦安修的头"当"一下撞在挡风玻璃板上,出血了。吓得警卫员和司机忙着停车,找绷带替她包扎。浦安修到达桧仓时已是下午两点,洪学智仍然没让她立刻与彭德怀见面,找了个地方先让她休息。吃晚饭的时候,洪学智来拉彭德怀去吃饭。

彭德怀说:"我在等谈判那边的消息,正在划界,我怕吃亏哟。"

洪学智说:"你不吃饭就不吃亏了?"

彭德怀突然发现司令部的参谋在一起分吃花生和糖果,他问:"嘿,哪儿来的?"

李望挤挤眼说:"客人送的。"

"有这么好的客人?怎么不送给我?"他顺手抓了一粒花生,剥开扔到口中。

洪学智只是在一旁笑。

一进食堂门,彭德怀不禁愣住:满桌子好菜,还有酒。他回头看了洪学智一眼:"打牙祭?你洪大个搞什么名堂?今天不是什么节日吧?"

洪学智说:"今天有贵客到。"

彭德怀问:"这个客人规格不低嘛!谁?"

洪学智在卖关子:"是彭总的老熟人。"

"兜什么圈子,客人在哪儿?"彭德怀问。

这时,邓华陪着头上缠着绷带的浦安修走出来,彭德怀一愣,继而笑道:"噢,原来是你!"邓华、洪学智等人都大笑起来。

彭德怀问:"头怎么了?一进朝鲜就挂花?"

浦安修说:"碰上飞机轰炸,急刹车时头碰破了一点儿,没事。"

彭德怀坐下去:"不给你留点纪念,美国鬼子也对不起你千里迢迢入朝一趟啊。"

浦安修急忙解释,说她不是特意来看彭德怀的,是到东北开会,顺路来一下。

"顺路?"彭德怀说,"这一顺顺了一千多里!行了,不用描了,越描越黑。既然来了,岂有再赶出去之理。"其实他也很高兴。

这一说,在座的人全乐起来。

"借你光了。"彭德怀给浦安修夹了一大块肉,说,"你不来,我可吃不着这么好的东西。得你付钱哪,我的标准可没那么高。"

邓华说:"我掏腰包行了吧?彭总太小气了。"

彭德怀哈哈大笑。

饭后,彭德怀带浦安修到桧仓外面的山谷间去散步。从前在西安,他们养成了"饭后百步走"的习惯,一打仗,又没心思了。彭德怀说,散步也是有闲阶级的专利。

山体壁立如削,沟底流淌着不冻的泉水,蒸腾着水汽。水汽凝结在树木的枝条上,形成了银鞭一样的雾凇,这是浦安修在西安绝对看不见的奇景。太阳又红又大,一点都不刺眼睛,看上去像是贴在西天上的一块剪纸。彭德怀和浦安修踏着夕阳的余晖在山间一步步走着,彭德怀很少有这样的安适境界,他暂时忘却了战争。

浦安修说:"我老是为你担心,常常半夜醒来就再也睡不着了。"

彭德怀说:"怕我死在朝鲜?我早想好了,如果我战死在朝鲜,墓碑上就写上:一个勇敢的农民的儿子。"

浦安修说:"又想着你小时候当农民的事了?"

彭德怀只有心境特别好的时候,才给浦安修讲自己的家史,讲他童年的种种不幸。他从十岁起,就给富农刘六十家放牛,冬天脚冻得不行,就把脚插在水牛刚拉出来的粪里取暖。彭德怀说:"不知怎么回事,别人飞黄腾达了,生怕再摔下去。我呢,倒常常想回到乌石村去,过田园生活。"

这时他们看见沟谷中有一个小男孩在打柴,他割了很多柞树条子、榛柴,他用一根削尖了的背钎子插上,试图背在背上,可怎么弄也弄不好,累得呼呼直喘。彭德怀走过去,拍了拍那个不超过十岁的瘦瘦的小男孩,蹲下身,替他收短了背带,帮他调整了背钎子的高度和重心,看着小男孩背起来,小男孩冲他笑了笑走了。

浦安修说:"看来你小时候也干过这个。"

彭德怀说:"我六岁时,进了姨丈家的私塾,上山打柴,从来不带午饭。大年除夕,家里灶冷屋寒,两个弟弟冻得直哭,祖母就叫我去打秋风。你知道什么叫'打秋风'吗?"

浦安修说:"家乡人在外面做了大官,去讨点赏。这我知道。"

"哪有那么美的事。"彭德怀说,"说得好听,叫'打秋风',其实就是讨饭。图个吉利,讨饭时在人家门前摆几个小碟,里面放点干果,对人家说些吉利的话,然后讨人家喜欢,有钱人一高兴,就会赏点米,扔几文钱。我还得自称是招财童子。"

浦安修笑起来:"招财童子可要嘴甜啊!你这嘴说得出甜言蜜语吗?"

彭德怀也笑了:"所以我要饭也要不来,我这厚嘴唇子一耷拉,爱给不给,哪里来那么多拜年话!"

浦安修又笑了,忽然问:"是不是因为你这倔脾气把你的原配夫人刘坤模也气跑了?"

彭德怀说:"这你还不知道? 我这人对媳妇还是有情有义的。"

"我看不出来。"浦安修说,"也许你跟她青梅竹马,真的有情有义。"

这勾起了几十年前的旧事。彭德怀二十岁时曾与一个十二岁的小丫头定了亲。他根本没见过她,他只认识女孩的哥哥。彭德怀对提亲的人说,她哥哥人品不错,长得也端正,妹妹也错不了。用浦安修打趣他的话来说,这纯粹是"押大宝",万一是个麻子怎么办? 彭德怀笑着说,麻子也认了。这女孩不但不是麻子,而且是个娇小漂亮的姑娘,她连个名字都没有,彭德怀给她起了个名字叫刘坤模,当然含有希望她成为女中豪杰之意了。彭德怀送她上了学,后来成了亲,彭德怀在外面当兵,很少见面。平江起义后她去看了彭德怀,彭德怀又让她回老家去了。就这样,一别十年。到了延安以后,彭德怀正想去接她,有一天在杨家岭奇迹般地与刘坤模碰上了,一问才知道,刘坤模等不着彭德怀的下落又嫁了人,如今她的丈夫也在部队里。当时彭德怀好不伤感,他苦苦地等了她十年,到头来她成了别人的媳妇。

今天浦安修又提起这段往事,彭德怀说:"这事怪不得她,也怨不得我,大概是命中注定吧!"

浦安修说:"你这人,就是心眼好。"

彭德怀说:"脾气不好。"

浦安修笑道:"你这人啊,总爱捅娄子,其实我最担心的是你那倔脾气,忘了四五年华北地方工作座谈会上人家怎么批判你了?说你平江暴动是'入股革命'。"

彭德怀说:"你知道这'入股'一词是怎么来的吗?平江暴动前,我在旧军队里当团长,从当连长起开始积攒,一共积攒了七万块银元,我全拿出来做了平江起义的经费。看,我成了股东,七万银元的大股东。"

浦安修叹口气说:"有理说不清啊。"

彭德怀说:"我自己过的是什么日子?我手里攥着七万块银元,我一个月连吃顿肉都舍不得。平江起义以后,我家十几口人四处流浪、乞讨……我连一块银元都没给亲人留下。"

浦安修看到彭德怀眼里潮湿了,就劝他:"过去的事了,别再提它了。"

彭德怀说:"安修,你嫁给我后悔吗?"

浦安修含着泪说:"上帝让我嫁给你,大概是让我跟你来修炼的,安心修炼,若不我为什么非叫'安修'?我一点都不后悔。"

彭德怀说:"安修,你跟我吃了这么多苦,从来没埋怨过半句,我嘴上不说,心里其实是很感谢你的。"

浦安修说:"回头你把破衬裤、破袜子都找出来,我给你补好。"

彭德怀说:"你待个一两天就回去吧。"

浦安修埋怨地说:"我就知道你准撵我走。"

"等将来我解甲归田时,咱们就永远也不分开了。"他握着浦安修的手,说,"这么多干部,谁的家属都不来,单你来了不好。"

浦安修说:"听说你好几次遇险?"

"又是老洪说的!"彭德怀说,"那不是常事。不过我是福将,逢凶化吉。忘了西府战役那次了?"

"你呀,"浦安修说,"四二年那回更险,八路军总部被日寇合围,我在山上露宿了三夜才找到你。你见了我也不说几句安慰的话,反倒说,彭德怀的老婆可不能叫人活捉呀!"

彭德怀哈哈大笑起来。

浦安修问:"你看这仗快打完了吧?不是在谈判吗?"

彭德怀说:"谈谈打打,打打谈谈,怕是没有那么容易呀。怎么,着急了?我还不够老,回乡务农也还来得及。"

浦安修挽着彭德怀的胳膊,说:"一晃我都老了,像那夕阳了。"

彭德怀说:"在我眼里,夕阳和朝霞一样美,都是红彤彤的。"

浦安修幸福地望着一脸红光的彭德怀。

2

11月26日,朝中方代表带着绘图参谋们来到会晤地点与联合国一方会校分界线图。这时柴成文又指着美方绘制的分界图问:"这一〇四三高地,怎么也划到你方去了?"

穆莱说:"一〇四三高地始终在我们手上啊!"

解方说:"不对。昨天,我们的一位营长还从一〇四三高地打过电话来。"

"那怎么办?"金西说,"只好双方都往一〇四三高地的指挥官那里打电话了,看看究竟在谁手里。"

解方说:"好吧,休会一小时,都派人去打电话。"

于是双方都派人去执行。解方没离开谈判桌,坐在那里喝着茶水等待。过了一会儿,穆莱趾高气扬地跨入会场,宣布说:"我已经给豪斯曼中校打了电话,他说他正坐在一〇四三高地上喝啤酒呢,我又请直升机出动,并且拍了照片。"

解方说:"等我们的人回来再说。"

少顷,柴成文走进来,来到解方面前,小声说:"一〇四三高地昨天丢了。"这太意外了,解方愣住。

金西大约看出了破绽,嘲弄地说:"柴上校为什么不高声宣布啊?是不是因为你们丢了面子,一〇四三高地不在你们手上啊?"

解方没理金西,小声对一个参谋说:"不要紧,告诉那个部队,不管花多大力气,今天晚上一定要夺回一〇四三高地。"参谋点点头走了出去。

美方的翻译吴中尉听到了解方的话,他走过去,把金西叫到一旁,小声说:"解方告诉他的参谋,今天晚上要夺回一〇四三高地。"

金西不屑地斜了解方一眼,说:"走着瞧吧。"他走回到桌前,说:"一〇四三高地是不是这样定下来了?"

解方说:"我们还没有联系上,需要明天回答,建议休会。"

金西冷笑。

回到住处,金西上校马上叫人与第八集团军与守卫一〇四三高地的部队联系,通报了今天晚上共军可能发动攻势夺回高地的消息。金西告诉他们:"别让我丢脸,明天早上听回话,你们守不住,我这图就白画了。"

3

解方这个"东北汉"干事是毫不含糊的。从谈判会场下来,他立刻查清了守卫和争夺一〇四三高地的部队番号,他亲自把电话打到了那里,他告诉魏营长,一个小小的山头,对我们谈判有多么重要,他说已经叫他们师长、军长加强火力配备,增派一个团援军,今天晚上无论如何要拿下它来。那个营长说,首长放心吧,绝不让首长在谈判桌上脸红。

第二天一早,双方按约来到会场。金西又把他们绘制的图摊开了,倨傲地说:"解将军,这图用不用改啊?你们把一〇四三高地夺到手了吗?我们给了你们一个晚上的机会。"

解方说:"你们再去给你们的战地指挥官打个电话,问问看!"

这时穆莱上校气急败坏地进来,把军帽"叭"的一下摔在了桌上,骂了一句粗话:"狗娘养的,真是一群笨蛋。"

金西问:"怎么了?"

穆莱说:"豪斯曼中校把一〇四三高地丢了,竟然有这样丢脸的事。"

朝中方代表已经听明白了,面露得意之色望着他们。

金西悻悻地说:"你们赢了。我们可以把一〇四三高地改画到你们一侧。"

穆莱挑衅地问:"如果我们明天又把一〇四三高地夺回来了呢?"

解方说:"可以再改画呀。在最后签字之前,你们尽可以去夺,只要夺得回来。"

金西说:"我们把一〇四三高地的事放到一边吧。下面我说的是,在绘图时,我们遇到了一个难题,窄的地方不足四公里,画不出南北缘来,这是一个技术问题。"

柴成文不动声色地问:"金西上校想怎么办?"

金西说:"我们已经到东京去请专家了,今天恐怕讨论不成。"

柴成文不慌不忙地打开我方绘制的分界线图,说:"请你们过来看看,是不是应该这样画?"

金西和穆莱等人过来一看,又惊讶又窘迫。金西说:"看来,你们事先已经请好了专家。"

柴成文笑而不答。

穆莱说:"总可以草签了。"

柴成文说:"只要双方有诚意,是可以有圆满结局的。"

4

李克农与乔冠华等人正商议事情,忽然李克农一脸大汗,手捂胸口。乔冠华问:"你怎么了?"李克农摇摇头,昏迷过去。

乔冠华大叫:"去叫江医生!"

有人跑了出去。这时有人要把李克农背到炕上,乔冠华说:"别动,可能是心脏病,一动反而危险。"

江小帆跑进来,她看了看,马上从药箱里摸出一个小玻璃管瓶,"啪"一声去掉瓶头,将药水倒在手帕里,捂在李克农鼻子上。李克农大喘了一口气,坐了起来。

有人惊呼:"什么药这么灵,赶上仙丹了!"

江小帆说:"你们挺有经验,没有动他。"

乔冠华说:"算了,今天的会到此结束。"

李克农倚到炕上的行李旁,说:"没关系,现在一切正常了,接着开。"

江小帆说:"那我坐在这儿吧。"

乔冠华说:"你在这儿就放心了。"

据李克农分析,美方口口声声索要开城,可能是李承晚的意思。若是丢了古都开城,李承晚脸上无光。不过,美国谈判代表要开城也不那么坚决,说说而已,是做给李承晚看的。李克农认为,战俘问题,有可能谈崩。他说:"我们主张有多少遣返多少,有国际公认的准则,又是一个人道主义的问题,估计美国不会同意,他把很多朝鲜人民军战俘编入李承晚军队,这部分人怎么遣返?"

乔冠华说:"最近美方声明,说我们杀害战俘,这是一个信号,他们有可能大做文章,倒打一耙。"

5

12月27日,是签署第一个协议的最后期限,自然转为大组会谈,入场时,双方代表在门外不期而遇。解方对乔埃说:"乔埃将军,范佛里特将军让我们代为查找他儿子下落的事,现在我可以答复。"

美方代表全都驻足倾听。解方说:"1951年5月4日,小范佛里特和助手豪尔少尉驾驶C-119双体飞机执行空投任务,飞机被炸,小范佛里特没来得及跳伞,已经阵亡。"

乔埃说:"有证据吗?我需要向范佛里特将军做明确答复,大概……可能是不行的。"

"我们办事,从来不凭大概。"解方拿出一张纸交给他,说,"这是豪尔少尉的亲笔证词。"

"你们怎么会弄到这个少尉的笔录?"乔埃问。

解方说:"因为他在我们的战俘营中。"

乔埃说:"天哪,多么不幸!"

南日补上一句:"为了这种不幸不再发生,你们应当拿出诚意来谈判,而不是拖延时间。"

乔埃斜了南日一眼,走进会场。双方落座以后,南日首先说:"今天,12月27日,是具有特殊意义的日子,全世界人民都看着我们呢。不知乔埃将军有何感想。"

乔埃说:"一个月前我们达成了军事分界线的协议,我当然记得三十天的期限。如果今天不能签署,那是很遗憾的事情。"

解方说:"你方已经拖了这么久,当然也可以继续拖延下去。但我们必须把我们之间的争议公之于世,让全世界人民知道谁在拖延停战谈判。关于战后视察,你们坚持的干涉别国内政的办法,这是行不通的。"

乔埃说:"战争打到这个地步,还谈什么主权!"

解方站起来驳斥他说:"我们同你们交战,正是为了捍卫我们的主权。你们用飞机大炮拿不去的主权,想在谈判桌上拿去,不是妄想吗?"

霍治说:"什么主权,只有最愚昧的中世纪的人才去谈主权!"

南日说:"在你们的压迫下,确实有些国家已经没有真正完整的主权了。但你们不要忘记,正有千千万万人民拿起武器同你们斗争,在捍卫他们的主权。"

乔埃说:"这些都是政治,我们是军人,我们不谈这些空洞的概念了吧。"

双方又沉默下来,一言不发地对坐。乔埃忽然伸了个懒腰,说:"刚来谈判的时候,我给妻子写了封信,我说可望在苹果成熟的时候离开这里。现在看,不行了。我昨天又给妻子写了封信,我说,也许苹果子在地上长出新苹果树苗的时候,我也回不了家。"

解方说:"这笑话一点也不可笑。因为这苹果树若是发不出芽来,那是因为你们在苹果树下施了毒药,而不是肥料。"

双方又沉默下去。限定的三十天的最后期限里,终于没有达成任何协议,谈判不欢而散。走出帐篷时,乔埃冒了这么一句:"那就只好再让飞机大炮来促进一下了。"

一场更残酷的战斗已在所难免。经过一年多的较量,志愿军也打出经验来了,从1951年冬季开始,在又一个严冬到来之前,他们一夜之间全都转入了地下。到处是坑道、山洞,洞洞相连,坑道里甚至有粮库、弹药库、伙房、厕所。报到彭德怀那里的数字是:堑壕与交通壕总长六千二百五十公里,各种工事土石方六千万立方米,创造了人类战争史的奇观。

这对美国人来说是不可思议的。

6

乔冠华正在给中央起草一份报告,有一个参谋来向乔冠华报告:"有一个澳大利亚记者叫贝却笛,他想见你。"并递上了一张名片。乔冠华拿着名片翻来覆去地看了一阵,仍不得要领:"我不认识这个记者啊!"

参谋说:"他说,见了面你会认出他来的。"

乔冠华想了想,说:"请他进来吧。"他整理了一桌子的文件,梳拢一下头发,刚坐下,贝却笛引着金丝吉走了进来。贝却笛同乔冠华握手:"忘了吗?1945年在重庆?"

乔冠华想起来了:"是你?"

贝却笛说:"我因为发了一条消息,被国民党特务在嘉陵江边打了一顿,你把我救了,拉到你们的红岩村。"

乔冠华说:"你好吗?"

"我很好。"贝却笛把金丝吉介绍给乔冠华,"她是《芝加哥论坛报》的专栏记者,女中豪杰。"

金丝吉与乔冠华握手后,乔冠华给他们倒了茶。乔冠华打量着漂亮的金丝吉说:"你们想问问为什么没有签字是不是?你们该先去问问乔埃将军。"

金丝吉说:"我谁都不想问,我靠记者的嘴、耳朵和鼻子,当然首先是眼睛。"

乔冠华问:"那我能给你们什么帮助呢?"

贝却笛说:"第八集团军的军法处长汉莱上校发表声明,说你们的八十一师二十三团杀害我们的俘虏,这消息你看到了吧?"

乔冠华说:"去告诉那个造谣水平很低的美国人,等我们建立八十一师二十三团这个番号再来攻击。"

金丝吉笑了:"你说的,美国人说的,我都不信,我想自己去看看。我和最早被俘的迪安将军很熟,美国一方说他死了,你们说他活着,我能到你们的后方去看看吗?"

乔冠华听了,不免有些吃惊,他没想到会是这样一个棘手的问题。李克农和乔冠华做不了主,决定请示彭德怀。李克农在与彭德怀通电话时说:"据我们了解,这个金丝吉与麦克阿瑟、李奇微这些上层人物很熟,她是有名的记者,自我标榜中立。美国政府不怎么喜欢她,麦克阿瑟解职的消息是她捅出去的,美国兵厌战的消息她也发了不少。"

彭德怀问:"你和乔冠华的意思呢?"

"各有利弊。"李克农说。

彭德怀说:"如果利弊各半,我看就可以让她进来。只要我们有人陪同就是了,没有什么可怕的。美国人不是说我们残害战俘吗?我们解释一万句,也抵不住他们的记者说一句管用。"

李克农说:"有人怕出事。"

彭德怀在电话里笑了起来,他说:"大不了是个特务。现在战争打得犬牙交错,敌中有我,我中有敌,特务少得了吗?君子坦荡荡,小人常戚戚,咱们心里没鬼,不怕,放她进来。有一条,她看够了,对她说,有机会我想见见她。"

李克农说:"好的。"

彭德怀嘱咐李克农,要找一个得力的人陪同美国记者。李克农沉吟了半晌,认为这样的人不好物色,通外语,政治素质高,机警,有保护能力,还最好是个女的,哪里去找啊?彭德怀提示他:"捧着金饭碗要饭!你那里什么人才都有,那个康乃馨不是正合你的标准吗?"

李克农一拍大腿,可不是,这个机灵而又讨人喜欢的小记者真是再合适不过了。

7

乔冠华又一次接待贝却笛和金丝吉。

进门前,金丝吉向贝却笛预言,一定被拒绝。贝却笛也没有几分把握,他说,共产党对新闻的管制远比西方要严得多,怎么能放心让一个外国记者到他们后方去乱窜?

乔冠华叫人给他们倒了两杯咖啡,显得很客气。金丝吉灵活的眼睛在乔冠华的脸上盘桓着,说:"让我猜猜,乔指导员。"

乔冠华很惊讶:"你怎么知道我是指导员?"

金丝吉说:"我不但知道你是指导员,还知道这指导员的意义。指导员,在你们共军中,不过是个中尉或上尉,连长而已。而你是中国外交部政策委员会的副会长,又兼着国际新闻局局长,刚刚同伍修权大闹联合国回来,一下子贬为小小的指导员,这其中的奥妙,不是不问自知了吗?"

乔冠华说:"你简直不像记者,倒像中央情报局或是联邦调查局的人。"

金丝吉笑了:"在搞情报这方面,记者与谍报人员并无太大差别。所不同的是,谍报员是为了政治需要,而记者是为了新闻需要;前者要求绝密,后者希望尽早公之于世。"

乔冠华说:"你是个辩才。"

金丝吉说:"正因为你们把我和情报人员放在一个范围里考虑,才拖了几天来回答我,我已经不抱任何希望了。"

"这次你失算了。"乔冠华说,"我们同意为你开具特别新闻采访证。你的要求得到了满足。"

"是吗?"金丝吉跳了起来,"天哪,这可是我绝对没有想到的!"

贝却笛也大感意外,他觉得该说几句中国人的好话,于是他说:"我说过了嘛,中国人是很宽厚的。"

稍稍冷静下来以后,金丝吉又觉得这收获来得太容易了,反倒令她信不过,她怀疑肯定还有许多苛刻的附加条件。金丝吉脸上的笑容渐渐消失:"乔先生,我想,不至于派一个或两个大兵押解着我吧?或者称为保护我的安全?"

乔冠华幽默地说:"我们的每一个兵、每一条枪都用在战场上,不可能浪费在别的地方。"

"那真是太让人感动了。"金丝吉又笑了。

"不过,向导,你总是要有一个吧?"乔冠华说。

"这我能接受。是个女孩子吗?"

"当然。"乔冠华说。

这又令金丝吉特别好奇,他们会派个什么样的女士来陪她去冒险呢?乔冠华说,明天这个时候她就可以见到她的伙伴。

第二天上午,金丝吉早早地来了,她肩膀上挎着一架德国造"蔡斯牌"相机,脖子上吊着麦克阿瑟送给她的那支绿杆金笔,像是装饰物,特别醒目。她多少有点焦急,在地上轻轻地来回走动着。

"你好,金丝吉小姐。"突然背后传来一声英语问候,脆声脆气。

金丝吉倏然转过身来,在她面前站着一个长得很端庄秀气的姑娘,一身列宁装,齐耳短发,修长的眉毛,水灵灵的一双大眼睛,笑眯眯的模样讨人喜欢。

"真是典型的东方美女。"金丝吉试探地向前走了几步,"你不会就是我的向导吧?"

"就是由我来陪你去采访。咱们认识一下吧,我叫康乃馨。"她笑吟吟地说。

金丝吉简直有点喜出望外了。

"康乃馨?这不是一种花的名字吗?"金丝吉说,"你的英语说得这么好!"

"我是在旧金山长大的。"康乃馨说,"我父亲原来在加州大学柏克莱分校教书,后来回国的。"

"我太幸运了。"金丝吉说,"你受过西方教育,我们沟通起来至少是不困难的。"

康乃馨问:"我们什么时候出发呢?"

金丝吉说:"能在黎明出发,当然不要拖到黄昏。"

康乃馨笑了:"好的,明天早上咱们就可以上路。不过,一路上你得听我的。"

"那当然。"金丝吉说,"你是向导、翻译,又是上司。像你这么漂亮的女孩子上前线干什么呢?打仗吗?哦,看护小姐,对不对?"

康乃馨说:"我和你一样,是战地记者。"

"哎哟,又多了一层关系,我们是同行了。"

康乃馨说:"你知道这句话吗?太阳是美国佬的,月亮是我们的。"

"我不明白。"金丝吉说。

康乃馨轻声笑了:"你们美国飞机白天轰炸,我们就藏起来;晚上飞机炸不着,我们就行军、打仗。"

"我明白了。"金丝吉说,"你是在告诉我,我们必须天天夜间行走。"

康乃馨笑起来:"因为美国佬的飞机可分不清哪个是他的金丝吉小姐,炸弹一样往你脑袋上投。"

金丝吉耸耸肩,说:"你说得很真实,虽然这很残酷。"

8

板门店谈判从涉及战俘问题开始,就又不顺利了。美方迟迟不提供完整的中朝方战俘名单。李克农分析他们要在战俘问题上大做文章。在12月31日的会谈中,朝方代表李相朝明确指出:美方提供的我方战俘名单,比他们提供给国际红十字会的少四万四千二百零五人的材料,且迄今没交给我们完整的材料。他们一会儿说这些材料我们不需要,一会儿又说干脆不存在,这到底是怎么回事?李相朝说,这是美方必须首先交代清楚的。

利比上校说:"他们是朝鲜平民,已经放了。"

李相朝说:"是你们不可能把全部名单报出来吧?"

柴成文拍着花名册说:"我方六十六军一九八师有个报务员叫李连峰,这个人确实成了你们的战俘,他就曾住在巨济岛的第七十二战俘营,为什么名单里没有他?"

利比说:"我提醒你,你已经是第三次提这个报务员了。我们认真地查过,从来没有过此人,你们的情报荒谬,你有什么证据证明这个人是战俘?"

柴成文说:"难怪你们不敢把战俘名单如实填报,因为你们心里有鬼。我方才提到的李连峰还活着。"

利比问:"我们凭什么相信呢?"

柴成文说:"你们的情报人员尤金·克拉克把他和另外三个中国战俘强行押解到日本,在你们办的横滨谍报中心训练后,再空投到我后方,企图强迫他们为你们充当特务。可惜你们打错了算盘,他们是坚贞的爱国者,李连峰跳伞的时候,把手榴弹扔到机舱里,炸了你们的飞机。你们不是寻找范佛里特将军的儿子吗?他就是那个被炸死的飞行员。说到这里,你该明白了,我手里掌握着什么样的证据,我们将通过国际红十字会向全世界公布你们的丑行。"

利比上校目瞪口呆。过了一会儿,他反击道:"同样,我们也有一千零五十八个非朝鲜籍的战俘,在你们提供的名单上没有。我们倒没有怀疑你们让他们去受谍报训练,而是被你们残杀了,我希望得到解释。"

李相朝说:"你们的第一集团军12月7日报告说,我方残杀了两千三百名美国兵,后来又改为三千多人。那么,对不上的名单才一千零五十八人,多余被杀的人是谁呢?"

利比无言以对。

9

月色很好的冬夜,白雪在月光下闪烁。

金丝吉坐在吉普车里,递给康乃馨和司机各一块口香糖,她伸了个懒腰说:"今天很幸运,飞机一直没有来轰炸。也许是因为今天是1951年的最后一天,美国人还是讲人道的。"

康乃馨笑笑,说:"但愿你的愿望不被炸弹粉碎。"

司机说:"那我可开大灯了,跑起来舒服。"

大灯一开,车前雪亮,忽高忽低的车灯照出山川、树木,车速也加快了。

"密斯康,你为什么要来战场?"金丝吉问。

"你呢?"康乃馨反问。

金丝吉说:"我为了新闻的公正。"

"我虽是记者,却不是为了新闻公正与否。"康乃馨说,"我是为了正义。"

"又是这一套——"金丝吉说,"共产党说教的一套。"

康乃馨问:"你认为美国在朝鲜这一切都是正义的吗?"

"起初我认为是。"金丝吉说,"不是也没关系,我可以骂它。你在美国住过,你知道的,美国有很多令人作呕的东西,种族歧视,同性恋大游行,吸毒……可有一点对我们记者来说是满意的,你可以骂它。"

康乃馨说:"你毕竟是美国人的立场。"

金丝吉跳跃性的思维使她转移了话题:"你有男朋友吗?"

康乃馨笑了:"我提醒你,对东方人问话,男朋友的概念是不准确的。"

金丝吉问:"为什么?"

康乃馨说:"中国女人除了丈夫、未婚夫以外,其他男人都不可以称为男朋友。"

"哦,我忘了。"金丝吉笑道,"中国人的性观念是保守的。我当然是问你有没有意中人了,而不是性伙伴。"

康乃馨只是咯咯地乐,并不回答。

金丝吉又问:"你为什么起了个名字叫康乃馨呢?西方人喜欢把这种花献给母亲。"

康乃馨说:"妈妈生我的时候难产,差点死掉。人已经抬到太平间去了,爸爸抱着刚出世的我,说让孩子去告别一下妈妈,医生护士都反对,可爸爸坚持把我抱去了,我在太平间里'哇'的一声大哭,妈妈竟奇迹般地活过来了,爸爸就给我起了这个名字。"

"多么动听的故事!"金丝吉说。

突然司机关闭了车大灯,同时喊了一声:"不好,敌机来了!"还没等金丝吉反应过来,山呼海啸的俯冲怪叫声就席卷了一切。炸弹随即在车前车后爆炸开来,车子像喝醉了酒的醉汉,左右摇摆扭秧歌。金丝吉大叫:"停车!"

司机好歹把车停下,金丝吉爬下车还仰头去寻找敌机,她周围早遭了一梭子子弹的扫射。有经验的康乃馨用力一扯,把金丝吉扯倒,康乃馨抱着她连滚了几下,滚到一个炮弹坑里。敌机又一次返回来,对准停在路旁的吉普车轰炸。在一片火焰中,吉普车的碎片飞上了天。

目睹这一切,金丝吉说:"狗娘养的!方才我还说今天是除夕,他们讲人道!"

飞机飞远了,两个人抖落浑身的泥土、雪粉爬起来去找司机。司机躺在地上,腿炸断了。望望成了一堆废铁的燃烧着的吉普车,金丝吉说:"这可怎么办?我们完了。"

康乃馨说:"我们去弄树枝,先绑一副担架把他送到有人的地方,现在你的采访已经不那么重要了。"

"你说得对。"金丝吉说。

康乃馨跑进林子,拾了几根被炸弹炸断的残枝扛回来。"我们没有绳子。"金丝吉说。

"有办法。"康乃馨把大衣脱下来,开始把衣服扯成条先给司机受伤的腿扎紧,再用布条拧成绳子。

"你真是个聪明的姑娘。"金丝吉也开始帮她扯大衣,拧绳子。很快,一副简易担架绑好了,两个姑娘吃力地把司机抬了上去。

司机说:"你们别管我了,你们走吧。"

康乃馨说:"别说话,挺住,前面不远就是十五军的防地。"

她俩抬起了伤员,沿着雪路走去,月光在雪地上投下她们长长的影子。

第二十七章

I

冬天的太阳懒懒地斜挂在天上,岛外的马山海面雾蒙蒙的。巨济岛从前是个渔港,虽然只有几十户人家,却很热闹,这里是很大的鱼市。自从美国人把这个岛子变成了关押战俘的集中营后,居民都被赶走了,一幢幢铁皮房子和高高的哨塔使小岛变成了恐怖的地方。

在女战俘营中,曹桂兰真是度日如年。她腿上的伤好后,曾两次试图逃走,一次在医院,一次在运往巨济岛的船上。两次都失败了,遭到一阵毒打后,押到特殊的惩罚小号十多天,才又放出来。

巨济岛外大海茫茫,逃走的希望已经极其渺茫了。

这一天,因为不算太冷,在女战俘营中出来活动的人很多,有的蹲在墙根下晒太阳,有的在洗衣服。她们不能走出战俘营大院,铁蒺藜外面是荷枪实弹的美国兵在站岗。曹桂兰在院子里走动着,渐渐靠近围墙,她双手抓着铁蒺藜网,摇撼着看着迷蒙的远方,铁蒺藜刺扎了她的手,流出血来。一个梳短发的女战俘向她走来,对曹桂兰说:"听说要遣返战俘了。"

"真的吗?"曹桂兰问。

"我上医院的时候听七十六号战俘营的一个认识的人说的,他是我们师的宣传干事。他们不知从哪儿弄了一个半导体收音机进来,听到电台广播了。"那个女兵说。

曹桂兰说:"快点遣返吧,在这里头真是度日如年啊。"

那个女兵说:"不过,你得小心点,集中营里有坏人。"

"是美国兵吗?"

"最可恨的并不是美国人,是叛徒。"那个女兵说,"有一个家伙叫王顺清,原来就是国民党兵,在辽沈战役时投降了,收编到咱们部队。这回一当了战俘,成了管委会的头,组织了一伙人,动不动就打人,逼你上台湾去。"

曹桂兰说:"败类。"

这时,两个美国执勤兵领着几个中国人过来,他们看了看手里的名单,又看了看曹桂兰胸签上的号码,说:"请你来一下。"

曹桂兰看了看那个女兵,女兵正冲她使眼色。曹桂兰说:"我不去。"

"你别误会。"一个大马脸留背头的人说,"我们是同胞兄弟姐妹嘛,替大伙管点事,今天找你是好事,有可能释放战俘了。"

曹桂兰仍然不放心,打量他们几个。

大背头说:"我们要挨个找人谈一遍,做到心中有数,省得美国人扣留战俘。到现在为止,好多同志连名字、部队番号都报的假的,这样一来,我们队伍指名要人时,这些同志可就回不去了,我们就是要好好核对一下。"

曹桂兰心里一动,说:"好吧!"随他们走去。

大背头把曹桂兰带到了战俘管理处后面的一间房子里。大背头客气地请曹桂兰坐下以后,看了看她胸签上的号码,又对照一下手里的名单,说:"你叫曹月红?这是个假名字吧?"

曹桂兰警惕地说:"是真名。"

大背头露出大牙说："你唬洋鬼子行啊！你唬自己人就唬不过去了。你看你的登记，九十五军六十二师，哪有这个番号？中国也没有九十多个军呀。若真有九十五军，师的编号也应当是二百八十五师！怎么师号比军号小？"

曹桂兰望着他不出声。

"你还信不着我吗？"大背头说，"我想问问你，一旦战俘开始遣返了，你到哪儿去？"

曹桂兰说："这还用问吗？回祖国去呗。"

大背头说："咱们谁没有爱国心！我也想回祖国去，连做梦都想。可是，你可得好好想想啊，涉及你一辈子的大事。"

曹桂兰更加警惕了："你这是什么意思？"

大背头说："前些天，咱集中营有个难友，是军医助理，所以对他看不严，常到各个战俘营里给大家看病。结果呢，跑了。他真的越过'三八线'跑回自己的部队去了。他满心高兴了，可没想到却把他当叛徒。"

"你胡扯！"曹桂兰站起来，问，"你是不是姓王？"

大背头说："我叫王顺清，给大家办点事。"

曹桂兰吐了他一口："呸！"她快步走出门去。

那几个人相视一看，没有法可想。

曹桂兰很苦闷，她一直在留心，她相信战俘营里一定有党的组织。机会终于叫她盼到了。有一天，她正在打饭的路上，一个人叫住了她："你是曹桂兰吧？"

曹桂兰站住了，认了半天："你是——"

那人说："我是卫生部的军医秦浩啊！"

曹桂兰说："啊，想起来了，我到你那拿过冻伤药膏。你怎么也被俘了？"

"别提了。"秦浩说，"我到六十军去巡诊，正赶上第五次战役，我在一八〇师时，赶上被包围，没冲出去，我不能丢下伤员啊，结果我和伤员一起当了俘虏。"

曹桂兰问:"你怎么这么自由?"

"我在战俘营卫生所,给大家看病,美国兵不怎么看我。你有事就去找我,看病没人拦你。"

曹桂兰说:"好吧。"

秦浩问:"你方才干嘛去了?"

曹桂兰说:"几个坏蛋劝我不回大陆。"

"这帮败类。"秦浩说,"你别上当。他们正帮助美国人搞什么甄别,策动一些人去台湾,我们分析这是在板门店谈判时玩花样。你可千万别上当。"

曹桂兰说:"坏人都结成帮了,战俘营里没有党组织吗?"

秦浩四处看看,欲言又止,最后他说:"你多团结女同志,互相打气,不管发生了什么事,你记住,我们只有一条路,回祖国去。组织就在你身边,无时无刻不在。"

曹桂兰点了点头。她心里踏实了,虽然秦浩没有正面回答她,这里有没有党组织,可那一犹豫,那充满力量的眼神,都不言自明了。她真想扑到秦浩的怀里大哭一场,她像一个没娘的孩子找到了亲娘一样激动。

2

是无条件地全部遣返,还是像美方提出的自愿遣返,仍然是板门店关于战俘问题谈判的焦点。在1952年1月2日这一轮谈判中,利比上校已玩不出什么新花样。

李相朝说:"你们有新的方案拿出来吗?我们仍然坚持认为,我们必须依据《日内瓦公约》规定,全部遣返战俘。我们朝鲜和中国都不是公约签字国,但我们仍然愿意恪守这一国际准则。"

柴成文说:"而你们美国是六十一个签字国之一,你们更没有理由背弃《日内瓦公约》。"

利比诡辩道:"日俄战争后,日本将罗杰斯特文斯基中将以下俘虏全都遣返了,但不愿回去的中途逃走了,在日本定居至今。'二战'以后,苏联扣留了几百万德国和日本官兵,让他们去开发西伯利亚,这都是历史上有过的。"

柴成文说:"据我们掌握的情况,你们正打算把志愿军战俘送往台湾,这是决不能容许的。"

利比狡狯地笑笑,说:"台湾是中国的一个省,因此可以理解为,去台湾也是返回中国呀!"

"这是强盗逻辑!"柴成文说,"你们的参谋长联席会议8月15日发布了九九〇二四号电令,已经指示李奇微按'任意遣返战俘做准备',你们不是早已决心把《日内瓦公约》抛到一边了吗?"这一揭露,利比等人目瞪口呆,半晌一句话也回答不出,他大概怎么也想不通,中方掌握情况会如此确切!利比和他的助手利用抽烟来掩饰他们的尴尬。

李相朝、柴成文等中朝方代表正襟危坐,在沉默中死死地盯着对手。过了难堪的一阵之后,李相朝补充道:"《日内瓦公约》一百一十八条明文规定,停止敌对行动后,应立即释放和遣返战俘。"

利比说:"可是,公约忽略了几个不容忽略的因素。对于那些害怕遣返的战俘怎么办?那些失掉了本国政府同情的战俘怎么办?更喜欢捕获者一方生活习惯的战俘要不要特别关照?比如说,你们的一些战俘,特别羡慕我们美国的生活方式,他们想留下来,我们把他们拒之门外,也似乎不大人道吧?"

李相朝说:"你这是找种种借口企图扣留我方战俘。《日内瓦公约》一百一十八条说的遣返,是带有强制性的。"

利比说:"你们的战俘名单也不全嘛!你们没准备好船就想过河。"

柴成文说:"船早有了,只是你们不想过河而已。"

利比说:"中国战俘二万零七百二十人,朝方战俘为十五万一千三百六十人,共十七万多人,愿意遣返的只有七万人。"

柴成文说:"你们这是搞欺骗。"

利比,这个脾气暴躁的水手出身的人,是以辛辣的短语、意赅的语言、刺人的雄辩而被李奇微选中的,此时又施展他的辩术说:"你们大可不必担心任意遣返有什么害处。比方中国志愿军,据你们自信的声明,他们都是百分之百志愿到朝鲜来支援友邦的,既然这样,他们怎么会拒绝回去呢?如果他们真的不回去,那只能证明你们的国家是个难以居住的国度。"

解方冷笑道:"诡辩代替不了真理。"

利比打断他说:"当然,我们也可以做某些让步。"

解方声色俱厉地说:"你们想骑在别人头上,等你们下来时才说,这是对你们的让步。"

利比手里玩弄着红蓝铅笔,说:"我方有一个新的建议,希望你们能接受。那就是'一对一'交换。如果一方交换完了,出现战俘名额不够的情况,可以用平民顶替,再不够就让这些无人交换的战俘宣誓:我以后不再参加战争了。然后假释,让他们自由选择去处。我们认为这是最完美的自愿遣返方案。"

李相朝气愤地说:"遣返战俘并不是买卖奴隶!20世纪的今天更不是奴隶的时代!"

柴成文批驳说:"这个方案是假借'自愿遣返'和'一对一'名目扣留战俘。"

利比说:"释放全部战俘,那不是等于增强你方的军事力量了吗?"

柴成文说:"这一句话暴露了你们的目的,原来你们关心的并不是战俘的人权和幸福,而是战争!"

利比哑口无言,李奇微称赞的"和任何外交对手交锋也不感到困难的男子汉"利比先生此时有点冒汗了。他开始收拾面前的文件。

柴成文望着他的汗颜,推过去一沓纸巾。

又一次卡壳。由于美方的无理阻挠,关于战俘遣返的小组会开了五十多次仍无结果。

3

暴风雪肆虐,风呜呜地吹,漫天大雪。金丝吉和康乃馨在山里低头顶风走着,速度很慢。金丝吉喘着粗气,说:"还有多远?"

康乃馨说:"快了,翻过这座山就到了。"

金丝吉一屁股坐下去,说:"我实在走不动了。"

"千万不能坐下。"康乃馨说,"你一坐下就会睡着,就会冻死。"她用力把金丝吉拉起来,结果没拉起她来,自己却摔了个后仰,两个人一齐滚下雪坡。两个人挣扎起来。金丝吉说:"我们两天没有吃东西,会饿死的。"她感到心跳气短,四肢无力。

康乃馨从兜里摸出一块巧克力糖塞给她。金丝吉惊讶了:"怎么,你还有巧克力?我一共给你三块,你又还我三块,你一块没吃?"

康乃馨替她剥去糖纸,把糖塞到她口中。金丝吉抱住她呜咽地说:"我的好妹妹,若是我们能活着走出这座大山,我一定好好报答你。"康乃馨拉起金丝吉,又艰难地往前走。

突然,在她们的视野里出现一个简陋小草房。金丝吉用手一指,晕倒了。康乃馨拖着她向草房爬去,她们被一个满脸皱纹的朝鲜阿妈妮发现,把她们扶到了暖烘烘的房子里。她们不懂朝鲜话,康乃馨只会说一句:"安再希庇希约。"

她们看见老太太家墙上挂着一张全家福照片,她有六个儿子。康乃馨指着那些小伙子的照片逐个问阿妈妮,她哭了,用手比画着扛枪、打枪动作,最后比画倒地死亡状。

康乃馨说:"她的意思好像说,六个儿子全上前线了,全都战死了。"

金丝吉神色黯然地看着满头银发的阿妈妮。

老太太给她们做了一顿大米饭、一铜碗酱汤,她们几乎撑得站不起来了,金丝吉说她有生以来,是第一次有这么大的饭量、这么好的胃口。

在告别阿妈妮时,康乃馨把自己身上的毛衣脱给了她。康乃馨看到寒冬腊月里,老太太还没穿上棉衣服。深深受了感动的金丝吉拿出了一百美元塞给老太太,可老太太死活不肯要。金丝吉很不是滋味,她问康乃馨:"这是为什么?她为什么接受你的毛衣,却不接受我的钱?"

康乃馨开了一句玩笑:"可能因为你是美国鬼子!"

金丝吉尖叫了一声,夸张地说:"可我是一个好美国鬼子呀!"

康乃馨笑着,替她把钱给了老太太,她这一次没有拒绝。

"我真嫉妒。"金丝吉说,"看来美国鬼子在这里很臭啊。"

在路上,金丝吉告诉康乃馨,她要写一篇文章,题目就叫《一个美国鬼子的遭遇》,把这件事写进去。康乃馨说,那一定走红。受了鼓舞的金丝吉又继续发挥,她说她等打完了仗,坐下来写一部大书,书名也可以叫《一个美国鬼子的遭遇》,一定畅销,说不定能得普利策文学奖。

康乃馨说:"书名还不够吸引人,要加个女字,改成《女美国鬼子的遭遇》,那才更引人入胜。"

金丝吉大笑:"妙极了,就这么定!"

由于吃饱了,她们走在风雪中就觉得不那么冷,风也似乎变得温柔了。

几经周折,康乃馨终于带着金丝吉找到了押战俘的地方,它设在靠近鸭绿江边的满浦镇,这地方毕竟离战场远些,民房破坏得不厉害,小学生居然有书可读。这正是课间休息时分,一群孩子在操场上结了冰的地方抽冰猴、滑雪橇。她们要找的重要目标迪安少将,就住在这所小学校里,战俘营占了校舍的一半。迪安少将刚刚起床,下巴上刷了肥皂,在细致地刮胡子,他自己住在一个单间里,受到特殊优待。

看守战士小王敲过门进来,说:"早安,迪安先生。"

"早安。"迪安指了指桌上的一副国际象棋,说,"小王,吃过早饭,我们再来玩,好吗?"

小王说:"今天不行。你的衣服该换换了,今天有客人来看望你。"

"客人?我有什么客人?"迪安说,"我都快记不起我是谁了。"

小王说:"是美国记者。"

"这太令人意外了。"迪安说着,擦了脸,开始换衣服,他特地把少将的领章也找出来佩戴上了。

他问小王:"我可以自由讲话吗?"

小王说:"我想没有人封你的嘴。既然我们同意让外国记者来采访你,那就不怕你说。"

迪安挤挤眼睛,说:"我会向记者告发,你怎样虐待我,那时候全世界人就都知道一个很残忍的中国人小王。"

小王说:"你若坏了良心,你可以那么说。"

迪安哈哈大笑了。

陪同两位记者来的是志愿军总部的宣传科长,他向战俘营管理部门交代了以后,匆匆回去了,战俘营的李科长把他们送到了小学校院子里。陪同他们的李科长向一间教室一指,说:"迪安住在那一间。"

"先随便看看可以吗?"金丝吉说,"比如看看其他战俘们。"

李科长说:"当然可以,跟我来。"李科长引导她们走向一个大教室,里面有二十多个俘虏正在下棋、看画报。金丝吉一到门口就拍照。一见了美国记者,战俘们立刻围上来,七嘴八舌乱嚷乱叫:"告诉我,板门店那里什么时候签字?我他妈的一天也等不了啦!""告诉杜鲁门那个浑蛋,我的薪金和被俘抚恤金必须加利息付给。""小姐,过来亲热亲热,我已有一年没见到女人了……"

金丝吉说:"你们安静点!你们挨过打吗?"

一个黑人说:"他们对战俘很好。"另一个白人士兵说:"没有打过,也不搜腰包。"他举了举手上的大戒指:"这个他们也不要。"又举起一个铜碗,他说,"我抢的金碗,他们也不要。"

金丝吉怀疑地敲敲"金碗",康乃馨在一旁说:"铜的。"金丝吉笑起来,还给那个兵:"等着发财吧。"

金丝吉问:"你们吃什么饭?吃得饱吗?"

一个战俘说:"吃米饭,不好吃,没有面包、黄油,没有芝士。不过圣诞节时给了一个面包。"另一个战俘说:"中国人不给我们找女人,这很不好,朝鲜女人多得是。"战俘们哈哈大笑。

金丝吉问:"你们之中有人被杀死吗?"

众人都说:"不知道。我们都还活着。"

金丝吉看了看康乃馨一眼,又忙着去拍照。

迪安的住室门上有迪安英文名字的缩写,门半开着。现在李科长领着康乃馨、金丝吉来到了迪安门前,小王看见了,说:"迪安先生,记者来了。"

迪安推开门,顿时愣住,同时喊出了对方的名字:"金丝吉小姐!"

"你好吗,迪安将军!"金丝吉同他握手说,"大邱一别,一年多过去了,美国人一直在关心你,不管是活的,还是死的。"

"不幸我还活着,我是一个倒霉的将军。"迪安请她们坐下,问,"这位是……"

康乃馨说:"我叫康乃馨,也是记者,是陪同金丝吉小姐来的。"

"认识你很高兴。"迪安说。

康乃馨说:"将军并不是最倒霉的,沃克将军和穆阿将军你都很熟吧?"

"他们怎么了?"迪安吃惊地问,"他们也成了你们的俘虏?"

"他们更不幸,死在了战场上。"康乃馨说。

金丝吉一边拍照一边问:"你在这里好吗?"

迪安耸耸肩:"没有在家里好。"

金丝吉和康乃馨都笑了。康乃馨说:"那当然。你还应当说,更不如你当将军指挥二十四师那么有趣。"

迪安自己也乐了:"我在这里可以下棋,可以进行日光浴,我还学会了下朝鲜棋,学会了中国人的太极拳。"说着他站起来,表演了一段"白鹤亮翅"和"野马分鬃"。

金丝吉从包里拿出一份报纸,送到迪安面前,说:"这是新泽西州的一家报纸,他们说你在很早以前就被杀害了。听说我这次到战俘营来,他们特地打电话来,让我找一找你的坟墓,拍几张新闻照片。"

"该死的!"迪安看了看,一把揉烂报纸,说,"令他们扫兴的是我还活着,他们没什么新闻可报了。"

"不,"康乃馨说,"你活着,是更大的新闻,在来之前,连金丝吉小姐都相信你已经死了。"

金丝吉又拿出了一份报纸,铺展到迪安面前,说:"我希望阁下不会把这张报纸也扯烂,因为这是你值得骄傲的事情。"迪安拿起报纸在看。

金丝吉脸上露出揶揄的笑容:"你在1951年2月16日,就因为英勇战死而被授予服务优异勋章了。"

迪安扔下报纸,苦笑说:"那么我活着回去反而没趣了!也许他们会追缴那枚勋章吧?"

康乃馨笑了起来,迪安说:"我摔昏了以后,肩骨、肋骨骨折,在到处躲避流浪的三十六天里,体重由一百八十六磅降到一百五十磅,三十六天只吃过十二餐饭,阿米巴痢疾几乎送了我的命。"

金丝吉说:"阁下现在肯定不止一百五十磅吧?"

迪安说:"现在是一百七十磅。"

金丝吉说:"那你不用费力气减肥了。"

迪安也说:"如果那些肥得流油的国人们想要减肥的话,告诉他们,当一回战俘就行了。"

几个人都大笑。

金丝吉说:"你想对美国人说点什么吗?"

迪安说:"我说什么?败军之将不可以言勇。我想,我若被释放,我只能退役了。这战争打得糊里糊涂,我不明白,我们美国人需要这样一场战争吗?"

金丝吉说:"现在正在谈判,也许敌对状态很快就要结束了。"

小王进来,提了一壶咖啡,给每个人斟了一大杯,说:"我们首长特地为你们煮的咖啡。"

金丝吉闻闻,说:"好香。这种劣等咖啡,在国内也许没人喝。"她喝了一口。

康乃馨说:"咱俩挨冻受饿的时候,如果有这么一杯咖啡,那会高兴得跳起来的。"

金丝吉说:"为了来看你,我们挨了美国飞机炸,吉普车炸烂了,司机受伤了,我们又迷了路,几乎饿死。"

迪安说:"谢谢你还记得我,让你为我冒这么大的风险。"

"也不完全为你。当年有人要把我赶出朝鲜去,你仗义执言,要收留我当兵,冲这份情,我也要来看看你。"金丝吉说,"第八集团军的军法处长汉莱上校发表了一项声明,说朝中方大批杀害美国战俘,杜鲁门总统为此十分震怒,说这是一百年来最野蛮的行为,为这个,在谈判战俘遣返时,几乎谈不下去了。"

迪安说:"若杀战俘,我恐怕应当是第一个被杀的人。他们这些人吃饱了饭没事干,还是擦干净自己的屁股吧。"

康乃馨和金丝吉都笑了起来。

金丝吉说:"给你的妻子、孩子写封信吧,我给你发回美国去。"

迪安说:"谢谢,如果方便,把照片也替我寄给她一张,告诉她,我就盼着回到她身边那一天了。"

迪安急不可耐地当场就要写信。可他的笔不下水,那是支蘸水笔,笔尖劈叉了。他看到了金丝吉脖子底下吊着的绿杆自来水笔,伸手要:"给我吧,我连一支笔也弄不到。"

金丝吉犹豫了一下,从脖子上摘下那支笔,说:"借给将军用用可以,给你,那是万万办不到的。"

康乃馨没想到她那么大方的人会因为一支笔而计较,就说:"你太小气了,一支笔算什么?"

金丝吉说:"把你的笔给他嘛!"

康乃馨下意识地攥紧了手中的那支笔,说:"对不起,这不可能。这是彭德怀总司令送给我的。"

"太巧了。"金丝吉说,"我俩手中的笔,都是最高统帅所赐。"她自豪地炫耀着说,"我这支笔是麦克阿瑟将军送的,这是他1945年在'密苏里号'战舰上签署日本无条件投降书时的那支笔。"

迪安说:"不用再说了,见识一下这两支笔,已经很荣幸了。我有一个大胆的想法,就用这两支笔给我的妻子、孩子写封信,让他们知道是用什么笔写的,可以吗?"两个女记者同声说好,慨然允诺。

4

与中朝方战俘营形成鲜明对照,巨济岛的血雨腥风正笼罩着第六十二号战俘营。围着铁丝网的战俘营四角岗楼上的探照灯还没有熄灭,东方已露出鱼肚白。一队荷枪实弹的美国军队把第六十二号战俘营包围了起来。这时一群同样是战俘的管事人,如王顺清等人,还有李承晚部的特务,随着美军冲进去。在美军的驱赶下,中朝战俘们被赶到空场上,空场当中放了一张桌子。桌子后面挂着用中朝文书写的大字甄别条款,有几条特别醒目:

一、你自愿回中国、朝鲜去吗?

二、你什么时候都反对回国去吗?

三、你考虑过你不回去会给亲人带来什么吗?

四、假如强制你回国,你怎么办?

美国宪兵中校雷文对战俘们说:"板门店正在谈判,也许你们很快就要遣返。不过,现在要对你们进行一次甄别,凡是不愿回中国和朝鲜的人,发给一张请愿书,按上你们的手印。现在开始吧。"

王顺清出来讲话:"你们想好!当了战俘再回去,你们就是有污点的人。台湾,汉城,美国,那里是自由天地,欢迎你们到那里去。"

人群中有人喊:"反对甄别!""我们没有什么选择,回祖国去!""李承晚、蒋介石的狗特务,滚回去!"

人群骚动起来,战俘们开始四散走开。雷文中校对天鸣枪示警,战俘们不听他的,仍旧四散走开。雷文咆哮着:"你们想造反吗?如果你们拒绝甄别,我们要开枪了!"

战俘们高呼:"抗议美帝国主义的罪恶行为!""我们要回祖国去!"

雷文一挥手,美军士兵冲过去,用枪托毒打战俘。忍无可忍的战俘奋起反抗,夺枪,搏斗。这时铁丝网外面的机枪开始扫射了,手无寸铁的战俘纷纷倒在血泊中。

巨济岛战俘营的惨案立刻传到了板门店中朝方谈判代表那里。联合国方谈判代表来了个生面孔,新任谈判代表哈里森五短身材,身高只有一米六,走路挺着肚子,腰围不会小于四尺,倒像个十足的柔道运动员。哈里森少将带着他的助手们步入会场,他扫视了一眼南日、解方等人,说:"我是哈里森少将,从今天起,出任联合国一方谈判代表。"

南日说:"在讨论正式议题之前,我们要提出严正抗议,你们在巨济岛战俘营里屠杀六十二号战俘营几百人,这是血腥的犯罪。"

哈里森说:"我不知道有这种事,也没有受命答复,我到板门店来,不是听取共产党的谩骂和谎言的,既然你们不想谈,那我建议休会。"说罢起身,吹着口哨,带着他的助手扬长而去。

南日和朝中方代表们又气愤又无奈。解方说:"这家伙一副十足的无赖相。"

南日说:"李克农队长分析得对,我们的对手又不想谈了。"

5

金丝吉和康乃馨乘坐的吉普车驶来,一路上不断与来往的军车会车。已经有了早春的气息,天不那么冷了,越往南走越暖,过了"三八线",河水已经解冻,柳梢开始吐绿,离远看像是在枯枝上罩了一层薄薄的绿纱。金丝吉不但去看了战俘,也访问了朝鲜老百姓,还去了志愿军的几个部队,一晃一个多月过去了。金丝吉在这一个多月中,长了很多见识,她承认,她对东方人才刚刚有一点了解。

康乃馨说:"你这一趟冒险是值得的。"

金丝吉说:"我把这些照片发表了,我可能要被军方从朝鲜战场上赶走。"

康乃馨说:"那不要紧,他们不要你,你可以到我们这来,我欢迎你。"

金丝吉说:"好可怕呀,叫我当共产党吗?"

康乃馨说:"我可怕吗?"

"你?"金丝吉说,"不,你太可爱了。"

康乃馨问:"那么,这些天你接触到的中国人、朝鲜人,都像你们所形容的那样青面獠牙、杀人不眨眼吗?"

金丝吉说:"当然不。"

康乃馨说:"你已经被我们赤化了。"

金丝吉笑了起来。她突然问:"你们为什么把美国人叫美国鬼子?"

康乃馨说:"你们不是把德国人叫过德国鬼子吗?"

金丝吉夸张地扮了个鬼脸,说:"在你们眼中,美国兵和纳粹一样可憎吗?"

康乃馨说:"差不多吧。"

金丝吉说:"我此行一个小收获是得了个绰号:女美国鬼子。"

康乃馨说:"我还等着看你的《女美国鬼子的遭遇》呢。"

金丝吉又纵声地笑起来。

吉普车从一片茂密的林间公路穿过,大地一下子显得开阔了,远处有小桥、小河。

康乃馨说:"到'三八线'了。"

金丝吉把事先备好的白旗拿出来插在车上。

康乃馨说:"投降吗?"

"是中立。"金丝吉说,"因为我讽刺了乔埃将军车上插着白旗去谈判,我说这等于是向中国人、朝鲜人投降,结果惹了一场风波。第二天,乔埃死活不再插白旗了。"

康乃馨说:"但投降的标志也真的是打白旗呀。"

金丝吉说:"对记者来说,无所谓投降了,记者永远是中立的——对不起,我忘了,你不同意这观点。"

"我不跟你争了。"康乃馨说,"世上没有绝对中立的立场,除非是冷血动物。"

"你说我是冷血动物?"金丝吉大笑。

康乃馨说:"过了前面的小河木桥,就是美军占领地了,我该告别了。"

"送我到桥上嘛。"金丝吉说,"这里是中立区,没有危险的。"

康乃馨微笑着默认了。汽车开上了木桥,停在了这一端。望着白亮亮的河水,金丝吉说:"走,到小河边去洗洗脸。"

司机停在车旁抽烟,她们跑下堤坡。向阳的堤坡上,茸茸小草刚刚钻出地表,还没有盖住地皮,在料峭寒风中冰凌花已经开出了金黄的小花。她们跑向流水潺潺的小河。如果你不去注意小桥附近的炸弹坑和小河中间撅着尾巴没爆炸的涂有 USA 的炮弹,你看不出这里正经历着战争。

金丝吉和康乃馨跑到小河旁,金丝吉甩掉了鞋子,挽起裤脚,第一个跑到水中。

"凉不凉?"康乃馨问。

"和冰水差不多,真凉啊!"金丝吉嘻嘻哈哈地说,"下来呀,可舒服了。"

康乃馨伸手在水里试试,犹豫着脱了鞋袜。金丝吉又在小河里叫起来:"哎哟,这是什么?龙虾,龙虾夹了我的脚!"她在水里一阵乱扑腾。

康乃馨跑过去一看,从石缝里抓出一个蜊蛄,说:"这叫虫刺蛄,不是龙虾,龙虾是海里的。"

她们坐到一块大青石上,金丝吉说:"这石头真光滑。"

康乃馨说:"这是朝鲜女人用来捶衣服的石板,现在是战争年月,没有人敢来洗衣服了。"她给金丝吉描述着。木槌子的模样,怎么捶打,怎么浆洗衣服,她告诉金丝吉,朝鲜族妇女喜欢用米汤把洗过的衣物上一遍浆,用起来挺括。而且挺括得过分,被子盖在身上哗哗响,像马口铁。康乃馨还说,中国古时候也用木槌子捶洗衣服,并且念了一句李白的诗:

"长安一片月,万户捣衣声。"

金丝吉说:"东方人有一种童话般的古老神韵。"

两个人坐在石板上,金丝吉望着打漩的水曲折流去。康乃馨却轻轻眯起那双美丽的眼睛望着烟青色的天际,那里正有雾一样的云片飞起来。康乃馨望了好久,仿佛许多情感、许多美丽的往事和瑰丽的向往都从那变幻莫测的云中向她涌来。

金丝吉问:"我们还能见面吗?"

康乃馨说:"中国有句俗话,山不转水转,我想,我们有机会的。"

金丝吉从笔记本上扯下一页纸,写上一个地址:"这是我的地址和电话号码,你如果高兴,可以给我这个美国鬼子写信。"

康乃馨纵声大笑起来,说:"谢谢你,美国鬼子。"

金丝吉说:"把你的地址给我呀。"

康乃馨笑了笑,也写了一张纸片给她。

"啊,你住在北京,"金丝吉说,"听说那是个古老而又美丽的城市。"

康乃馨说:"欢迎你去我家做客。"

金丝吉说:"除非你结婚的时候。你到现在还没有告诉我,你的男朋友,啊,不,你的未婚夫是干什么的。"

"他还在大学里读博士。"康乃馨说。

"在美国?"金丝吉惊讶地问。

康乃馨点点头,说:"在哈佛大学。"

"这太有趣了。"金丝吉说,"哈佛大学博士的未婚妻,在战场上打美国鬼子!"

康乃馨也笑了。

天边那诡谲的云凸起来,变成一匹奔马,他好像骑着这匹骏马朝他的心上人飞驰而来;那云又像一艘刚刚露出海平面的巨轮,他站在甲板上,海风吹拂着他的头发。自从到了朝鲜,她几乎没有时间想他了,在残酷的战地,你不可能有什么浪漫情怀。可现在她的心像拂过了一阵春风,这是为什么? 也许因为要停战了。

金丝吉问:"这么说,你完全有可能到美国去结婚?"

"不,"她说,"我们已经讲好了,毕了业,他就回来。"

金丝吉在草地上采了一朵冰凌花,替康乃馨插在云鬓上,说:"再见了,我这一辈子也不会忘了你。"她眼含热泪,拥抱着康乃馨。

寒风轻轻掠过水面,掀起一层浅浅的褶皱。坐在石板上,金丝吉双腿在水中击打着,吊在脖子上的那支笔前后悠荡着,她忽然说:"咱们要分手了,我提一个要求行吗?"

康乃馨笑着说:"不会是美国鬼子干脆想留在中国不回去了吧?"

金丝吉摘下那支麦克阿瑟送她的笔,托在手上,说:"换,怎么样?换彭德怀给你的那一支。都是大人物的笔,我想,你并不吃亏。"

康乃馨认真地摇了摇头,说:"不,我不换。"

"什么理由不换?"金丝吉还不甘心。

"没有理由。"康乃馨说,"希望你能理解我。"

事实上金丝吉并不能理解康乃馨的内心感受。

突然,小树林子里响起一声枪声,带着残响。她们扭头朝河对岸望去,有二十多个美国兵鸣枪窜出来,在朝她们射击。

"浑蛋!"金丝吉用力挥了挥手,"我是美国人,她是我的朋友。"

那些美国兵根本没理睬,又是一阵排枪打过来。康乃馨中弹了,她摇晃了一下,努力站住。金丝吉大叫了一声"康",扑过去把她揽在怀中。

这时那群美国兵已经涉水过了河,大声嚷叫着"投降吧……"逼了过来。

殷红的血从康乃馨的胸部流出来,她脸色苍白。金丝吉把她轻轻放倒在草地上,突然站起来,面对美国兵,发疯了一样大叫起来。

美国兵全愣了,没想到她是个金发碧眼的美国人。金丝吉扑过去夺过一杆枪就射击。一个美国兵眼疾手快,抬高了她的枪管,子弹射上了天空。她扔下枪,失声地哭起来:"她是朋友——"

美国兵们似乎都吓呆了,静静地垂下枪管,目视着康乃馨那张美丽而苍白的脸。

康乃馨已经不会说话了,她轻轻地闭上了眼睛,头上那朵小花在微风中抖动。

6

李奇微很感幸运,他没想到他这样快就从噩梦中醒来。5月4日,他接到了参谋长联席会议的命令,调他去欧洲接替艾森豪威尔,担任美军司令,兼北大西洋公约组织的最高统帅。在美国军界,人人都承认,欧洲的这个肥缺,甚至是参谋长联席会议主席都不换的。若不是艾森豪威尔因为竞选总统而忍痛割爱,艾克有可能握着这权杖一直到死。李奇微一直为朝鲜战局而苦闷,打又打不赢,谈又谈不拢,好像一个人双脚陷入泥淖,越拔越拨不出腿来,反而越陷越深。他担心,他将注定要为此付出沉重的代价,名声扫地。他没想到奇迹竟在意想不到的地方出现了。马克·克拉克上将代替他到朝鲜来受罪了。

5月5日,李奇微在东京第一大厦迎接了来接任的这位相貌堂堂的大个子将军。在他们热烈拥抱时,克拉克说:"你太客气了,我们是老朋友、老同学。我一直怀念西点军校的朝朝暮暮。"

李奇微给他倒了一杯白兰地,说:"是呀,我更怀念令尊大人查尔斯·克拉克将军。我记得他是麦克阿瑟的老师。"

克拉克说:"那时麦克阿瑟是我父亲的高才生,常到我家去,我很早就认识麦克阿瑟。家父早就断言过,麦克阿瑟会成为杰出统帅。"

李奇微笑道:"令尊大人可没预言过我能有什么建树吧?"

克拉克笑道:"他并不是预言家,也不懂占星术,你的成就就在无人预料中,更显出你的超乎寻常呀。"

两个人都笑了起来。

李奇微说:"你出任联合国军司令,你会比我做得更好。"

克拉克说:"恐怕不如我在国内担任陆军野战司令好。我到任的使命,不过是促成停战,而不是胜利,我可能是美国军史上最灰暗的一个军人。"

"不，"李奇微说，"现在只能说，前景茫茫。"

克拉克说："将军接替艾森豪威尔出任北大西洋公约总司令，更能发挥您的才干。我不敢说朝鲜是个烂摊子，可我一听到任命，头就疼起来。"

李奇微说："恐怕将军需要不断强化我们的立场。谈判，可以赢得舆论，比诉诸武力可能更有利。"

克拉克说："杜鲁门总统可能出于国内竞选的压力，暗示我不急于谈成。"

"是的，"李奇微说，"现在战线已经稳定，前期谈判也并没有捞到什么好处，现在只有在战俘问题上把文章做够。"

克拉克说："我并不明白，为什么我们一定要坚持朝中方战俘自愿遣返？这对于我们来说，除了麻烦而外，有什么好处？"

李奇微神秘莫测地说："这已经是政治了，将军。朝中方有十七万战俘在我们手中，只要有大批战俘不愿回去，我们就胜利了，它可以从政治上在共产党人脸上抹黑。你们不是说共产主义最得人心吗？看看吧，你们的战俘宁肯投奔自由世界，也不愿回到共产党的乐园。"也许，只有在同僚间他才说得这么透。

克拉克说："他们在抗议我们，我在纽约时就看到了报道，说我们残杀战俘。"

李奇微说："这可以不去理会，我们同样抗议他们杀害战俘。"

克拉克茅塞顿开地说："如果真的有几万共产党的战俘站出来声明，不愿回到他们唾弃的共产党一方去，这可太鼓舞人心了。如果达到了目的，我们花费十四个月时间，伤亡十三万人，也是值得的，我们给了共产主义一记响亮的耳光。"

李奇微说："就这样干下去吧，我说过，你会比我更出色。"说完这一切，李奇微请他下楼，李奇微请他的老同学到东京银座一家有名的日本料理去吃日本菜，李奇微声明是个人掏腰包。

第二十八章

I

　　感化与愤怒同时在金丝吉的血液里冲撞,使这个从小受西方价值观、人生观熏陶的女性起了她自己也不易觉察的变化。她从前标榜记者"忠于良心",从朝鲜后方回来后,她依然高举"良心"的大旗。她描述了一个"女美国鬼子"的许多奇异经历,她发表了对迪安将军的访问记,她刊登了美国战俘的家书,还都一一配发照片,她让美国人开了眼界,了解了一个过去单凭杜鲁门政府灌输的而想象不到的另一个世界。金丝吉更出名了,甚至是家喻户晓。

　　杜鲁门却让金丝吉弄得狼狈不堪,他拍着桌子上的报纸对艾奇逊说:"中央情报局是干什么的?为什么不去查查这个金丝吉的背景?她怎么可能自由地到朝鲜去?"

　　艾奇逊说:"人人都可能怀疑金丝吉是间谍,可是昨天报纸上又登载了金丝吉与麦克阿瑟的合影,麦克阿瑟称她是当今最棒的记者。"

　　杜鲁门说:"金丝吉弄得我们很狼狈。她发表了那么多封战俘的信,又把迪安下象棋、打太极拳的照片在各报登载,为什么不事先把这些照片高价买下来？"

"那是办不到的。"艾奇逊说，"你出去看看吧，我们的后院又起火了。"

二人走到窗前，掀开窗帘向外看，白宫门外又坐了好多妇女，也有男人，他们打着各式各样的标语牌在抗议，上面写着："杜鲁门，为什么不派你的儿子上朝鲜？""让我的儿子马上回来！""快快结束朝鲜战争！"

杜鲁门气恼地拉上窗帘。他为金丝吉所煽起的又一股反战旋风而气恼，他可以下令投原子弹，却没有任何手段对付一个小小的记者。艾奇逊玩笑地建议，可以想办法去联系三K党或者黑社会，让他们去干掉这个小妞儿。

杜鲁门同样用玩笑的语言说："那我杜鲁门将会有两件轰动全球的大事而永载史册：一是在日本扔原子弹，二是暗杀一个小妞儿。"两个大人物不禁为他们的黑色幽默哈哈大笑。

美国有一个期刊，叫《美国新闻与世界报道》，它披露了一条近似笑话的谈判花絮，题目是《世界最短的谈判：二十五秒》。文章说，美国谈判代表哈里森猥猥琐琐地走进谈判大厅，连谈判桌都没有走到，就说"我建议休会"，转身就走。

南日说："太不像话了。"

解方举起腕子看看表："二十五秒钟。"

文章中特别注明，哈里森只有一米六〇高，也有损美国人的形象。这篇文章由此得出结论：美方现在根本无意进行谈判，哈里森不过是奉命听取意见的小丑角色。

与此同时，他们在巨济岛和釜山战俘营里却加紧了"甄别"活动，说穿了就是希望有更多的中朝战俘不回到他的祖国去，以证明西方"自由世界"的可爱。于是，战俘营当局纵容一些背叛祖国的人毒打战俘，甚至在他们的脊背和胳膊上、脸上刺上"反共"字样，让你没法回到祖国去。忍无可忍的中朝战俘开始酝酿一场巨大的反抗风暴，用以表示他们的决心。对这一切，战俘营长官杜德准将一点也没有察觉，他是第十任长官,他自信"温和"、"非暴力"能够征服人心。他的前任长官因为对六十二战俘营使用武力而被解职。

1952年5月6日下午,在巨济岛第七十六号战俘营,中朝战俘营中的几个领导者正在密商,朝鲜人民军的李学九、朴相显被俘前都是高级指挥员,志愿军一八〇师副参谋长薛清山、军医秦浩也被邀来,组成领导核心,他们在计议一个将会震惊世界的行动。

傍晚时分,他们传出了一份声明。总管杜德准将正在喝咖啡,九十四宪兵营营长雷文中校进来说:"将军,七十六号战俘营的人非要见你不可。"

杜德问:"什么事?又要绝食吗?"

雷文说:"一个战俘勤杂工说卫兵打了他,还强行搜身。"

杜德说:"你去调查一下嘛。"

雷文说:"他们指名要与你交涉。"

杜德说:"我没有必要去。"

雷文说:"他们说,如果杜德将军满足他们的要求,他们将全体在花名册上按手印。"这倒是很有吸引力的,杜德一直为他们的不合作而发愁。

杜德想了想说:"好吧,告诉他们别闹,我明天下午两点去战俘营门口见他们。"

雷文提醒道:"会不会有什么阴谋?七十六号战俘营里都是共产党的死硬分子。"

"不要动不动就荷枪实弹。"杜德说,"要与他们的关系搞得融洽一些,可能更容易得到好的效果。"

雷文提醒说:"你出入战俘营,连枪都不带是很危险的。"

杜德说:"他们也是赤手空拳啊。"

此时各个战俘营都悄悄行动起来,都选派出了代表,集中到了七十六号。

晚饭后曹桂兰正坐在床边出神,她已经预感到不起来斗争是不行的。一个女俘哀哀地哭着,一些人围着她叹气,她的右臂被刺上了"打倒共党"四个青字。有人轻声说:"有了这四个刺字,想回国也回不去了!他们真歹毒啊!"

曹桂兰暗想:他们若给我刺字,我宁可一头撞死,绝不受辱。

这时,秦浩站在了门口,他对曹桂兰说:"你不是拉肚子吗?跟我走。"曹桂兰会意,答应一声跟了出去。秦浩把她带到七十六号战俘营大门口。营门没有上锁,有人通过哨兵进进出出。秦浩、曹桂兰走过来,秦浩对卫兵说:"她来拿药。"

卫兵点点头,他们走了进去。一走进七十六号战俘营,曹桂兰立刻感到浑身热血翻涌,她立刻感受到了尊严、自豪和力量。她看到很多战俘在用木杆削武器,有人还弄到了铁棒、大刀片,仿佛一下回到阔别的革命队伍中一样。更令她振奋的是看见了李岩。李岩正在跑来跑去忙着什么,他们猝然相逢,曹桂兰竟哭了起来。自从他们去抓舌头失败被俘后,她一直幻想着能在战俘营里见到他,没想到真的见到了。李岩附在她耳边说:"别哭!我们会回祖国的,今天就要来一场大风暴。我忙,你先去开会,回头我找你。"

李岩匆匆地走了。

曹桂兰是作为女战俘的代表之一来七十六号营开会的,直到起事前一个小时,她们才知道了明天将有什么事情发生。

5月7日下午,天气闷热,海上没有风,大海表面流荡着波动的烟霭。也许平时这是战俘们午睡的时候,所有的战俘营院子里都空无一人,连瞭望塔上的美军哨兵也直打哈欠,放松了警惕。两点整,杜德和雷文带着些卫兵来到七十六号战俘营营门前。杜德让雷文大声喊话:"你们不是找杜德将军谈话吗?谁负责?"

忽然间,空场上出现了几千人的战俘队伍。李学九、朴相显、薛清山、秦浩、曹桂兰等都在人群中。杜德吓得连连后退。彭贵新也在战俘营中,他手持木棒守卫在营门口。朴相显说:"我们在战俘营里过着非人的生活,你们强迫'甄别',屠杀不愿'甄别'的战俘,我们向杜德准将提出严重抗议!"

杜德说:"可是,战俘也不能过舒舒服服的日子啊!"

这时,李岩从里面挑着粪桶走来,哨兵没有理由不放他出来倒粪便,对值勤送水、挑粪的人向来不怎么盘查。就在哨兵打开营门放李岩出来的一刹那间,以彭贵新为首,突然冲出十几个战俘,以迅雷不及掩耳之势抱住杜德和雷文。彭贵新抱住杜德往营门口拖,另两个人拖腿。卫兵一时手足无措,怕伤了长官,又不敢开枪。雷文死死抱住一根柱子不松手,直到卫兵端着刺刀过来救他。杜德反抗无效,被彭贵新他们连拉带扯拽进了集中营。卫兵们想冲过去救援,营门已关闭,一群战俘守住营门。卫兵们子弹推上了膛,等待雷文的命令。

杜德见状扭头大叫:"不要开枪!"

薛清山对杜德说:"命令你们的卫兵放下枪,退后五十米。"

杜德照他的话说了一遍。雷文和士兵都扔下了枪,向后退去。杜德被推进了帐篷。他现在明白,战俘想抓他为人质,已非一日了,一切都井然有序,甚至给杜德准备了还算舒适的"房间"。这房间是在大帐篷里挂起了几块毛毯间隔出来的,居然有卧室,有办公间,也有厕所。杜德感激他们没有杀他的头,或者用惨无人道的手段折磨他,看来这种担心大可不必。可他也害怕为他建立这么个"安乐窝",是为了长期地监禁他,他又有点不寒而栗。

当杜德被引进他的房间时,李学九说:"满意吗?将军,你拥有卧室、办公室和厕所,你是我们的贵宾。"

杜德问:"你们想干什么?"

朴相显说:"只不过是想请你来谈谈,我们觉得这样更亲近些。"

杜德有几分恐惧地望着战俘们。

七十六号战俘营劫持人质的成功,一阵风地传遍了巨济岛战俘营,战俘们都像庆祝盛大节日那样从房子里走出来,奔走相告。这一来,雷文中校更紧张了,他一方面调兵防守,一方面向上面报告。

李岩、彭贵新带领一些战俘在七十六号战俘营门口扯起了一幅用床单写的大标语:我们生俘了杜德,只要我们的要求得到合理解决,杜德的安全有保障;如果你们开枪,我们首先杀死杜德。

美国兵又惊又怕地看着标语。雷文中校束手无策,他知道他若轻举妄动,杜德就可能没命。他现在只能与战俘们敷衍,等待上面派人来,他一个小小的中校,无权处置这样的大风波。这样一来,他屈服了压力,派人为各战俘营间架设了电话,这是战俘们提出的第一个要求。这一来,各战俘营之间有了方便的联络手段。

2

巨济岛的事件层层上报,由第八集团军第二勤务司令部长官保罗·扬特准将上报给范佛里特,范佛里特把告急电话打到东京第一大厦时,李奇微刚刚请克拉克上将品尝完纯正的日本料理,多用了几杯日本清酒的克拉克微微有点醉。李奇微对范佛里特下了指示,却没有及时告诉沉在醉乡中的新任司令官。直到他们决定一起去朝鲜走一趟时,李奇微才决定告诉他。他们来到羽田机场,当李奇微与克拉克走下高级轿车走向飞机的时候,李奇微说:"我送你到朝鲜去认识一下你的部下,我也做一个告别。有一件小小的麻烦事,我昨天没有告诉你。巨济岛的战俘扣押了战俘营长官杜德。"

"这可是个坏消息。"克拉克说,"这对战俘的谈判又投下了阴影。"

李奇微说:"我已经下令查明真相,然后我就不管了,我不能再越俎代庖啊。"

克拉克说:"这是给我一个下马威呀。"

"没关系。"李奇微说,"我已经给范佛里特下令,让他立即确立战俘营的有效秩序,为此可以使用必要的武力,直到坦克!如果共产党战俘们抵抗,就坚决射击,射击。"

克拉克说:"我想也只能这么办。"

本着李奇微的命令,范佛里特立即让第一军参谋长查尔斯·科尔森到第八集团军司令部来报到,他对毫无思想准备的科尔森说:"将军,你改换一下行当,去管巨济岛的战俘营吧。"

科尔森说:"你认为那里比这里重要?"

"现在,也许是。"范佛里特说,"李奇微发火了。朝中战俘们把战俘营长官当人质扣押起来了,弄不好会酿成大暴乱。"范佛里特尽量不把那里的事态描绘得过于恐怖。

科尔森问:"我马上去吗?"

"马上。"范佛里特说,"我已经派第三师的一个坦克营出发,然后上登陆舰,开往巨济岛。"

科尔森说:"好的,我马上走。"

科尔森走了以后,范佛里特还不放心,又让扬特将军把他的参谋长威廉·克雷格上校马上空运过去,暂时稳定局面。两小时后,扬特准将把一张杜德亲手写的信件送到了范佛里特手上,他告诉范佛里特,飞机刚刚送来,这是杜德的手书,看来这个倒霉的伙计还没有吃苦头。看过便条,范佛里特苦笑着说:"告诉你的参谋长威廉·克雷格上校,在没得到我的命令之前,不得动用武力解救杜德。杜德也不让我们这样做,他知道,那样他的命就没了。"

扬特说:"克雷格也想通过谈判解决。不过,如果有人企图大规模暴动,越狱呢?"

"那就顾不得杜德了。"范佛里特说。

3

七十六号战俘营里正在开战俘代表会议。同时也是对杜德的审判会、谈判会,一共四十三人。朴相显对杜德说:"我们这四十三个人,是十七个战俘营代表,是朝、中两国的战俘代表。"

薛清山说:"你们残杀战俘的事实,昨天已经列举了,今天我们与你谈判,我们提出,不准再搞'甄别',不准虐待战俘,必须增加口粮和被服。"他把一张纸送到杜德面前,"这是我们中朝战俘代表大会向全世界人民的控诉书,以及向你提出的四项条件。"

杜德说:"我签字,我都同意。"

秦浩说:"电话架好了。"

李学九把电话机移到杜德跟前,说:"同你们的人通话吧。"

杜德接通了对方后,说:"我是杜德,你是哪个?"

克雷格说:"克雷格上校。我刚从范佛里特将军那里来,科尔森将军随后到,来处理这件事。你好吧,将军?"

杜德说:"我很好,他们对待我友好而又礼貌。我请求,千万不要试图用武力来营救我,我确信我不会受到伤害。"

克雷格说:"是他们逼你说的吧?"

杜德说:"不,是我自己。他们写了一份宣言,提出了一些条件,我已经签了字,马上可以传给你们,请你们照办。"

克雷格说:"好的。"

克雷格在科尔森到来之前,只能控制局面。撂下电话,他就到港口去了,几艘登陆舰靠岸,坦克隆隆上岸。金丝吉和贝却笛也从登陆舰上下来,他们爬上了坦克,露天坐在上面。金丝吉是偶然的机会从一个报务员那里得到消息的,立刻约了贝却笛上岛来。坦克搅起的黄尘把两个记者身上弄得全是土。贝却笛说:"你惹恼了政府,你还敢到这个是非之地来,我真佩服你的胆量。"

金丝吉说:"我恨!我一想起康乃馨,我就想大哭一场。"

贝却笛说:"那真是一个善良的女孩子。"

两个小时后,科尔森乘直升机来到了巨济岛,他在克雷格上校和宪兵中校雷文陪同下视察了一圈战俘营,他分明感到了干柴烈火的气氛。回到战俘营长官办公室,科尔森开始听取汇报。克雷格说他与杜德通过话,他怕死,已经签了字,什么都答应了。科尔森笑笑:"他不知他已被解除职务,这不能怪他。也许,我们处在他的境地,也会一样手软心慌。别的准备好了吗?"

克雷格说:"从釜山来的第九步兵团已经登陆,坦克营刚刚从登陆舰上下来,朝国的舰船把全岛围得水泄不通,已经断绝了他们逃亡海上的可能。"

"好。"科尔森说。

这时,雷文进来了,说:"杜德捎出信来,说让给他带治胃溃疡的药,还允许天天送西餐进去给他吃。"

科尔森说:"那就送吧,看来杜德准将在那里过得蛮快活呢。"几个人都笑起来。

这时,金丝吉和贝却笛闯进来,她说:"科尔森将军吗?我是记者金丝吉。你们要对造反的战俘镇压了吗?"

科尔森说:"第一,我们从没有这个计划;第二,我不准任何记者到这里来采访。请你们马上走。"

金丝吉说:"国会我都能进,你这里有什么特别!"

科尔森说:"不行,小姐,你只要不走,我会叫人把你押送出岛。"

金丝吉一扭身出去:"试试看吧。"

科尔森对克雷格叮嘱:"看住他们,讨厌!"

科尔森知道,战俘营闹大了,唯有武力解决一条路,那巨济岛就会充满了血腥味,他不能让科尔森的名字在报纸上与血腥屠杀连在一起,何况他更知道这会涉及国家的形象呢,这是他务必把记者驱赶出岛的原因。为了扭转局面,科尔森口述,由克雷格起草了一个官方声明,正式交给了七十六号战俘营的"领导者"要他们识时务,立即释放杜德,保证今后不再有越轨行为,科尔森则保证"既往不咎"。可是官方声明递进去六个小时了,一点回音没有,挂电话他们不回答,科尔森有点着急。科尔森问克雷格:"我们递进去的官方声明已经过了六小时,为什么还没有回音?"

克雷格说:"坏在杜德的签字上。杜德已经承认我们有虐待残杀战俘罪,他们现在得寸进尺,正在审判杜德,想邀请你这位新任战俘营长官一道去参加他们的会议。"

科尔森拍桌子说:"让我去当第二个杜德吗?"他在屋子里踱了一阵步,说,"不能再让步了。听说各战俘营都给安装了电话?"

克雷格说:"迫于压力。"

"这太放纵了。"科尔森说,"撤掉电话!从现在起,禁止各集中营战俘之间来往。"

克雷格说:"是。"

科尔森又拿起电话,拨通后,说:"扬特吗?我是科尔森。我已经做好了武装镇压的全面布置。但我以为还要等一等,这毕竟涉及杜德的命啊!"

对方问:"他们不放杜德,又在玩什么阴谋?"

科尔森说:"他们弄了个东方样板法国式的革命法庭,正对杜德审判,他们开列了杜德十九条虐杀、残害战俘的罪行。"

扬特在电话里说:"看来,我们必须动武了。"

科尔森报告做好了武装镇压的准备,不过是说给上司听的。他心里早打定了主意:围而不攻。一旦发生大规模的流血事件,那他科尔森就是直接的肇事者,上法庭那天,上司不会为你出来开脱,更不会替你去服刑。科尔森是学过国际法的人,他知道屠杀战俘的人是战争罪犯,可以上国际法庭的。

整个巨济岛笼罩在恐怖气氛中。天阴了,乌云在天上翻卷,海浪在涌动的海平面上鼓荡,天与地之间充满了怪异的音响。所有高地上都架起了自动火炮。坦克车、装甲车和美国兵已将战俘营团团围住。

金丝吉和贝却笛在走动着拍照。

突然,七十六号战俘营中歌声骤起,金丝吉远远看去,几千人手挽着手站在那里,一面朝鲜国旗、一面中国国旗徐徐升起,旗手正是彭贵新。战俘们热泪滚滚,歌声更加高昂。其他战俘营也如出一辙,列队广场,徐徐升起红旗,歌声直上云霄。

敌人如临大敌,炮兵的炮弹已装入炮膛中。

面对这悲壮场面,金丝吉的相机快门咔咔揿动。

科尔森、克雷格、雷文全都被惊动跑了出来，面对这场面毫无办法。科尔森发现了金丝吉正在拍照，就对克雷格下令："把那个娘们抓起来，直到事件结束。"克雷格带了几个士兵过去，扭住金丝吉和贝却笛就走。金丝吉大叫："你们残杀战俘，你们拘禁记者，美国的文明一钱不值！"许多美国兵跑过来观看。

范佛里特亲自到巨济岛来了。他在科尔森陪同下去各战俘营间走了一遍，他也有毛骨悚然的感觉。范佛里特说："必须制止战俘混乱状态。如果这里的事态闹大了，我们在谈判桌上更不利了。"

科尔森说："武力镇压的准备全部就绪，我仍想给战俘们留一条和平投降之路。"

范佛里特边走边说："绑架者达到一百小时是极限，那时如不投降就动手。"

科尔森说："好的。"

范佛里特又说："没有记者上岛吧？要像防止间谍一样防范记者们插手巨济岛事件，他们一得到消息，我们就说不清楚了。"

科尔森的嘴张了张，终于改口说："没有一个记者上岛来。"

4

范佛里特的一百小时极限到今天夜里就到了，而战俘们对杜德的审判还没结束，他们要杜德出面讲话。杜德拿起电话："科尔森将军吗？看来，他们对我的审讯整个晚上都不会结束，最后期限可否延长到明天中午？"

科尔森回答："我帮不了你的忙。范佛里特将军刚飞走，这是他的不可更改的命令，一百小时一到，我就没别的选择了。"

杜德拿着电话，半晌说不出话。

为防备万一，七十六号战俘营的人们已经按连排建制武装起来，人人拿起了铁棍、木棒。而此时战俘营外面，美国兵全部进入了攻击位置。

天亮时分,科尔森还没有动手。七十六号战俘营打来电话,他们说审讯已经结束,他们将把全体战俘的请愿书递出来,只要科尔森签上字,他们立刻释放杜德并结束四天的行动。科尔森没有看克雷格放在他桌子上的请愿书,问:"有新内容吗?"

克雷格说:"反对'甄别',让我们承认过去残杀战俘,今后保证不再重犯这类罪行。"

科尔森这才拿起请愿书看了一遍,见杜德已经在上面签了字。他觉得这上面没有什么大不了的要求。只是保证今后不得残害战俘这一条刺目,可难道不应保证这一条吗?他拨通了电话:"扬特吗?他们又送来了请愿书,老一套。你看怎么办?"

扬特说:"我们如果承认了残杀战俘,那可是大事啊。"

科尔森说:"我们有过这样的事,这是事实,如果不这样就要大规模流血,你我承担的历史责任恐怕更大。"

扬特问:"你打算怎么办?"

科尔森说:"同意他们的抗议,文字上稍加改动,改得含蓄些、温和些,叫他们立即释放杜德,尽快平息这场风波。"扬特沉吟了一会儿,叫他看着办,把球又踢给了他。于是科尔森要求战俘们对请愿书稍加修改,战俘们同意了。

秦浩改了几笔后,念道:"以前确曾发生过几起流血事件。在这些事件中,联合国军士兵曾使许多战俘伤亡。我承诺今后按国际法原则给予战俘以人道待遇。这样行吗?"

仅仅把"联合国军士兵曾残杀战俘"改成了"曾使许多战俘伤亡",刺激性小了些,可实质没变,代表们都赞同这么改。朴相显又问杜德:"你同意吗?"杜德点点头,抓起笔,抖了几下,再次签了字,人们看见杜德脸上有泪水流下来。持续了四天多的危机过去了,战俘代表们把杜德送到营门口,大家与他握手道别。

薛清山说:"委屈你了。你毕竟说了点实话,但愿你能理解中国人的心。"

杜德默然步出集中营大门,雷文立刻跑步迎上来。

这样的结局惹怒了李奇微,他当时还陪着克拉克视察,一听到风声,就去找范佛里特:"我听说,科尔森要在战俘的宣言上签名?我们怎么可以承认残害战俘?这不是授人以柄吗?这是开国际法的玩笑啊。"

范佛里特说:"你放心。我专门飞到巨济岛去过,科尔森这个人办事谨慎,不会有出格的过失。"他说他马上去问消息,一百小时时限已过,没有消息来,说明一切正常。其实范佛里特也是自我安慰,他也怕诉诸武力,大批杀害手无寸铁的战俘不是闹着玩的事。

科尔森见杜德被放出来,又闹了个"兵不血刃",他很高兴,他庆幸这事没有传出去。他根本忘了还有两个记者"囚禁"在一间储藏室中。

夜已深,门口的看守早就在打瞌睡。

金丝吉说:"我们越狱吧?"

贝却笛说:"他们开枪怎么办?"

"他们敢吗?我们不是囚犯。"金丝吉想了想,说,"这样吧,我一个人出去,万一被他们打死,事后你就是证人,你出面揭露这起谋杀。"

贝却笛说:"好吧。"

金丝吉踩着贝却笛的肩膀爬上了窗户,轻而易举地卸下了一扇窗。她冲贝却笛笑笑:"我们的越狱还是很容易的呀。再见。"她一纵身,消失在窗外。金丝吉不但有办法"越狱",而且在听说《战俘宣言》达成协议后,马上有办法找上了七十六号战俘营的领导者,他们乐得把宣言副本交给金丝吉。金丝吉又是一个意外的收获。

5

5月10日,李奇微飞回东京,下午1时,日本首相吉田茂为李奇微送行。吉田茂例行公事地念送别词:"对于你为日本人民所做的一切努力,我们将铭记在心中……"吉田茂对李奇微的感情不及对麦克阿瑟的十分之一。

李奇微起身致词,他有些哽噎,他说:"我们在一起工作的日日夜夜,共同处理那些意义重大而又极为艰巨复杂的事物,难得有你这样的故交,今天一旦分手,怎不伤感……"

他们都举起了酒杯。

李奇微说:"在过去的十七个月里,我感到了胜利的喜悦,也品味了非难带来的苦涩。人们一面称赞扭败为胜的英雄,一面又对板门店的强硬说三道四,也许参谋长联席会议早想换掉我了,我再不走,也与麦克阿瑟的命运相差无几。"

吉田茂说:"然而将军的结局是出人意料的好。你将要接任的职位,是几乎与参谋长联席会议主席平起平坐的位子呀。"

李奇微趁吉田茂倒酒的当儿,对身旁的希基说:"去打个电话给范佛里特,问问战俘营的事。"

希基说:"自有克拉克管这事,将军何必再费心呢!"

"这不是责任问题。"李奇微说,"弄不好,我们国家会名声扫地。"

希基悄悄退了出去。当他得到准确消息回来时,吉田茂正送李奇微上车,他等了一会儿,他也钻到李奇微车中,车子一启动,他报告了结果。看得出李奇微又震惊又愤怒,半晌没说出话来,最后他把头往靠背上一靠,说:"完了!"

似乎美国要灭亡了一样令人恐怖。

李奇微毕竟比扬特、科尔森这些人有远见、有政治头脑。消息一到参谋长联席会议,布莱德雷目瞪口呆,说了一句同样的话:"完了!"

柯林斯看了电报,说:"范佛里特是个草包!科尔森居然承认了屠杀战俘的事例,又承诺今后给战俘以人道待遇。我们等着受攻击吧。"

范登堡说:"要对新闻界严密封锁消息。"

"封锁得了吗?"布莱德雷说,"战俘营这次事件是有组织有预谋的,他们会与中共、朝共没有联络渠道吗?"

柯林斯说:"可笑的是范佛里特,竟然没把这当回事,还说不碍事!"

他们更不会想到,此时那份宣言的电稿早已被金丝吉发回美国,正在印刷厂里排字呢。

被骂为"草包"的范佛里特为了消除战俘事件的消极影响,他指令杜德召开一个记者招待会,让杜德什么都否认,声称都是"在人身失去自由时被逼出的口供"。范佛里特这一手也是够聪明的了,至少算亡羊补牢吧。

在汉城军官俱乐部里,记者云集,杜德正在回答记者的提问。贝却笛在现场。样子十分狼狈的金丝吉是最后一个挤进会场的,就站在角落里。跟她很熟的记者纷纷向她打招呼:"你这个样子怎么像个囚犯?"贝却笛替她回答:"你差不多猜对了。"他与金丝吉握着手,悄声说,"他们把我押上船送出巨济岛的时候,才想起来问我一句:那个女的呢?我说我怎么知道?完事了。"

金丝吉"扑哧"一笑。

杜德正在说:"战俘们的要求微不足道,我们所做的让步也是区区小事。"

有一个记者问:"据说你承认了美国人残杀战俘的事?"

杜德说:"这是胡说。美国人不可能违反人道原则。我即使说了,也是被他们威逼的,因为我失去自由达一百个小时。"

金丝吉在后面大声说:"那么你等着看好戏吧,你和科尔森亲笔签署的认罪书,明天早晨就会公之于世。"

人们回过头来发现了她,争相和她打招呼握手。

杜德说:"你是谁?你有什么证据?"

金丝吉说:"为了拿到证据,我和贝却笛先生也被关了起来,关我们的可不是战俘们,而是害怕阳光的战俘营的长官科尔森将军,这一点我当然不会忘记向世人披露。"

记者们为她鼓起掌来。这一下,范佛里特苦心经营的记者招待会彻底砸了锅。

忧国忧民的李奇微发过脾气,去当他更大的官了,而这灾难的果子却非要克拉克品尝不可。克拉克打电话给他的下属,他用力地拍着桌子,说:"范佛里特将军,你干了一件能够臭名远扬的大好事,你把美国给出卖了。"

范佛里特说:"我不明白你在说什么。"

"你去看看今天的《芝加哥论坛报》吧,你去听听朝鲜和中国的声明吧!你的科尔森和杜德是一对浑蛋,他们居然签字承认我们虐待屠杀中朝战俘!而你还让杜德恬不知耻地召开记者招待会!"

范佛里特声辩:"杜德不是我任命的战俘营长官,科尔森是你亲自批准的。"

"可他们是归第八集团军管的!"克拉克咆哮说,"杜鲁门发火了,艾奇逊也发怒了,我们怎么办?"

范佛里特说:"我不知道。"

克拉克说:"对杜德要处分,科尔森也跑不了!要降级为上校或更低!你要写出像样的书面材料。""嘭"一声,他挂断了电话。克拉克喝了一口酒,有人在门口喊报告。进来一个五短身材的准将,他是第二师副师长海登·波特纳准将。

"是你,公牛?"克拉克问,"你怎么来得这么快?"

波特纳说:"我正在东京休一周的假,并不需要从汉城过来。"

"太好了。"克拉克说,"你去巨济岛接管战俘营,那里出现了骚乱,甚至绑架长官,杜德的事你听说了吧?"

波特纳说:"仅仅是昨天才听说。"

克拉克说:"好像你在中国待过?"

"待过六年。"波特纳说,"年轻时,在中国当过骑兵侦察分队长,做过汉语翻译官,'二战'时在史迪威将军麾下当过中国作战指挥部的参谋长,六个月,"

"那你是'中国通'了。"克拉克说,"由你去对付捣蛋的中国人,正好。现在,新闻媒介已经把巨济岛的事捅出来了,中国、朝鲜提出了抗议,我们丢尽了脸,连盟国都指着我们的鼻子骂,这种局面再也不能容忍了。"

"整肃,就意味着流血。"波特纳说。

"干你必须干的事。"克拉克说,"我支持你。"

波特纳说:"再杀人,不是火上浇油吗?我们会更被动。"

"不,"克拉克说,"共产党的战俘,已经超出了一般意义上的战俘,他们像一群殉道者!反正我们手上已经有血了,杀一回和杀两回在法律上具有相同性质。"

"我明白了。"波特纳说。

送走了波特纳,克拉克稍稍放了点心。他了解他的这头"公牛",有一股子不顾一切、不计后果的牛劲,如果上次派了他而不是科尔森,肯定是另外一种结果。扬特躲过了处分,幸亏他对科尔森说了一句"你看着办"。现在他要安慰一下马上得滚回国去甚至提前退伍的同事,在自己的住处宴请杜德,也顺便请"公牛"作陪。"公牛"表现出的是牛气,口口声声说对战俘不能手软。

杜德和扬特都暗笑。杜德甚至点头:"是啊,我倒霉就倒在手软上了。"但马上又觉得自己有点居心险恶,该对老同学直言忠谏,他又说,"希望你比我幸运。咱俩是西点军校的老同学,我不能不提醒你,要小心从事,那里是一个个火药库,沾火就爆炸。"他倒是一片菩萨心肠。

波特纳刚愎自用地说:"现在,大军云集巨济岛,我们具备了采取军事行动的条件。克拉克将军是不会再容许软弱了,他刚刚上任。"

扬特说:"杜德说的你不能不在意。"

波特纳说:"我理解东方人的心理,我对粉碎他们的阴谋有信心。"

杜德说:"你真是一条地道的公牛啊!"

6

赴朝慰问团来到上甘岭。

人们对慰问袋、女大学生的慰问信自然也感兴趣,他们更想看节目。听说有名的越剧演员张旭和徐丽来了,大家都等着看《梁山伯与祝英台》。

这天晚上开场前,彭德怀也带着警卫员来看戏。戏台搭在林子边缘山脚下,山上是高炮阵地,林立的炮筒对着天空如树林子一般密集。戏台前已经坐满了战士,戏台上横额写着:中国人民赴朝慰问团演出晚会。

在后台化妆的两个小女演员从边幕往外看。

张旭问:"哪个是?"

徐丽说:"就那个,厚嘴唇的。"

二人嘻嘻地笑,她们一个扮梁山伯,一个扮祝英台。年龄不大,可是越剧团的台柱子。剧团负责人对张旭说:"祝英台,去问问彭老总,看这出戏行不?"

张旭活泼地说:"我去问。"她从台子上跳下来,向彭总坐的地方跑,战士们友好地冲她鼓掌。她给彭德怀敬了个礼,说:"报告彭老总,我们团长让我来请示,演《梁山伯与祝英台》行不行?"

彭德怀笑道:"我又不是你们的艺术总监,怎么来问我呀。"

张旭说:"你是首长,官最大。"

"最大的官艺术欣赏水准可不一定高啊。"彭德怀说,"今天晚上,我只是一个观众。《梁山伯与祝英台》怎么不能演呢?"

张旭说:"有人说,哭哭啼啼的,没劲。"

"看戏嘛,喜欢就好。人死了还不能哭?你们不是演了好多场,战士喜欢不喜欢呢?"

张旭说:"喜欢。有一回我们正在台上演梁山伯死的那一段,一个战士在底下喊:祝英台,告诉梁山伯别死呀,参军去!"

彭德怀和周围的人都大笑起来。彭德怀说:"祝英台很有人缘嘛,你问问战士们,喜不喜欢看这出越剧。"

张旭面向黑压压的观众,敬个礼,大家立刻笑了。张旭说:"彭老总让大家民主一下,演《梁山伯与祝英台》行不行。大家喜欢不喜欢?"

底下是一声雷:"喜欢!"

张旭冲彭德怀一笑。

彭德怀说:"有群众基础了嘛。"张旭笑着跑上台。

丝竹声起,一个高炮营长闯到台上,对张旭说:"放心演,我用高射炮掩护你们。"

张旭看了看昂首冲天的炮筒,笑了。

大幕拉开,开始演十八相送。战士们看得聚精会神,鸦雀无声。戏开演以后,场子里静极了,只有山风吹着炮衣呼呼响。正演到楼台会一场戏,祝英台在悲悲切切地唱:"红黑二字刻两碑,红字刻上我祝英台,黑字刻上梁山伯,梁兄啊,今生不能成夫妻,死后也要成双对……"

突然,场子后面一阵骚动,彭德怀扭头看去,又来了一百多战士,挤地方坐下。张旭听负责人说:"这是刚赶来的,他们爬了三道山梁,走了一百多里赶来的。"张旭对小徐说:"从头来吧!战士们辛辛苦苦跑这么远的路,看半截戏多扫兴啊!"

小徐说:"行。"

张旭摆摆手,让琴师息乐,她走到台前鞠了一躬,说:"祝英台代表梁山伯宣布,从头演,因为后来的战士没看着头,希望先来的同志别嫌腻味!"

一片哄笑声和掌声席卷露天剧场。

这时师长跑上了台制止说:"不能从头来。时间一长,容易出危险,敌机来了怎么办?"

张旭天真地一指高射炮:"你那大炮干吗的?来了就打呀!"

底下又是一片掌声,彭德怀也乐个不住,于是又从头演起。防空哨不敢溜号,他们眼都不眨地盯视天空。山沟里优美的越剧唱腔阵阵传来,他们只能出耳朵,是名副其实的"听戏"。

祝英台正在哭坟:"不见梁兄见坟碑,呼天抢地哭号啕,楼台一别成千古,人世无缘同到老……"

突然,防空哨瞪大了眼睛,两个小黑点出现在天际。他举起枪冲天放了一枪。顿时,戏台上的汽灯全灭了,有人喊:"防空,疏散。"人们悄然疏散。

张旭还在仰着脖子往天上看:"在哪儿,我怎么看不见?"一个战士拉起她就跑,趴到了山坡上。

敌机隆隆飞过来了。我们的高射炮群众炮齐射,天空像开出一串串绚丽的礼花,整个天都红了。趴在地上的战士鼓掌。

敌机落荒而逃。

张旭跳起来:"打得好!"

汽灯重又照耀如昼,张旭还围着大炮,摸着一大堆滚落在地上的弹壳。

乐声又起,台上小徐在喊:"祝英台,该你上场了,你跑哪儿去了?"

一个调皮的高炮兵说:"在这儿呢,祝英台在这当见习炮兵呢。"

剧场内外一片笑声。

第二十九章

I

"公牛"波特纳到巨济岛来接任了。

科尔森礼貌而冷漠地同波特纳握手。科尔森用居高临下的口气说:"战俘营长官不能看成是闲职,干系重大,这是国际窗口,关系着美国的声誉,希望你能干得出色。"对科尔森的明显与身份不符的口气,波特纳不由得暗暗惊奇。

科尔森说:"巨济岛战俘营短短十个月,更换了十任长官,将军该是第十二任了,希望你的任期能超过一个月。"

望着科尔森脸上的嘲弄笑容,波特纳心里很不是滋味,他反唇相讥道:"那都因为你们太软弱。"

科尔森说:"第九任战俘营长官菲茨泽拉尔特上校说过一句名言:巨济岛是指挥官的坟墓。现在不是一再应验了吗?我和杜德可能都要退役、滚蛋了。"

波特纳从勤务兵手里接过一杯酒,喝了一口,说:"我只希望我不会像阁下和杜德将军一样被解职。"

"被解职的不一定丢脸,麦克阿瑟也是被解职的。"科尔森把一大串钥匙举起来,一松手,"当啷"一声,砸在桌上。科尔森起身离去。他一刻也不想停留,他早在波特纳到来之前就打点好了行装,他连战俘营的正式交接都没办,就匆忙离岛了,把一个"火药库"留给了兴致勃勃的波特纳。眼前的形势让波特纳触目惊心:各个集中营都飘扬着共产党的旗帜,铁皮屋顶上有观察哨,有的战俘营广场上立着斯大林、毛泽东和金日成画像,列成队的战俘在院内游行示威,高声唱歌。

波特纳一路巡视着,身后跟着一大群士兵。

巨济岛战俘营的事态,直接关系着板门店关于战俘遣返的谈判。5月14日的会谈,南日把一张《星条旗报》拍在谈判桌上,这上面刊登了杜德和科尔森的认罪声明。而这张报纸,是专门供服役在日本、韩国的士兵看的,官方色彩是不言而喻的。哈里森也正为《星条旗报》登这个宣言恼火呢,可在南日面前,他一口咬定是不真实的,是"记者个人观点"。然而这张报纸登载的另一篇报道,揭露了美国军方残杀战俘的事实,这与他们的"甄别"是一脉相承的。哈里森不希望巨济岛一再惹事,让他们在谈判桌上一再失去发言权,可他管不了那里的事。

波特纳已经跃跃欲试想动武了,他命令雷文中校将岗楼撤后五十米,好让他们的机枪射击有更开阔的角度。同时指示要立即造掩体,配备重武器。他用手指了指集中营的标语、国旗、画像,说:"你告诉战俘们,这里是战俘营,不是他们的大使馆,也不是共产党的俱乐部。"他下令,立即用火焰喷射器烧掉旗帜,不准各战俘营的代表离开七十六号战俘营。

一排火焰喷射器雷鸣电闪般扑向集中营,旗帜、画像顷刻间化为乌有。

战俘们更多地聚集起来,抗议声浪震耳。

彭贵新爬上烧得焦黑的旗杆,重新挂上一面旗,然后就手脚并用地盘在旗杆上。

波特纳向持火焰喷射器的士兵挥挥手,悻悻地走了。

背后传来极为雄壮的《国际歌》声。

板门店的谈判仍然呈胶着状态。

南日说:"在研究战俘遣返之前,我希望知道你方对杜德事件的态度,你们必须为你们屠杀中朝战俘的罪行正式认罪。"

乔埃说:"我也想说点题外的话。谈判,对我来说已经无事可做。现在,我把继续同你们交涉的这份不值得羡慕的工作移交给他——"他指了指坐在旁边的那个矮个子,说,"威廉·哈里森少将。愿上帝与他同在。"说毕,乔埃拿起文件夹,不顾一切而去。

哈里森说:"对于你们来说,我并不是生面孔,只不过那时没有坐在首席谈判代表的位置上。"

解方说:"我们希望哈里森先生比你的前任明智和务实。"

哈里森说:"我也许有必要介绍一下我的家族。我的家族产生过一位《独立宣言》的签字者和两位总统。"

南日打断他说:"这与谈判有无诚意是完全不搭界的事。"

"我的家族是虔诚的基督徒。"哈里森面带轻松的笑容说,"基督的拯救精神是我的做人准则,我将拯救包括你们在内的沉溺者……"

翻译刚刚翻出来,朝中方代表席上掀起一阵哗然大笑声。哈里森的自信受到了打击,愣愣地看着朝中方代表。冷场了一会儿,哈里森脸上又重新涂上了笑意,他一边收拾面前的文件一边说:"显然,我能够使你相信的唯一办法,我想说的意思是起身告辞,连休会的建议都懒得说。"他果真站起来,面对朝中方代表努力笑着,走出会场,他的助手都跟了出去。

解方对南日说:"这是一个喜剧式的丑角。"二人大笑起来。

克拉克宁愿带领他的士兵冲锋陷阵,也不愿意指导他的谈判代表们在板门店玩游戏。他讨厌华盛顿的出尔反尔,这不是吗?杜鲁门又来了新指令,他明确地告诉克拉克,如果这样糊里糊涂地停战,对我们毫无好处。我们的谈判建议,必须最坚决地、无条件地得到实施。

579

范佛里特说:"我们是不是可以理解为接着打呢?"

克拉克说:"事实上,战斗一分钟也没停止过,不过是明打与暗打的区别罢了。"

范佛里特说:"敌人好像也有进攻的意图,最近在频繁调动军队。"

克拉克说:"我已告诉哈里森,准备收拾行李离开板门店,给他们点颜色看看。"

范佛里特说:"我准备的金化战役计划你看过了吗?"

克拉克说:"你放手干吧,板门店不必在你心里占什么位置。"

克拉克和范佛里特已经无法容忍闹了一个多月的巨济岛再乱下去,波特纳上报了一个计划,要强行解散七十六号战俘营,共产党的核心人物、暴动的组织者全在那里,只要打散了它,波特纳相信巨济岛战俘们会群龙无首,也就可以分而治之了。

6月10日早晨5时波特纳就起床了。他带着雷文等随员,站在七十六号战俘营外,旁观者一样谈笑风生。他对雷文说:"他们的闹剧将在今天结束,我们来欣赏一下。"

雷文说:"只有把他们这些共产党的死硬分子单独关押,集中营才可能平安。将军的这个办法是一定能奏效的。"

这时,战俘营外面的扩音器传来命令:"从现在起,波特纳将军命令第七十六号战俘营的人,每百人为一队站队待命。如果你们好好配合,谁都不会受到伤害。"

七十六号集中营里静悄悄的,好像空无一人。

一颗红色信号弹升空。一八七团向营门口冲去,二十辆"巴顿式"坦克、五辆喷火坦克排成一列向前推进。刺刀闪闪发光,皮靴踩地隆隆作响。

波特纳得意地看着这一切。

坦克把篱笆轧得稀烂,铁蒺藜网被轧得扭曲、断裂,坦克冲进了集中营。在坦克后面,跟着手持火焰喷射器和催泪弹的士兵,戴防毒面具的伞兵也开了过来。突然,山崩地裂般的吼声从铁皮房子里响起。七十六号战俘营大门洞开,用木棍、尖刀武装起来的战俘们海潮般涌出来。随即形成了连锁反应,各战俘营的武装战俘们都涌了出来,他们手挽着手,高唱着《国际歌》,迎着美国坦克前进。

晨风吹散了战俘营上空的大雾,飘在七十六号战俘营房顶的五星红旗分外醒目。

波特纳有些慌乱,面对悲壮高歌的人们,他有点手足无措。他首先下令:"命令三十八团卡南中校马上射击,把旗帜打烂。"

一梭子机枪扫过去,旗杆折断了。

一个战士跑上去,飞快爬上房顶。他正是李岩。曹桂兰在底下大叫:"李岩,加油!"李岩已爬到房顶,扶起了折断的旗杆,用衣服的布条绑接起来。

红旗重新升起、飘扬。战俘们欢呼,前进。

又一梭子子弹扫过去,李岩中弹,鲜血从他胸口、口中溅出,旗杆再次倾斜,他挣扎着没有倒下去,又一次扶住旗杆。又一梭子子弹泼雨般扫过。李岩倒下了,红旗倒下了。

又一个人矫健地爬上铁皮屋顶。他是彭贵新,他带了一条很长的绳子。他把旗杆扶起来,自己靠向房脊,把旗杆牢牢地捆绑在自己身上,然后坐了下去。敌人几挺机枪冲他射击,他身中数弹,就是不倒,红旗依然在风中飘扬。

秦浩、曹桂兰、薛清山等人热泪满脸,手挽着手向前走,歌声震山撼岳。曹桂兰爬上房顶,她叫着彭贵新的名字,彭贵新已经壮烈牺牲,可他仍然直挺挺地靠坐在房脊上,他的背后是那杆不倒的红旗。

见战俘们已经冲到了门口,波特纳吓得跳后几步,对雷文和克雷格说:"发催泪弹,驱散他们!"克雷格大叫:"催泪弹——放!"催泪弹在发射,到处是腾腾烟雾。

战俘们向美国兵投掷石块,仍不减速度,尽管好多人流泪、咳嗽不止。战俘们夺下催泪弹反射敌人,夺过枪向美国兵射击。他们与伞兵开始了白刃格斗,扭打。一个个战俘倒在血泊中。

战俘营里杀声震天。

曹桂兰扭住一个美国兵,用力咬了他胳膊一口。她向前冲,火焰喷射器直冲战俘们喷过去,很多人浑身是火,与敌人扭在一起。秦浩在用夺来的武器射击。

敌人的坦克横冲直撞过来,在战俘群中碾压,一些战俘惨遭杀戮。火焰喷射器喷向铁皮房,烟与火笼罩了上空。更大批的美国兵射击着前进,把战俘们向一角逼去。战俘们悲壮的歌声更加响亮……

仍然站在高地上的波特纳不禁自语:"他们是一群不可思议的人,他们本来可以活着的……"

2

五星上将艾森豪威尔从他经营了七八年的欧洲返回美国,正如在威克岛上麦克阿瑟向杜鲁门预言的那样,他回来竞选下届总统。杜鲁门放弃了连任的机会,在他逐渐淡出权力中心后。艾森豪威尔几乎没有可以与之匹敌的竞选对手。唯一一匹"黑马"是罗伯特·塔夫脱,艾森豪威尔不把他放在眼里。可是塔夫脱找了个竞选伙伴,谁也没料到会是麦克阿瑟,这很让艾森豪威尔紧张了一阵子。

此时惠特尼·威洛比都已脱去军装退伍了,他们仍像过去一样忠于麦克阿瑟,成为住在纽约沃尔多夫·阿斯特利亚饭店当寓公的麦克阿瑟的私人文职助手,他们又像1944年、1948年一样,为麦克阿瑟的竞选奔走。麦克阿瑟和塔夫脱的竞选口号是"打赢朝鲜战争",这令艾森豪威尔心花怒放。他认为麦克阿瑟"其蠢无比",他只看到了他拥有成千上万的崇拜者,可崇拜者们并不一定赞成朝鲜战争,麦克阿瑟根本不知道普通老百姓不愿意自己的亲人到陌生的地球背面那寒冷的地方去送死,"抵制共产主义"这样的内容与需要黄油、面包的老百姓格格不入。艾森豪威尔打出了他的王牌:他将成为立即结束朝鲜战争的总统。这张王牌,对于麦克阿瑟来说是杀手锏,从此注定了麦克阿瑟和他的穷兵黩武的"战争梦"一步步消失。

就在艾森豪威尔忙于竞选演说时,他正在国内服役的儿子约翰·艾森豪威尔少校应征入朝,7月20日儿子来向艾森豪威尔告别。他拍了儿子的肩膀一下,说:"好样的,明天就走吗,少校先生?"

约翰说:"是的。"

艾森豪威尔说:"我要竞选总统,未来总统的儿子挺身走上人人诅咒的朝鲜战场,你明白这意味着什么吗?"

约翰说:"这意味着你入主白宫去过着向亿万人发号施令的日子,而我呢,把白骨留在陌生的土地上。不过,爸爸,这没什么,因为能为你征服许多选民。"

"别开玩笑。"艾森豪威尔说,"我不希望你光荣战死,虽然对于一个军人来说,这是应该引以为豪的。我关心的是你千万别当俘虏。"

儿子耸耸肩说:"我想不出,难道当俘虏比死亡更叫人难于接受吗?"

"你不懂。"艾森豪威尔说,"作为新的总统候选人的儿子,一旦被俘,不仅会遭到特别残酷的对待,而且也会使共产党人借机对我敲诈勒索。"

儿子说:"我想,被俘的概率还是很大的。"

"如果你被俘,"艾森豪威尔说,"我估计我得退出总统选举。"

儿子掏出一支小手枪说:"这是你给我的护身武器。万一我被包围了,我一定留一颗子弹给自己,用这把四十五毫米手枪自杀。我不会让你退出总统选举的。"

艾森豪威尔问:"你在哪个步兵团服役?"

约翰说:"第十五步兵团。"

一到朝鲜,约翰所在的十五步兵团正在西线凯力阵地作战。他正是精力充沛、自尊没受到打击的后来者,他带着他的营与志愿军展开了夜战,而他的上司是劝诫他不可夜战的。

强烈的探照光束穿过低空飘浮的云雾,把前沿阵地照得雪亮。

约翰·艾森豪威尔带着两个连的士兵沿着开阔地前进。

朝中方从山洞、坑道里向外射击。美国兵不断倒下,前面的人向后退。约翰鸣枪喊叫:"不准退!"一个士兵受了伤,在向后爬,他说:"少校,你为你老子当总统而打仗,我们为什么呢?"

约翰狠狠踹了他一脚,也只好随大流向后撤退。

3

斯大林发出了两份邀请,请彭德怀和金日成访问苏联。是给国际上看吗?是对他们在朝鲜战场上的胜利的嘉许吗?抑或是对他们没有把苏联老大哥拉到朝鲜的泥潭里陷住双腿的感谢?

没有人深究。彭德怀本来不想去,朝鲜战场上离不开他。可毛泽东在电报里幽默地说:不要不识抬举,你彭德怀打了胜仗,可以扬眉吐气地去见见老大哥嘛。

彭德怀是8月31日启程,9月初到达莫斯科的。斯大林立刻在克里姆林宫接见了他。当天晚上,斯大林又举行了盛大的国宴招待他和金日成,卫国战争中那些功勋卓著的元帅、将军们都出席了。彭德怀在那些挂着璀璨勋章的人中间显得有些寒酸,他带来一件布面的风衣,早晨凉就披上了。他的那件黄呢子外衣依然是他全天候的服装,袖口磨损得更厉害了,肘部磨出了一个窟窿。行前大家张罗着要为他赶制一身礼服,可他拒绝了。

在斯大林与他碰杯时,斯大林久久地凝视着这个沉默寡言的人,眼里充满了好奇和敬佩。

宴会结束,人们陆续地走了。

彭德怀来到存衣处取他的大衣。在许多高级大衣中间,只有一件布风衣特别刺眼。

斯大林叼着烟斗笑眯眯地站在取衣架前面,翻译是费德林。一见彭德怀过来,他顺手取下那件布大衣,说:"我想,这是你的大衣。"

彭德怀笑笑:"是的。"马上接大衣在手。

斯大林说:"有人称你为'布衣将军',这是什么意思呢?是因为穿布衣服吗?"

彭德怀笑了:"啊,不。在中国,有钱人、官场的人向来穿绫罗绸缎,而穷人只能穿布衣,所以'布衣'代表老百姓的意思。"

斯大林笑了:"可你彭德怀是中国的大将军,你可不是普通的百姓啊。"

彭德怀说:"我种过地,放过牛,我是地道的'布衣',将来,也还要去当个'布衣平民'。"

斯大林今天好像对服装有特别浓厚的兴趣,他望着穿在彭德怀身上的黄呢子旧中山装,问:"这是中山装吗?"

彭德怀说:"是的。"

斯大林说,他知道这是毛泽东确定的国服,因为是孙中山先生亲手设计的,所以有纪念意义。

"可是,"斯大林以探讨的口气说,"中山装太复杂了,口袋太多,是贴上去的,恐怕装不了多少东西,袖口上都有纽扣,实在是太复杂了。"

彭德怀说:"这是有讲究的。"他告诉斯大林,设计中山装的人并非孙中山本人,而是旅越华侨巨商黄隆生,他是奉孙中山之命设计国服的。前面的四个口袋代表礼、义、廉、耻;大襟上的五颗纽扣代表"五权",即行政、司法、立法、考试、监察五权分立之意;袖口的三颗,则标示着民族、民权、民生的三民主义。

斯大林听了解释说:"这更复杂了。那么脖子那里卡得那么紧,叫人喘不过气来,这总不该有什么积极说法了吧?"

彭德怀说:"我想,中山装的领子是紧了些,未必比你们的领带更紧。这也是有讲究的,紧收颈部衣领,是要突出一种压迫感,使中国人有一种压力感和危机感,意识到我们要反抗压迫,争取民族自立。"

斯大林不再用玩笑口吻谈中山装了,他的目光在彭德怀脸上扫来扫去,他疑心彭德怀这一段话是编出来的,是弦外之音。他决定改换话题,他说:"我还要跟你好好谈谈,关于战俘遣返问题,你们的斗争很有力。"他吁了口气,又说,"战争初期,我们空军出动得迟了些……"

彭德怀望着他好一会儿,说:"都支撑过来了,你也有你的难处。"

斯大林默然良久,说:"你是一个创造现代战争史奇迹的人,好比用大刀长矛与来复枪作战。你留下来住一段时间吧,黑海的秋天美极了,那里有世界上最好的疗养地。"看得出他是真心。

彭德怀说:"谢谢斯大林同志的好意,等打完仗,我才安得下心来疗养啊。"

斯大林又问:"你看,板门店的停战谈判能很快有结果吗?"

彭德怀说:"我看不会。美国人想从谈判桌上捞取战场上捞不到的好处,我们当然不会答应。"

斯大林说:"如同在这个世界上不存在于的水、铁的森林一样,所谓有诚意的外交,在国际社会中也是不存在的,板门店也不例外。"他如此坦然地评价外交,彭德怀有些意外。

彭德怀说:"谈不拢就打嘛。"

斯大林也笑了:"将军说话,总是爽快的。"

4

彭德怀从莫斯科回到北京,毛泽东问他:"此行很风光吧?斯大林把你当将军对待,很不容易啊。"

彭德怀讲了斯大林对"布衣"有兴趣的话。

毛泽东说:"布衣傲王侯,是君子之风呢。你该这样回答他。"

毛泽东的茶几上摆了几碟小菜,他倒了两杯红葡萄酒,对彭德怀说:"来,又是接风,又是送行。"

彭德怀说:"斯大林的言谈中似有一丝悔意。"

"将心比心嘛。"毛泽东说,"在一个光明磊落的汉子面前,什么人都会变得不安起来。我记得辛亥革命元老续范亭去延安的时候,有一首诗送你,我至今还能背下来。"他放下筷子,吟道,"爽直将军贵姓彭,志如铁石气如鲸;三军一致称模范,粗布征衣半老兵。"

彭德怀笑了:"主席心中装着天下大事,还有闲地方记这些东西,一奇也!我自己都背不下来。"

毛泽东说:"《颜氏家训》上说,用人之力而忘人之功不可。你彭老总是功盖天下呀。"

彭德怀说:"尽一个人的绵薄之力而已。"

毛泽东说:"不管怎么说,战争打到这个份上,美国人已无可奈何,停战谈判的曙光已经可以看到了,我们的'布衣将军'逼得美国人连连换将,只有招架之功,他总算尝到了失败是什么滋味。彭总啊,让敌人认识一个站起来的民族的神威,这就够了!"

从菊香书屋出来,彭德怀又到朱德那里喝了一杯酽茶解酒,然后告辞,回军委招待所。朱德把他送到中南海西门外。

彭德怀对刘亮说:"回去给我放一池子水,我想洗个澡。"

刘亮说:"坏了。你就一套多余的内衣,我给洗了,还没干,今天也没换的呀。"

彭德怀说:"我说洗澡,没说换衣服嘛。"

朱德忍不住发笑。

彭德怀向他摆摆手,上车走了。回到住处,彭德怀泡在热水里,连连喊了几声,好痛快!彭德怀刚刚洗过澡,穿着浴衣出来。刘亮正拿着他的衬衣、衬裤犯愁:"这不洗也不能再穿了呀?我明天去给你买套新的吧。"

彭德怀夺过来就想穿:"你明天去买,难道我穿着浴衣去军委开会吗?"

这时朱德出现在门口,笑眯眯的。彭德怀看了看桌上的表,诧异地问:"半夜两点了,你怎么又来了?有急事?"

朱德把一套叠得整整齐齐的内衣放到他床上,说:"这是我的,不一定合你身。"

彭德怀看了朱德一眼，迅速穿上衬衣、衬裤说："简直就是我的嘛！"说罢嘿嘿一乐。

朱德也乐了，说："你老兄今后也得改改游击习气了，至少该有两套像样的衣服。斯大林不都觉得你这'布衣将军'过于寒酸吗？"

彭德怀说："他只是同情，可没舍得把他的衣服送我一件。"

二人都笑起来。

朱德说："明天，我们要到香山、十三陵去郊游，你去不去？"

彭德怀说："我倒是想去，可是……"

朱德说："大伙就是想让你轻松一下，才有这个举动的。陈赓在那给你当代司令，你还不放心？"

彭德怀说："我怕陈赓放不开手脚，不好意思严格要求，他见了我也总是不愿靠前。"

朱德说："你这人，怎么弄得人人怕你呀？那陈赓，一天到晚开玩笑，可一见了你就像避猫鼠似的。他对我说，他只怕两个人，一是毛泽东，二是彭德怀，而且怕彭德怀甚于怕毛泽东。"

"这个陈赓！"彭德怀大笑起来，"不得了，我彭德怀成了青面獠牙的怪物了！看我回去不教训他。"停了一下，他问，"明天郊游，都有谁呀？"

朱德说："我们几个'四川佬'，小平也去，你这个'湖南佬'算是特邀。"

"好啊！"彭德怀说："我得带上猎枪，还有象棋，我好久没跟朱老总杀上一盘了。"

朱德呵呵笑道："不杀也罢，我不愿意和一个爱悔棋的人玩。"

彭德怀说："谁给我造这种舆论？"

朱德说："悔也没关系，谈判桌上不也悔来悔去的吗？"

香山之游几乎让彭德怀忘记了朝鲜战场上的枪炮声。可一回来，他又坐不住板凳了，非要马上走不可。朱德送了他一套黄呢子新军装，又非拉着他去参加中南海的晚会不可，朱德说毛主席、周总理都是晚会的积极分子。其实晚会就是舞会，而彭德怀与交际舞向来无缘，或者说

588

讨厌,他说没事磨什么肚皮嘛!他们来到春藕斋时,只见里面灯火通明,优美的乐声阵阵传出来。一些年轻女孩子在舞厅里进进出出。

彭德怀和朱德走来。在门口,彭德怀站住,皱了皱眉头,问朱德:"你会跳吗?"

朱德说:"我会迈军人步子走一趟。"

彭德怀看了一眼彩灯迷离的舞场,转身就走。

朱德说:"轻松一下嘛。"

彭德怀说:"听说中南海专门有个管弦乐团,还有伴舞的?"

朱德说:"是吧。"

彭德怀:"不是让我回来主持军委工作吗?我第一刀就把乐队和伴舞队砍了。"

朱德挽着他的胳膊赶紧往外走:"人各有所好,走吧,我陪你去杀一盘!"

5

克拉克一直在谋求一次重大的军事突破,他不甘心当一个在屈辱的和谈文件上签字的将军,那应当是外交家们的事,不打仗要将军干什么!幸而,杜鲁门又让克拉克"不要在战场上绑上自己的手脚"了。

10月8日,克拉克与范佛里特在一大群军官陪同下视察前线。范佛里特问:"杜鲁门总统怎么忽然又有大打的决心了?"

克拉克说:"一半是因为大选在即吧。"

范佛里特说:"杜鲁门并不谋求连选连任啊!"

克拉克笑道:"他下台前,总得给民主党的侵朝政策壮壮声色啊!海军部长费克特勒在马尼拉说,美军已把载原子弹的飞机部署到南朝鲜,空军参谋长范登堡又说将要用原子弹进行报复,他们会不害怕吗?"

范佛里特遥指前面的高山说:"我一定要拿下这两个高地,打通到平原的通道,我要在他们的左右翼中间来个中间突破。"

敌人在五圣山投下的兵力和炸弹都是空前的，克拉克比他的两位前任更急于建功。

10月13日，彭德怀在桧仓志愿军总部给十五军军长秦基伟挂电话。他说："你要小心，这次攻势，克拉克和范佛里特是亲自指挥，五九七高地和五三七高地是上甘岭的战略要地，是五圣山的前沿要点，敌人要夺取五圣山，必须首先夺取这两个高地。如果敌人夺去五圣山，就从中间突破了我军防线，在我战线中央一打开缺口，就可以进入平康平原，敌人的坦克就可以发挥优势了。"

秦基伟说："我明白。我们一定守住。"

彭德怀还告诉秦基伟，为了配合上甘岭攻势，他已命令改变原准备10月22日结束反击战的计划，延长到月底，要他们一定打出威风来。

秦基伟说："我们已准备好，为保住五圣山做出最大的牺牲。"

彭德怀说："秦基伟呀，这是一场硬碰硬的战斗，我向你和你的十五军敬礼了！"电话那边的秦基伟热泪盈眶。

在十五军四十五师一三五团阵地上，战士们用白石灰在山腰摆出了一行大字：一人舍命，十人难当。在一三五团阵地，团长张信元在坑道里召集营连长会议。人人的嘴都干裂得起泡，说话声音沙哑。张信元拿出一包压缩饼干，一人分两块，说："吃下去！"没有人吃，个个脸上有难色。一个连长说："没有一滴水，吃压缩饼干比吃石头都难咽！"九连副指导员秦更戊说："团长，你毙了我，我也吃不下去！"

张信元自己扔到嘴里一块，用力嚼，伸着脖子往下咽，饼干渣哗哗往外掉，硌出的血也顺嘴角流下来。张信元说："这是任务，这是命令！你们都这样违反命令，战士们怎么吃？吃！"营连长们皱着眉头嚼起压缩饼干来。张信元说："我们只有两个字：顶住。水运不上来，粮运不上来，不吃不喝能打仗吗？那是自杀！"他看见秦更戊把一块饼干偷着塞到屁股底下，就走过去，很凶地把他提溜起来，把那块饼干硬塞到他口中，看见他满口是血地嚼咽下去，张信元才算作罢。

这时，话务员喊："张团长，秦军长电话。"

张信元跑过去接过话机:"报告,我是一三五团团长张信元。"

秦基伟在电话中说:"我已命令四十五师修改现行攻击计划,调一三三团、一三四团参战,全师炮兵也调来支援你们,军预备队八十六团也参战了,你能不能再顶两个昼夜?"

张信元说:"放心,人在阵地在。我若守不住五圣山,我这颗脑袋不要了。"

五圣山此时本来是最好看的五花山季节,杨树黄了,枫树红了,葡萄藤子紫了……可现在,炮弹削去了所有的树叶,扭断了树上的枝干,剩下的是炸得东倒西歪的树根、被燃烧弹烤焦了的野草,整个山体成了石头山,山上崩碎了的炮弹皮比石头还多。阵地上的伤员运不下去,只能在坑道里暂时隐蔽,连伤员也在帮助战友们压子弹,绑集束手榴弹。

这是战斗的间歇时间,阵地前硝烟弥漫,只有堆在阵地前的尸体和被我们炸烂的坦克。几个战士摸出去,在敌人尸体堆里找子弹和手榴弹。王凤来专门去解敌人尸体上的行军水壶,个个都是空的,有一个在滴水,可是解下来一看,上面有几个弹洞,一滴也倒不出来了。王凤来抓了一把水壶流出的水浸湿的泥土,塞在口中咂咂,又吐掉了,一股土腥气。他打开一个美国兵压在尸身下的皮挎包,几乎惊呆了!他摸到了两个苹果!他拿过来,本能地凑到嘴边,"咔"地就是一口。刚咀嚼了两下,他便停下吞咽,他把苹果在手上摩挲了半天,爬回了坑道。秦更戊在坑道里搬着子弹箱,他忽然听见弹药箱子后头传出"哗哗"的水声。若真有水,那可是太宝贵了。敌人封锁了下山的所有通道,几次派出去取水的战士都牺牲在半路上,敌人在坑口外面修筑了很多暗堡。好多人都听到了水声,全支起耳朵听,用眼睛四处寻找。

秦更戊问:"水响?哪儿来的水?"

原来是一个战士正冲着战壕壁用罐头盒子接尿。人们全注视着他,难为他怎么想到可以喝尿!那个战士看了大家一眼,一口喝下尿。受了他的启示,又有好几个战士拿了饭盒去接尿。

秦更戊说:"接尿喝!顾不上别的了,总比渴死强。尿吧,同志们。"

一个伤员站在那里半天,哭丧着脸说:"几天不喝水,哪有尿啊!"人们又都泄气地坐下。

伤员们在昏迷中不断地叫着:"水……水……"一个战士说:"他妈的,现在若下一场大雨,那就太好了!我趴在地上能喝一桶水。"另一个战士舔舔干裂的嘴唇:"不用下一场大雨,能多尿出几滴尿也行啊。"

秦更戊说:"少说两句吧,说话费唾沫,越说嗓子越干。"他把压缩饼干又拿出来,告诉几个班长:"分下去,吃!"饼干分下去,没有一个人往嘴里送。

秦更戊吼起来:"给我吃,不是孬种的吃!"

一个战士说:"指导员,别逼我吃了,这比捅我一刀还难受。"

秦更戊自己大嚼着压缩饼干,说:"不吃怎么能打仗,我也不愿吃。现在,谁能吃下去,谁就是好样的!"战士见他满口是血仍在嚼,便嚼了起来。

这时王凤来爬回来了,他把一个整苹果和一个咬了一口的苹果交给了秦更戊:"指导员——"

这个时候两个苹果意味着什么?这是生命的甘露啊。"刷"一下,坑道里所有的人都把目光掉向了那两个苹果。秦更戊眼里亮起了火花,大声说:"苹果?你小子咬了一大口?"

王凤来说:"我实在忍不住了,我……"他像犯了过错一般垂下头去。

秦更戊说:"好样的!你全吞下肚,我也不知道啊!"他举起两个苹果说,"同志们,通信员王凤来弄到俩苹果,大伙看怎么办?"有人说:"王凤来吃一个。"有人说:"给话务员,他一个劲儿喊!保护他的嗓子重要,我们有没嗓子都能打枪。"有人说:"给伤员吃吧。"

秦更戊为难了,两个苹果在手上掂来掂去,半晌,他说:"话务员和伤员们一人吃一口吧。"他把苹果递给了一个伤员和话务员。话务员感动得说不出话来,捧着苹果呆了半晌,大家都催促他快啃。他小小地咬了一点,递给了伤员。两个苹果在伤员手上传来传去,看每个人的样子,都是咬了一口的。但是,当苹果最后传回到秦更戊手上时,他感动得热泪滚滚,两个苹果都只啃破一点皮。他拿出刺刀,小心地把苹果切成一小片一小片的,挨个往伤员口中塞……

这时,飞机飞来,随即地动山摇的轰炸又开始了,掩体里泥土哗哗震落。秦更戊喊:"准备好,轰炸完了,敌人又该发起冲锋了。该第几次冲锋了?"

王凤来说:"第七次!"

6

炮声隆隆,满山遍野是飞机、炮弹的怪啸声。秦基伟大声打电话:"张团长吗? 你怎么样?"

张信元在电话里喊:"我这里能顶住!"

秦基伟问:"伤亡大不大?"

张信元说:"六个连加一起没有一个连了。"

秦基伟:"我能给你的只有两个字:顶住。"

张信元:"是,顶住!"

放下电话,秦基伟对作战科长说:"给邓华代司令发报,四十五师已经伤亡三千多人,军里已没有能力补充五九七高地和五三七高地了。"

电报刚刚拍出,就听报务员说:"邓代司令回电。"

秦基伟说:"念!"

译电员念:"我马上给你补充一千二百名新战士。令你的二十九师马上参战。同时我已电令十二军停止北返,马上投入战斗,去支援你。另外已调炮七师一个营、炮二师一个连和一个高炮团火速去你那里,配属十五军指挥。"

秦基伟吁了一口气。

敌人的第八次冲锋开始了,头戴钢盔的美国兵拉开散兵线,漫山遍野往山顶上冲。张信元发现右面九连阵地上枪声渐稀,敌人接近的速度也比别的方位快,他意识到了那里出了问题,马上叫话务员接通了九连电话,张信元用他那喊不出声的嗓子喊:"九连,九连!你们那里枪声怎么稀了?顶不住了吗?"

电话里传来秦更戍的喊声:"我是秦更戍!我还在,我能顶住!"

张信元问:"你还有多少人?"

秦更戍说:"还有一个班!"其实他哪里还有一个班,此时九连阵地只有他自己一个人能战斗了。他知道告急也没有用,张信元手里并没有援兵。他干脆扔下电话,端起机枪向疯狂冲上来的敌人射击。

张信元在呼叫:"九连,九连,秦更戍!"

秦更戍的回答已很微弱:"打退了,打退了第八次冲锋,阵地在,在我手里。"

张信元说:"你马上带队撤下来,我派一个排去接替你们九连。"话音未落,一声巨大的爆炸声通过耳机传来,接下去便静寂无声了。

张信元大叫:"秦更戍!秦更戍!"没有任何回音。他意识到了什么,大叫:"预备队,跟我上九连阵地!"他哪里有什么预备队?全部预备队只有六个人,除他而外,是两个警卫员、一个话务员、一个文化教员、一个炊事班长。

当张信元带人冲上九连阵地时他惊呆了。秦更戍抱着一个敌人牺牲在阵地前,阵地上还插着"英雄连"的红旗,战壕内外的战士全部都壮烈牺牲了。张信元站在被炮火犁遍的山坡,热泪纵横。也许,历时四十三天,出过黄继光这样的英雄的上甘岭战役,是停战曙光出现在地平线时所经历的一场最惨烈的战斗。敌人以死伤一万九千人的代价,始终未能动摇我上甘岭阵地。小试锋芒的克拉克垂头丧气,尺寸之功未得,反倒损兵折将。

杜鲁门想在战场上再次夺得谈判筹码的美梦又一次破产了。

7

杜鲁门迫于国内外压力,授意国防部长罗维特举行记者招待会,想渗透一下美国方面"一直致力于谈判"的意图。但记者们不买账,他们并不往板门店的谈判桌引,提的都是让罗维特冒汗的敏感问题。

一个记者问:"你们在上甘岭又发动了一次攻势,据说损失惨重,是这样吗?"

罗维特说:"我们也有打胜的时候。"众人大笑。

贝却笛问:"打败了,是不是要回到谈判桌上来呢?"

罗维特说:"我们从来都没离开过谈判桌。"

金丝吉说:"可板门店只剩下了清道夫。"

罗维特说:"打扫干净房间,就有人回去了嘛。"众人又笑。

此前金丝吉专门去过一次板门店,那里像个被重点保护的古迹。每天有良好的保卫,有忠于职守的工作人员按时清扫院子,芟除杂草,在门口摆放鲜花,擦干净长长的谈判桌,掸掉旗帜上的灰尘,甚至把铅笔、橡皮也要重新摆放一遍。可惜板门店已成了一个没有光彩的象征物。

望着秋风扫落叶的景象,使人感到一种凄凉和可悲,像在瑟瑟秋风中抖动的白毛草一样。

金丝吉想,罗维特居然还有脸面侈谈和平谈判!她没能在波特纳屠杀战俘时赶到巨济岛,几年来第一次失去了这样好的采访机会,现在她拿着麦克风站了起来,问:"你对对方指控你们屠杀巨济岛战俘一事有何解释?"

罗维特说:"你指的是杜德将军签字的事吗?"

"那已经没有意义了。"金丝吉说,"我是说,在光天化日之下用坦克、火焰喷射器进攻集中营,一次就杀害四十一个战俘的事,确切地说,是第七十六号战俘营。"

罗维特说:"我没有得到确切报告。"

"可是国际红十字会有调查报告。"贝却笛说,"连我们的盟友英国的《雷诺新闻》都说,人们再也不会相信美国所说的战俘不愿回祖国的谎言了,美国的战俘'甄别'一说,已经开始臭气熏天了。"

罗维特说:"我不喜欢文学的夸张。"

金丝吉说:"我也一样,我喜欢科学,统计表格上的数字,你不会心惊吗?"

罗维特说:"你好像不是美国记者,"

金丝吉针锋相对地说:"我是上帝的记者。"

罗维特说:"拒绝遣返,从军事上说,也是适当的。因为很多战俘是由联合国军宣传劝导而背叛的,因此,如果再强迫他们遣返,我们便会失信,也将损害联合国心理战争方面的努力。"

金丝吉马上说:"谢谢你,部长先生,你在这里说了实话。这就是说,不愿回中国和朝鲜的战俘,并非本意,而是我们策反的结果,请问,这符合《日内瓦公约》的准则吗?"

罗维特说:"我不打算就这个话题谈下去了,我不是板门店的谈判代表。"

金丝吉说:"10月16日,克拉克将军曾致电五角大楼,又一次提出要对中国使用原子弹,五角大楼支持他吗?"

罗维特说:"我们没有支持,杜鲁门总统也没有支持。"

贝却笛说:"但是杜鲁门自己也说过积极考虑使用原子弹。"

罗维特说:"他改变主意了。"

又是一片笑声。

第三十章

I

艾森豪威尔确实比麦克阿瑟懂得政治,他知道美国人想什么,从而决定自己怎么做。麦克阿瑟却从来不考虑别人,他倒真正是自己的上帝。反战厌战情绪日益高涨的时候,艾森豪威尔的许诺是:一旦当选,立即结束朝鲜战争。1952年11月4日上午,艾森豪威尔夫妇来到投票站,这里人头攒动,人们向他欢呼致意。艾森豪威尔大声说:"我相信选民们对拖了十四个半月之久却毫无结果的和谈已相当厌倦,朝鲜仍在流血,我仍然信守我的竞选诺言。如果我当选总统,我将亲自去朝鲜,我将尽快结束这场战争。"

人群中他的拥护者们鼓掌欢呼。艾森豪威尔在欢乐的气氛中投下他的一票,他当然是给自己投了一票。

艾森豪威尔在天下无敌手的局势下,轻而易举地入主白宫。

杜鲁门没有连任的念头,也就没有失落感,反而逢人便谈当"杜鲁门总统"之枯燥,当"杜鲁门先生"之悠悠然。

新旧交替的两个总统在白宫办公厅见面,杜鲁门和艾森豪威尔的手握在一起,有一会儿没有松开。杜鲁门说:"祝贺你以多出六百五十万张选票的巨大优势获胜。你当选总统,这是我早就料到了的。我现在可以长吁一口气,我是普通老百姓了。"当普通老百姓似乎是他一生的追求。

艾森豪威尔板着面孔环顾硕大的办公室,一言不发,样子像在浏览房间的陈设。

杜鲁门拿出一份文件,说:"这是一份你和我的联合声明,如果你没有什么异议,就向新闻界发表。"

艾森豪威尔拿过来看了看,动笔改了几处,一言不发地推给杜鲁门。

杜鲁门有些受轻视的感觉,讪讪的。

艾森豪威尔决定信守诺言,马上到朝鲜去看看。杜鲁门卸任还有时日,艾森豪威尔是总统,又不是总统。被美国政客们戏称为"跛脚鸭"的权力交接的过渡时期开始了。

此言一出,艾森豪威尔的人格几乎达到了十全十美的境地,人们期待着艾森豪威尔可能在一个早晨结束战争。艾森豪威尔却没有这么简单从事。他懂得军事手段不过是政治斗争的延伸和继续,他必须从美国的利益出发来决定行止。在这一点上,他的狂热的子民们就显得很幼稚了。

在艾森豪威尔启程前,克拉克就把范佛里特叫回东京。克拉克说:"也许艾森豪威尔是在履行他的诺言,他没有宣誓就职,就到朝鲜来了。"

范佛里特猜测地问:"他是鹰派还是鸽派?"

克拉克说:"想想他一生的履历,就不难知道。"他毕竟比一般人更了解艾森豪威尔,他不相信带有政治目的的任何诺言,更何况历届总统为了入主白宫,都曾许下许多绚烂多彩的诺言,最终又都化做肥皂泡幻灭在半空。

范佛里特说:"必须绝对保障安全,布莱德雷来过电话了。"

克拉克说:"李承晚一听到消息,就决定在汉城举行最壮观的阅兵式、宴会、群众集会。如果我告诉他,出于安全考虑,必须取消一切时,李承晚这小老头肯定要哭出来。"

范佛里特说:"如果事先泄露了他的日程安排,中国方面可能对艾森豪威尔起降的机场空袭,他们有空军了。"

1952年12月2日,艾森豪威尔的专机在金浦机场空域出现了,四架护航的战斗机在上空兜着圈子。当艾森豪威尔走出舱门时,克拉克和范佛里特迎上去庄严地敬军礼。

这位五星上将既是军界前辈,又是新的国家元首,当然赢得下属双倍的尊重。谁也没有料到,站在舷梯上的艾森豪威尔四下看看,突然没头没脑地问:"约翰呢?他在哪儿?"他先问起了儿子。

克拉克显然感到自己受了轻慢,不快地侧过头去。范佛里特趋前一步说:"约翰一大早就来了。因为他是你的儿子,所以会引起猜测和注意,如果让他提前来汉城,有可能暴露整个计划。"

艾森豪威尔说:"这里比华盛顿冷。"还是一句没头没脑的话。他与儿子约翰拥抱之后,扭过头去问范佛里特:"将军有个儿子阵亡在朝鲜了?"

"是的。"范佛里特说,"沃克将军的二儿子也战死在这里了。在朝鲜战场上,我们有一百四十二位将军的儿子参战,有三十五个战死、受伤。"

艾森豪威尔拍了自己儿子的肩膀一下,问:"他是一百四十二个当中的一个吗?"

范佛里特说:"是的。"

艾森豪威尔说:"我们有理由为我们的儿子们自豪,我们付出的不仅仅是别人的鲜血。"他说这话的时候,表情肃穆。

记者们跑前跑后拍照。

在艾森豪威尔视察了前线后,范佛里特急于想知道艾森豪威尔的态度,可这位新总统一副城府颇深的样子,一个字也没说,仿佛他不是来视察而是来慰问的。私下里,范佛里特求教于克拉克,范佛里特说,艾森豪威尔一路上都皱眉头,似乎对战况极为不满,他有可能马上中止这场战争。老谋深算的克拉克分析说,不可能!他必须再打一阵子,以证明他对战局的扭转乾坤的作用。克拉克将信将疑。

12月5日,艾森豪威尔去拜会李承晚。艾森豪威尔是例行公事,李承晚却是精心准备,他希望艾森豪威尔比杜鲁门更慷慨、更仗义。艾森豪威尔面无表情地走进总统府,他的儿子和克拉克、范佛里特跟在身后。

李承晚说:"我请你见一见我的内阁成员。"门被打开了,里面笔直地站着衣着整洁的官员。艾森豪威尔与他们一一握手。

李承晚试探地说:"总统先生视察了前线,对我们是个鼓舞,相信你们会支持我们光复整个朝鲜的。"

艾森豪威尔仿佛没听见,顾左右而言他:"你们认为那种黏牙的玩意儿好吃吗?"人们全愣了,不知他说的黏牙的东西为何物。

李承晚最先猜到,问:"打糕吗?"

艾森豪威尔说:"何必费那么大力气用木槌子捶打?用电动机岂不省事?"克拉克和范佛里特差点乐出声来,李承晚有点哭笑不得。

1953年1月20日,将是艾森豪威尔举行就职典礼的日子。头一天,他给克拉克拍去一封电报,让他的儿子约翰回来参加就职仪式。克拉克当然慨然允诺,却不明白,他为什么如此看重他的儿子。更令知情者惊异的是,艾森豪威尔亲自赶到纽约拉瓜迪亚机场去接他的儿子,而他的儿子并不愿意回来。约翰说:"我刚刚荣升,如果我回来得太久的话,师里会另外派人接替我的职务。我不明白,父亲为什么一定要让我回来参加你的就职典礼?"

"没有为什么。"艾森豪威尔说,"也许为了你没当俘虏,没令你的老子难堪吧?"

约翰耸了耸肩,问:"那个'跛脚鸭'骂你的朝鲜之行是'煽动行为'?"

"哪个'跛脚鸭'?"艾森豪威尔问。

约翰说:"杜鲁门啊。当选总统一产生,他看守这段日子,不就是瘸了脚的鸭子吗?"

艾森豪威尔说:"今天,我将与'跛脚鸭'同坐一台车参加就职典礼,让他最后风光一次。"

约翰问:"你不想结束朝鲜战争吗?"

艾森豪威尔说:"我没拿定主意,不打一下,不是显得我太软弱吗?"他对儿子说了实话。而此刻成千上万准备在他入主白宫的仪式上躬逢其盛的人们还正等待着他发布停战令呢。

就职那天,天气很好,温度在零上五摄氏度,外面一点也不冷。盛大而奢华耗资几千万美元的总统典礼,向来是华盛顿的一景。尽管美国总统没有君主国家的帝王气派,没有镀金马车、戴羽饰头盔的古典装束的卫队,但是那些穿紧身衣服的女乐队员们,也给典礼增添了色彩。

艾森豪威尔与杜鲁门同乘一辆车,这是多少届仪式留下来的传统。总统夫人穿着镶银边的华丽裙袍,坐在第二辆车子上,从国会山沿宪法大道和宾夕法尼亚大街前行。华盛顿万人空巷,拥护者们尾随在仪仗队后面一起前进。

在联邦车站,艾森豪威尔一只手放在《圣经》上,诵读誓言后,开始他的就职演说,依然是和平至上的调门:"……那么,我们寻求的和平,不止是让大炮停止轰鸣,也不止是避免死亡,和平就是一种生活方式。和平不止是精疲力竭的人们的歇脚站,它更是勇敢者的希望。"在这里,他几乎成了诗人和神父。

众多杜鲁门的崇拜者们在争相与他握手、亲吻,女人们争先恐后,结果杜鲁门的脸颊上印上了许多口红印。他带着满脸的口红印向人们挥手:"对于我来说,这是最伟大的时刻,因为我现在是杜鲁门先生,一个普通公民。这是你们送我衣锦还乡,我活到一百岁也不会忘记,我的一切烦恼都丢给那个人了。"他用手一指艾森豪威尔。

有个似疯似呆的女人尖声喊道:"你把战争的疯病也给他了吗?"

人群中掀起一片笑声,杜鲁门说:"连瘟疫都给他!"

艾森豪威尔在宾夕法尼亚大街一六〇〇号总统的床上躺了一夜之后,他又发动了朝鲜战场上的冬季攻势。

这时候他的选民们做何感想呢？

艾森豪威尔又打了四个月，他终于发现，他在朝鲜打不出欧洲40年代的奇迹，弄不好会把老本输光。他的长处在于能够审时度势，及时抽身退步。他在国会发表长篇讲话时，再次表示厌倦朝鲜战争，信誓旦旦地说要尽快促成板门店的谈判。

这正是春暖花开的日子，板门店的草绿了又黄，黄了又绿，那里又有了新的生机。

就在"三八线"上露出停战的曙光时，李承晚发现艾森豪威尔比杜鲁门更靠不住。无论在国际评论中还是在漫画里，七十八岁的老人李承晚都是个小丑的形象，他是美国人的傀儡，他忍气吞声三年多，现在再也不想当这个傀儡和附庸了。

6月9日，李承晚的忍耐到了极限。

李承晚像一头愤怒的狮子，在地上走来走去，对他的部属说："我们不是他们骂的傀儡，过去不是，今后也不是。"

宪兵司令韩容楚准将说："美国人要谈判，让他们去谈好了。"

李承晚说："我上月底给艾森豪威尔总统写过信，我声明，不容许他们不容分说地判我们死刑。"白善烨沉默着，此前他带着十五名将军访美，昨天突然被提前召回，这也是李承晚的一个"眼色"，可美国人并不在意。李承晚说："是的，我要美国人看看，我们到底是不是傀儡！我已向全体人员发出呼吁，希望我的人民支持我的生死决定。但是令人沮丧的是昨天，停战的协议还是不管我们死活，通过了，只差签字。我们不能坐等，我已令元德容将军拟定一个释放战俘的方案，要他们爱往哪去就往哪里去！"

元德容说："方案已拟好了。"

白善烨说："这样一来，美国会很恼火。"他知道这是在拆美国的台。

"我不管！"李承晚说，"我永远不会接受克拉克的停火条件。大韩民国将继续打下去，即使这意味着自杀也在所不惜。"

元德容把计划呈上。几个人正在传阅计划，电话响了，白善烨把听筒交给李承晚,说:"克拉克的电话。"

李承晚说:"喂,是我。"

克拉克的声音:"总统阁下,停战协定在当前形势下,已是定局。"

李承晚说:"随便！不过,今后我将自由地采取任何行动。"

克拉克吃惊地问:"你的意思是,撤销我对韩国军队的指挥权了吗?"

"不是今天,也不是明天。"李承晚冷冰冰地说,"我会事先通知将军的。"

克拉克说:"我很遗憾。"

李承晚说:"为了我们韩国人不遗憾,只好不管将军是否遗憾了。"他重重地放下耳机下令说,"责令元德容、肖楚岩将军马上执行,在各个集中营,同一个晚上,释放战俘,我让他们没法正式遣返。"

李承晚的计划真的付诸实施了。6月18日深夜,韩国宪兵对釜山九个战俘营同时下手。一队韩国宪兵潜行密踪,来到一号集中营,四周一片漆黑。他们悄然地解除了两名美国哨兵的武装。桑永昌中校一挥手,人们上去剪断铁丝网,很快打开了缺口。宪兵冲入,打开集中营大门。面对战俘,桑永昌宣布:"我奉宪兵司令的命令,临时占领该战俘营,释放所有你们这些战俘。"

灯光骤然熄灭,战俘们在黑暗中一拥而出。

这件事惊动了克拉克,也惊动了白宫,艾森豪威尔没想到李承晚会一反常态不听劝阻。他十分恼怒地给李承晚打电话:"总统先生,作为朋友和盟国,我都认为你这样释放战俘是不明智的,除非你准备坚决地接受联合国司令部的指导,结束目前这种敌对状态的权力,否则会影响其他安排。"威胁与利诱双管齐下。艾森豪威尔不相信韩国这颗小小的卫星会脱离轨道,那它一分钟也存在不下去,只能在大气层中焚毁。

没想到李承晚不买他的账,李承晚说:"无非是不再援助我们,已经出卖了我们一次,再出卖一次也无所谓,我别无选择。"

艾森豪威尔晓以大义地说:"这事关系重大,中国说我们是密谋、是合谋,他们理所当然要抗议,英国方面说你的行为是背叛。我们没有义务为你征服整个朝鲜半岛,这也是艾德礼的话,你不能不考虑这一切呀。"

李承晚决绝地说:"既然你们都认为没有义务,让我们自己承担一切好了。"他放电话。

2

这时候,彭德怀事实上已经调回国内主持军委工作了。不过志愿军总司令的职务还在他肩上,邓华是代司令,用毛泽东的话来说,由彭德怀遥控。邓华报告了李承晚释放战俘的事以后,毛泽东和彭德怀在颐年堂讨论对策。毛泽东说:"以你的名义和金日成的名义,给克拉克写一封信,问问他,联合国军还能不能控制李承晚?如果不能,在朝鲜停战究竟还包不包括李承晚集团在内?"

彭德怀说:"对。还要问问克拉克,如果不包括李承晚,何以保证他们执行停战协定?责令他们立即追回已释放的战俘。"

毛泽东说:"李承晚还是很有个性的,铤而走险了。"

彭德怀说:"美国人表面疾言厉色谴责李承晚,其实心里高兴,正中下怀,他们在战俘问题上不就是想这么办吗?"他们分析,艾森豪威尔也觉得实在打不下去了,和平之门已经打开一条缝,看得见亮光了,这时候却半路上杀出个程咬金来,这不是好事。

毛泽东说:"停战签字时,你还得去签啊。"

彭德怀说:"那当然,我得画好最后一个句号。"

这之后的第三天,彭德怀即启程再度赴朝,他到平壤时,人们已经在着手清理废墟,要重建他们的国都,确实离停战的日子不远了。在彭德怀下榻的宾馆,李克农、乔冠华从板门店赶来向他汇报。

李克农说:"李承晚释放战俘这件事,弄得美国人也很被动。"

乔冠华说:"狼狈不堪,在谈判桌上,他们连一句完整的解释都没有。"

彭德怀说:"战场上不能放松。如果不给敌人以惩罚性的痛击,谈判就会拖延。我已经告诉邓华、杨得志,方才刚通完电话。我说,这个李承晚,敬酒不吃吃罚酒,再给他点颜色看看,他就老实了。"

李克农问:"我仍然希望彭总能到开城来,我分析,签字拖不了多久。"

彭德怀说:"签字时我一定来,我还想和克拉克在谈判桌两边坐一坐呢。可惜麦克阿瑟被撤职了,打了一年多交道,黑红将帅还没碰过面,不也是个憾事吗?"

乔冠华笑道:"还是古代战争好,两军列阵,主将出马,而且互报姓名,说一声刀下不斩无名鼠辈!"几个人都笑了起来。

彭德怀说:"目前,政治上对我极为有利。可以放手狠狠打击李伪军,军事上又有了前两次反击作战的连续胜利,敌人在金城以南、北汉江以西地区的四个师阵地愈加突出,态势对我有利。我方才问过邓华,他说我军在这个方向上集中了四个军,四百多门大口径炮,可以打一下。"

李克农说:"我明白了。"

在会见了金日成之后,彭德怀连夜赶到桧仓志愿军总部,邓华正在等他,给他做了一盘辣子鸡。彭德怀说:"你吃吧,我从国内来,肚子里不缺油水。"

邓华嘿嘿一乐,也不客气,风卷残云般地吃起辣子鸡来。

彭德怀告诉邓华,毛泽东已经批准了他的方案,他认为,停战签字必须推迟,推迟至何时为宜,看情况再定。我们必须在推迟签字时间里,再歼敌一万五千人左右。

邓华说:"我们拟以二十兵团和九兵团之二十四军向战略要点金城以南实施突击,杨勇和王平已经把他们的五个军组成了东西和中央三个作战集团。"

彭德怀说:"好,李承晚不想当美国人的傀儡,好吧,叫他尝尝不是傀儡的滋味。他可能会好受些。"

邓华问:"克拉克不是给你写信了吗?"

彭德怀说:"克拉克倒是下了保证,保证在停战协定上取得李承晚的合作。我回答说,这不够肯定,我告诉他,李承晚这次释放两万七千名战俘,是早有预谋的,你方是知道的,在任何时候,你方都负有全部追回这些战俘的责任。"

邓华说:"咱也用一次李奇微的话,让大炮来说话吧。"

3

哈里森自当上首席谈判代表以来,从来没像今天这样庄重过,走路不晃,也不吹口哨了,自然也不再重演二十五秒谈判的闹剧。

7月10日这天,哈里森确实变了个人似的。

解方对南日说:"这位哈里森仁兄,怎么也不吹口哨了?这么老实?"

南日说:"大概是打老实的。"

美方的吴翻译听到,把这话告诉了哈里森。哈里森站住,冲解方、南日笑笑,说:"我必须解释一下,我吹口哨和不吹口哨,都与谈判顺利与否无关。我从小养成了一个习惯,有兴趣时吹口哨,更有兴趣时不吹口哨。"想不到这个小个子将军还来了一个黑色幽默。

解方笑道:"很好,这说明将军对谈判已经进入了更有兴趣的阶段。"

进入会场,双方在谈判桌两侧正襟危坐。

南日首先问:"李承晚军队到底受不受联合国军司令部节制?"

哈里森答:"当然受节制。"

南日问:"如果李承晚继续破坏、阻挠停战协定条款实施怎么办?"

哈里森说:"我保证不会。"

解方说:"我们不听保证,要听措施。"

哈里森说:"如李承晚军队进攻你们,你们有权反击。"

南日问:"是不是说,在这种情况下,联合国军仍保持停战状态?"

哈里森答:"是的,联合国军仍保持停战状态。"

李承晚不识好歹,又挨了一顿打,几乎丧失了元气,连美国人也不给他打气,反而嘲弄他。

停战协定签字终于有望了,中朝人民用他们的浴血奋战和对和平的渴望之心,终于叩开了"三八线"上板门店和平之门。板门店的工作人员第一次真正为有望的和平而忙碌。

李克农在病中,一连几天都在打吊针,江小帆坐在他一旁,李克农仍在与解方、乔冠华等人商议工作。乔冠华说:"昨天,从北京来的两位信使,在离开城不远的地方被敌机轰炸,牺牲了。"

李克农说:"还有丁明……"

江小帆说:"丁明是胃穿孔,如果送来及时,不会死的……"

李克农说:"我们付出的代价是很大的。现在一切都成熟了,中央也同意签字了。不过,我考虑,李承晚对协定签字本来就不满,他会不会在签字时搞破坏?"

乔冠华说:"不可不防。他连释放几万名战俘的事都做得出来,什么事不能干?"

李克农说:"马上与美方协商,一是根本不准李承晚部的任何人员进入板门店中立区,台湾的记者也不准到签字现场。二是改变双方司令官到场签字、互换文本的程序。"

乔冠华说:"可以由双方首席代表签字后立即生效,然后各自向自己的司令官送签并互换文本。"

李克农说:"这要先请示中央。马上草拟电报吧。"

乔冠华在膝上开始起草。

盛暑骄阳,板门店地面上上百名中朝方工人汗流浃背地在赶建谈判签字大厅。江小帆提了一桶降暑汤过来,说:"喝点降暑汤吧,天太热,容易中暑。"一些工人围过来喝水。

解方走过来,看了看建了一半的房子,说:"好快呀!"

江小帆说:"一听说建签字大厅,他们都说几宿不睡都没关系。"

解方忽然说:"江医生,你得请我客呀。"

江小帆笑着说:"行啊。和平了,抗美援朝胜利,我愿请客。"

解方笑道:"别人是这一喜,你是双喜临门,你要单请。"

江小帆说:"我有什么双喜呀?"

"装糊涂。"解方说,"你若这样,可别说我不帮忙啊?"

江小帆说:"我没有事求你呀。"

"张国放可有事求我呀。"解方说,"张国放请我做你们的主婚人呢,你知道什么是主婚人吗? 只有长辈才可以当呢。"

江小帆知道,张国放与解方是同乡,才想到请他主婚。她说:"这个张国放,本来讲好了的,一起来求你,他先泄了密!"

解方哈哈大笑,说:"张国放明后天到开城,你去接接他。"

"他来开城,我怎么不知道?"江小帆又惊又喜,"你骗我吧?"

解方说:"你得谢我才行。我调他来保卫开城中立区的。他不告诉你,当然是让你惊喜呀! 你准备好喜糖吧。这边谈判桌上一签字,战场上枪声一停,你们立刻举办婚礼!"

江小帆幸福地笑了:"谢谢解参谋长。"

4

一幢具有浓郁的朝鲜风格的建筑神奇地在一夜之间拔地而起,飞檐斗拱,十分壮美。

美方工作人员围着大房子转,赞不绝口。中朝方工作人员往大厅中搬桌椅。江小帆正在忙碌,护士小袁跑过来,神秘地在她耳畔说了句什么,拉起她就跑。在附近一个小镇上,有我们代表团成员的驻地,原来有一个游艺室,现在谁在门口贴了双喜字。护士小袁把江小帆拉进游艺室。她一跨进屋子就愣了,满屋子红彤彤一片,红纸大喜字,红被子,红窗帘,红蜡烛,屋子里一片红光。她望了望正面墙上贴着的红字:"张国放、江小帆新婚之喜,恰在和平到来之时",她激动得眼泪都快流出来了。

小袁告诉她,李克农和乔冠华正在组织人闹洞房,传授延安时的经验呢,小袁要她小心点。她还告诉江小帆,听李克农说,彭老总还要来出席她的结婚仪式呢。彭总说他不到场,结了婚也不批准,不算数。江小帆沉浸在幸福的海洋中,她这几天一直在想结婚后回国的日子怎么过,她甚至悄悄地给没有影的孩子起了个男女兼用的名字:和平。她想,这名字虽然一般了些,可有意义,张国放一定举双手赞成。江小帆猜测着,张国放此刻肯定已经在前往开城的路上了。

是的,江小帆没有猜错,此刻张国放正坐着吉普车向南疾驰,随行的只有小吴一个人。

小吴问:"张副参谋长,你去签字吗?"

"哪用我去签字呢。"张国放说,"我是去负责保卫中立区。"

小吴嘿嘿一笑,说:"那怎么不派别人去?"

张国放说:"嘿,你管得挺宽哪!这是上级的事。"

小吴说:"你还骗我,吴军长都说了,说你去当新郎让大首长给你主婚!"

"这小子!"张国放在他脖子上拍一下,"猴精。"

小吴说:"吴军长还送了贺礼呢,我能不知道?"

"什么贺礼?我怎么不知道?"张国放问。

小吴从挎包里拿出一对木玩偶,一男一女,在亲嘴儿。

"这个吴军长!"张国放接过玩偶,看着,大笑起来,"真难为他,上哪儿弄来这么个小玩意儿来?"

他们的车经过的道路两侧,已有农民在稻田中拔草,张国放说:"停战了,你看,农民都敢下田了。"

小吴说:"我们家也种稻子,一到这时候,我们就到稻田壕里抓鱼,可多啦,鲫鱼、鲇鱼,什么都有。"

张国放问:"打完了仗,你干啥去呀?"

小吴说:"回去种地,娶媳妇。"

张国放和司机都忍不住大笑。

张国放说:"你才多大,就想娶媳妇了?"

小吴说:"我十九,她也十九,我和她家是邻居,也沾点宗,我还没出生,爹妈就说好了,不管谁家生男生女,都要配成对!"

"指腹为婚啊!"张国放又大笑起来,"这可很危险啊,万一她是个瘸子、瞎子、傻子什么的,你可怎么办?"

老实憨厚的小吴说:"那也得认了,我们那里办事讲信用,说话不算,一辈子别想说上媳妇。"

张国放感喟地看了他一眼,说:"好啊,到时候你说媳妇,可别忘了请我去喝喜酒啊。"

小吴说:"就怕,就怕你不稀罕上我们山沟里去呀。"

"这叫什么话!"张国放说,"到时候,我还得送一份像样的礼呢。你喜欢什么?一套料子服?一块手表?现在就说,别抹不开。"

小吴说:"送那些干啥?又贵,又不实惠。"

"什么实惠?"张国放问,"总不能送你二斗米吧?"

小吴说:"有买表的钱,不如买一头小毛驴了,又能拉小车,又能拉磨,女人上山砍柴,回娘家还能骑。"

张国放又大笑起来,说:"好,一言为定!一头小毛驴!"

小吴说:"我可没要毛驴呀!我是打个比方,说着玩的。"

张国放又忍不住笑了。

5

在南下的火车上,彭德怀和陪他去开城的朝鲜次帅崔庸健亲切交谈着。望着窗外一闪而过的村庄、城镇,面对那疮痍满目的废墟,彭德怀说:"这一切总算过去了……"

崔庸健说:"昨天金首相亲自看过志愿军的授勋名单,他说,世上找不出像中国这样急人所难的朋友。你们不吃我们的,不喝我们的,却在为我们流血。"

彭德怀说:"有你这句话也就够了。"

彭德怀到了开城他的驻地后,连续听了两天汇报。这天,李望进来对彭德怀说:"彭总,有个外国女记者要见你。"

"是那个叫金丝吉的吧?"彭德怀问。

柴成文说:"一定是她。"

彭德怀说:"她采写战俘的文章很厉害,这是一个有正义感的西方记者。"

柴成文问:"见吗?"

彭德怀说:"当然见。"他让人马上把办公室收拾一下。

江小帆被请来当翻译,她一边洗杯子一边说:"我临时给彭总当一回翻译。我口语不太好,临时找不到人了。"

彭德怀说:"你们一对都会英语,搭配得很好啊。"

这倒把江小帆说愣了:"什么一对呀?"

彭德怀笑了:"我去战俘营,吴信泉给我派了一个翻译,是张国放!张国放不会与你没有关系吧?"

江小帆说:"彭总刚到开城,是谁告诉你的呀!"

彭德怀说:"司令嘛,大事小事,事无巨细都要管。否则,你把我的副参谋长拐走了,我这个司令岂不成了官僚主义?"

江小帆笑了起来。

这时,一个工作人员送金丝吉进来。她"哈罗"了一声,站在门口打量了彭德怀一下。彭德怀上去与她握手,说:"欢迎你。你愿意到我们后方去采访,说明你是个勇敢的人。"

江小帆一边翻译,一边为客人倒水。金丝吉的目光仍旧在彭德怀脸上盘旋,说:"我没想到,真的看不出,统帅几十万大军,把麦克阿瑟和李奇微打得焦头烂额的大将,是你这么一副模样。"

彭德怀笑了:"不像,是吗?"

"不像。"金丝吉坦率地说,"你们根本不像职业军人,倒像是农夫穿上了军装。"

彭德怀哈哈大笑:"也许你说对了。我们中国的军人不是你们美国的雇佣兵,农民翻了身,愿意保卫他们的胜利果实,就来参军。"

金丝吉说:"所以身上不带投降书,打仗也不用先铺上毛毯?"

彭德怀又笑了起来,说:"你是我正式会见的第一个外国记者,我希望你能公正地报道中国人。"

"我今天没有报道任务。"金丝吉脸上的笑容消失了,她说,"即使我到天涯海角,我也要找到你,这完全是个人情感的事。"

彭德怀有几分惊讶地说:"我不明白你想说什么。"

"我是替一个好朋友了却一桩心愿。"金丝吉从手袋里拿出一支大金星钢笔,托在手上,问,"将军认识这支笔吗?"

彭德怀接过钢笔,立刻有一种不祥的预感浮上心头,他问:"康乃馨在哪儿?她怎么了?"

金丝吉流着泪说:"她死了,被美国人打死了,就在'三八线'上的小河旁,她是陪我采访回来时中弹的,该死的美国兵差点把我打死,他们全疯了。"

彭德怀的目光迟滞了,呆呆地坐着。

金丝吉说:"康乃馨告诉我,这支笔,是你送给她的。"

彭德怀接过那支笔,心里像打翻了五味瓶,什么滋味都有。在笔杆上,不知什么时候,刻了一行字,涂上了金粉,字迹特别清楚:彭总告诉我,妙笔生花。睹物思人,彭德怀心里一阵阵难过,此前他还以为康乃馨一直在战地采访呢,哪知香魂一缕已经飘散在朝鲜大地上。

金丝吉欷歔着告诉彭德怀,她也有一支有纪念意义的笔,她此时把那支在日本投降书上签过胜利者笔迹的笔亮给彭德怀看,她说她想用它与康乃馨对换,可康乃馨一口回绝了,可见彭德怀在她心目中的位置与分量。

在一旁翻译的江小帆也感动得落下泪来。

金丝吉又说:"康乃馨对我说过,你一生没有子女,又特别喜欢孩子,她说她将来打完了仗,回国以后,给你去当一个孝顺的女儿……"

彭德怀的泪水已经止不住流下来了。

江小帆感叹地说:"真可惜,她死在和平到来之前。"

这也正是彭德怀心里想的,他想着,竟不知道金丝吉是什么时候告别的。

彭德怀心里一阵阵发闷,就走到外面去。

微风吹拂着原野,碧青的草、灿烂的花在风中抖动。一条亮晶晶的小河静静地在天际流淌。彭德怀一个人在外面走着,天穹低垂,乱云奔突。而他听到的是一种时空错位的幻听,一曲绵长隽永的钢琴协奏曲在他耳畔轰鸣。展现在他眼前的不是草浪掀腾,而是一首没有来得及谱写完的五线谱,那是突然中止的一段生命的音程。

叮叮冬冬的美妙声音是流水吗?还是那温馨房间传出的风铃声阵阵?

这是彭德怀从来没有听过的旋律,陌生而又似曾相识。他渐渐明白了,这就是放在康乃馨卧室钢琴上的那首未曾谱写完的曲子,就是康乃馨没来得及写完的乐章——最后的乐章。这是用她的美丽的青春谱写的,它应该有个永恒的曲名,啊,永恒,不就是再恰当不过的名字吗?

一串天真无邪的笑声自广袤的天宇中飘来,还有那句:"我做你的女儿怎么样?我保证孝顺。"

一切忽然都消失了,天地间静止了一般。

彭德怀木然地立在天穹之下,不知过了多久。

6

7月27日,在1953年一个炎炎的夏日里,被千千万万双期盼的眼睛迎出了地平线。

板门店第一次向记者开放,和平还有保密的必要吗?

一千多平方米的大厅中并排摆着两张会议桌,中间一张方桌,桌旁各立两名助签人员,西边插朝鲜国旗,东边插联合国旗,我方的九本文本是深棕色的,美方的是蓝色。

9时30分,朝中方面各有八名佩带袖章的安全军官分别步入大厅的西部和东部守卫。

随后,双方人员从东西大门步入大厅。

朝中方代表南日和联合国方代表哈里森从大厅南门步入会场,在桌前就座,开始签字。

联合国军一方的代表克拉克上将在他的帐篷里写下了他的名字,并且说出了后来尽人皆知的那句话:"我是第一个在没有胜利的协议上签字的美国将军。"

金日成在平壤首相府签字。

彭德怀在开城驻地的会议室签上了他的潇洒的名字,他回头问李克农:"比你替我签的怎么样?"

协议在签字后十二小时才生效,枪声在那时候才会在三千里江山消失。

入夜,这里显得格外静寂,只有小溪流水淙淙作响。相识与不相识的人们都聚在一起,金丝吉看看表,说:"世界像婴儿一样入睡了,再有十二个小时,就不再有枪炮声了。"

江小帆坐在河边,在往一个军用挎包上绣字,是"最可爱的人"五个字,已经绣到了"人"字,刚绣了一撇,她不时地举目望望远方。在她的幻觉中,张国放正雄姿英发地驱车前进,风吹动着他那青春生动的头发。

在前线,美国兵在拼命打炮、放枪,枪声反而比交战时更激烈,仿佛他们要打光了子弹好轻装回国,又好像是用枪声代替焰火、爆竹。

在响成一片的枪声中,张国放的吉普车驶过绿荫下的地段,出现在开阔地段。前面的大铁桥炸坍了,尚未修复。吉普车驶下公路,驶向河床,这里水并不深,仅及车轮。张国放也许根本没有发现,对面高地上那密集的炮筒,敌人的炮口正向他瞄准。

一声炮响,炸响在吉普车后面。

小吴向前面张望。随即排炮射来,炮弹在前后左右开花。张国放好像要努力弄明白发生了什么事,他甚至没有理会小吴在喊"停车",他下意识地举起手腕看了看表。"还有五分钟……"他喃喃地说了这一句。

然而,就在停战协定最后生效前的五分钟,他遭到了袭击。一颗炮弹在他的吉普车上开花。红色的火光、黑色的浓烟升腾起来,在夜空中显得特别耀眼。在这耀眼的红光中,张国放和小吴飞腾起来,消失在红光中。

河水开始浸润出鲜红的血流,一对亲吻的木玩偶漂在水上。

张国放的头扬起在水面,他看到的是深蓝的天,蜂翼一样流动的云,还有一轮明月。

江小帆感应到了张国放的召唤了吗?

这一瞬间,张国放看见,江小帆踏浪而来,溅起一朵朵美丽的水花……那只绣好了"最可爱的人"五个红字的书包在她背后闪动。她的手中托着那颗闪亮的子弹头……

还有那一派红光、红调子的永远失去意义的洞房……

7

经过多少磨难的战俘们到了选择他们去向的时候了,为了表示"对人权的尊重",美国人仍然搞了变相"甄别"的花样。战俘们在经过一道大门后,左右各有两个门,一个写着"回中国",一个写着"去台湾"。

曹桂兰走在长长的队伍中,她身上带着屈辱的标记。她在战俘营事件后,被王顺清这些人在茶水里掺上了麻醉药,趁她昏迷时,他们在她的右臂上深深地刺上了"反共到底"四个青字。她发疯了一般,她撞墙,她想一死了之,但秦浩告诉她,他们无法在她心上刺字,她活了下来。曹桂兰走到门口了,她看见了在她视为国门口迎接她的亲人。

王顺清等人凶神恶煞般地注视着每个走过他们面前的战俘。

大多数战俘走向"中国门",也有走"台湾门"的。

秦浩、薛清山相互搀扶走来,他们义无反顾地走向他们的祖国,那里亲人等着拥抱他们。曹桂兰走来了,她在签字桌前,掏出一把锋利的刀,在自己手臂上割下去,顿时扯下一张刺字的皮肤,她的胳膊血流如注。她把那张皮掷到王顺清的脸上,向中国的大门走去。她拥抱了志愿军的代表,失声痛哭,祖国啊,你的儿女们冲破艰难险阻,回来了,等待他们的应该是鲜花、掌声和最高的奖赏吧?为什么不该这样呢?

和平了,他们是为和平的到来付出代价的人,这代价是鲜血,是青春,是生命。

上甘岭上上下下站满了翘首以待的官兵,他们都在等待停火到来的庄严时刻。

8

此时的中南海什么也听不到,可又似乎什么都听得到。毛泽东伫立在瀛台下,翘首仰望东南方,静静地等待着。

突然,冥冥中响起不协调的冲锋枪声——一梭子。

少顷,复又归于静寂。毛泽东登上瀛台高处,风吹拂着他的衣角和发丝。他此时此刻在想什么?也许他在审视这场毕竟已经成为昨天的战争——它的功与过,它的得与失,它的今天与明天。

9

彭德怀一个人站在高岗上,风掀动着他的衣摆,吹拂着他的斑白的发丝。

天地间奇静。突然,一梭子凄厉的枪声划破天空。

之后,归于死寂。手表、座钟、挂钟……时针全指在了7月27日22时。

一片欢腾声震撼天地:"停战了——"

千万个战士在跳跃欢呼,人人脸上是喜悦的泪水横流。此处,彼处,到处是欢呼跳跃的人群。

战场变成了舞场。朝鲜姑娘打起了长鼓,弹起了伽倻琴,人们在火把光的照耀下翩翩起舞。一个天真的小护士过来给一旁观舞的彭德怀敬了个军礼,请他下场。彭德怀尴尬地摇摇头,表示不会,他一生没有跳过舞。

人们向里面推他。

彭德怀毅然下场,音乐与节拍都不能限制他,他迈着军人的正步,雄赳赳气昂昂地从场子这一端走向另一端,像走完一个历史过程。

所有跳舞的人全都停下来注视着彭德怀。他仿佛听到了自己的心跳声,是那样响亮。在这心脏搏动的重重节拍中,一曲他陌生而又熟稔的钢琴协奏曲席卷了他,他默默地在心里说:这是永恒……

曙光照亮了大地,火一样的霞光融入了山川、大地和那动荡的岁月,融入了在三千里江山所经历过的最为惨烈的一幕,最终融入了他心底的永恒。